Vita

Vita

멜라니아 마추코 장편소설

이현경 옮김

랜덤하우스

추천의 말

2003년 이탈리아 최고 문학상 스트레가상을 수상한 저명한 이탈리아 작가 멜라니아 마추코의 소설 『비타』의 한국어판 출간을 축하합니다. 2009년 이탈리아 정부가 수여하는 이탈리아어 최고 번역가상을 수상한 이현경 교수의 번역이 한국의 독자들에게 이 매력적인 소설을 읽는 즐거움을 더해줄 것이라고 확신합니다.

– **루쵸 잇조**(Lucio Izzo, 주한이탈리아문화원장)

한 세계를 좋아하지 않아서 다른 세계를 만들어낸 사람들 혹은 어디론가 흘러 들어간 망명자들, 뿌리 없이 흔들리다 자신의 존재를 불살라버리는 디아스포라들의 이야기에 나는 늘 매혹되어 있었다. 가난 때문에 감옥 같은 배 안에 갇혀 이탈리아에서 몰래 미국으로 들어와 '미국'이라는 질병을 앓게 되는 한 소녀와 소년의 사랑 이야기 같은 것들을.

어두운 계단에 웅크리고 앉아, 아홉 살 소녀 비타가 소년 디아만테에게 단어를 가르쳐줄 때마다 키스를 요구하는 장면에서, 그렇게 '기차, 물, 불, 땅, 희망' 같은 단어를 말할 때마다 그녀의 콧등과 구부러진 팔등과 눈썹에 키스하는 디아만테의 숨결을 떠올릴 때마다, 낯선 언어가 이들의 존재 사이로 스미는 것을 묵묵히 지켜보았다. 이탈리아어와 영어 사이에 명멸하는 자음과 모음 부스러기들, 반짝이는 삶의 조각 같은 것들을 말이다.

망망대해 작은 구명보트 위에서 서로의 손을 붙잡고 서로의 체온으로 두려움을 녹이던 이들을 지켜보며 책장을 넘기는 동안 몇 번이고 독서를 멈췄다. 나는 늘 소녀들의 이름으로 끝나는 소설에 깊은 애틋함을 가지고 있었다. 그렇게 '스밀라'와 '아우라'를, '앨리스'와 '유지니아'를 가지게 되었다. 그리고 이제 그 리스트에 '비타'를 넣어둘 수 있게 되었다. 서랍장 깊숙이 좋아하는 것들을 몰래 집어넣듯이.

— **백영옥**(소설가, 『스타일』 『다이어트의 여왕』)

디아스포라가 존재하지 않는 나라가 이 지구상에 있을까. 고향 땅에서 추방된 사람들, 자신이 나고 자란 곳을 떠나 낯선 곳에서 새로운 삶을 시작해야 하는 사람들의 이야기는 21세기 세계문학의 중요한 흐름을 이루고 있다. 20세기 초 이탈리아에서 미국으로 이주한 한 소년과 한 소녀의 엇갈린 운명과 사랑이야기는 왠지 낯설지 않다. 한국인들 역시 그 무렵 세계 각지로 뿔뿔이 흩어져 끔찍한 노동환경 속에서 하루하루를 살아가야 했으니. 말하자면 이 책은 김영하의 『검은꽃』의 이탈리아 버전이라고도 할 수 있다. 12살 소년 디아만테와 9살 소녀 비타는 모든 것이 낯선 미국땅에서 오직 생존 그 자체를 위한 전투를 벌여야했지만, 파란만장한 이야기로 얼룩진 그들의 삶에는 절망보다는 희망의 냄새가, 패배보다는 승리의 노래가 어울린다. 디아스포라는 그 단어에서 풍기는 낭만적인 뉘앙스와는 달리 개개인에게 잔혹하고 비극적인 체험일 수밖에 없다. 그들은 자발적인 '노마드'가 될 수도 없고, 완전히 수동적으로 '난민'이 될 수도 없는 복잡한 상황 속에서 하나뿐인 삶을 처절하게 가꾸어 나갔다. 이탈리아의 작가 멜라니아 마추코는 마치 유물을 발굴하는 고고학자처럼 사람들의 마음 깊은 곳에 박혀 있는 아픈 이산(離散)의 체험들을 세상 밖으로 차곡차곡 꺼내놓는다. 매혹적인 소녀 비타에게서는 어떤 상황에서도 절망하지 않을 것만 같은 강렬한 생의 에너지가 넘실거린다. 삶이 그녀를 속일수록 더욱 꿋꿋하게, 그 무시무시한 운명의 상처를 기꺼이 끌어안는 비타의 용기가 눈부시다.

— **정여울**(문학평론가, 『시네필 다이어리』 『미디어 아라크네』)

이 섬세하고 치밀하고 눈부시게 아름다운 소설의 장점은 이루 헤아릴 수가 없다. 이 소설은 사랑이란 무엇인가? 인생이란 무엇인가? 희망이란 무엇인가? 역사란 무엇인가? 패배자와 이방인은 누구인가? 우리가 꿈꾸었으나 결코 될 수 없었던 존재란 무엇인가? 이 모든 질문들에 대한 최고의 책이다. 역사의 가장 자리에 있을 수밖에 없는 사람들, 기억과 말을 잃어버린 사람들 모두가 입을 모아 이렇게 말한다. '언제고 모든 것을 새로 시작하려 했었음을, 돌아가고 있었음을, 잃어버렸던 것 대부분을 다시 시작해볼 시간을 너무나 원했음을, 제발 나와 함께 있어달라고 애원하고픈 어떤 사람이 있었음을 기억해줘!'

아주 오랜 시간이 흐른 뒤에라도 우리는 다시 희망을 가질 수 있을까? 그것은 이 조건 아래서만 가능한 것 같다. 비록 잃어버리기는 했지만 결코 놓고 싶지 않았던 것들에 대해 말을 할 때만, 그리고 끈질기게 사랑에 속해 있을 때만. 검은 눈의 초능력 소녀 비타가 그랬던 것처럼.

– **정혜윤**(PD · 베스트셀러 작가, 『침대와 책』『런던을 속삭여 줄게』)

차례

제 2부 집으로 가는 길

제 3부 흘수선

"미국은 없어. 내가 그곳에 살아 봐서 알지."

– **알랭 레네 감독** 영화 〈내 미국 삼촌〉 중에서

ISLANDS IMMIGRATION
OCT 1 2 1906
ENTRY

나의 아버지 로베르토에게

황량한 나의 고향

그곳은 예전의 그곳이 아니었다. 풍경도 예전 풍경이 아니었다. 풀 한 포기, 밀 한 줄기, 관목 한 그루 자라지 않았고 울타리를 이뤘던 선인장 하나 남아 있지 않았다. 대위는 비타가 말했던 레몬 나무와 오렌지 나무를 눈으로 찾았다. 하지만 나무 한 그루 보이지 않았다. 모두 불에 타버렸다. 수류탄으로 파인 구멍에 자꾸 발이 걸렸다. 뒤얽힌 철조망들이 그의 발을 휘감았다. 여기, 바로 여기에 틀림없이 우물이 있었을 것이다. 하지만 언덕이 처음 공격을 받았을 때 죽은 스코틀랜드 소총병들의 시체를 우물에 던져 버린 뒤로 우물물이 썩어 마실 수 없게 되었다. 독일 병사들이었는지도 모른다. 시민군이었을 수도 있다. 재와 휘발유, 죽음의 냄새가 났다. 폭발하지 않은 수류탄이 길 여기저기에 흩어져 있었기 때문에 한눈을 팔 수가 없었다. 그런 수류탄들은 길 한가운데 배가 불룩한 송장처럼 놓여 있었다. 빈 탄약통도 열두어 개 있었고, 쓸 수 없는 소총들도 보였다. 녹슨 바주카포, 오래전에 버려져 벌써 잡초에 뒤덮인 88밀리미터짜리 난로 연통들, 배가 공처럼 팽팽하게 부어올라 죽은 당나귀들, 염소 똥 같은 탄환 더미들, 더러운 흙에서 삐죽 튀어나온 앙상한 뼈들. 대위는 손수건으로 입을 틀어막았다. 이게 아니었다. 오, 세상에, 이게 아니었다.

투포로 가는 길에는 불에 탄 오토바이와 트럭과 자동차가 사방에 흩어져 있었다. 차문에는 수십 개의 총탄 자국이 나 있었고 차바퀴에는 쇠만 남아 있었다. 산더미 같은 고철들이 그의 앞을 가로막았다. 가까이 다가가면서 그는 그것들이 전차라는 것을 알아차렸다. 패전 기념비라도 되는 듯 두려운 마음으로 그 곁을 지났다. 그것이 1월에 패한 처칠 중전차인지, 독일군들이 처음 패했을 때 마을에 버려두고 간 티거 중전차인지는 정확히 알 수가 없었다. 그는 정확히 두 동강 난 채 고스란히 제 모습을 간직하고 있는 비행기 날개 위를 넘어갔다. 독일 공군 마크가 선명했다. 비행기 몸체는 계곡에서 폭발했다. 그는 나무를 보았다. 그가 본 최초의 나무였다. 어쩌면 최후의 나무일지도 모른다. 그는 서둘러 걸음을 옮겼다. 병사들이 힘겹게 그의 뒤를 따라 걸었다. 날씨는 더웠고 해는 이미 중천에 떠 있었다. "왜 그러십니까, 대위님? 진정하십시오." 올리브 나무였다. 완전히 불에 타서 잉크처럼 새까맸다. 나무에 손을 대자 손가락 사이에서 부서져 버렸다. 그러면서 먼지구름이 일어 레이밴 선글라스를 쓰고 있는데도 눈물이 고일 정도였다. 연기 때문인지도 모른다. 돌에서는 아직도 연기가 피어오르고 있었다. 지금까지 봤던 그 어떤 장면보다 인상적이었다. 그는 자꾸만 달아나는 생각을 제어할 수가 없었다. 갑자기 그에게 운명과도 같은 장소에 도착한 듯한 기분이 들었다.

비탈길에서 야윈 노인 한 명이 그를 향해 걸어왔다. 머리는 먼지가 뒤범벅되어 뻣뻣했고 시선에는 초점이 없었다. 노인은 대위가 눈에 보이지 않는 유령이라도 되는 듯, 대위가 이곳에 없기라도 하듯 그를 그냥 지나쳐 갔다. 대위는 군복 때문에 땀을 흘리고 있었다. 손바닥으로 이마의 땀을 닦았다. 그의 부하들이 걸음을 늦추며 농담을 주고받았다. 병사들은 남부 전선의 결원을 메우기 위해 이곳에 도착한 지 얼마 되지 않은 젊은이들이었다. 하지만 대위는 자신이 왜 여기 있는지 알고 있었다. 늦었다는 것도 알았다. 더 일찍 왔어야 했다. 그랬어야 했다. 그러나 가끔씩 그를 공격하는 단편적이고 무의식적인 기억들, 그의 것이 아닌 기억 속의 이

미지들이 마치 꿈의 잔영처럼 어쩐지 그를 괴롭혔다. 그 이미지들은 이해할 수 없는 이 외진 곳, 낯설고 멀게만 느껴지는 얼굴들이 사는 이곳과 연결되어 있었다. 그리고 이런 낯설음을 확인하게 될 것이 두려워 그는 이곳을 멀리했었다. 어쨌든 결국 그는 이곳에 오고 말았다. 그들은 다른 지역에는 전차를 타고 주민들의 환호를 받으며 들어갔었다. 그러나 이곳은 길이 끊겨 있었기 때문에 걸어 들어가는 중이었다. 대위의 주머니에는 선물이 잔뜩 들어 있었다. 선물을 가지고 있다는 것이 부끄러웠다. 그는 먼지와 파괴, 소음과 함께 이곳에 왔다. 흩어지는 연기 속에서 돌벽이 나타났다. 그러니까 이곳이 도착 지점이었다. 이 집이 마을의 첫 집이었다. 그러나 집은 없었다. 벽 뒤는 푹 꺼져 있었다. "집은 1월에 무너졌소." 노인이 웅얼웅얼 말했다. 아니 대위는 어쨌든 노인이 그렇게 말했을 거라고 생각했다. 노인의 말을 하나도 알아들을 수 없었기 때문이다. 노인이 대위의 군복을 자세히 살폈다. 어깨 위의 계급장도. 그는 겨우 스물네 살이었지만 벌써 대위였다. 하지만 노인은 별로 놀라지 않았다. 대위가 그에게 럭키 스트라이크 한 갑을 내밀자 노인이 어깨를 움츠렸다가 몸을 똑바로 펴더니 무너진 집 뒤로 사라졌다. 그의 할아버지도 저랬을까?

그는 너무 늦게 도착했다. 마을은 이제 존재하지 않았다. 그의 마을? 비타의 마을? 누구의 마을 말인가? 예전의 그곳이 아닌 이 마을은 그에게 아무것도 아니었다. 그는 아주 먼 곳에서, 전혀 다른 행성에서 태어났다. 그래서 지금 그는 시간을 거슬러 올라가고 있는 것 같은 기분이 들었다. 투포를 관통하는 길은 하나뿐으로, 좁은 샛길들이 그 길에 가로로 나 있었다. 샛길들의 한쪽은 계곡으로 내려갔고 다른 쪽은 언덕으로 올라갔다. 지금 그 길은 양쪽의 폐허들 사이에 난 깊은 협곡이 되어 버렸고 시체 썩는 악취가 코를 찌를 뿐이었다. 이것이 과거의 냄새일까? 아니면 비타가 아직도 기억하고 있는 오렌지 나무 냄새일까? "폭탄이야, 폭탄이야."

넋이 나간 것 같은 노파가 계속 이 말만 했다. 노파는 어떤 집 앞에 놓인 짚의자에 웅크리고 앉아 있었다. 그 집은 아마 그녀의 집이었을 것이다. 노파는 뜨개질을 하고 있었다. 그녀의 집 문은 허공에 걸려 있었다. 뿌연 사람의 그림자들이 폐허 사이로 오갔다. 그들은 군인들이 누군지 몰랐고 알고 싶어하지도 않았다. 잠시 전투가 중단된 이 상황도 오래 지속되지 않을까봐 두려워하고 있었다. 그들은 군인들이 자신들을 해방시켜 주러 온 것인지 완전히 매장시켜 버리러 온 것인지 알지 못했다. 이 마을 사람들은 모두 노인이었다. 거리에서 놀던 아이들은 어디로 간 걸까? "산 레오나르도 가가 어딥니까?" 대위가 그들의 언어를 다시 구사해 보려고 애쓰며 노파에게 물었다. "젊은이." 노파가 이렇게 대답하며 이가 없는 잇몸을 드러내며 웃었다. "여기라우."

여기라고? 그가 있는 곳은 길이 아니었다. 흙먼지로 가득한 구덩이일 뿐이었다. 적들이 모든 것을 파괴했다. 아군이 모든 것을 파괴했다. 무너지지 않고 제대로 남아 있는 건물은 하나뿐이었다. 그렇지만 그것 역시 지붕은 가라앉고 문도 없었다. 성당이었다. 노란색 정면은 총탄에 맞아 구멍이 숭숭 뚫려 있었다. 석회덩이들이 종이처럼 둘둘 말려 있었다. 벽감에는 조각상 하나 없었다. 디오니시아가 편지를 쓰곤 했다던 3개의 계단은…… 여기저기 깨져 있었다. 두 번째 계단은 완전히 뒤집혀 버렸다. 그녀의 집이 이 앞이라고 했는데…… 어디지?

대위는 수북한 파편 더미 위로 올라갔다. 군화 밑에서 흙먼지가 소용돌이치며 올라왔다. 먼지가 폐와 눈을 자극했다. 그는 창문틀, 커튼 조각, 장롱 문짝, 슬리퍼에 박힌 거울 조각을 밟았다. 거울 속에 비친 먼지에 뒤덮인 자신의 얼굴을 보았다. 그는 서까래에 주저앉았다. 발밑으로 침대 머리판이 밟혔다. 벽돌들 속에서 놋쇠 손잡이 하나가 튀어나와 있었다. 대위는 눈물을 흘렸다. 그때 부하들은 다른 쪽으로 돌아서 있었기 때문에 울고 있는 그를 보지 못했다. 노파는 여전히 뜨개질을 했다. 그때 군인들이 초콜릿 하나를 노파에게 내밀었다. 노파는 이가 없어서 먹지 못한다고 사양했다. 군인들은 자식들이라도 주라고 계속 권했다. "이젠 자식이 없다우. 아무도 없어." 노파가 더듬거리며 말했다. 병사들은 노파의 말을 알아듣지 못했다. 대위가 느닷없이 물었다. "안토니오를 아십니까? 사람들이 만투라고 불렀다던데요." 노파가 백내장 때문에 흐릿해진 눈으로 그를 올려다보았다. 뜨개바늘을 무릎 위에 올려놓았다. 그리고 언덕의 한 지점을 가리켰다. "떠났어요." 노파가 말했다. 그녀의 말투로 보아 그가 다시 돌아올 수 없는 길을 갔다는 것을 짐작할 수 있었다. "만투의 아내 안젤라를 아십니까?" 다시 똑같은 지점을 가리켰다. 그녀도 떠났다. 그제야 대위는 마디 굵은 노파의 손이 묘지를 가리키고 있다는 것을 알게 되었다. 하지만 묘지 역시 더 이상 존재하지 않았다. 묘지의 담벼락은 무너졌고 폭탄이 터져 움푹 파인 구덩이가 그 자리를 차지했다. 언덕에 난 상처 같았다. 주변의 흙은 붉은색으로 비옥해 보였다. 하지만 실상 그렇지는 않았다. 이 주변에는 물이 없었다. 지하에서 수맥을 찾아낸 사람이 이 마을의 주인이 될 수도 있었을 것이다. "치아피토를 아십니까?" 대위가 속삭이듯 조심스럽게 물었다. 이제는 대답이 두려워지기 시작했기 때문이다. "미국인들이 잡아갔어요." 노파가 우물우물 말했다. "나폴리 감옥으로 끌고 갔지." 대위가 깜짝 놀라서 물었다. 여든일곱 살이나 먹은 절름발이 노인을? "감옥이요?" "파시스트였거든." 노파가 느긋하게 설명했다. "그 사람도 떠났다우. 마을 사람들에게 돌을 맞았다는 걸 수치스러워했지. 나폴리 어느 거리에서 뇌졸중으로 쓰러졌어. 사람들이 그러더군."

먼지가 흩어졌다. 언덕은 회색 재에 덮인 흙무더기였다. 강 뒤쪽의 숯검댕이가 된 평야로 흐르는 가릴리아노 강이 반짝이는 초록의 띠 같았다. 바다는 언제나 그렇듯 파란색이었다. "디오니시아는 어디 있습니까?"

마침내 그가 물었다. 비타는 이것을 알아봐 주길 바랐다. 그리고 그가 여기 온 것도 결국 이 때문이었다. 이번에는 노파가 아무 말도 하지 않았다. 다시 뜨개바늘을 들고 실뭉치를 잡아당겼다. 바늘 끝을 어긋나게 놓고 실에 매듭을 지었다. 그리고 다시 실을 풀었다. 대위가 앉아 있는 지점을 가리켰다. 폐허 더미였다. 그래서 대위는 디오니시아가 돌아올 수 없다는 것을 알게 되었다. 그는 자신의 어머니의 어머니 시신 위에 앉아 있었다.

이 모든 일은 내가 태어나기 훨씬 전에 일어났다. 그 무렵, 나를 이 세상에 태어나게 한 아버지는 고등학교에서 공부 중이었고 어머니는 초등학생이었다. 부모님들은 아는 사이가 아니었다. 1952년 두 사람은 영어 강좌에서 만나지 않았을 수도 있었다. 두 사람 모두 영어가 자신들의 삶의 질을 높여 줄 거라고 굳게 믿고 그 강좌에 등록했다. 그리고 두 사람이 사랑에 빠져, 영어 과정을 마쳐 수료증을 따는 대신 두 딸을 세상에 태어나게 하는 편을 택했지만 그 때문에 사건의 본질이 달라지지는 않았을 것이다. 그러면 이탈리아 남부 전선의 미 제5군에서 싸우기 위해 이탈리아에 온 그 대위는 나와 무슨 상관이 있을까? 나는 그 사람을 한 번도 만나 본 적이 없다. 1944년 5월 어느 날 폐허가 된, 응회암으로 이루어진 마을에 딱 맞는 이름을 가진 그 투포(이탈리아어로 응회암이라는 뜻-옮긴이)를 점령했을 때 그가 어떤 생각을 하고 있었는지도 알지 못한다. 몇 년 전까지 나는 그 대위가 누군지조차 알지 못했다. 사실 지금도 그걸 안다고 생각하지는 않는다. 하지만 이 남자는 내게 낯선 인물이 아니었다. 아니, 그의 이야기는 나의 이야기와 섞여 결국 같은 이야기가 될 수 있었다. 이 남자가 내 아버지가 될 수 있었다는 것을 알고 있다. 일요일 오후 바비큐 파티에서 고기를 굽는 동안, 혹은 뉴저지 저택의 정원 잔디를 깎으며 투포로 돌아가던 그 장면을 수천 번 이야기해 주었을지도 모른다는 것을. 그렇지만 그는 내게 이야기를 들려준 적이 없었다. 대신 내 아버지는 전혀 다른 이야기를 들려주었다. 아버지는 이야기하는 것을 좋아했기 때문에, 그리고 이야기된 것만이 사실이라는 것을 알았기 때문에 기꺼이 이야기를 들려주었다. 아버지는 시간을 내서 목소리를 가다듬고 이야기를 시작했다.

"우리는 물과 관련해서 항상 뭔가를 해야 했어." 아버지가 이렇게 말했다. "물이 보이지 않는 곳에서도 물을 찾을 수 있었지. 아주 오래전에, 그러니까 우리 집안이 시작될 무렵에 수맥을 찾을 줄 아는 조상이 있었어. 그분 이름은 페데리코였지. 그분은 막대를 들고 들판으로 돌아다녔어. 대기와 대지의 진동 소리를 들었지. 그분이 막대로 짚은 곳을 파고 또 파면 물이 나왔어. 페데리코는 뼈만 앙상하고 키가 매우 큰 허깨비였어. 통일 전쟁이 그분을 이 투포 땅으로 내던졌고 결국 이곳에서 살아야 했지. 그분은 북부에서 와서 남부에서 살았어. 이상주의 때문이기도 하고 어리석어서, 혹은 패배를 향해 가는 고집스러운 천성 때문이기도 했지. 그분은 자신의 장점이나 단점을 모두 후손들에게 유산으로 전해 주었지." "그래서요? 빨리 얘기해 주세요." "그리고 아주 가난한 석수가 한 사람 있었어. 고아였는데, 상처를 아주 쉽게 받았지. 땅을 사랑했기 때문에 땅을 소유하고 싶어했고 물을 끔찍하게 싫어했어. 그러니까 바다도 마찬가지지. 석수는 자신이 잃은 땅을 되찾을 거라는 꿈을 안고 대양을 두 번 건넜지. 하지만 결석으로 몸이 쇠약해져서 두 번 다 집으로 되돌아와야만 했어. 등에 백묵으로 십자가 표시를 그린 채 말이다." "그래서 어떻게 되었어요?" "1903년 어느 봄날 석수의 넷째 아들이 나폴리 항구에 도착했어. 열두 살짜리 어린 소년으로 영리하고 호기심 많은 아이였지. 그 아이는 화이트 스타 라인 선박 회사 배를 탔어. 배 위에서는 빨간 깃발이 휘날렸는데 북극성을 상징하는 하얀 별이 그려져 있었어. 소년의 아버지는 아들에게 자신이 이루지 못한 꿈을 이루라는 임무를 맡겼어. 그건 아주 무거운 짐이었지만 소년은 그 사실을 몰랐단다. 소년은 소금기에 전 미끄러운 나무판을 기어 올라갔어. 갑판으로 이어지는 사다리였지. 소년은 행복했지. 두려운 마음을 잊지 않고 간직해야 한다는 것을 잊어버렸어. 소년의 이름은 디아만테였단다.

소년은 혼자가 아니었어. 소년 곁에는 아홉 살짜리 꼬마 여자애가 있었지. 숱이 많은 검은 머리에 깊은 검은색 눈동자를 가진 아이였지. 아이의 이름은 비타였단다."

제 1부

사선(射線)

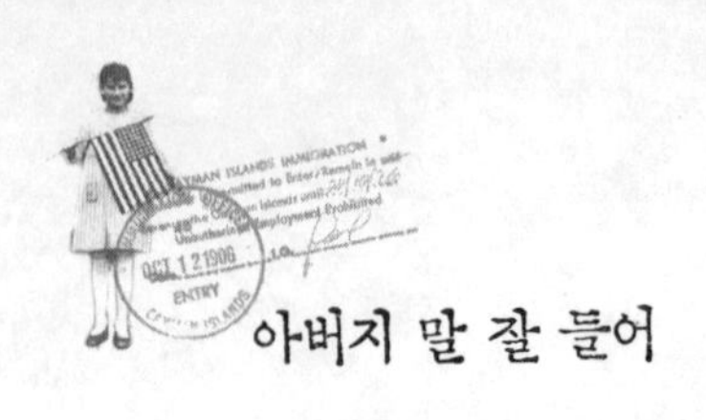

아버지 말 잘 들어

미국에서 사람들이 그에게 제일 먼저 시킨 일은 바지를 벗는 것이었다. 좀 더 정확히 말하자면 이렇다. 달랑거리는 그의 조그만 성기와 아직 아기처럼 보드라운 음부를 책상에 앉아 있는 십여 명의 판사들에게 보여야 했다. 알몸인 그는 수치심을 느끼며 절망 속에서 혼자 서 있었고 옷을 입은 판사들은 거만하게 앉아 있었다. 눈을 깜빡일 때마다 그의 눈에는 눈물이 고였다. 그들은 당황스러운 듯 웃음을 참아 가며 기침을 하고 기다렸다. 처음에는 아버지의 팬티를 입고 있다는 사실 때문에 수치심이 수백 배 커졌다. 너무나 크고 낡아 사제들도 입으려 하지 않을 구식 팬티였다. 그의 어머니가 배에서 내릴 때 꼭 필요한 12달러를 속옷에 넣고 꿰매 준 게 문제였다. 증기선의 공동 침실에서 밤에 도둑이나 맞지 않을까 걱정스러웠기 때문이다. 모두 알다시피 그 숙소에서는 끝도 없이 긴 열두 밤 동안에 아껴 둔 돈과 치즈, 마늘, 순결 같은 것이 모두 사라졌고, 다시 찾을 수가 없었다. 디아만테는 돈을 도둑맞지는 않았지만 입국 심사원에게 속옷 속에 달러를 숨겼다고 고백하는 것이 수치스러웠다. 돈이 없다고 말해야겠다는 기발한 생각이 떠올랐다. 지독한 수치심이 가져다준 결과는 이랬다. 그들은 그의 등에 십자 표시를 하고 줄의 맨 끝으로 보냈다. 그를 본국으로 송환시킬 배가 곧 떠날 것이다. 그러니까 그는 부질없는 여행을 한 것이다. 그의 아버지 안토니오와 정체불명의 아넬로 삼촌은 헛돈을 쓴 것이고, 이미 심사를 통과한 비타는 뉴욕에 혼자 남게 될 것이다. 그녀에게 무슨 일이 벌어질지는 하느님만이 아실 것이다.

창문 밖의 바닷물에 비친 도시가 흔들렸다. 높은 건물들이 구름을 스칠 듯했고 수천 개의 유리창이 햇빛에 반짝였다. 물 위에 솟은 그 도시, 하늘을 향해 곧게 뻗은 그 도시의 이미지는 영원히 그의 눈 속에 남아 있을 것이다. 너무나 가깝고도 닿을 수 없는 것으로. 이런 큰 재앙 앞에서, 이렇게 볼품없는 패배 앞에서 디아만테는 더 이상 참지 못하고 울음을 터뜨렸다. 그리고 통역관에게 자기 돈을 숨겨 놓은 부끄러운 장소를 조그맣게 알려 주었다. 눈 깜짝할 사이에 바지가 발목에 걸려 있었고 그의 얼굴은 새빨개졌다. 안쪽에 달린 주머니를 뜯어내기 위해 팬티를 찢었기 때문에 그는 가장 비밀스러운 부위를 손에 들고 있었다. 어떻게 해야 할지 알 수 없었기 때문이다. 디아만테는 바로 이렇게 미국 땅을 밟았다. 앞으로 걸어갈수록 더 거만하게 고개를 드는 차가운 그 물건을 그대로 보이며 알몸으로, 넘어질까봐 조심하며 그는 종종걸음으로 입국심사위원들 쪽으로 갔다. 그가 보낸 힘겨웠던 밤의 악취들이 밴 빛바랜 지폐를 그들의 코앞에서 흔들었다. 아무도 그 지폐를 받지는 않았지만 책상 뒤에 앉은 판사들은 통과시키라는 신호를 했다. 그는 미국에 들어왔다. 그 순간 수치심도 굴욕감도 모두 잊어버렸다. 옷을 벗겼다고? 팬티를 내렸다고? 차라리 그것이 그에게는 이득일 수도 있다. 사실 이 땅에 발을 딛기 전에 이미 그는 자신이 지금 가진 재산은 단 두 가지밖에 없다는 것을 알게 되었다. 그가 그날까지는 존재하는지도 몰랐고, 그것의 유용성도 몰랐던 것이었다. 바로 성기와 그것을 받쳐 줄 손이었다.

멀리서 들려오는 소리에 그는 갑자기 짙은 어둠 속으로 뚝 떨어졌다. 포장도로 위에서 울리는 마차 바퀴 소리였던 것 같았다. 그는 본능적으로 침대에 손을 올려놓고 동생의 머리를 만지기 위해 베개를 더듬었다. 하지만 이상하게도 베개가 없었다. 그의 머리는 거칠고 울퉁불퉁한 매트리스 위에 놓여 있었다. 디아만테는 일어나 앉았다. 창밖을 보았다. 달그림자도 보이지 않았다. 그는 아무것도 볼 수 없었다. 늘 창문이 있던 곳에 아무것도 없었기 때문이다. 그가 있는 방에는 창문 하나 없었다. 중고품 가게의 창고처럼 물건들로 발 디딜 틈도 없는 골방이었다. 낯선 방이었다. 바닥에, 그의 침대와 마주 보는 침대 아래에서, 징을 박은 남자 신발들이 음산하게 한 줄로 모습을 드러냈다. 그 신발들이 누구의 것인지, 신발의 주인들은 어디 있는지 그는 알 수가 없었다. 참을 수 없는 배고픔을 서서히 느끼면서 그제야 그는 여기가 자기 집이 아니라는 것을 알았다. 커튼 너머에서 울려 퍼지는 술 취한 남자의 요란한 목소리도 아버지의 목소리가 아니었다. 숨을 쉴 수도 없을 만큼 심한 악취도 아버지의 냄새가 아니었다. 아버지에게서는 돌과 석회와 땀 냄새가 났다. 하지만 이 악취는 신발에서 나는 냄새와 포도주 냄새, 오줌 지린내였다. 문을 쾅 닫는 소리, 발소리, 또렷한 트림 소리가 벽을 흔들었다. 골방과 다른 방 사이에 쳐진 커튼이 열렸다. 고약한 악취, 떠들썩한 웃음소리, 그리고 쏟아지는 불빛이 그를 덮쳤다. 디아만테는 눈을 감았다. 매트리스에 다시 반듯이 누웠다. 이제 모든 게 분명해졌다. 그는 또 입국심사위원들 앞에서 옷을 벗는 꿈을 꾼 것이다. 이틀 전에 일어난 일이었지만 계속 이어지고 있었다. 그리고 그가 살아 있는 한 계속 꿈에 나타날 것이다. 오늘이 그가 미국에서 맞은 두 번째 밤이었다. 그는 프린스 스트리트에 와 있었다. 집은 완전히 시커멨으며 너무 낡아 금방이라도 무너질 것 같았다. 아넬로 삼촌의 집은 계단 끝 마지막 층에 있는 여러 아파트 중 하나였다. 이것이 미국이었다.

한 남자가 골방으로 들어왔다. 그러더니 또 다른 남자, 또 다른 남자, 그리고 또 다른 남자……. 디아만테는 세다가 숫자를 잊어버렸다. 그의 앞에 있는 간이침대에 발이 걸려 비틀거리는 사람도 있었고 삐걱이는 소리를 내며 침대에 앉는 사람도 있었다. 가구를 옮기는 소리와 한숨 소리가 들렸다. 사람들이 옷을 벗었다. 겨드랑이 냄새. 하나, 둘, …… 열 명의 흥분한 남자 목소리가 그의 주변에서 맴돌았다. 그 목소리의 주인은 거리낌이 없고 피에 굶주린 살인자들이었다. 그들은 자신들을 화나게 한 일과 비열한 행동들을 이야기했다. 다양한 사투리로 이야기를 해서 알아들을 수 없을 때도 있었다. 아넬로가 누군가에게 2000달러를 주어야 하는데, 주지 않으면 그쪽에서 아넬로의 코를 잘라 엉덩이에 찔러 넣을 거라고 했다. 그러면 거드름을 피우는 인색한 벼락부자는 진짜 악취가 뭔지를 알게 될 것이라고. 아홉 살짜리 여자애를 찾아낸 경찰 이야기도 했다. 디아만테는 숨을 쉴 수도 없었다. 누군가 다른 사람들에게 조용히 좀 하라고 욕을 했지만 아무도 그의 말을 들은 체하지 않았다. 남자들의 목소리가 음탕해졌다. 그들은 아넬로의 어린 딸, 그러니까 비타 이야기를 했다. 지금은 아홉 살밖에 안 됐지만 한창때가 되면 얼마나 예뻐질지 두고 보라고 말했다. 남자들이 디아만테의 손에서 담요를 빼앗아 갔다. 두 눈을 꽉 감고 자는 척하고 있었기 때문에 남자들을 볼 수는 없었지만, 디아만테는 남자들이 자기를 보고 있다는 걸 알았다. 얘는 누구지?

여러 사람의 손이 그의 몸 위로 지나간 것으로 보아, 그들의 호기심을 자극한 게 틀림없었다. 그들은 지갑 같은 것을 찾기 위해 그의 몸을 뒤진 뒤 실망을 하고 그를 놓아 주었다. 디아만테는 팬티 차림으로 잠을 잤다. 다른 속옷이 하나도 남아 있지 않았기 때문에 그저께 입고 있던 팬티를 그대로 입고 있었다. 그는 이미 전부 다 도둑맞았다. 남자들은 다시 2000달러, 살인, 공갈협박범 이야기를 열심히 떠들었다. 디아만테는 바람에 흔들리는 갈대처럼 몸을 떨었다. 담요가 그의 코를 간질여 재채기가 났다. 커튼이 다시 열렸다. 누군가 들어와 그의 매트리스 옆에 앉았다. "잘 자라." 졸음이 담긴 목소리가 말했다. "네 자리에서 얌전히 자라. 시끄럽게 하지 말고. 난 내일 아침 일찍 일어나야 해."

갑자기 따듯한 뭔가가 디아만테의 얼굴을 스쳤다. 발이었다. 또 다른 남자가 그의 침대로 들어왔다. 발 냄새가 났다. 말발굽처럼 단단하고 뾰족한 발톱이 그의 뺨을 긁었지만 디아만테는 가만히 있었다. 괜히 몸을 움직였다가 이 낯선 남자가 그의 코를 잘라 엉덩이에 찔러 넣을까봐 겁이 났다. 발의 주인이 매트리스 위로 몸을 쭉 펴다가 예기치 못한 장애물에 부딪혔다. "젠장, 뭐야?" 그가 벌떡 일어났다. "너한테 주는 작은 선물이야. 적어도 누군가와 같이 잘 수 있잖아. 엄마 품속에서 자 본 뒤론 처음 있는 일이지." 발의 주인이 욕을 하면서 발로 차고 밀며 디아만테보고 움직이라고 했다. 침대 가장자리로 밀고 짓눌렀다. 벽이 없었다면 디아만테는 침대 밑으로 떨어졌을 것이다. 발의 주인은 흡족할 만큼 자리를 차지하고 나서야 조용해졌다. 하지만 다른 사람들은 잘 생각이 전혀 없었다. 그들은 흥분해 있었다. 누군가 담배에 불을 붙여서 이제 담배 연기가 훅 밀려들었다. 공기가 부족했다. 모든 게 부족했다. 어둠이 그를 위협하듯 그의 위를 맴돌았다. 몸체가 없는 목소리들이 점점 더 고통스럽게 울려 퍼졌다. 낯선 세계의 수군거림과 그림자가 어둠과 함께 한밤중에 그를 향해 다가와서 무방비 상태인 그를 공격했다.

디아만테가 납작하게 벽에 달라붙어 있을 때 살인자들이 지하 공사장에서 발견한 소년의 토막 시체 얘기를 두런거렸는데, 그때 그의 공포는 더 이상 걷잡을 수 없을 만큼 커졌다. 토막 난 소년이 키가 크거나 뚱뚱해서가 아니라 열두 살짜리였기 때문이다. 토막 시체의 머리와 가슴 부위만 남아 있었다고 했다. 혀도 성기도 없었다.

"젠장, 잠 좀 자라." 발의 남자가 벌컥 화를 냈다. "참견 마. 씨, 그만해." 그래도 여전히 피, 살인, 토막 시체 얘기였다. 그러다가 서서히 이야기가 잦아들더니 지하 공사장의 시체 이야기에다 레나라는 여자의 풍만한 가슴에 대한 진심 어린 찬사가 뒤섞였다. '죽음'이라는 단어의 정확한 철자(PAGHA나 MUORI였다. 편지에 그렇게 적혀 있었다.)에 대한 토론이 100달러짜리 지폐에 대한 토론(몇 장이 있어야 2000달러가 되는 거야?)과 뒤범벅되었다. 코를 잘라 엉덩이에 끼울 수 있게 칼날을 벼리는 기술에 대한 이야기도 끼어들었다. 이 말 저 말 사이의 침묵이 차츰 길어졌다. 30분 정도 지나자 방 안에서 입씨름을 하던 유령들이 깊은 잠에 빠졌다. 누군가 코를 골았는데 얼굴을 신발로 얻어맞은 뒤 곧 잠잠해졌다. 거리의 소음도 잦아들어 이제 아득하게 들릴 뿐이었다. 하지만 디아만테는 잠을 잘 수가 없었다. 그는 몸을 떨었다. 지하 공사장에 버려져 있던 혀 없는 머리를 생각했다. 그의 뺨을 짓누르는 발을 생각했다. 아벨로 삼촌을 죽이려고 하는 얼굴 없는 10명의 강도들을 생각했다. 아니 어쩌면 이들은 디아만테, 그를 죽이려 들지도 몰랐다. 별 볼일 없는 어린아이여서 누구도 그를 두려워하지 않으니까. 안타깝게도 그는 진짜 별 볼일 없는 아이였다. 11월이면 열두 살이 되지만 아직 어린아이처럼 작았다. 사실 그는 어린아이가 아니고, 한 번도 어린아이였던 적이 없긴 했지만 말이다. 그뿐 아니라 입국심사위원들 앞에서 그는 이미 자신이 진짜 남자가 되었다는 것을 알았다.

디아만테는 축축하고 악취 나는 공기 속에서 울퉁불퉁한 매트리스에 누워 돌아눕지도 못한 채 뜬눈으로 밤을 새웠다. 첫 새벽빛이 커튼 사이로 스며들기 시작할 때 그는 발의 남자를 넘어 바닥에 뛰어내렸다. 빈 정어리 깡통을 밟아 날카로운 가장자리에 발이 찢겼다. 신음 소리를 죽이며 몸을 구부리고 잠들어 있는 남자들의 얼굴을 자세히 살펴보았다. 숱

많은 검은 수염의 얼굴들에는 수심이 가득했다. 햇빛에 검게 그을린 얼굴들이었고 눈가에는 주름이 깊게 패어 있었다. 머리는 더러웠고 손은 큼직했다. 환한 대낮에 길에서 만났더라도 지난밤처럼 두려움을 안겨 줄 그런 얼굴이었다. 하지만 발의 남자는 그렇지 않았다. 칫솔 같은 듬성듬성한 짧은 콧수염을 기르고 있었다. 키가 아주 컸고 아스파라거스처럼 호리호리하게 말랐다. 금방 알아보지는 못했지만 그는 사실 사촌 제레미아가 틀림없었다. 그는 작년에 고향을 떠났다.

프린스 스트리트의 집은 냄비, 밥그릇, 물통, 밀가루 부대, 통과 궤짝들로 어지러웠다. 디아만테는 손으로 더듬어, 배가 불룩한 닭들이 구구거리는 나무 닭장 주위와 바질이 시들어 가고 있는 화분 주변으로 걸어갔다. 그러다가 투포 마을의 수호성인인 마돈나 델레 그라치에 석고상과 부딪혀 코가 깨질 뻔했다. 석상은 여기저기가 훼손되어 있었다. 다른 사람들은 아마도 거기에 부딪힌 디아만테보다 운이 나빴던 모양이다. 철사로 임시로 매어 놓은 빨랫줄이 방을 둘로 갈라놓았는데, 디아만테는 거기 걸린 축축한 러닝셔츠와 시트와 양말들 사이를 갈지자로 걸었다. 빨래가 그의 얼굴을 때렸다. 부부 침대에 발이 걸려 넘어지기도 했다. 침대는 부엌처럼 보이는 방의 칸막이 뒤에 놓여 있었다. 베개를 벤 남자의 기름진 머리 옆으로 여자의 뽀얀 목과 팔이 또렷하게 보였고, 시원하라고 이불 위로 아무렇게나 내놓은, 아무것도 걸치지 않은 다리가 보였기 때문에 멍하니 쳐다보기만 했다. 지금까지 그런 광경을 한 번도 본 적이 없어 숨도 쉴 수 없었다. 디아만테는 그 여자가 누구인지 몰랐다. 기름진 머리의 주인은 아넬로 삼촌이었다. 아넬로 삼촌은 편지를 대필해 주는 디오니시아와 결혼했다. 디오니시아는 디아만테가 이탈리아를 떠날 때 그의 어머니와 같이 역에 나왔다. 두 사람 모두 눈물을 흘렸다. 디아만테는 울지 않았다. 그는 크래커를 먹으면서 호기심에 낯선 여자에게로 다가갔다. 소리를 내지 않으려고 조심했지만 자기도 모르게 닭장을 발로 차고 말았다. 닭들이 일제히 꼬꼬댁거리기 시작했다. 낯선 여자의 머리는 노란색이었고 눈은 초록빛이 도는 검은색이었다. 여자의 눈동자 색을 알 수 있는 건 이 여자가 잠에서 깨어 자신을 보고 있기 때문이라는 사실을 깨달은 디아만테는 소스라치게 놀랐다. 닭장을 뒤엎고 바닥에 벌러덩 넘어지고 말았다.

아벨로는 야채와 과일을 파는 가게를 구입한 뒤 그 비용을 메우기 위해 이웃 바의 사장에게서 프린스 스트리트의 집을 세 얻었다. 그는 돈에 대한 한없는 욕심을 버려 본 적이 없기 때문에 이 집을 일종의 하숙집으로 개조했다. 수염을 기른 그 남자들이 범죄자들 같아 보이고, 또 실제로 범죄자일 수도 있긴 했지만 어쨌든 그의 집에 묵는 사람들이었다. 그 사람들, 그러니까 여기 표현대로 하면 하숙생들은 침대 사용료와 세탁비, 식비를 지불했다. 디아만테도 돈을 내야 할 것이다. 아벨로 삼촌은 하숙비를 깎아 주지 않았다. 그는 늘 인색했는데 부자이기 때문이었다. 아니 인색하기 때문에 부자가 되었는지 모른다. 돈에 대한 욕심 때문에 그는 좁은 방에다 가능한 한 많은 사람들을 밀어 넣었다. 구석구석에, 그러니까 오븐 앞에도 커튼 뒤에도 모퉁이와 궤짝 뒤에도 간이침대가 있었다. 디아만테는 남자의 숫자를 열넷까지 셌고 그 맨다리의 여자 하나를 발견했다. 하지만 그는 다른 여자를 찾고 있었다. 아니 여자아이, 비타였다.

디아만테는 연락선이 배터리파크 항구에 다가가는 순간을 떠올릴 때면 늘 자기가 꼭 잡고 있던 축축하고 설탕이 묻어 끈적끈적한 비타의 손만을 떠올리게 될 것이다. 다른 사람들은 검댕으로 시커먼 맨해튼의 거대한 빌딩들과 마치 신비한 신호를 반복해서 보내듯 햇빛을 받아 간헐적으로 반짝이던 수많은 유리창들을 보았을 때의 흥분을 이야기했다. 한 줄기 연기가 높은 빌딩 꼭대기를 왕관처럼 둘러싸면서 빌딩의 윤곽을 흐릿하게 만들어 그것들을 거의 비현실적인 것으로, 꿈과 같은 것으로 바꿔 놓았다. 또 어떤 사람들은 부두에 정박한 여객선들의 굴뚝, 깃발, 사무실 간판, 은행과 회사, 항구를 가득 메운 많은 사람들 이야기를 했다. 그렇지만 약속의 땅의 무엇인가를 보기에 디아만테는 키가 너무 작았다. 그는 남루한 옷을 입은 엉덩이와 야윈 등밖에 볼 수 없었다. 디아만테는 모자를 머리에 눌러썼다. 딱딱한 챙이 달린 모자였는데 너무 커서 귀를 덮었다. 그리고 깡충 뛰어 어깨에 멘 자루가 제자리를 잡게 했다. 그 자루는 그가 베던 줄무늬 베갯잇으로 만든 것인데, 그의 짐이 전부 다 거기 들어 있었다. 부츠가 작은 데다 끈을 너무 꽉 묶어 발이 아팠다. 사람들이 습관처럼 그들과 부딪히고 밀고 할 뿐이었지만 디아만테는 그게 두려워 비타의 손을 꽉 잡고 있었다. 그래도 결국 두 사람은 손을 놓치고 말았다. "내 옆에서 떨어지지 마." 그가 비타에게 명령했다. "무슨 일이 있어도 내 옆에서 떨어지지 마." 비타는 물론 몰랐지만 그에게 비타는 미국에 들어가기 위한 여권과도 같았다. 헝클어진 머리에 꽃무늬 옷을 입은, 구겨지고 열이 나는 여권. 비타는 입에 노란 영수증을 물고 있어야 했는데 무슨 이유에서인지 영수증을 가지고 있지 않았다. 짐을 찾을 때 보여 주는 것과 비슷한 영수증이었다. 사실 그들도 짐을 찾아야만 했다. 노란 영수증에는 '아버지 말 잘 들어'라고 씌어 있었다. 비타도 디아만테도 그 말이 대체 무슨 뜻인지 짐작조차 하지 못했다. 비타가 고개를 끄덕였다. 잘 알아들었다는 것을 보여 주기 위해 손톱으로 그의 손바닥을 찔렀다.

사람들은 모두 누군가를 찾았다. 십여 개의 언어로 이름을 불렀다. 대개는 낯선 언어들로, 귀에 거슬리는 후두음일 뿐이었다. 모두들 마중 나올 사람들이 있거나 부두에서 기다리는 사람들이 있었다. 그도 아니면 종이에 휘갈겨 쓴 주소를 가지고 있었다. 친척이나 동향 사람, 주인의 이름이 적힌 종이였다. 대부분의 사람들은 노동계약서도 가지고 있었다. 그러나 모두 그 사실을 부인했다. 그렇게 해야만 했다. 사실 디아만테가 미국에서 두 번째로 한 일은 이야기를 꾸며 내는 것이었다. 그가 지금까지 한 번도 해본 적이 없는 일이었다. 간단히 말하자면, 어떤 의미에서는 거짓말을 하는 것이다. 그렇게 해야 했다. 엘리스 섬에서 네게 미국인들이 여러 가지 질문을 연달아 던질 것이다. 일종의 심문 같은 것이다. 사악한 인간으로 동포를 불리하게 하는 짓을 열성적으로 해서 성공을 한 진짜 빌어먹을 놈인 통역관이 네게 진실을, 진실만을 말해야 한다고 설명할 것이다. 미국에서 거짓말은 심각한 범죄, 도둑질보다 더 나쁜 짓이기 때문이다. 그렇지만 진실은 미국인들에게도, 네게도 쓸모가 없다. 그러니까 통역관의 말에 신경 쓸 것 없이 네가 준비한 말을 하면 된다. 네가 그 말을 진짜라고 믿으면 그들도 믿을 것이다. 그들의 얼굴을 똑바로 보고 맹세해라. 맹세코 전 노동계약서를 가지고 있지 않습니다.(하지만 사실 그는 가지고 있었다. 아벨로 삼촌은 그를 클리블랜드 철도 공사장으로 보낼 것이다.) 맹세코, 뉴욕에 머무는 동안 삼촌이 먹여 주고 재워 줄 겁니다.(이건 정말 최고의 거짓말이었다. 아벨로는 지독한 구두쇠였기 때문이다.) 그렇지만 입국심사위원들은 이 말을 확인하는 데 시간을 허비하려 하지 않았다. 그들은 급히 일을 처리했다. 그들은 성경에 나오는 메뚜기 떼처럼 미국에 날아온 4500명을 조사해야 했다. 디아만테는 그 속에 끼어 있었다. 직원들은 지쳐 있었고 대강 하라는 명령을 받았다. 그들은 디아만테의 대답을 건성으로 들었다. 그래서 팬티를 끌어올렸고 그렇게 그들을 속였다.

"아파, 디아마." 비타가 투덜거렸다. 살갗이 빨개질 정도로 손목을 꽉 잡았던 것이다. "내 옆에 꼭 붙어 있어야 해." 디아만테가 대답했다. 머리에 모자를 쓰고 있어서 군인 같았다. 비타는 그의 말을 들었다. 손을 잡고 배에서 내렸고 곧 흥분한 사람들 속으로 빨려 들어갔다. 귀를 먹먹하게 하는 자동차 소음, 권양기와 쇠사슬이 철걱이는 소리, 뱃고동 소리와 승객들의 고함 소리 속에 역까지 가는 교통편이나 밤을 보낼 잠자리를 주선하는 사람, 시원한 물을 파는 사람, 길 안내를 자청하는 사람, 그리고 지갑을 소매치기할 상대만 찾는 사람들이 뒤섞여 있었다. 소년들이 석탄더미 위에 웅크리고 앉아 담배를 피웠는데, 불쾌한 녀석이라도 하나 모퉁이에서 나타나기만 하면 곧 칼로 찌를 것 같은 분위기였다. 디아만테는 여권을 입에 물었다. 그의 아버지의 동의하에 디아만테의 인적 사항 옆에 국외 추방 도장이 찍혀 있었다. 정신없이 급하게 사람들을 밀치고 나오느라 비타가 노란 영수증을 물고 있지 않은 이유를 물어보지도 못했다. 부두에 숨어 있던 악당들이, 손을 꼭 잡은 이 두 아이를 마중 나온 사람이 아무도 없다는 것을 알아차리자 그들 쪽으로 달려왔고 두 아이를 데려가기 위해 서로 싸웠다. 그들은 두 아이를 꼬드겼지만 디아만테는 속아 넘어가지 않았다. 그는 완강하게 버티며 비타를 옆으로 끌어당겼다. 비타는 그녀를 향해 웃고 있는 잘 차려입은 이 악당들에게 미소를 지었다. 모두 자기 아버지 같다고 생각했다.

모르는 사람들과 얘기하지 마라. 디아만테는 아버지에게 이 말을 수없이 들었고, 잊지 않겠다고 아버지와 약속했다. **누구 말도 듣지 마라. 섬에 가만히 있으면 아넬로 삼촌이 너희를 데리러 올 거야. 삼촌이 너희들을 알아볼 게다.** 중요한 건 아넬로가 오지 않았다는 것이다. 비타가 기다리는 것을 지루해한다는 것도 문제였다. 대합실은 떠들썩하고 정신없이 혼란스러웠다. 어제 1903년 4월 12일, 1만 2668명이 섬에 상륙했다. 브레멘, 로테르담, 리버풀, 코펜하겐, 함부르크에서 계속 배가 들어와 정박했다. 나폴리에서만도 세 척이 도착했다. 디아만테와 비타가 탄 배 리퍼블릭 호에서만 2201명이 내렸다. 이렇게 사람들이 몰려든 것은 유례없는 일이어서 직원들은 몹시 허둥대고 있었다. 사람들은 양 떼처럼 통로에 무리 지어 모여 있었다. 처음에 한 무리, 그다음에 다른 무리, 또 다른 무리. 그런 혼란 속에서 비타는 10명의 자식들을 데리고 가는 집시 뒤로 갔다. 디아만테는 그 뒤를 따라갔다. 비타가 자기 아버지인 아넬로를 기다리지 않는데, 디아만테 혼자 계속 기다릴 이유가 어디 있겠는가? 연락선에서 집시는 자기 자식들이 12명으로 늘어난 것을 알아차렸지만 아무 말도 하지 않았다.

사람들이 그들을 앞으로 사정없이 떠밀었다. 그들은 벌써 방벽을 지나 화이트 스타 라인 창고 앞에 도착해 있었다. 거기서 짐꾼들이 짐을 내려 4, 5미터 높이로 높게 쌓아 올렸다. 그렇지만 가방은 눈을 씻고 찾아보려 해도 없었다. 각양각색의 바구니, 보따리, 찢어져 수천 번 기운 자루들이 전부였다. 짐이 없어질까 걱정이 된 어떤 사람은 그 보따리들 위에 커다랗게 대문자로 자기 이름을 써놓기도 했다. 에스포지토, 하빌, 마도니아, 지파로, 추레카스, 파파지오니스 같은 이름은 지금 자신들의 주인에게 빨리 찾아가 달라고 애원하고 있는 것처럼 보였다. 초라한 모습이 부끄러워 다른 사람들의 시선에서 한시라도 빨리 벗어나기 위해서 말이다. 디아만테는 그 많은 사람들에게 깔려 버릴까 두려워 팔꿈치로 사람들을 밀었다. 그는 뒤를 돌아보았다. 바닷물은 화강암 색이었는데 섬은 이제 보이지 않았다. 수도 없이 사람들에게 밀리고 미느라 비타의 땋은 머리가 다 풀어져 귀 위로 흘러내렸다. 디아만테는 머리를 다시 묶어 주려 해보았지만 비타는 그런 것에 신경을 쓰지 않았다. 디아만테는 심사위원들을 골탕 먹였지만 비타는 디아만테를 골탕 먹였다.

비타가 미국에서 제일 처음 한 일은 속임수 마술을 부리는 것이었다.

그녀는 엘리스 섬의 대합실에 앉아 있었다. 구명보트에서 밤을 보낸 뒤 열이 났기 때문에 기운이 하나도 없었다. 당황한 그녀는 친척들을 데려가기 위해 대합실 안을 서성거리고 있는 낯선 사람들의 얼굴을 하나씩 자세히 살폈다. 납작한 모자를 쓴 무서운 얼굴, 조각한 것 같은 얼굴, 손잡이 같은 콧수염이나 쥐꼬리 같은 콧수염을 기른 얼굴, 매부리코, 새까만 눈이나 담녹색 눈, 시커멓거나 새하얀 얼굴, 여드름과 주근깨가 깔린 얼굴, 남편, 할아버지, 친척, 슬퍼하는 어머니들, 사진 한 장 들고 신부를 찾아 나온 삼십 대 남자, 아들의 이름을 소리쳐 부르는 슬퍼 보이는 노인. 하지만 아버지는 없었다. 저 사람일까? 디아만테가 그녀를 잡아당기며 수염을 근사하게 기른 한 남자를 가리켰다. 디아만테가 생각하고 있던 아녤로 삼촌의 모습에 딱 맞아떨어지는 사람이었다. 투포 사람들 중 가장 부유한 사람, 하모니카 하나 들고 제일 먼저 미국으로 가서 이제 고향 사람들을 하나씩 미국으로 부르고 있는 사람. 그는 벌써 마을 사람을 50명이나 미국으로 불렀다. 하지만 비타가 고개를 저었다. 그 사람이 자기 아버지일 리가 없었다. 자기 아버지는 신사였다. 요트를 타고 섬에 올 것이다. 비타를 보면 실크모자를 들어 올려 인사를 하고는 그녀의 손을 잡고 이렇게 말할 것이다. 공주, 네가 사랑하는 내 딸 비타가 틀림없구나.

대합실에 주걱턱 남자가 한 명 있었다. 비타는 그 사람의 차림새가 제일 초라했기 때문에 눈여겨보았다. 퍼스티언 천으로 만든 끔찍한 초록 상의에 여기저기 얼룩진 체크무늬 바지를 입고 있었다. 손, 귀, 코 심지어 셔츠 사이로 보이는 가슴에도 털이 수북하게 나 있었다. 그는 땀에 젖은 얼굴을 신문으로 부채질하고 있었고 불안한 눈으로 그녀를 뚫어지게 보았다. 모자의 리본 사이에 1달러짜리 지폐가 꽂혀 있었다. 추악하게 생긴 남자였다. 비타는 그가 무서웠다. 겁이 난 비타는 디아만테의 손을 더 꽉 잡고 그의 베갯잇 자루 뒤에 숨었다. 그렇지만 주걱턱 남자는 비타에게서 눈을 떼지 않았다. 기름기에 찐 그의 상의 옷깃에 비듬이 여기저기 흩어져 있었다. **네 아버지는 주걱턱이야. 얼굴이 굽었고 커피콩처럼 까매. 기억나지, 응? 네가 걸음마 할 때 니콜라 오빠를 데리러 왔었는데. 기억 안 나면 이것만 알아 두면 돼. 모자 리본에 1달러 지폐를 꽂고 있을 거야.** 노란 영수증이 사라진 건 그때였다. 비타는 그 종이를 손에 들고 실망한 눈으로 바라보았다. 그리고 갑자기 종이가 없어져 버렸다. 사라진 것이다. 공중으로 날아가 버렸다. 잠시 후 10명의 자식을 거느린 집시 뒤로 가버렸다. 모자 리본에 1달러를 꽂은 남자는 딸을 잃어버렸기 때문에 엘리스 섬의 대합실에서 소리를 지르고 있을 것이다. 그러면 그럴수록 그 남자만 안된 일이었다. 그는 비타의 아버지가 아니었으니까.

그렇지만 노란 영수증을 잃어버리고 난 지금, 아무도 그녀를 데리러오지 않는 지금 눈물이 나왔다. 비타는 디아만테의 손에 매달렸다. 배터리파크 항구에서 갑자기 훌쩍이기 시작했다. 그 주걱턱 남자가 바로 자기 아버지라는 것을 너무나 잘 알고 있었기 때문이다. 아니면 그 때문이 아닐 수도 있었다. 그 남자가 너무 오랫동안 그녀를 뚫어지게 보며 그녀의 얼굴 하나하나를 뜯어보고 짧은 꽃무늬 원피스 밑으로 나온, 아무것도 신지 않은 맨다리를 쳐다보고, 또다시 부드럽게 그녀를 보다가 미소를 짓기는 했지만 그녀가 자기 딸이라는 것을 알아보지 못했기 때문인지도 모른다.

"비타, 울지 마!" 여자아이가 울 때 어떻게 해야 하는 건지 알 수 없어서 짜증이 난 디아만테가 소리쳤다. 디아만테는 여자아이들을 참을 수가 없었다. 비타는 그의 멜빵에 매달려 있었다. 비타가 길 쪽으로 그를 끌고 가기 시작했다. "우는 거 아니야." 비타는 고집스레 코를 훌쩍이며 반박했다. 그리고 나서 손가락으로 콧물을 닦았다. 손가락을 꽃무늬 원피스에 닦고, 사람들에게 밀려 밟힐지도 모르는데 겁도 없이 그를 쇠기둥 밑으로 끌어당겼다. 쇠기둥 위로 기차가 귀에 거슬리는 굉음을 내며 쏜살같이 달리고 있었다. 사람들이 흩어지고 그들 주위에 말을 한 필 가진 남자와 사탕을 파는 여자 행상 하나만 남았을 때 디아만테는 뒤를 돌아보았다. 이제 항구가 보이지 않았다. 창고, 부두, 배, 권양기, 쏜살같이 달리는 기차들이 사라졌다. 주변에는 집들밖에 없었다. 나지막하고 낡고 오래된 집들, 칠이 다 벗겨지고 창문에 빨래가 널려 있는 집들이었다. 그들은 길을 잃었다.

아넬로에게 세를 준 집주인은 바의 사장일 뿐만 아니라 중개인이기도 하고 노동일을 알선하는 보스이기도 하고 증기선과 기차 탑승권, 약과 식료품을 팔기도 했다. 이 주인이 아넬로에게, 디아만테가 따라가기로 했던 작업반이 어제저녁 19시 20분 기차로 오하이오 클리블랜드로 떠났다고 알렸을 때 아넬로는 디아만테의 뺨을 때렸다. 양쪽 귀가 다 울릴 정도였다. 욕을 하며 자신의 불운을 한탄했으며 하느님, 성모 마리아, 예수 그리스도를 비롯해 모든 성인들에게 저주를 퍼부었다. 보스는 관심 없다는 듯 어깨를 으쓱했다. 디아만테는 겁이 나서 한쪽에 떨어져 있었다. 오른손은 바지 주머니에 넣고 왼손으로는 멜빵을 만지작거렸다. 그는 아직도 맨발에, 자기 것도 아니어서 너무 큰 셔츠를 입고 있어서 부끄러웠다. 멜빵조차도 그의 것이 아니었다. 로코에게 빌린 것이었다. 그는 로코가 자신의 친척인지 아닌지도 아직 몰랐다. 하지만 로코는 오늘 아침, 프린스 스트리트에 사는 14명의 남자 중 유일하게 그에게 "잘 왔다"고 말해 준 사람이었다.

메모와 광고가 빼곡한 게시판이 디아만테의 눈을 사로잡았다. 이 지하실은 아마도 직업소개소인 것 같았다. 그 광고는 모두 일할 사람을 구하는 것이었다. 래카워나 컨트리에서 광부 50명 구함. 버팔로와 영스타운에 있는 이리 컴퍼니 보선 공사 500명. 도로 공사 200명, 보수 2달러 50센트. 웨스트버지니아 철도원 식사를 맡아 줄 요리사 1명. 리하이밸리 철도 회사에서 굴착 작업 할 인부 30명. 조화 만드는 일: 브로드웨이 687 미한 지점에서 일할 여성 20명. 개인 노동자 4명, 팀으로 2팀, 웨이벌리 플레이스 26번지. 장식 마무리 포장 인부 맥 캐너 밀리우스. 석수 20명, 수레 만드는 목수 3명, 화부 7명, 화강암 절단 인부 10명, 보일러 기술자 2명. 일을 해야 하는 장소들의 이름은 신비롭고 암시적이었고 발음도 매끄러웠다. 네스퀘호닝, 올라이펀트, 펑스서토니, 셰넌도어, 프리랜드 같은 이름이었다.

디아만테는 두 남자가 하는 말을 한마디도 알아듣지 못했다. 아넬로와 보스가 친숙하게 들리기는 하지만 본질적으로는 낯선 이상한 언어로 이야기를 하고 있었기 때문이다. 보스는 감정을 주체하지 못하는 권위적인 인물로, 뾰족하게 기른 새끼손톱으로 귀에서 무엇인가를 파내느라 여념이 없었다. 디아만테가 유일하게 알아들은 말이라고는 작업반이 클리블랜드로 떠났다는 것뿐이었다. 그리고 이 클리블랜드라는 곳이 아주 먼 곳이라는 사실이었다. 철도청에서 노동자들과 십장에게 편도 여행 경비를 제공했지만 늦게 출발하는 사람 비용은 나오지 않았다. 그래서 그곳까지 가려면 최소 60달러가 필요했다. 하지만 디아만테는 단돈 1달러도 가지고 있지 않았다. 그래서 아넬로 삼촌이, 이 배은망덕하고 보잘것없는 녀석을 미국에 오게 하기 위해 경비를 지불했던 너그러운 아넬로 삼촌이, 이 녀석을 위해 보스에게 사정을 했고 실제 나이는 열두 살도 안 되었고 겉으로 보기에는 여덟 살 정도로밖에 안 보이는 바짝 마른 이 보잘것없는 녀석을 위해 거짓말을 해서 나이에 맞지도 않는 일자리까지 구해줬던 그 아넬로 삼촌이 정말 분통을 터트리고 말았다. "내가 이 거지 같은 녀석을 거두게 됐어. 뉴욕에서 먹여 살려야 할 입이 하나 더 늘었다고. 내

식구를 먹여 살리려고 개처럼 일하는데 말이야. 분명히 말하지만 넌 기생충이야. 해충이 들끓는 부랑자야. 내 말 잘 들어. 난 내가 똥줄 타게 일해서 네 녀석이 편하게 먹고사는 꼴은 절대 못 본다. 그러니 네가 일자리를 구하지 못하면 나는 네 놈을 내 집에서 내쫓아 버릴 거야, 알겠냐. 네가 굶어죽든 말든 상관 안 할 거야." 그리고 다시 귀가 울리게 따귀를 때렸다. "거지 같은 새끼, 지옥에나 떨어져라……."

디아만테는 망연자실한 채 아넬로를 따라 밖으로 나왔다. 아넬로를 시야에서 놓치지 않으려고 급히 그의 뒤를 따랐다. 종종걸음을 치기도 하고 어떨 때는 달리기까지 했다. 길이 몹시 복잡했는데, 디아만테는 사람들에게 밟히지 않고 길을 건너려면 어떻게 해야 하는지를 아직 알 수 없었다. 길은 넝마에서부터 부엌에서 쓰는 잡동사니에 이르기까지, 산더미처럼 쌓인 굴에서부터 식칼에 이르기까지 온갖 물건들을 실은, 크기가 각기 다른 짐수레로 붐볐다. 길 양쪽으로 다양한 가게들이 늘어서 있었는데, 간판 글자는 모두 이탈리아어였다. 그래서 디아만테는 다시 바다를 건너 고향으로 돌아간 것 같은 기분이 들었다. 거리에는 거지들, 루핀 씨앗을 파는 장수, 칼갈이, 맨발로 쓰레기 더미를 헤집는 아이들, 술집 앞과 여관 앞에서 어슬렁거리는 시무룩한 얼굴의 남자들, 이탈리아식 카드인지 뭔지 모를 카드놀이를 하고 있는 남자들, 그리고 이탈리아에서처럼 머리에 보자기를 두르고 검은 옷을 입은 여자들, 그리고 놀랍게도 이국적인 동물들도 있었다. 마법사의 모자 같은 원뿔형 모자나 교황 모자처럼 테두리 없는 모자를 쓴 곱슬머리 남자들, 심지어 노리끼리한 피부의 중국인들까지 보였다. 이상하고 음산해 보이는 수많은 사람들 속에서 아넬로 삼촌은 악령이 뒤따라오기라도 하는 듯, 미친 듯이 빠르게 걸었다. 대부분의 사람들이 삼촌을 알고 있어서 모두 다 한 손으로 모자를 들어 올리며 인사를 했다. 아넬로 삼촌이 중요한 인물이었기 때문이다. 많은 사람들이 그를 우러러봤고 존경의 뜻으로 '삼촌'이라고 불렀다. 물론 사람들이 전부 다 아넬로 삼촌의 조카인 것은 아니었다. 잘 생각해 보면 디아만테도 마찬가지였는데, 이런 사실은 별로 중요하지 않았다. 친삼촌이 아닌 아넬로 삼촌이 그를 진짜 굶어 죽게 내버려 둘 수도 있다고, 어떤 직감 같은 것이 디아만테에게 말해 주었다.

아넬로는 뒤를 돌아보며 디아만테가 잘 따라오고 있는지를 확인하는 일 같은 건 하지 않았다. 그는 자신이 달아났던 지옥으로 가라앉는 중이었다. 이런 어린 소년은 재수가 없었다. 악마가 이제 계산을 할 순간이 찾아왔다는 것을 알리기 위해 그에게 보내는 것일 뿐이었다. 그러나 아넬로는 하느님과의 만남을 중단해 버린 뒤로는 악마에게도 지나치게 마음을 털어놓지는 않았다. 어쨌든 그가 어제 엘리스 섬에 갔다가 허탕을 치고 돌아왔을 때 우체부가 검은 손이 그려진 밀봉된 운명의 편지를 전해 준 건 우연이 아니었다. 이 편지는 최악의 저주였고 강력한 힘을 지닌 악마의 눈초리였다. 이 지역에서 자리 잡는 데 성공한 사람들은 모두 머지않아 그 편지를 받았다. 그리고 아넬로는 정말 성공적으로 자리를 잡고 있었다. 과일과 야채를 파는 그의 가게는 떠들썩한 시칠리아인들로 들끓는, 수상한 점이 많은 엘리자베스 가 모퉁이에 있었다. 무덤보다 조금 더 큰 구멍가게이긴 했지만, 다달이 물건 값을 지불하는 게 아니라 빨라도 세 달에 한 번씩 외상값을 갚는 주부들을 단골로 만들어 갔고 이윤을 남기기 시작했다. 그의 하숙집은 항상 만원이어서 빈 침대가 없었다. 그의 여자, 그러니까 그의 미국 여자 레나가 아주 부지런해서 불평 한마디 없이 하루 열여덟 시간을 억척스레 일했기 때문이다. 사실 레나는 미국인이 아니었다. 이제 아넬로의 멜버리 은행에는 상당한 돈이 저축되어 있었고, 가족을 모두 뉴욕으로 데려올 수 있었다. 눈병이 있어 미국인들에게 입국이 거부되었던 아내만 빼고. 결혼한 남자가, 항상 자신의 본분을 다하는 아내를 사랑한다 해도 미국인들은 감동하지 않는다. 아내를 데려오기 위해 등골이 빠지도록 일하면서 10년을 기다린 사람이 드디어 아내를 데리러 행복하게 섬으로 갔다는 사실을 고려해 주지 않는다. 그녀의 눈을 보고 거기에 눈곱이 끼어 있거나 백내장이 보이면 등에 엑스 표시를 한다. 그리고 **잘 가, 디오니시아.** 이제 기대할 거라고는 눈병에 걸린 그 참한 아내가 되도록 빨리 죽어 미국 여인과 재혼하는 것뿐이었다. 그렇게 해야 그의 명성을 더럽힐 수도 있는 사람들의 수다에 종지부를 찍을 수 있었다. 그런데 그의 사업 번창을 숨길 수가 없었다. 그리고 그 때문에 아넬로가 자리를 잡았다는 소문이 돌게 되었다. 처음에는 어쩐지 수상스러운 두 사람이 과일 가게에 왔다. 그들은 무례한 태도로 서리 맞아 주글주글해진 토마토의 냄새를 맡았다. 그러더니 그에게 200달러를 준비하라고 말했다. 그렇지 않으면 가게를 다 불태워 버리겠다고. 아넬로는 그들에게 지옥에나 떨어지라고 말하고는 권총과 총알을 구입했다. 한 달 동안은 그 구멍가게 한쪽 귀퉁이, 오렌지 상자와 양파 상자 사이에서 총알이 장전된 권총을 두 다리에 끼고 손가락으로 방아쇠를 잡은 채 잠을 자며 밖으로 한 발짝도 나오지 않았다. 그는 방문객을 맞을 준비가 되어 있었다. 하지만 지금 편지가 왔다. 편지는 진정한 재앙을 의미했다. 그는 수많은 사람들에게 어떤 일이 벌어졌는지 알고 있었다. 돈을 내거나 죽는 것이었다. 그런데 아넬로는 돈을 내고 싶지도, 죽고 싶지도 않았다.

프린스 스트리트 하숙집에 식탁이 이미 차려졌다. 일요일은 일주일 중 유일하게 모두 같이 점심을 먹는 날이었다. 접시로 사용되는 용기 14개가 나란히 놓여 있었다. 유리, 주석, 양철로 된 통이었다. 디아만테는 숫자를 셀 줄 알았다. 그래서 자기 그릇이 없다는 것을 알게 되었고, 진짜 걱정이 되기 시작했다. 아넬로는 식탁에 앉아 있었다. 검은 손이 그려진 편지는 배를 채우고 나서 생각할 것이다. 그제야 디아만테는 비타를 보았다. 비타는 김이 무럭무럭 나는 냄비 손잡이 하나를 잡고, 아까 다리를 내놓고 자던 여자 옆에서 비틀거리며 걸었다. 여자가 냄비를 식탁에 올려놓고 아넬로와 그의 아들 니콜라에게 마카로니를 퍼주었다. 그리고 사촌 제레미아, 사촌인지 아닌지 모를 로코 차례였다. 팔에 문신이 있는 로코가 부드럽게 웃었는데, 이 미소는 믿을 수 없을 정도로 큰 키와 이상하게 대조를 이뤘다. 의자가 적어 하숙생이 모두 식탁에 앉을 수 없었기 때문에 다른 사람들은 마카로니가 수북이 담긴 그릇을 가지고 침대에 가서 앉았다. 비타는 기분이 좋지 않은 것 같았다. 드디어 머리를 땋았기 때문에 깊은 생각에 빠진 창백한 얼굴이 그대로 드러났다. 비타는 너무 큰 앞치마를 입었고 디아만테처럼 아직 맨발이었다. 디아만테를 보자 비타가 미소를 지었다. 그 미소가 아넬로에게 맞은 따귀, 위협, 아무런 소득이 없었던 멜버리 스트리트 지하실 방문을 다 보상해 주었다. 그리고 클리블랜드로 가는 기차를 놓친 자신이 자랑스러워졌다.

니콜라는 마카로니를 씹다가 바로 그릇에 뱉어 버렸다. 가장 나이가 많고 통증으로 고통받고 있는 하숙생이 파스타에 포크를 찔러 넣고 휘저었다. 솔직히 말하자면 이 하숙생의 외모는 혐오스럽고 능글거렸다. 그러더니 아넬로에게 자기는 매달 10달러를 내는데 어떻게 개조차도 먹지 않을 이런 쓰레기를 주느냐고 말했다. "오늘은 꼬마 비타가 요리했어." 아넬로가 딸의 앞치마 끈을 잡으며 설명했다. "요리 배울 시간을 좀 주라고. 곧 잘하게 될 거야." 하지만 하숙생들은 수긍하지 않았다. 여긴 요리 학교가 아니다. "당신이 한번 먹어 봐요, 구역질이 날 테니." 아니, 아넬로도 먹을 생각이 없었다. 구역질 나는 맛에 놀라 그 역시 한 입 먹었던 허여스름한 파스타를 뱉어 버렸다. 포크를 내려놓았다. 오늘은 그에게 고행의 날이다. 집에서도 평화를 찾을 수가 없다. 그는 무서운 눈으로 비타를 보았다. "이게 뭐야, 넌 마카로니 하나 제대로 만들 줄 모르냐?" 모욕을 당한 비타가 입술을 깨물었다. 비타는 턱이 식탁 위의 냄비 가장자리에도 닿지 않을 정도로 키가 작은 꼬마였다. 비타는 어떻게 해야 할지 몰라 머리를 긁었다. 모두 비타를 보았다. 비타는 당황스러웠다. 프린스 스트리트의 집에는 모두 낯선 사람들뿐이었기 때문이다. 그중 제일 낯선 이는 아버지였다. 그의 아버지는 낯선 여자와 살았다. 그 여자는 하녀처럼 아버지를 섬기고 아버지를 아녤로 삼촌이라고 부르면서 존댓말을 했지만 아버지와 한 침대에서 잤고 이 집이 자기 집인 것처럼 굴었다. 또 비타가 당황스러웠던 것은 그녀의 오빠를 니콜라가 아니라 코카콜라라고 부르는 것이었다. 오빠는 이상하게 말을 했고, 빨간 머리 경찰이 오빠에게 "이 여자애 아니?"라고 물었을 때 그녀를 알아보지도 못했다. 아녤로가 디아만테를 클리블랜드로 보내려 하는 것도 당황스러웠다. 그녀는 디아만테가 없는 곳에서는 살고 싶지 않았다. 파란 눈의 그 소년은 이 사악한 얼굴의 낯선 사람들 속에 있는 유일한 친구였다. 이 모든 것들을 생각하자 눈물이 가득 고였다.

"일부러 파스타 삶는 물에 소금을 잔뜩 넣었어요." 비타가 대담하게 말했다. "난 요리하고 싶지 않아요. 여기 살기 싫어요. 집에 돌아가고 싶어요." 코카콜라가 재미있다는 듯 웃음을 터트렸다. 아녤로가 비타의 손목을 잡았다. 디아만테는 검은 손이 그려진 편지를 아녤로에게 보낸 사람들이 아녤로를 죽여 버렸으면 좋겠다는 생각이 들었다. 하숙생들도 수염 난 입으로 크게 웃으며 재미있는 광경을 즐겼다. 그들 중 아녤로의 뜻을 거부할 수 있는 사람은 아무도 없었다. 밤이면 아녤로가 망해서 그들처럼 거지가 되길 바랐지만 낮이 되면 그의 행운 앞에서 모자를 들어 경의를 표했다. 비타는 만족스러운 듯 입을 다물었다. 됐다, 그녀는 드디어 하고 싶은 말을 했다. 그녀는 절대 아버지 말을 듣지 않을 것이다. 그리고 이

주걱턱 남자는 그녀의 아버지가 아니었다. 그녀는 디오니시아에게 돌아가고 싶었다. 아벨로가 귀에서 담배처럼 돌돌 만 지폐를 꺼냈다. 그리고 너그럽게도 그것을 하숙생들에게 주면서 선술집에 가서 그를 위해 건배하라고 했다. 그리고 여자에게 배가 고파 죽을 것 같으니 네가 먹을 걸 좀 만들어, 하고 명령하고는 여자를 거칠게 화덕 쪽으로 떠밀었다. "그리고 너, 의자에 퍼져 앉아 있는 신부(神父) 같구나. 과일 가게에나 가봐. 오늘은 누가 가게를 좀 지켜 줬으면 좋겠다." 아벨로가 이쑤시개를 만지작거리는 아들에게 말했다. "오늘은 일-일-일요일인데요." 코카콜라가 항의했다. 아벨로가 머리를 주먹으로 때리자 코카콜라가 비틀거리며 일어났다. 코카콜라는 아벨로가 여동생을 때릴 때 허리띠를 사용할지, 파리채나 손을 사용할지 궁금했다. 아버지는 그를 때릴 때면 밀대, 멍키스패너, 심지어 곡괭이까지 온갖 물건을 다 사용했다. 마추코 집안 사람들은 성질이 더러웠다. 당나귀보다 더 고집이 셌다. 어떤 생각을 한번 하기 시작하면 그 생각을 바꾸게 하기는 산을 움직이기보다 더 힘들었다. 다행히 코카콜라에게는 아무 생각이 없었다. 하숙생들은 서둘렀다. 디아만테만 여전히 같은 곳에, 통 위에 웅크리고 앉아 있었다. 하지만 아벨로의 눈길은 그를 지나갔다. 그는 지금 디아만테에게 신경을 쓰고 싶지 않았다. 디아만테 문제는 다음에 해결할 것이다. 이 아이는 벌써 그에게 270달러를 빚졌다. 지금 그 돈이 있다면 그의 문제의 반은 해결될 것이다. 하지만 이 애는 단돈 1센트도 없다. 그는 다시 비타 쪽을 돌아보았다. 그녀를 억지로 의자에 앉히고 손에 포크를 쥐어 주었다. 오늘은 소리를 지르고 싶지 않았기 때문에 낮은 목소리로 말했다. "먹어."

쟤는 무슨 생각을 하는 거지? 여기 휴가를 왔다고 생각하나? 레나는 기운이 하나도 없었다. 3월부터 어지럽고 기운이 없고 구역질이 났고 밤이면 식은땀이 났다. 이 증상은 둘 중 하나를 의미했다. 하나는 결핵에 걸렸다는 것이다. 이 경우라면 정말 큰일이다. 하숙생들이 이 사실을 알면 병이 옮을까봐 겁이 나서 당장 다 떠나 버릴 것이다. 아니면 임신일 수도 있다. 이것 역시 정말 큰일이다. 첫째는 아벨로가 자기 아내가 아닌 여자를 믿지 않기 때문이며, 둘째는 태어날 아기가 적어도 열 살이 될 때까지는 그가 먹여 살려야 하기 때문이었다. 아벨로는 얼마 동안 레나가 결핵에 걸렸는지 임신을 했는지 알지 못한 채 지냈다. 레나가 뉴욕 시의 무료 병원인 벨뷰 병원에 진찰을 받으러 갈 수도 없었고, 멜버리 지역의 결핵 감염 실태를 조사하기 위해 집집마다 돌아다니는 결핵예방위원회의 그 마녀들을 집으로 들일 수도 없었기 때문이다. 레나가 낯선 사람들에게 문을 열어 주면 아벨로는 사흘 동안 침대에서 일어날 수도 없을 정도로 그녀를 심하게 때렸다. 어쨌든 아벨로는 얼마 동안 레나를 건드리지 않았다. 이제 그는 알았다. 레나는 처신을 잘했다. 계속 장을 보러 가고 요리를 하고 속옷과 식탁보를 빨고 자기가 할 일을 했다. 그러나 가끔 서 있지를 못하고 정신을 잃었다. 그녀의 얼굴에는 핏기가 없었고, 일요일 날 미사에 데리고 갈 때 머리에 쓰던 보자기처럼 창백했다. 이제 레나는 미사에 가지 않았다. 그가 미사에 데려간 건 아주 오래전 일이었다. 사제는 그가 씻을 수 없는 죄악 속에서 살면서 그것을 고백하려 하지 않는다고 말했다. 레나와 그녀의 내연의 남편은 교회 건축을 위해 기부해야만 죄를 용서받을 수 있었다. 그래서 아벨로와 레나는 단념하고 성찬식 없이 살아가기로 했다. 어쨌든 레나에게는 도움이 필요했다. 그리고 그 도움이 비타였다. 그렇지 않았다면 대체 무엇 때문에 비타를 데려왔겠는가? 아벨로는 비타가 태어난 뒤로 딱 두 번 보았다. 그러나 이 딸은 실망스러웠다. 아홉 살이면 이제 어엿한 여자가 되어 있어야 했다. 게다가 거짓말쟁이 마누라는 이런 편지를 써서 딸을 데려가라고 그를 설득했다. "비타는 너무나 잘 자라고 있어서 나로서는 불평을 할 수가 없어요. 비타의 성격은 태양처럼 밝고 명랑해요. 사랑스럽고 강하게 컸어요." 그렇지만 다 거짓말이었다. 비타는 열이 있었고 적대감에 불타는 아이였다. 석탄 자루를 5층까지 가지고 올라오지도 못할 것이다. 그럼 빨래통은? 그는 벌써 비타를 불러온 것을 후회했다. 바다에 다시 던져 버리고 싶은 심정이었다.

아넬로는 비타 앞에 그릇을 갖다 놓았다. "먹어." 포크로 마카로니를 떠서 딸의 입에 처넣으며 다시 말했다. "이 집에서는 아무것도 버려선 안 돼. 빵 부스러기 하나라도 낭비할 수 없어. 땀 흘려 번 것이니까. 그거 다 먹을 때까지 여기서 못 나갈 줄 알아." 비타는 도전적인 눈으로 그를 노려보았다. 너무나 고집이 세서 사과를 할 수도 없었고 자존심 때문에 용서를 구할 수도 없었다. "먹어, 젠장!" 디아만테는 곰팡이 핀 딱딱한 비스킷을 먹으며 세 시간 동안 통 위에 웅크리고 앉아 있었다. 비타는 이제는 차갑게 식고 굳어 버려 구역질이 나는, 소금과 치즈와 부서진 마카로니가 뒤범벅된 파스타에 계속 포크를 집어넣었다. 포크를 입으로 가져가 씹고 삼켰다. 이가 아플 정도로 씹고 삼켰다. 금방 터질 것처럼 배가 불룩하고 무거웠다. 이미 시작을 했기 때문에, 그리고 비타는 인생에서는 무슨 일을 시작하면, 더욱이 그것이 명예가 걸린 일이라면 끝을 낼 필요가 있다고 아직도 믿고 있었기 때문에 씹고 삼켰다. 딱딱한 덩어리가 목에 걸려서 넘어가지 않을 것 같았으므로 물을 한 잔 마셨다. 그녀의 배에는 더 이상 들어갈 자리가 없었다. 비타는 씹고 삼키며, 포크를 집어넣은 그릇만 보았다. 그릇이 다 비었을 때 비타의 배는 암소의 배 같았다. 배가 너무 불러 일어날 수도 없을 정도였다. 비타는 목을 꼿꼿이 세우고 고개를 쳐들고 두 손으로 식탁을 짚었다. 구토를 했다. 걱정스러운 디아만테가 눈썹을 추켜올렸다. 비타는 일어서 있을 수 있었다. 돈을 낼 것인가 죽을 것인가라는 딜레마 때문에 깊은 생각에 잠겨 있던 아넬로는 담배를 피우면서 죽음과 가난, 둘 중 어떤 것이 더 불행한 일일지 자문했다. 그리고 벽으로 퍼지는 동글동글한 담배 연기 속에서 대답을 찾는 중이었다. 비타가 그 앞을 지나면서 그의 얼굴에 대고 소리쳤다. "당신은 내 아버지가 아니야!"

그 주걱턱 남자가 아버지가 아니었기 때문에 어제 비타는 프린스 스트리트에 오게 될 거라고는 꿈에도 생각지 못했다. 그녀는 디아만테의 손을 잡고 서두르지도 않고 목적지도 없이 호기심과 기쁨에 이끌려 이리저리 돌아다녔다. 모든 것이 새로웠고 마술 같았고 놀라웠다. 신발을 벗었다. 신발을 신어 본 적이 없었기 때문에 익숙하지 않아서 발에 물집이 생겼다. 얼굴을 들고 걸으며 구름에 닿을 것 같은 높은 건물들을 감탄과 당황스러움이 뒤섞인 눈으로 바라보았다. 얼마 전부터는 눈물을 흘리지 않고 미소를 짓고 있었다. 기쁨에 넘치는 만족스러운 미소로 짓궂어 보이기도 했다. 비타는 광장으로 나갈 거라고 생각하면서 걸었다. 어지간한 도시나 마을에는 모두 광장이 있었다. 나폴리, 카제르타, 가에타, 민투르노에는 광장이 있었다. 심지어 자동차 한 대 없고 주민이 1000여 명밖에 되지 않는 작은 마을 투포에도 광장이 있었다. 하지만 이곳에는 공원, 교차로, 갈림길, 잡초가 자라는 공터만 있었다. 광장은 없었다. 오래된 교회도, 새로 지은 교회도 없었다. 거의 3시가 다 되어 겨우 교회 하나를 찾았다.

교회, 아니 지붕에 십자가는 없지만 교회처럼 보이는 건물과 그 교회가 침입자처럼 보일 정도로 새로 지은 티가 나는 한 줄로 늘어선 건물들 사이에 공원이 하나 있었다. 교회 이름은 세인트폴 교회였는데 닫혀 있었다. 그러나 공원의 철책 문은 반쯤 열려 있었다. 사실 그 공원은 묘지였다. 묘지에 들러 점심을 먹는다는 것은 불길한 일이었다. 죽은 자들은 평화롭게 놔둘 필요가 있었다. 하지만 디아만테는 베갯잇 자루를 바닥에 내려놓았다. 무덤일지도 모르나 그가 보기에는 표석 같은 돌 위에 앉았다. 3월의 하늘에 높이 뜬 태양이 거리를 뜨겁게 달궜지만 수백 년 된 울창한 나무가 그늘을 드리운 그 묘지 안은 천국 같았다. 디아만테는 자기 자루를 뒤졌다. 그리고 자루를 뒤집어 풀밭 위에 내용물을 다 쏟았다. 물건들이 정신없이 아무렇게나 쏟아졌다. 셔츠 한 장, 토스카나 시가 3개, 토마토 캔, 빗, 비누 조각, 호두 한 움큼, 마른 무화과 한 움큼, 작은 양철통에 든 올리브기름, 붉은 고추 3개, 손수건 두 장, 말린 소시지 한 줄, 아버지 안토니오가 아넬로에게 보내는 편지, 치즈 한 조각과 완전히 말라비틀어진 빵 꾸러미 등이었다. 집을 떠나기 전에 어머니가 준 것이었다. 그렇지만 증기선에서 배부르게 먹었기 때문에 그런 건 필요 없었다. 그러니까 디아만테가 탄 배는 영국 증기선이었다. 세상 물정 모르는 사람들만이 이탈리아 배를 탔다. 13일이 지난 지금 그 빵은 돌덩이처럼 단단했다. 그렇지만 전날 저녁부터 아무것도 먹지 못한 데다가, 가게에 들어가 과자나 빵을 사고 싶은 생각은 전혀 없었기 때문에 달리 어떻게 해볼 도리가 없었다. 디아만테는 돈의 가치도 몰랐고 사람들을 믿기도 어려워, 사람들이 자신을 속일 것이라고 확신했다. 비타는 돌덩이 같은 소시지를 깨물었고 디아만테는 호두 까는 일에 몰두했다. 세인트폴 묘지는 비현실적일 정도로 고요했다. 디아만테는 거기에 비타와 같이 있다는 게 너무나 이상했다. 세상의 반대편에 있는 낯선 도시에서 단둘이었다. 미국에도 개미가 있다는 것을 발견하고 좋아라 웃고 있는 비타와 단둘이. 개미들은 질서 정연하게 촘촘히 줄을 지어 소시지 부스러기에 달려들었다. 비타는 개미 한 마리가 손바닥을 타고 올라오게 내버려두었다. 그러다가 실망을 해서 개미를 죽여 버렸다. 비타는 개미가 자기 동네 것과 똑같다고 말했다.

디아만테는 열이 나는 비타의 얼굴을 살펴보았다. "가야 해." 그는 별 확신 없이 이렇게 말했다. 구명보트에서 밤을 보냈기 때문에 비타의 몸에 열이 심하게 났고, 그 때문에 죽는다면 자신의 책임이 될 수 있다고 생각해서 이렇게 말한 것뿐이었다. "정말 변덕스러워, 디아만테." 비타가 웃었다. 그리고 복수를 하려고 그의 코를 깨물었다. 그들이 살던 마을의 소년들 중 디아만테는 유일하게 절대 웃지 않는 아이였다. 디아만테는 꿈이 많은 아이였다. 고양이처럼 민첩한 그는 캐럽 나무 위에 올라갔다. 아무도 그를 따라 올라올 수 없는 높은 곳에서 들판을 날아다니는 까마귀들에게 새총을 쏘았다. 한 번도 빗나간 적이 없었다. 갈대를 두꺼비에게 꽂고 바람을 불어넣어 두꺼비를 터트려 죽이기도 했다. 가릴리아노 저수지로 개구리를 잡으러 가서 개구리의 머리를 물어 죽이기도 했다. 손으로 뱀장어를 잡았고 비타 같은 어린 여자애들은 쳐다보지도 않았다. 디아만테는 항상 혼자 떨어져 있었고 자기 생각에 빠져 있었다. 디오니시아는 디아만테가 그 어떤 아이들보다 똑똑하며 인생에서 뭔가를 이뤄 낼 수 있는 유일한 아이라고 말했다. 비타는 디아만테를 두려워했다. 디아만테의 눈이 파란색이고 초점이 없어서 무슨 생각을 하는지 절대 알 수가 없기 때문이기도 했다.

"저것 좀 봐." 잠시 후 비타가 광고판 위의 커다란 여자 얼굴을 가리키며 부드럽게 말했다. 여자는 앞 빌딩 벽에서 그들을 보고 있는 것 같았다. 여자는 빨간 입술에 새하얀 이를 드러내며 환한 미소를 자랑했다. "뭘까? 뭐라고 씌어 있어?" 비타가 계속 말했다. 비타는 글자 읽기를 배우는 데 허비할 시간이 없었다. 광고판에는 'LET'S SMILE, WOMEN, BUY LIPSTICK KISSPROOF 1.99'라고 적혀 있었다. 무슨 뜻일까? 한 단어도 이해하지 못한 디아만테는 그날 들어 벌써 수만 번째 거짓말을 했다. "광고판 뒤에 돌팔이 치과 의사가 있어. 그런데 그 의사가 실력이 좋아서 펜치로 하나도 아프지 않게 이를 뺀대. 그래서 여자가 웃고 있는 거야." 비타는 실망해서 어깨를 으쓱했다. 어쨌든 광고판은 정말 예뻤다. 웃고 있는 그 여자는 행복해 보였다. 투포의 여자들은 이가 성한 사람이 없었다. 하나나 두 개가 빠진 여자들도 있었고 이가 하나도 없는 여자도 있었다. 이 때문인지 그녀들은 절대 웃지 않았다. 디아만테는 베갯잇 자루를 뱄다. 그들 위에 있는 하늘은 믿을 수 없게 파랬다. 그는 갑자기 견딜 수 없는 무거운 짐에서 해방되어 가벼워지고 텅 빈 것 같은 기분이 들었다. 걱정도 생각도 죄책감도 모두 사라져 버렸다. 무슨 일이든 가능해 보일 정도로 모든 것이 놀라웠다. 그것은 혼란스럽고 이룰 수 없는 꿈이었지만 깨고 싶지 않았다. 여자가 웃고 있었다. 그도 하늘을 향해 웃었다. 프린스 스트리트가 어디냐고 누군가에게 물어봐야 했다. 그 거리의 이름은 환상적인 유혹처럼 몇 달 동안 그의 머릿속에 끊임없이 맴돌았다. 그러나 그는 그 일을 미루었다. 그러고 나면 이런 순간이 다시는 돌아오지 않으리라는 것을 알았기 때문이다. 그는 헝클어지고 구불구불한 비타의 검은 머리를 만지며 풀밭에 앉아 있을 수 없으리라. 땋은 머리를 풀어 손가락으로 빗질을 하고 두 갈래로 땋아 줄 수도 없으리라. 풀밭에서, 그의 배에 머리를 올려놓은 비타와 같이 잠깐 잠을 자는 일도 없을 것이다. 이 순간이 지나고 나면 예정되어 있는 미래가 있다. 이 나라의 어느 숲속에 가서 철도 공사를 하는 작업반에 끼어 어른처럼 고된 노동을 해야 했다. 비타가 너무나 영리하면서도 건방져 보이는 미소를 지었기 때문에 디아만테는 오늘 밤, 내일, 그리고 어쨌든 빠른 시일 내에 두 사람이 헤어졌을 때, 그리고 이 아이와 그렇게 오랜 시간 같이 지내고 나서 미국의 어느 일터에서 건장한 남자들 속에서 살게 되었을 때 이 아이가 그리워질 거라는 생각을 했다. 처음으로 느끼는 감정이어서 그는 깜짝 놀랐다.

두 아이는 자신들이 어디에 있는지 짐작조차 할 수 없었다. 달나라에 와 있는 것 같았다. 항구 주변의 지저분하면서도 생기 넘치던 도시는 갈

수록 멋져졌다. 나무로 지은 낡은 집들, 누더기를 걸친 사람들과 행상들이 사라졌다. 어딘지 모르게 친근한 사투리로 말하던 남루한 차림의 사람들, 빈민가 골목에서 놀던 수많은 아이들도 보이지 않았다. 이제 길 양쪽으로는 대리석 빌딩들이 늘어서 있었다. 행인들은 중절모자와 대나무 지팡이를 들고 있었다. 디아만테와 비타는 눈에 띄지 않기 위해 벽에 달라붙어 걸었다. 하지만 초라한 면 옷에 모자를 쓰고 줄무늬 베갯잇으로 만든 자루를 어깨에 멘 남자아이와 인도 바닥보다 더 더러운 꽃무늬 원피스에 맨발인 검은 머리의 여자아이가 사람들 눈에 띄지 않고 브로드웨이 34번가를 지나갈 수는 없었다. 두 아이는 이제 힘없이 느릿느릿 걸었다. 발바닥에서 불이 나는 것 같았고 도시는 끝이 없었다. 가끔 도시가 사라지기도 했다. 두 아이는 풀밭이나 거대한 구덩이를 따라 걷기도 했다. 그 구덩이 속에서 인부들이 빌딩의 터를 다지고 있었다. 그러나 곧 도시는 이전보다 더 웅장하고 아름답고 화려하게 시작되었다. 벌써 오후 5시였다. 비타가 어떤 상점 진열장에 코를 붙이고 있었다. 사실 그것은 상점이 아니었다. 6층에 높이가 300미터 정도 되는 거대한 건물로, 그 구역을 다 차지했다. 진열장에는 날씬하고 발랄한 여자 마네킹이 아무것도 걸치지 않은 팔을 드러내 놓고 있었다. 손에는 설피(雪皮) 비슷한 이상한 도구를 들고 있었다. 여자는 웃었다. 가짜 여자였다. 하지만 이곳 여자들은 진짜 여자들까지 모두 가짜 같았다. 여자들은 검은 옷을 입지 않았다. 머리에 보자기를 두르지도 않았다. 수놓은 조끼나 긴치마를 입지도 않았다. 키가 아주 컸고 매우 날씬했고 노란 금발 머리였다. 그녀들은 묘지에서 본 광고판 속의 여자처럼 하얀 이를 내놓고 환하게 웃었고 엉덩이는 날씬하고 발은 컸다. 비타는 그런 여자들을 한 번도 본 적이 없어서 넋을 잃었다. 이 도시의 태양 아래 살다 보면 그녀도 그렇게 클 수 있을지 모른다.

"가야 해." 디아만테가 비타의 옷자락을 잡아당기며 말했다. "모두 우릴 이상하게 보고 있어." 비타가 방금 차에서 내린 부인에게 혀를 날름 내밀었다. 부인은 교차로 옆에서 팔짱을 끼고 서 있는 파란 옷의 남자에게 두 아이를 가리키는 중이었다. "무슨 상관이야?" 마네킹을 황홀하게 바라보며 비타가 대답했다. "저 사람들이 우리를 보기 싫으면 자기 눈을 파버리면 돼." 경찰이 벌써 두 아이 쪽으로 오고 있었다. 경찰은 야광봉으로 자신의 허벅지를 탕탕 쳤다. "이봐, 얘들아!" 경찰은 생선 살처럼 새하얀 피부에 머리카락이 노란 남자였다. "이봐, 이리 와!" 디아만테와 비타는 경찰을 별로 좋아하지 않았다. 경찰은 좋은 소식을 가지고 오는 법이 없었다. 경찰, 시장, 정치가나 민투르노의 부자들 같은 권력층 사람들이 대담하게 마을에 나타나면 투포의 아이들은 그들에게 돌을 던졌다. 그들에게 얼마나 호감을 갖고 있는지 증명하기 위해서였다. 비타는 문을 밀고 그를 끌어당겼다. 두 아이는 메이시스(MACY'S, 뉴욕의 대형 백화점 – 옮긴이)라고 적힌 아치 밑을 지나 빛의 왕국으로 들어갔다.

비타는 지금까지 그런 곳을 한 번도 구경한 적이 없었고 그 뒤로도 구경해 보지 못했다. 그녀는 휴스턴 스트리트의 경계를 넘지 못할 것이다. 하지만 그날 오후의 일은 그녀의 기억에서 지워지지 않고 생생하게, 즉시 떠오르는 꿈과 같은 것으로 남았다. 3분이 채 안 될 정도의 짧은 방문이었다. 어느 곳에도 잠시 머무를 시간이 없었다. 디아만테가 그녀를 이리저리 끌고 가다가 같이 달리기 시작했다. 경찰도 백화점 안에 들어왔기 때문이다. 경찰은 호루라기를 불며 두 아이를 추격했고, 옷장처럼 덩치가 큰 금발의 남자 점원들이 사방에서 위협을 하며 달려 나왔다. 두 아이는 대성당보다 더 넓은 곳을 가로질러 달렸다. 하지만 그렇게 달리면서도 비타는 피라미드처럼 쌓인 모자와 장갑, 산더미 같은 색색깔의 스카프와 목도리, 수북이 쌓인 핀과 거북이빗, 실크 스타킹과 하얀 면양말들을 보지 않을 수가 없었다. 모두 다 아름다웠다. 놀랄 만큼, 눈이 부실

만큼 아름다웠다. 디아만테는 달렸고 비타는 발이 걸려 넘어졌다. 경찰은 "쟤들을 막아요!"라고 고함쳤다. 모두들 그들을 돌아보았다. 그러다가 두 아이는 투명 벽으로 된 방으로 들어가게 되었다. 그곳은 함정이었다. 놋쇠판을 지켜보던 제복 입은 남자가 버튼을 누르자 문들이 닫혔고, 두 아이는 그 안에 갇혔다. 하지만 그 남자는 경찰이 아니었다. 뼈대가 굵은 흑인일 뿐이었는데 땀으로 번들거리는 얼굴로 보일락말락하게 웃고 있었다.

디아만테는 그렇게 살이 검은 남자는 한 번도 본 적이 없었다. 포르타 누오바에서 매년 열리는 '1896년의 아프리카 포획' 공연에서 보았을 뿐이다. 하지만 그 공연에서 메넬리크 군대의 병사들이 흑인이었는데, 그들은 얼굴에 타르를 발라 분장한 것일 뿐 사실은 디아만테와 똑같이 백인인 민투르노의 학생들이었다. 사람들이 많이 보는 책력의 그림에서 진짜 흑인들을 보기는 했지만 그 흑인들은 머리에 뼈를 꽂고 입에는 밥그릇을 물고 있었지 금색 단추가 달린 제복을 입고 있지는 않았다. 그 그림 속의 흑인들은 야만인이고 식인종이었지만, 아주 세련되고 흠잡을 데 하나 없어 보이는 이 남자는 중요한 인물 같았다. 갑자기 방이 투명 벽과 같이 움직이기 시작하더니 높은 곳으로 튀어 올라갔다. 디아만테는 깜짝 놀라 벽에 기댔다. 방이 날아오르다니! 식인종이 태연하게 먼지가 뽀얀 디아만테의 신발과 어깨에 멘 베갯잇 자루를 자세히 살폈다. 새까만 그의 두 눈이 먼지로 얼룩진 비타의 얼굴에서 떠나지 않았다. 비타는 디아만테를 꽉 잡았다. 엄마가 들려준 이야기에서 흑인 남자는 치명적인 재앙이었고, 산 사람 죽은 사람을 통틀어 제일 나빴으며 어린아이를 훔쳐 가는 사악한 마법사보다 더 끔찍했다. 흑인 남자는 호기심이 많은 여자아이들을 훔쳐 간다. 하지만 디아만테는 그녀에게 용기를 주지 못했다. 방이 위로 올라가며 흔들리고 끼이익 소리를 냈기 때문에 디아만테도 떨고 있었다. 방의 문이 열렸을 때 그들은 세상 꼭대기에 와 있었다. 5층 밑에 있는 경찰,

점원들, 백화점 지배인은 작은 점 같았다. 엘리베이터의 남자가 두 아이를 밖으로 밀어내고 버튼을 눌렀다. 당황한 것 같은 그의 얼굴 앞으로 문이 닫힐 때 흑인이 두 아이 앞에 있는 출구를 가리켰다. 비상계단이었다.

어둠이 내렸을 때 디아만테와 비타는 숲을 보고 거기에 끌려 시골처럼 보이는 어떤 공원에 들어섰다. 호수 앞의 풀밭에 누웠다. 공원에는 사람들이 거의 없었다. 비타는 흰 백조들이 거만하게 떠다니는 호수에서 시커메진 발을 닦았다. 두 아이는 자루에 남아 있던 마지막 소시지와 마른 무화과 한 움큼을 먹었다. 한없이 행복했기 때문에 그날 하루가 영원히 끝나지 않기를 바랐다. 한 이탈리아인이 두 아이를 본 건 바로 그때였다.

그는 떠돌이 오르간 연주자였다. 그가 휴대용 오르간을 끌고 다가왔다. 바닥이 울퉁불퉁했기 때문에 이따금씩 오르간 소리가 났다. "얘들아, 너희들 여기 있으면 안 된다." 그가 눈에 띄게 친절한 미소를 지으면서 말했다. "해가 지면 공원 문을 닫아. 경찰에게 들키면 감옥에 가둘 거다. 너희들 여기에 온 지 얼마 안 되지?" 그가 두 아이 옆에 앉으면서 물었다. "네." 비타가 거만하게 대답했다. "오늘 아침에 섬에서 연락선을 타고 왔어요. 시내 구경을 다 했어요." "너희 둘뿐이냐?" "네." 비타가 말했다. 그리고 디아만테에게 공모의 눈짓을 했다. "너희들 남매냐?" "예." 디아만테가 대답했다. "아니에요." 비타가 말했다. "난 우리 오빠를 제대로 알지도 못해요. 디아만테는 나하고 같은 골목에 살았어요." 오르간 연주자가 신문지에 담배를 말아서 몇 모금 피웠다. 그가 이탈리아인이고 오르간으로 너무나 아름다운 노래들을 연주했기 때문에 두 아이는 그를 믿지 않을 수 없었다. 달나라 위를 하루 종일 걷고 나서 고향의 말을 듣는다는 건 정말 멋졌다. 안내자를 만났다는 건 멋진 일이었다. "나하고 같이 가면 잘 만한 데를 보여 주마." "멀어요?" 디아만테가 물었다. 그는 꽉 끼는 신발을 다시 또 억지로 신을 수는 없을 것 같았다. 아니다, 이 모퉁이 뒤다. "다코타 보이지?" 그가 탑과 첨탑, 뾰족지붕, 작은 탑들로 장식된 호수 반대편의 근사한 성을 가리켰다. "저 뒤쪽이야."

그곳은 짓고 있는 건물로 뼈대만 있었다. 건설 현장의 울타리 중 널빤지 하나가 빠진 곳을 통해 지하실 같은 곳으로 들어갈 수 있었다. 매트리스 대신 사용하는 얼룩진 판지와, 빈 통 두 개 위에 나무판자를 올려놓은 식탁 같은 게 하나 있었다. 녹슨 캔과 쓰레기가 수북했다. 오르간 연주자는 오르간을 벽 쪽으로 밀어 놓았다. 그리고 두 아이에게 판지 위에 누우라고 권했다. 그는 빛바랜 담요로 몸을 감쌌는데, 담요에는 이가 어찌나 득시글거리는지 담요가 저절로 움직일 수도 있을 것 같았다. 신이 난 두 아이는 투포와 민투르노 이야기를 했다. 눈병이 나서 미국인들에게 입국이 거부되어 지금은 고향에서 편지 대필을 해주고 있는 디오니시아와 만투라고 불리는 석수 안토니오의 이야기도 들려주었다. 안토니오는 두 번이나 대양을 건너 미국까지 왔으나 두 번 다 거부당했기 때문에 마을에서 가장 불운한 사람이었다. 그리고 아벨로가 1897년에 미국으로 데려온 비타의 오빠 이야기, 굶어 죽은 디아만테의 두 누나와 세 형 이야기를 했다. 비타는 자신의 보물까지 보여 주었다. 증기선 1등칸 레스토랑에서 사용하는 은제 나이프와 포크, 스푼으로 그녀가 선물받은 것이었다. 하지만 진짜 보물은 다른 것이었다.

고향을 떠나기 전 비타는 마법의 물건들을 옷 주머니에 잔뜩 넣었다. "우리 집으로 돌아가기 위해서예요." 비타가 겸손하게 설명했다. 빛바랜 올리브 나뭇잎, 새우 껍질, 가재 발, 염소 똥 덩어리, 개구리 뼈, 날카로운 선인장 가시, 교회의 석회 조각(교회에서 매일 석회 조각이 떨어져 텔컴파우더처럼 고운 가루가 되었다), 조개, 레몬에서 빼낸 씨와 곰팡이가 피어 하얀 솜털에 뒤덮인 레몬 하나였다. 오르간 연주자는 은제 나이프와 포크는 본체만체하고는 구역질 나는 물건들을 모두 손에 들고 그것의 가치를 이해한다는 것을 보여 주었다. 다이아몬드라도 되는 듯 그것들의 무게를 재어 보고는 비타가 손수건에 다시 쌀 수 있게 도와주었다. 그는 친절했고 다른 어른들과는 달리 그들의 이야기에 관심을 보였다. 그들에게 포도주도 한 잔 주었다. 여기에서 유일하게 맛볼 수 있는 이탈리아 물건이었다. 두 아이가 마시려 하지 않자 그는 계속 권했다. 포도주에서는 약간 약 냄새 같은 게 났다. 잠시 후 그가 슬픈 표정을 짓더니 우울한 목소리로 두 아이가 이곳에 오지 말았어야 했다고 말했다. 여기는 아주 나쁜 곳이었다. 이탈리아에서 사람들이 말하던 것 중 진짜는 하나도 없었다. 미국과 이탈리아의 차이는 돈이었다. 여기에는 돈이 있지만 그들의 것이 아니었다. 그뿐만이 아니라 그들은 다른 사람들이 돈을 버는 데 이용만 될 뿐이었다. 당장 이탈리아로 돌아가는 것이 좋았다. 그는 할 수만 있다면 지금이라도 당장 떠날 것이다. 다만 그렇게 할 수 없을 뿐이다. 때로는 되돌아간다는 것은 어려운 일이다. 이탈리아에서는 모두들 그가 부자가 되었을 거라고 생각한다. 그렇지만 이곳에 온 지 10년이 지난 지금 그에게 남아 있는 것이라고는 오르간 하나뿐이었다. 디아만테는 떠돌이 오르간 연주자의 말에 실망해서 더 이상 그에게 아무 말도 하지 않았다. 이 도시는 놀랍도록 아름답다. 디아만테는 이미 다른 어떤 곳보다 이 도시가 좋았다. 그러니 행운이 그를 기다려 줄 것이다. 그는 윗도리를 벗어 비타에게 덮어 주었다. 그리고 이제 괜찮으면 자고 싶다고 오르간 연주자에게 말했다. 길고긴 하루였다. "잘 자라, 애들아."

디아만테가 눈을 떴을 때는 이미 해가 지고 있었다. 떠돌이 오르간 연주자는 보이지 않았다. 벽에 기대 놓았던 오르간도 이제 없었다. 그의 신발, 비타의 신발, 은제 수저, 나이프, 포크, 윗도리, 셔츠, 챙이 달린 모자, 멜빵도 없었다. 그의 짐이 전부 들어 있는 줄무늬 자루도 사라졌다. 그리고 비타의 주머니에 넣어 두었던 곰팡이 핀 레몬, 올리브 잎, 가재 다리를 싼 그 혐오스러운 꾸러미도 없었다. 마법의 물건들이 하나도 남아 있지 않았다. 그의 팬티만 구석에 던져져 있었다. 넝마주이에게 팔기에도 너무나 낡은 팬티였다. 엘리스 섬의 심사위원들 앞에서 그를 당혹스럽게 만들었던 안쪽의 주머니는 텅 비어 있었다. 디아만테는 울지 않으려고 입술을 깨물며 판지 위에 거의 30여 분을 가만히 누워 있었다. 그 남자가 자신들의 물건을 전부 훔쳐 갔다는 것을 믿을 수가 없었다. 그들은 남자를 믿었고 친구로 생각했다. 그들의 비밀을 모두 털어놓았다. 비타의 숨결이 뺨에 느껴졌다. 그는 자기 쪽으로 얼굴을 돌리고 행복한 미소를 지으며 자고 있는 비타를 보았다. 깨우고 싶지 않았다. 이 빌딩의 지하에, 쓰레기들과 부정한 인간들 속에 비타를 떨어뜨리고 싶지 않았다.

디아만테와 비타가 맨발로 옷도 제대로 입지 못한 채 공원을 헤매고 있을 때 빨간 머리 경찰이 두 아이를 붙잡았다. 그의 머리카락은 옥수수수염처럼 가느다랬다. 두 아이는 경찰에게 아무 말도 하지 않았다. 게다가 경찰의 말도 알아듣지 못했다. 경찰도 아이들의 말을 알아듣지 못했다. 경찰이 이해할 수 없는 말로 고함을 쳤다. 그러더니 디아만테의 귀를 거의 찢어질 정도로 잡아당겼다. 아무 소용이 없었다. 경찰은 지저분하고 절망에 빠진, 어떻게도 속을 꿰뚫어볼 수 없는 두 개의 얼굴과 마주한 것이다. 분노와 슬픔이 가득 담긴 네 개의 눈과. 경찰은 두 아이를 밀고 끌어서 센트럴파크 앞에 서 있는 경찰차로 데려갔다. 경찰은 이 떠돌이 둘을 어떻게 해야 할지 동료에게 조언을 구했다. 다른 경찰이 어깨를 으쓱했다. 뉴욕 거리에서 이렇게 떠도는 아이들은 수백 명이었다. 그들을 붙잡으면 보호소로 데려갔다. 그 아이들이 미국에서 먹고살 수 있는 능력이 있다는 게 증명되지 않고 시정부의 도움으로 살아야 한다는 것이 밝혀지면, 그러니까 사회가 부담해야 할 위협이라는 게 밝혀지면 추방을 당했다. 제일 먼저 떠나는 증기선에 그들을 태워 보냈다. **초대받지 않은 외국인, 달갑지 않은 이방인.** 경찰이 강제로 디아만테를 차에 태웠다. 디아만테는 부끄러웠기 때문에 두 손으로 얼굴을 가렸다. 지나가는 사람들이 그를 도둑으로 오인하면 안 된다. 그는 오히려 도둑을 당한 처지였다. 비록 그 사실을 어떻게 말해야 할지 알 수가 없었고 그와 비타가 도둑맞을 만한 물건을 가지고 있었다는 것을 믿게 할 방법이 없긴 했지만 말이다. "이리 와라, 꼬마야." 빨간 머리 경찰이 비타에게 말했다. 비타는 꼼짝도 하지 않았다. 사라진 꾸러미가 다시 나타나기라도 할 듯 계속 주머니를 뒤졌다. 그 떠돌이 오르간 연주자가 틀림없이 그녀를 집으로 데려다 줄 그 물건, 그에게는 아무 의미도 없을 그 물건까지 훔쳐 갔다는 건 있을 수 없는 일이었다. 하지만 꾸러미는 나타나지 않았다. "이리 와!" 경찰이 다시 말했다. 비타의 새까만 두 눈이 디아만테의 구부린 등 위에 머물렀다. 디아만테는 셔츠까지 다 도둑맞아서 아무것도 걸치고 있지 않았다. 마른 등 위로 툭 불거져 나온 어깨뼈가 새의 날갯죽지를 연상시켰다. 그래서 비타는 몸을 구부려 웅덩이에서 작은 막대를 하나 주웠다. 그리고 경찰들이 지켜보는 가운데 주저하며 공원 바닥에 프린스 스트리트 18번지라고 썼다.

뉴욕 여행

1997년 봄에 나는 미국에 초대를 받았다. 워싱턴의 국회도서관에 이탈리아 문학 코너가 신설되어 문을 열 때 강연을 하기 위해 작가와 신문기자, 교수들과 합류해야 했다. 난 미국에 가고 싶은 생각이 전혀 없었다. 게다가 작년에 겨우 소설 하나를 발표했을 뿐, 다른 책을 출판하려는 유혹에 넘어갈까봐 두려워할 정도로 경험이 보잘것없었기 때문에 미국에 가고 싶은 생각이 전혀 없었다. 많은 이들이 내 '젊은 나이'를 높이 샀지만, 나는 젊다는 것에 무슨 의미가 있는지 알 수 없었다. 그렇지만 그 여행은 내게는 일종의 선물 같은 것이었다. 선물은 뜻밖에 얻게 되기도 하고, 종종 뜻깊은 것이 되기도 한다. 그것을 거절할 필요는 없다. 나는 떠났다.

내 나이 서른 살이었다. 얼마 전부터 나는 여러 가지 강박관념에 시달리고 있었다. 그중에는 빛에 대한 강박관념도 있어서 아주 위험하게도 빛을 거부했다. 그 결과는 어떻게 보면 굉장히 코믹했다. 햇빛이 내리쬐는 길을 건널 수도 없었고, 발코니나 차양, 나무 따위로 그늘이 드리우지 않은 인도를 걸을 수도 없었다. 바다에 가본 지도 이미 몇 년이 되었고 산에도 사막에도, 내가 그렇게 돌아다니길 좋아하던 고원에도 가지 않았다. 나는 전화벨 소리만으로도 기겁을 했기 때문에 전화를 받을 수가 없었고, 낯선 사람을 만난다는 생각만 해도 가슴이 철렁했다. 대중들 앞에서 말을 한다는 건 생각조차 하지 않았다. 소설 출판으로 나는 어쩔 수 없이 어떤 식으로든 이 모든 것들에 직면할 수밖에 없었다. 1997년 봄 이러한 어려움은 나와 루이지 사이에 웃음을 가져다주는 원천이 되었다. 의사와 약사를 제외하고 내게 이런 문제가 있다는 것을 아는 사람은 루이지 한 사람뿐이었다. 물론 나와 여행하는 저명한 동료들이 이런 사실을 눈치채길 나는 원치 않았다. 그들이 나를 기쁘게 해줬듯, 나도 그들을 기쁘게 해주고 싶었다. 그 무시무시한 이방인들은 상냥하고 예의 바르고 아주 호감이 가는 사람들이라는 걸 보여 주었다. 동료들의 관심을 가장 많이 받은 언어철학 교수는, 요즘 분위기와 달리 나처럼 니코틴에 대한 애착을 지니고 있었다. 이것은 금연 구역 없이 흡연과의 전쟁을 벌이고 있는 미국 같은 나라에서는 심각한 범죄행위였다. 범죄자나 불량배들처럼 우리는 지하실이나 인도에서 금지된 담배 연기를 함께 마신 적이 여러 번이었다. 젊은 작가들, 배우들, 광고일을 하는 사람들, 애인들, 아내들은 이 출장을 어수선한 수학여행으로 바꿔놓아 버렸다. 우리는 국회도서관에서 강연을 했다. 홀은 만원이었다. 우리는 모두 자발적으로 영어로 말했다. 나 역시 마찬가지였다.

난 늘 영어가 유창하게 나오지 않았다. 이유는 알 수 없었다. 열한 살 때 나는 프랑스어 반에 등록했다. 아무도 프랑스어를 배우고 싶어하지 않았다. "영어는 미래의 언어야." 아버지가 말했다(그렇지만 아버지는 어머니를 만난 1952년부터 영어를 손에서 놓았다). "전 미래에 관심 없어요." 내가 대답했다. 난 내가 미래에까지 살아남아 있지 않을 것이라고 확신했다. 프랑스어를 배웠다. 나는 언어에 저항할 수 없는 매력을 느꼈기 때문에 그리스어와 라틴어에도 빠져들었다. 사전과 문법책을 들고 러시아어와 스페인어를 독학했다. 열여덟 살에는 미래가 이미 현재가 되었다고 믿었다. 그래서 영국으로 갔다. 옥스퍼드에서 보낸 그 겨울 내내 기억에 남은 것은 숙박의 대가로 내가 돌보던 택시 운전사의 짓궂은 아이들뿐이었다.

나는 어지러운 꽃무늬 벽지로 도배된 방에 묵었는데 그 집은 안개 낀 변두리에 낮게 늘어선 노동자들의 주택 가운데 하나였다. 낯선 도시에서, 내가 이해할 수도 나를 이해할 수도 없어 접근할 수 없었던 사람들 속에서 한없이 고독하게 보낸 나날이었다. 그 유명 대학의 학생들은 밤이면 술집에 모였지만 나는 택시 운전사의 아이들과 집에 있었다. 그 학생들과 대화를 할 수 없었기 때문이다. 나는 말없이 지냈다. 이것은 내게 가장 굴욕적인 박탈, 완벽한 가난과 똑같았다. 사우디아라비아 출신의 우울한 남학생과 고독을 나눴다. 결국 그는 내게 청혼을 했다. 내가 최초로, 그리고 단 한 번 받아 본 청혼이었다. 그는 내게 영어로 말했고 영어로 거절당했다. 내가 영국에 머문 목표를 달성했다. 살아남는 법을 배운 것이다.

국회도서관 강연 뒤 우리는 뉴욕에서 있을 다음 일정 사이에 사흘간의 자유 시간을 갖게 되었다. 우리는 4월 어느 날 아침 메트로라이너(Metroliner, 워싱턴 D.C.와 뉴욕을 잇는 고속철도－옮긴이)를 타고 펜 스테이션에 도착했다. 나는 그 무렵 안네마리 슈바르첸바흐에 관한 소설을 준비하고 있었다. 그 후 그 책을 써서 『그렇게 사랑받던 그녀』라는 제목으로 출판했다. 안네마리는 양성성을 지닌 눈부시게 아름다운 스위스의 여류 작가로 1942년 불과 서른네 살 나이로 의문의 죽음을 맞았다. 강렬하고 불안한 삶을 사는 동안 그녀는 스위스, 독일, 페르시아, 콩고, 미국 등 많은 조국을 잃기도 하고 찾기도 했다. 가족들도 다양했다. 취리히에 실크 공장을 경영하는 부유한 기업가이며 민족주의자이자 음악의 후원자인 그녀의 진짜 가족들이 있었다. 토마스 만 가족도 있었는데, 토마스 만의 자식들인 에리카와 클라우스와는 어린 시절부터 아주 친한 친구였다. 프랑스 외교관과의 이룰 수 없는 결혼을 통해 그녀가 만들려 했던 가족도 있었다. 많은 여인들도 등장했다. 그녀가 정복한 여자들의 목록은 국가, 인종, 나이, 직업의 목록으로 읽을 수 있는데 이들의 공통점은 그녀들의 성(性)

과 같은 사회계층, 즉 귀족이거나 중상류층이라는 것뿐이었다. 안네마리는 특권과 빈곤, 정치 참여와 나치즘, 마약과 추방, 방랑과 자아 상실을 알았다. 그녀는 기자였고 사진작가였고 여행가였다. 항상 완벽한 것을 찾았다. 그녀는 정신분열증의 가장자리로 아슬아슬하게 지나갔고 끔찍한 정신과 치료를 육체적으로 경험했다. 그러나 그녀는 죽고 난 뒤 사람들로부터 금방 잊혔다. 나는 그 자유 시간 사흘을 이용해 안네마리가 '불청객'으로 미국에서 추방당하기 전에 살았던 곳들을 둘러보았다. 나는 호텔과 정신병원, 정신과 의원과 나이트클럽을 찾아 시내를 돌아다녔다. 1940년 안네마리가 독일인 여자친구인 마고 폰 오펠 남작 부인과 살았던 피에르 호텔은 천박해 보일 정도로 너무나 화려하게 변해 있었다. 제복을 입은 수위가 누구에게든 지어 보이는 상투적인 미소를 지으며 내게 문을 열어 주었다. 친절해서가 아니라 의무 때문에 그렇게 한 것뿐이었다. 흰색과 검은색의 차가운 타일이 고급 목재로 뒤덮인 승강기까지 이어졌다. 마고의 방은 탑에 있었다. 신고딕풍에 남근을 상징하는 튼튼한 탑이었다. 벽에서는 향기로운 냄새가 났다. 하지만 바로 이 방, 마루로 바닥을 깐 이 방에서 파국이 시작되었다. 바로 여기에서 안네마리가 지옥으로 내려가기 시작했다. 그녀는 벨뷰 병원에서 생을 마감했다. 그래서 나도 그녀를 따라 맨해튼의 끝 쪽 1번가에 있는 벨뷰 병원까지 갔다.

나는 유명한 벨뷰 병원 정신과 복도를 서성였다. 라틴아메리카 환자를 치료하는 라틴아메리카 의사들과 대화를 나눴다. 벨뷰는 아직도 뉴욕의 무상 병원으로 현재는 라틴계의 가난한 사람들이 이 병원을 이용했다. 40년대에는 대부분의 환자가 이탈리아인들이었다고 젊은 의사가 설명해 주었다. 이탈리아인들은 이 도시에서 가장 가난한 소수민족이었다. 유대인, 폴란드인, 루마니아인, 그리고 심지어 흑인들보다 더 가난했다. "이탈리아인들은 영어 한마디 못하는 흑인들과 같았습니다." 의사가 내게 말했다. 나는 이렇게 가차 없이 이탈리아인과 흑인들을 연결시키는 데 놀라 고개를 끄덕였다. 한 번도 생각해 본 적이 없는 일이었다. 전날 코니 아일랜드에서 우리를 불러 세우고 이야기를 나눠 보려고 하던 농부 얼굴의 노인들이 다시 떠올랐다. 우리는 그들의 말을 알아들을 수가 없었다. 그들이 이탈리아어라고 생각하고 있던 말은 전혀 다른 언어였다. 아주 오래전에 남부에서 사용되던 방언이었다. 그들은 우리를 파이사, 즉 동포라고 불렀다.

우리는 어느 곳으로도 이어지지 않을 것 같은 도심의 끝없는 길을 몇 시간이나 걷다가 드디어 '리틀 이탈리아'에 도착했다. 주거 지역도, 활기 넘치는 곳도 아니었다. 박물관이나 극장 같은 곳이었다. 우울한 인상을 주었다. 전부 관광객들을 위해 다시 만든 것이었다. 세 가지 국기 색으로 칠한 진열장, 국기, 가짜 이탈리아 음식 메뉴판이 있는 레스토랑(나폴리 음식점에서 밀라노식으로 요리한 커틀릿과 사프란으로 맛을 낸 쌀 요리를 메뉴로 내놓았다). 우리를 안내한 프랑스인 가이드는 리틀 이탈리아에서는 마피아라는 단어를 쓰지 말라고 관광객들에게 주의를 주었다. 그건 인종차별적인 단어이고 게다가 이곳은 예전의 리틀 이탈리아가 아니므로 불필요한 단어일 뿐이었다. 이탈리아인들은 다 떠났다. 그들은 우리 주변의 미국 속으로 사라져 뒤섞이고 지워져 버렸다. 멜버리 스트리트의 바텐더, 웨이터, 레스토랑 주인, 그 누구도 과거를 눈곱만큼도 그리워하지 않았다. 그들은 전사자의 묘지나 돌로미티 참호를 지키는 보초들 같았다. 그들은 패한 전투의 기억을 지키고 있었다. 그들은 깨끗하게 청소되고 정화되고, 모든 고통과 피와 수치심이 떨어져 나간, 이미 이 세상에 존재하지 않는 세상의 엽서를 전시했다. 우리는 베드포드 호텔(안네마리는 만 남매와 나치에 의해 추방당한 독일 화가들과 같이 40번가의 이 호텔에서 살았다)로 달아나고 싶었지만 거의 2시가 다 되어서 배가 고팠다. 멜버리 스트리트의 식료품점에서 아주 맛있는 조각 피자를 샀다. 앉을 만한 데라고는 앞 건물 벽에 기대어 있는 벤치 하나밖에 없었다. 햇빛이 환했다. 루이지가 놀란 눈으로 나를 보았지만 나는 길을 건너가서 벤치에 앉았다. 햇살이 따갑게 내 머리로 내리쬐었지만 난 그걸 알아차리지 못했다. 그날은 그렇게 갑자기 시작되었듯이 갑자기 끝났다.

40번가를 따라 올라가다가 우리는 소호에서 길을 잃었다. 패션의 거리였다. 이곳을 정의하기 위해 가장 자주 사용되는 짜증스러운 형용사는 '쿨'이었다. 거대한 비상계단이 보호해 주는 파스텔 색조의 2, 3층 건물들에는 거만해 보이는 부티크(미니멀한 가구와 눈부시게 하얀 벽 사이의 선반들에 놓인 청바지와 합성 재료로 만든 옷들이 포스트모던 조각들 같았다), 접근할 수 없을 것 같은 카페, 갤러리 주인들이 마지못해 아프리카 인형과 천연섬유와 원주민 가면들을 전시하고 있는 고미다락들이 자리 잡고 있었다. 이 지역이 유행을 결정했고, 어떤 것이 유행에 뒤떨어진 것인지를 판정했다. 배우, 젊은 매니저, 감독, 예술가들의 지역이었다. 성공한 사람들을 위한 지역이었다. 우리는 부동산 중개사무소 앞에서 걸음을 멈췄다. 광택이 나는 사진이 곁들여진 집 광고들이 붙어 있었다.

2395달러

소호 방 하나 프린스 스트리트 & 웨스트 브로드웨이

소호 프린스 스트리트에 인접한 원룸으로 아주 넓음.

넓은 정원 구비, 장기 임대로 이용할 수 있음.

편의 시설 모두 갖춤(TV, 비디오카세트 녹화기, 전화, 보통 크기의 부엌, 욕실).

2025달러

깨끗하고 안전한 빌딩. 완전 리모델링.

함께 사용 가능. 특히 뉴욕대 학생들, 놀거리 풍부.

고양이, 개 오케이.

학생들에게 안성맞춤이었다. 원룸 하나에 2000달러라고? 아마 일 년치 방세겠지. 우리는 놀라 서로의 얼굴을 보았다. 아니, 그럴 리가 없었다. 월세였다. 프린스 스트리트는 이 지역에서 가장 유행에 앞선 거리였다.

프린스 스트리트.

부티크, 갤러리, 25달러 메인 코스를 파는 레스토랑, 이국적인 클럽들.

프린스 스트리트.

왜 이렇게 이 거리 이름이 낯익은 걸까?

어디서 읽은 적이 있나?

나는 3층짜리 집과 창문과 뜰과 비상계단들을 보았다.

"우리 친할아버지가 프린스 스트리트에 사셨대." 내가 건성으로 루이지에게 말했다.

할아버지는 어릴 때 미국에 왔다.

"언제?" 그가 물었다.

기억이 나지 않았다. 오래된 이야기였다. 아주 오래전에 들은 이야기였다. 난 우리 가족사에 별 관심이 없었다. 사실 거기서 자유로워지고만 싶었다. 모두가 그걸 원하는 것 아닐까? 우리는 친척들끼리 왕래가 없었고 우리 직계 가족들끼리도 자주 만나지 않았으며, 서로에게 최대한 자유를 주려고 했다. 아버지는 혁신적인 정신과 의사로 이탈리아에서 정신병원을 폐쇄한 프랑코 바살리아와 친분이 두터웠다. 아버지는 가족이란 유독한 존재이며, 가족들끼리 아주 끔찍한 죄를 저질러 치유할 수 없는 상처를 입힌다고 주장했다.

아버지는 동화를 들려주듯 단편적인 가족 이야기를 몇 가지 내게 들려

주었다. 아버지는 그런 이야기를 많이 알고 있었는데, 마추코 집안의 이야기는 적잖게 마법적이고 신비했다. 나는 수맥 찾는 사람으로 피에몬테에서 온 페데리코라는 사람과 열두 살에 팬티 속에 12달러를 넣어 가지고 미국으로 갔던 디아만테라는 소년을 호감을 가지고 기억했다. 나 역시 열두 살 때는 집을 떠나고 싶었다. 그렇기는 했지만 그를 부러워하지는 않았다. 자식들을 모두 굶겨 죽일 수밖에 없었던 석공 안토니오를 생각하면 당혹스러웠다. 나는 입이 짧은 아이였다. 내가 음식을 먹지 않겠다고 할 때마다 아버지는 무섭게 말했다. "밥 먹지 말고 그냥 놔둬라. 그런데 네 할아버지의 형제자매는 굶어 죽었다." 마추코 집안의 이야기는 죄의식으로 나를 무겁게 짓눌렀다. 나는 내게 주어진 것을 감사하게 받아들이면서 그 죄의식을 속죄해야만 했다. 나에게 집안 사람들은 너무나 멀리 있고 낯설고 거리감이 느껴지는 사람들이었다. 그들은 돌처럼 단단하고 완고하고 엄격했다. 난 그렇지 않았다. 난 그들과 공통점이 없었다.

나는 친할머니 엠마와 비슷했다. 내 머리카락은 엠마처럼 숱이 많고 뻣뻣하고 제멋대로다. 눈도 엠마를 닮았다. 시에 대한 열정도. 풍부한 감성도.

마추코 집안은 남성적이다. 말수가 적고 자제력이 뛰어나고 권위적이고, 비극적이게도 소통을 할 줄 모른다.

석공들이다.

프린스 스트리트.

해가 지고 있었다. 프린스 스트리트 갤러리의 유리창들에서 불그레한 빛이 반사되었다. 따스한 빛이 거리로 퍼졌다. 그러니까 디아만테는 남부 지방의 돌들을 피해 여기로 왔다.

그런데 어디로, 어떻게, 언제?

나는 내가 그에 대해 아는 게 하나도 없다는 것을 깨달았다.

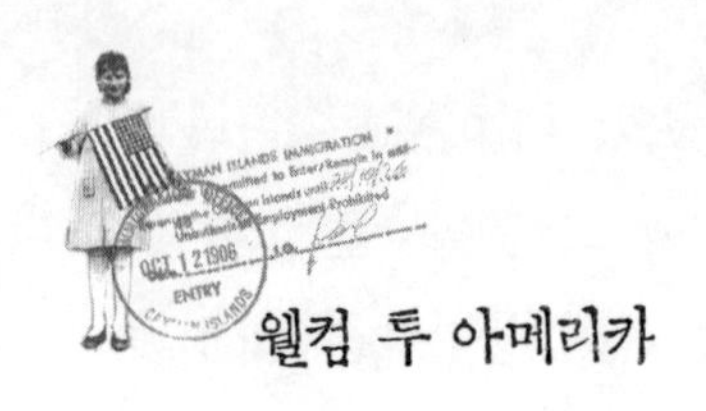

웰컴 투 아메리카

탐탁지 않은 이민

『타임스』 같은 고급 신문에서 우리 나라로 밀려 들어오는 탐탁지 않은 외국인 이민자로 인해 발생할 위험을 우려하는 목소리가 들리는 것은 기쁜 일이다. 외국인들의 유입은 불쾌한 일일 뿐만 아니라 우리 나라의 안녕을 해치는 일이기도 하다. 여러분은 전 세계에서 핍박받는 사람들에게 문을 열어 주는 것이 우리의 의무라고 말한다. 그리고 그들이 태어난 나라에서 가난하고 불행하게 살았으므로 우리에게 환대를 요구할 권리가 있다고 말한다. 하지만 이민에 관한 우리의 법률은 지나치게 느슨하다. 우리의 형법 제도와 교도소를 보라. 매일 일어나는 살인 사건과 범죄 횟수를 보라. 모두 외국인들이 저지른 것이다. 이 야만적이고 다혈질인 외국인들은 대체 무엇 때문에 항상 단도와 권총을 소지하고 다니는 걸까? 우리의 거리를 오가는 사람들이 모두 무기를 가지고 있다. 불과 얼마 전에 나는 손수레를 밀고 다니며 행상을 하는 이탈리아인 하나가 미국 어린아이를 칼로 위협하는 것을 보았다. 그 아이는 악의 없이 그냥 장난삼아 그를 놀렸을 뿐이었다. 나는 거의 30여 분을 경찰을 찾았다. 정오의 브로드웨이였다. 경찰은 찾을 수 없었고 잠재적인 살인자는 달아나 버렸다. 그렇다. 어떻게든 무분별한 외국인 유입을 막아야 한다. 40년 혹은 50년 동안 이런 이민자들에게 문을 닫아야 할 것이다.

새뮤얼 콘키, 브루클린, 1903년 3월 28일.

이곳에 오지 마라

방금 미국에 도착한 수천의 이탈리아인들이 뉴욕에 모여드는 동안 오래 전부터 이곳에 살던 이탈리아인들은 앞으로 고향을 떠나려는 사람들을 어떻게든 주저앉히려 애를 쓴다. 만류하는 방법은 다양하다. 이곳의 우울한 생활에 관한 이야기를 편지에 적어 보내는 사람도 있고 나폴리와 시칠리아 일간지에 비극적인 기사 자료를 보내는 사람도 있다. 모트 스트리트와 멜버리 스트리트에 새로 이민 온 사람들의 힘겨운 삶을 노래하는 시인들도 있다. 조잡한 시지만 이탈리아인들의 마음을 사로잡는다. 이런 시들 중 하나는 새로운 땅에서 가장 좋은 것은 햄버거라고 말한다. 이를 위해 교수들과 일용직 노동자들이 똑같이 손에 곡괭이를 들고 일한다. 시인은 이렇게 시를 마무리한다. 젊은이들이여, 이곳에 오지 마라.

1903년 5월 10일.

『뉴욕 타임스』 편집국장에게: 외국인과 범죄

리비어, 매사추세츠, 1903년 7월 1일

지성이 있는 미국 남녀라면 누구든 규정과 제한이 없는 외국인들의 이주가 이 나라의 강력 범죄 증가와 많은 관련이 있다는 것을 의심하지 않을 겁니다. 우리 나라의 감옥과 정신병원, 소년원들은 이런 경향을 증명합니다. 이 문제는 우리 합중국의 존재와 그 토대를 건드립니다. 여러 해 동안 우리는 유럽 사회의 수많은 폐기물, 유럽 도시의 인간쓰레기, 빈곤층, 무지한 자들, 허무주의자들, 무정부주의자들을 우리 속에 받아 주었습니다. 이들 중 일을 하고 싶어하는 사람은 일부분이었고, 적당히 무지한 사람만이 우리의 공기업에서 일자리를 찾았습니다. 나머지는 우리의 대도시에 자리를 잡았는데 거기서 게으름뱅이들과 무능력한 자들은 세금을 내는 선량한 미국인들의 짐이 되었습니다. 잔인하고 사악한 자들이 같은 부류의 사람들에게 환영을 받았고 무정부주의자들은 그들의 신성모독적인 발언을 들어 주는 청중을 찾았습니다. 이런 야만적인 이주의 결과는 심각합니다. 수천만의 실업자들이 곧 주변 환경을 어쩌지 못하고 범법자 계층으로 성장할 것입니다. 많은 이들이 즉흥적인 행동에 의존하게 될 겁니다. 만일 규제 없는 외국인 이주의 위험을 미국인들이 더 많이 알게 된다면 틀림없이 그들은 법적인 조치가 시급하다는 것을 인정할 것입니다.

유진 B. 윌러드.

신뢰할 만한 책과 주제

프레스콧 F. 홀은 『이민』에서 이렇게 말했다. "이번 주에, 배 한 척에서 정신은 피폐하고 육체는 허약한 비참한 이민자들 2000여 명이 내렸다. 이런 상태였지만 그들은 심사를 통과했다. 역사상 유례를 찾아볼 수 없는 일이다. 우리는 버뱅크 식물 실험에 필적하는 인종 실험을 지켜보았다. 인간의 우량종을 키우기 위한 그와 같은 실험은 앞으로 절대 없을 것이다. 하지만 식물 실험에서 버뱅크가 거둔 믿을 수 없는 결과에 놀란 사람들에게조차 이민은 씁쓸하고 진저리쳐지는 일이다. 우리가 원할 경우, 앞으로 미국인이 되어야 하거나 될 수 있는 유형의 사람들을 선택할 수 있기는 해도 말이다. 사실 큰 변화가 일고 있다. 여행이 점점 손쉬워지고 비용도 줄어들게 된 뒤로부터 자유나 평화가 아니라 돈을 목적으로 우리 나라를 찾아오는 사람들이 많아졌다. 그래서 우리는 비슷한 사람들, 우리가 이해할 수 있고 우리를 이해하는 사람들을 맞이하지 못하게 되었다. 우리는 혈통, 언어, 종교 관습이 다른 사람들을 우리 속에 받아들였다. 우리는 계급과 인종 차별, 그리고 증오를 우리도 미처 모르는 사이에 키워 나가고 있다. 미국인들이 저지르지 않는 범죄, 낯선 이름의 범죄자들이 우리 속에 있다." 이 책은 편견도 애정도 없이 쓰였다. 신뢰할 만한 책이고 주제다.

에드워드 A. 브래드퍼드.

비타에게는 하숙생들을 분류하는 방법이 있었는데, 절대 틀리지 않았다. 그들을 나이별로 나눴다. 나이 많은 사람들, 그러니까 스무 살이 넘은 사람들은 전부 콧수염을 길렀다. 그들은 일을 하고 하숙비를 내고 레나에게 존댓말을 한다. 멀리 아름다운 고향에 아내와 자식들이 있어서 그들을 생각할 때면 눈물을 글썽였다. 향수 때문에 그들은 돌아가는 배표를 사게 될 것이다. 그들은 낮에 집에 있는 법이 없기 때문에 비타는 밤에 간이침대에 앉아 무릎에 접시를 올려놓고 저녁을 먹을 때에만 그들을 볼 수 있었다. 젊은이들은 콧수염이 이제 막 거뭇거뭇 나거나 아직 수염이 나지 않았다. 그들은 일이 없는 경우가 많았다. 경기가 좋지 않으면 제일 먼저 해고되는 게 그들이었는데 올해는 경기가 최악이었기 때문이다. 그들에게는 하숙집이 유일한 가정이었다. 멀리 있는 고향은 주머니에 달러가 가득 들어 있을 때 다시 갈 수 있을 테니 그리 빨리 돌아갈 수는 없을 것이다. 젊은이들은 나이 많은 사람들을 피했고 그들에게 전혀 관심을 두지 않았다. 젊은이들은 자기들이 알아서 살았고 항상 같이 어울려 다녔다. 레나는 수염도 없고 바다 건너에 가족도 없었지만 나이 든 축에 속했다. 너무나 말라 빈혈 있는 소녀처럼 보이기는 했지만 말이다. 그녀는 아벨로의 아내나 하녀라기보다는 딸 같았다. 엉덩이까지 닿는 긴 머리는 색깔이 흐릿했고, 사시기가 약간 있는 두 눈은 초록색 점처럼 반짝였는데 웃을 때는 색이 진해졌다. 레나는 잘 웃었다. 그녀는 심각한 여자가 아니었고, 또 언젠가 그녀와 같은 죄인들과 함께 지옥의 불 속에 던져질 것이기 때문이다. 툭 튀어나온 가슴에 만돌린 같은 엉덩이를 가진 그녀가 지나가면 그 구역 남자들은 누구나 다 돌아보았다. 남자들은 입에 손가락을 하나 집어넣고 손가락으로 볼을 쳐서 소리를 냈다. 그녀의 어느 곳엔가 자신들의 뭔가를 찔러 넣고 싶다는 뜻이었다. 레나는 돌아보지 않았다. 비타의 손목을 부러뜨리기라도 할 듯 있는 힘을 다해 움켜쥐었다. 그리고 비타를 끌고 길모퉁이를 돌 때까지 앞만 보고 곧장 걸어갔다. 남자들은 여자들보다 훨씬 더 많은 말과 동작을 알고 있었다. 레나가 모퉁이 뒤까지 그녀를 안전하게 데려가기 전에 비타는 뒤를 돌아보았다. 그리고 세 번째 돌아보았을 때 벌써 그 소리를 어떻게 내는 건지 배워 버렸다. 그러나 손가락을 넣어 볼을 쳐서 소리를 내자 레나가 그녀의 뺨을 때렸다. 비타가 아버지에게 불만을 털어놓자 아벨로가 레나의 팔을 잡고 말했다. "이게 대체 무슨 소리지? 누가 너한테 내 딸에게 손대도 된다고 했어. 넌 내 딸을 건드려선 안 돼." 그러더니 레나의 입에서 피가 날 정도로 세게 레나의 뺨을 두 번 때렸다. 레나는 비타가 입에 손을 넣고 소리를 낸 일을 아벨로에게 말할 수 없었다. 그래서 따귀를 고스란히 맞았다. 그리고 다시는 비타의 뺨을 때리려 하지 않았다.

레나의 이름은 막달레나도 레나도 아니었다. 하지만 그녀의 진짜 이름, 그바셸리네인지 뭔지는 발음이 불가능했다. 아무도 발음할 수 없는 이름을 가지고 있다는 것은 이름이 없는 것과 마찬가지였다. 그녀 자신도 어떻게 발음하는지 잘 기억을 하지 못했다. 그녀가 어렸을 때 부모가 그녀를 어떤 가족에게 맡겼기 때문이다. 그 가족은 그녀를 데리고 레바논으로 가서 그녀를 구해 주었다. 러시아 차르 황제의 병사들이 그녀와 같은 인종의 사람들을 몰살시켰다. 하지만 그 가족은 그녀가 열두 살이 되었을 때 체르케스인과 결혼을 하라고 미국으로 보냈다. 그런데 체르케스인은 곧 죽었고 레나는 열세 살에 과부가 되어 홀로 남았다. 레나는 코카서스 산악 지대에서 왔다. 그녀의 말에 따르면 그 산은 대홍수 때 물속에서 솟아난 것으로 노아의 방주가 지나가게 양쪽으로 벌어졌다고 했다. 그녀 역시 체르케스인이었다. 체르케스 민족은 시인과 전사와 여자 노예를 많이 배출했고 사랑하고 마시고 죽음에 도전하며 살았다. 체르케스의 여자 노예들은 군사령관의 첩들 중 가장 아름다웠다. 체르케스 여자들의 아름다움은 전설적이었다. 사실 레나도 아름다웠다. 키가 크고 이국적이고 묘한 분위기였다. 그렇지만 지금은 이탈리아인들과 살고 있기 때문에 나폴리 말과 레바논 말을 뒤섞어 썼다. 그녀의 원래 말은 잊어버렸고 그 때문에 그녀는 몹시 괴로워했다. 새로운 언어가 들릴 때마다 그녀의 표정이 환하게 밝아졌지만 그녀가 태어난 산악 지대에서 온 사람을 다시 만나는 행운은 아직 한 번도 찾아오지 않았다. 체르케스인은 완전히 절멸되어 미국을 통틀어 그녀 하나만 남아 있는 것 같았다. 밤이면 고향의 말로 꿈을 꾸었지만 낮이 되면 실수로라도 입 밖에 낼 수가 없었다.

레나는 하녀이면서 아넬로의 아내이기도 했다. 이것은 어떤 의미에서는 같았다. 하지만 바다 건너 이탈리아에서는 아무도 이 사실을 몰랐다. 그래서 아넬로는 민투르노 마을보다 민투르노 사람들이 더 많이 사는 클리블랜드를 떠나 뉴욕으로 왔다. 그는 디아만테를 그 클리블랜드로 보내려고 했었다. 91번지에 데지데리오 마추코가 살고 있고 46번지에 안토니오 마추코(디아만테 아버지와 같은 이름)가 살고 있는 멜버리 스트리트가 아니라 시칠리아인들이 사는 프린스 스트리트로 왔다. 여기 사람들은 모두 디오니시아가 눈병으로 죽었다고 생각했다. 그래서 아넬로가 자식들에게 엄마를 만들어 주기 위해 어쩔 수 없이 재혼을 했다고 생각하며 그를 동정했다. 비타가 이곳에 도착하고 나서 얼마 뒤 이웃 사람들이 비타에게 엄마 없이 자라서 얼마나 슬프냐고, 엄마를 잃게 돼서 너무나 가었다고 말했을 때 비타는 이웃 사람들이 자기를 다른 사람으로 착각한다고 생각했다. 사람들이 바로 자기 이야기를 하고 있다는 것을 알게 되자 그녀는 전부 다 사실이 아니라고 말했다. 디오니시아는 건강하게 살아 있고 오른쪽 눈만 시력을 잃었을 뿐이라고 대답했다. 그리고 아넬로가 은행에 100만 달러를 모으면, 벌써 아주 부자니까 곧 그렇게 될 것 같은데, 그들 가족은 모두 고향으로 돌아갈 것이라고 했다. 레나는 체르케스 여인들의 운명이 그렇듯, 또 다른 유부남의 노예이자 첩이 될 것이다. 이웃 사람들은 눈이 휘둥그레져서 비타를 뚫어지게 보았다. 사람들은 처음에는 비타가 뻔뻔하게 거짓말을 한다고 생각했다. 그러다가 레나가 뻔뻔한 창녀라고 생각하게 되었다. 어쨌든 비타나 레나 모두를 꺼리게 되었다. 그렇지만 디아만테는 비타처럼 뻔뻔하지 않았다. 클리블랜드로 가는 기차를 놓친 것을 용서받기 위해 아넬로와의 계약을 지키려고 했다. 그래서 집에 이렇게 편지를 썼다.

사랑하는 부모님께.

제가 건강하게 잘 지내고 있다는 것을 알려 드리려고 편지 드립니다. 두 분도 그러시길 바라요. 저는 방을 세놓는 할머니 집에서 하숙을 하고 있어요. 삼촌이 제게 추천해 준 집이에요. 저는 잘 지내고 있어요. 사촌 형 제레미아도 있어요. 일은 안전해요. 저는 하루도 빠지지 않는답니다. 어제는 주인 할머니의 일흔 번째 생일 파티를 했어요. 아주 즐거웠어요. 그러다가 멀리 있는 이탈리아를 생각하고 눈물을 흘렸어요.

두 분의 자랑스러운 자식임을 말씀드리며 두 분의 손에 입맞춤을 보내요. 저 대신 동생들을 안아 주세요. 항상 동생들을 생각하고 그리워한답니다.

디아만테는 부모를 사랑했기 때문에 단 한 번도 그들을 속인 적이 없었다. 부모를 대신해 죽을 수도 있었다. 부모는 신성한 사람들이었다. 그의 아버지는 주세페 성인이었고 어머니는 성모 마리아였다. 만일 디아만테가 아벨로와 한 침대를 쓰는 여자와 같이 살고 있다는 것을 어머니 안젤라가 알게 된다면 디아만테를 클리블랜드로 가게 만들었을 것이다. 어머니는 독실한 가톨릭 교인으로 불결한 일을 상상조차 할 수 없었다. 비타는 집에 편지를 쓰지 않았지만 디오니시아가 이 사실을 알면 어떻게 할지 궁금했다. 어쩌면 비타를 이탈리아로 데려가려고 할지도 모른다. "꿈도 꾸지 마." 니콜라가 비타에게 말해 주었다. 디오니시아는 다 알고 있었다. 하지만 디오니시아는 6년이나 아내를 만나지 못한 남편에게 아내를 배신하지 말라고 요구할 수가 없었다. 남자들은 다 그랬다. 비타는 엄마가 어떻게 이런 상황을 참을 수 있는지 이해할 수가 없었지만 디오니시아는 비타의 행복만을 원했기 때문에 비타를 이곳으로 보낸 데는 다 그럴 만한 이유가 있을 것이다.

어쨌든 그들은 6월 15일에 레나의 생일 파티를 하긴 했다. 레나가 일흔 살이 아니라 스물 네 살이긴 했지만. 하숙집에서 파티 준비를 했는데 이때는 모두 술에 취했다. 레나도 술에 취했다. 그녀는 초록색 눈을 반짝이며 웃었다. 프린스 스트리트에서는 생전 처음으로 모두들 즐거운 시간을 보냈다. 제레미아가 트롬본을 연주했고 레나는 비타에게 체르케스 민속춤 스텝을 가르쳐 주었다. 악령들을 쫓아 버릴 때 추는 성스러운 춤이었다. 레나는 보는 사람의 피를 끓게 할 정도로 멋지게 춤을 추었다. 바로 그때 아벨로가 손에 술잔을 들고 일어나서 비틀거리면서 자기가 하숙생들에게 중요한 소식을 알려야 하니 다 조용히 하라고 말했다. 주위가 조용해졌다. 레나의 몸이 굳었다. 그러더니 "안 돼요, 안 돼요, 아벨로 삼촌, 말하지 말아요"라고 말했다. 하지만 아벨로는 말을 해버렸다.

아벨로는 하느님이 그가 받은 수많은 고통을 보상해 주었다고 했다. 그래서 11월에 미국 아기가 태어날 것이다. 그는 정말 이렇게 말했는데 행복하다기보다는 머리를 한 대 맞은 사람처럼 당황스럽고 어리둥절한 것 같았다. 나이 든 사람들은 젊은 부인을 둔 아벨로를 부러워하며 그와 건배를 했고 젊은 사람들은 레나를 뚫어지게 보았다. 레나의 얼굴이 새빨개지더니 잠시 후 울음을 터뜨렸다. 모두들 술에 취해 있었고 눈물은 전염력이 강했다. 모두 울었다. 모두 그 이유를 알았다. 이것이 디아만테가 사랑하는 부모에게 말했던 일흔 번째 생일 파티였다. 일흔 번째든 스물네 번째든 레나는 나이가 많은 사람 축에 속했다. 그리고 젊은이들처럼 흥미롭지도 않았다. 안타깝게도 하숙집에 젊은 사람은 셋밖에 없었다.

로코는 열일곱 살이었다. 플라타너스처럼 키가 컸다. 그는 주먹질을 좋아했다. 하지만 다른 사람들은 그와 주먹질하는 것을 좋아하지 않았다. 로코는 지하철 공사장에서 굴착하는 일을 했지만 오래전부터 파업 중이었다. 지하철 공사는 59번가에서 중단되었다. 일을 하러 가는 대신 시위대에 섞여 행진하며 월급을 인상해 주고 새로운 계약을 해달라고 구호를 외쳤다. "미국 굴착 노동자들은 여덟 시간 일하는데 우린 왜 열 시간 일해야 하는지 모르겠다니까." 아벨로는 로코가 그 지역의 나쁜 동료들 때문에 게으름뱅이가 되었다고 말했다. 그는 로코에게 큰 희망을 걸고 있기 때문에 이 생각을 하면 기분이 좋지 않았다. 로코의 아버지가 오하이오의 라베나에서 1톤짜리 철재에 머리를 맞아 죽었을 때 아벨로는 로코를 데려다가 아들처럼 키웠다. 하지만 비타는 로코가 파업을 하는 게 좋았다. 로코가 집에 있을 때는 명랑한 젊은이들이 집안을 들락날락했고 레나는 다림질을 하며 체르케스 노래를 불렀다. 드넓은 바다를 건넌 영웅 레프쉬가 나무 여인을 만나 사랑을 하다가, 영웅들이 다 그렇듯이 그녀를 버리고 세상이 끝나는 지점을 찾아 끝없이 걸어간다는 내용의 노래였다. 비타는 레나가 교태를 부렸기 때문에, 그리고 초록색과 검은색이 뒤섞인 사시기 있는 그 눈으로 젊은 남자들의 감탄을 독차지했기 때문에 그녀를 몹시 싫어하기는 했지만 그녀가 부르는 노래의 내용이 숨도 쉴 수 없게 한다는 것은 인정할 수밖에 없었다. 레프쉬는 한없이 걸어 수많은 모험을 하고 난 뒤 여자에게로 돌아온다. 세상의 끝은 찾을 수가 없었다.

코카콜라는 비타와 생김새가 비슷했다. 그것은 그가 바로 비타의 오빠라는 뜻이었다. 아넬로가 투포로 코카콜라를 데리러 왔을 때는 비타가 겨우 몇 마디 말을 배우던 때여서 그를 기억하지 못했지만 말이다. 코카콜라의 뺨은 여드름투성이였고 이는 모두 썩었다. 그래서 웃을 때는 사람들에게 검게 썩은 이를 보이지 않으려고 항상 한 손으로 입을 가렸다. 게다가 말을 더듬었다. 말을 할 때 가까이에 있으면 옆 사람에게 사정없이 침이 튀었다. 코카콜라가 오빠였기 때문에 비타는 창문이 있는 작은 방에서 오빠와 한 침대에서 잤다. 레나가 몸이 좋지 않다고 말했고, 비타와 함께 자고 싶어했다. 하지만 아넬로는 레나와 같이 자는 것을 좋아했다. 오빠와 같은 침대에서 자는 형벌까지 내려졌으니 인생은 이미 가혹했다. 니콜라는 열세 살이었는데 정신연령은 다섯 살이었다. 정말 어리석었고 멍텅구리였다. 비타가 보기에 자기 오빠는 말더듬이였는데, 그렇다고 발육이 늦은 것은 절대 아니었다. 이불 속에서 코카콜라는 비타의 발바닥과 무릎을 간질였다. 비타에게 자기 '새'(성기를 가리키는 이탈리아어 – 옮긴이)를 간질이게 하는 대신 그가 '새집'이라고 부르는 비타의 것도 간질이고 싶어했다. 그러면서 비타가 친동생이 아니기 때문에(여자들은 남편이 미국으로 떠나면 스스로 위로할 것을 찾는다는 것이다) 이건 죄가 아니라고 말했다. 비타는 그의 말에 동의했다. 아넬로의 딸이 아닌 편이 차라리 좋았기 때문이다. 디오니시아를 위로해 줬을 만한 남자를 생각해 보다가 비타는 카라파 왕자가 틀림없다고 생각했다. 카라파 왕자는 민투르노의 땅을 전부 가진 주인이며 카제르타 주에서 가장 부자이고 강력한 힘을 가진 남자였다. 그렇지만 비타는 니콜라가 새집이라고 부르는 것을 계속 간질이게 놔두지 않았다. 니콜라가 새라고 부른 것이 새와 전혀 닮지 않았기 때문이기도 했다. 그것은 오히려 캐럽 꼬투리 같았다. 주글주글하고 솜털 같은 걸로 뒤덮인 그 꼬투리와 달리 매끄럽고 단단하고 끈적끈적하긴 했지만 어쨌든 구역질이 났다. 니콜라는 아넬로와 함께 과일 가게에서 일했지만 가끔 가게에 가지 않고 로코와 시위를 하러 가기도 했다. 시위는 항상 경찰과의 충돌로 끝났기 때문에 재미있었다. 시위대들이 피켓에 사용한 막대가 몽둥이가 되었다. 그래서 경찰들이 시위대에 포위되면 경찰들은 공포에 떨었다. 특히 니콜라는 높은 평가를 받았는데, 투포의 아이들이 말보다 먼저 돌 던지기를 배운 데다가 100미터 거리에 있는 경찰 말의 눈을 새총으로 정확히 맞힐 수 있었기 때문이다. 니콜라가 집에 돌아오면 아넬로는 허리띠로 니콜라를 때렸다. 밀대를 들고 니콜라에게 달려가 그의 머리에 슈크림 같은 혹들이 생길 때까지 두들겨 팼다. 아넬로는 지금 니콜라보다 더 멍텅구리 같은 사람은 없을 거라고 말했다. 니콜라는 내일은 정각에 가게로 일하러 나가겠다고 약속을 했다. 그리고 레나에게 상처에 찜질을 해달라고 했다. 레나도 아넬로에게 허리띠로 맞았다. 하숙생들이 레나 꿈을 꾸며 마음속으로 그녀와 부정한 짓을 한다는 생각만 해도 아넬로가 이성을 잃었기 때문이다. 레나는 자기 상처에 직접 찜질을 했다. 레나는 통증을 가라앉히는 비법을 알고 있었다. 비타가 말을 잘 들으면 어느 날엔가 가르쳐 줄 것이다.

하숙생들 중 가장 심각한 사람은 디아만테의 사촌 제레미아였다. 그 역시 로코와 함께 파업 중이었고, 그 역시 여덟 시간의 작업과 시간당 2달러의 급료 인상을 원했고, 그 역시 시위에 참가했는데 수없이 구타를 당했기 때문에 후회를 했다. 지금 그는 몹시 울적했는데, 하청업자가 이탈리아인들 대신 남아프리카 흑인들을 고용하려 했기 때문이다. 파업 결과가 좋지 않아서 제레미아는 로코에게 화를 냈다. 미국 조합원들은 파업에서 빠져 버렸고 이탈리아 영사는 하청 업체 편을 들었다. 아무도 그들을 보호해 주지 않았다. 결국 굴착 노동자들은 다시 하루에 열 시간씩, 예전과 같은 임금으로 일하게 되었다. 그렇지만 시위에 참가해 눈에 띄게 구호를 외친 사람들은 재계약이 되지 않았다. 로코는 그 문제를 대수롭지 않게 생각했지만 제레미아는 일을 하지 않는 남자는 주인 없는 개와 같다고 말했다. 그래서 다른 건설 현장을 찾아 발이 부르트도록 걸었다. 아넬로에 따르면 제레미아는 훌륭한 청년이었다. 그러므로 디아만테도 그를 본보기로 삼아야만 했다. 디아만테는 그렇게 해보려고 했다. 제레미아는 칫솔 같은 콧수염을 기르고 있었는데 작업반장에게 실제 나이인 열다섯 살보다 더 나이 들어 보여 임금을 조금이라도 더 받기 위해서였다. 제레미아는 수줍음을 많이 탔고 트롬본을 훌륭하게 연주했다. 그는 음악가가 되고 싶었다. 그리고 교회와 악단에서 연주하고 싶어했지만 그의 연주를 원한 악단은 장례식에서 장송곡을 연주하는 악단밖에 없었다.

디아만테는 항상 다른 소년들을 따라다녔고, 그들 무리에 몹시 끼고 싶어했다. 그렇지만 자존심이 너무 강해 그런 부탁을 하지는 못했다. 디아만테는 원숭이처럼 까다롭고 지나치게 예민했다. 누군가에게 뭔가를 부탁하기보다는 손이 잘리는 편이 더 나았다. 일자리를 찾지 못했기 때문에 그는 배가 고파 두 번이나 기절을 했다. 아이들은 그의 눈 때문에 첼레스티나('엷은 파랑색'을 가리키는 여자 이름 – 옮긴이)라고 불렀다. 여자 같아 보인다고 놀렸다. 비타는 디아만테가 절대 여자처럼 보이지 않았다. 다른 누구보다 사랑스러운 남자로 보일 뿐이었다. 아이들은 비타도 자기들 무리에 끼워 주려 하지 않았다. 비타가 여자이기 때문이라고 말했다.

비타는 여자라는 게 결점이 될 수 있다는 것을 몰랐다. 사실 여자라는 건 결점이 아니라 불리한 것일 뿐이었다. 문제는 비타가 어린 여자아이라는 점이었다. 여자애들은 아무짝에도 쓸모가 없었다. 비타는 여자애와 남자 사이에 아무 차이가 없다고 맹세했다. 일은 점점 더 흥미로워졌다.

그들은 부엌에서 막 밖으로 나가려다가 걸음을 멈췄다. 코카콜라가 말했다. "그럼 보여 줘봐." 비타가 그럴 수 없다고 소리를 질렀다. 자기 몸에 그걸 대기만 해도 오그라들고 자기 몸의 거길 보기만 해도 장님이 될 거라고 했다. 미국에서는 그런 게 통하지 않았기 때문에 남자애들은 모두 웃었고 비타는 화가 났다. 디아만테는 발가락을 내려다보았다. 그는 중간에서 난처한 입장이 되기 싫어 끼어들지 않았다. 이런 장난이 어떻게 끝날지 잘 알고 있었다. 모두들 바지를 내리고 꼬투리를 보여 준다. 제일 짧은 사람은 동성애자였다. 디아만테가 가장 짧았다. 하지만 그는 동성애자가 아니라 제일 어릴 뿐이었다. 그는 12월에 열두 살이 될 것이다. 그렇지만 남자애들은 그를 놀렸다. 그리고 첼레스티나가 멜버리에서 가장 사랑스러운 게이가 될 거라고 말했다. 아, 거기가 오그라들고 장님이 된다는 건 그들에게 최악이었다. 물론 체르케스 출신 노예 첩보다 비타가 훨씬 나았다. 비타가 거만하게 앞치마를 들어 올렸다. 그렇지만 무릎까지 닿는, 레이스가 달린 속옷을 입고 있었다. 레나가 평소와는 달리 머리를 감고서 수건을 머리에 두르고 부엌으로 다시 들어왔다. "너희들 뭐하는 거야, 이 사악한 것들아!" 레나가 비타의 앞치마를 잡아 내렸다. "너 정말 못됐구나." 카펫 털이개를 집어 들고는 코카콜라의 엉덩이를 때렸다. 코카콜라는 썩은 이를 가려야 한다는 것도 잊은 채 입을 벌리고 크게 웃었다. 로코가 레나의 어깨를 잡고 두 팔을 움직이지 못하게 했다. 그리고 수건을 벗겨서 머리카락이 쏟아져 그녀의 눈을 가리고 말았다. 제레미아가 그녀의 손에서 털이개를 빼앗았다. 그리고 격투를 벌이며 서로를 거칠게 때리는 것 같았지만 아무도 다치지는 않았다. 비타는 아무것도 이해할 수가 없었다. 디아만테는 그 격투에 뛰어들고 싶었지만 이곳에 온 지 얼마 되지 않았는데 여주인, 그것도 아직 표시는 나지 않았지만 임신한 여주인과 싸우는 게 점잖은 일이 아닌 것 같았다. 디아만테는 아주 예의가 발랐다. 남자애들은 예의라고는 눈을 씻고 찾아보려 해도 없었다.

다음 날 아침 엔리코 카루소의 목소리가 비타를 깨웠다. 엔리코 카루소가 어떻게 프린스 스트리트의 집을 찾았는지는 미스터리였다. 엔리코 카루소는 나폴리 출신인데 지금은 스칼라 극장인지 어떤 극장인지에 살았다. 지금은 부에노스아이레스와 여기서 가까운 몬테비데오에서, 또 리우데자네이루라고 하는 어딘지 모르는 그런 곳에서 이름을 떨치고 있었다. 엔리코 카루소는 '별은 빛나고 흙을 스치는 발자국 소리'(푸치니 「토스카」 중 「별은 빛나건만」의 가사 – 옮긴이)가 들려서 괴로워하고 있었다. 그의 '사랑의 꿈은 끝이 났고 모든 게 사라졌다.' 엔리코 카루소는 절망 속에서 죽어 갔다. 그런데 불가사의한 놀라운 일이 벌어졌다. 그가 다시 살아나서 이곳에 와서 활기차게 처음부터 노래를 불렀다. '별은 빛나고 흙을 스치는 발자국 소리.' 비타는 잠에 취해 복도를 따라 걸었다. 아녤로가 엔리코 카루소를 그의 집에 초대했다면 이 얼마나 영광스러운 일인가. 사실 엔리코 카루소가 우리처럼 가난하기는 했지만, 그리고 기계공이었던 그의 아버지가 안토니오처럼 자식들을 모두 굶어 죽게 만들기는 했지만, 이제 아주 유명해졌다. 반면 아녤로는 하모니카 연주를 그만두었다. 음악으로는 돈을 벌 수 없고 악보가 밥을 먹여 주지도 않는다고 아녤로는 주장했다. 엔리코 카루소의 목소리는 남성다우면서도 젊고 부드럽고 열정이 넘쳤다. 그때 비타는 늙은 카라파 왕자가 아니라 젊은 엔리코 카루소가 자신의 진짜 아버지일지도 모른다는 희망을 품게 되었다. 틀림없이 그럴 것이다. 사실 엔리코 카루소는 카제르타의 치마로사 극장에서 노래를 시작했다. 그가 정말 유명했다면 그 극장에 오지 않았을 것이다. 모두들 카제르타에서 달아났기 때문이다. 디오니시아는 제레미아의 아버지와 카루소의 노래를 들으러 갔다. 제레미아의 아버지는 투포의 구두 수선공이었지만 조금만 운이 좋았더라면, 그리고 나폴리에서 태어나 음악원에서 공부할 수 있었더라면 그 역시 테너가 되었을 것이다. 엔리코 카루소는 악마와 계약을 했다. 뭔지 정확히 알 수 없는 것을 대가로 악마에게 영혼을 팔았다. 하지만 악마가 무대에 등장했을 때 농부들이 벌떡 일어나 무대 위로 달려 올라가 악마를 발로 차버렸다. 그래서 엔리코 카루소는 노래를 할 수가 없었다. 하지만 어쩌면 대필자와 사랑에 빠졌을 수도 있고 열 달 뒤 비타가 태어났는지도 모를 일이었다. 그래서 딸을 데려가려고 여기, 프린스 스트리트에 나타난 것이다. '시간은 지나가고 나는 절망 속에 죽어 가네.' 비타는 감정에 복받쳐 복도 한가운데에서 걸음을 멈췄다. 매력적인 아버지와의 만남을 상상하며 머리를 목 뒤로 넘겨 돌돌 말아 머리를 매만지는 척했다. 입술이 빨개지도록 꽉 깨물었고 침으로 얼룩진 뺨을 닦았다. 이미 준비한 미소를 지으며 안으로 들어갔다. 소년들이 식탁에 둘러 앉아 커피를 마시고 있었다. 엔리코 카루소는 보이지 않았다.

식탁 위에 큰 나팔이 있었다. 제레미아가 L자형 손잡이를 돌렸다. 엔리코 카루소가 그녀의 귀에 대고 크게 소리쳤기 때문에 비타는 흠칫했다. 놀란 비타의 얼굴을 보고 모두 웃었다. 디아만테는 비타가 측은해서 나팔 속에 엔리코 카루소가 숨어 있다고 말해 주었다. 그러니까 나팔 속이 아니라 검은 판에 숨은 것이다. 자신의 깃털로 레코드에 뭔가를 새기는 천사가 그려진 검은 판에. 나팔 밑에는 나무 상자가 있었다. 상자는 축음기였다. 앞으로 이 집에선 하루 종일 음악 소리가 들릴 것이다. 레나는 레코드를 손가락으로 만져 보다가 감탄의 눈으로 나팔을 보았다. 입김을 불어 나팔을 닦고 매우 기뻐하며 그 금속 나팔에 자기 얼굴을 비춰 보았다. 레나가 로코에게 말했다. "이거 어디서 난 거야? 굉장히 비쌀 텐데." 로코가 웃었다. 그리고 단돈 1센트도 들지 않았다고 말했다. 그들이 블리커 스트리트에 있는 라파엘레 마지오 상점에서 지난 밤 훔쳐 왔으니까. 그들은 발이 작은 코카콜라를 가게 뒤쪽에 있는 작은 창문으로 내려가게 해서 가게 안으로 들어갔다. 그들은 상자, 검은 레코드에 담긴 영국 왕의 연설, 「남몰래 흘리는 눈물(Una furtiva lacrima)」, 「오, 얼마나 부드러운 모습인가……(Ah, qual soave vision... bianca al par di neve)」, 「이 여자도 저 여자도(Questa o quella per me pari son)」, 「여자의 마음(La donna mobile qual piuma al vento)」, 「별은 빛나건만(E lucevan le stelle)」, 그리고 「오! 이리 와요…… 아름다운 눈을 감지 말아요(Ah! vieni qui... no, non chiuder gli occhi vaghi) 그리고 그라모폰(Gramophone) G & T와 조노폰(Zonophone) 레코드를 전부 가져왔다. 안타깝게도 엔리코 카루소는 오후를 위한 아리아만을 녹음했다. 그렇지 않았다면 스칼라좌의 지난 시즌 곡들도 가져올 수 있었을 것이다.

"도둑질은 범죄야." 레나가 말했다. "모세 십계명의 일곱 번째 계명에 적혀 있어." 하지만 로코는 우리 걸 훔쳐 간 사람 물건을 훔쳐 오는 건 죄가 아니라고 말했다. 비타는 악기 가게 주인, 아벨로에게 유일하게 현금을 내는 손님인 그 점잖은 신사가 로코에게서 뭘 훔쳐 갈 수 있었을지는 이해할 수가 없었다. 로코는 누군가의 것을 훔쳐야만 부자가 될 수 있는 거라고 설명했다. 꼭 돈을 훔칠 필요는 없었다. 부자들은 많은 것을 훔칠 수 있었다. 다른 사람의 시간, 건강, 젊음, 감정, 존엄, 영혼을 훔칠 수 있었다. 이것은 그들의 재산이 전부 도둑질한 것이라는 것을 증명한다. 노동은 도둑들이 삶을 열기 위해 사용하는, 자물쇠를 여는 도구다. 제레미아는 이런 토론을 좋아하지 않았다. 엔리코 카루소를 훔쳐 오고 싶어한 게 바로 그이기는 했지만 말이다. 제레미아는 그들 중 유일하게 음악을 이해했다. 그는 카루소를 높이 평가하는 것은 나폴리인이고 악취 나는 카제르타의 극장에서 노래를 해서가 아니라 유명해지기 위해 사기를 쳤기 때문이라고 했다. 그는 로코에게 범죄자가 되어 가고 있다고 말했다. 로코가 어깨를 으쓱하며 그런 식으로 말한다면 그들 사이의 우정은 끝난 것이라고 대답했다. 두 사람이 갑자기 벌떡 일어나더니 의자들을 바닥에 집어 던지고 서로를 노려보았다. 두 사람 모두 칼을 들고 있었다. 대체 그 칼을 어디에 숨겨 가지고 있었는지 알 수 없는 일이었다. 모두 조용해졌다. 엔리코 카루소도 완전히 절망에 빠져 죽었는지 조용했다. 로코와 제레미아가 칼을 들고 서로에게 겨루다가 덤볐다. 그리고 칼날로 자극을 했다. 금방이라도 서로에게 달려들 기세였다. 하지만 그렇지는 않았다. 두 사람은 서로 얼싸안고 입을 맞추고 다시 악수를 했다.

로코가 범죄자라는 건 사실이 아니었다. 다만 옛날 그가 열한 살이었을 때, 생선 시장에서 멸치 통을 훔치다가 잡힌 적이 있었다. 그는 불량소년들을 데려가는 아동법원으로 넘겨졌다. 결국 로코는 소년원에 가게 되었다. 소년원에서 그는 나무를 자르고 대패를 쓰는 법을 배웠다. 그렇지만 목수가 되고 싶은 생각은 전혀 없었다. 로코가 '학교'에서 나왔을 때 아벨로는 그가 나쁜 길로 들어설 기회를 주고 싶지 않아서 철도 공사장에 데리고 다녔다. 거기서 로코는 도끼 사용법을 배웠다. 기차에도 싫증이 났을 때는 이미 미루나무처럼 키가 커서 배에서 짐을 내리는 일을 하러 항구로 갔다. 거기서 쇠갈고리 사용법을 배웠다. 그다음에는 도살장에 갔다. 거기서 그는 황소들에게 최후의 일격을 가하고 자동 컨베이어 벨트 위에서 황소들을 쓰러뜨리는 일을 했다. 도살장에서 칼 사용법을 배웠다. 지금은 허리띠에 칼을 차고 다녔다. 무늬가 조각된 나무 손잡이에 날이 25센티미터인 칼이었다. 면도를 하는 데 쓰는 것이라고 말했지만 로코는 아직 수염이 나지 않았다. 빰은 디아만테처럼 매끈했다.

제레미아가 자기 칼을 제자리에 넣고 전축 손잡이를 처음으로 되돌렸다. 그러자 엔리코 카루소가 다시 탄식을 하기 시작했다. 그가 자기 딸을 다시 찾으면 저렇게 불행하지는 않을지 누가 알겠는가. 로코는 자기 칼을 눈에 잘 띄게 식탁 위에 올려놓았다. 이 말다툼에서 누가 옳은지를 분명히 밝히기 위해서였다. 비타는 칼날에 한 손가락을 대봤다. 너무 예리해서 손가락에서 피가 났다. 로코는 비타가 그렇게 손을 베인 것이 잘된 일이라고 말했다. 여자애들은 절대 칼을 가지고 놀아서는 안 되기 때문이었다. 비타는 한 손가락을 입에 넣고 분노하며 두통이 생길 정도로 칼을 노려보았다. "사람들이 오빠 내장을 다 잘라 버렸으면 좋겠어." 엔리코 카루소가 직접 뉴욕에 온 게 아니기 때문에, 그리고 어쨌든 그가 잃어버린 딸이 어디 사는지 모르고 있어서 프린스 스트리트에 올 일이 결코 없을 것이기 때문에 비타는 화가 나서 그에게 콧방귀를 뀌었다.

"얘들아, 이 집 안에서 칼을 보고 싶지 않아." 레나가 말했다. 로코가 칼을 다시 허리띠에 집어넣으려고 했다. 하지만 칼날이 손잡이에서 분리되어 기름걸레 위에 떨어졌다. 그것은 죽은 물고기처럼 매끄럽고 미끄러웠다. 깜짝 놀란 비타는 로코가 화를 낼까봐 두려워 몸을 떨었다. 그렇지만 로코는 비타가 왜 그렇게 놀라는지를 이해하지 못했다. 로코는 칼이 낡아서 그렇게 됐다고 생각했다. 새 칼을 구해야 할 것이다. 로코가 레나에게 앞으로 칼을 가지고 다니지 않을 테니 걱정하지 말라고 했다. 앞으로는 권총을 가지고 다닐 것이다. 모두들 웃었다. 하지만 로코는 웃지 않았다. 그는 진심이었다. 레나의 관자놀이에 검지를 겨냥했다. 방아쇠를 당기듯 엄지를 구부렸다. "권총을 구할 거야. 권총이 그 어떤 것보다 멋지고 완벽하고 위협적이지. 권총을 갖게 되면 아무도 겁나지 않을 거야." 비타는 깜짝 놀랐다. 그녀는 몸집이 큰 로코는 아무도 두려워하지 않는다고 생각했다. 그런데 아니었다.

난 늙는 게 두려워.
기운 없이 축 처지고 체념하고 비굴해지고 순종적이 되는 게 두려워.
나와 같은 누군가의 칼에 찔려 죽을까봐 두려워.

일자리를 잃은 뒤부터 로코는 글을 쓰기 시작했다. 저녁 식사를 하고 나면 간이침대에 앉아 무릎 위에 종이 뭉치를 올려놓았다. 그는 입에 연필을 물고 생각에 잠겼다. 글을 썼다. 확신이 들지 않아 글을 지우고 종이를 구겨 버린 뒤 다시 글을 썼다. 로코는 여기서 학교를 다녔다. 영어로 읽고 쓸 줄 알았다. 하지만 지금은 이탈리아어로 글을 쓰고 싶었다. 다만 기억이 혼동되어 사물들의 이름이 떠오르지 않았다. "첼레스티나?" 어느 날 밤 디아만테의 멜빵을 잡고 물었다. 디아만테는 자정에 공장 앞에서 신문을 팔아야 했기 때문에 막 집을 나서려던 참이었다. "abbruscia('타다'라는 뜻의 이탈리아어인 'bruciare'를 잘못 기억한 것 – 옮긴이)를 어떻게 쓰지?" "뭐라고?" "burn, '타다' 말이야." "bruciare." 디아만테가 말해 줬다. "비, 알, 유, 시, 아이, 에이, 알, 이. 비가 하나였나?" 로코가 생각을 했다. 그는 약간 당황했다. 그가 생각하기에는 첼레스티나가 틀린 것 같았다. 'abbrusciare'가 맞았다.

"믿어!" 비타가 소리쳤다. "디아만테는 일등만 했어. 선생님이 신학교에 보내서 신부님이 되게 하면 좋겠다고 했어!" "무슨 소리야." 디아만테가 반박했다. "난 죽어도 신부는 되고 싶지 않아. 신부들은 치마 입잖아." "네가 일등이었어, 아니었어?" 멜빵을 잡아당기면서 로코가 물었다. "일등이었어." 디아만테가 자랑스럽게 대답했다. "50명 중 일등이었어. 메달을 받았어. 그런데 초등학교 3학년만 마치고 학교를 그만뒀어. 내가 맏아들이거든. 내 동생들을 생각해야 했어." 로코는 형제가 없었다. 아니 형제가 있다 해도 어쨌든 그는 누군가를 부양하기 위해 일을 하지는 않았을 것이다. 각자 자기가 알아서 살기, 이것이 그가 미국에서 배운 것이다. 소년원에서 그는 이탈리아인들은 십자가에 매달린 예수처럼 가족을 위해 십자가를 지는데, 이것이 발전을 가로막는다는 말을 들었다. 그는 발전하고 싶었고, 그래서 가족을 갖지 않을 것이다. 로코는 디아만테의 얼굴을 주의 깊게 살펴보았다. 디아만테는 이상한 아이였다. 어떨 때는 어른처럼 지혜로워 보였고 어떨 때는 장난꾸러기 꼬마 요정처럼 쾌활해 보였다. 어린아이 같은 파란 눈 속에서 뜨거운 결의가 불타고 있었다. 로코는 그 빛을 알았다. 세수를 할 때마다 거울 속 자신의 눈에서 그것을 보았다. 그는 디아만테를 좋아했지만 그를 믿지는 않았다. 디아만테와 비타가 온 뒤로 이 집 안의 모든 것이 다 뒤집어졌다. 둘 중 한 사람은 악마가 보냈고 다른 한 사람은 천사가 보낸 게 틀림없었다. 디아만테가 악마의 전령은 아니라고, 뭔가가 로코에게 말해 주었다.

"너 예쁜 글씨로 편지 잘 쓸 수 있어?" 로코가 이렇게 물어보기로 결정했다. "그럼." 디아만테가 대답했다. 그는 로코가 관심을 보여 줘서 뛸 듯이 기뻤다. 디아만테는 투포에서 일요일에 디오니시아가 산 레오나르도 교회 계단에 앉아 편지 대필을 해줄 때, 그 옆에서 디오니시아를 도와줄 정도로 글씨를 반듯하게 잘 썼다고 비타가 소리소리 지르며 말했다. 그렇게 해서 몇 푼씩 벌었지만 그것을 쓰지 않고 아버지에게 달려가 돈을 건넸다. 로코와 디아만테는 어두운 계단에 가서 앉았다. 등에 단검 문신을 하고 해적처럼 귀걸이를 한 산만 한 덩치의 로코와 초등학교 1학년생처럼 보일 정도로 작은 디아만테가 나란히 앉았다. 비타는 그들 뒤에 웅크리고 앉았다. 종이는 아녤로의 장부에서 찢어 낸 모눈종이였다.

편지는 이런 내용이었다.

> 다음 주 월요일 밤 11시에 14번가와 3번가 사이에서 빨간 손수건 두른 남자에게 500달러를 주지 않으면 당신의 가게를 불태워 버리겠다. 당신은 농담이라고 생각하겠지만 나는 진심이다. 사흘 여유를 주겠다. 그다음에 당신은 끝장이다.
>
> 데스페라도.

디아만테는 종이에 고개를 숙이고 편지를 썼다. 당혹스러워서인지 그의 윗눈썹이 둥글게 휘었다. 의심스러운 눈빛이었다. 그는 이것이 최악의 장난, 멍청한 허세의 행동 같았다. **당신은 농담이라고 생각하겠지만 나는 진심이다.** 그런데 허세가 아니라면 이건 범죄행위였다. 손에 쥐가 난 것처럼 손이 굳어 버렸다. 겨우 가느다란 목소리로 이렇게 말할 수 있었다. "빨간 손수건 두른 남자가 누구야? 데스페라도가 누구야?"

로코가 웃으면서 종이를 셔츠에 넣었다. "바보. 아니 무시무시한 범죄자일지도 모르지. 월요일에 알려 줄게." 디아만테는 이제 가야 한다고, 벌써 늦었다고, 일자리를 잃게 될 거라고 더듬더듬 말했다. 로코가 자신이 빌려 준 디아만테의 멜빵을 잡았다. "가게 해줘." 디아만테가 항의하듯 말했다. "가게 해줘." 로코의 미소를 보자 겁이 났다.

"로코." 다음 날 비타가 로코에게 물었다. "오빠가 검은 손이야?" 로코는 못 들은 척했다. 그는 닭장들 사이에 무릎을 꿇고 앉아 한 손가락을 우유병에 담갔다. 그러더니 검은 고양이의 입에 손가락을 밀어 넣으려 했다. 커낼 스트리트에서 어젯밤 주워 온 길 잃은 고양이였다. 누군가 고양이를 유리병에 넣고 거기에 불을 질렀다. 고양이의 온몸에 상처가 난 것 같았다. 털이 다 타버려서 여기저기 조금씩 남아 있었다. 꼬리털만 온전했다. 검은 고양이들은 불행을 가져오므로 이렇게 태워 버리는 게 더 나았다. 비타도 무릎을 꿇었다. 로코는 고양이의 입에 손가락을 넣을 수 있었다. 고양이는 아주 행복하게 손가락을 빨았다. 손가락을 잡아당겼다.

"로코, 오빠가 검은 손이야?"

"비타." 로코가 셔츠 칼라 밑으로 빨간 손수건을 밀어 넣으면서 웃었다. 그는 항상 목에 그 손수건을 묶고 다녔다. "너 정말 어리구나."

검은 손은 없었다.

디아만테가 배가 고파 기절했을 때 제레미아는 그에게 신문팔이 일자리를 찾아보라고 했다. 다섯 살도 안 된 치키토도 하는 일이라면 디아만테도 할 수 있었다. 처음 면접에서 디아만테는 이 일에 딱 맞는 요구 조건, 그러니까 민첩성, 자신감, 영리함을 보여 주었다. 국적도 불리하게 작용하지 않았다. 이탈리아 소년은 돈과 관계된 문제에서는 아일랜드인의 민첩성과 유대인의 강인함을 함께 보여 주었다. 디아만테는 치키토 무리에 합류하게 되었다. 치키토는 병약해 보이는 못생긴 꼬마로 발은 상처투성이에 눈은 불쌍하게 애원하는 것 같았다. 그 무리는 여섯 명이었다. 제일 큰 애가 열세 살도 채 안 되었다. 아침 5시에 벌써 겨드랑이에 신문 꾸러미를 끼고 브로드웨이에 진을 쳤고 자정에는 공장 앞에서 남은 신문을 팔았다. 그들이 파는 신문은 『아랄도 이탈리아노』로 커낼 스트리트 243번지에 있는 신문사에서 발행하는 이민자 신문이었다. 별 소득이 없는 일이었다. 한없이 걷고 목이 쉴 정도로 소리를 질러야 했지만 버는 돈은 정말 적었다. 새벽에 일어나서 한밤중에 집에 들어갔지만 디아만테는 일주일에 5달러도 벌지 못했다. 행인들을 귀찮게 하고 따라가고 잡아당기고 애원하고 화나게 만들고 거의 협박을 하다시피 해야 했다. 그래도 아무 소용이 없었다. 죽은 개를 억지로 떠맡기려는 것과 같았다.

사실 대부분의 경우 행인들은 글을 읽을 줄 몰랐다. 디아만테의 무리에게 맡겨진 지역이 커낼 근처의 브로드웨이이기 때문이었다. 그 근방의 행인들은 모두 글을 읽을 줄 모르는 촌뜨기들이었다. 디아만테가 이런 사실을 보급소장에게 설명해 보려 했으나 소용이 없었다. 그 사람은 남부 이탈리아인들이 게으름뱅이라고 불평하는 말쑥한 북부 롬바르디아인이었다. 사람들은 『아랄도』뿐만 아니라 아예 아무것도 읽지 않았다. 맹인에게 그림을 팔아 봐라! 글자를 아는 사람을 하나라도 만나려면 휴스턴을 지나야 했다. 사실 그런 사람을 만난다 해도 그들은 이탈리아어 신문을 읽지 않았다. 그리고 이미 신문을 들고 있었다. 『뉴욕 타임스』, 『글로브』, 『콜』, 『포스트』, 『저널』, 『트리뷴』, 『해럴드』 혹은 만화도 있는 『뉴욕 월드』 같은 것이었다. 미국인들은 겨우 여덟 페이지밖에 되지 않고, 이탈리아인들에 대한 뉴스밖에 없고, 미국인들에 대한 기사는 미국 신문에서 말하는 내용밖에 없고 그것도 흥미롭게 다루지도 않는 신문을 필요로 하지 않았다. 특히 휴스턴 너머의 사람들은 이탈리아인들이 눈에 띄는 것을 별로 좋아하지 않았다. 현관문에는 '개, 흑인, 이탈리아인 출입 금지'라고 적혀 있었다. 카페 유리창에도 '개, 흑인, 이탈리아인 출입 금지'라고 붙어 있었다. 디아만테는 온갖 욕을 얻어먹고 쥐어박히기도 했다. 이제 디아만테는 거칠게 들리는 소리가 무슨 뜻인지 알게 되었다. 그들은 **왑**이라고 했는데 그건 이탈리아인을 뜻했다. 이탈리아인이라는 말은 욕이었다. 투포의 학교에서 이탈리아가 문화의 요람이고 마르코 폴로, 크리스토포로 콜롬보, 미켈란젤로, 주세페 베르디, 그리고 주세페 가리발디가 자랑스러운 이탈리아인이라고 말해서 그가 깜빡 속기는 했지만 말이다. 또 다른 욕으로 **데이고**가 있었는데, 그것도 이탈리아인을 의미했다. 누군가에게 데이고라고 말하면 그것은 그 사람을 설사병 걸린 말보다 못하게 생각한다는 뜻이었다. 누군가 그런 말을 하면 디아만테의 눈에 핏기가 돌 것이다. 칼을 가지고 있지 않다면(디아만테는 칼이 없었다)모욕을 삼켜 버릴 수밖에 없었다. 가게 진열장 앞에서 계속 왔다 갔다 하면 금발 머리들이 등 뒤에서 빈정거리는 노래를 부르는데 대충 **기니 기니 곤**(ghini ghini gon)이라는 소리로 들린다. 곤은 고릴라라는 뜻이었다. 누군가 디아만테를 곤이라고 부르면 분노로 머리에 뿌옇게 안개가 낄 것이고 자신이 정말 교회에 들어가려 하는 고릴라가 된 기분이 들 것이다. 그리고 디아만테가 신문 행상을 한 지 몇 주 만에 겨우 그 의미를 알게 된 **그리노니**, 즉 **그린혼**이라는 아주 어려운 말이 있었다. 이것은 갓 이민 와서 영어 한 마디 못하는 놈이라는 뜻이었다. 그러니까 바보, 멍텅구리, 미련퉁이, 촌뜨기와 비슷한 말이었다. 사람들이 디아만테에게 그런 말을 하면 그는 그 말을 못들은 체했다. 그에게는 칼이 없었기 때문이다. 그는 『아랄도』를 읽을 줄 모르는 바보들을 무시하지 않게 되었다. 사실 반에서 일등이었던 그 역시 이곳에서는 글자를 모르는 바보였으니까. 그 역시 『뉴욕 타임스』를 읽지 못했다. 그의 오만함에 대한 벌이었다. 리퍼블릭 호에 탄 수많은 어른들 중에서 미국 입국 신고서에 예쁜 글씨로 자기 이름을 쓸 줄 아는 사람이 자기 혼자뿐이라는 것을 알았을 때 그는 자신이 자랑스러웠다. 그렇지만 오만은 가장 무거운 죄였다. 그래서 이제 그는 신문을 겨드랑이에 끼고 승강장에 들어가서 기차를 기다리며 신문을 읽는 금발 머리들을 부러워하게 되었다. 그는 결코 알 수 없는 일을 그들은 알고 있었다. 맨발에 축 늘어진 멜빵을 한 검은 곱슬머리의 그를 보면서 그들은 그린혼이라고 생각할 것이다. 그들이 맞았다. 디아만테는 그들을 부러워했고 그들처럼 되고 싶었다. 그렇지만 질투도 용서받지 못할 죄였다.

팔지 못한 『아랄도』를 가지고 보급소로 되돌아오면 소장은 성경조차 읽지 않는 무지한 이탈리아인들을 욕했다. 그리고 신문을 버리지 않으려고 그것들을 디아만테에게 반값에 팔았다. 그러면 디아만테는 신문이 다 팔릴 때까지, 밤이 깊도록 계속 돌아다녔다. 부모가 누군지도 모르고 태어나면서부터 거리에서 살았던 치키토가 한 가지 속임수를 가르쳐 주었다. 신문을 맨홀 속에 숨겨 놓고 한 부만 들고 행인들에게 제발 마지막 남은 한 부만 팔아 달라고 애원하는 것이다. 대개 이 방법이 통했다. 특히 행인이 여자와 함께 갈 때면 더 그랬다. 여자들은 사실 마음이 너그러워서 비록 잠시지만 디아만테같이 낯선 거지에게도 동정심을 느꼈다. 여자들만 사는 도시에서는 정말 가난한 사람이 아무도 없을 것이다. 그런데 디아만테는 진짜 마지막 한 부는 남겨 두었다.

밤이 되어 프린스 스트리트 건물 옥상에 앉아 그가 살고 있는 사회 현실에 대한 놀라운 일로 가득 찬 신문을 정신없이 읽었다. 그사이 초조해진 비타는 그를 들볶았다. 비타는 자신보다 훨씬 변화무쌍한 하루를 보낸 디아만테의 이야기를 너무나 듣고 싶었다. 디아만테는 아직도 부자들이 산다는 왑타운과 데이고랜드를 찾지 못했다. 그곳은 휴스턴과 워스 스트리트, 브로드웨이와 바워리 스트리트 사이에 있는 도시 속의 도시로 남부 이탈리아인들 25만 명이 모여 살았다. 브룸 스트리트의 '토리노의 정원들'에 가서 식사를 하고, '아렌스'에서 팔레르모에서 갓 도착한 마르살라 와인을 사고, '가리발디 극장'이나 '오페라'에 가고, 네이비 스트리트에서 아다 알피에리에게 별점을 보고, 톰킨스파크로 산책을 가기 위해 돈을 낼 수 있고, 값비싼 전축과 카루소의 레코드를 살 수 있는 사람들이었다. 그곳을 찾아내기 위해서는 고향 마을의 속담, 즉 '알지 못하는 곳은 존재하지 않는 곳이다'라는 말을 잊어야만 했다. 알지 못해도 존재했고 그곳을 찾기 위해 배워야 했다.

하지만 다른 아이들이 디아만테에게 신문마다 대서특필한 시체가 있는 곳을 알려 주었다. 그를 데리고 가서 보여주었다. 무시무시하고 끔찍한 광경이지만 돈 한 푼 내지 않고 볼 수 있기 때문이었다. 허드슨 강이나 할렘 강에서 시체들이 떠오르곤 했다. 살인자들이 시체의 발에 바닥짐을 묶어 놨는데 시체가 부패하면서 발에서 떨어져 나와 물에 떠오른 것이었다. 로코와 코카콜라가 낚시를 하러 가는 자메이카 만과 제레미아가 새 하수구를 파고 있는 운하에도 시체들이 나타났다. 밤이 되면 그 지역은 불빛들이 환히 빛났다. 화재였다. 마치 세계를 파괴할 준비가 된 빨간 손수건의 남자들이 수천 명 그곳에 있는 것 같았다. 공기 중에서 나무와 재 냄새가 났다. 소방수들이 소방차, 펌프, 사다리를 가지고 사이렌을 울리며 달려갔지만 항상 너무 늦었다. 디아만테는 이 모든 일에 대한 설명을 단 한군데서 찾았다. 검은 손이었다. 검은 손은 널리 퍼진 노련한 조직으로 악마적이고 교묘했다. 데이고랜드를 괴롭혀 공포에 떨게 했다. 사실 아넬로는 그들을 신고하지 못했다. 하지만 『아랄도』는 검은 손 조직원들이 철자법도 모르며 악마적이지도 교묘하지도 않다고 비웃었고, 그들을 경찰에 신고한 의사와 상인들을 칭찬했다. 디아만테는 누구의 말이 진실인지 알 수 없었다. 그렇지만 신문에 조직원들을 체포했다는 말은 한마디도 없었다.

어쨌든 『아랄도』는 범죄 사건이 터지는 날에만 팔렸다. 다행히 미국에는 사건이 아주 많았다. 그리고 뉴욕에서만도 하루에 한 건씩은 터졌다. 산타페, 윌밍턴, 스코츠버러, 에번즈빌 같은 시내에서 매일 흑인이 가시 철사에 맞았다거나 나무에 목을 맸다거나 축제 중인 사람들을 폭행해 숨지게 했다는 이야기는 절대 들을 수 없었다. 멀리 떨어진 와이오밍 주에서 날마다 강도들이 가난한 여행자들을 공격해서 죽였다. 매일 수천의 유대인들이 폴란드와 바르샤바에서 몰살당했다. 그러나 멀리 가지 않고도 여기 이 도시에서 수많은 여인들이 목이 졸려 죽었고, 밤에 일이 끝나고 버스를 기다리던 어린 처녀들은 남자들에게 끌려가 강간을 당하고 살해되었다. 열한 살짜리들이 자신을 능욕한 하숙생을 칼로 찔러 죽였다. 남자들은 배에서 내리자마자 미국에 입국하는 데 필요한 10달러가 없어서 자살을 하기도 했고, 고향으로 돌아가려고 모은 돈을 다 잃어버려 자살을 하기도 했다. 무슨 이유에서든 곤드레만드레 취한 남자들이 넘쳐났고, 거리 한복판에서 혹은 일요일 밤 멜버리파크로 가족들과 바람을 쐬러 나왔다가 칼에 찔리거나 권총에 맞아 죽은 남자들도 있었다. 디아만테가 미국에 도착했을 때는 그렇게 공포스러웠던 검은 손은 이제 신문이 잘 팔리는 날, 그리고 비타와 같이 꼭두각시 인형극을 보러 갈 수 있는 토요일 오후를 의미했다.

시간이 흐르면서 첼레스티나는 대담하게 행동하게 되었다. 이발소, 창녀촌, 거친 남자들이 경마 내기를 하는 지하실을 드나들기도 했고 달리는 마차에 뛰어오르기도 하고 내리기도 했다. 겨드랑이에 신문 뭉치를 끼고 고가철도의 플랫폼 위를 달렸다. 경찰과 매표원들에게 잡히지 않았고 손님들에게는 파리보다 더 귀찮게 달라붙었다. 사무원들이 사무실에서 나올 때 그들을 공략하는 법을 배웠고, 뻔뻔하고 고집스럽게 달라붙는 자신에게 겁을 집어먹는 부르주아들의 무기력한 증오를 즐겼다. 창고로 가는 화물열차 위로 뛰어오르는 부랑자들에게 도전했고 아일랜드인들에게 돌을 던졌다. 항상 제일 아픈 머리를 표적으로 삼았다. 머리에는 면으로 된 베레모를 쓰고 축 늘어진 멜빵을 맨 채 장난꾸러기 같은 미소를 지으며 선술집이나 싸구려 식당에 들어가서 **오싹한 미국의 범죄, 살인자를 처형하는 전기의자, 사형집행인의 비밀, 검은 손의 최신 잔혹 범죄**……. 등을 소리쳐 외쳤다. 그는 신문을 팔기 위해 사실을 과장하고 뉴스를 확대하는 법을 배웠다. 그렇지 않으면 아무도 신문을 찾지 않았다. 객차 탈선은 철도 참변이 되었다. 이탈리아 왕비가 감기만 걸려도 **이탈리아 왕비 사**

망!으로 변했다. 그는 **살인, 시체, 토막 살인**을 맑고 우렁찬 목소리로 외쳤다. 마법의 말이었다. "야, 여기, 신문 한 장만 줘라." 대부분의 사람들이 글을 읽을 줄 몰랐기 때문에 집으로 돌아가는 길에 그는 선술집에 앉아서, 기분 전환 거리를 찾는 지친 노동자들에게 뉴스를 읽어 주기도 했다. 아넬로도 살인 사건 뉴스를 읽으라고 시켰다. 아넬로는 사건이 잔혹할수록 더 즐거워했다. 어쩌면 자신의 성기를 입에 문 채 지하철 공사장 석유통에서 발견된 시체가 자신이 아니라는 게 기뻤는지도 몰랐다. 그렇지만 아넬로는 신문을 읽어 준 대가를 지불하지 않았다. 반면 노동자들은 그에게 맥주 한 잔을 대접했다. 아니, 술집 주인이 맥주라고 부르지만 사실은 오줌 맛이 나는 구역질 나는 누런 싸구려 술이었다. 디아만테는 그것을 삼킬 수가 없었다. 치키토는 자기에게 한 입만 달라고 애원했다. 치키토는 항상 디아만테를 따라다녔다. 신문팔이 소년들은 하루 중 제일 따분한 시간에 재미삼아 개를 자극해 치키토를 물게 했는데, 디아만테만은 그런 짓을 하지 않았다. 일이 없을 때 소년들이 시간을 죽이는 유일한 방법은 광견병에 걸린 떠돌이 개들을 부추겨서 치키토를 공격하게 만드는 것이었다. 치키토는 다리를 절면서 디아만테의 뒤를 따라 선술집에도 갔고 심지어 집에까지 쫓아왔다. 맥주 나 줘, 맥주 나 줘. 디아만테는 치키토가 너무 어렸기 때문에 맥주를 주지 않았다. 하지만 노동자들은 그에게 맥주를 몇 방울 남겨 주면서 그가 통의 꼭지에 입을 대고 통을 다 비울 수 있을지에 몇 센트를 걸고 내기를 했다. 치키토가 술에 취해 쓰러졌을 때 그들은 배꼽이 빠져라 웃어댔다. 디아만테는 웃고 싶지 않았다. 속이 뒤틀렸다.

여름이 되자 태양에 달궈진 길을 걷는 것이 골고다 언덕을 오르는 것 같았다. 사람들은 더위 때문에 파리처럼 죽었다. 그래서 불과 하루 사이에 21명이 죽었다. 라이벌들이 나타났는데, 그들은 이탈리아에서 가장 중요한 일간지를 시내에서 팔았다. 그 신문은 『일 프로그레소 이탈 아메리카노』였다. 『아랄도』의 독자들은 그 신문을 몹시 싫어했다. 이 신문이 반동적이고 권력자들의 엉덩이를 핥으며, 파업한 지하철 굴착노동자들과 대립하는 고용주 편을 들었기 때문이다. 이 신문은 절대 검은 손 기사를 싣지 않았다. 검은 손의 존재를 인정하는 것은 이탈리아 이주민의 명예를 훼손하는 것을 뜻하기 때문이었다. 그들에 따르면 검은 손은 미국인들이 만들어 낸 것이고, 자신들이 성공했다는 것을 사람들에게 믿게 만들고 싶어하는 은행가들, 예술가들, 그리고 일반 사람들에게 선전으로 이용되는 광고 전략이었다. 하지만 두 신문의 판매원들은 같은 지역, 같은 시간에 충돌해 똑같은 뉴스를 난폭한 사람들에게 똑같이 팔려고 했다. 첫날은 욕설과 위협이 난무했다. 둘째 날은 유리 조각이, 셋째 날은 선로 조각이 날아다녔다.

7월 20일 디아만테는 지붕 위에서 그의 라이벌 중 하나인 러스티의 만형을 기다렸다. 그의 이름은 넬로였는데 키가 땅딸막하고 올리브처럼 매끈했다. "네 쓰레기는 다른 곳에 갖다 버려." 그가 협박했다. "『아랄도』는 쓰레기가 아니야." 디아만테가 쏘아붙였다. 그는 신문사에 한 번도 들어가 본 적이 없기는 했지만 이 신문을 옹호해야 할 것 같았다. 그는 이 신문이 쉽게 쓰여지기도 했고 그에게 세상일들을 알게 해주기도 해서 신문 읽는 것을 좋아했다. 그리고 커낼 스트리트 243번지 앞을 지날 때면 존경과 감사의 마음에 압도되었다. 『아랄도』의 신문기자들은 자신들이 노동자들을 위해 글을 쓴다고 했다. 디아만테는 누군가 노동자들을 위해 글을 쓸 수 있다는 생각을 그때까지 해보지 않았다. "경고하는데……." 넬로가 드라이버 끝을 번득이며 계속 말했다. "너나 다른 곳으로 꺼져." 디아만테가 대답했다. 그는 넬로에게 도전하고 싶지 않았다. 그럴 생각이 전혀 없었다. 다만 일자리를 잃고 싶지 않았다. 전 세계와 이 새로운 도시에 대한 뉴스, 이탈리아어, 지금까지 몰랐지만 이제 발견하게 된 많은 말들과 생각들, 아버지에게 보내는 달러와 비타와 보내는 토요일은 그가 미국에서 얻을 수 있었던 최초의 행복이었다. 드라이버가 무서워서 그것들을 희생하지는 않을 것이다. "난 겁 안나." 디아만테가 강한 모습을 보이기 위해 윗눈썹을 찡그리며 말했다. 사실 두려움을 허용할 수 없었다.

건물에 사는 사람들이 모두 옥상에서 그 광경을 목격했다. 바실리카타에서 온 사람도 있었고 캄파니아에서 온 사람도 있었는데, 대부분은 시칠리아 출신이었다. 그래서 그들은 지금 무슨 일이 벌어지고 있는 것인지 알고 있었다. 사실 넬로가 드라이버로 디아만테의 이마에 십자가 표시를 그렸을 때 아무도 손가락 하나 까딱하지 않았다. 길을 바라보고 있는 곳에 앉아 있던 남자들은 계속 카드를 쳤다. 아이들은 쉴 새 없이 달리고 넘어지고 침을 흘렸다. 콜레라에 걸려 아이들 수가 좀 줄어들길 모두들 바랄 정도로 그렇게 아이들이 많았다. 구역질 나는 썩은 냄새가 올라오는 뜰이 내려다보이는 곳에 있던 여자들은 계속 채소를 다듬었다. 그리고 사소하지만 불쾌한 일들을 불평하면서 말다툼을 하기도 했다. 그런 불쾌한 일들 중 하나는 바로 건물에 고인 악취였다. 그것은 더위와 관련된 그럴듯한 토론이었다. 모두가 사용하기에는 물이 너무 부족했기 때문이다. 디아만테가 곤경에 빠진 것을 알아차린 사람은 레나밖에 없었다. 레나는 디아만테에게 자기 옆에 와서 앉으라고 권했다. 아무도 레나에게 말을 하지 않았기 때문에 레나와는 아무도 싸울 수 없었다. 레나는 비타와 함께 바람 한 점 통하지 않는 옥상 위의 가장 지저분한 곳에 있었다. 둘 다 땀에 흠뻑 젖어 옷을 무릎까지 둘둘 말아 올리고 서로 마주 보고 앉아 있었다. 레나의 하얀 다리는 가느다랗고 길었다. 비타의 다리는 통통하고 햇빛에 그을었다. 레나는 여인이었고 탐이 날 정도로 매력적이었다. 비타는 어린아이였다. 레나가 노예 같은 첩이라는 것을 알게 된 뒤로 옥상의 남자들은 모두 탐욕스러운 눈으로 그녀를 바라보았다. 비타를 바라보는 사람은 디아만테밖에 없었다. 그는 비타가 어른이 되려면 얼마나 있어야 할지, 그리고 그렇게 되었을 때도 그가 미국에 있을지 스스로에게 물어보았다. 안토니오는 성장을 하고 세상을 경험하고 돈을 벌고 강해지라고 그를 이곳으로 보낸 것이지 이곳에 정착하라고 보낸 것은 아니었다. 시간만이 문제였다. 운이 좋은 사람은 3년이면 그 일을 마칠 수 있었고 어떤 사람은 10년이 걸렸다. 비타는 아직 아무것도 몰랐다. 그녀는 분필로 네모 칸을 그리고 돌차기 놀이를 하는 빵집 딸들을 몰래 쳐다보았다. 그 애들은 네모 칸에 돌을 던지고, 지치고 덥고 싫증이 나서 넘어질 때까지 뛰어다녔다. 그 애들은 절대 비타에게 같이 놀자고 하지 않았다. 디아만테는 비타의 얼굴에 실망감이 생생하게 드러나는 것을 보고 비타가 어른이 되려면 아주 오랜 시간이 필요하다는 것을 알게 되었다. 그리고 그녀가 이런 놀이를 비웃게 될 날 그는 더 이상 이곳에 있지 않을 것이다.

드라이버에 긁힌 이마가 화끈거렸지만 레나와 비타가 있는 곳에 가서 앉지 않았다. 소년들은 주사위를 던지면서 창녀와 여자 성기 이야기를 하고 있었다. 성기에는 털이 수북하다고 했다. 주사위 게임에는 속임수가 있었다. 디아만테는 번 돈을 잃고 싶지 않아서 주사위를 던지지 않았다. 사람들은 치키토가 어디 사는지 전혀 몰랐는데, 그는 항상 지붕 위에 소리 없이 들어와 있었다. 치키토가 디아만테에게 경고했다. "조심해, 다음번에는 넬로가 형 배를 쑤셔 버릴 거야." "왜 네 배는 안 쑤시는 거지?" 치키토는 슬픈 듯 손가락으로 코딱지를 뭉쳤다. 그리고 잠시 생각을 해보다가 대답했다. "나는 넬로에게 내가 번 돈 반을 주거든." 코카콜라가 회유하듯 디아만테에게 제안했다. "너-너-너도 돈을 줘." "싫어." 디아만테가 대답했다. "돈은 내가 버는 거니 내 거야." 로코가 흐뭇하게 고개를 끄덕였다. 첼레스티나는 장래가 유망하다. 그는 고개를 숙이고 싶어하지 않는다. 그래서 로코가 설명했다. "그럼 네가 넬로의 배를 찌르고 네 자리를 지켜야 해." "난 아무도 찌르지 않을 거야." 디아만테가 화를 냈다. 제레미아가 한숨을 쉬며 결론을 내렸다. "그러면 앞으로 신문을 팔게 그냥 놔두지 않을 거야. 다른 일자리를 찾아야 해."

실제로 그렇게 되었다. 비가 많이 내리던 9월, 하늘이 시커멓고 하수구의 물이 빗물과 뒤섞여 뜰이 수영장으로 변할 때 디아만테는 겨드랑이에 신문 뭉치 없이 진흙탕이 된 거리를 걸어갔다.

그렇지만 이것은 아기의 장례식 이후에야 벌어지게 될 일이다. 다시 얼마 동안 디아만테는 옥상에서 신문을 읽으며 밤을 보냈다. 모두 잠들었을 때 로코가 그의 곁에 와서 앉았다. 디아만테의 『아랄도』를 제 마음대로 빼앗아 버리더니 디아만테의 손에 모눈종이 조각과 펜을 쥐어주었다. 은촉이 달린 진짜 만년필이었다. 대체 어디서 이걸 훔쳤을까. 졸음과 피로에 지친 디아만테가 받아쓰기 시험을 치르는 동안 로코는 담배꽁초를 연달아 피웠다.

첫 번째 받아쓰기

우리에게 필요한 돈을 보내 주기 바라오. 당신들을 괴롭혀서 유감이지만 나 역시 살 권리가 있소. 내 손을 더럽히게 하지 마시오. 하지만 당신들이 내게 그걸 강요한다면 나는 당신들의 피와 당신 자식들의 피를 마실 거요.

데스페라도.

두 번째 받아쓰기

인내심이 바닥 났소. 이게 마지막 경고요. 내일 밤 자정 브루클린 다리에서 만나게 될 빨간 손수건을 두른 남자에게 돈을 가져오시오. 그렇지 않으면 당신 집을 불태워 버릴 거요. 돈 아니면 목숨이오.

데스페라도.

세 번째 받아쓰기
빨간 손수건을 두른 남자에게 1500달러를 가져오시오. 약속을 어기면 물건을 쟁여 놓은 당신 가게는 불타게 될 거요. 우리가 모두 태워 버릴 거요.

데스페라도.

불타다라는 동사의 변형.

네가 불타다, 그가 불타다, 그들이 불타다.

상점이 불탈 것이다. 우리는 지옥에서 불탈 것이다.

로코는 하느님은 믿지 않았지만 악마는 믿었다.

로코는 우리가 이미 지옥을 지났다고 말했다.

우리는 불타지 않을 것이다. 그러나 당신들은 불탈 것이다.

부자들은 천국의 문을 두드리는데 문이 닫혀 있다는 것을 알게 될 것이다. 문은 불탈 것이다. 그들의 돈은 불탈 것이다. 모두 불타 버릴 것이다.

"형은 왜 부자가 되고 싶은 거야?"

"늙는 게 두려워서."

우리가 모두 불태울 것이다. 당신들의 도시, 당신들의 은행, 당신들의 길, 당신들의 학교, 당신들의 사무실, 당신들의 마차, 당신들의 배, 당신들의 가족, 당신들의 무덤, 당신들의 이름.

불길이 하늘까지 치솟을 것이고 연기에 당신들의 눈이 멀 것이다. 당신들은 달아날 것이고 우리는 추격할 것이며, 당신들이 어디로 가든 당신들을 쫓을 것이다. 당신들이 빈털터리가 될 때까지.

당신들은 벌벌 떨 것이다. 우리가 당신들의 자리를 차지할 것이다.

"뭐 하나 물어봐도 돼?"

"네가 묻지 않으면 아무도 네게 묻지 않을 거야, 첼레스티나."

"형한테 돈 가지고 온 사람 있었어? 빨간 손수건 남자?"

"아니, 빨간 손수건 남자와의 약속을 지킨 사람은 아무도 없었어. 한번은 경찰들을 보냈지. 그들은 데스페라도를 무서워하지 않아."

"그 사람들은 검은 손을 무서워해."

"검은 손은 없어."

"정말 불 질렀어? 불을 낸 게 형이었어?"

"아니, 빨간 손수건 남자도 혼자서 불을 지를 수는 없어."

"그런데 왜 그 사람들이 형 등을 칼로 찌르려고 한 거야?"

"내가 빨간 손수건을 두르고 있었으니까."

"그 사람들이 원하는 게 뭔데?"

"데스페라도가 죽는 것."

"왜?"

"데스페라도 때문에 이 구역에 경찰이 오니까."

"그런데 데스페라도가 죽을까?"

"벌써 죽었어, 디아만테."

"누가 죽였는데?"

"검은 손이."

"그렇지만 검은 손은 없잖아."

열세 번째 받아쓰기

친애하는 박사님.

당신은 우리를 두려워하지 않는다고 경찰에서 밝혔지요. 머리카락 하나 건드리지 않을 테니 잘 행동하시오. 물론 당신이 우리가 말한 그 돈을 가지고 올 경우요. 반대의 경우 우리는 당신 아내를 죽일 수밖에 없소. 당신은 아내를 사랑하니 정말 유감스러운 일이 될 거요. 우리는 당신이 신의를 존중하는 남자이고 가족을 하느님 다음으로 중요하게 생각한다는 것을 알고 있소. 가족은 아주 중요한 거요. 하지만 당신에게 돈이 더 중요하다면 당신의 양심에 따라 행동하시오. 우리는 더 이상 할 말이 없소.

검은 손.

미국 남동생

미국 남동생은 죽은 채 태어났다. 아니, 어쩌면 너무 일찍 태어나서 죽었는지도 모른다. 8월 23일 밤 하숙생들은 옥상에서 담배를 피우고 있었고 아이들은 거리에 있었다. 레나 혼자 아파트에 있었다. "머리를 다 뽑아 버리기 전에 여기서 꺼져, 넌 상스러운 인간이야, 넌 더러운 갈보야." 이런 말을 수없이 듣고 난 뒤, 땀에 젖은 못생긴 여자들 무리와 말다툼하는 타입이 아닌 레나는 더 이상 옥상에 올라가지 않았다. 전축의 볼륨을 최대로 해놓고 음악을 들었다. 전축을 갖지 못했고 앞으로도 갖지 못할 사람들, 그러니까 사실상 모든 이들의 질투심을 불러일으키며 집 안에서 고향의 산들을 생각하며 시간을 보냈다. 레나가 없었어도 비타는 빵집 딸들과 친해지지 못했다. 그녀는 또래들의 유치한 놀이에서 소외되었다. 또래들은 절대 비타에게 같이 놀자고 하지 않았다. 그래서 비타는 훨씬 재미있는 자신만의 놀이를 생각해 냈다. 토끼장 사이에 따로 떨어져 앉아서 부엌에서 훔친 성냥을 자신이 신은 부츠 바닥에 대고 긁었다. 불이 붙은 성냥개비들을 알코올을 살짝 부어 놓은 양동이에 던졌다. 거기서 솟아오른 불꽃은 흔히 볼 수 있는 노랑이나 빨강 혹은 오렌지색이 아니었다. 그것은 말로 형용할 수 없는 푸른색으로 해가 뜨기 전처럼 깊고 진한 색이었다. 공동주택의 몇 안 되는 창문은 뜰 쪽을 향해 있었다. 창문이 모두 열려 있어서 그 뜰에서는 음식에서 나는 김, 남편들의 욕설, 아이들의 고함 소리, 전축의 음악 소리, 그리고 여인의 날카로운 비명 소리가 올라왔다.

출산 예정일은 석 달 뒤였기 때문에 태어난 아기는 양모 실뭉치보다 조금 더 컸다. 빵집 남자가 아들을 때리고 있었고, 거리에서는 싸움이 벌어졌고, 옆집 소년들이 적수들을 자극하기 위해 비상계단으로 원숭이처럼 기어오르고 있었기 때문에 아벨로의 아파트에서 무슨 일이 일어나고 있는지는 아무도 알지 못했다. 거구의 로코는 공격해 온 자객 네 명을 영웅적으로 막아 냈다. 그가 더 많이 반격을 가했다. 그의 저항은 아주 인상적이었다. 그는 주먹과 발길질로 방어를 했다. 그리고 항복을 해야 할 찰나에 무거운 대들보를 들어올렸다. 그것을 만년필처럼 사용했다. 그러자 네 명의 불량배들이 골목으로 들어가 꽁지가 빠지게 달아났다. 그 남자들이 본조르노의 형제들이었기 때문에, 그리고 본조르노 형제들의 머리 위로 대들보를 던진 사람이 지금까지 한 명도 없었기 때문에 이 사건은 아마 몇 주 동안 사람들의 입에 오르내릴 것이다. 어떤 의미에서 보면 이 거리는 본조르노 형제들 것이었다. 마치 그들이 길을 통째로 사기라도 한 것처럼.

자정이 되어 집으로 돌아온 로코는 코피를 닦으러 세면대로 들어갔다. 그는 물 위에 뭔가 떠 있다는 것을 금방 알아차리지 못했다. 아니, 처음에는 자기 코가 떨어진 것이라고 생각하고 몇 번이나 코를 만져 보았다. 코가 으깨져서 아프기는 하지만 코는 여전히 제자리에 붙어 있다는 것을 확인했다. 가스등을 켰다. 시선을 돌리기에는 너무 늦었다. 그는 뿌연 세면기에 떠 있는 뭐라 부를 수 없는 그 벌건 덩어리를 잊을 수가 없을 것이다. 처음에 그는 바닥에 구토를 했다. 그런 다음 커튼을 걷었고 옷을 반밖에 걸치지 않은 채 부부용 침대에 웅크리고 있는 레나를 얼핏 보았다. 손과 입과 머리, 그리고 온몸이 피투성이였다. 그녀는 힘없이 신음했는데 고양이 울음소리 같았다. 로코는 손으로 피가 나는 코를 틀어막고 아벨로를 부르러 계단을 달려 내려갔다. 성가시게 그를 찬양하는 이웃 아이들이 그의 뒤를 따랐다. 하지만 미국 동생을 살리기에는 너무 늦었다.

자궁이 너무 일찍 열려 회음부가 찢어져 버린 레나의 주위에 여자들이, 일주일 전까지 레나 뒤에서 호박씨를 뱉어대던 그 잔인한 뚱뚱보들이 모두 모여 있었다. 여자들은 정신없이 붕대와 거즈와 수건으로 출혈을 막아 보려 했으나 허사였다. 구역질 나는 악취와 잔인한 도살을 참아 내면서 42번가 도살장에서 일했던 로코는 오늘 밤 하숙집 부엌이 그와 다른 일꾼들이 내장을 끌어내고 뼈를 치웠던 도살장의 창고와 비슷하다는 생각을 하지 않을 수가 없었다. 여자의 몸속에도 소의 배에 들어 있는 것과 똑같이 구역질 나는 기관들, 똑같은 창자들, 쓰디쓴 담즙으로 꽉 찬 똑같은 쓸개가 들어 있는지 누가 알았겠는가. 다시 레나를 쳐다볼 수 있을지 알 수 없었다. 하숙생들은 이 일이 자신들과 상관없기 때문에 벌써 옥상 위로 피해 있었다. 아이들은 이 일과 너무나 관련이 있었기 때문에 계단에 모여 있었다. 코카콜라는 비타에게 커튼 뒤에 가만히 있으라고 충고했다. 다른 아이들처럼 그 일에 끼어들지 말라고 했다. 하지만 물론 비타는 그 말을 듣지 않고 여자들을 밀치고 앞으로 나아갔다. 그래서 보았다.

레나는 배꼽까지 잠옷을 둘둘 말아 올리고 다리를 벌리고 있었다. 옆집 여자가 그녀의 몸 속으로 고무관을 집어넣었다. 레나가 바질 화분에 물을 줄 때 사용하던 관이었다. 여자가 관에 입을 대고 불다가 숨을 내쉬며 관을 양동이 쪽으로 돌렸다. 관이 빨갛게 물들었고 양동이가 차오르기 시작했다. 레나는 무표정한 눈으로 천장만 쳐다보았다. 마치 지금 일어나는 일이 자신과는 상관이 없다는 듯. "나하고 같이 해봐요, 예쁜 아줌마, 그걸 밖으로 밀어내요." 뚱뚱한 여자가 초조해져서 말했다. "그게 몸 안에 남아 있으면 감염이 돼서 죽어요." 비타가 커튼을 움켜잡고 침을 삼켰다. 그녀는 움직이지 않았다. 질고 끈적끈적한 액체가 양동이에서 넘쳐

흘렀고 8월의 성미 급한 파리 떼가 그 위로 몰려들었다. 그런데 미국 남동생은 벌써 죽었는데 레나가 뭘 더 밀어내야 하지? 비타는 양동이, 관, 피로 얼룩진 다리, 매트리스 위의 피와 벌어진 상처를 보았다. 그렇다, 동생이 죽었으니 이제 레나도 죽을 것이다. 레나가 죽으면 아벨로는 눈병 때문에 미국에 오지 못한 디오니시아에게 돌아갈 것이다. 비타는 밤마다, 아침마다, 한시도 빼놓지 않고 엄마를 생각했다. 그래서 두 개의 세계에서 동시에 두 번 살고 있는 것 같은 기분이 들었다. 레나와 디아만테와 소년들과 함께 달나라처럼 이상한 프린스 스트리트라는 뒤집힌 세상에서 살기도 하고, 디오니시아와 함께 투포의 친숙한 골목에서 사는 것 같기도 했다. 레나는 입술을 깨물고 신음을 하고 몸을 갑자기 떨기도 하고 비틀기도 했다. 숨을 거두기까지 오랜 시간이 필요할 것이다. 비타는 눈을 감았다. 하느님이 그녀의 소원을 들어주었다. 하느님은 한없이 좋은 분이다.

계단의 숨 막히는 어둠 속에 있던 아이들이 조용히 담배꽁초를 돌렸다. 디아만테는 갑자기 왜 모두 그렇게 낙담을 한 것인지 이해가 되지 않았다. 그는 그들 중 누구 하나 레나를 대수롭게 생각하는 사람이 없다는 인상을 받았었다. 그녀 이야기를 한 적은 아주 드물었다. 레나에 대한 아이들의 이야기는 어쩔 수 없이 음탕한 방향으로 흘러갔다. 디아만테는 삼촌과 같이 사는 여자이며 그의 옷을 빨아 주고 마카로니를 요리해 줄 뿐만 아니라 그의 베개 밑에 올리브와 빵 조각을 넣어 주기까지 하던 안주인을 모욕하는 일을 스스로 허락할 수 없었다. 레나가 비록 지옥에 떨어질 여자이기는 했지만 그는 레나에게 나쁜 감정이 없었다. 그래서 집에 보내는 편지에 여전히 칠십 대의 여주인과 잘 지내고 있다고 쓰며 거짓말의 진흙탕에 뛰어들었다. 사랑하는 부모님을 속이는 게 마음에 걸렸지만 레나 때문에 클리블랜드로 가고 싶은 생각은 없었다. 아이들이 레나를 그런 식으로 이야기하는 게 그는 짜증이 났었다. 하지만 그런 음탕한 말이 어쩌면 칭찬이었을지도 모른다. 그리고 거칠고 약간은 잔인한 무관심은 그 지역 아이들에게 허락된, 여자를 사랑하는 유일한 방법일 수도 있었다. 모두들 밤새도록 그 자리에 돌처럼 서 있을 것만 같았다. 그때 로코가 멍한 상태에서 정신을 차리고 아주 진지하게 말했다. "아넬로, 이 일을 어떻게 하죠?"

세례를 받으려면 돈이 많이 들었고 장례식은 그보다 더 비쌌다. 태아는 숨 한 번 쉬지 않았다. 그러므로 태어났다고도 할 수 없었다. 그리고 산파들이 낙태를 했을 때 그 태아들을 매장도 하지 않고 쓰레기장에 던져버렸다. 아넬로는 그걸 생각할 정신이 없었다. 그는 방금 두 번째 협박 편지를 받았다. 그는 레나의 상처를 잘 꿰매 달라는 부탁만 겨우 했다. "죽지 않게 해주세요." 그는 눈 위로 흘러내리는 땀을 닦으면서 이웃 여자들에게 같은 말을 반복했다. 그는 밤새 레나 곁을 지켰다. 레나는 가끔 의식이 돌아온 듯한 때도 있었고 멍해 보일 때도 있었는데, 어쨌든 이방인 같기도 하고 그녀에게 일어난 불행에 무관심하고 낯설어하는 것 같았다. 아넬로는 그녀를 위로하기 위해 다시 아기를 낳게 될 거라고 계속 말했다. 그녀가 이렇게 젊고 그도 황소처럼 튼튼한 데다 어쨌든 이제 겨우 마흔 살밖에 안 됐으니 말이다. 사실 예전에도 그랬듯이, 그는 자식을 갖고 싶은 생각은 없었다. 그러니 다음번에는 좀 더 조심을 할 것이다. 이번에도 조심을 한다고 했는데 왜 임신이 되었는지 알 수가 없었다. 가능한 한 기독교적인 방식으로 태아를 사라지게 할 필요가 있었다. 하느님께서 이해하실 것이다. 코카콜라가 그 일은 자기 일이라고 주장했다. 그는 비밀리에 그 일을 하려고 했다. 하지만 프린스 스트리트 소년들 사이에는 비밀이 없었다. 남자아이들은 전 세계와 싸우는 용장들처럼 단결되어 있었다. 제레미아가 삽을, 코카콜라가 횃불을 들었다. 로코가 위치를 정할 것이다. 그리고 당연하다는 듯 앞장서서 길 안내를 할 것이다. 디아만테는 새로 온 하숙생이고 이 일과 상관이 없었지만 그에게도 임무가 맡겨졌다. 성경책을 가지고 갈 것이다. 이 경우에도 필요하다면 선술집에서 노동자들에게 범죄 사건을 읽어 줄 때와 마찬가지로 열심히 성경책을 읽을 것이다. 비타도 몇 가지 할 일이 있었다. 예쁘게 수놓인 냅킨에 태아를 넣고 꿰매야만 했다.

비타가 실에 침을 묻히고 잘 보이지 않는 바늘구멍에 실을 꿰려 애쓰는 동안 네 남자아이들은 죄를 뉘우치며 식탁 주위에 서 있었다. 이제 태아는 깨끗하고 매끄러웠다. 가스등 불빛 아래에서 보니 아기 인형 같아 보였다. 다만 한 뼘도 채 되지 않을 정도로 작았다. 로코는 다시 그 불그레한 태아를 보았다. 다시 구역질이 났다. 디아만테는 로코의 잘생긴 코가 오이처럼 부어오른 것을 보았다. 아마 그 불량배들 때문에 코가 부러진 것 같았다. 로코는 복수를 할 것이다. 그는 모욕을 당하고 그냥 있는 사람이 아니었다. 그가 검은 손 행세를 하고 있어서 검은 손의 자객들이 그를 벌하러 왔던 것일까? 비타는 느릿느릿 자신 없게 바느질을 했다. 손이 떨렸다. 냅킨의 가장자리를 비뚤비뚤 꿰매 나갔다. 로코가 냅킨을 상자에 집어넣고 끈으로 묶는 동안 비타가 말했다. "나도 같이 갈 거야." 대답은 짧고 간단했다. "절대 안 돼."

걸어가는 동안 모두들 한마디도 하지 않았다. 로코가 누군가에게 선물을 전달하러 가는 듯 상자를 가슴에 안았다. 한 줄로 나란히, 거의 행렬을 지어 행진하듯이, 바워리 가를 따라 걸어 내려갔다. 키가 크고 덩치가 좋은 로코가 코피를 흘리며 앞장서서 걸었고 그 뒤를 따라 제레미아가 듬성듬성 난 콧수염을 핥으며 걸어갔다. 코카콜라는 턱이 아플 정도로 껌을 딱딱 씹으며 그 뒤를 따랐다. 작고 민첩한 디아만테가 마지막이었다. 디아만테는 불안해했는데, 오늘 밤 뭔가 비극적인 일이 일어날 것 같은 생각이 들었다. 8월의 밤이어서 모두들 밖에 나와 있었다. 그들에게 인사를 하는 사람도 있었다. 하지만 그들은 대답을 하지 않았다. 그들은 임무를 수행하는 중이었다. 그들은 수없이 많은 길을 가로질렀다. 섬의 끝 쪽을 향해 걸어 내려갈수록 도시는 점점 더 지저분해지고 황량하고 무질서했다. 이 도시의, 혹은 이 나라의 열쇠는 알파벳이 아니라 숫자라는 것을 금방 이해할 수 있었다. 거리는 이름이 아니라 숫자로 불렸다. 대중교통, 도시의 구획, 건물, 말이 끄는 전차에는 숫자가 있었다. 간단했다. 숫자가 점점 높아질수록 그 구역은 다른 곳보다 개선되었고, 인생에서 성공을 거둔 사람들이 살았다. 숫자가 낮아질수록 형편없었다. 그리고 낮은 숫자의 거리에 사는 사람들은 그 가치가 0이었다. 디아만테와 아이들은 바로 마지막 계단에 있다. 그들은 0 밑의 거리에 살고 있다.

강 쪽으로 갈수록 도시는 공장과 들이 뒤얽힌 미궁으로 변했다. 운송수단을 보기 힘들었고 돌에 맞아 전등이 다 깨져 버린 가로등은 모두 깜깜했다. 로코가 이스트 강 쪽을 생각하고 있었기 때문에 그들은 부두 쪽의 하역장 근처로 갔다. 로코는 상자에 불을 붙여 강에 내려놓을 생각이었다. 그는 등유 한 병과 성냥을 가지고 왔고 오는 길에 처음 마주친 제단에서 마른 꽃을 훔쳐 왔다. 몇 년 전 로코는 어떤 만화책을 읽다가 인도인들은 물 위에 시체를 띄우고 거기에 횃불로 불을 붙이고 꽃잎을 뿌린 뒤 노래를 한다는 것을 알게 되었다. 그러면 죽은 사람들은 정화의 불길 속에서 화장되면서 강물을 따라 흘러가 위대한 영혼과 결합된다고 했다. 그것을 읽으면서 로코는 정말 시적인 의식이라고 생각했다. 그렇지만 뉴욕의 강은 악취가 나는 하수구였다. 술병, 죽은 쥐, 똥 덩어리와 수박 껍질들이 떠다녔다. 아이들은 미국 동생을 그 쓰레기들 속에 던지고 싶지 않았다.

"지하철 공사장에 묻는 게 어때?" 제레미아가 제안했다. 그에게는 이제 아무도 자신을 원하지 않는 그 공사장으로 돌아가고 싶은 바람이 아직도 남아 있었다. 그는 몸속의 혈관처럼 땅 속으로 뻗어 나가면서 전 도시를 관통하게 될 그 선을 따라 몇 톤의 흙을 팠다. 곧 기차가 그곳으로 지나가게 될 것이다. 지하철역의 벽에 하얀 타일들을 붙이면 병원처럼 새하얗게 될 것이다. 미국 동생에게 결코 멋진 장소는 아닐 것이다. 꽃도 없을 것이다. 하지만 분명 많은 사람들이 그곳을 지나게 될 것이다. 그러니 아기는 절대 외롭지 않을 것이다. "나-나-나는 좋아." 코카콜라가 말했다. "나도 좋아." 디아만테가 말했다. 하지만 로코는 자기가 죽었을 때 화장되는 걸 원했다. 그는 깜깜한 어둠 속에서 다시 깨어난다는 것이 두려웠다. 밤에 시트가 그의 얼굴에 달라붙어 있을 때면 그는 자기가 죽었다고 생각하고 깜짝 놀라 잠에서 깼다. "아니야. 다시 역 쪽으로 가자. 나한테 좋은 생각이 있어." 로코가 아이들에게 말했다.

이 도시에서는 모든 것이 허물어지거나 새로 건축되고 있는 것처럼 보였다. 마치 홍수나 지진이 휩쓸고 지나간 것 같았다. 어디를 보든 비계, 차양, 30층 높이의 철제 골격, 기중기, 작업대, 터널, 50미터 깊이의 구덩이들이 보였다. 그런 깊은 구덩이에서는 낮에는 쿵쿵거리는 소리와 곡괭이 소리, 그리고 멀리서 남자들의 소리가 까마득하게 들려왔고 밤이면 쇠파이프와 양철판들 사이에서 바람이 연주하는 날카로운 음악 소리가 들려왔다. 모든 게 산산조각 났고 모든 게 새롭게 만들어졌다. 백여 년 된 집들도 있었고 어제 막 지어 아직 아무도 살지 않는 집들도 있었다. 이 도시에서는 모든 것이, 그러니까 철도, 호텔, 은행, 교회가 건축 중이었다. 42번가와 43번가 사이에 있는 7번가에 『뉴욕 타임스』의 고층 건물이 세워지고 있었다. 높이 114미터로 이 도시에서 가장 놀라운 건물이 될 것이다. 파크로 빌딩 다음으로 두 번째 높은 건물이었다. 106미터인 맨해튼 생명보험 빌딩보다, 94미터인 퓰리처보다, 91.5미터가 못 되는 플랫아이언보다, 90미터에 머무른 트리니티 교회보다 더 높았다. "미국 동생을 『뉴욕 타임스』 맨 위층으로 데려가자. 미국 동생은 제일 높은 곳에서 도시를 바라보게 될 거고 거기서 도시에 침을 뱉을 거야." 굉장히 좋은 생각이어서 모두 그 생각에 동의했다.

흥분을 해서 모두의 발에 날개가 달린 것 같았다. 아이들은 7번가를 달려갔다. 있는 힘을 다해서. 안타깝게도 그들은 이 지역에 와본 적이 없었다. 그래서 건물이 거의 다 완성되어 내년 4월에는 사무실들이 문을 연다는 것을 알지 못했다. 벌써 엘리베이터가 설치되어 있었다. 창문에 유리만 없을 뿐이었다. 고층 건물에는 사각형 탑이 있었는데 그 맨 위에 깃대가 꽂혀 있었다. 하지만 그것을 보려면 목을 길게 빼야만 했다. 잘못하면 균형을 잃을 수도 있었다. 머리가 빙빙 돌 것이다. 탑은 끝이 없었다. 비계들이 쇠로 만든 보호자처럼 건물을 감쌌다. 좁은 계단들이 하늘로 올라갔다. 계단은 흔들거렸고 불안정했으며 거미줄처럼 공중에 걸려 있었다. "자살행위야." 제레미아가 말했다. "그럼 자살하자." 로코가 말했다. 이렇게 확언을 하면서도 조금도 떨리지 않았다. 죽음을 두려워하는 건 노인들뿐이다.

아이들은 차례로 작업장의 철망을 기어 올라갔다. 그들은 이미 널빤지나 석탄, 스테이크나 생선 상자들을 훔치려고 열두어 곳의 작업장에 몰래 들어가 본 적이 있었다. 그래서 가시철망을 어떻게 피해야 하는지 잘 알고 있었다. 첼레스티나라는 별명을 완전히 떼어버리고 싶은 디아만테가 제일 먼저 울타리에 달라붙어 제일 먼저 흙 위로 뛰어내렸다. 그가 읽을 줄 모르는 낯선 언어로 뒤덮인 지면으로 그를 거부했던 『뉴욕 타임스』 건물이기는 했지만. 관리인들은 수위실에서 카드를 치고 있었다. 바람이 통하게 하려고 수위실 문을 열어 두었다 해도 그들은 이 네 명의 소년들을 보지 못했을 것이다. 네 명의 아이들은 가볍게, 그림자처럼, 실체도 없이 비계(건축 공사 때 설치하는 임시 가설물—옮긴이)의 각층을 연결하는 계단으로 달려가서 계단 위로 올라갔다. 3층 근처에 이르렀다. 디아만테가 책상에 앉아 소매를 걷어 올리고 펜을 눈 가까이에 댄 채 범죄 사건을 쓰는 기자들을 볼 수 있을 거라고 상상하며 창틀에 매달려 안을 살필 때 개 한마리가 요란하고 짜증 날 정도로 집요하게 짖어댔다. 제레미아가 로코를 불렀다. 이제 어떻게 하지? "쟤를 그냥 두고 갈 수는 없어." 2미터도 더 되는 울타리 위에 비타가 걸터앉아 있었는데 작업장을 밝히는 전등불 때문에 그 모습이 선명하게 보였다. 빨간색 긴 치마가 가시철망에 걸려 있었다. 거리로 뛰어내릴 수도 없었고 움직일 수도 없었다. 오, 세상에. 관리인들이 있는 수위실에서 목쉰 소리로 누군가 미친 듯이 짖어대는 개에게 조용히 하라고 야단을 쳤다. 비타가 울타리를 흔들었다. 소용이 없었다. 가시철사가 다리를 휘감아 치마가 찢겼고 한 발은 그 가시철망에 갇혀 꼼짝도 할 수 없었다.

남자아이들은 움직이지 않았다. 허공으로 몸을 내밀었다. 빌어먹을 상황이었다. 이 시간에 시내에서 가장 비싼 건물에 이상한 내용물이 든 상자를 들고 있다가 들키면 그들은 소년 법원으로 보내질 게 틀림없었다. 이게 모두 비타 때문이었다. 로코는 이미 소년 법원에서 그 지역 불량소년들을 보내는 소년원에 갔다 온 경험이 있었다. 그래서 다시 그곳에 가고 싶지 않았다. 디아만테에게 상자를 넘겨주고 밑으로 내려갔다. 상자는 아무것도 들어 있지 않은 것처럼 너무 가벼웠다. 어쩌면 정말 그럴지도 모른다. 그 안에 아무것도 없을 수도 있었다. 태어나지 않은 아기가 무게가 나가면 얼마나 나가겠는가.

로코는 건들거리는 걸음으로 전혀 서두르는 기색 없이 공터를 다시 가로질러 갔다. 두 팔이 옆구리에서 흔들거렸다. 로코의 덩치가 워낙 컸기 때문에 앞발을 들고 선 곰이 연상되었다. 로코가 비타를 땅에 내려놓았을 때 비타는 속옷 차림이었다. 치마는 가시철망에 걸려 깃발처럼 흔들렸다. 디아만테는 관리인의 눈에 띄어 두 사람 모두 잡힐 거라고 생각했다. 그렇지만 사실 그는 속으로는 별로 신경을 쓰지 않았다. 그는 한 번도 고층 빌딩에 올라가 본 적이 없어서 한 번 올라가 보고 싶었다. 비계를 따라서라도. 이 아이들은 속옷 차림인 여자를 본 적이 없었다. 그때까지 여자와 잠을 자도 항상 어둠 속에서 지나칠 정도로 빠르게 일을 치렀기 때문이다. 여자의 속옷을 자세히 살펴볼 틈이 없었다. 그래서 아이들은 사다리로 올라가는 동안 정신이 멍했다. 하얀색 레이스가 어둠 속에서 환하게 빛났다. 올라가면서 절대 돌아보지 말아야 한다. 밑을 내려다보지 말아야 한다. 도시가 상자 밑바닥에 그려진 비현실적인 세계로 보일 수도 있었다. 거리는 실제 거리가 아닐 수도 있었다. 하늘이 아주 가까이에 있는 것 같은 착각이 들었다. 그들은 올라가고 또 올라갔다. 그리고 그 불투명한 천 가리개 밑에 무엇이 있을지 자문해 보았다.

레나의 빛바랜 신약성서는 완전히 너덜너덜했고 음식물이 묻어 여기저기 얼룩이 져 있었다. 책의 반 정도가 없었다. 집에는 책이 한 권도 없었기 때문에 하숙생들이 급하게 화장실로 달려갈 때 휴지로 사용하기에 이보다 더 좋은 게 없었다. 레나는 글을 읽을 줄 몰랐기 때문에 이런 사실도 까맣게 몰랐다. 그저 베개 밑에 성경책이 있다는 것만으로도 만족했다. 한 장 한 장 찢겨 나가 이제는 요한복음의 앞부분만 남아 있었다. 아기의 장례식에는 전혀 어울리지 않았다. 어쨌든 이것이 장례식이라면 빨간 물체는 실수나 죄가 아니라 아기였다.

"그는 그 빛을 증언하러 왔다……." 디아만테가 되도록 엄숙하게 읽었다. "모든 사람들로 하여금 자기 증언을 듣고 보게 하려고, 아, 미안해. 잘못 읽었어. 증언을 듣고 믿게 하려고 온 것이다. 말씀이 세상에 계셨지만 세상은 그분을 알아보지 못했다." 제레미아가 칫솔같이 짧은 수염을 씹었다. 비계를 잡고 잠시 허공에 대롱대롱 매달렸다. 제레미아는 흥분이 되었다. 금방이라도 날 수 있을 것 같았다. 위로 올라가는 게 전혀 힘들지 않았다. 그는 높이에 취해 버렸다. 그는 더 이상 지하에서 일하고 싶지 않았다. 위에서, 하느님 곁에서, 구름 옆에서 일하고 싶었다. 이제 그는 미국에서는 현기증으로 괴로워해서는 안 된다는 것을 알게 되었다. 만일 그렇다면 영영 남의 구둣발 밑에 있게 될 것이다. 코카콜라는 여동생의 레이스 달린 팬티 때문에 머뭇거렸다. 그는 아직도 비타가 여동생이라는 사실에 익숙해지지 않았다. 그래서 비타를 생각할 때는 자기 몸을 만졌다. 비타는 이제 겨우 아홉 살이었지만 벌써 그의 넋을 빼놓을 정도로 사랑스러웠다. 비타는 자기 발밑에서 흔들리는 것 같은 도시와 성당 복사(服事)가 봉헌물을 들듯 로코가 앞으로 높이 든 상자를 보았다. 죽은 사람들은 어디로 가는 걸까? 달이 뜨지 않는 밤이면 산 사람들 사이에서 맴돌고 문을 두드리고 침대로 들어와 자신이 당한 억울한 일을 복수한다는 게 사실일까? 미국 남동생은 부당한 일을 당했나? 그녀는 매일 이 남동생이 죽으라고 빌었다. 미국 아들이 태어나면 아넬로가 디오니시아에게 돌아가지 않을 것이 분명해서였다. 그랬더니 실제로 아기가 죽었다. 오늘 밤처럼 조그만 상태로, 아니면 유령들처럼 크게 나타날까? 유령들은 몇 살일까? "그분이 자기 나라에 오셨지만 백성들이 그를 맞아 주지 않았다……." 잠시 후 디아만테가 읽기를 멈췄다. 니콜라가 든 횃불이 바람에 계속 일렁였기 때문에 더 읽어 내려갈 수가 없었다. "빠-빠-빨리 해, 디아만테, 시-시-시간이 없어." 글자에 얼룩이 지고 서로 겹쳐졌다. 끝이 이렇지는 않을 수도 있었지만 디아만테는 이렇게 말했다. "그분을 본 사람은 아무도 없다."

"아멘." 로코가 말했다. 아멘, 아이들이 성호를 그으면서 따라 했다. 탑 꼭대기는 바람이 너무 세서 뭐라도 잡고 있지 않으면 금방 날아갈 것 같았다. 어느 날 그곳에 편집국 사무실이 자리 잡을 것이고, 그곳에 앉은 사람들이 세계를 쥐락펴락할 것이다. 미국 남동생도 그들과 똑같이 하겠지만 그들은 그 사실을 모를 것이다. 그 위에서 도시는 꿈을 추억하는 것 같았고 불빛들은 기차 창 뒤로 흐르는 빗방울 같았다. 1904년 4월에는 탑 꼭대기의 깃대에서 미국 깃발이 나부낄 것이다. 하지만 1903년 8월에 탑 꼭대기에는 우리가 있는데, 당신들은 우리의 존재를 알지 못한다. '우리를 볼 수 없는 사람은 상심하다 죽게 되리라. 우리를 보고 싶어하는 사람들은 모두 죽거나 감옥에 갇히리라. 갑자기 숨을 거두리라.' 아이들은 노래를 부르고 싶었지만 생각나는 노래라고는 엔리코 카루소의 노래밖에 없었다. 모독 행위일까? 물론 그럴 리가 없다. 가을에 엔리코 카루소도 행운을 찾아 미국에 올 거라는 소문이 돌았다. 그러면 아이들도 그의 노래를 배우게 될 것이다. 아이들은 목청껏 합창했다. "별은 빛나건만, 두 팔에 쓰러져 안겨 오고, 달콤한 입맞춤, 부드러운 손길……" 가사가 기억나지는 않았지만 각자 생각하는 대로 가사를 이어 나갔다. 하늘에는 헤아릴 수도 없이 많은 별이 떠 있었지만 그 별들은 반짝이는 게 아니라 먼지에 덮인 듯했다. 로코가 병에 든 등유를 상자에 부었다. 그리고 상자를 닫았다. 다들 불을 붙이고 싶어했지만 그 특권은 코카콜라에게 넘어갔다. 그가 동생의 죽음을 슬퍼했고 어쨌든 혈육이었기 때문이다. 바람 때문에 성냥불이 차례로 모두 꺼져 버렸다. 다행히 비타에게 성냥이 있었다. 마분지 상자 위로 등유 병을 거꾸로 들었다. 그들의 첫 번째 모닥불로, 파란 불이 될 것이다. 불길이 뚜껑 위로 확 솟아올라 뚜껑을 감싸고 그것을 뒤덮었지만 완전히 태워 버리진 않았다. 푸르스름한 불길이 상자를 에워쌌으나 상자에 불이 붙지는 않았다. 그러다가 상자가 둥글게 말리기 시작했다. 시커메졌다. 후두둑 소리가 났다. 형체가 사라졌다. 가루가 되었다.

디아만테는 손으로 입을 가렸다. 승천의 냄새는 고약했다. 바람이 불어와 불티가 아이들 얼굴로, 머리로, 셔츠로 날아왔다. 비타는 불티를 잡아서 손바닥에서 사그라드는 모습을 지켜보았다. 불꽃이 날아갔다. 아기도 날아갔다. 우리도 모두 날아올랐다. 땅에서 120미터 위로, 그리고 별은 빛난다. 별을 잡을 수 있을 것 같다. 어떤 것도 다시 떨어지지 않는다. 다만 사라질 뿐이다. 안녕.

제레미아가 신발 끝으로 재를 끌어서 발로 밟아 짓이겨 정성스레, 마치 쓰다듬기라도 하듯, 평평하게 폈다. 아이들은 아직 태어나지 않은 미국 동생이 날아간 하늘을 생각에 잠겨 바라보았다. 디아만테는 그 아이들이 감동을 할 수 있는 사람들인지는 알 수 없었지만 지금은 틀림없이 감동했다고 맹세할 수 있을 것 같았다.

돌풍처럼 갑자기 건물 안에서 관리인들의 목소리가 들려왔다. 관리인들이 든 손전등이 강철 대들보에 둥근 원을 그렸다. 그리고 손전등 불빛이 비계의 널빤지가 끝나는 바로 그 지점으로 움직여 비계와 먼지 뽀얀 벽돌들을 비추더니 그들을 향해 방향을 돌렸다. 개들이 짖어댔다. "누구요? 그 위에 누구요? 야, 너희들, 대체 어떻게 올라왔지?" 개 짖는 소리가 바람을 따라 흩어졌다. "가자, 당장 내려가자, 각자 알아서 가, 집에서 만나자." "안 돼, 그러기 전에 아기에게 이름을 지어 줘야 해, 안 그러면 천당에 갈 수 없어." 비타가 반대했다. 높이가 140미터나 되어 아래보다 훨씬 추운 데다가 죄책감 때문에, 그리고 너무 흥분해서 비타는 이를 덜덜 떨었다. 그녀는 아기가 죽기를 바랐다. 하지만 이런 식이 아니라 갑자기, 의사도 그 이유를 설명할 수 없게, 더 이상 이곳에 있고 싶지 않아 자신들이 온 곳으로 돌아가는 수많은 신생아들처럼 그렇게 자는 듯 죽길 바랐다. 그녀는 레나가 죽기를 바랐다. 하지만 아직은 아니었다. 레나에게 배울 게 아직 많았기 때문이다. 비타는 자기도 모르게 오줌을 싸고 말았다. 아까부터 다리를 꼬고 근육을 긴장시키고 있었지만 다리가 덜덜 떨렸다. 극심한 고통을 참느라 아랫배가 콕콕 찌르는 것 같았다. 미국 남동생이 전등 불빛들 때문에 희미해진 별들 위로 날아 올라가 도시에 침을 뱉는 바로 그때, 소년들이 이 비밀 의식에 참가할 수 있게 허락해 준 바로 그때에 오줌을 쌌다는 게 우스꽝스럽고 한없이 부끄러웠다. 개들이 다가왔다. 급히 치를 세례식에 사용할 이름이 떠오르지 않았다. 그때까지 아이들은 세례명을 생각해 본 적이 없었다. 아기의 존재조차 눈치채지 못했다. 아넬로가 곧 태어날 자신의 미국 아기를 위해 건배를 하자고 권하지 않았으면 아마 아직까지도 모르고 있었을 것이다. 레나는 임신을 했는데도 옷 위로 척추뼈가 보일 정도로 그렇게 날씬했다. "아기라고 부르자." 로코가 짧게 말했다. 모두 고개를 끄덕여 그 이름에 찬성했다. "잘 자, 안녕, 아기야."

개 짖는 소리가 아주 가까이에서 들리는 것으로 봐서 관리인들이 끈을 풀어 놓은 게 틀림없었다. 코카콜라가 모닥불을 입으로 불었다. 곰팡내 나는 무형의 어둠 속에서 서로 부딪히고 밀기도 하면서 쇠기둥을 타고 미끄러져 내렸다. 관리인들이 사다리를 차지하고 있었기 때문에 다른 길이 없었다. 쇠기둥 때문에 손에서 불이 나는 것 같았다. 널빤지들이 그들 위에서 춤을 추었다. 기둥은 불처럼 뜨거웠다. 손바닥 살이 타는 듯했다. 어느 곳을 향해 내려가야 할까. 발은 허공에 떠 있었다. 손바닥이 화끈거렸다. 기둥과 마찰한 바지에서 불꽃이 튀었다. 수백 미터의 어둠, 불빛, 바람, 텅 빈 창틀, 빈 방들, 창문, 창문, 창문, 비계는 어느 곳으로도 이어지지 않았다. 건물 정면은 35층까지 완성되었다. 갑자기 디아만테 밑으로 넓은 구렁텅이가 벌어졌다. 길을 잘못 들어선 게 틀림없었다. 너무 오른쪽에 와 있었다. 그 아래 길 위로 마차들이 지나가고 있었다. 말이 그의 새끼손가락보다 작았다. 디아만테는 금방이라도 눈물이 흐를 것 같았다. 빨간 손수건 남자의 편지를 써줬기 때문에 이런 일이 벌어진 것이다. 절름발이와 같이 다니는 사람은 다리 저는 법을 배우게 된다. 개와 같이 잔 사람은 벼룩과 같이 잠에서 깬다. 이제 그는 체포되어 재판을 받게 될 것이고 미국에서 추방당할 것이다. 기회를 잡았는데 자신이 그걸 망쳐 버렸다. "이쪽으로." 니콜라가 소리쳤다. 그들은 어둠 속에서 좁은 판자 위로 기어올라갔다. 그 판자는 못쓰게 된 석회를 버리는 배출관 쪽으로 뻗어 있었다. 관리인들이 소리를 질렀다. 그들이 다시 이쪽에 나타났다. 승강기가 벌써 작동하는 게 분명했다. 개들이 앞발로 바닥을 긁어댔다. 아기가 너무 일찍 태어났다. 급한 암고양이가 눈먼 새끼들을 낳았다. 석회 냄새가 났고 후덥지근한 열기가 느껴졌다. 아직 완성되지 않은 고층 건물의 배출관은 차츰 좁아지는 터널이었다. 배출관의 벽이 점점 좁아졌고 축축하고 끈적끈적하고 물렁물렁했다. 빨간 물체가 세면대에 떠 있었고 레나는 아랫도리가 찢어진 채 침대에서 웅크리고 있었다. 하느님을 본 사람은 아무도 없었다.

찢어진 성경책이 디아만테의 불안한 가슴에서 미끄러져 내렸다. 이유는 알 수 없었지만 그날 밤은 성장할 권리도 갖지 못한 채, 한 인간이 되지도 못한 채 죽은 그의 여섯 번째 동생에게 작별 인사를 한 것 같았다. 눈물이 났다. 석회 배출관은 직경 1미터가 조금 더 되는 원통이었다. 고무 이음매가 일정 간격으로 관을 연결해 주었다. 벌레 같았다. 100미터는 될 것이다. 그는 이런 관 안으로 아이들이 뛰어드는 것을 본 적이 없었다. 다리부터 들어가야 하나? 아니면 머리부터? 이음매를 잡고 천천히 내려가야 하는 걸까? 아니면 장난 미끄럼틀을 탈 때처럼 몸을 완전히 던져야 하는 걸까? 디아만테가 마지막이었다. 개가 그의 복숭아뼈로 달려들었다. 조심성 없는 쥐가 덫에 걸리듯 개 이빨에 발목이 잡혔다. 그는 다리를 흔들어 개를 쫓아 보려 했다. 하지만 개는 더 힘세게 물어뜯었다. 로코의 바지를 잡았다. 로코가 자기를 그 위에 버려두고 가자는 유혹에 빠지지 않게 하기 위해서였다. "도와줘, 도와줘." 그가 다시 애원을 했다. 그의 것 같지 않은 애절한 어린아이의 목소리로. 그건 정말 첼레스티나의 목소리였다. 로코가 숨을 몰아쉬며 배출관 가장자리에서 멈췄다. 디아만테의 팔을 잡고 바닥에서 손수건을 주워 올리듯 가볍게 그를 들었다. "들어가." 로코가 디아만테를 구멍으로 밀어 넣으며 말했다. 그리고 디아만테가 자기 손을 놓지 말아 달라고 고함치는 동안 한 손으로는 그의 뒤꿈치를 잡고 다른 손으로 개의 머리를 잡았다. 그리고 개의 눈을 손가락으로 깊숙이 찔렀다. 개는 물고 있던 디아만테를 놓아 주고 깊은 어둠 속으로 떨어져 버렸다. 로코도 디아만테에게서 손을 뗐다. 디아만테는 구멍으로 곤두박질쳤다.

아무도 신을 보지 못했다. 하지만 그날 밤 디아만테는 로코를 보았다. 얼마나 힘이 세고 용감하던지. 그는 정말 로코의 친구가 되고 싶었다. 로코는 디아만테를 개와 관리인들, 그리고 소년원에서 구해 주었다. 디아만테가 이제 앞으로 빨간 손수건 두른 남자의 편지를 쓰고 싶지 않다고 했는데도 말이다. 덩치가 크고 볼품없는 로코는 어둠 속에서 균형을 잃지 않고 필요한 일을 모두 다 했다. 그런데 토실토실한 아홉 살짜리 여자아이 때문에 마음대로 움직이지 못했다. 로코가 비타를 품에 안았기 때문이다. 속옷 차림에, 끈이 풀린 부츠를 신은 비타가 너무 당황해서 제대로 빠르게 내려가지 못했다. 관이 좁아졌다. 디아만테는 이음매 부위에 손을 긁혔다. 몸이 관에 꽉 끼었다. 그는 몸부림을 쳐서 그곳을 빠져나와 밑으로 뚝 떨어졌다. 그러다가 고무 벽에 부딪혀 튀어나왔다. 떨어져 죽을지도 모른다는 걱정은 한 번도 하지 않았다. 로코가 그렇게 놔두지 않을 것이다. 틀림없이 저 밑 어딘가에 푹신한 뭔가가 있을 것이다.

로코의 눈앞에 빨간 물체가 계속 나타났다. 그것을 잊어보려 계속 애썼다. 비타의 머리에 얼굴을 묻었다. 비타는 두 발을 등에 딱 붙였고 두 팔로 목을 잡았다. 울고 있는 것처럼 몸을 떨었지만 우는 건 아니었다. 그녀는 절대, 절대, 절대 그렇게 약한 모습을 보이지 않을 것이다. 로코가 관을 따라 미끄러져 내려갔다. 고무 벽과의 마찰 때문에 상의가 찢어졌다. 발로 배출관의 이음매 부위를 밟았다. 배출관이 흔들렸다. '악당이 저렇게 착할 수 있다니, 믿기지 않아.' 디아만테는 이렇게 생각했다. 로코는 비타에게 따라오지 말라고 말했다. 그런데도 비타는 따라왔다. 아무도 로코의 말을 거역할 수 없는데 말이다. 비타는 그렇게 한 걸 후회했다. 상황이 더 나빠졌다. 비타가 더 이상 참지 못하고 로코의 셔츠에 오줌을 싸버렸지만 그는 화를 내지도 욕을 하지도 놀리지도 않았다. 비타는 그런 행동을 해도 되는 것처럼, 마치 로코가 디아만테라도 된 것처럼. 로코는 비타의 속옷이 젖었다는 것도, 하나뿐인 멋진 자기 셔츠가 젖었다는 것도 모르는 척했다. 석회 통에 떨어져 진흙같이 부드러운 석회 반죽에 빠졌을 때에도 비타를 품에 안고 있었다. 그는 다시 일어났고 그의 목에 매달린 비타를 여전히 꼭 안고 있었다. 비타의 엉덩이 밑에서 큼지막한 두 손을 맞잡았다. 손을 어디에 둬야 할지 알 수 없었는데, 계속 그 손이 거추장스럽게 느껴졌다. 오줌에 젖은 비타를 안고 울퉁불퉁한 구덩이들을 오르내렸다. 그리고 불빛이 환히 비치는 공터를 가로질러 갔다. 가시철망이 쳐진 울타리를 넘은 뒤 흔들흔들 걷는 그 특이한 걸음으로 점점 숫자가 작아지는 거리, 30번가, 20번 가, 10번가, 0번가를 점점 더 어두워지는 도시를 따라 열두 블록 정도를 걸어서 집에 도착했다.

비타는 미친 듯이 두 발로 로코의 등을 꽉 조였고 두 팔로 그의 목을 꽉 잡았다. 그리고 로코의 어깨에 머리를 얹었다. 아마 잠이 들었을 것이다. 디아만테는 개에게 물린 데다 배출관을 타고 내려오면서 여기저기 부딪히고 까져서 온몸이 아팠다. 그는 거대한 크리스토포로 성인 옆으로 다리를 절며 걸었다. 석회가 덕지덕지 묻은 비타의 맨다리와 로코의 셔츠

위 얼룩에서 눈을 뗄 수가 없었다. 짙은 색으로 둥글게 번진 셔츠 위의 그 얼룩은 디아만테는 가질 수 없는 고귀한 문장(紋章) 같았다. 로코는 빨간 물체와 비타의 검은 머리를 보았다. 가끔 돌아서서, 종종걸음 치고 있는 디아만테를 생각에 잠긴 눈으로 바라보았다. 그는 디아만테가 약간 두려웠다. 두 눈이 너무나 맑고 파란 데다가 신문을 읽을 수 있을 뿐만 아니라 그가 모르는 엄청나게 많은 이야기를 알고 있었기 때문이다. "비밀 잘 지킬 수 있지?" 로코가 프린스 스트리트의 첫 블록에 도착했을 때 디아만테에게 물었다. "벌써 비밀을 지키고 있어." 디아만테가 대답했다. "아녤로 삼촌하고 다른 아이들에게 말하지 않을 거지?" "내가 말하지 않을 거라는 거 알지, 데스페라도?" "난 정말 여자들을 모르겠어." 로코가 자신 없는 눈으로 비타를 흘깃 보면서 말했다. 하지만 비타는 그의 넓은 어깨에 고개를 묻은 채 움직이지 않았다. "아기가 제 힘으로 밖으로 나온 게 아니야. 그 여자가 끌어냈어." "누가?" 디아만테가 중얼거렸다. 그는 오늘 밤 완전히 정신이 없었다. 그래서 그가 잡을 수 없는 사건들의 의미, 그는 이해할 수 없는 그 의미를 추적하기 위해 어둠 속으로 뛰어들었다. "레나." 로코가 입안에 들어온 비타의 긴 검은 머리카락을 빼내기 위해 걸음을 멈추며 말했다. "레나는 완전히 제정신이 아니야. 가까이 가지 않도록 해."

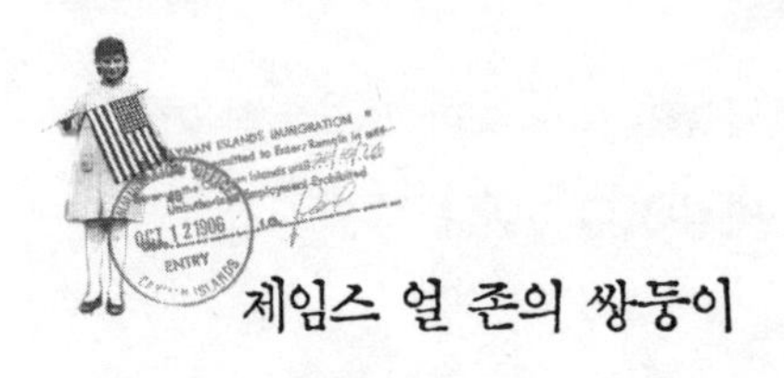

제임스 얼 존의 쌍둥이

로마로 돌아온 나는 아버지의 서류를 뒤졌다. 그것은 내가 오래전 떠난 우리 집의 양철 캐비닛 두 개에 뒤죽박죽으로 보관되어 있었다. 산더미 같은 여러 색의 파일과 종이가 넘쳐흐르는 여러 개의 구두 상자, 휴지, 스크랩 해놓은 신문, 타이핑한 원고, 복사물들이었다. 그 속에 아버지가 미국에 관해 쓴 글이 있길 바랐다. 세월이 흐르면서 아버지가 당신의 권위적이었던 아버지와 화해를 하고 그 이야기를 썼길 바랐다. 열두 살짜리 그 소년이 바로 아버지에게 이야기에 대한 열정을 불어넣어 준 뒤, 이야기를 신뢰하지 못하게 만들고 그것을 경험하지 못하게 막은 그 남자라는 사실을 받아들였기를. 디아만테는 아버지가 의사가 되길 바랐다. 아버지는 할아버지를 실망시켰다. 할아버지는 내 아버지 로베르토가 겨우 스물네 살 때 돌아가셨다. 두 사람은 진정으로 서로를 알 수 있는 시간이 없었다. 아버지와 나 역시 그런 시간을 갖지 못했다. 세상을 뜨기 나흘 전인 1989년 11월 1일에 로베르토는 가족에게 새로운 관심을 보이면서 파티를 준비했다. 아버지는 이 파티를 마추코 파티라고 불렀다. 그는 살아 있는 집안사람들을 모두 불렀다. 몇 명 되지 않았다. 열 명 정도였다. 내가 가장 나이가 어렸다. 그날은 아버지의 유쾌한 의도와는 반대로 장례식 같았고 유령들에게 유언을 공개하는 것 같았다. 우리는 아버지가 알고 있다는 것을 알아차렸다. 아버지는 본인 입으로 말하기를 꺼리는, 그리고 본인도 그것이 어디에서 온 것인지 알지 못하는 재주를 가지고 있었다. 아버지는 다른 사람들이 보지 못하는 것을 보았다. 일어날 사건이나 사물의 움직임, 삶의 떨림을 감지했다. 짧은 시간 속의 아주 작은 변화까지도.

하지만 나는 아버지의 자료에서 아무것도 찾지 못했다. 법적 권한과 아버지와의 관계에 대한 자전적인 소설로 1979년 출판된 책의 몇 줄밖에 찾아내지 못했다. 서문에는 석공이었던 할아버지의 불행, 미국으로 떠나는 디아만테, 영양실조로 죽은 삼촌들 이야기가 요약되어 있었다. "누더기를 걸치고 걷잡을 수 없는 굶주림에 시달리며 자포자기를 해버린 그들은 시름에 잠겨 낙담하고 있는 부모들의 눈을 벗어나기만 하면 석회 조각과 흙, 석탄 덩어리를 먹었다. 그렇게 해서 금방 내장이 손상되고 불치의 병에 걸렸다. 이런 일이 중세 때나 인도에서 벌어진 것이 아니라 1890년대 로마에서 멀지 않은 곳에서 벌어졌다. 그때 이미 카스텔리에 별장을 짓는 사람들도 있었고 해마다 파리에 가는 사람들도 있었으며, 이탈리아 왕국의 운명을 이야기하는 사람들도 있었다." 간단히 말해서 더 이상은 없었다. 그리고 아버지가 내게 해준 이야기보다도 내용이 훨씬 빈약했다. 계획이 구체화되지 않았을 수도 있긴 하지만 그래도 아버지가 투포의 기록보관소에서 기록을 찾아보았을지도 모른다고 나는 생각했다. 어쩌면 소중한 자료를 수집했을 수도 있고 무질서한 기억의 단편들과 함께 재구성했을지도 모른다. 아버지는 역사학자였다. 많은 사람들이 아버지를 카토(고대 로마의 정치가-옮긴이)라고 불렀지만 아버지는 많은 별명 중 교수라는 별명을 제일 좋아했다. 내 생각이 틀렸다.

작은할아버지의 편지 몇 장만 겨우 찾아냈다. 호주로 이민 간 레오나르도 할아버지는 당신의 할머니와 할아버지, 그리고 당신과 디아만테의 어린 시절에 관련된 재미있는 일화들을 아버지에게 적어 보냈다. 하지만 아버지는 1920년대에만 관심이 있었다. 아버지는 리비아에서 벌어진 사누시 교도들에 대한 잔혹한 탄압과 그 뒤에 일어난 일에 관한 책을 출판하고 싶어했기 때문에 레오나르도가 디아만테에게 보낸 편지를 보관하고 있었다. 아버지는 굶주림과 신분 때문에 그 직업을 선택할 수밖에 없었던 프롤레타리아 정치경찰의 관점에서 그 탄압을 다루고 싶어했다. 아버지는 그 책을 쓰지 않았다.

나무로 그린 족보를 찾아냈는데, 뿌리가 없었고 우리 세대 부근에서는 나뭇잎들이 다 말라 버렸다. 나는 또 아버지가 토리노 학자와 주고받은, 어쩐지 지루한 편지도 발견했다. 그 학자의 성도 마추코였는데, 그는 아버지에게 피에몬테에서 이 성이 어떻게 유래하게 되었는지를 아주 긴 논문으로 증명했다. 논문은 증거자료로 넘쳤다. 이것은 로마에서 살면서도 항상 이곳이 제자리가 아니라고 느꼈던 아버지의 생각을 확인해 주었다.

파도바의 또 다른 학자는 마추코는 베네치아에서 사용하는 단어라고 주장했다. 1500년대에 마린 사누도가 마추코 질환을 언급하기도 했다. 이것은 머리에 생기는 병으로 치명적이었다.

아버지는 더위를 많이 탔다. 여름이면 반바지에 복숭아뼈까지 오는 양말에 캔버스 운동화를 신곤 했다. 아버지는 키도 크고 덩치도 좋았으며 살색은 장밋빛이긴 했으나 핏기가 없었다. 대부분이 아버지를 독일인으로 생각했는데, 이유는 알 수 없지만 아버지는 그걸 좋아했다. '독일'이라는 말이 정확, 엄격, 선명이라는 뜻과 연결되기 때문일 수도 있었다. 우리는 둘 다 우리가 아닌 모습으로 보이는 것을 좋아했다. 여행 중에 나는 터키인이나 유대인, 페르시아인, 프랑스인, 아랍인인 척하곤 했다. 꼭 여자로 보일 필요도 없었다. 무엇보다 놀라운 것은 사람들이 다 나를 그렇게 생각해 줬다는 것이다. 어떨 때는 어떤 내가 되기로 선택을 하지 않기도 했다. 그저 보이는 대로 보이면 그뿐이었다. 2000년 1월에 베를린 테겔 공항에서 국경 경찰이 나를 팔레스타인 테러리스트라고 의심하고 잡아 세웠다. 길게만 느껴졌던 그 30분 동안 내 이탈리아 여권은 위조 여권 취급을 받았다. 사실 나나 아버지 모두 분명히 아랍인처럼 보일 만한 특징을 가지고 있었다. 아니, 그 이상이었다. 세상 어딘가에 우리의 쌍둥이가 한 명씩 있을 거라고 말한다. 우리가 그 쌍둥이를 만나거나 그를 알아보거나 그에 대해 뭔가를 알게 되는 일이 자주 일어나는 것은 아니다. 하지만 나는 아버지의 쌍둥이를 찾아냈다. 바로 힘 있는 목소리와 선량한 미소를 가진 위대한 배우 제임스 얼 존스다. 그는 아프리카계 미국인이다.

피에몬테의 알프스 산 밑, 비엘라 근처 모직물 공장들이 있는 지역에 작은 유령 마을이 있다. 1960년에는 주민이 142명이었는데 그 뒤 이탈리아 도시 인구조사에서 사라져 버렸다. 이것은 대수롭지 않은 일이 되었다. 트리베로의 그 작은 마을 이름은 마추코였다. 아버지는 생전의 마지막 여행을 그 마을로 떠났다. 1989년 10월이었다. 아버지는 20여 일 뒤 갑자기 세상을 떠났다. 아버지의 마지막 모습으로 남은 것은 슈퍼 8미리 필름 속의 흔들리는 이미지다. 영화 카메라가 로베르토를 잡는다. 키가 크고 덩치가 좋고 회색 곱슬머리에 깨끗한 플라스틱 테 안경을 쓴 아버지를. 밤색 벨벳 바지에 빨간색 스웨터를 입고 바람막이 점퍼를 열어 놓은 모습이다. 아버지는 수줍으면서도 상처받기 쉬운 표정으로 미소를 짓고 있다. 마추코 마을을 가리키는 표지판에 기대 있다. 안개가 끼었지만 아버지는 만족한 얼굴이다. 그는 자신이 원하던 것을 찾았다. 모든 것이 시작된 곳에 도착했다고 믿었다.

검은 손

디아만테가 자식들에게 미국 이야기를 해주었을 때, 그리고 그 자식들이 자신의 성격에 따라(큰아버지 아메데오는 솔직하고 무시무시하게, 아버지는 풍자적이고 재미있게) 다양하게 변화를 주고 미묘한 차이를 만들어 내며 내게 다시 들려줄 때면 검은 손은 모든 사건 속에서 음울하게 나타났다. 디아만테가 아넬로의 하숙집에서 첫날 밤을 보낼 때부터였다. 세월이 흐르면서 그날 밤의 고약한 악취는 사라졌고 고통스러운 당혹감과, 너무나 크고 부정적이고 적대적인 힘의 손아귀에 들어와 있다는 등골이 오싹한 확신만이 남았다. 낯선 세계, 낯선 집에서 완전히 무방비 상태로 잠들었던 디아만테는 한밤중에 깜짝 놀라 잠에서 깼다. 그렇다, 검은 손 이야기를 들은 건 바로 그때였다. 그는 벽에 딱 달라붙어 누워 있었다. 그리고 악당들이 지하 작업장에서 토막 살해된 소년이 발견되었다는 이야기를 주고받았다. 그 소년의 아버지도 단검을 쥔 검은 손 그림이 있는 편지를 받았다. 디아만테는 그들이 하는 이야기를 전혀 이해할 수 없었다.

하루가 지나자 금방 다 알게 되었다. 4월 15일, 아넬로의 하숙집에서 몇 블록 떨어지지 않은 엘리자베스 스트리트의 통에서 한 남자의 시체가 발견되었다. 목이 잘렸고 머리에 열여덟 번의 칼자국이 나 있었다. 『뉴욕 타임스』에서는 프린스 스트리트를 '검은 손 블록'이라고 부르게 되었다. 1900년과 1910년 사이 그 거리의 술집이나 스파게티 집은 공갈범, 어린

이 유괴범, 달러 위조꾼, 도둑, 사기꾼, 그리고 가짜 복권 판매상들의 집합소였을 것이다. 복권에 당첨된 사람은 불행하게도 그 자리에서 상금을 도둑맞거나 살해되는 일도 종종 있었다. "프린스 스트리트에는 검은 손들이 우글거렸다. 실제로 그들은 어느 집에나 있었다." 몇 년 뒤 자식을 유괴당한 한 아버지가 경찰에서 이렇게 말했다. 그렇다고 디아만테가 가야 했던 오하이오가 이보다 더 평화로웠던 건 절대 아니었다(클리블랜드, 라벤나, 아크론, 영스타운에는 민투르노에서 이민 온 이탈리아인들이 많이 모여 있었다). 20세기 초에 라벤나에서만 수십 건의 살인 사건이 일어났다. 살해당한 사람들은 이탈리아인들이었다. 1903년 6월 4일 뉴욕 멜버리 밴드에서 200여 명의 성난 이탈리아인들이, 빗나간 총알에 맞아 부상당한 열다섯 살 소년을 벨뷰 병원으로 데려가려던 의사를 공격해 폭행하는 일이 벌어졌다. 같은 달 7일에 경찰이 강도를 체포하러 오자 이 지역 젊은이들이 경찰을 공격했다. 단검과 면도날과 칼, 그리고 얼음 깨는 송곳으로 격투를 벌여 수십 명의 부상자가 포장도로 위에 쓰러졌다.

몇 주 후 네 명의 자객이 로코의 코를 부러뜨렸다. 그리고 9월 초에 디아만테는 신문팔이 일을 그만두어야 했다. 너무 빨리 그 일을 빼앗겨버렸기 때문에 디아만테는 신문에 대한 존경심을 계속 품게 되었다. 신문은 그가 모르던 것을 가르쳐 주었다. 신문은 그의 상급 학교였다. 당시에는 별 쓸모없어 보이는 선물, 바로 이탈리아어를 그에게 주었다. 신문을 읽는 습관은 우리 가족의 나쁜 버릇으로 남았다. 까마득히 오래전, 혼란스러웠던 미국에서의 그 처음 몇 달에 관한 일은 말로만 남아 있을 뿐이다. 기억에 의해 변형되고 바뀌었거나 아예 창작된 이야기들이었다. 한 가지만은 확실하다. 아벨로는 딸과 파란 눈의 소년이 오고 나서 몇 달 뒤 가게를 팔았다. 빚쟁이에게 갚을 돈이 목까지 차 있었기 때문에 18개월 전에도 그 가게를 사서는 안 되었다.

아벨로는 어떤 사람일까? 안토니오 마추코가 1901년 8월 17일에 처음으로 미국에 도착해 배에서 내리려고 했을 때 그는 순진하게도 미국에 아는 사람이 '아무도' 없다고 말했고 입국이 거부되었다. 두 번째 시도는 1902년 5월 24일에 끝났다. 앵커 라인(Anchor Line)의 유명한 증기선 칼라브리아 호를 타고 끔찍한 3주간의 항해를 하고 난 뒤였다. 이 칼라브리아 호는 양국 항만관리소에 벌금을 계속 내면서 여러 해 동안 항해를 계속 했다. 이번에 안토니오는 뉴욕, 프린스 스트리트 18번지에 사는 **친척**, 아벨로 마추코에게 가는 길이라고 말했다. 이번에도 똑같이 거부되었다. 나는 엘리스 섬의 **입국심사위원회용 외국인 입국자 명단**을 열람했다. 안토니오는 608번 승객이었다. 12달러를 가지고 있었고 읽고 쓸 줄 안다고 기록되어 있었다. **기형/장애. 기질/공판** 기록 칸에는 'NO'라고 적혀 있었다. **정신적 · 심리적 건강 상태** 칸에는 'GOOD'이라고 적혀 있었다. 그러니까 안토니오는 건강한 상태였다. 하지만 그의 이름 옆에 동그란 검은색 얼룩이 있었다. 이런 검은 얼룩이 그 서류의 여기저기에 흩어져 있었기 때문에 그것이 잉크 자국일지도 모른다는 무시무시한 의심이 생겼다. 정말 그랬을까? 왜 안토니오를 돌려보냈을까? 그의 심사와 관련된 다른 서류는 없었다. 미국에서 새로운 삶을 살려던 그가 왜 다시 거부를 당했는지 그 이유를 나는 알 수 없을 것이다. 정말 이 잉크 얼룩 때문에 안토니오가 미국을 잃은 걸까, 아니면 그의 이름에 표시된 그 검은 자국이 임의적이고 불가해하고 결정적인 거부 선고의 표시인 걸까? 어쨌든 1902년에 안토니오는 벌써 쉰 살이었다. 그러므로 다른 기회는 없었다. 다섯 자식이 죽어 간 그 마을, 진심으로 증오한 그 마을에 살 수밖에 없었다. 아벨로는 훨씬 더 운이 좋았다. 투포와 민투르노에서 도착한 다른 여행자들 명단이 기록된 엘리스 섬의 서류에서 승객 명단을 거꾸로 훑어보다가 나는 목적지로 아벨로의 이름이 자주 나타난다는 것을 발견했다. 그는 초기에 떠난 사람들 중 하나로 브리지다 마추코, 코스탄초 마추코, 데지데리오 마추코, 피오렌티노 마추코, 이냐치오 마추코, 플라치도 라질레, 주세페 추포, 피에트로 추포와 함께 했다. 1900년 이전에는 클리블랜드에 거주하는 것으로 기록되어 있었다. 1897년 아들 니콜라와 같이 다시 입국했을 때 그는 벌써 미국에 거주하고 있다고 말했다. 하지만 그가 처음 엘리스 섬에 내린 흔적은 없었다. 그러니까 섬에 입국소가 만들어지기 전에 미국에 들어왔거나 밀입국했을 것이다. 여행자들의 복잡한 연락망의 도착 지점은 바로 아넬로였다. 마술 피리를 부는 사람처럼 모두를 이탈리아에서 불러들인 건 바로 그였다. 이상한 것은 그가 아들과 함께 민투르노에서 돌아올 때 직업을 음악가라고 밝혔다는 것이다.

민투르노로 돌아간 사람들은 상징적으로든 실제적으로든 아넬로의 음악적 재능에 대해 전혀 몰랐다. 그를 철도 공사장의 사나운 십장으로만 알 뿐이었다. 대부분의 사람들이 그를 두려워했고 많은 사람들은 그를 증오했다. 그는 좋은 기억을 전혀 남기지 않았다. 투포에서 그는 결혼 몇 주 만에 아내를 버린 남자였다. 그는 잠깐 마을에 모습을 보였을 때 그 짧은 기간에 그 아내에게 두 아이를 선물했다.(부자이면서 얄미운 남자였다. 부자이기 때문에 얄미웠다.) 그리고 미국인들이 아내의 입국을 거절했을 때 아내에게 돌아오지 않았다. 하지만 1900년에 아넬로는 도시와 직업을 바꿨다. 누구를 만났던 걸까? 그를 바꿔놓은 사람이 그와쉘린네 헥수파쉐 메쉬바시, 바로 레나였을까?

전설적이면서도 동시에 통속적인 존재인 레나에 대한 흔적은 뉴욕 시 인구조사에만 남아 있었다. 모르몬교로 더 잘 알려진 예수그리스도후기 성도 교회가 일종의 신도 목록을 작성하기 시작했다. 아마도 각자가 어디로 가고 있는지 알고 있기 때문에 어디서 왔는지도 알고 싶어서였을지도 모른다. 비종교적으로 말하자면 잠시 이 땅에 들렀다는 흔적이라도 남기기 위해서일지도 모른다. 수백 건의 출생과 결혼과 거주와 사망 기록이 마이크로필름에 찍혀 있었다. 이탈리아인들은 기억, 영원성, 보편적 실재를 선천적으로 불신했기 때문에, 혹은 불운을 쫓기 위해 부정확하고 모순된 자료를 제공했다. 하지만 미국인들은 거의 무차별적으로 그것들을 파악했다. 나는 버지니아 옥턴의 예수그리스도후기성도 교회 가족역사도서관에서 맨해튼의 지역기록보관소로 가게 되었다. 그곳에 뉴욕 시 인구조사가 담긴 마이크로필름이 모두 보관되어 있었다. 자료를 통해 아넬로가 그 여인을 아내라고 말했다는 것이 밝혀졌다. 아넬로와 레나는 1906년까지 같이 살았다. 그 뒤의 흔적은 정확하지 않았다. 레나는 사라졌고 여러 동명 인물들이 나타났다. 말라볼리아 가문(19세기 이탈리아의 사실주의 소설가 조반니 베르가의 『말라볼리아 가의 사람들』에 등장하는 가문-옮긴이)처럼 우리 집안은 항상 그 수가 너무 많았다. 지역 역사에 정통한 어떤 사람이 정의했듯 마추코 집안은 "한 부대다. 그들은 하층민에 속한다고 할 수 있다." 어쨌든 1902년 아넬로는 엘리자베스 스트리트 한 귀퉁이의 과일과 야채를 파는 가게를 샀다. 장사를 시작하자마자 첫 번째 편지를 받았다. 1903년 4월이었다.

아마 여름이 지나고 나서(협박범들도 휴가를 갔다) 아넬로가 두 번째 편지를 받았을 것이다. 그 편지의 내용은 이랬다.

> 우리가 당신을 잊었다고 생각하나? 우리가 당신과 멀리 떨어진 곳에 있다고 생각하나? 지금까지 우리는 다른 일들을 처리했다. 이제 당신 차례가 되었다. 우리가 당신에게 원하는 게 뭔지는 잘 알고 있겠지. 당신이 알고 있는 그곳에 당장 돈을 보내라. 안 그러면 보복을 조심해야 할 것이다. 우리는 당신에게서 한시도 눈을 떼지 않고 있다. 며칠 남지 않았다. 당신 딸이 죽어서 눈물 흘리게 될 날이.

죽음의 회사라는 정체불명의 이름이 적혀 있었고 해골과 단검과 검과 화살에 찔린 심장으로 장식되어 있었다. 그뿐 아니라 욕설과 저주와 고문에 대한 협박이 음울하게 적혀 있었다. 첫 고발에 뒤이어 그런 편지들이 신문에 실리기 시작했다. 1903년 4월에 아벨로는 프린스 스트리트에서 체포된 두 명의 두목을 변호할 변호사 비용을 대라는 요구를 받았을 수도 있다. 그런데 그가 비용 지불을 거절했고, 그래서 두목들이 석방되었을 때 보복의 표적이 되었을 수도 있다.

아벨로는 물론 11번가에 여러 채의 건물을 가진 살바토레 스피넬라처럼 경찰에 공갈 협박을 당했다고 고발하지도 않았고, 신문에 불평을 털어놓지도 않았다. 1908년 스피넬라는 자기는 늘 정직했지만 검은 손에게 돈을 주지 않았기 때문에 다섯 번이나 자신의 집이 폭발했다고 『뉴욕 타임스』에서 밝혔다. 이제 그의 집에 세 들어 있던 사람들은 모두 떠났고, 그는 파산했고 가족들은 위험에 처했다. 자신의 가정이 파괴되는 걸 보지 않고 얼마나 버틸 수 있을까? 아벨로는 협박범들이 요구하는 돈이 없었다. 협박범들은 점점 더 큰 액수를 무시무시하게 끊임없이 요구했다. 그는 가게를 팔아서 그 돈을 주었다. 1903년 11월에 빚쟁이에게 가게를 팔았다. 이 때문에 영리한 사람들은 이 빚쟁이가 아벨로를 협박한 자를 알고 있을 거라는 의심을 할 수도 있었다. 심지어 그자들을 보낸 게 바로 이 빚쟁이가 아닐까 하는 생각도 할 수 있었다.

아벨로는 돈을 주기보다는 차라리 죽음을 택할 사람인데, 그런 그가 왜 돈을 주었는지 궁금할 수도 있다. 아마 그가 사랑하는 사람이 죽는 것을 원치 않아서일 것이다. 딸이라는 존재가 그의 마음을 약하게 만들었다. 협박범들이 너무나 쉽게 비타를 해칠 수 있었다. 3월 12일에 다섯 살짜리 프란체스코 스칼리시를 납치했다가 250달러를 받고 풀어 준 것처럼, 또 부유한 장의사 피터 라만나의 아홉 살짜리 아들을 납치했다가

1907년 잔인하게 살해한 것처럼, 혹은 1910년 6월 21일 프린스 스트리트 2번지의 자기 집 층계참에서 놀다가 납치되었던 마리아노 슈메카 의사의 아들처럼 말이다. 어쩌면 비타 자신은 몰랐겠지만, 그녀의 아버지가 파산한 것은 그녀 때문이었다.

체사레 쿠초푸오티의 새 신발

미국 말과 이탈리아 소년의 차이는 이런 것이다. 주인이 말을 너무 오래 추위에 방치해 두면 동물학대방지협회가 동물 학대로 그를 고발해서 5달러까지 벌금을 내게 하고 말을 빼앗아 갈 수 있다. 하지만 주인이 이탈리아 소년을 추위에 내버려둬도 아무도 신경을 쓰지 않았다. 말이 훨씬 더 가치가 있기 때문이기도 했고(말은 얼마 되지 않았고 아이들은 수없이 많았다), 말이 훨씬 약해서이기도 했다. 말은 힘이 닿는 데까지 죽을 힘을 다해 일하고 복종하고 순종한다. 하지만 갑자기 다리를 벌리고 버팅기거나 숨을 몰아쉬고 등을 구부리고 꼬리를 흔들고 발길질을 하고 둥근 눈에 눈물을 흘리다가 항복을 해버린다. 그러다가 눈과 진흙이 뒤섞인 더럽고 차가운 땅에 쓰러져 죽는다. 소년은 잘 버틴다. 실제로 다들 톰이라고 부르는 토마소 오레키오라는 넝마주이의 말이 2월 어느 날 밤 2번가 한복판에 쓰러졌다. 채찍질을 해도 주먹질을 해도 쓰다듬어 주어도 꼼짝하지 않았다. 말은 그냥 죽고 싶어했다. 디아만테는 추위로 몸이 꽁꽁 얼어 넘어졌지만 다시 일어났고 어제처럼, 그제처럼, 겨우내 그랬듯이 교대 근무를 끝내고 집으로 돌아갔다.

자정이 지나고서야 하숙집 문을 등 뒤로 닫았다. 이미 모두 잠이 들었다. 비타도. 오늘 밤에도 비타를 보지 못했다. 동이 틀 때 집에서 나갔다가 너무 늦게 돌아왔다. 일요일에나 비타를 만났다. 얼어붙은 손을 구부릴 수도 없을 때, 너무 추워 관절에서 우두둑 소리가 날 때, 손목과 손가락과 발목과 온몸의 뼈가 너무나 약해져서 크리스털처럼 깨질 것 같을 때에도 비타의 웃음소리가 그의 귀를 간질였다. 디아만테는 화덕 위에 있는 깡통들을 뒤적였다. 그리고 그가 유일하게 손댈 수 있는 D. M.이라고 표시된 식품들 중에서 콩 캔을 찾아냈다. 캔을 땄다. 늘 앉는 통 위에 쭈그리고 앉아 어둠 속에서 콩을 먹었다. 콩이 아주 많다고 자신을 속이기 위해 한 알씩 꺼내 천천히 씹었다. 그러자 눈이 저절로 감겼다. 여러 달 전부터 잠을 충분히 못 잤기 때문에 틈만 나면 잠이 들었다. 때로는 선 채로 졸기도 했다. 심지어 집으로 돌아오는 길에는 자면서 걷기도 했다. 어떻게 길을 찾는지도 모를 때가 많았다. 갑자기 눈을 뜨자 프린스 스트리트의 집들이 보였다. 그는 거리에 고인 케케묵은 냄새로 그걸 알 수 있었다. 이제 그 냄새는 디아만테에게는 집 냄새가 되어 그 냄새를 맡으면 위로가 되었다. 소금물이 묻어 미끄러운 손가락으로 다시 콩 하나를 집었다. 혀 위에 올려놓고 씹지 않고 잠시 가만히 있었다. 천천히 혀 위로 스며드는 그 맛을 음미했다. 콩 알갱이가 서서히 부서졌다. 그는 매일 밤 콩을 먹었다. 점심으로는 빵 한 조각과 살라미 한 조각, 혹은 올리브 한 주먹과 양파를 먹었다. 가끔 수레가 과일과 야채를 파는 가게 앞에 설 때면 사과 하나를 몰래 집어 외투 소매에 집어넣을 수 있었다. 이제 아넬로가 가게를 하지 않았기 때문에 아넬로의 것을 훔친다는 생각은 들지 않았다. 보스에게 열쇠를 넘겨주던 날 아넬로는 눈물을 흘렸다. 주름진 뺨을 타고 눈물이 흘러내렸다. 디아만테는 다른 쪽으로 고개를 돌렸다. 아버지처럼 나이 많은 남자가 우는 모습을 보는 게 부끄러워서였다.

통은 벌써 바닥이 났다. 콩은 전부 서른여섯 알이었다. 이미 디아만테는 그 사실을 알았다. 5시가 되면 다시 배가 고플 것이다. 하지만 그때는 벌써 일어나 있을 시간이므로 배가 고프다는 것을 느낄 시간이 없었다. 머리가 빙빙 돌겠지만 습관이 될 것이고 하루 종일 몸이 가벼울 것이다.

안개가 끼고 비현실적이지만 기분이 나쁘지 않은 꿈속을 가로질러 가는 것 같을 것이다. 그러나 불쾌한 생각 때문에 마지막 콩 맛이 독이 든 것 같이 썼다. 말이 없기 때문에 내일 아침 그는 바지 공장 앞까지, 옷 공장 쓰레기 더미까지, 이스트 강 쓰레기장까지 수레를 밀게 될 것이다. 제대로 이어지지 않은 널빤지와 철도 침목으로 이어진 수레에 넝마 더미를 싣고 온 시내를 끌고 다니다가 백스터 스트리트까지 가서 넝마를 내려놓고 저울에 달아 100킬로그램에 1달러를 받는 것이 그의 일이었다. 그리고 마지막으로 빈 수레를 피커스 로우 안마당으로 밀고 가서 올드 브루어리로 가는 톰 오레키오에게 인사를 했다. 그들이 100킬로그램의 넝마를 수집하면 25센트를 받고 200킬로그램일 경우 50센트를 받았다. 대개 이 경우가 많았다. 400킬로그램을 수집하면 1달러를 받았는데 이건 거의 기적에 가까운 일이었다. 하지만 이곳에서 기적은 일어나지 않았다. 기적은 로레토에서, 폼페이에서, 그리고 루르드에서 일어났을 뿐 미국에서는 한 번도 일어나지 않았는데, 물론 그건 당연한 일일 것이다. 소년이 말을 대신해서 일하면서 며칠이나 버틸 수 있을까? 10일? 20일?

"아직 안 잤니?" 갑자기 어떤 남자의 목소리가 이렇게 물었다. "응." 소금물을 마시며 디아만테가 대답했다. 짠맛과 썩은 물 냄새가 나긴 했지만, 그리고 죽은 쥐에서 나는 악취가 나긴 했지만 아직 콩 맛이 조금 섞여 있었다. 로코였다. 로코는 점점 늦게 돌아왔다. 어떤 날은 아예 들어오지도 않았다. 이제 그는 일 없이 빈둥대지 않았다. 파업하는 사람들과 만나지도 않았다. 그는 다른 일을 찾았다. 정해진 시간 동안 일하는 것도 아니고 휴일도 없이 일하는 것을 보고 비타가 무슨 일을 하는지 묻자 로코는 주먹과 관련된 일이라고 대답했다. 그는 이미 파업을 할 때 사람들의 눈길을 끌었다. 다른 굴착노동자들이 모두 힘을 합쳐 쓰러뜨린 경찰보다 그가 쓰러뜨린 경찰 수가 더 많았다. 아기가 죽던 날 밤 프린스 스트리트에서 네 명이 공격을 했을 때도 그 네 명이 로코 한 사람을 때려눕히지 못했다. 모두들 로코가 권투 선수가 될 거라고 생각했다. 그렇지만 맥줏집 지하실에서 권투를 하는 선수들은 항상 퉁퉁 부은 얼굴이었는데 로코의 얼굴은 멀쩡했고 윤기가 돌았다. 그는 사실 일자리를 구할 생각이 없다고 디아만테에게 털어놓았다. "주인들과 신부들 말에 신경 쓰지 마. 일을 하면 비인간적이 돼. 너 터프가이들의 노래 알아? 기술과 속임수로 반년을 살 수 있고 속임수와 기술로 나머지 반년을 살 수 있어." 어떤 일을 하는지는 모르지만 로코는 예전보다 돈을 더 잘 벌었다. 그는 곧 새 옷(전부 검은색으로 줄무늬가 있고 옷깃이 넓은 새 옷 세 벌)을 샀다. 78회전 레코드판 여러 장을 레나에게 선물했고 코카콜라에게는 손잡이가 뼈로 된 면도기를, 자기 고양이에게는 작은 방울이 달린 은목걸이를, 비타에게는 말하는 인형을 선물했다. 이 인형은 마미, 대디, 사랑해 같은 말을 하는 정말 놀라운 인형이었다. 상점 포장지가 그대로 있는 걸 보면 이번에는 훔친 건 아니었다. 이 도시에서 가장 밝고 화려하고 멋진 5번가에 있는 상점이었다. 하지만 디아만테는 등 뒤에서 기니 기니 곤 소리가 들릴까 두려워 그곳에는 발도 들여놓지 않았다. 로코는 아넬로 삼촌에게 방 한 칸을 빌려서 혼자 썼다. 유일하게 창문이 있는 방, 침대 머리가 철제로 된 진짜 침대가 있는 방이었다. 고물상에게서 진짜 협탁, 흰색 도자기로 만든 침실용 변기, 수염이 덥수룩한 예언자(가리발디도 그리스도도 아니었다. 디아만테는 그의 이름을 정확히 기억하지는 못했다.) 얼굴이 그려진 그림과 고리버들로 만든 고양이 집을 샀다. 그 집에서 늘 정리되어 있는 방은 그 방뿐이었다. 비타가 비질을 하고 매일 아침 침대를 정리하고 바지와 스웨터를 빨아주었고, 레나는 옷에 솔질을 해주었다. 그리고 로코만을 위해서 미트볼을 요리했다. 로코는 디아만테의 친구가 되지 않았다. 디아만테는 부러워서 죽을 것 같았다.

"어떻게 지내, 디아만테?" 빵 조각에 꼼꼼하게 땅콩버터를 바르던 로코가 디아만테가 그 빵을 보고 있다는 것을 알아차리고 이렇게 물었다. "론델로가 죽었어." 디아만테가 풀이 죽어 중얼거렸다. "누군데?" 로코가 호기심을 보였다. "살해당했어?" "응." 살인 사건 이야기를 듣자 로코는 주변 세상으로 인해 그의 마음속에 생겨난 무관심에서 깨어나 다시 활기를 찾았고 칼에 찔려 살해된 건지 아니면 권총 범죄인지 물었다. "론델로는 말이야, 로코. 일을 너무 많이 해서 죽었어." 디아만테는 말에게 굉장한 이름을 붙여 주었다. 론델로는 고스탄티노 황제의 후손인 부오보 단토나의 말 이름이었다. 절뚝거리는 말이 준마라면 디아만테 그 역시 어느 날엔가 용장이 될 수 있을 것이다. 실망한 로코는 빵 조각을 입에 넣었다. 디아만테는 통에서 슬며시 내려와 자기 간이침대 쪽으로 걸어갔다. 그는 아직도 사촌 제레미아와 침대를 같이 썼다. 그는 이제 제레미아의 발바닥 구석구석, 발가락의 털 하나하나까지 다 알았다. 발바닥에 잡힌 물집을 보면 그날 제레미아가 무슨 일을 했는지도 말할 수 있었다. 냄새로 하수구를 팠는지를 알 수도 있었고, 동상에 걸린 발을 보고 눈을 치웠다는 것도, 발에 묻은 진흙을 보고 건물 토대가 될 구덩이를 팠다는 것도 알 수 있었다. 하지만 그가 아직 콧수염을 기르고 있는지, 로코처럼 짧은 구레나룻을 길렀는지는 정확히 알지 못했다. 그를 만난 적이 없기 때문이다. 제레미아는 항상 일을 했다. 그는 독일 사람처럼 열심히 일했다. 일요일에는 교회에 가서 청소를 했다. 아이들은 그와 같이 가기를 꺼렸기 때문에 어느 교회인지는 알 수 없었다. 그는 하루에 열여섯, 열여덟 시간을 악착같이 일했다. 그리고 나머지 시간에는 잠을 잤다. 코카콜라는 제레미아가 벌써 늙어 버렸다고 말했다.

로코가 디아만테의 소매를 잡았다. "나 혼자 먹게 내버려두고 가는 건 아니겠지?" "형은 먹고 있잖아. 난 그걸 구경하며 시간을 허비하고 싶지 않아." 그에게 대답했다. "넌 네가 뭐 대단한 애라고 생각하나보지, 빌어먹을 꼬마 녀석?" 로코가 화가 나서 씩씩거렸다. "난 진실을 말했어." 디아만테가 말했다. "진실은 너 같은 건 건드릴 수도 없는 수녀 같은 거야. 중요한 건 내가 너보다 크다는 거지. 넌 날 존경해야 해." "형도 마찬가지야." 디아만테가 대답했다. 커튼을 걷고 이불을 걷었다. 그리고 옷을 입은 채로 간이침대에 웅크리고 누웠다. 제레미아를 벽으로 밀어붙였다. 그는 마지막으로 그 방에 들어갔다. 그는 점점 커가고 있었다. 잠시 후 커튼의 고리가 움직였다. 로코가 품에 안은 고양이의 눈이 어둠 속에서 번득였다. 로코가 광고처럼 친절하게 웃었는데, 그 얼굴이 새하얗게 빛났다. 보통 사람과는 다른 이두박근과 큰 키에 자객의 주먹에 맞아 코가 주저앉아 버렸지만, 로코의 얼굴은 부드러웠고 선량한 청년 같았다. 하지만 그는 선량한 청년이 아니었다. 그에게는 이런 외모가 행운이었다. "너 용기 있어, 디아만테?" 로코가 총탄처럼 고양이를 디아만테에게 던지며 물었다. "정말 용기 있어?"

디아만테는 브루클린에 한 번도 가본 적이 없었다. 가끔 톰 오레키오와 이스트 강의 쓰레기들을 뒤지다가 찌그러진 폐품들과 속이 너덜너덜하게 터진 의자들에서 눈을 들어 강 양쪽을 이어 주는 철교를 쳐다보았다. 모두들 그 다리를 경외의 눈으로 보았다. 하지만 그는 아니었다. 그의 집에서 몇 킬로미터 떨어지지 않은 가릴리아노 강에도 철교가 있었다. 물론 이것보다 훨씬 작았지만 이것과 마찬가지로 놀라웠다. 크기의 문제일 뿐이었다. 이곳에 있는 것들은 모두 아주 컸다. 강, 항구, 집, 심지어 사람들까지. 하지만 큰 것만이 가치가 있다면 그는 아무 쓸모도 없을 것이다. 그렇지는 않았다. 그렇게 될 수 없었다. 브루클린으로 이어지는 그 다리를 디아만테는 한 번도 건너가 본 적이 없었다. 지금 그는 자전거를 타고 그 다리를 건너고 있었다. 그리고 어둠에 잠겨 멀어져 가는 도시를 뒤돌아보면 도시가 눈 속에, 그리고 물 위에 떠 있는 비현실적인 마구간 같았다.

늦은 시간이었다. 철교에 벌써 고드름이 뾰족한 촛대처럼 매달려 있었다. 가로등은 어둠 속에서 빛의 웅덩이를 그려 냈다. 마차 몇 대 외에는 길에 돌아다니는 사람은 한 명도 없었다. 숨을 쉬는 것도 고통스러울 정도로 추웠다. 입을 벌리기만 하면 칼날처럼 날카로운 찬 공기가 입안으로 들어왔다. 하지만 로코는 전혀 추위를 타지 않는 것 같았다. 입에 담배를 물고 페달을 밟았다. 외투에서 가느다란 실처럼 김이 올라왔다. 그의 등이 담배를 피우는 것 같았다. 추위가 끝나면 다시 눈이 내릴 것이다. 삽질하는 사람에게 일이 생길 것이다. 맨해튼에 눈이 쌓이면 삽질하는 사람들은 즐거워했다. 눈을 치우는 것은 힘든 일이었다. 삽은 무거웠고 눈은 어찌나 단단하던지 디아만테는 세 시간 동안 한 블록도 제대로 눈을 치울 수가 없었다. 가게 주인들은 디아만테가 가게 앞 인도의 눈을 치우게 되었다는 것을 알게 되면 불평을 했다. 주인들은 디아만테가 뉴욕에서 제일 삽질을 못하는 아이라고 생각했다. 하지만 염화나트륨 때문에 눈이 곧 녹았다. 그러니까 사흘 연속 일을 하려면 눈보라가 쳐야만 했다. 가끔 로코가 도전적인 눈으로 디아만테를 보았다. 핸들을 꽉 잡은 디아만테는 추워서 이를 덜덜 떨며 빙긋이 웃었다. 로코가 무섭지 않았기 때문이다. 그는 로코가 이 자전거를 부자 동네에서 훔쳤다는 것을 잘 알고 있었다. 그는 자전거를 타고 프린스 스트리트에 왔다. 주변에 사는 코흘리개들이 로코를 보고 박수를 쳤다. 자기들도 그렇게 되고 싶어서였다. 비타와 치키토가 자전거에 검은 페인트를 칠했다. 이제 로코가 제일 좋아하는 색은 검은색이었다. 빨간 손수건을 디아만테에게 선물했지만 디아만테는 그 손수건을 쓰지 않았다. 어쩌면 지난여름의 남자가 생각나서였을 수도 있었다. 그 블록의 사람들이 로코를 두려워하기 시작했다. 하지만 디아만테는 그렇지 않았다. 디아만테가 귀걸이한 곰을 두려워한다니 말도 안 되는 일이다. 혼자서 대양을 건넜고 건달들도 해가 지면 들어가길 꺼리는 센트럴파크에서 잠을 잤던 그인데. 그는 마피아의 발에서 개를 훔치기도 했다. 로코에게 자신이 얼마나 대단한지 보여 줄 것이다. 로코는 허풍선이에 지나지 않았다.

로코가 담배를 그에게 건넸다. 디아만테는 아무렇게나 담배를 한 입 빨았다. 담배 맛은 구역질이 났지만 진짜 남자들은 모두 담배를 피운다. 로코의 에나멜가죽 구두가 어둠 속에서 반짝였다. 로코는 몇 달 동안 디아만테에게 눈길 한 번 던지지 않았다. 통에서 함께 목욕을 한 게 마지막이었다. 통이 작았기 때문에 두 사람은 볼트와 너트처럼 통 속에 꽉 끼어 있었다. 서로 몸이 닿았다. "첼레스티나, 너 털 나고 있는 거 알았어?" 로코가 디아만테의 분홍색 작은 성기 쪽으로 손을 뻗으며 말했다. 정말 그 주위에 고불거리는 검고 짧은 솜털이 몇 개 나고 있었다. 털을 깎으라고 조언했다. 그러면 털이 굵어질 거라고. 혼자 남게 되자 디아만테는 곧 아녤로의 면도기를 집어 들고 서둘러 털을 깎았다. 몇 주 동안 디아만테는 욕실에 혼자 있게 될 때마다 초조하게 털의 상태를 확인했다. 그렇지만 털은 하나도 나지 않았다. 로코가 그를 놀린 것이다. "내려." 로코가 자전거를 세우면서 말했다. "다 왔어."

대저택처럼 보이는 건물 주위로 높은 담장이 길게 뻗어 있었다. 담장 너머로 나온 사이프러스 나무 끝부분이 바람에 흔들렸다. 철책 문이 굳게 닫혀 있었고 그 주위에는 아무것도 없었다. 새벽 2시였다. 개 한 마리 지나가지 않았고 불빛 하나 비치지 않았다. 매복하기 딱 좋은 장소였다. 로코가 그의 손에 끌을 던졌다. "이걸로 뭘 해야 하는데?" 디아만테가 놀라서 물었다. "첼레스티나라는 소리가 듣기 싫으면, 용기가 있다면 이 담을 넘어가서 체사레 쿠초푸오티의 무덤을 찾아. 무덤 위에 검을 든 천사상이 있어. 그자 아버지가 정말 부자라는 것을 보여 주려고 그걸 만들었지. 빌어먹을 작자지. 가난한 사람들에게 돈을 기부하거나 자기가 즐겁게 쓰지 않고 그 돈으로 사람들을 불쾌하게 만들었다니까." "체사레 쿠초푸오티가 누군데?" 디아만테가 물었다. 그는 로코를 따라온 걸 후회하기 시작했다. 로코가 그와 무슨 상관이 있단 말인가? 그에게 뭔가를 증명할 필요가 있는 걸까? 털이 하나도 나지 않는다 해도 그는 이미 자신의 인생을 자유롭게 결정할 수 있는 남자였다. 아무도 그에게 명령하거나 조언할 수 없었다. 그는 남자 어른처럼 일했고 어른으로 살았고 어른처럼 돈을 벌었다. 첼레스티나는 존재하지 않았고 존재했었다 해도 이제 죽었다. "괜찮은 녀석이었는데 왜 살해됐을까?" 로코가 비웃듯 냉소적으로 말했다.

"살해됐다고!" 디아만테가 거의 고함치듯 말했다. 살해된 사람은 절대 편히 쉬지 못한다. 그래서 복수를 하기 위해 계속 이승을 떠돈다. 밤중에 돌아다니다가는 그런 사람들과 만날 위험이 있었다. 디아만테는 이런 이야기가 싫었다. 그는 가고 싶었다. 집으로 돌아가고 싶었다. 내일 쓰레기장으로 가야 하고 얼어붙은 땅을 뒤지느라 손톱이 부러진다고 해도, 저울 바늘조차 움직이지 않을 정도로 낡고 얇은 누더기 몇 개밖에 줍지 못한다고 해도 말이다. 하지만 로코는 추위 속에서 담배를 입에 물고 챙이 있는 모자를 코까지 푹 눌러쓴 채 꼼짝도 하지 않았다. 모자 때문에 얼굴이 반밖에 보이지 않았다. 로코가 그를 보고 웃었다. "체사레는 카드 치는 걸 좋아했지. 살아 있을 때는 다른 데에는 전혀 관심이 없었어. 그의 관에다가 내가 하트 에이스를 넣어 줬지. 다른 사람들은 묵주를 넣어 주었어. 하지만 체사레는 기도를 한 번도 하지 않았어. 카드 게임만 할 줄 알았지. 그래서 관이 닫히기 바로 전에 그의 손에 하트 에이스를 쥐어 준 거야."

"아는 사람이었어?" 디아만테가 물었다. "살아 있을 때는 한 번도 만난 적이 없어. 코차네 집에서 죽은 것만 봤지."

그 이름은 디아만테에게 아무 의미도 없었다. 그는 사람들을 만나러 미국까지 온 게 아니었다. 돈을 모아서 부모를 돕기 위해서였다. 그것뿐이었다. 그건 별것 아닐 것 같았고 전혀 힘들지도 않을 듯했다. 하지만 이 별것 아닌 일도 제대로 해낼 수가 없었다. 열 달 동안 그는 겨우 40달러밖에 집에 보내지 못했다. 끝도 없는 허기와 잠을 참은 대가였다. 로코는 디아만테가 미스터 코차의 이름을 한 번도 들어 본 적이 없다는 것이 믿기지 않아 웃었다. 코차의 본명은 라차로 본조르노였는데, 관을 만들고 염을 하고 장례식을 지휘하는 장례업자였다. 투포에서라면 그를 송장 치는 사람이라고 불렀을 것이다. 여기서는 장의사라고 했는데, 훨씬 더 품위 있게 들렸다. 그는 해골처럼 말랐고 늘 검은 양복을 입었다. 그래서 코차(이탈리아어로 홍합이라는 뜻―옮긴이)라고 불렀다. "난 코차와 일해." 로코가 자랑스러운 듯 말했다. "내가 장의사 사무실에 있을 때 체사레 친구들이 관에 에이스를 넣으라고 부탁했어." "그런데 대체 내가 이 체사레라는 사람하고 무슨 상관이 있다는 거야?" 이렇게 말하면서 디아만테는 이해가 안 되어 끌을 손으로 이리저리 돌렸다. "체사레의 무덤을 찾으면 그곳으로 가서 관을 열어. 관은 용접하지 않았어. 죽은 사람 주머니에 금시계가 들어 있어. 이제 그 사람에게는 필요 없지. 그 시계를 찾아서 나한테 가져와." 디아만테는 몸을 떨었다. 지금 로코는 그에게 도둑질을 하라고 시키고 있다. 죽은 사람에게서. 살해당한 사람들은 죽은 자들 중에서도 가장 위험하고 복수심이 강하다. 기도로도 그들을 달랠 수 없다. 절대. "아, 미안하다. 넌 도둑질은 죄악이라고 배웠지. 넌 반에서 일등이었으니 당연히 공부도 잘했고." 디아만테는 망설이며 대답을 하지 않았다. "너 지금 누구 옆에 있는 줄 알아?" 로코가 계속 말했다. "금시계를 가지고 땅에 묻힌 빌어먹을 놈 옆에 있는 거 아냐? 넌 금시계를 만져 보지도 못할 거야. 넌 아무것도 가진 게 없어." 디아만테는 혼란스러웠다. 도둑질을 하는 것은 죄악이 분명했지만 그가 지금 아무것도 가진 게 없다는 것도 사실이었기 때문이다. "그러니까 너도 톰 아저씨로구나." 로코가 결론을 내렸다. 그는 정말 실망한 것 같았다. "넌 금시계를 가진 부자들과 경찰들 편에 서 있어. 너한테는 아주 안 좋은 일이지. 넌 계속 넝마나 주우러 다녀야겠다."

"도둑질 때문이 아니야." 디아만테가 말을 더듬었다. "그럼 더 나쁘지. 넌 지금 오줌을 지리고 있어, 빌어먹을 자식." 로코가 다시 자전거를 타며 이렇게 말을 끝냈다. "그럴 줄 알았어. 넌 이 일에 어울리지 않아. 죽은 사람을 똑바로 볼 용기도 없을걸." 디아만테가 이를 악물었다. 눈이 충혈되었다. 고함을 치며 로코에게 달려들었다. "내 동생들을 봤어. 탈라리코와 아메데오가 나하고 같이 있었어. 우리가 교회 벽의 석회를 먹어서 내 동생들 배가 터졌어. 내 동생들은 죽었어, 난 살았고. 난 다이아몬드처럼 강하기 때문에 돌도 소화시킬 수 있으니까. 난 시체 같은 거 겁나지 않아. 아무도 겁나지 않아. 빌어먹을 더러운 부자 놈에게서 시계 훔치는 것 따위는 아무것도 아니야." "훌륭해." 로코가 디아만테의 손을 자기 몸에서 떼어 내면서 말했다. "나한테 보여 줘봐." 디아만테가 주먹에 끌을 꽉 쥐었다. 그걸로 로코를 찔러 버리고 싶었다. 하지만 이를 악물고 그 생각을 떨쳐 버린 뒤 브루클린 묘지의 담장으로 다가갔다. 두 벽돌 틈 사이로 발을 집어넣고 붙잡을 만한 곳을 찾으려고 손으로 더듬었다. 담을 기어 올라갔다. 담 위에 올라가자 도시가 그의 발밑에 있었다. 불빛이 깜빡이는 활기찬 도시가 멀리 보였다.

쿠초푸오티의 무덤은 십자가와 천사들과 성모상들이 여기저기 서 있는 자갈길 끝, 묘지에서 가장 널찍하고 근사한 구석에 서 있었다. 검을 든 천사상은 마분지로 만든 것 같았지만 대리석이 틀림없었다. 디아만테는 조각에 대해서 아는 게 전혀 없었다. 그러나 그가 보기에도 그 천사상이 백만장자에게 어울리는 것 같지는 않았다. 그렇지만 그가 죽었다면 그의 아버지는 천사상을 조각하는 데 돈을 쓸 수 없을 것이다. 관을 살 돈도 없기 때문에 교회 공동묘지로 데려가서 죽은 동생들처럼 시트에 둘둘 말아 땅에 묻을 것이다. 그래서 디아만테는 쿠초푸오티가 무섭지도 불쌍하지도 않았다. 석판에 그의 짧은 생에 대한 기록이 끌로 새겨져 있었다. 1822-1904. 편히 잠들다. 디아만테는 끌을 지렛대로 사용해서 석판을 들어 올렸다. 그리고 머리를 짜내서 그 틈에 나뭇가지를 집어넣었다. 나뭇가지 위로 석판이 미끄러지게 하려고 했지만 너무 무거웠다. 그는 구멍 위로 몸을 숙였다. 깊은 구덩이가 얼핏 보였다. 지옥처럼 깜깜했다. 로코는 디아만테에게 손전등이나 초 같은 것도 주지 않았다. 그래서 벌어진 틈 안으로 들어가서 밑으로 떨어졌을 때 잠시 동안 깜깜한 어둠밖에 보이지 않았다. 밖에 있는 달빛은 바닷속 깊이 가라앉았을 때 희미하게 비치는 햇빛처럼 멀기만 했다. 냉기가 느껴졌고 흙냄새와 썩은 꽃 냄새가 났다. 양쪽 벽에는 증기선의 침실처럼 침대들이 있었다. 다만 이 침대에는 호두나무 관 일곱 개가 놓여 있었다. 모두 금속 손잡이가 달려 있었다. 습기 때문에 대부분의 관의 나무가 불어서 다 파손된 상태였다. 하나만 새것 같았다. 이름표 위에 체사레라고 적혀 있었다. "체사레 씨." 디아만테가 용기를 내기 위해 크게 불렀다. "당신에게 뭘 좀 빌리러 왔어요." 손이 떨리고 이가 딱딱 부딪혔다. 새 울음소리 하나, 날갯짓 소리 하나 들리지 않는 고요한 죽은 자들의 왕국에 살아 있는 것이라곤 디아만테뿐인 듯했다. 저승의 바닷속같이 고요했다. 천상의 노래 같은 건 생각도 할 수 없었다. 그런데 이 체사레라는 사람은 천국에 가지 못했을 게 분명하다. 디아만테는 관 뚜껑을 들어올려 보려 했지만 키가 닿지 않았다. 그는 침대 위로 기어 올라갔다. 하지만 공간이 별로 없었다. 그는 관에 걸터앉아야 했다. 외투를 얼굴 위로 묶고 관 뚜껑을 들어 올렸다.

디아만테가 비명을 질렀다. 체사레의 얼굴 반쪽이 탈지면으로 채워져 있었다. 누군가 그의 얼굴에 총을 쏘아 머리통 반이 날아가 버렸다. 시간이 흐르면서 피에 젖은 탈지면은 시커먼 색으로 변해 버렸다. 디아만테는 정말 빨리 관에서 뛰어내려 달아나고 싶었다. 하지만 움직이지 않았다. 시계를 찾지 않고는 여기서 나가지 않을 것이다. 나머지 얼굴 반쪽은 잠들어 있었다. 체사레는 디아만테의 존재 때문에 화가 난 것 같지도 않았고 과장되게 말하자면 죽은 것 같지도 않았다. 그는 멋진 줄무늬 양복에 조끼를 입고 넥타이를 맨 차림이었다. 조끼에는 진주층 단추가, 셔츠에는 금장 커프스단추가 달려 있었다. 구두는 놀랄 만큼 멋졌는데 한 번도 사용하지 않아 바닥이 아직도 깨끗했다. 에이스 카드가 아니라 묵주를 손에 쥐고 있었다. 그리고 더 이상한 것은 조끼 주머니에 금시계가 없다는 것이다. 시체에서 올라오는 숨 막히는 악취를 맡지 않으려고 외투로 입을 꽉 누른 채 열에 들뜬 것처럼 몸을 떨면서, 디아만테는 상의 주머니를 뒤졌다. 점점 더 두려움에 사로잡혔다. 폼페이 성모마리아 그림, 쌀, 불행을 쫓아 준다는 말발굽이 들어 있었다. 심지어 바퀴벌레도 한 마리 있었지만 시계는 없었다. "시계가 없으면 여기서 나갈 수 없어." 디아만테가 울먹이며 소리를 질렀다. "시계를 어디다 숨긴 거예요?" 그는 바지 주머니를 털어 보았고 심지어 와이셔츠 밑까지 뒤져 보았다. 체사레는 대리석처럼 딱딱했다. 시계는 없었다.

관을 다시 닫으려고 했지만 뚜껑은 제자리로 돌아갈 생각을 하지 않았다. 뚜껑은 그냥 비스듬히 놓여 있었다. 반쯤 열린 뚜껑 사이로 체사레의 얼굴 반쪽이 보였다. 하지만 디아만테에게는 이제 시간이 없었다. 죽은 자들의 침실에 일 분도 더 있을 수 없었다. 그랬다가는 공포로 숨이 막혀 기절을 해버릴 것 같았다. 무덤 바닥으로 뛰어내렸다가 돌 선반 위로 기어 올라가 보려고 했다. 열려 있는 석판 사이로 스며 들어오는 희미한 달빛 쪽으로 가기 위해서였다. 하지만 석판이 이동했는지, 그의 키가 줄었는지 이제 발끝으로 서 보아도 두 손으로 묘지의 가장자리를 잡을 수가 없었다. 고개를 들어 희미한 달빛을 보았다. 우물 속에 빠진 것만 같았다. 반쪽 얼굴의 체사레가 화를 낼 것 같았다. 적어도 십여 년 전부터 그곳에 누워 있는 그의 친지들은 말할 것도 없었다. 디아만테는 비명을 지르고 싶었다. 그렇지만 누가 와서 그를 여기서 끌어내 줄 수 있겠는가? 로코는 너무 멀리 있었다. 그리고 만일 관리인이 갑자기 그를 발견하게 된다면, 그에게 자신은 도둑이 아니라 그냥 견습생이라고 어떻게 설명할 수 있단 말인가? 어느 나라 말로? 이 나라에 오면 그가 다시 작고 무기력한 어린아이로 돌아갈 거라고 아무도 그에게 일러 주지 않았다. 사물의 이름을 배우기 전이라 의사 표시를 할 수 없어 울고 손짓 발짓을 하고 자신이 두려워하는 게 뭔지, 무엇 때문에 고통스러운지 말하지 못하고 소리만 지르는 어린아이로 말이다. 하지만 언젠가 디아만테는 금발 머리들의 말을 배우게 될 것이다. 『뉴욕 타임스』를 읽게 될 것이고, 누구도 그를 고릴라라고 부르지 못하게 될 것이다. 그는 다시 시도했다. 어떤 관의 손잡이를 잡았다. 그리고 관을 놓아 둔 두 번째 칸으로 올라갔다. 이 낮은 침실로 기어가다가 몸을 돌려 봤지만 위 칸으로 올라갈 수가 없었다. 그는 어떻게도 할 수 없었다. 예수와 성모마리아, 레오나르도 성인이나 하느님에게 기도할 수도 있었다. 하지만 그는 그들을 더 이상 믿지 않았다. 그들의 힘이 미칠 수 있는 곳은 바다 건너 이탈리아뿐인 듯했다. 공기가 부족했다. 뚜껑이 열린 체사레의 관에서 흘러나오는 시체 썩는 냄새 때문에 머리가 아팠다. 무덤 속에서 죽다니, 이 얼마나 치욕스러운 운명인가. 게다가 금요일에. 내일이면 비타와 산책을 갈 수 있을 텐데. 톰 오레키오와 일을 시작한 뒤로 하루 종일 밝은 생각을 할 수 있게 해준 사람은 비타밖에 없었다. 넝마를 내놓으면서 레이스나 천 조각을 몰래 숨겼다. 밤이 되면 분수로 가서 그것들을 빨았다. 그리고 그걸로 비타의 스카프나 숄이나 손수건을 만들었다. 폐품들을 뒤져서 망가진 장난감이나 바퀴가 빠진 장난감 기차 같은 것을 비타에게 가져다주었다. 그는 진흙과 망가진 물건들과 고철들로 뒤덮인 넓은 땅을 엉금엉금 기어 다녔고, 넝마를 주우러 왔다는 것도 잊고 눈 속을 뒤졌다. 그리고 아직 인도 위에서 굴릴 수 있을지도 모를 망가진 굴렁쇠나 다리가 통통한 인형 때문에 길을 잃기도 했다. 그는 아무도 모르게 한 조각 한 조각 이어 붙여서 인형을 만드는 중이었다. 헝겊 인형이 아니라 정말 도자기 인형이었다. 비타에게 그걸 선물할 생각이었다. 비타는 옆집 아기나 친지의 아기를 데리고 놀 수 있었기 때문에 인형을 한 번도 가져 본 적이 없었다. 프린스 스트리트에서도 옆집에 사는 멜키오라 코르포라 부인 아들의 기저귀를 갈아 주었다. 곱사병에 걸린 아기여서 겨울을 넘기지 못할 게 분명했다. 실제로 12월 어느 날 밤 아기가 세상을 떠나서 돌봐 줄 아기가 없어진 비타는 고향 집으로 돌아가고 싶다고 울부짖었다. 그날 디아만테는 비타에게 인형을 만들어 줘야겠다는 생각을 했다. 인형은 거의 다 완성되었다. 머리만 붙이면 됐다. 디아만테는 살짝 튀어나온 위 칸 관의 손잡이를 잡고 허공에 매달렸다. 손잡이를 잡으려 위로 뛰어오를 때 외투가 얼굴에서 벗겨져 어둠 속으로 떨어졌다. 그는 외투를 가지러 뛰어내려야 할지 빛을 따라 올라가야 할지 잠시 망설이며 매달려 있었다. 늘 그랬듯이 디아만테는 한 발 늦었다. 로코가 벌써 비타에게 인형을 선물한 것이다. 비타는 부엌 식탁에 인형을 올려놓고 엔리코 카루소의 노래를 들려주었다. 폐품으로 만든 게 아니라 진짜 인형이었다. 금발 머리에 서른두 개의 이를 드러내고 환하게 웃으며 미국 말을 하는 도자기 인형이었다.

로코는 디아만테가 묘지 담장에서 뛰어내리는 것을 보고 웃었다. 디아만테의 머리는 쭈뼛 서 있었고 마치 죽은 자들의 부대가 뒤쫓아 달려오기라도 하는 듯 뒤를 돌아보았다. 투명한 달이 촛불처럼 하늘에서 빛났다. 디아만테의 얼굴은 거미줄에 뒤덮여 잿빛이었다. 그가 담 위에서 뭔가를 던졌다. 그리고 몸을 숙여 그것을 집었다. 로코를 쳐다보지도 않았다. 인도 가장자리에 앉아서 낡은 신발을 벗었다. "시계는 어디 있지?" 로코가 물었다. "시계 못 봤어." 디아만테가 나지막이 말했다. "거짓말쟁이." 로코가 고개를 저었다. "네가 용기가 없어서 무덤에 못 들어갈 줄 알았어." 디아만테가 밑창이 떨어진 신발을 그에게 던졌다. 그래서 로코는 디아만테가 얇고 구멍이 난 양말을 신은 두 발을 값비싼 검은 에나멜 구두에 집어넣고 있다는 것을 알게 되었다. 구두가 너무 크고 악취가 나긴 했지만 한 번도 신지 않은 새것이었다. 바닥은 완벽할 정도로 깨끗했다. 로코가 웃었다. 다시 한 번 그의 판단이 맞았다. 이런 양들의 구역에서 이렇게 영리한 소년을 찾는다는 것은 쉬운 일이 아니었다. 양들 대부분은 늑대를 두려워하고 결국 잡아먹힐 뿐이다. 달이 머리 위로 떨어져야만 겨우 하늘에 달이 있다는 것을 알아차릴 사람들이다. 로코가 누르스름한 가로등 불빛 밑의 담에 기대 놓은 자전거 쪽으로 갔다. "이리 와." 그가 기분 좋게 디아만테에게 말했다. 디아만테가 핸들 위에 앉자 그의 목에 목도리를 둘러주고 자신의 검은 모자를 꾹 눌러 씌워 주었다. 모자가 너무 커서 눈을 가렸다. "너 때문에 정말 기분 좋다, 디아만테." 로코가 말했다. 오, 생전 처음 로코가 디아만테를 첼레스티나라고 부르지 않았다. "이제 쓰레기 뒤지는 일은 끝났어. 진짜 네가 할 일을 찾았어."

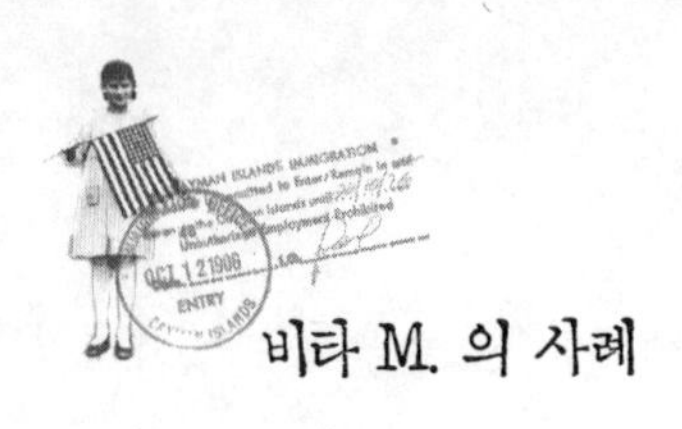

비타 M. 의 사례

1909년『이민 잡지』에 실린 보고서.

「북대서양 지역 이탈리아 여인과 어린이」에 모트 스트리트에 사는 열두 살 소녀 테레사 S.와 카르멜라의 사례와 옴에 걸린 여섯 살 소년 카를로 R.의 사례 다음에 '비타의 사례'와 관련된 간단한 보고가 등장한다. 그 내용은 이렇다.

> 비타 M.은 11개월 전에 미국에 왔다. 학교는 다닌 적이 없다. 비타는 방 네 개짜리 집에서 가족과 일곱 명의 하숙생들과 산다. 아버지는 16년 전에 미국에 왔고 과일 가게를 운영했었다. 신경 질환이 있는 젊은 엄마는 비타가 하숙집을 운영하는 데 도움을 주고 있다고 말한다. 이 가족은 심각한 경제적 문제 때문에 집에서 조화를 만들어야만 한다. 게다가 이 집에는 열여덟 살인 하숙생 한 명(장의사 사무실의 직원으로 절도죄, 폭행죄, 모욕죄 전과가 있다)과 떠돌이 연주자 두 명, 신분을 확인할 수 없는 하숙생 네 명이 살고 있다.

이 사람이 비타일까? 비타는 엄마와 같이 살지 않았다. 그리고 이 기사에는 니콜라나 디아만테, 제레미아에 대한 언급도 없다. 정식 취업 서류가 없는 미성년자들이기 때문에 보고를 하지 않은 걸까? 게다가 1909년에 비타는 열 살이 아니라 열다섯 살이었다. 1904년에 열 살이었으니까.

혹시 조사자가 몇 년 전에 사례를 수집한 것일까? 어쩌면 그저 우연의 일치일 수도 있다. 그러니까 북대서양 지역에 비타라는 이름의 소녀가 여럿 있었을 수 있다. 그렇지만 '비타의 사례'에는 이 소녀의 주거 환경에 대한 철저한 조사가 포함되어 있다.

> 형편없고 악취 나는 집(집세 18달러). 제대로 정리되지 않은 네 개의 방 가운데 길 쪽으로 창문이 나서 통풍이 되는 방은 하나뿐이고(세를 준 방), 다른 하나는 뒤뜰 쪽을 향해 있으며 나머지 두 개는 아주 컴컴하다. 그리고 통풍구가 있는 부엌이 하나다. 천장이 낮고 환기가 전혀 안 되며 빨래는 방에서 말린다. 검은지빠귀가 화덕 위로 날아다닌다. 고양이. 닭. 하숙집 상태는 C(열악). 변소는 층계참에 하나밖에 없다. 미성년자와 여자가 집에서 무허가로 일한다. 밤 11시까지 하루 12~14시간 일한다. 의무교육 회피로 확인된 사례. 아파트에 의무교육 대상자 목록에 등록되지 않은 어린 소녀가 산다(프린스 스트리트).

자선조직협회의 조사원이 3월 4일 프린스 스트리트 18번지를 방문했다. 물론 아무도 그녀에게 문을 열어 주지 않았다. 그녀는 단호하게, 그리고 흥분하여 두 집 사이로 난 좁은 통로로 들어갔다. 빈 통들과 부서진 물건들이 어지럽게 흩어져 있고 하수구 물이 이리저리 흐르는 안뜰을 지나서 경첩이 빠져 버린 문을 밀었다. 나무 계단이 나타났다. 그녀는 뱀 가죽처럼 끈적거리고 미끄러운 밧줄을 꽉 잡았다. 그것은 분명 그 미끄러운 계단을 오르내리는 사람에게 큰 도움이 될 것이다. 각 층마다 올라가서 문을 두드렸다. 집 안에 여자들이 있었다. 그녀들은 양말 대님, 넥타이, 코르셋 등을 만들었다. 장갑에 장식을 했고 바지와 코트의 마무리 손질을 했다. 단추를 달기도 했고 벨벳 꽃을 만들기도 했다. 하루에 1달러를 벌기 위해서였다. 건물 전체가 노동을 착취하는 공장이었다. 여러 사람들의 목소리, 명령하고 부르는 소리가 울려 퍼졌다. 하지만 아무도 문을 열지 않았다. 미국인들은 여러 가지 이유를 대며 아무 때나 불쑥불쑥 이 건물에 사는 사람들을 찾아오는 짜증 나는 버릇을 가지고 있었다. 벼룩 잡는 물약이나 성경책을 팔기 위해서, 거주자 통계를 내기 위해서, 가정에서 불법 노동을 하고 있거나 아동 착취를 하고 있는 건 아닌지 조사하기 위해서였다. 간단히 말해 선량한 사람들의 일에 간섭을 하려는 것이었다. 낙담한 조사원은 망설이지 않고 마지막 층으로 올라갔다. 그리고 칠이 벗겨진 문을 별 기대 없이 두드렸다. 불행을 막는 산호뿔이 문에 걸려 있었다. 아파트에서 엔리코 카루소의 과장된 목소리가 흘러나왔다. **이 여자든 저 여자든 나는 똑같아**. 조사원은 혐오스러운 눈으로 뿔을 뚫어지게 보았다. 이 이탈리아인들은 뭐라 말할 수 없이 원시적이었다. 짐승처럼 더러웠다. 층계참에는 쓰레기가 흩어져 있었고 파리 떼에 덮여 시커멨다. 발 한 번 잘못 디디면 목뼈가 부러질 그 구역질 나는 계단을 하나씩 올라오면서 그녀는 개가 자기를 지켜보고 있는 것 같은 느낌을 받았다. 하지만 그녀는 그 개의 꼬리가 끈처럼 길다는 것을 알아차리고는 공포에 사로잡혔다. 그것은 개처럼 덩치가 크긴 했지만 사실은 쥐였다. 문이 열렸을 때 그녀는 깜짝 놀랐다. 까맣게 반짝이는 큰 눈의 소녀가 믿을 수 없게도 그녀를 보고 환하게 웃었다. 조사원은 이탈리아 구역을 방문했을 때 이런 미소를 본 적이 별로 없었다. 이 구역 사람들은 자선단체와 범죄단체를 구분하지 못했다. 그리고 사실 그녀 같은 사람들은 오로지 이 사람들의 행복만을 원했다. 그뿐만이 아니라, 그들의 법에서 정한 대로 **사회 개량을 통한 개인의 발전을** 원했다. 그녀는 시계를 보았다. 오전 10시 20분이었다. 이 아이는 학교에 있어야 할 시간이었다.

"어머니는 어디 계시니, 꼬마야?" 비타는 그 말을 알아듣지 못하고 그녀를 뚫어지게 보았다. 금발 머리에 테가 얇은 안경을 쓴 까다로운 눈길의 이 숙녀의 등장은 그녀의 하루에 놀랍도록 충격적이고 신선한 일이었다. 시장과 가게를 한 바퀴 돌고 와서 장 봐온 물건을 화덕 앞에 놓아두고 하숙생들의 속옷을 통에 담아 누렇게 된 팬티 앞부분이 하얗게 될 때까지 손이 아프게 비벼 빨고 난 뒤의 이 시간쯤에는 할 일이라고는 한없이 지루하기만 한, 조화 장미 꽃잎 붙이는 일밖에 없었다. 레나는 장미꽃이 12개 완성되면 그것을 상자에 담았다. 이 상자 12개당 18센트를 받았다. 그 말은 곧 적어도 1달러를 모으려면 이런 12개들이 상자 60개를 만들어야 한다는 뜻이었다. 그러니까 장미 720송이를 만들어야 했다. 자동적으로 꽃잎을 골라 붙일 정도로 이제는 이 일이 손에 익었다. 레나가 만든 장미는 그 블록에서 최고였다. 진짜 같았다. 하지만 향기도 아름다움도 없는 장미였다.

조사원이 돼지우리 같은 집 안을 흘깃 보았다. 사방에 빨래가 걸려 있었다. 털이 다 빠진 걱정스러운 모습의 암탉 세 마리가 바닥을 긁었고 소리를 내지 못하는 지빠귀는 개수대 위에 걸린 새장에서 뛰어다녔다. 살이 까진 고양이가 더러운 그릇과 쌓아 놓은 옷 더미, 바늘, 실, 가위, 풀 사이로 어슬렁거렸다. 환기가 제대로 되지 않고 난방도 안 되는 방들의 습기는 거의 포화 상태였다. 조사원은 작업실과 부엌으로 쓰는 방으로 살며시 들어갔다. 얼굴이 수척한 젊은 여자가 식탁에 몸을 숙이고 있었는데 그녀의 손은 장미꽃들 속에 파묻혀 있었다. 조사원을 보자 레나의 얼굴이 하얗게 질렸다. "문 열지 말라고 했지, 비타!" 그녀가 중얼거렸다. 하지만 비타는 레나를 보고 조롱하듯 웃었고 귀가 들리지 않는 사람에게 말하듯 과장된 동작으로 이 낯선 조사원에게 의자에 앉으라고 권했다. 숙녀는 벼룩이라도 옮을까봐 고양이를 피했다. 비타가 김이 모락모락 나는 진한 커피를 대접했지만 미국 숙녀는 마시고 싶어하지 않았다. 일요일에 먹고 남은 맛좋은 케이크를 대접했지만 그것 역시 거절했다. 결국 장미 한 송이를 그녀에게 주었다. 조사원은 다른 무엇보다 증거로 그것을 받았다. "이 아이는 왜 학교에 가지 않았죠?" 그녀가 레나에게 심각한 어투로 물었다. 레나는 고개도 들지 않았다. 레나는 미국에 산 지 12년이 되었지만 영어를 전혀 알아듣지 못했다. 체르케스-레바논 출신 남편과 살 때는 아랍어를 썼고, 첫 남편이 죽은 뒤 그녀를 데려간 행상인과 살 때는 아르메니아어를, 두 번째 남편에게서 도망쳐서 함께 산 선원과는 스웨덴어를, 이 뽐는 남자와는 나폴리어를 썼다. 영어라고는 그녀가 특별히 사는 제품의 가격밖에 몰랐다. 조사원은 대화를 시도해 보았지만 소용이 없었다. 그래서 언어의 장벽을 넘을 수 없다는 것을 알아차리고는 만년필을 제자리에 넣고 서류철을 집어 들고 나갔다.

이틀 뒤 **무단결석 학생 지도원과** 함께 다시 찾아왔다. 등교 거부 학생을 담당하는 장학관인 폴리에제 씨와 카바라타 양이었다. 불행히도 두 사람은 이탈리아인이어서, 말하기를 꺼리는 레나에게 철저하게 질문했다. 레나가 혹시 잘못 말해서 아넬로, 비타, 그리고 자기 자신에게 피해가 가는 게 아닐지 걱정되어 횡설수설 우물거리는 동안 조사원 숙녀는 서류를 작성했다. 엑스 표를 하며 서류를 작성했다. 질문이 끝나자 자선조직협회 조사원과 장학관이 비타를 데려갔다.

비타는 춤을 추듯 동네를 걸어가면서 초라한 집들과 누더기를 걸친 사람들을 이제 영영 다시 보지 않을 것 같은 눈으로 쳐다보았다. 우체국 앞에 웅크리고 앉아 이를 잡던 치키토가 그녀에게 달려와 어디 가냐고 물었을 때 비타는 너무 기뻐서 환하게 웃었다. 이 낯선 세 사람이 자기를 어디로 데려가든 프린스 스트리트보다는 좋은 곳일 것이다. 뉴욕에 오기 전에 비타는 따분하다는 것이 뭔지 몰랐다. 투포에서는 친척들, 이웃, 친구들에 둘러싸여 살았다. 밭에서 어머니를 도와주거나 수확하는 사람들에게 물을 가져다주었다. 마을 사람들을 모두 다 알았고 그 사람들도 비타를 알았다. 하루하루가 어떻게 지나가는지도 모르게 시간이 빠르게 흘렀다. 하지만 여기서 시간은 정지해 있었다. 겨울은 한없이 길기만 했다. 하루 종일 레나와 단둘이 있어야 했다. 빨래를 빨고 설거지하고 상의와 바지 다림질을 하고 감자를 삶고 양파를 썰고 야채를 씻었다. 요 몇 달 동안은 꽃잎을 붙여 장미를 만들기까지 했다. 아녤로는 비타가 거리로 나가 노는 걸 좋아하지 않았다. 거리의 아이들은 여섯 살만 되어도 범죄자에 알코올중독자가 되었다. 치키토처럼 말이다. 그뿐 아니라 빗나간 총알이 날아다니기도 했고 총격전도 벌어졌다. 아녤로는 이웃집 아이들을 돌봐 주는 것도 좋아하지 않았다. 이웃 사람들은 질투심이 많고 사악한 사람들이어서 그가 이렇게 망한 데에는 그 사람들 책임도 있다고 생각했다. 엘리자베스 스트리트의 가게에 가는 것도 허락하지 않았다. 비타는 토마토와 고추 냄새가 나는 그 작은 가게를 좋아했다. 하지만 아녤로는 비타가 과일 가게에서 일하는 걸 원치 않았다. 자기 집 여자들은 집에 가만히 있어야 하고 낯선 사람들과 이야기를 나눠서는 안 된다고 생각했다. 치키토가 일을 주는 사람에게서 일을 받아 오고 상자를 갖다 주었기 때문에 장미를 만들 수 있었다. 그런데 어느 날 비타가 레나를 따라 장을 보러 갔다가 가게에 피라미드처럼 쌓인 토마토 뒤에서 낯선 남자를 발견했다. 그 남자가 새 주인이었다. 아녤로는 비타가 하숙집 일만 도와주길 바랐다. 하지만 하숙집은 사람들이 오가는 항구가 되어 버렸다. 가게를 잃게 된 데다가 레나가 부인이 아니라는 것이 알려진 뒤로 아녤로 삼촌에 대한 평판은 구제할 수 없을 정도로 추락해 버렸다. 점잖은 하숙생들은 이 집에 머물고 싶어하지 않았다. 콧수염을 기른 남자들은 떠났다. 이제 아주 불안한, 뿌리가 없는 사람들이 하숙집을 찾았다. 그들은 기회만 되면 금방 떠나 버렸고 비타가 이름을 채 외울 수도 없을 만큼 잠깐 머물렸다. 그들에 대한 기억이라고는 싸움과 욕설, 그리고 비타가 혼자 있기만 하면 부려대던 못된 수작밖에 없었다.

소년들은 하루 종일 밖에 나가 있었으므로 일요일까지 비타의 친구가 되어 준 것은 장미와 엔리코 카루소, 레나밖에 없었다. 비타는 계속 레나가 죽기를 바랐다. 그래서 날마다 전지전능하신 하느님이 내린 형벌의 표시가 레나의 얼굴에 나타났는지 살피기 위해 그녀의 얼굴을 자세히 보았다. 하지만 레나는 죽지 않았다. 매일 새벽 4시에 일어나서 반은 잠에 취해 하숙생들이 마실 커피를 준비했다. 그런 다음 간이침대를 정리하고 몽유병자처럼 시장의 노점으로 걸어갔다. 감자 하나, 완두콩 한 줌 값을 끈질기게 깎았다. 그리고 여러 개의 장바구니 때문에 구부정한 자세로 집으로 향했다. 집에 도착하면 한시도 쉴 새 없이 빨래를 하고 다림질을 하고 요리를 하고 84개의 장미를 만들었다. 졸다가 바늘에 찔리지 않으려고 노래를 부르거나 이야기를 하기도 했다. 두 시간만 일을 하고 나면 손에 쥐가 났고 네 시간이 지나면 감각이 없어져서 자기도 모르는 사이에 손가락을 바늘로 찌르기 일쑤였다. 꽃잎이 하나라도 더러워지면 하루 일당을 다 날렸다. 다시 빨래하고 옷을 꿰매고 청소하고 요리를 했다. 그러다 보면 해가 지고 남자들이 돌아와서 저녁 식사를 했다. 서서 먹는 사람도 있었고 어떤 사람은 통에 쭈그리고 앉아서 먹기도 했다. 식사가 끝나면 냄비를 씻고 또다시 100여 개의 장미를 더 만들었다. 그리고 자정이 되면 자러 갔다. 잠시 후, 집 안이 너무 추워 옷을 입은 채로 조금 전에 벌써 침대에 들어가 있던 아녤로가 옷을 벗고 그녀 위로 올라왔다. 아녤로가 그녀의 허약한 육체에 사로잡혀, 그리고 그 속으로 빨려 들어가 몇 분 동안 격렬하게 몸을 움직였다. 두 사람의 육체는 이제 거의 구분이 되지 않았다. 벽 위에서 뒤섞이는 그림자처럼 하나가 되어 사라져 버렸다. 그리고 온 집 안에 침대 스프링 삐걱이는 소리가 울려 퍼졌다. 모두들 입을 다물고 귀를 쫑긋 세웠다. 곧이어 다른 침대들이 삐걱이는 소리가 합류했다. 그러고 나면 모든 게 정지했다. 선반 위에서 딸그락거리던 접시 소리도 들리지 않았고 육체는 다시 자신의 밀도와 형태를 되찾았다. 아넬로는 벽 쪽으로 돌아누워 잠이 들었다. 레나는 반듯이 누워 습기에 얼룩진 천장을 뚫어지게 보았다. 가끔 자리에서 일어나 개수대 앞에 가서 앉기도 했다. 그리고 거기서 로코의 고양이를 품에 안은 채 뜻 모를 말을 중얼거렸다. 그렇게 한겨울을 다 보냈다. 하루도 쉬지 못하고 변화도 없이. 그래서 비타는 그녀를 바라보기도 하고 말을 하기도 했다. 그녀를 도와 장미 잎을 몇 개 붙이기도 하고 뇨끼 반죽을 손가락으로 누르기도 했다. 그리고 행복이 계속 끊어지는 꿈처럼 그렇게 짧다면 왜 이렇게 고생을 해야 하는 건지 스스로에게 물어보기도 했다.

1월 어느 날 아침 비타의 머리를 빗겨 주던 레나가 「여자의 마음」을 부르기 시작했다. 빈정대는 것 같고 거짓말투성이인 노래였다. 남자들은 이 노래를 아주 좋아했는데, 이 노래대로라면 여자는 바람에 흔들리는 깃털 같아서 말투도 생각도 멋대로 변한다. 레나는 이런 노래도, 다른 노래도 불러 본 적이 없었다. 비타는 너무 놀라서 레나에게 이것저것 물었다. 결국 레나가 꿈에서 아들을 보았다고 털어놓았다. 비타가 몹시 흥분하며 자기도 꿈에서 아기를 보았다고 말했다. 아기는 밤마다 그녀를 찾아왔다. 아기는 착한 유령이었다. 그녀에게 자기는 『뉴욕 타임스』 탑에서 곧장 천국으로 날아갔으니 걱정하지 말라고 말했다. 그리고 아기를 쫓아다녔던 마녀는 바람이 너무 불어서 빗자루에서 떨어졌다고도 말했다. 아기는 그들의 수호천사가 되었다. 하지만 레나는 이 소식을 듣고 기뻐하지도 슬퍼하지도 않았다. 그녀가 말한 아들은 이 아기가 아니라 비타가 모르는 다른 아들이었기 때문이다. 이 아들은 오래전에 죽은 것 같았다. 하지만 지난밤 동정녀 마리아가 그 아들을 꿈에서 볼 수 있게 해주었다. 그래서 레나는 그 아들이 죽지 않았다는 것을 알게 되었다. 배의 선장이 아들을 구해서 롱아일랜드에 있는 자신의 별장으로 데려갔다. 선장이 아들을 키웠다. 아들은 이제 아주 좋은 옷을 입고 있었다. 어느새 다섯 살이었다. "아들이 언제 죽었는데요?" 비타가 고개를 옆으로 숙이며 물었다. 레나가 뭔가에 홀린 듯 비타의 머리에 빗을 꽂아 둔 것을 잊어버렸기 때문이다. 클리블랜드에서 레나는 철로 밑에서 살았다. 기차 소음 때문에 아들은 하루 종일 울었다. 아기 이름은 체르케스 남편의 이름과 똑같이 세넬레이 프시마콰다. 남편은 오래전에 결핵으로 죽었다. 그런데 아기는 성장을 할 수가 없었다. 몇 시간이나 아기에게 젖을 물려 젖꼭지가 헐 때까지 품에 안고 있기는 했지만, 젖이 나오지 않아 아기가 한 방울도 젖을 빨지 못했기 때문이다. 세넬레이의 온몸은 상처투성이였다. 레나가 아기만 놔두고 이 뽑는 남자와 일을 하러 가면 쥐들이 아기를 물어뜯었다. 아기는, 나 좀 그만 괴롭히라는 듯한 눈으로 그녀를 보았다. '엄마는 양심도 없어요? 날 놔줘요, 우리 사람들에게로 돌아가게 해줘요, 뭘 기다리는 거예요?' 그래서 그녀는 아기를 자유롭게 해주었다. 클리블랜드 호수에 우는 아기를 집어 던졌다. 숄 안에 돌과 함께 넣고 꿰맨 뒤에. 돌은 그렇게 무겁지 않았다. 아니 제대로 꿰매지 않았을 수도 있다. 어쨌든 숄이 풀어져서 종잇장처럼 넓게 펴졌다. 검은 숄은 물에 떠내려갔고 세넬레이의 머리가 오렌지처럼 둥둥 떠다니다가 마침내 시야에서 사라졌다. 레나는 누구에게도 이런 이야기를 털어놓은 적이 없었다. 아넬로에게는 말할 것도 없다. 그녀가 호수에 아기를 집어던진 게 아넬로의 잘못은 아니었으니까. 물론 아넬로가 그녀에게 결혼해 달라고 말하자마자 일어난 일이라 조금은 관계가 있을 수도 있었다. 어쨌든 그녀는 후회를 했고, 하느님께 용서를 빌었다. 하느님은 그녀를 용서해 줄 것이다. 하느님 역시 자신의 아들을 십자가에 못 박히게 했으니까. 사실 하느님은 그녀를 이해해 주었고,

그 대신 그녀는 더 이상 자식을 원치 않았다. 그런데 지난밤 마리아가 그녀에게 기적이 일어났다고 설명해 주었다. 세넬레이는 호수에서 구조되었는데, 그건 우리가 대홍수에서 살아남은 민족이기 때문이었다. 세넬레이는 지금 행복하게 살았다. 레나는 세넬레이의 죽음도, 선장에게 구조되어 살아 있다는 이야기도 똑같은 억양으로 말했다. 똑같이 믿기지 않는 사실을 말하듯이. 입가에 너무나 절망적인 미소가 맴돌아서 비타는 눈을 돌리고 말았다. 레나는 착각을 했다. 세넬레이는 이미 아기 같은 유령이 되었다. 그래서 밤이 되면 이제 비타의 꿈속에 아기와 함께 세넬레이가 나타나기 시작했다. 그렇지만 세넬레이는 마녀가 데려가 버렸기 때문에 레나의 꿈속에서와 같은 일은 일어나지 않았다. 비타의 꿈속에서 세넬레이는 멍이 들어 시퍼런 모습으로 나타났다. 비타를 붙잡아 호수 속으로 끌어내리려 했다. 비타는 세넬레이가 무서웠다. 레나도 무서웠다. 비타는 행복하게 장학관들을 따라갔다.

장학관들은 비타를 세인트 패트릭 교회 옆 흰 건물로 데려갔다. 비타는 그것이 학교라는 것을 금방 알아차렸다. 비타는 발버둥을 치며 소리를 질렀다. 학교라면 이미 이탈리아에서 다녀 본 적이 있었다. 다시 학교에 다니고 싶은 생각은 눈곱만큼도 없었다. 비타는 이런 노래까지 만들었다. '아에이오우, 네가 누구인지 알기 위해 학교에 갈 필요가 없어.' 선생들의 지루한 이야기를 들으며 네 시간 동안 꼼짝하지 않고 학교에 있을 수는 없었다. 선생들은 정작 자신들은 성공할 수도 없으면서 비타에게 인생의 성공 비밀을 알려 주기라도 할 듯 거만하게 굴었다. 비타는 학교 건물을 보자마자 달아났었다. 투포의 공공건물 중에서도 학교는 가장 음침하고 관리가 되지 않아 낡았다. 고아원이나 감옥과 아주 비슷했다. 비타는 학교에서 달아나서 들판으로 나가 비 온 뒤의 흙냄새, 햇빛에 달

꿔진 무화과나무 냄새를 맡았다. 먼지 뽀얀 은빛 올리브와 질긴 용설란 줄기를 맛보았고 갑자기 쏟아지는 소나기를 맞았다. 비타는 항상 그랬다. 마을 사람들의 편지를 대필해 주던 디오니시아가 무식한 남자들은 바람에 흔들리는 속이 텅 빈 갈대와 같기 때문에 학교에 다녀야만 누구든 자신의 상황을 개선할 수 있다고 말하긴 했지만, 비타는 여자에게 제일 중요한 것은 자신이 선택한, 혹은 선택당한 결혼이라는 것을 알고 있었다. 실제로 안젤라 라로카는 자기 이름도 쓸 줄 몰랐지만 친절하고 착한 만투, 그러니까 디아만테의 아버지와 결혼해서 아직도 함께 산다. 반면 그렇게 많은 편지들을 써주면서 디오니시아가 얻은 것은 눈병밖에 없었고 주걱턱에다 구타를 일삼은 아벨로는 결혼 두 달 뒤 미국으로 달아나 버렸다. 이탈리아에서 고통스러운 2년을 보낸 뒤 비타는 드디어 평화롭게 지낼 수 있게 되었다. 왜 학교에 가지 않느냐고 묻는 사람이 아무도 없었다. '아에이오우, 아에이오우, 네가 누구인지 알기 위해 학교에 갈 필요가 없어.'

하지만 여기에서는 반항할 방법이 없었다. 장학관들은 비타를 5학년 교실 맨 뒤에 앉혀 놓고 문을 닫았다. 다른 아이들이 비웃는 눈초리로 비타를 보았다. "이름이 뭐니?" 금발 머리 남자 선생님이 비타에게 물었다. 비타는 그의 시선을 피했다. 혐오스러운 듯 벽만 뚫어지게 보았다. 벽에 작은 그림이 걸려 있었다. 그림 한가운데에 수염이 난 근엄한 얼굴이 보였다. 선생님은 포기했다. 게다가 출석부에 새로운 학생, 멜버리 스트리트에서 온 수천 번째 새 이민자의 이름이 적혀 있었다. 그가 칠판에 단어를 쓰기 시작했다. 영어 단어였다. 비타는 이해할 수 없었다. 선생님이 책상 사이로 걸었다. 다른 학생들은 공책에 연필로 눌러썼고 손을 들었다. 중국인, 아일랜드인, 유대인 아이들이었지만 모두 영어로 말했다. 비타는 시간을 보내기 위해 공책에 낙서를 했다. 고양이처럼 자유로운 치키토를 생각했다. 이 시간쯤이면 치키토는 레나에게 장미꽃을 갖다 주러 올라왔고, 레나는 우유 한 컵을 대접했다. 그리고 그의 얼굴을 씻어 주고 더러운 그의 옷을 하숙생들 옷을 빠는 통에 넣기도 했다. 아벨로가 이 사실을 알게 되면 레나를 때렸다. 그러고 나면 치키토는 시내를 돌아다녔다. 아무도 그 애를 학교로 끌고 가지 않았다. 그 애는 누구의 자식도 아니었고 아무도 그 애를 슬프게 하지 않았으니까. 비타는 지금 본조르노 형제들 장의사 사무소에서 관에 못질을 하고 있을 디아만테를 생각했다. 살아 있는 수많은 사람들과 죽은 사람들을 보는 건 짜릿한 일일 것이다. 하지만 치키토처럼 디아만테도 사내아이였다. 아니 디아만테는 이제 어른이 다 되었다. 목소리가 변하고 있었는데 목 쉰 소리가 났다. 토요일에는 이제 비타를 꼭두각시 인형 극장에 데려가지 않았다. 디아만테는 좋은 옷을 차려입고 거만하게 로코와 코카콜라와 집 밖으로 나가 계단을 급히 내려갔다. 그가 한밤중까지 나타나지 않았을 때 비타는 마음이 아팠다. 그 구역에는 여자들이 넘쳐났다. 지하 방에 사는 행실이 좋지 않은 여자들이었다. 어떤 하숙생들의 말에 따르면 프린스 스트리트엔 창녀들도 있었다. 그 여자들의 나이는 열 살이었다. 바로 비타의 나이였다. 한번은 비타가 레나와 단둘이 있게 되었을 때 레나에게 남자들이 어디로 간 건지 물어보았다. 레나가 희미하게 미소를 지었다. "재미 보러 갔어." "나하고 같이 재미 보러 갈 수는 없어요?" "널 좋아하니까 그렇지." 레나가 생각에 잠겨 근심스레 대답했다. 이 말을 듣고 비타는 당황했다. 비타는 자기가 좋아하지 않는 누군가와는 절대 재미있게 즐길 수 없었기 때문이다.

옆의 짝이 책장을 넘겼다. 십여 개의 그림이 있었다. 깃발이 여러 개 꽂힌 하얀 집이 있었다. 반원형에 기둥들이 늘어선 집이었다. 멍청한 얼굴의 금발 머리 남자아이도 있었다. 쓰레기 하나 없는 푸른 초원의 집에서, 장밋빛 벽지를 바른 깨끗한 방에 사는 금발의 가족이 있었다. 앞쪽 벽에 걸린 그림 속의 수염 기른 신사가 믿음직하면서도 상냥한 미소를 지었다. 비타가 답례로 미소를 지었을 때 신사가 벽에서 떨어졌다. 액자가 요란한 소리를 내며 바닥에서 산산조각 났다.

"나 학교에 다녀." 그날 밤 디아만테가 저녁 식사 후 계단에 앉아 담배를 피울 때 비타가 말했다. "미국 학교야." "잘됐구나." 이 말이 전부였다. "우리 바꿀까?" 비타가 제안했다. "그럴 수 없어." 디아만테가 말했다. 신발로 담배꽁초를 비벼 껐다. 디아만테는 얼마 전부터 멋진 에나멜 구두를 신었다. 그 구두의 유일한 단점은 고기 썩는 냄새처럼 고약한 냄새가 난다는 것이었다. 어쨌든 이제 디아만테는 초라한 분위기가 아니었다. 그리고 톰 오레키오와 쓰레기장에서 넝마 줍는 일을 그만두고 본조르노 형제들의 장의사에서 일하게 된 뒤로 왕자처럼 쌀쌀맞아졌다. 그래서 비타는 석 달 전으로 돌아갈 수만 있다면 뭐든 할 수 있을 것 같았다. 디아만테가 하얗게 눈을 맞거나 진흙을 여기저기 묻히고 집으로 돌아오던 그때로 말이다. 쓰레기장에서 주운 망가진 장난감을 누더기 같은 외투에서 꺼내 자랑스레, 그러면서도 쑥스럽게 웃으며 그녀에게 내밀던 그때로. 아니면 옥상으로 그녀를 데려가 강아지들을 보여 주던 때로. 두 아이는 몸을 구부리고 강아지가 손을 핥게 내버려두었다. 디아만테는 개를 훔쳐서 피노 푸칠리에게 넘겼다. 피노 푸칠리는 그렇게 모은 개를 개 우리에 팔았고 거기서 개들을 죽였다. 떠돌이 개들을 주웠고, 그런 개들을 찾지 못하면 주인이 있는 개도 주인이 잠시 한눈을 파는 사이에 훔쳤다. 개의 코를 먼저 잡은 뒤 물지 못하게 턱을 꽉 쥐어 자루에 담았다. 다른 사람들처럼 디아만테도 그 일을 오래 할 수는 없었다. 디아만테는 종이 상자에 강아지들을 집어넣어 몰래 옥상에 숨겨 두었고 늙은 개들만 피노 푸칠리에게 넘겼다. 하지만 그가 늙은 개들을 팔려고 할 때 개가 그를 쳐다보면 풀어줘 버리고 말았다. 디아만테와 비타는 몰래 우유를 먹여서 강아지를 키웠다. 비타 말고는 아무도 그 사실을 몰랐다. 비타는 디아만테가 자신을 믿는다는 것을 중요하게 생각했다. 하지만 결국 코카콜라가 발견해서 지하의 사람들에게 흰 고기로 팔려 갔다. 그 사람들은 맨해튼에서 곰을 보여 주면서 근근이 살아갔다. 곰은 좁은 우리에서 굶주렸기 때문에 앞발로 개고기를 갈기갈기 찢었다.

"영어 배우면 나 좀 가르쳐 줄래?" 느닷없이 디아만테가 물었다. "그 대신 뭘 해줄 건데?" 디아만테가 자신의 불행에 공감을 하지 않아서 실망한 비타가 물었다. "용장들 이야기 해줄게." 디아만테가 제안했다. "벌써 다 아는 이야기야." 비타가 말했다. 디아만테는 비타를 어린아이 취급했다. 하지만 이제 그도 용장에 별다른 흥미를 느끼지 못했고 비타도 마찬가지였다. "리치에리와 바르바리의 페그라 알바나 모험 얘기 읽어 줄게." "싫어, 난 그 이야기 싫어해. 그 여자가 자살하잖아." "피오라반테와 예쁜 드루솔리나 얘기는 어때?" "싫어, 그 얘기도 비극으로 끝나잖아. 드루솔리나가 늙고 추해져서 피오라반테를 다시 만나잖아." "천일야화는?" "그게 뭔데?" 비타가 심드렁하게 물었다. 디아만테가 한 손으로 머리를 쓸어 넘겼다. 노련하게 웃었다. "사랑과 죄 이야기야." 비타가 어깨를 으쓱했다. 디아만테는 적의를 드러내듯 뿌루퉁하게 내민 비타의 입을 보았다. 그는 신경질적으로 주먹을 쥐었다. 그는 이 기회를 잃고 싶지 않았지만 이 고집스러운 소녀를 어떻게 설득해서 학교를 계속 다니게 하고 선생님의 말을 잘 듣게 할지 알 수가 없었다. 돈으로? 그는 돈이 별로 없었다. 선물로? 이미 선물은 많이 했다. 관심? 새 일과 새 친구들 때문에 비타에게 관심을 기울일 시간이 거의 없었다. 이제 비타에게 제안할 게 아무것도 없었다. 비타는 자신에게 얼마나 좋은 기회가 찾아왔는지 알지 못했다. 그는 관에 못을 박지 않고 교실에 앉아 영어로 말하기를 처음부터 배울 수만 있다면 무엇이든 할 수 있었다. 그렇게 영어를 배우면 휴스턴 스트리트를 지나갈 때 사람들이 그가 데이고라는 것을 알아차리지 못할 것이고 기니 기니 곤이라고 놀리지도 않을 것이다. 승강기가 있고 현관에 붉은 카펫이 깔린 고층 빌딩의 사무실에서 심부름을 해주거나 조수로 일할 수도 있었다. 백화점에 들어가도 엉덩이를 걷어채이지 않고 넥타이를 살 수도 있을 것이고, 노동자들이나 가는 천막 인형 극장이 아니라 큰 간판이 걸린 브로드웨이 극장에 들어가서 모피를 입은 부인과 중절모자를 쓴 신사들과 나란히 앉을 수도 있을 것이다. 그러니까 말을 할 때마다 부끄러워할 필요가 없을 것이다. 그가 입을 열기만 하면 이탈리아에서 왔다는 걸 모두가 알아차렸기 때문에 미국에서 그는 늘 말이 없었다. 사람들이 그를 볼 때면 그는 아무 말도 없이 파란 눈을 크게 뜨고 그들을 똑바로 보았다. 자신도 그들과 똑같다고 생각하게 만들기 위해서였다.

"키스." 비타가 갑자기 말했다. "무슨 말이야?" 디아만테가 당황했다. 비타는 앞치마에 두 손을 닦았다. 아녤로가 레나 위에 올라가서 하는 그런 키스라고 좀 더 자세히 설명을 했다. 디아만테가 고개를 흔들며 있을 수 없는 일이라고, 그건 못된 행동이고 씻을 수 없는 죄를 저지르는 일이라고 말했지만 비타는 확고하게 다시 말했다. "단어 하나마다 키스해 줘."

그렇게 해서 디아만테는 일요일마다 로코와 코카콜라와 외출하는 일을 그만두었다. 코카콜라가 그를 더러운 녀석, 주근깨, 관 하나 제대로 못 짜는 놈, 희망 없는 놈이라도 놀려댔지만 무시해 버렸다. 디아만테는 아녤로가 술집으로 내려가고 레나가 밀가루를 체로 치기를 초조하게 기다렸다. 그러고 나면 커튼을 치고 침대에 앉아 비타의 자리를 만들었다. 종잇장처럼 밋밋하고 아직 너무나 어린 비타는 이 지역의 다른 여자들이 갖지 못한 무언가를 가지고 있었다. 바로 말이었다. 제일 먼저 한 일은 사물에 이름을 붙이는 것이었다. 그러니까 사물이 항상 어디 있는지는 알았다. 그런데 이름을 모르면 그것을 찾을 수가 없었다. 일, 기차, 불, 물, 땅, 심장, 상처, 희망. 머리에 입맞춤 한 번, 뺨에 한 번, 코에 한 번, 손에 한 번, 구부린 팔에 한 번, 목에 한 번, 눈꺼풀에 한 번, 눈썹에 한 번. 이렇게 하고 나자 비타는 살이 불에 덴 것처럼 화끈거렸다. **러브 스토리**가 이런 걸까? 얼굴을 붉게 물들이고 피가 끓게 하고 무릎이 떨리게 하는 이런 위기감, 기쁨과 당황스러운 느낌일까? 디아만테는 항상 몹시 당황해서 도둑이 된 것 같은 기분으로 일어섰다. 비타의 키스는 야생의 레몬처럼 새콤했다. 레몬처럼 갈증을 가라앉혀 주었다.

일요일에 실습을 하기 위해 둘은 바워리를 따라 올라갔다. 8번가를 건너면서 가게의 간판들을 읽었다. 도시가 자신의 모습을 드러냈다. 'butchery'는 정육점일 뿐이었고 'elevated'는 고가철도 열차일 뿐이었다. 도시는 매력과 힘과 신비를 잃었다. 심지어 이제 그다지 적대적이지도 않은 것 같았다. 그리고 사실 그들은 나무가 있고 참새가 날고 분수가 있는 진짜 공원을 발견했다. 그 광장 이름은 워싱턴 광장이었다. 디아만테가 고층 빌딩 사무실로 일을 하러 다닐 수 있게 되면 그 광장에서 살 것이다. 아녤로가 레나의 몸 위로 올라갔다 내려와 잠이 들고 나면 디아만테는 축 처진 제레미아의 몸을 넘었고 비타는 통들 사이로 몰래 빠져나왔다. 두 사람은 어두운 계단에 웅크리고 앉아 몇 시간 동안 얼굴을 마주대고 귀와 손가락과 목과 턱, 무릎, 손톱, 손바닥, 발목, 어깨, 보조개, 그리고 입을 어루만지고 입 맞추면서 몇 시간씩 돕다, 일하다, 울다, 이런 말들을 속삭였다.

그러나 치키토가 배신을 했다. 비타는 치키토를 오래전부터 알고 지냈다. 치키토가 가게 주위에서 얼쩡거리다가 길 잃은 고양이 울음소리처럼 작은 목소리로 구걸을 하러 오면 아녤로가 썩은 바나나 몇 개를 선물로 주곤 했기 때문이다. 마른 체구에 들개처럼 지저분한 치키토는 가게 밖의 바닥에 앉아 바나나를 하나도 남기지 않고 그 자리에서 다 먹어 치웠다. 비타가 이유를 묻자 치키토는 이 동네에서는 자기보다 힘센 사람이 빼앗아갈 수 있기 때문에 무엇이든 남겨 두면 안 된다고 지혜롭게 대답했다. 그래서 지금도 배가 부르지 않고 밤에도 배가 부르지 않을 바에야 당장 배가 부르고 밤에 굶는 게 더 나았다. 하지만 치키토는 어떤 일에도 불평을 하지 않았다. 비타는 그의 끝없는 참을성과 살아남으려는 의지에 충격을 받았다. 비타는 사서 욕을 먹었고, 반항하고 항의해서 그 벌로 밥을 못 먹거나 뺨을 맞았다. 그런데 치키토는 뱀처럼 매를 피하고 끼니를 거르지 않았으며, 그가 제일 어리기 때문에 그에게 가해지는 부당한 일도 피해 나갔다. 신문을 빼앗길 때는 고개를 숙였고 바나나를 빼앗기면 씩 웃었으며 매를 맞으면 울었다. 그의 유일한 반항은 눈물 몇 방울이었다. 그러고 나면 고집스럽게, 그리고 주위에 아랑곳하지 않고 큰 아이들이 고의로 하수도에 처박아 놓은 신문들을 주웠다. 그리고 동상에 걸린 맨발을 절뚝이며 다시 이리저리 돌아다녔다. 비타는 그를 가릴리아노 갈대숲 사이의 웅덩이에 숨어 있던 모기 유충에 비교했다. 유충들은 눈에 보이지 않고 약하지만 고집스럽고 생존이 불가능한 환경에서도 살아남을 수 있으며 영리하고 기회를 잘 이용한다. 물속으로 들어가면 죽기 때문에 숨을 쉬기 위해서는 물 위에 떠 있어야 한다. 물 표면에 그렇게 떠 있으면서 먹을 것을 얻기 위해 물을 진동시켜야 한다. 다 자라서 날아갈 때까지 그곳에 머물렀다. 유충들은 물을 먹는다! 다른 것이 아무것도 없어도 공기와 물이 있으면 산다. 살아가는 데 꼭 필요한 공기와 물은 항상 그곳에 있었다.

치키토가 해가 진 후 프린스 스트리트 집의 문을 두드렸다. 눈병이 나서 눈곱이 덕지덕지 달라붙은 눈을 비비면서 레나를 위해 양동이에 석탄을 채우러 달려갔다. 날 수 있기를 끈질기게 기다리며 날 수 있을 그때까지는 웅덩이의 생활을 참아 내는 그 모기 유충과 똑같은 태도로 양동이를 계단으로 끌고 갔다. 이와는 달리 비타는 항의를 하고 불평을 했다. 그래서 종종 아넬로의 손맛을 보곤 했다. 아넬로는 그녀의 뺨 위에 선명하게 다섯 손가락 자국이 남을 정도로 뺨을 때렸다. 다른 하숙생들이 돌아오기 전에 빨리 내빼야 했기 때문에 선 채로 급히 그릇을 핥는 치키토의 겁에 질린 얼굴을 보자 비타는 당황스러웠다. 그 얼굴 때문에 모든 사람과 모든 일들이 부당함과 오만함과 연결되어 있는, 그래서 누구도 결백하지 않은 현실 세계로 되돌아왔기 때문이다. 헌신적으로 보이는 큰 눈과 그 비굴한 인내심에 그녀는 당황했다. 그렇지만 그녀는 모기 유충 치키토를 느긋하게 대했다. 치키토는 나이보다 훨씬 지혜로울 뿐만 아니라 구유에 놓인 아기 예수 인형처럼 곱슬곱슬한 금발 머리였다. 그래서 비타는 겨울에 거리 기온이 영하 10도 밑으로 내려가면 치키토가 화덕에 손을 녹일 수 있게 해주고 통 속에서 얼어 죽지 않도록 담요를 빌려 주는 레나를 이해할 수 있게 되었다. 비타는 음식을 만들면서 치키토에게 이런저런 이야기를 했다. 특히 자기가 좋아하는 이야기를 들려주었다. 그녀의 아버지가 유명한 테너, 엔리코 카루소인데 사람들이 그녀를 이곳으로 데려왔기 때문에 아버지가 일부러 그녀를 찾으러 미국에 왔다고 자랑스레 말했다.

치키토가 믿지 않는다면 메트로폴리탄에 가보기만 하면 됐다. 그곳에 가면 카루소의 이름과 검은 수염의 사진이 있는 포스터가 사방에 붙어 있었다. 그녀의 아버지는 놀랍도록 잘생겼고 비로드처럼 부드러운 목소리를 가졌다. 센트럴파크 앞 탑이 있는 성의 주인이었다. 아버지는 어쩔 수 없이 번지수도 없는 거리에 사는 가난한 친구에게 비타를 맡겨 놓았다. 성공을 위해 사랑하는 것들을 희생해야만 했기 때문이다. 하지만 얼마 후면 그녀를 찾아와서 데려갈 것이다. 비타는 수프를 저었고 치키토는 성가신 이 때문에 머리를 긁었다. 비타는 센트럴파크에 있는, 탑과 수천 개의 창문이 달린 엔리코 카루소의 성을 묘사해 주었다. 설명이 어찌나 자세하던지 조용히 그 말을 듣고 있던 치키토는 사실이라고 믿었다. "너 이런 말 아무에게도 하면 안 돼. 이건 나하고 우리 아버지만 아는 비밀이야." "알았어, 알았어." 치키토가 맹세했다. 그러면서 몸을 긁었다. 더러운 손톱으로 피부에 상처가 생길 정도로 세게 긁어서 살이 빨갛게 까졌다. 온몸에 물집과 딱지가 덕지덕지 붙어 있었다. 기침을 하기도 했는데, 영혼 깊은 곳에서 울려 나오듯 몸을 흔들며 격렬하게 기침을 해댔다. 천성적으로 분석하길 좋아하는 치키토는 비타의 이야기를 듣고 충격을 받았다. 그래서 어느 날 아침 그렇게 부자인 아버지가 어떻게 비타가 이렇게 바늘로 손을 찔려 가며 향기도 나지 않는 조화 장미를 만들게 내버려둘 수 있는지 물었다. 비타는 당황했다. 그래서 한참 생각을 하다가 대답했다. "착해서 그래. 아버지는 다른 사람들도 다 그렇게 착하다고 생각하거든." "아." 치키토가 외쳤다. 그는 한 번도 그런 생각을 해보지 않았다. 어쩌면 자기 아버지도 엔리코 카루소처럼 착한 남자일 수도 있었다. 그래서 그를 파이브 포인츠 고아원에 맡겼을 것이다. 세상 사람들이 다 자기처럼 착할 거라고 생각하고서. 시간이 좀 지나고 나자 비타는 치키토에게 거짓말을 하는 게 재미없어졌다. 이제는 엔리코 카루소가 별로 좋지 않았다(이유는 알 수 없었다). 그리고 물론 그가 아버지이길 바라지도 않았다. 주걱턱에 쭈글거리는 얼굴에 피부는 커피콩처럼 검지만, 디오니시아와 헤어졌지만, 고향으로 돌아갈 꿈도 꾸지 않지만, 그래도 아넬로가 자신의 아버지라는 사실에는 변함이 없었다.

그러다가 학교에 다니기 시작하면서 그녀의 생활에 변화가 찾아왔고 치키토는 잊어버렸다. 이제는 아넬로의 감시를 피해 디아만테와 변소, 계단, 석탄 창고에 숨어서 그에게 거리, 철로, 입, 사랑 같은 단어들을 반복해서 말해 주고 머리와 손과 눈에 그가 입 맞추게 할 방법만 생각했다. 디아만테가 올 때까지 외롭고 쓸쓸했으며, 디아만테가 한 손을 그녀의 어깨에 올려놓으면 머리끝에서 발끝까지 온몸이 간지러웠고, 그와 헤어질 때면 가슴이 찢어질 듯 아팠다. 마치 살을 떼어 내는 것 같았다. 비타는 아버지의 눈 움직임을 관찰하기 시작했고, 내쉬는 입김의 냄새를 구별할 줄 알았고, 술을 몇 잔이나 마셨는지 짐작할 수 있게 되었다. 술을 마시면 잠이 깊이 들어서 옆에서 자는 레나도 그를 깨울 수 없었다. 이제 아버지가 딸을 감시하는 게 아니라 딸이 아버지를 감시했다. 갑자기 잠이 들거나 일 없이 빈둥거리거나 전당포 주인들 사이를 배회하는 것을 감시했다. 그의 등 뒤로 살금살금 걸으면서 그의 청력을 시험해 보기도 했고 벽이 없는 그 집에서 한밤중에 그가 헐떡거릴 때 도전을 해보기까지 했다. 커튼을 걷고 살그머니 어둠 속으로 사라지면서 생각했다. "난 훌륭해, 마술을 부렸어. 난 보이지 않게 되었어."

치키토의 상태는 더욱 나빠졌다. 심하게 기침을 할 때면 피를 토하기까지 했다. 치키토는 자기는 늘 기침을 했으니까 걱정을 하지 말라고 비타에게 말했지만 비타는 그 말을 믿지 않았다. 그래서 그의 곁에 가는 것을 피했다. 아마도 본능 때문이었을 수도 있고 어쩌면 그녀 역시 진짜 웅덩이의 모기 유충(무엇보다 생존력의 측면에서)이었기 때문일 수도 있었으며, 어쩌면 그냥 다른 사람에게서 병을 옮는다는 게 참을 수 없이 불쾌하고 끔찍하게 불편했기 때문일 수도 있었다. 이제 비타는 치키토를 집 안에 들어오지 못하게 했다. 그가 내뿜는 숨을 들이마시지 않으려고 계단으로 그의 밥그릇을 가져다주었다. 치키토는 잠시 머물렀다. 날씨가 따뜻해지면서 화덕에 손을 녹일 필요가 없어졌다. 비타는 여전히 디아만테와 키스를 하면서 인간의 몸이 얼마나 복잡한지를 발견했다. 그리고 쓸모없어 보였던 몸의 일부분들은 바로 다른 사람의 입술이 스쳐 지나가게 하려고 만들어졌다는 것도. 점점 더 자신감을 갖게 된 그녀는 디아만테와 단둘이 옥상으로 올라가기 시작했다. 그곳에서는 어둠 속에서 환히 빛나는 도시를 다 내려다볼 수 있었고, 누구에게도 들킬 걱정 없이 속삭일 수 있었다.

아벨로는 딸이 뭔가를 속인다는 것을 눈치챘다. 그래서 코카콜라에게 동생을 감시하라는 책임을 맡겼다. 하지만 코카콜라도 얼마 전부터 밤중에 비밀 행동을 했기 때문에 눈을 감아 주었다.

자꾸 의심이 생기고 불안해진 아벨로는 변소, 석탄 창고 같은 위험 지역을 감시하면서 몇 시간이고 순찰을 돌았다. 하지만 딸이 늘 생글생글 웃었기 때문에 비타가, 그런 비타가 자신을 속일 수 있을 거라고는 상상도 할 수 없었다. 그러다가 6월 어느 날 아침 딸이 정말 자신을 속였다는 것을 알게 되었다. 비타는 레나를 도와서 잠두콩과 완두콩 수프를 끓일 준비를 하는 중이었다. 점심을 먹은 뒤 디아만테와 남자들과 같이 신기한 박물관에 갈 예정이었기 때문에 비타는 행복하게 양파를 다졌다. 바워리 210번지에 제일 큰 뉴욕 박물관이 있었다. 신기한 박물관에는 수염 난 여자, 아마존 여왕, 해골 남자, 날아다니는 남자, 외발자전거 타는 사람, 몸무게가 220킬로그램인 문신한 소녀, 팔 둘레가 36인치인 줄루족 거인 쌍둥이, 알비노인 여자, 벽 위로 똑바로 걷는 유령, 태머니 해적의 해골과 지구상의 온갖 희귀하고 신기한 것들이 다 있었다. 레나는 디아만테가 바로 신기한 사람이라도 된다는 듯 그를 보았다. 비타는 붉게 물든 디아만테의 뺨을 보고 깜짝 놀랐다. 그가 그녀에게 키스했을 때와 똑같이 빨개졌기 때문이다. 그렇기는 했지만 비타는 의심을 할 수 없어서 껍질 벗긴 잠두콩과 완두콩, 아티초크 다섯 개, 양상추 잎 두 개를 냄비에 넣고 끓이기 시작했다. 생선 크로켓을 만드는 레나를 돕고 있을 때 아버지가 그건 전부 다 멍청한 사람들을 속이려는 터무니없는 속임수라고 소리쳤다. 알비노 여인은 소다로 하얗게 칠한 것이고 수염 난 여인은 여장을 한 남자이며 줄루족은 버지니아에서 온 흑인이며 해골 남자는 못 먹어 비쩍 마른 가여운 남자가 몸에 딱 붙는 셔츠를 입은 것뿐이라고 말했다.

아벨로는 몇 달 전부터 매우 울적한 상태였다. 가게를 팔고 난 뒤부터 자신이 쓸모없는 인간이 된 것 같은 기분이 들었다. 그는 다른 일자리를 찾았지만 보스는 공장에 가거나 다시 철도 공사장으로 돌아가거나 전봇대 세우는 일을 하러 서부로 가기에는 아벨로의 건강 상태가 너무 좋지 않다는 대답만을 할 뿐이었다. 결국 집주인은 일당 5달러를 받는 캐나다 퍼시픽 철도 공사 현장의 십장 자리를 제안했다. 요 몇 년 동안 아벨로는 이 집주인에게 일 잘하고 온순하고 순종적인 노동자들을 정말 경쟁력 있는 가격으로 제공해 주었고 집주인은 이 점을 고마워했다. 다시 권총을 들고 동료들을 위협해야 하긴 했지만 이 일자리는 훌륭했다. 이런 일을 여러 해 해본 아벨로는 다시 그 일을 하고 싶지 않았다. 게다가 일터가 너무 멀었다. 적어도 열흘은 가야 하는 서스캐처원 평야 한가운데였다. 그는 자식들과 레나만 놔두고 여섯 달 동안이나 집을 떠나 있고 싶지 않았다. 미국도, 자식들도 믿을 수가 없었다. 그래서 화를 내며 자식들을 노려보았다. 즐거워하는 자식들이 그에게 상처를 주었다. 아이들은 농담을 하고 아마존 여왕 이야기를 했다. 코카콜라는 레나도 신기한 박물관에 가야 한다고 말했고, 레나는 그 말에 혹해서 웃었다. 비타는 크로켓 반죽을 하면서 자신이 만든 생선 크로켓이 얼마나 맛있는지 보여 주려고 디아만테의 입에 손가락을 집어넣었다. 아벨로는 모두 다 죽여 버리고 싶은 욕망을 강하게 느꼈다. 혼자 살 때는 정말 얼마나 평화로웠는지 모른다. 자식들은 문제만 만들어 냈다. 그에게는 아무도 신경을 쓰지 않았다. 웃고 떠들며 재미있게 놀 생각만 했다. 게다가 젠장, 그가 있다는 사실조차 알아차리지 못했다. "그만 떠들지 못해! 배고파 죽겠다, 이 멍텅구리들아!" 그가 으르렁거렸다.

"오, 걱정하지 마세요, 아빠." 비타가 농담을 했다. "하느님처럼 드실 거예요!" 아넬로가 이 뻔뻔한 딸의 무례한 말투에 놀라서 딸을 노려보았다. 비타는 이렇게 그를 배신했을 뿐만 아니라 그를 비웃기까지 했다. 그는 니콜라가 자신을 버릴 거라고 생각했다. 니콜라는 게으름뱅이에 거들먹거리길 좋아했고 부정한 일에 혹해 있었다. 그를 미국에 너무 늦게 데려왔다. 코카콜라는 미국의 나쁜 점, 부도덕한 점만을 배웠다. 아넬로는 레나가 그를 버리고 떠날까봐 두려웠다. 그녀가 그렇게 예측할 수 없는 성격이 아니었다면 진작 그를 떠났을 것이다. 그녀를 그의 곁에 붙들어 놓는 것은 그녀의 광기뿐이었다. 어쩌면 여기서 떠나면 그와 만났던 그곳으로 다시 돌아가야 한다는 두려움 때문인지도 몰랐다. 돌팔이 치과 의사인 '통증 없이 이 뽑는 남자'를 위해 몸을 거의 다 드러내 놓고 춤을 추고 단돈 25센트에 남자들과 자주던 철교 밑의 그 쥐 소굴로 말이다. 식당 점심값보다 더 싸게 그녀와 잘 수 있었다. 그녀는 머리가 온통 헝클어진 데다가 어리바리했다. 춤을 잘 췄지만 애인으로서는 별 값어치가 나가지 않았다.

아넬로는 동화 속에 나오는 숲처럼 검고 울창하고 무시무시한 숲에 있던 철도 공사장에서 클리블랜드로 돌아왔을 때 그녀를 만났다. 여자와 잠자리를 하지 않은 게 몇 백 년은 된 것 같았다. 그는 어금니가 썩어서 이를 빼줄 사람을 찾았다. 메이필드 로드에서 '매혹적인 핀셋'을 가진 '통증 없이 이 뽑는 남자'를 만났다. 배가 고파 거의 죽어 가고 있는 불쌍한 여자 다섯 명이 영하 10도의 추위에 다리를 다 드러내고 춤을 추었다. 대부분은 뉴욕과 시카고의 사창가에서 버려진 여자들로 몸이 다 망가져서 그녀들을 원하는 남자가 아무도 없게 되자 이 지역으로 흘러 들어왔다. 그녀들은 이를 뺄 때까지 구경꾼들을 현혹시키기 위해 이 돌팔이 치과 의사 옆에서 몸을 꼬며 춤을 추고 노래했다. "어금니 하나에 1달러요." 이 뽑는 남자가 자신 있게 말했다. "신속하게 발치하니 틀림없이 만족할 겁니다." 이 뽑는 남자는 오십 대가량으로 머리는 금발로 염색했는데, 짙은 눈썹이 난 얼굴은 활기 있어 보였다. 아벨로는 이 남자가 치과 의사가 아니라는 것을 한눈에 알아보았다. 잘못했다가는 잇몸이 곪을 수도 있었다. 그러다가 레나와 눈이 마주쳤다. 다른 세상에 사는 여자의 눈이었다. 고통도 사악함도 그 눈에는 담겨 있지 않았다. 나이를 알 수 없는 여인으로 그녀의 몸을 가려 주는 것은 머리카락뿐이었다. 소녀 같은 가슴에 너무 꽉 끼는 뷔스티에를 입었고 가느다란 다리에는 꾀죄죄한 망사 스타킹을 신고 있었다.

아벨로는 용기를 내 앞으로 나갔다. 모여 있던 사람들이 박수를 쳤다. 그가 의자에 앉았다. 매혹적인 핀셋들이 그의 목에 흰 천을 둘렀다. 고통 없이 이빨 뽑는 남자가 자기 손은 잠자리 날개처럼 가볍다고 말했다. 그리고 자신이 아름다운 여인으로 환자를 마취시킨다고 설명하면서 그를 설득했다. 매혹적인 핀셋들이 엉덩이와 가슴을, 그러니까 보여 줄 수 있는 모든 것을, 게다가 그리 아름답지도 않은 것을 요란하게 흔들면서 그의 주위를 정신없이 맴돌았다. 여자들은 시든 무화과처럼 활력이 없거나 삐쩍 말랐거나 너무 뚱뚱했다. 그는 툭 불거진 레나의 뼈를 보았다. 작은 엉덩이와 뾰족한 쇄골과 괄호처럼 보이는, 아니 날개 같기도 한 어깨뼈를 보았다. "아프지 않게 치료해 줄게요, 잠들지 않고 꿈을 꿀 수 있어요" 라고 핀셋들이 노래를 했다. 그리고 이와 비슷한 수준의 다른 노래들을 불렀다. 아벨로가 입을 벌렸다. 통증 없이 이 뽑는 남자가 칼날로 혀를 눌렀다. 핀셋들이 노래를 불렀다. 음이 전혀 맞지 않았다. 이 뽑는 남자가 어금니를 실로 묶었다. 정확히 말하자면 그건 실이 아니라 10미터는 족히

되어 보이는 지나치게 긴 끈이었다. 핀셋들이 춤을 추면서 끈을 자기들 다리 사이로 통과시켜 다시 입에 집어넣어 빨고 핥으며 중얼거렸다. 군중들은 미친 듯이 흥분했다. 레나가 끈을 손가락에 감고 그의 앞에서 춤을 추었다. 꿈을 꾸듯 멍한 얼굴로, 아무런 동요도 없이 춤을 추었다. 그리고 입에 끈을 물고 빙빙 돌아 끈을 엉덩이에 감기 시작했다. 끈이 팽팽해지기 시작했다. 그녀가 그에게 다가올수록 통증이 더 심해졌고 둘 사이의 거리가 좁혀질수록 이가 더 많이 흔들거렸다. 그러고 나서 모든 게 흐릿해졌다. 아벨로는 입에 피를 가득 물고 있는 자신을 발견했다. 어금니가 있던 곳에 구멍이 났고 바지는 흠뻑 젖었다. 군중들이 손바닥에 불이 날 정도로 박수를 쳤다. 이 뽑는 남자는 수십 명의 자원자들을 치료했다. 떼를 지어 있던 철도 공사장 인부들은 넋을 놓았고 핀셋들과 살을 맞댈 수 있다면 무엇이든 할 준비가 되어 있었다. 레나의 얼굴은 촛대 위의 천사처럼 무표정했다. 그녀는 이 세상 사람이 아니었고 그곳에 있지도 않았다. 아벨로는 통증을 느끼지 않았다는 게 믿어지지 않았다. 오히려 정반대였다. 쾌감을 느꼈다. 고통에 따르는 짜릿한 쾌감. 레나가 클로로포름을 적신 천으로 그의 입을 누르며 말했다. "이제 자요, 내 꿈 꿔요."

레나가 클리블랜드에서 겨울을 보낸 철도 공사장 인부들 모두에게 다리를 보여 주기는 했지만 아벨로는 그래도 그녀를 데려왔다. 쉴 새 없이 동료들에게 짖어대는 파수견으로 공포의 대상이 되고 미움을 한 몸에 받으며 외톨이가 되어 사는 데 지쳤기 때문이다. 레나가 아니었다면 그는 작업장을 떠나서 뉴욕으로 오지 않았을 것이다. 가게를 얻지도 않았을 것이고 하숙집을 열지도 않았을 것이다. 이 빌어먹을 도시에서 짐승이 아니라 인간으로 살려고 발버둥치지도 않았으리라.

하지만 비타마저도 자신을 버리려고 한다는 사실을 받아들일 수가 없었다. 비타가 그가 모르는 것을 배운다면 결국 그를 비웃을 것이다. 그의 규칙과 가르침을 대수롭지 않게 생각하고 그를 속이고 미국 여자처럼 행동하게 될 것이다. 하지만 그는 자신이 어쩔 수 없이 떠나야 했고 이제는 돌아가고 싶지 않은 그 세계의 규칙들을 잊고 싶지 않았다. 그 규칙들을 비웃는다는 것은 미국에서 산 16년 동안 겪은 고통을 비웃고 그것들을 무의미한 희생으로 만들어 버리는 것과 마찬가지였기 때문이다. 비타는 그를 부정해서는 안 된다. 하숙집을 운영하는 것은 비타를 위해서이기도 했다. 비타는 가족의 희망이니까.

치키토가 신문 더미 위에 웅크리고 앉아서 빵 껍질을 뜯어 먹었다. "바나나 먹을래?" 치키토에게 물었다. "아니요." 치키토가 대답했다. "아, 좋은 날씨는 오래가지 않아." 아넬로가 하늘을 살피면서 말했다. "좋은 기회는 느릿느릿 왔다가 금방 달아나 버린다니까. 스파게티 한 접시 먹을래?" "아니요." 치키토가 천사처럼 말했다. "비타가 무슨 짓을 하고 있는지 아니?" 아넬로가 고집스레 물었다. 웅덩이의 모기 유충이 살아남는 데는 그다지 많은 것이 필요하지 않기 때문에, 그리고 오로지 살아남기 위해 살아가기 때문에 온도, 빛, 온기에 무감각해진다. 유충의 삶이라는 건 영원히 물 위에 떠 있는 것이고 적당한 계절을 기다리며 필사적으로 싸우는 것이기 때문에, 그러니까 그가 관심을 갖는 것은 살아남는 것밖에 없으므로 그와 같은 목적을 위해서는 생명에 꼭 필요한 다른 욕구들을 완전히 잠재울 수 없기 때문에 치키토는 대답을 했다.

치키토는 담요를 두르고 옥상에 앉아 기침을 하면서 담배꽁초를 피웠다. 그는 비타에게 그날 밤 디아만테를 만나지 말라고 말하고 싶었지만 누가 고자질을 했는지 비타가 알게 될까봐 용기가 나지 않았다. 토끼장 사이로 살며시 나타난 비타의 그림자를 보았다. 그림자는 살금살금 걸어서 난간 쪽으로 멀어져 갔다. "소년." 비타의 목소리가 들렸다. 은밀하게

쪽 입 맞추는 소리. "소녀." 숨죽인 신음 소리. 디아만테의 입술이 어둠 속에서 비타의 뺨을 찾아 얼굴을 더듬는 동안 아넬로와 코카콜라가 두 사람을 덮쳤다. "이년, 이 더러운 년!" 아넬로가 화가 나서 소리쳤다. 디아만테는 한 대 맞고 비틀거리다가 코카콜라가 일부러 딴청을 부리는 틈을 타 어둠 속으로 몸을 피해서 숨었다. 아넬로가 소리를 지르고 허리띠를 빙빙 돌리며 비타를 바닥으로 질질 끌고 갔다. 비타는 소리를 지르지도 않았고 빌지도 않았다. 행운은 유리로 되어 있어서 반짝이다가 깨지기 때문이다. 그리고 중요한 것은 디아만테가 잡히지 않았다는 것이다. 만일 잡혔다면 아넬로가 디아만테를 죽였거나 디아만테가 아넬로를 죽였을 것이다. 두 사람 모두 다혈질이었다. 고함 소리를 듣고 이웃 사람들이 올라왔다. 아직 잠에 취한 사람들이 머리를 산발한 채 어둠 속 여기저기에서서 화를 냈다. 이 소동으로 잠이 깼기 때문이다. "무슨 일이오? 무슨 일이에요?" 그들이 물었다. "당신들이 상관할 일이 아니오." 아넬로가 대답했다. 레나도 잠에 취해 남자 파자마 윗도리를 입고 올라왔다. 단추가 반쯤 열려 있어 그 사이로 불룩한 가슴이 보였다. 통 뒤에 몸을 숨긴 치키토는 주먹으로 귀를 막았다. 비타는 도움을 청하지도 용서를 구하지도 않았고, 별 도움이 안 되는 레나의 품속으로 뛰어들지도 않았다. 레나가 간청을 하면 할수록 아넬로는 더 화를 냈다. 아넬로는 딸에게 나쁜 본보기를 보인 게 바로 레나라고 생각했다. 비타는 아넬로가 따귀를 때릴 때에도, 낡은 허리띠로 등을 후려칠 때에도 비명을 지르지 않았다. 철사 빨래줄로 때리기 시작했을 때에도 마찬가지였다. 그래서 아넬로는 팔이 저릴 때까지 매질을 멈추지 않았다. "진정하세요, 이젠 됐어요, 아버지. 이러다간 애 죽이겠어요." 니콜라는 동생의 등을 후려치는 철사가 자기 등으로 향할지도 모른다는 생각에 겁에 질려 조그맣게 말했다. 그러자 아넬로가 분노를 가라앉혔다. 그리고 비타의 귀를 잡아끌고 토끼장 쪽으로 갔다.

이웃 사람들은 집주인이 금지했는데도 옥상에서 토끼를 키웠다. 토끼고기를 팔아 몇 푼이라도 벌 생각이었다. 토끼는 아이들이 돌봤다. 아이들은 새벽이면 상추 잎을 가지고 옥상으로 올라갔고, 해 질 녘에는 토끼장 청소를 했다. 가끔 치키토가 토마토 하나를 받고 대신 가기도 했다. 치키토는 토끼를 한 마리 키우고 싶었지만 키울 곳이 없었다. 무엇보다 토끼에게 줄 먹이도 없었다. 겨울에는 자기가 먹을 사과 한 토막 구할 수 없을 때가 허다했다. 아넬로가 비어 있는 마지막 토끼장을 열고 비타를 그 안에 집어 던진 뒤 맹꽁이자물쇠로 잠가 버렸다. "어디 거기서 나와서 부끄러운 짓 하러 다닐 수 있나 한번 보자." 아넬로가 으르렁거렸다. 토끼장은 높이 60센티미터에 길이가 1미터여서 비타는 서 있을 수도 누워 있을 수도 없었다. 무릎이 아프긴 했지만 손과 발을 바닥에 대고 몸을 웅크리고 앉아 있어야 했다. 한 시간이 지나자 다리가 부어오르기 시작했다. "꺼내 줘요, 꺼내 줘요. 난 나쁜 짓 안 했어요. 앞으로도 절대 안 할 거예요." 비타는 철망에 얼굴을 대고 소리를 질렀다. 옆 토끼장의 토끼들이 울기도 하고 양상추와 당근을 먹기도 했다. 토끼 이빨 부딪히는 소리가 어둠 속에서 들려왔다. "앞으로 나쁜 짓 안 할게요! 아빠! 아빠!" 비타가 울부짖었다. 너무 울부짖어 숨도 쉴 수 없었고 목소리도 나오지 않았다. 비타는 자물쇠를 한참 동안 보았다. 링컨 대통령 초상화를 봤을 때처럼 그렇게 보았다. 하지만 자물쇠는 약하지 않았다. 아니 어쩌면 눈에 눈물이 고여 있었기 때문일지도 모른다. 자물쇠는 꿈쩍도 하지 않았다. 날이 밝았다. 더 이상 손목으로 버틸 수가 없었다. 목이 말랐다. 울 기운도 없었다. 삐걱이는 소리가 나더니 옥상 문이 열렸다. 질질 끄는 발소리, 이웃 사람들 소리, 치키토의 절룩이는 발소리. 쇠 철망 너머로 보이는 것이라고는 토끼장으로 다가오는 상추 한 포기, 옥상으로 번지는 햇빛 속의 그 초록 얼룩뿐이었다. "나 좀 나가게 해줘, 치키토!" 비타가 절망적으로 소리를 질렀다. 치키토가 토끼장 앞에 나타났다. 금발의 곱슬머리 밑으로 부드러운 미소가 떠올랐다. "난 못 해, 난 못 해, 미안해." "배고파, 배고파, 목말라, 물, 물 좀 줘, 제발, 아파." 등에서 불이 나는 것 같았고 팔은 부러질 것 같았다. 옆집 아이들이 다른 쪽에서 발을 질질 끌며 걸었다. 치키토가 철망에 얼굴을 댔다. "나가게 해줘, 치키토." 더 이상 버틸 수가 없었기 때문에 금방 울음이 터져 나오려 했다. 귀가 윙윙 울렸다. 시커멓고 털이 부숭부숭한 커다란 거미들이 날렵하게 그녀의 눈앞에서 어른거렸다. 그런데 비타는 그렇게 애원을 하는 동안 죄라도 지은 듯 떳떳해 보이지 않는 치키토의 눈을 보며 모든 사태를 짐작하게 되었다. 비타는 아무 말도 하지 않았다. 애원도 멈췄다. 치키토는 다리를 절며 슬그머니 자리를 피했다. 그는 다시 나타나지 않았다. 하루 종일 사람들은 비타를 잊고 있었다. 소리를 지르고 이름을 불러 보아도 아무도 오지 않았다. 태양이 타르 칠 한 옥상을 달구고 통 속의 아스팔트를 녹이고 비타의 살갗을 뜨겁게 태웠다. 이제 침도 없었다. 입술이 갈증으로 다 갈라졌다. 배가 고파 경련이 났고 팔이 저렸으며 입은 채로 소변을 봤기 때문에 옷이 젖었다. 토끼장 안의 토끼들이 자기들끼리 싸웠다. 이가 딱딱 부딪히는 소리가 들렸고 당근과 썩은 양상추 냄새가 났다. 귀가 먹먹할 정도로 귀에서 윙 소리가 났고 앞이 깜깜해졌다. 밤이 되었다고 생각했다. 기절을 했다. 알을 품은 암탉의 자세에서 다시 정신이 들었다. 팔다리가 완전히 무감각해진 지금은 그렇게 웅크리고 있을 수밖에 없었다. 그녀의 눈앞에서 반짝이는 자물쇠는 점점 더 거대해 보였다. 사방에 비치는 태양, 격렬한 통증, 불에 덴 것 같은 따가움, 무더위, 배고픔, 경련, 탈진, 윙윙거리는 소리, 눈앞에 어른거리는 검은 거미들, 쇠줄에 매달린 단단한 자물쇠, 당근과 오줌 냄새, 맹꽁이자물쇠, 쇠줄. 비타는 토끼장의 문이 열리고 디아만테와 코카콜라가 그녀를 밖으로 끌어내어 끓어오르는 것 같은 타르 바닥에 눕히는 것도 알아차리지 못했다. "비타……" 디아만테가 중얼거렸다. "비타, 내 말 들려?"

빨랫줄에 맞아서 난 등의 상처는 3주 동안 치료를 했다. 그리고 등 뒤에 번개 모양의 흉터를 남기고 사라졌다. 만지면 거칠거칠했고 약간 작은 구멍들이 느껴졌다. 하지만 비타는 다시 학교에 가지는 않았다. 새 학년이 시작될 때 자선조직협회 조사원이 비타를 찾아왔다. 처음에 레나는 아이가 아파서 밖에 나갈 수 없다고 설명하려고 애썼다. 조사원은 아이를 학교에 보내지 않는 부모가 내는 벌금을 물리기 위해 서류를 작성하겠다고 위협했다. 두 번째로 방문했을 때는 코카콜라가 비타는 영스타운으로 떠났다고, 그곳에 사는 친척 집에 살러 갔다고 말했다. 조사원은 아넬로를 법원에 고발했고 서류는 어느 사무실의 다른 수많은 서류에 뒤섞였다. 세 번째로 방문했을 때 조사원은 산호뿔 앞에서 절망감에 압도당하고 말았다. 결국, 이런 짐승 같은 하층민들이 그녀를, 그들을 행복하게 해줄 동맹군이 아니라 적으로 간주한다면, 자식들을 교육시키고 삶의 질을 개선하고 도덕심을 고양하고 진짜 미국인이 되려 하지 않는다면, 그녀가 어떻게 할 수 있겠는가? 그녀는 그저 이상적인 자선가일 뿐이었고 운명이라는 장치 속에 들어 있는 작은 부속품에 불과했다. 비타의 이름은 세인트 패트릭 스쿨의 1904~1905년 출석부에 기록되어 있다. 비타가 학교에 다니지 않았고 담임교사가 출석을 부를 때 이제 비타의 이름을 부르지는 않았지만 말이다. 다음 학년인 1905~1906 출석부의 M자 다음에는 이렇게 적혀 있다. 맥더피, 마초니, 마이어. 비타의 성은 사라졌다.

비타는 치키토를 용서하지 않았다. 몇 주 동안 그의 얼굴을 보지 않았다. 그러다가 어느 날 겨드랑이에 신문을 끼고 지나가는 사람들을 성가시게 하던 그와 마주쳤다. 그녀는 그의 얼굴에 침을 뱉었다. 그 뒤로 영원히 그를 모른 체했다. 치키토는 토끼장 앞에서 죽었고 땅에 묻혔다. 그는 거짓말쟁이 친구이고 배신자였다. 비타는 그가 가까이에 있는 것을 눈치채면, 그러니까 골목길 우체국 앞의 미끄러운 계단에 앉아 있는 그를 발견하면 고개를 돌리고 이렇게 중얼거리며 지나쳤다. "고자질을 하는 놈은 마리아의 아들이 아니야." 그가 고아라고 해도, 인생에서 아무것도 가진 게 없다고 해도, 심지어 아름다운 추억 하나 갖지 못한 아이라고 해도 비겁한 고자질쟁이는 용서할 수 없었기 때문에 비타는 고집스레 다른 말은 절대 하지 않았다. 거짓말을 하는 게 때로는 필요할 때도 있다. 속임수를 쓰는 것도 마찬가지다. 그러나 절대 친구를 배신해서는 안 된다. 평생 아무것도 갖지 못하고 사는 웅덩이의 유충 같은 비참한 인생에서 치키토가 유일하게 꼭 갖고 싶어했던 토끼를 손에 넣을 수 있다고 해도 말이다. 아넬로는 딸의 비밀을 말하라고 회유하면서 바로 토끼를 주겠다고 약속했다. 겨울에 지하철 배기구 위에서 이불을 덮고 누워 꼭 껴안을 수 있는 토끼를. "비타, 누나가 잘못한 거야. 디아만테하고 입 맞추지 말았어야 해." 그가 옆으로 달려오면서 중얼거렸다. 비타는 전혀 듣지 않았다. "화해하자, 누나." "싫어, 안됐다. 네가 고자질만 하지 않았으면 우린 친구로 남아서 내가 계속 얘기들을 해줬을 텐데."

치키토는 숨을 제대로 쉬지 못했다. 초겨울에 피를 너무 많이 흘리고 길에 쓰러져 있는 것이 발견되었다. 얼굴은 푸르딩딩했고 온몸이 얼어 있었다. 레나가 그를 집으로 끌고 들어왔고 니콜라에게 의사를 불러 오게 했다. 아넬로가 아무도 도와줄 수 없다고, 이 집이 가톨릭교회는 아니라고 욕을 했지만 아랑곳하지 않았다. 치키토를 디아만테의 침대에 눕혔다. 비타는 가까이 가지 않았다. 그를 보면 구역질이 났고, 이제 그 사실을 치키토에게 숨기지도 않았다. "네 피 때문에 구역질이 나. 네 살에 닿고 싶지 않아." 치키토가 눈물을 흘렸다. "비타, 비타, 사랑해." 그가 울었다. 비타는 할 말을 잃었다. 의사는 왕진료를 받기 전에는 집 안으로 들어오지 않겠다고 했다. 그는 이 이탈리아 사람들이 얼마나 교활한지 알고 있었다. 미리 돈을 받지 않으면 빈손으로 돌아가게 될 위험이 있었다. 아넬로는 이 고아를 위해 돈을 낭비하고 싶지 않았다. 레나가 아무리 애원을 해도 소용이 없어서 결국 디아만테가 자기 돈을 모아두는 베이비파우더 통을 털러 갔다. 한 달치 월급을 다 쓰고 들은 말은 이랬다. "손쓸 방법이 없어요. 말기 결핵입니다. 전염력이 몹시 강하니까 병원으로 옮겨야 해요."

영하 10도에다 차가운 안개가 끼고 찬바람이 얼굴을 강타하는 날씨에 길 모퉁이 뒤에 있는 병원이 아니라 1번가의 벨뷰 병원까지 치키토를 누가 데려갈지 의논하는 동안 치키토는 간이침대에 웅크리고 앉아 비타에게서 눈을 떼지 않았다. "비타, 한마디만 해줘. 나도, 나도 엔리코 카루소의 아들이야?" 마지막 남은 어리석은 욕망을 좇으며 기어 들어가는 목소리로 물었다. "네가?" 비타가 웃으면서 대답했다. "너, 치키토가? 아니, 넌 아냐, 넌 누구의 자식도 아니야. 이제 자. 병원으로 데려다 줄 거야." 아니라고 대답한 게 마음에 걸려서 이렇게 덧붙였다. 무엇보다 그렇다고 대답해 주는 게 별로 어려운 일도 아니었는데 말이다. 그리고 그녀 역시 엔리코 카루소의 딸이 아니었다. 내일 아침에 그렇다고 말해 줄 거야. 엔리코 카루소가 봄이 되면 자가용을 타고 와서 탑이 있는 그 성에 데려갈 거라고 말해 줘야지. 이렇게 생각하면서 베개에 얼굴을 묻고 잠이 들었다.

다음 날 새벽에 치키토는 이미 집에 없었다. 디아만테와 제레미아가 고물 싣는 수레로 자선병원으로 데려갔다. "언제 치키토 보러 가요?" 비타가 이렇게 물으며 레나를 성가시게 했다. 하지만 레나는 주저했다. 병원은 저주받은 도시 같은 곳이었다. 철책 문이 달려 있고 요새처럼 총안이 있는 탑들이 높이 서 있었다. 다른 도시에서는 베풀지 않는 자선이라는 이름으로, 갈 곳 없는 사람들 중에 육체와 영혼이 다 망가진 사람들의 몸을 가차 없이 꿰매 버리는 작업소였다. 최하층 사람들이 삶에서 받은 고통스럽고 굴욕적인 마지막 상처를 치료하는 지옥이었다. 디아만테가 데려가 주겠다고 약속했다. 하지만 주중에는 장의사에서 늦게까지 일해야 했기 때문에 일요일까지는 갈 수 없었다. 이쪽 일에서 두각을 나타내려면 언제든지 일할 수 있다는 것을 보여야만 했다. 비타는 날짜를 손꼽아 셌다. 치키토에게 갖다 주려고 조화 장미를 하나 따로 준비하고 기다렸다. 하지만 일요일이 되어 드디어 빨간 리본으로 머리를 묶고 병원에 갈 준비를 할 때 아녤로가 눈물을 글썽이며 갈 필요가 없게 되었다고 말했다. 치키토가 저세상으로 갔다는 것이다. '아빠가 왜 우는 거예요.' 비타는 소리를 지르고 싶었다. '그 애를 고자질쟁이로 만든 건 바로 아빠예요!' 분노 때문에 슬픔이 자취를 감췄다. 귀찮게 해서 미안하다고 사과하면서 남몰래, 슬그머니 저세상으로 가버린 치키토를 위해 눈물을 흘릴 수도 없었다.

아녤로는 하얀 화환과 하얀 말이 끄는 마차로 진짜 장례식을 치를 수 있게 비용을 댔다. 소년들은 아녤로가 레나를 위해서 그렇게 했다고 생각했다. 레나는 이 고아에게(누구의 자식도 아닌 치키토를) 따뜻하게 대해줬는데, 어쩌면 자신이 호수에 던진 아들 때문이었는지도 모른다. 사실 아녤로는 비타를 위해 장례식을 치렀다. 그 구역에 사는 주민들이라면 치키토를 모르는 사람이 없었기 때문에, 적어도 한 번씩은 그의 엉덩이를 걷어찼거나 신문의 **마지막 남은 한 부**를 사본 적이 있기 때문에 모두 장례 행렬을 따랐다. 남자들은 손에 모자를 들고 성큼성큼 걸었다. 신문가판대 주인이 관 위에 신문을 올려놓았고 비타는 조화를 올려놓았다. 여자들은 성호를 그었다. 레나는 내 애기, 불쌍한 내 애기라고 계속 중얼거리며 코를 풀었다. 사제는 라틴어를 훌륭하게 했다. 하얀 꽃들이 마차를 뒤덮어 뚜껑에 금빛 십자가가 돋을새김된 관도 하얀색이 되었다. 훌륭한 장례식이었다. 치키토는 자기가 죽은 뒤 이 구역의 왕이라도 된 듯 많은 사람들이 그의 뒤를 따르리라고는 상상도 못했을 것이다. 이 사실을 알았다면 치키토도 행복해했을 것이다. 디아만테가 치키토의 구멍 난 베레모를 관 위에 올려놓고 마차 위로 올라가 마부 옆에 앉자 마차가 브롱크스 뒤에 있는 섬인 하트 아일랜드의 묘지로 떠났다. 뉴욕 시는 빈민들과 떠돌이들, 이름 없는 사람들의 시신이 일반 시민들을 당황스럽게 하지 않도록 이들을 묻을 공동묘지를 시내와 멀리 떨어진 곳에 마련했다. 마차가 떠날 때 아넬로가 비타의 머리를 쓰다듬자 비타가 울음을 터뜨렸다. 비타는 자신도 엔리코 카루소의 딸이 아니라고, 자기도 아니라고, 절대 아니라고 소리를 치고 싶었다. 하지만 치키토는 이미 하늘나라로 가고 말았다.

선물

비타는 우연히 그 사실을 알게 되었다. 어쩌면 늘 그랬는지도 모른다. 그녀가 있는 곳에 그 **무엇인가**도 있었다. 하지만 그걸 문득 알게 된 건 엘리스 섬의 그 넓은 방에서였다. 그녀의 마음속이나 다른 곳에 있는 것이 아니라 그녀 곁에, 항상 옆에 있었다. 그녀의 그림자였다. 그녀는 그것이 선물인지, 형벌인지, 혹은 심장잡음이나 사시처럼 타고난 결함인지 알 수 없었다. 사물들이 그녀를 알아보았다. 그것들은 그녀의 존재를 느꼈다. 다른 사람들은 비타가 부주의하다고 말했다. 경솔하다고. 컵이 깨지고 문이 쾅 닫혀 집 밖에서 몇 시간씩 서성거려야 했다. 벽에 걸어 둔 냄비가 바닥으로 떨어졌다. 몽상에 잠긴 아이였다. 비타는 다른 사람들이 있을 때 어떤 물건을 너무 오래 바라봐서는 안 된다는 사실을 잊지 말아야 한다는 것을 잘 알았다. 그들처럼 보여야만 했다. 어떻게 해서라도. 감추거나 아닌 척해야 했다. 계단 위에 위태위태하게 놓인 양동이나 창턱에 놓인 새장에 자신의 시선이 머무르고 있다는 사실을 알아차리면 눈을 반쯤 감았다. 그런 물건들은 그녀가 보기에는 제자리를 찾지 못한 것 같았다. 정확히 말하면 불편하거나 불안정하거나 흉해 보였다. 가끔 이런 사실을 잊어버릴 때도 있었다. 그러면 그녀의 눈이 말을 했다. 그녀가 생각하는 것이나 바라는 것, 싫어하는 것을 드러냈다. 그녀 자신도 모르던 사실이었다. 양동이가 계단에서 굴러떨어지고 새장이 밑으로 떨어져서 황금방울새가 날아가 버렸다. 접시, 포크, 빗자루들이 살아 있었고 녹아 버렸다. 공간 속에서 재배치되며 비밀스러운 질서를 조화롭게 만들어 나갔다. 그녀는 손가락 하나 까딱하지 않았고 아무 말도 하지 않았다. 그러다가 누군가 자기를 봤을까봐 겁이 나서 깜짝 놀라 뒤를 돌아보았다. 그러나 누군가 그녀를 보았다 해도 그 사람은 이해할 수 없는 미소를 지으며 창가에 서서 식탁보를 털거나 계단을 쓸고 있는 검은 머리의 소녀밖에 보지 못했을 것이다.

디아만테는 노란 영수증이 불가사의하게 사라져 버렸다는 이야기를 아무에게도 하지 않았다. 자신이 정확하게 본 것인지 확실하지가 않았다. 잘못 보았을 수도 있었다. 그가 미국에 도착한 날은 모든 것이 너무나 이상하고 부자연스러웠다. 게다가 그는 그 사실을 믿을 수 없었다. 그는 손으로 만질 수 없는 것, 이성으로 설명할 수 없는 것을 믿지 않았다. 아마 비타가 영수증을 손에 쥐고 있다가 구겨서 버렸을 수도 있었다. 그렇게 했을 것이다. 그 뒤 비타가 소리 없이 저항하는 접시와 대화를 하고 있는 것을 본 것 같았는데, 그럴 때면 그는 그냥 비타가 자기만 그 규칙을 아는 비밀스러운 놀이를 하고 있다고 생각하는 편을 택했다.

그렇지만 시간이 흐르면서 프린스 스트리트 집의 물건들이 달갑지 않은 에너지를 드러내기 시작했다. 물건들에 발이 달려 사라지기 시작했다. 놓아둔 자리에 그대로 있는 물건이 하나도 없었다. 모든 것이 소리 없이, 은밀히 움직였다. 아넬로 벨트의 버클은 뒤틀리고 물렁해진 상태로 매트리스 밑에서 발견되었다. 비타가 갇혀 있던 토끼장의 맹꽁이자물쇠가 길게 늘어나고 녹은 채로 가느다란 쇠줄에 매달려 있었다. 빨랫줄은 가위로 자른 것처럼 끊어졌다. 코카콜라가 침대 밑에 숨겨 놓은 휘발유 병들이 깨져서 바닥 위로 휘발유가 번지고 집 안에 고약한 냄새가 고였다. 그리고 제레미아는 물병이 긴 식탁으로 미끄러져서 자기 컵 앞에 딱 멈춰 서는 것을 두 눈으로 똑똑히 보았다. "하느님께 맹세할 수 있어." 게

다가 제레미아가 비타에게 물병을 건네달라고 말할 틈이 있었다면 바로 그 지점으로 갖다 달라고 했을 것이다.

그리고 코카콜라와 디아만테가 우연히 그녀를 보게 되었다. 이제는 모든 것이 예전과 달라졌다. 밤이었다. 두 사람은 2번가에서 돌아오는 길이었다. 거기서 로코 친구들의 작은 부탁을 급히 들어주었다. 욕심 많은 이발사 카푸아노의 이발소에 불을 지른 것이다. 좋은 친구가 되길 거부한 멍텅구리 나폴리인이었다. 예상보다 오래 걸리지 않았다. 러스티가 셔터를 열고 유리를 깨는 데 30초가 걸렸다. 코카콜라가 이발소 벽에 휘발유를 뿌리고 병에 든 도화선에 불을 붙이는 동안 디아만테는 길 건너편 어둠 속에서 망을 보았다. 그들의 일을 방해할 행인이 지나가면 주저 없이 휘파람을 불 작정이었다. 모든 것이 순조로웠다. 증인은 아무도 없었다. 곧 불이 붙었지만 큰 피해는 남기지 않았다. 가벼운 시위일 뿐이었다. 상처를 입은 사람도 없었다. 메시지를 보낸 것이다. 욕심쟁이 카푸아노가 청년들의 경고를 이해하지 못한다면 넬로, 엘머, 로코 같은 청년들이 다시 찾아와서 좀 더 자세히 설명을 해줄 것이다. 디아만테와 코카콜라는 아넬로가 깨지 않도록 발끝으로 살금살금 걸어서 집으로 들어갔다. 비타는 두 사람이 온 줄 몰랐다. 비타는 부엌 식탁에 앉아 있었다. 주위는 어슴푸레했는데 그 속에서 비타의 잠옷이 불에 타는 것 같았다. 비타는 두 팔을 앞으로 쭉 뻗고 있었는데 손에는 디아만테의 칼이 들려 있었다. 칼끝은 천장을 향해 있었다. 비타가 칼을 가지고 가서 그가 외출할 때 칼을 찾을 수 없었던 것이다. 비타는 꼼짝하지 않고 정신을 집중하고 있었다. 그녀는 정말 꼼짝도 하지 않았다. 눈을 크게 뜨고 멍하니 칼만 보았다. 자고 있는 것 같았다. 갑자기 칼날이 휘기 시작했다. 저항할 수 없다는 듯이. 초가 녹듯이 저절로 흐물흐물 녹아내렸다.

"비타?" 디아만테가 소리쳤다. "뭐하는 거야?"

비타가 얼굴을 붉혔다. 칼의 남은 부분을 식탁에 떨어뜨렸다. 죄책감을 느끼는 것처럼. 아무 대답도 하지 않았다.

그것은 좋은 칼이었다.

로코가 잘 알고 있듯이 그 칼은 튼튼했다. 로코는 영원한 우정의 징표로 자신의 제자에게 전해 주기 전에 이미 오랫동안 그 칼을 사용해 봤다.

칼날은 저절로 녹지 않는다.

이 일은 위대한 로코에게 보고되었다.

코카콜라는 비타가 의도적으로 눈을 이용해 그렇게 했다고 맹세했다. "내 눈으로 똑똑히 봤어. 하느님 앞에 맹세한다니까."

"믿어지지 않아. 그럴 순 없어."

칼날은 저절로 녹지 않는다.

비타는 그들이 이해하지 못하리라는 것을 알았다. 그녀 곁에 있는 것이 무엇인지 절대 이해할 수 없을 것이다. 그들은 이해할 수 없었다. 그럴 만한 상상력이 부족했다.

로코는 빨랫줄에 널어놓은 하얀 시트 위에 선명하게 드러난, 중국 인형의 그림자 같은 비타의 검은 머리를 보면서 드디어 누가 비타를 이곳으로 보냈는지 알게 되었다. 그녀, 바로 비타가 그들 모두를 프린스 스트리트에서 영원히 떠날 수 있게 해줄 것이다. 컵이나 벨트 버클에게 한 것처럼 그들 모두를 **이동시킬** 것이다. 프린스 스트리트 179번지에서 손금을 보며 미래를 예언하던 손금쟁이 여인은 위대한 영매들만이 사물에 손을 대지 않고, 단순히 생각의 힘만으로 사물을 움직이거나 구부리거나 부서뜨리는 등 사물의 움직임을 결정하는 능력을 가지고 있다고 주장했다. 그것은 만들어 낼 수 없는 재능이다. 우리는 100년을 공부해도 절대 배울 수 없다. "그럼 영매는 어떤 사람인가요?" 로코가 초조하게 물었다.

"한 차원에서 다른 차원으로 움직일 수 있는 사람이지." "다른 차원이 어딘데요?" "그냥 다른 차원일 뿐이야." 로코는 성자, 세상의 종말을 예언한 광적인 설교자, 죽은 사람의 영혼과 이야기한다고 주장하는 점쟁이들을 떠올렸다. 시내에 그런 사람들이 수백 명이었다. 사람들의 가벼운 믿음은 그들의 절망과 비슷할 뿐이었다. 비타가 가진 재능조차 갖지 못하고 오로지 다른 이의 고통과 무지를 키우는 탐욕스러운 능력밖에 없는 사기꾼들조차 한 번 면담에 10달러를 받았다. 겨우 유리공 한 번 굴리거나 작은 테이블을 움직이거나 심지어 아무것도 하지 않고 단 몇 분 동안 상담을 해준 대가로 무덤 파는 일꾼의 한 달치 월급을 주머니에 꿀꺽했다. 비타 같은 재능을 가진 소녀는 어마어마한 돈벌이, 측정할 수 없는 자본을 상징했다. 모든 게 변할 것이다. 주먹질, 화재, 칼, 피, 고된 노동 같은 것은 사라지리라. 라차로 본조르노, 시신들, 월급을 주려 하지 않는 가게 주인들 모두 지옥에나 떨어지라지. 그는 가게 주인들에게 화를 내본 적이 한 번도 없었다. 감자를 산더미처럼 쌓아 놓은 가게 주인보다는 코차의 갈비뼈를 부러뜨리고 싶었다. 이 모든 일이 비타 덕분에 끝나게 되었다. 그리고 곧 잊힐 것이다. 그들은 이 성스러운 소녀를 위한 방을 마련할 것이다. 비타는 화장을 하고 어둠 속에 앉아 있을 것이다. 아이라이너로 눈썹을 검게 그리고 머리를 풀어 놓고 뭔가에 홀린 것 같은 눈빛으로. 디아만테가 이해할 수는 없지만 상황에 맞는 점괘의 내용을 만들어 내거나 어디에서 베낄 수 있을 것이다. 그 점괘를 듣는 사람은 그것이 바로 자신만을 위한 말이라고 믿게 될 것이다. 비타는 그 내용을 암기만 하면 되고 뭔가에 홀린 듯한 분위기로 줄줄 외우기만 하면 된다. 입에 올리기에도 황송한 성스러운 소녀가 소파 귀퉁이에 앉아 유리를 진동시키고 눈빛만으로 시계를 움직일 것이다.

"공주, 옷 입어." 로코가 그녀에게 말했다. "산책 갔다 오자. 교외로 데리고 갈게." 비타는 손톱을 깨물며 그를 보았다. 몹시 놀란 것 같았다. 비밀을 들켜 버렸기 때문에 이제 비밀은 비타의 것이 아니었다. 그녀는 그것이 불쾌했다. 비타는 이 비밀을 알게 되어 니콜라가 놀랄 만큼 흥분하거나 디아만테가 소리 없이 낙담하길 바랐다. "그것 때문에 그러는 거 아니지, 맞지?" 비타는 비웃을 내미는 로코에게 물었다. 그러자 로코는 그녀의 눈을 피했다. 다른 사람들의 절망과 채워지지 않는 세상의 호기심에 비타를 팔아먹을 계획을 하고 있던 그는 비타가 그것을 알고 자신을 창문 밖으로 날려 버리거나 재로 만들어 버릴까봐 덜컥 겁이 났다. 하지만 비타 본인도 그에게 고마워할 것이다. 그녀 역시 이제 시트 빨래를 안 해도 되고 어린 소녀가 몰라도 될 일들을 가르쳐 주는 거친 하숙생들을 보지 않아도 되고 조화, 희생, 벌 같은 것과도 작별을 할 테니. 곧 소문이 퍼져서 비타의 명성이 이 구역을 뛰어넘을 것이다. 그녀는 결국 사교계에 나가게 될 것이다. 슬픔에 잠긴 과부, 노처녀, 과학자, 의사들이 앞을 다퉈 비타의 친구가 되려고 할 것이다. 귀부인에게 초대받아 그 식탁 위에 있는 은접시들을 옮기게 될 것이다. 백악관에서 시어도어 루스벨트 대통령이 애리조나에서 다음 사냥 때 들고양이를 몇 마리나 잡을지 알아맞히게 될 것이다. 그들은 모두 부자가 될 것이다. 부자가 되고 유명해지고 거짓말쟁이가 될 것이다.

로코는 우리 모두가 하나의 재능을 가지고 있다고 비타에게 말했다. 딱 하나의 재능을. 그리고 하느님은 우리가 그것을 사용할 수 있게 선물했다. 그 재능을 부정하거나 거부하는 것은 하느님을 부정하는 것과 같다. 비타는 그런 일이 종종 일어나지만 그녀와는 상관없는 일이라고 대답했다. 그녀의 의지가 아니었다. 그것은 훨씬 더 강한 무엇이었다. 로코는 비타가 아직 너무 어려서 자신의 의지가 무엇인지 알지 못한다고 대답해 주었다. 그러니까 비타는 오로지 그녀만의 재능을 불가해한 어떤 힘이라고 생각하고 있다는 것이다. "그래서?" 디아만테가 심드렁하게 말했다. 그 무엇인가는 비타에게 속한 것이다. 그녀의 것이다. 여기서는 모든 것이 모두의 것이라고 로코가 말했다. 그러니까 비타는 하느님이 프린스 스트리트에 보낸 선물이었다.

비타와 로코가 품격이 넘치는 보석상으로 들어갔다. 로코는 줄무늬 양복을 입었고 비타는 세일러 원피스를 입고 하얀 구두를 신었다. 로코는 달변을 과시하면서 점원에게 여동생이 첫 영성체를 받게 되었다고 설명했다. 그래서 동생에게 금목걸이를 선물하고 싶다고. 흔한 게 아니라 정말 섬세하고 세련되고 고급스럽게 세공된 것으로. 비타는 지금까지 이런 보석상에 한 번도 들어와 본 적이 없었다. 유리 진열대에 두 손을 올려놓았다. 검은 벨벳 위에 진열되어 있는 다양한 길이, 형태, 무게, 질감의 금목걸이들이 눈에 띄었다. 로코가 점원과 수다를 떨면서 가끔씩 비타에게 윙크를 했다. 마치 계속 그 금줄들을 보라고 권하듯이. 하지만 금줄들은 꼼짝도 하지 않았다. 아무 일도 일어나지 않았다.

자전거에 올라타고 비타가 핸들에 앉기를 기다리는 동안 로코는 한마디도 하지 않았다. 로코는 화가 나 있었다. 비타는 치마가 자전거 바퀴에 딸려 들어가지 않도록 치마를 모아 무릎 사이에 끼웠다. 그리고 지글지글 소리를 내는 가로등을 보았다. 라임나무 냄새와 말똥 냄새가 바람에 실려 왔다. 벌써 봄이었다. 곧 여름이 오고 다시 겨울이 찾아올 것이다. 모든 것이 무정하게 되풀이되었다. 계절에는 미래가 없다. 로코는 비타의 뺨을 때리지 않으려고 두 손으로 자전거 손잡이를 꽉 쥐었다. "왜 안 했어?" 그가 한숨을 쉬었다. "그걸 팔고 싶지 않아서." 비타가 대답했다.

"하느님이 누군가에게 재능을 줄 때 하느님은 그 재능을 그 사람 혼자만 갖고 있길 바라지 않아." 로코가 소리쳤다. "하느님은 다른 사람들과 그걸 같이 나누길 원한다고."

"오빠는 하느님을 믿지 않잖아. 그런데 왜 나한테 계속 하느님 얘길 하는 거야?" 비타가 그에게 물었다. 비타의 얼굴이 창백했다. 피곤해 보였다. 로코가 손잡이 위로 몸을 구부렸다. 그는 몸속에서 스멀스멀 일어나는 실망감을 떨쳐 버리기 위해 빠르게 페달을 밟았다. 그는 계속 남의 코뼈나 부러뜨리고 가게에 불을 지르고 가게 주인들을 찌르며 살아야 할 것이고, 디아만테는 계속 시체를 씻기고 제레미아는 하수구에서 흙을 파야 할 것이다. 이것은 부당하다. "넌 그렇게 했어야 해, 비타." 비타가 이 사실을 알아야 한다. 로코는 시내 쪽으로 줄지어 가는 마차들을 쏜살같이 지나쳤다. "넌 다른 사람들과 달라. 네가 그걸 어떻게 할 수는 없어, 비타. 이미 네게 일어난 일이니까."

"오빠도 다른 사람들하고 달라. 그걸 어떻게 할 수는 없어." 비타가 대답했다. 로코는 더 이상 비타와 이야기하고 싶지 않았다. 비타의 총명함과 그 천진난만한 지혜에 화가 났다. 이 어리석은 소녀는 다른 사람들은 갖고자 해도 가질 수 없는 무언가를 가지고 있었다. 그런데 그걸 어떻게 사용해야 할지 몰랐다. 이 아이는 너무 고집스럽고 너무 생각이 없다. 주홍빛이 어슴푸레 비치는 살롱에서 다른 사람들의 비밀에 대해 애매한 예언을 하면 정말 굉장할 것이다. 그녀는 그냥 어둠 속에 앉아 다른 사람들의 얼굴과 몸을 보기만 하면 된다. 그러면 그 사람들 본인보다 그들을 더 잘 알 수 있을 것이다. 로코는 점점 더 빠르게 페달을 밟았다. 생각이 저 혼자 모양을 만들어 갔다. 공장 벽이 길을 가로막았다. 그는 계속 속력을 냈다. 비타가 충돌을 피할 수 있을지 보기 위해서 벽을 향해 돌진했다. 하지만 비타는 도전을 받아들이지 않았다. 그의 상의 옷깃을 꽉 쥐고 그의 창백한 얼굴을 바라보았다. 로코는 페달에서 발을 떼고 있는 힘을 다해 브레이크를 밟을 수밖에 없었다. 하지만 자전거가 너무 빨랐고 벽은 어느새 너무 가까이에 있었다. 두 사람은 자전거에서 떨어졌다. 자전거가 벽에 부딪히며 귀청을 찢을 듯 요란한 금속음을 냈다.

사람들이 달려왔다. 로코가 놀라서 목을 문질렀다. 비타는 포장도로 위에 쓰러져 꼼짝하지 않았다. 검은 머리가 왕관처럼 둥글게 흩어져 있었고 치마는 까진 무릎 위로 올라가 있었다. "비타?" 로코가 소리치기 시작했다. "비타? 염병할, 대답해 봐, 비타!" 웅덩이에 무릎을 꿇고 소리를 질렀다. 비타가 그의 손에서 흐물흐물 녹아 버릴까봐, 그 빌어먹을 칼날처럼 두 개로 접혀 버릴까봐 두려워 그녀에게 손도 대지 못했다. 누군가 그에게 비타가 머리를 땅에 부딪혀서 움직이지 않는 것 같다고 일러 주었다……. 이마를 물로 적셔 주라고 조언하는 사람도 있었다. 로코는 식은땀을 흘렸다. 눈이 따가웠다. 그녀를 죽여 버릴 수도 있을 정도로 비타가 증오스러웠다. 하지만 이제 그런 생각조차 나지 않았다.

수레에서 빵을 파는 여자가 꼬마애는 다치지 않은 것 같다고 말했다. 피가 나지 않았고 뼈도 부러진 데가 없었다. 이상하긴 했지만 비타는 자고 있었다. "비타?" 로코가 비타의 손을 흔들며 소리쳤다. "비타!!!" '나 때문에 이 애가 죽어선 안 돼. 내가 이 애를 다치게 해선 안돼. 비타는 안 돼.'

다시 눈을 떴을 때 비타는 자기가 어디에 있는지, 자기 주변에 왜 이렇게 많은 사람들이 모여 있는지 알 수가 없었다. 자전거는 옆으로 눕혀져 있었다. 완전히 뒤틀어진 채로. 로코의 당황스러운 눈과 마주쳤다. 로코가 걱정스러운 듯, 부드럽게 그녀를 보고 웃었다. 그녀의 관자놀이 부근을 마사지해 주고 치마를 매만져 주었다. 그녀가 늘 알고 있던 로코로 돌아왔다. 남자들 중 제일 신비하고 부드러운 로코로. 단둘이 남게 되자 비타는 너무 피곤했다고 로코에게 설명했다. 그러고 나면 항상 그랬다. 마치 초인적인 노력을 하기라도 한 것처럼. "그러고 나면이 뭐야?" 로코가 놀라서 외쳤다. 로코는 인도에 앉았다. 충돌로 비틀어져 버린 바퀴를 바로잡아 보려고 했다. 그렇게 하지 못하면 비타를 집에까지 업고 갈 수밖에 없었다. "그걸 하고 나면." 비타가 말했다. 무슨 말인지 이해하지 못한 로코가 비타를 뚫어지게 보았다. 그러자 비타가 그의 손에 어떤 물건을 올려놓았다. 어둠 속에서 그것은 돌멩이 같았다. 하느님의 눈이었다. 이건 틀림없이 보석상 벽의 삼각형 나무틀에 끼워져 걸려 있었다. 그는 자기 눈으로 보았다고 맹세라도 할 수 있었다. 거기 있었다. 그들이 금목걸이를 보고 있는 동안에 거기 계속 있었다. "내가 이걸 선택해도 되는지 하느님께 물어봤어." 비타가 조그맣게 말했다. "하느님이 그걸 원치 않았다면 그게 왜 벽에서 내려왔겠어, 그렇게 생각하지 않아?" 로코에게 물었다. 그녀의 목소리는 속삭임보다 약간 더 컸다. 로코는 틀림없이 그랬을 거라고 대답했다.

이제 로코는 비타를 데려가야겠다는 생각은 하지 않았다. 모든 재능은 자유롭게 주어져 있는데 별 쓸모가 없다고 생각했다. 재능은 우리를 특징짓고 우리를 결정한다. 우리와 함께, 그리고 우리를 위해서 성장한다. 하지만 각자는 자신의 재능에 책임이 있다. 로코는 주먹에 재능이 있었고 칼에는 냉담했다. 그리고 일반적으로 다른 사람들에게도 마찬가지였다. 다른 사람들은 그에게는 존재하지 않았다. 그에게는 나무나 돌과 같이 비현실적인 존재들로, 그는 그들에게 무관심했다. 시간이 걸리기는 했지만 이제는 그것을 어떻게 받아들여야 할지를 알게 되었다. 그리고 그와 함께 자기 자신을 받아들이는 법도. 비타도 자신의 재능을 어떻게 받아들여야 할지를 알게 될 것이다. 그녀가 원한다면 어느 날 뉴욕 박물관의 많은 사람들 앞에서, 혹은 어떤 부유한 살롱에서 돈을 받고 그 재능을 보여 줄 수도 있을 것이다. 그에게 부탁한다면 그는 대저택의 철책 문과 아파트 문을 열어 주러 갈 것이고 유니언 철로로 가서 기차도 옮길 수 있고 몇 톤의 석탄도 가로챌 수 있을 것이다. 그리고 화이트 스타 라인 창고에 가서 여행자들의 가방을 훔쳐 올 수도 있고 33번가의 백화점에 가서 빗과 핀을 골라 올 수도 있었다.

하지만 비타는 부탁하지 않았다.

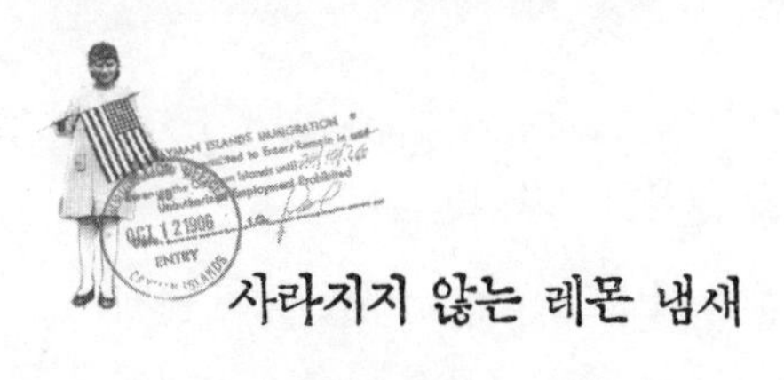

사라지지 않는 레몬 냄새

아버지의 형 아마데오는 교사였다. 1940년대에 전쟁이 끝나고 나서 곧 연극 비평을 했다. 큰아버지는 유능하고 박식하고 편견이 없는 비평가였다. 그러다가 그 일을 그만두었다. "난 살아야 했거든." 큰아버지가 내게 말했다. 마추코 집안 사람들은 연극, 글쓰기, 시, 음악이 만족과 기쁨을 주긴 하지만 배고픔도 안겨 준다고 믿었다. 그들에게는 불평을 하거나 마음을 털어놓고 허약함과 무지, 연약함을 내보이기도 하는 일은 금지되어 있었다. 시험이나 사랑에 실패한다거나 건강을 잃는다는 것도 금지되어 있었다. 병이 걸린 것을 알게 되면 병원에 입원할 지경에 이를 때까지 조용히 아픔을 참았다. 대부분은 병원에 가기도 전에 죽었고, 또 어떤 이들은 필사적일 정도로 건강에 지나치게 신경을 썼다. 마추코 집안 사람들은 기쁨을 두려워했다. 그것들을 항상 부정했다. 왜 그랬는지는 나도 모른다. 혹시 언젠가 모든 기쁨에 자신을 맡겼다가, 내가 알 수 없는 어떤 이유 때문에 그걸 후회했던 사람이 있었을지도 모른다. 모두들 정직과 성실, 자제, 교양, 양심(비종교적이고 무신론적인 집안에서 신을 대신하는 최고의 존재), 자기 파괴에 이를 정도의 자기희생에 대한 편집증적인 믿음이 있었다. 서로 화합할 수 없는 이런 요소들이 만들어 내는 이상한 그물이 신경질과 고통과 광기를 만들어 냈다. 내 할아버지, 아버지, 그리고 나 자신은 미쳤다는 확신(혹은 두려움)과 함께 살았다. 광기가 우리를 지배할 그 정확한 순간을 포착하기 위해 끊임없이 우리를 엿보면서.

젊은 시절부터 여러 가지 중병들을 앓았고, 고대 현자에게나 어울릴 법한 극기로 그것을 견디며 고통스럽게 살았던 내 아버지의 형은 이제 몬테베르데 누오보 아파트의 거실 소파에서 꼼짝도 하지 않았다. 절대로 밖에 나가는 일은 없었다. 날씨가 좋을 때는 차들이 쉴 새 없이 오가는 길 쪽으로 난 발코니로 소파를 옮겨 놓았다. 작은 레몬 나무에서 향기가 끊임없이 발산되었고 큰아버지는 눈을 감고 그 냄새를 맡았다. 레몬 나무에 병이 들면 즉시 알아차렸다. 큰아버지의 집안 상황이 그를 토마스 베른하르트(Thomas Bernhard, 오스트리아의 소설가, 희곡작가-옮긴이)의 등장인물로 만들었지만 그는 그 사실을 몰랐다. 큰아버지는 시력을 잃어 가고 있어서 더 이상 글을 읽을 수가 없었다. 그는 엄청난 독서가였다. 마추코 사람들은 모두 그랬던 것 같다. 책을 읽으면서 대체 어떤 악령을 쫓은 건지 누가 알겠는가. 심지어 초등학교 1학년밖에 다니지 않은 안토니오도 미친 듯이 책을 읽었다. 큰아버지는 맏아들이었다. 디아만테 할아버지는 제일 사랑했던 동생인 아마데오의 이름을 맏아들에게 지어 주었다. 큰아버지는 그 이름이 망가지고 미완성인 삶을 상기시키며, 자신의 인생에도 그늘을 드리운다는 것을 알고 있기는 했지만 항상 그 이름을 자랑스러워했다. 1998년에 내가 큰아버지를 뵈러 갔을 때 큰아버지는 일흔여덟 살이었다. 숱이 많던 곱슬머리는 눈부신 백발로 변해 있었다. 누구에게서도 보지 못한 깨끗하고 새하얀, 아름다운 머리였다. 크고 두툼한 입술과 맑고 투명한 파란 눈을 가진 고상한 외모였다. 그리고 찡그린 윗눈썹은 영원한 불만을 나타내는 것 같았다. 그 윗눈썹, 그 불만의 표정은 우리 집안에서 사라지지 않는 유일한 신체적 특징이었고 우리 집안만의 독특한 표시였다.

기억이 잘 나지 않는다고 큰아버지가 대뜸 내게 말했다. 글을 읽을 수 없었기 때문에 큰아버지의 뇌가 약해지고 있었다. 빛을 보지 못한 식물처럼 자극을 받아들이지 못했다. 하지만 큰아버지의 판단은 정확했다. 감동적이면서도 단호했다. 큰아버지는 환멸이 뒤섞인 씁쓸한 관점으로 바라보았다. 몇 년 동안 이따금 만나는 동안 나는 꼼짝 않고 앉아서 매력적인 큰아버지의 흰머리에서 눈을 떼지 않았고, 큰아버지는 내가 정확히 알 수 없는 무엇인가를 뚫어지게 보았다. 그래서 나는 현재가 이미 큰아버지에게 혼란스럽고 비현실적인 꿈으로, 무의미한 플롯과 기호가 넘치는 우주로 비친다는 것을 알아차렸다. 반면 큰아버지는 과거 속에서는 자유롭게 움직였다. 이야기를 하는 동안 큰아버지는 자신과 그 그림자 같은 모습에 포로가 된 나와 함께 있는 게 아니라 다른 곳에 있었다. 내가 추적하고자 하는 바로 그 시대에. 그곳에서 아메데오 큰아버지는 몸이 마비되지도 시력을 잃지도 않았다. 달릴 수도 있었고 디아만테, 안토니오, 레몬 나무, 투포, 새총, 돌멩이를 선명하게 볼 수도 있었다. 바다도.

"아버지는 봄에 미국에 가셨지." 큰아버지가 내게 말했다.

"몇 년도에요?"

"1903년에."

"확실한가요? 아버지는 할아버지가 열다섯 살 때라고 하셨는데."

"우리는 늘 우리 나이보다 더 먹었다고 생각했단다. 그리고 우리 몸이 우리를 이해했어. 내 머리는 스무 살에 벌써 하얗게 셌지. 아니야, 1903년이었어. 교황이 죽은 해였지. 아버지는 클리블랜드로 가는 기차를 놓쳤어. 난 그 이유는 모른다. 한 번도 말씀하신 적이 없었지. 클리블랜드에는 나중에 갔단다. 클리블랜드가 아버지에게는 끔찍한 실수처럼 보였어."

"뉴욕은 어떻게 이야기하셨어요?"

"물어본 적이 없단다. 나하고 네 아버지가 어렸을 땐 우린 둘 다 모험만화와 동화책을 정신없이 읽곤 했어. 그런 책들은 대부분 배경이 미국이었단다. 샤이엔족, 카우보이, 드넓은 초원, 들소들이 등장했어. 인디언 추장 마티루도 있었지. 그래서 아버지가 우리에게 미국 얘기를 들려주었을 때 우린 그런 걸 상상했어. 우린 아버지가 큰 도시에, 그러니까 대도시에 살았다는 것을 몰랐지. 그 미국에 인디언이나 들소가 아니라 미국인들이 살았다는 것도 몰랐단다. 아버지는 미국인들 이야기는 한 번도 안 하셨어. 이탈리아인들 이야기를 하셨지. 아무런 희망도 없이 비관적으로 말이야. 하지만 바로 그래서 아버지는 몇 번인가 그들을 위해 죽으려고 했지."

"왜요?"

"아버지는 이탈리아를 선택하셨어. 이탈리아를 사랑하셨지. 그 보상을 받지는 못했지만. 아버지는 한 번 정도는 뉴욕에 가보라고 나를 설득하려고 하셨어. 여러 나라를 보면 늙어서도 젊게 살 수 있다고 하셨지."

"프린스 스트리트 하숙집 이야기를 좀 하셨어요?"

"아버지 삼촌의 친척인 노파가 운영했다고 했단다. 나폴리 출신으로 일흔 살이었대. 못생기고 지저분했다는구나. 이름이 막달레나였나 레나였나. 아마 그 비슷한 이름이었을 거야."

아메데오 큰아버지는 하숙집, 검은 손, 사촌 제레미아, 철도, 워터보이로 일할 때의 할아버지의 임무 등을 하나도 빠짐없이 기억했다. 하지만 큰아버지의 이야기 속엔 한 사람이 빠져 있었다. 삼촌은 비타의 이름을 한 번도 입에 올리지 않았다.

엘리스 섬의 기록보관소에서 디아만테가 미국으로 타고 온 리퍼블릭호 승객 명단을 조사하던 중 나는 디아만테와 같이 배를 타고 온 승객 2200명의 이름을 찾아냈다. 지금 그 이름들을 하나하나 다 말할 수도 있다. 나폴리를 떠난 뒤 지브롤터에 정박했던 배는 이탈리아인들과 터키인들을 배에 태웠다. 하지만 오스만 제국 시절이던 1903년에 '터키인'은 유대인, 그리스인, 아르메니아인, 알바니아인, 시리아인, 리비아인, 슬라브인, 베르베르인 등 여러 인종을 의미했다. 엘리스 섬에 제일 먼저 내린 사람은 열여섯 살인 크레타 출신 아타나포스 카프니스토스였고 그다음은 테살로니카에서 온 열아홉 살 아가씨 마리 카파파스였다. 그리고 그 뒤를 이어서 베이루트에서 온 사람들, 로도스, 마케도니아, 사모스, 바스토, 파노에서 온 사람들이 무리를 지어 내렸다. 그리고 팔티, 조이오사 이오니카, 제라체, 폴리스테나, 쉴라, 아그로폴리, 니카스트로, 노체라, 테라모, 카스텔랍바테의 젊은이들 수십 명이 내렸다. 그들 대부분이 스무 살이 안 되었다. 이 배에 탄 젊은이들, 그리고 그때 다른 배에 탔던 젊은이들은 내게 전해진 이미지와 일치하지 않았다. 전시회나 박물관에서 내가 보았던 사진들, 그리고 내 상상력을 좌우할 정도로 그렇게 뚜렷이 기억 속에 새겨진 사진들과 사뭇 달랐다. 슬퍼 보이고 이해할 수 없는 모습들, 어쨌든 거리감이 느껴지는 모습들이 아니었다. 내 머릿속에 떠오르는 것은 농부들의 슬픈 얼굴, 검은 옷을 입은 슬픈 표정의 아내들, 슬픈 아이들, 이런 모습이다. 별것도 아닌 물건들이 들어 있는 그들의 초라한 짐 보따리들도 눈앞에 떠오른다. 어쩌면 내가 상투적인 모습을 떠올리는 것인지도 모른다. 결혼 여부를 나타내는 칸에 S, 싱글로 표시된 이 젊은이들이 모두 짐 하나 없이 다시 돌아가지 않을 길을 떠날 수 있었던 것일까? 나는 이 끝도 없는 목록들을 계속 훑었다. 브로돌로네 출신 사베리오 리치, 열일곱 살, 몬테페가토 출신 아니체토 리코, 열일곱 살, 스구르골라 출신 안니발레 스파시아니, 열여섯 살, S. 코세노 출신 주세페 베키오, 열네 살…… 그러다가 이 세대의 젊은이들에게 미국은 목적지도 꿈도 아니었을 거라는 생각을 하기 시작했다. 그곳은 환상적이고 친숙한 곳이었다.

그곳에서 그들은 어른들의 동의를 얻어 통과의례와 입문식을 치렀다. 다른 세대의 젊은이들은 군 복무를 하고 참호에서 전쟁을 치르고 유격대 활동을 하고 시위를 했다. 19세기 말에 태어난 젊은이들은 미국으로 왔다. 열네 살, 열여섯 살, 열여덟 살에(어떤 젊은이는 더 어리기도 했고 어떤 이는 더 많기도 했다) 더 크고 싶고 살아남고 싶고 다시 일어서고 싶었던 젊은이들은 무리를 지어서 사촌들과 형제들과 친구들과 대서양을 횡단해야만(죽어야만) 했다. 더 크고 싶고 살아남고 싶고 다시 일어서고 싶다면 말이다. 그들은 오스트레일리아, 파푸아뉴기니에서 원주민 젊은이들이 자신들을 집어삼켰다가 인간으로 다시 토해 내는 신화의 괴물과 맞서듯 미국과 맞서야만 했다. 그들은 버려지고 길을 잃고 죽은 사람 취급을 받아야만 했다. 고향으로 되돌아가야만 했다. 극히 일부분만이 실제로 그렇게 했다. 도전적인 수많은 이야기의 주인공은 여행을 계속하면서 사람들에게 알려진 세상의 경계 너머까지 밀고 나가서 마침내 자신이 떠나왔던 곳보다 훨씬 더 마음에 드는 왕국을 찾는다. 그리고 그곳에 머물기 위해 새로운 삶을 시작한다.

리퍼블릭 호에서 거의 제일 마지막에 내린 사람들은 민투르노에서 온 22명이었다. 그들의 이름은 95페이지와 96페이지에 등장했다. 다양한 사람들이 한 무리를 이뤘다. 스물네 살에서 서른여덟 살 사이의 남자들이 열 명, 서른한 살인 여자 한 명, 여덟 명의 소년들(열네 살인 피에트로 추포, 열다섯 살인 페르디난도 아스타네, 열여섯 살인 안젤로 추포와 주세페 투치아로네, 열일곱 살인 안토니오 라실레, 파스콸레 투치아로네와 알렉산드로 카루소, 열아홉 살인 주세페 포르테), 그리고 두 명의 소녀(열일곱 살인 엘리자베타 추포와 스물한 살인 카르미나 추포)였다. 어른 두 명은 이름이 똑같이 레오나르도 마추코였다. 그리고 그들 중 적어도 한 사람이 디아만테의 삼촌이 틀림없었다. 그들은 곧장 클리블랜드로 갈 거라고 말했다.

디아만테는 다른 사람들과 같이 미국에 갔다고 말한 적이 한 번도 없었다(고독은 그의 여행의 중요한 서사적 요소였다). 그래서 이런 사실을 발견하고 난 깜짝 놀랐다. 게다가 디아만테가 그보다 약간 나이가 더 많은 사촌인 파스콸레와 주세페와 함께 배에서 내리지 않았다는 것을 알고 나는 더 놀라지 않을 수 없었다. 디아만테는 몇 년 뒤 철도 공사장에서 그들을 만난다. 두 사촌 모두 이탈리아로 돌아왔다. 디아만테의 편지를 통해서 나는 주세페가 1917년에 피아베 강 전투에서 죽었고, 그의 죽음으로 디아만테가 상심했다는 것을 알게 되었다. 하지만 1903년에 디아만테는 사촌들 없이도 잘 해낼 수 있다는 것을 보여 주고 싶었다. 민투르노에서 온 22명이 배에서 내렸을 때 레바논인 한 가족이 내렸다. 사바르트 다비드와 그의 아내, 그리고 막내인 여섯 살배기 하빌을 포함한 열 명의 자식이었다. 그다음 승객이 디아만테와 아홉 살짜리 소녀, 비타 마추코였다.

내가 집요하게 기억해 보려고 애써도 이미 어찌 해볼 수 없게 흩어져 버리고 단절된 아버지의 이야기, 앞뒤가 맞지 않아 보이기도 하는 그 이야기에서 비타가 갑자기 디아만테 옆에서 튀어나왔다. 비타는 늘 그곳에 있었던 것처럼 이미 미국에 있었다. 미국에 있다가 사라졌다. 어쩌면 경의를 표할 만한 검열 때문일 수도 있고 방심했기 때문일 수도 있었다. 가혹한 기억상실증이 이 인물이 전설의 안개에서 나오는 것을, 잃어버린 이름 그 이상의 무엇인가가 되는 것을 가로막았다.

하지만 전설적인 그 이름은 진짜 사람과 일치했다. 그 사람의 실제 모습은 이야기 속의 그녀와 전혀 달랐다. 그녀는 미국 부인이었다. 60년대에 정기적으로 우리 어머니와 내 언니 실비아, 그리고 나중에는 나에게도 먹을 것과 옷이 잔뜩 든 선물 꾸러미를 보냈다. 나는 한 번도 부인을 본 적이 없었지만 우리 어머니는 그녀를 만났었다. 실비아가 태어나고 얼마 뒤, '로베르토의 딸을 보러' 우리 집을 방문했다. 그 부인은 먼 길을 왔다……. "영어로 말했어. 이탈리아어를 잘 몰랐지. 너그러운 부인이었어. 꾸밈없는 분이었다고 할 수 있지. 상당히 똑똑했어. 네 아버지 말씀으로는 학교에 다녀 본 적이 없다는데. 부인은 네 아버지를 아주 좋아했어." 왜? "아들처럼 말이야."

고모는 서명되어 있는 여인의 사진을 가지고 있었다. 민투르노 엽서 가게의 흐릿한 소인이 찍혀 있었는데 날짜는 1950년 8월이었다. 작고 통통한 여인이었다. 전염성 강한 환한 웃음을 웃었다. 맵시 있는 몸매에 부드럽고 편안해 보이는 인상이었다. 마추코 집안 사람들의 뿌루퉁한 얼굴과 감상적이고 혼란스러워 보이는 친할머니 엠마의 얼굴과는 전혀 달랐다. 하지만 그녀 역시 마추코였다. 어쩌면 다른 방법, 다른 가능성이 있었을 수도 있다. 이야기꾼들과 석수들인 남자들의 그 가혹한 이야기 속에는 여자도 한 명 포함되었다. 그녀는 시인도 성인도 창녀도 아니었다. 그래서 난 그녀의 이야기 속에, 내 이야기 속에 그녀의 자리를 찾아 주고 싶었다.

나는 디아만테와 같이 여행한 스물두 명을 찾았다. 내가 한 발 늦었다. 모두 얼마 전에 죽었다. 그들의 자손은 서로 다른 대륙에 흩어져 살았다. 어느 곳에 있는지 찾을 수가 없었다. 추포 집안은 투포에 남았다. 투치아로네 집안 사람 몇 명은 고향으로 돌아와 땅을 샀다. 우리 아버지가 어릴 때부터 그 지방을 증오하는 법을 배웠던 바로 그곳이었다. 페르디난도 아스타네의 흔적은 전혀 찾을 수가 없었다. 카루소로 말하자면, 그도 역시 이탈리아로 돌아왔다는 말을 들었다. 하지만 제2차 세계대전이 끝나고 나서였다. 그는 미국에서 50년을 살았다. 안타깝게도 60년대에 죽었다. 흥미로운 점이 있다면 그의 손녀가 아우룬치 산의 양로원에 살고 있다는 것이었다. 난 망설였다. 내가 그녀에게 거의 100년 전 미국으로 떠났던 소녀를 찾는다고 말하면 누구 얘기를 하는지도 모를 것이다.

이르피니아 지진 때 쓰던 것 같은 녹슨 컨테이너 건물인 양로원은 유목민 캠프를 연상시켰다. 주택가 모퉁이, 아무리 봐도 공원이라고는 할 수 없을 버려진 땅에 서 있었다. 길 반대쪽에서 누군가 냉장고, 매트리스, 자동차 앞좌석을 내다 버렸다. 아무도 그것을 치울 생각을 하지 않았다. 마리안나 지니콜라는 미국에서 태어났다. 그녀는 이야기를 하다가 느닷없이 화제를 바꾸거나 말 없이 가만히 있기도 했다. 또렷하게 이야기하기도 했지만 대화 중간중간 제대로 이해할 수 없는 말이 튀어나오곤 했다. 1999년 1월에 그녀는 아흔세 살이었다. 투포의 여인들은 장수하기로 유명하다고 내게 말했다.

100명 중 70명은 백 살 넘게 살았다. 난 내가 투포에서 태어나지 않은 게 유감이라고 말했다. 그녀가 웃었다. 그녀는 정정한 노인으로 의심이 많았는데, 검고 큰 눈에 광대뼈가 툭 튀어나왔고 두 손은 관절염으로 마디가 툭툭 불거져 있었다. 십자가와 총천연색 사진 몇 장이 장식의 전부인 썰렁하고 넓은 홀에서 양로원 노파들이 뜨개질을 했다. 사진 한 장은 반 고흐의 해바라기 복제품이었다. 1월 말이었고 밖에는 비가 오고 있었다. 풀들은 회색빛이었다. 옆 테이블에서는 노인 넷이 카드 게임을 하고 있었다. 내가 누구인지 설명하려고 했지만 소용이 없었다. 그녀가 알고 있는 마추코가 너무나 많았다. "미국이야, 여기야?" "미국이요." "미국 어디?" "뉴욕이요. 비타 마추코라고 들어 보신 적 없어요?" 마리안나 지니콜라가 자기 손을 보았다. 그러더니 부은 손가락에 낀 결혼반지를 이리저리 돌렸다. 그녀는 60년 전에 혼자되었다. 어쩌면 구애자들과 친구들을 만난 이 컨테이너가 미국 어느 교외의 쓸쓸한 양로원보다 훨씬 더 나을 것이다. 아니 어쩌면 미국에서는 백 살까지 살 수 있으리란 기대조차 할 수 없을지 모른다. 그곳은 젊은 나라로, 젊은이들을 위한 곳이었다. 그렇다, 마리안나 부인은 미세스 마추코를 뉴욕에서 알게 되었다. 30년대에 비타는 레스토랑을 열었다. 대공황 때여서 모두 일자리가 없었다. 마리안나 지니콜라는 어떻게 그 시기를 넘길지 좋은 수가 떠오르지 않았다. 잘 나가고 있는 같은 고향 사람에게 도움을 청하고 싶었지만 나이 많은 부인들이 말렸다. "비타는 같은 고향 사람들하고 어울리고 싶어하지 않았어. 소문이 안 좋았지. 갱단원하고 도망친 적도 있었어. 그리고 뒤늦게 아주 수치스러운 결혼을 했지." 마리안나는 그래도 비타에게 갔다. 이제 저세상 사람인 비타가 그녀를 주방에서 일하게 해주었다. "아, 거기서 오래 일하셨어요?" "이탈리아로 돌아올 때까지." 그녀가 한숨을 쉬었다. "17년 동안이었지." 옛 이야기를 하는 게 불편한 것 같았다. 내가 그녀에게 부당한 폭력을 행사하고 있는 것인지도 몰랐다. "이런 질문을 드리지 말 걸 그랬어요." 그녀가 놀라서 나를 보았다. "사람들은 기억이 슬픔을 가져다준다고 생각하지. 하지만 그 반대야. 기억을 잊어버렸을 때 슬퍼지는 거야."

없었다. 안타깝게도 그녀는 그 시기에 대해 아무 기억도 갖고 있지 않았다. 어떻게 그 기억을 간직할 수 있었겠는가. 그녀는 문맹이어서 편지나 엽서 하나 없었다. 모든 것이 그녀의 머릿속에 들어 있었다. 하지만 결혼식 사진은 아직 가지고 있었다. "그 사진 좀 봐도 될까요?" "그럼."

슬리퍼를 끌면서 그녀는 복도로 사라졌다. 네온 불에서 지글지글 끓는 소리가 들렸다. 양로원의 노인들이 비난 섞인 근엄한 눈으로 나를 보았다. 내가 할머니를 공공 요양 시설에 갖다 버린 못된 손녀라고 생각하고 있었다. 홀은 수족관 속처럼 조용했다. 간호사 한 명이 로맨스 잡지 『콘피덴체』를 읽고 있었다. 문가에 앉은 다른 간호사는 글자 맞추기 퍼즐을 풀었다. 마리안나 자니콜라가 귀퉁이가 녹슨 비스킷 상자를 가지고 돌아왔다. 그 안에는 단추, 성인 사진, 축하 카드, 리본, 돌처럼 딱딱하게 굳은 사탕과자와 찢어진 관광 안내서(아마도 『뉴욕 베데커』였을 것이다) 한 장이 들어 있었다. 안내서는 234페이지였고, 발행 연도는 알 수 없었다. 내가 번역을 해보았다.

비타—52번가, 브로드웨이 모퉁이.

현대의 취향에 맞는 과거의 요리. 입담 좋은 자그마한 이탈리아 여주인이 계절에 맞는 전통 요리를 우아하게 선보인다. 완두콩을 넣은 거북이 요리, 바칼라 알라 마리나라(마리나라 소스를 곁들인 대구 요리-옮긴이), 새콤한 체리 타르트, 체폴레(성 요셉 축일에 먹는 나폴리 돌체-옮긴이), 모스타촐리(크리스마스에 먹는 나폴리 돌체-옮긴이)와 어디서도 맛보지 못할, 속을 채운 최고의 오리 요리. 아늑하고 쾌적한 홀. 편안한 서비스. 다소 비쌈. 예약 필수. 적극 추천.

마리안나 지니콜라가 흡족한 눈으로 나를 보았다. "비타는 유명했지, 안 그래? 유명 인사들도 식당에 왔어. 조종사 찰스 린드버그도 찾아왔지. 비타는 혼자서 모든 일을 다 했어. 명령하는 게 몸에 배어 있었지. 항상 자기 고집대로 했어. 그녀는 고집이 셌지. 언젠가 그자들이 사장님을 쓰러뜨리고 말 거예요, 내가 말하곤 했지. 그러면 비타가 웃으면서 내게 말했어. 내가 그자들을 꽁꽁 묶어 버릴걸. 갱단들이 폭탄을 던졌고 흑인들은 불을 질렀어. 온갖 일들이 다 벌어졌지만 비타는 절대 울지 않았어."

홀에는 포마이카 테이블들이 놓여 있었는데 꼭 학교 책상 같았다. 어쩌면 정말 학교 책상이었는지도 모른다. 그 양로원에 있는 것은 모두 중고로 세 번, 네 번, 심지어 다섯 번까지 재활용하는 것들이었다. 가구, 스웨터, 잠옷, 따분해하는 간호사의 관심, 더러운 유리창, 바닥, 난방기기까지 모두. 하지만 불멸할 것 같은 마리안나 지니콜라가 테이블 위에서 그

종이를 접으며 옛 주인의 성공과 아픔을 다시 생각하며 미소 짓는 동안 나는 그녀가 비타에 관한 것을 전부 다 알고 있다는 것을 알아차렸다.

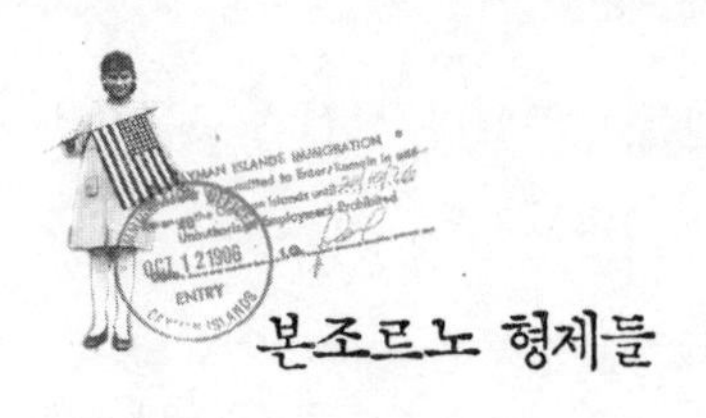

본조르노 형제들

본조르노 형제들 장의사의 장례식은 그 지역에서 가장 볼 만한 구경거리였다. 진홍색 말안장 덮개에 검은 깃털로 장식한 늠름한 하얀 말 두 필이 검은 장례 마차를 끌었다. 넓은 유리창이 달린 장례 마차에는 쿠션들이 놓여 있었고 흰장미와 은방울꽃이 그 쿠션들을 뒤덮었다. 마부는 자주색 제복을 입고 실크 모자를 썼다. 마차들의 움직임, 느릿느릿 이동하는 엄숙한 행렬, 화려한 색의 말 장식들, 울음과 곡소리는 사장이 직접 신경 쓰는 부분이었다. 사장은 오케스트라 지휘자처럼 장례식을 감독했다. 장의사에서는 곡을 하며 크나큰 슬픔을 보여 주는 여인들도 고용했다. 그리고 이름 있는 사람들의 경우 실업자들을 고용해 장례 행렬을 따르게 했다. 장례식을 특별히 위엄 있게 보이게 하려는 것이었다. 본조르노의 다른 직원들처럼 디아만테도 하얀 장갑을 끼고 중산모를 쓰고 검은 옷을 입었다. 그리고 일을 하는 동안에는 절대 웃지 않았다. 바워리의 장례식장은 방이 세 개였다. 관상식물로 장식되어 있고 방문객을 위한 의자가 놓인 현관방 하나, 예배당이 있는 영안실과 큰 홀이 하나 있었다. 큰 홀의 벽에는 검은색과 보라색 커튼이 쳐져 있고 촛대와 십자가와 늘 신선한 꽃이 홀을 장식했다. 여름에는 선풍기, 겨울에는 난로가 있었다. 사무실 뒤와 지하실에 비밀 방들이 있었는데, 그곳에서 직원들이 시신을 씻기고(가끔은 온몸을 다 씻는 게 태어난 후 이번이 처음인 경우도 있었다) 옷을 입혔다. 그리고 나면 시몬 로젠이 화장을 했다. 죽은 사람들이 웃는 것처럼 보이도록 입술 모양을 만들어 주었다. 사실 누구든, 심지어 자살하는 사람까지도 죽음을 기뻐하는 사람은 없기 때문이다.

뒤쪽으로 길고 좁은 뜰이 있었는데 거기에는 목재들과 전나무와 삼나무, 마호가니와 밤나무 합판들이 쌓여 있었다. 창고에서 목수들은 합판을 자르고 매끄럽게 윤을 내고 관에 못을 박았다. 조각가가 관에 조각을 하고 마지막 마무리를 했다. 금방이라도 사용할 수 있는 관들이 20여 개는 준비되어 샘플처럼 벽에 기대어져 있었다. 어떤 관들은 아주 크고 묵직하며 속이 깊고 벨벳을 안에 댔다. 손잡이는 은이었고 얼굴이 나오는 부분에 유리창이 달려 있었다. 겨우 쿠션 하나 넣을 공간밖에 없는, 아연으로 만든 가벼운 관도 있었다. 대부분의 관이 하얗고 작았다. 아이들을 위한 관이었다. 아이들이 어른들보다 훨씬 더 많이 죽었다. 젊은이들이 노인보다 더 많았다. 사실 디아만테가 본조르노 형제들 장의사에서 일을 한 지가 벌써 1년이 됐지만 아직 죽은 노인의 얼굴을 본 적은 한 번도 없었다. 죽은 사람들을 두려워하지 않는다는 것을 보여 주었던 디아만테가 집으로, 마차나 자동차 사고가 난 거리로, 요람으로, 시립 병원, 개인 병원으로 시신을 수습하러 갔다. 가끔씩 창자가 터져 나오거나 목이 잘리거나 가슴에 칼을 맞은 시신을 수습하러 술집으로 갈 때도 있었다. 코차 씨의 시신들 대부분은 자연사한 사람들이 아니었다. 그런데 자연사라는 게 있기는 한 걸까?

디아만테가 시체를 마차에 싣고 마지막으로 맨해튼을 한 바퀴 돈 뒤 장의사 창고에서 시신을 내린다. 시신을 테이블 위에 눕히고 자세를 바로잡은 뒤 관을 맞추기 위해 줄자로 치수를 잰다. 길이, 넓이, 무게를. 그런 다음 리투아니아에서 온 지 얼마 되지 않아 고트어밖에 할 줄 모르는 시몬과 함께 시신을 씻기고 스펀지로 닦고 병원 냄새가 나는 방부제 로션으로 소독을 한다. 머리에 포마드 기름을 바르고 고데기로 머리를 고

불거리게 만들거나 뜨겁게 달군 쇠로 머리를 펴고 손톱을 깎는다. 그러고 나면 빗과 손거울과 화장 분과 향수병들이 빼곡하게 놓여 꼭 분장실 같은 비밀 방의 주인인 시몬을 떠난다. 시몬 로젠은 유대인이었지만 진짜 분장사였기 때문에 본조르노 씨가 그를 고용했다. 다들 '모에'라고 불렀던 시몬은 사람들을 행복하게 만드는 재주를 가지고 있었다. 추하고 불만스럽고 사악한 얼굴을 평온하고 행복해 보이게 만들었다. 아마 오래전부터 웃어 본 적이 없을 여자들에게 미소를 돌려주었다. 배신으로 칼에 찔려 숨진 그녀들의 입술은 장의사에 왔을 때 공포와 고통과 어떤 것으로도 위로 받을 수 없는 절망으로 참혹하게 일그러져 있어서 디아만테도 그 얼굴을 쳐다볼 수 없을 정도였다. 치키토의 야윈 얼굴에도 행복한 미소가 떠올랐다. 모두들 저 행복한 얼굴 좀 보라고 말했다. 자선병원에서 외롭게 죽어 간 여섯 살짜리 어린아이가 행복할 수 있는 뭔가라도 가진 것처럼.

장례식장에 시신이 있으면 디아만테는 커피와 시원한 음료수가 친척들의 손닿는 곳에 항상 준비되어 있도록 신경을 쓴다. 친척들은 죽은 사람 때문에 눈물을 흘리면서 큰 소리로 유산 이야기를 한다. 디아만테는 장례식 날까지 고인이 집이 아니라 본조르노 형제들의 장례식장에 있는 게 이상해 보였다. 본조르노 형제들은 모두들 축제에라도 가는 듯 깔끔하게 차려입었다. 그리고 축제가 끝나면 문 닫은 장례식장에 형제들만 남았다. 로코는 미국 사람들은 행복해서 늘 웃으며 낙천적이고 죽음을 생각하고 싶어하지 않는다고 설명해 주었다. 그래서 죽음과 관련된 성가신 일을 맡아 주는 사람에게 기꺼이 돈을 지불한다는 것이다. 사실 디아만테가 하는 일은 상당히 보수가 좋았고 교육적이기까지 했다. 그리 오래지 않아 그는 여인들의 아름다움이라는 게 얼마나 놀랍고 완벽하고 부서지기 쉬운 것인지를 발견하게 되었다. 그는 이제 여자의 몸을 샅샅이다 알았다. 모두 다 달랐다. 각자의 몸이 하나의 완전한 우주였고 수수께끼였고 축복이었다. 그는 자신이 여자들을 미친 듯이 사랑한다는 것을 알게 되었다. 그녀들의 머리, 곱슬곱슬한 음모, 하얀 다리, 창백한 발을. 그녀들의 이마에 입을 맞추면서 그는 잠시 잠든 그녀들이 잠에서 깨어나 그에게 미소 짓는 상상을 했다. 그는 여인의 아름다움이 여름날의 소나기처럼 불안정하고 덧없다는 것을 배웠다. 스무 살이 지나면 그 아름다움은 이미 추억이 되어 버린다. 그래서 그는 비타와 결혼하기 위해 서둘러 돈을 모아야 했다. 장의사에서 그는 아주 유익한 개념을 배우게 되었다. 예를 들면 죽음도 셈을 할 줄 안다는 것이다. 어린아이의 장례식은 25달러가 든다. 하지만 아넬로는 치키토의 하얀 관을 사고 하얀 마차를 빌리는 데 적어도 40달러를 지불했다. 어른은 적어도 100달러를 지불하지 않으면 품위 있게 장례를 치를 수 없었다. 성대하게 장례를 치르고 싶으면, 예를 들어 자동차로 묘지로 가고 싶으면 300달러까지 비용을 지불해야 했다. 사실 죽음은 무엇보다 살아 있는 사람들에게 회복할 수 없는 피해를 주었다. 장례를 치러야 할 친척이 없는 편이 좋았다. 디아만테는 이곳으로 형제들을 부르지 않은 것이 천만 다행이라고 생각했다.

어쨌든 미국에서 가장 이상적인 것은 죽지 않는 것이다. 아마 이 때문에 미국에서는 죽음에 대해 절대 이야기하지 않는 것인지도 몰랐다. 그는 조심해서 죽음을 피해야겠다고 다시 한 번 결심했다. 게다가 그는 아주 건강했다. 신문팔이를 할 때나 넝마를 주울 때보다 훨씬 더 많이 먹기 때문이기도 했다. 그는 월급의 반을 저축해서 아넬로 보스의 계좌를 통해 이탈리아로 송금할 수 있었다. 보스는 송금하는 수고에 비해서는 너무 많은 비율의 돈을 중간에서 가로채기는 했지만 적어도 순진한 예금자를 이용해서 돈을 빼돌리는 다른 사람들처럼 돈을 횡령하지는 않았다. 그래서 한 달 후면 여러 중개인들의 손을 거쳐 살아남은 달러가 민투르노의 우체국에 도착했다. 디아만테의 아버지인 안토니오는 아들의 성공을 매우 자랑스러워하며 돈을 찾으러 갔다. 디아만테는 늘 그랬듯이 상처를 쉽게 입는 아버지가 숫기가 없어 쭈뼛거리며 손에 모자를 들고 우체국에 있는 모습을 눈으로 보는 듯했다. 그러자 자신이 자랑스러웠다. 하지만 아버지에게는 장의사에서 일한다는 이야기를 하지 않았다. 안토니오는 세상에 태어난 뒤로 그에게 몰아닥친 온갖 불행을 다 겪고 나서 미신을 믿는 경향이 있었다. 그래서 사무실에서 사환 자리를 구했다고 편지에 썼다. 간단히 말해 미국에서는 거짓말이 음탕함보다 훨씬 더 큰 죄가 될 수도 있지만 이탈리아에서는 그렇지 않았다. 모두들 거짓말을 했다. 무엇보다 땅 주인과 교사와 사제들이 제일 먼저 거짓말을 했다. 디아만테는 장의사에서 하루에 1달러를 받았다. 디아만테는 그것으로 충분해 보였다. 그래서 본조르노 씨를 매우 존경했다. 그래서 본조르노 씨는 디아만테 마음속의 평가의 계단에서 눈 깜짝할 사이에 제일 높은 곳으로 올라 최고 모델이 되었다.

일에 짓눌린 수많은 가난뱅이들 사이에 드디어 성공한 이탈리아인이 나타났다. 본조르노는 힘들게 일해서 성공한 남자였다. 성공은 그의 오점인 출신, 못이 박히고 마디가 굵은 손, 형편없는 말씨를 가려 주었다. 이제 그는 고향에서조차 사용하지 않는 사투리와 대부분의 사람들이 알아듣지 못하는 영어를 이상하게 뒤섞어 썼다. 신문들은 본조르노를 '매우 유명한 최고의 장의사'라고 정중하게 묘사했으며, 그의 장례식을 질서 있고 화려하다고 칭찬했다. 그는 영향력 있는 애국협회의 회원이었다. 그 협회는 영사를 만날 수도 있었고 이탈리아 정부 사절단이 미국 해안에 내릴 때 그들을 환영하러 가기도 했다. 그는 사업가들과 상인들의 친구였다. 세인트 마크스 플레이스에 근사한 집이 있었다. 집 현관을 수위가 지키고 있고 창문마다 커튼이 쳐진 집이었다. 모피를 입은 아내와 딸이 하나 있었다. 딸은 불그스름한 얼굴에 코가 너무 컸지만 워낙 예쁜 옷을 입고 정성스레 머리를 손질했기 때문에 매력적인 아가씨로 변했다. 본조르노는 콧수염이 두개골에 붙은 것처럼 보일 정도로 너무나 말랐다. 그는 항상 검은 양복을 입었고 악의에 찬 눈초리로 비웃었다. "검은 옷을 입으면 중요한 사람처럼 보인다." 그가 디아만테를 고용할 때 이렇게 말했다. 그리고 먼저 있던 사환이 입었던 옷을 그에게 내밀었다. "조롱당하는 것보다는 무섭게 보이는 게 더 나아." "맞습니다." 디아만테가 동의했다. 그때까지 디아만테는 모두에게 조롱을 당했을 뿐 그를 무서워하는 사람은 아무도 없었다.

본조르노는 사환들에게 잘해 주었다. 그도 한때 사환이었고 그 역시 넝마를 줍고 구두를 닦았기 때문이다. 장의사 직원 중에는 유대인뿐만 아니라 흑인들까지 있었다. 장의사를 열어 미국에서 불행하게 숨진 시신들을 이탈리아에서 성인의 유해라도 되듯 간절히 기다리는 가족들에게 보내 줌으로써 큰돈을 벌 수 있다는 것을 알게 되기 훨씬 전에 본조르노 씨는 뉴올리언스의 농장에서 일했다. 그는 남부 이탈리아 출신이었기 때문에 쓰레기 중의 쓰레기, 흑인과 백인 사이의 탐탁치 않은 연결 고리 정도의 취급을 받았다. 그래서 백인보다는 흑인에 더 가까웠다. 그런데 정말 놀랍게도 그는 흑인들을 좋아했다. 흑인들에게 다른 직원들과 거의 비슷한 월급을 주었고 몇 시간씩 그들의 노래를 듣기도 했다. 장례식을 성공적으로 마치고 나면 직원들 모두에게 넉넉히 팁을 주었다. 본조르노 씨가 어디로 가든지 로코가 그림자처럼 따라다녔다. 로코는 옆이나 뒤에서 걸었다. 식당에 들어갈 때는 그보다 먼저 들어갔고, 그가 점심이나 저녁을 먹거나 카드를 치는 동안 입구에서 그를 기다렸다. 사실 로코는 그의 경호원이었다. 너무나 존경스러운 본조르노 씨에게 경호원이 필요한 이유를 디아만테는 여러 달이 지난 뒤에야 알게 되었다.

디아만테는 장의사에서 심부를 하게 된 뒤 얼마 지나지 않아 로코에게서 장의사 문을 닫은 뒤 잠깐 남아 있어 달라는 부탁을 받게 되었다. 미국인들은 죽음 앞에서 당황해서 어쩔 줄 몰라 하기는 했지만 그래도 어떤 날 밤에는 장례식장의 방들이 밤을 새우는 사람들로 꽉 차기도 했다.

가족들, 직원과 심부름꾼이 장례식장을 떠나고 나면 새로운 문상객들이 도착했다. 모두 남자들로 챙이 넓은 모자로 얼굴을 반쯤 가렸다. 디아만테는 로코의 청을 즉시 받아들였다. 아벨로가 비타의 입맞춤을 빼앗아 가 버린 뒤로 프린스 스트리트의 그 집은 모든 매력을 잃었다. 그래서 그는 우울하게 그 집 부엌에 앉아 입맞춤에 대한 기억을 떠올려 보는 것만 아니라면 어디에 있어도 좋았다. 할 일은 아무것도 없었다. 신문을 읽거나 분장실에 가서 코카콜라가 그에게 선물한 외설스러운 엽서들을 몰래 구경할 수 있었다. 다만 관할 서의 아일랜드 경찰이 오면 장례 때문에 밤을 새우는 중이라고만 말하면 됐다. 디아만테는 이 문상객들이 죽은 사람과 전혀 상관없다는 것을 너무나 잘 알았다. 디아만테는 미국에서 또 다른 거짓말을 하고 싶지는 않았다. 벌써 너무 많은 거짓말을 했기 때문이다. 하지만 하나의 거짓말은 다른 거짓말을 불러오고 결국 진실을 구별하지 못하게 된다. 디아만테는 현관이나 사무실 입구에 서서 문상객들의 자전거를 지켰다. 대부분의 문상객들이 나가면서 그에게 팁을 주었다. 이탈리아에서라면 그는 이것을 굴욕스럽게 생각했을 것이다. 여기서는 사람들이 그를 스필라피페('담배 파이프 청소 도구'라는 뜻-옮긴이)라고 부를 때에만 화가 났다.

터프가이들에게는 다 별명이 있다고 로코가 설명해 주었다. 그들끼리 본명을 부르는 법은 절대 없었다. 그들은 형용사를 별명으로 사용했다. 뚱뚱보, 갈비, 더러운 놈, 아니면 돼지, 귀뚜라미, 풍뎅이, 진드기, 현기증, 성냥, 석탄처럼 사건과 혹은 어떤 일과 관련된 별명도 있었다. 혹은 원래 이름은 '오레스테'인데 레스티라고 부르거나 '아델모'인데 엘머라고 부르는 것처럼 원래 이름을 미국식으로 바꿔 부르는 경우도 있었다. 본조르노 장의사에서는 로코가 누군지 아무도 몰랐다. 사람들을 그를 대구라는 뜻의 메를루초라고 불렀다. 아마 예전에 생선 시장에서 대구 통을 훔친 일화 때문에 그렇게 부르는 것일 수도 있고, 아니면 무엇인가 그의 일과 상관이 없을 때, 혹은 상관없는 척해야 할 때 통에 든 생선같이 표정 없는 눈을 만드는 법을 배웠기 때문일 수도 있다. 아니면 그저 사람들이 그의 진짜 이름을 틀리게 발음하는 걸 즐기는지도 몰랐다. 대구가 큰 생선이었기 때문에 그렇게 불러도 로코는 화를 내지 않았다. 멸치라는 별명보다는 대구가 나았다. 디아만테는 파이프 청소 용구처럼 말랐기 때문에 스필라피페라는 별명이 붙었다. 첼레스티나보다는 나았지만 디아만테는 못마땅했다. 게다가 디아만테(이탈리아어로 '다이아몬드'라는 뜻-옮긴이)라는 이름이 이미 별명이었다. 동생들이 모두 죽고 그만 살아남았기 때문에 이런 이름을 갖게 되었다. 그는 이 이름이 좋았다. 다이아몬드는 그 어떤 광물보다 단단했다. 칼로도 다이너마이트로도 자를 수 없었다.

스필라피페는 똑똑하고 야망이 있는 소년이었다. 그래서 얼마 뒤 로코가 한밤중에 청년들이 가게와 창고에 불을 지르러 갈 때 그를 깨워 함께 데려간 건 너무나 당연했다. 디아만테는 휘발유 병이나 성냥을 가져갈 필요가 없었다. 그는 망을 보기만 하면 되었다. 여기서는 **등대**라고 불렀다. 등대의 임무는 발소리가 들리거나 누가 나타나면 휘파람을 부는 것이다. 어떤 노래로? 아넬로가 일하러 가서 자신이 외롭다는 것을 알리고 싶을 때 레나가 늘 부르던 노래, 「바람에 날리는 갈대와 같이 항상 변하는 여자의 마음」이었다. 팔에 소름이 돋게 하는 도발적인 노래였다. 하루 종일 머리에서 맴돌았다. 레나의 육감적인 목소리와 뜨거운 욕망에 빠져들게 만드는 광경, 즉 잠옷 위로 드러나는 등줄기 때문이었다. **그 마음 어디**

둘 곳을 모르며 항상 들뜬 어리석은 여자여! 달콤한 사랑의 재미도 모르며 밤이 나 낮이나 꿈속을 헤맨다. 붉은 빛이 밤을 물들일 때 웅덩이에 반사된 불빛이 그가 가야 할 거리를 비췄고 바람에 실려 온 불티들이 건물을 스치고 진눈깨비처럼 떨어져 포장도로 위에서 사라졌다. 공중에 고인 나무 타는 냄새와 재 냄새가 투포의 겨울을 연상시켰다. 그럴 때면 가끔 눈물이 나기도 했다. 미국이 너무나 경이롭고, 그가 행운을 잡아 행복하기는 했지만.

디아만테가 미국으로 떠나기 바로 전에 강도 무솔리노가 소설에나 나올 법한 떠들썩한 탈옥을 한 뒤 이탈리아에서 가장 유명한 지명수배자가 되었다. 도주하는 동안 전 이탈리아 언론의 뜨거운 관심을 받았고, 뒤이어 살인과 복수로 붉게 타오르는 서사시의 주인공이 되었다. 일곱 명을 살해하고 수없이 살인 시도를 한 범인으로 5만 리라라는 거금이 현상금으로 붙어 있었지만 아무도 그를 신고할 유혹을 느끼지 않았다. 경찰과 군의 추격을 받은 무솔리노는 서서히 많은 사람들의 호감을 샀다. 사람들은 그를 잘못 해석된 법, 잘못 적용된 법에 저항하고 가난한 사람들과 핍박받는 사람의 복수를 해주는 상징적인 인물로 생각했다. 아이들은 골목에서 '도둑 무솔리노' 놀이를 했고 거리의 악사는 그의 영웅적인 행동을 노래했으며, 극장 주인들은 프랑스 용장들이 등장하는 인형극에 그를 등장시켰고 신문들은 그의 전설을 찬양했다. 체면 때문에 숨 막히는 금욕 생활을 하며 갇혀 있던 여인들은 불가능한 일탈을 꿈꾸며 도둑을 사랑하게 되었다. 그는 권력자들에게 박해를 받으며 정당한 복수의 길을 찾는 에드몽 단테스(알렉산드르 뒤마의 『몬테크리스토 백작』에 나오는 주인공 - 옮긴이)가 되었다. 탈옥자 장발장이 파리 한복판에서 살았던 것처럼 아스프로 몬테의 산 속을 떠돌았다. 그는 영웅이었다. 하지만 1901년 10월 우연히 도망을 치다 가시철망에 발이 걸린 그는 경찰들에게 수갑이 채워져 감옥으로 이송됐다. 이 소식은 충격적이었다.

체포 장면은 전단지와 대중지, 연감, 신문에서 수백 번 재연되었다. 디아만테는 동생들과 그것을 보았다. 그때 그는 열 살이 채 안 되었다. 레오나르도는 일곱 살이었고 아메데오 2세는 겨우 네 살이었다. 아이들은 쇠사슬에 묶인 강도의 사진을 한참 동안 보았다. 검은 사냥복 상의에 밤색 바지, 검은 장화를 신은 그를 기마경찰들이 호위했다. 흰색 말들은 키가 아주 컸다. 강도는 호리호리하고 창백했으며 평범했다. 80년 뒤인 1980년 2월 12일, 알이탈리아 항공사 이사인 아들을 만나러 호주 시드니로 간 레오나르도 할아버지가 아버지에게 이런 편지를 보냈다. 까마득히 먼 어린 시절, 바로 그날 그와 디아만테는 운명을 바꾸기로 결심했다고.

"어느 날 밤 평상시보다 훨씬 더 일에 지친 데다가 집에 양식이 다 떨어져 괴로워하던 아버지가 정확히 이렇게 말했단다. **얘들아, 너희들이 커서도 지금 나와 똑같이 살 수밖에 없다면 차라리 하느님이 다른 형제들처럼 너희들도 데려가 주셨으면 좋겠구나.** 디아만테 형님과 내가 대답했지. 아버지, 안심하세요. 저희는 어른이 되면 아버지처럼 투포의 노동자가 되지 않고 멀리 일하러 갈 거예요. 그리고 할 수 있으면 사무원이 되거나 군대에 들어갈 거예요. 난 그때 마침 민투르노의 토요시장에서 산 작은 책을 다 읽은 참이어서 즉시 기마경찰이 될 거라고 설명했단다. 그 책의 표지에는 칼라브리아의 유명한 강도 무솔리노의 초상화가 실려 있었어. 말을 탄 두 명의 경찰이 쇠사슬에 묶인 무솔리노를 호위했지. 그 경찰들은 정말 인상적이어서 언젠가 나도 기마경찰이 되겠다는 꿈을 꾸게 되었단다. 그렇게 해서 형님도 나도 그 낙후된 고장을 떠나 우리가 정한 목표를 이룰 수 있었지. 일반적인 삶의 원리를 모두 무시하는 그 고장, 가난한 사람들이 파렴치하고 이기적인 폭군인 땅주인들 밑에서 배고픔과 중노동으로 고통스럽게 살아가는 그 고장을 말이야."

1980년에도 레오나르도는 그의 환상을 자극했던 말들의 근사한 깃털과 경찰을 상징하는 붉은색과 파란색이 섞인 제복과 저항할 수 없는 매력들을 고스란히 기억했다. 그것은 그에게 자신감과 확고한 정의감을 전해 주었다. 그는 어린 시절의 꿈을 이루었다. 초등학교 5학년까지밖에 다니지 못했지만 군대에서 경력을 쌓을 수 있었다. 1918년, 제1차 세계대전 중 오스트리아에게서 되찾은 고리치아에 선발대로 들어갔다. 1919년에는 로마의 범죄자들을 추격했다. 레오나르도의 성공은 일간지 『일 메사제로』에 크게 실렸다. 1921년에는 리비아에 파견되어 아주 위험한 반군을 추격했는데 그들을 쫓아 사하라사막까지 갔다. 하얀 말을 타고서. 그제야 레오나르도는 자신이 잘못된 방향으로 말을 달리고 있다는 것을 깨달았다. 얼마 뒤 파시즘이 절정에 달했을 때 그는 군복을 벗었다.

레오나르도와 달리 디아만테는 그 사진에서 무솔리노만을 눈여겨보았다. 그 호리호리하고 창백하고 평범한 젊은이가 경찰을 꼼짝 못하게 만들었다. 경찰에 망신을 주고 비웃었다. 몇 년 동안 경찰의 함정, 덫, 잠복을 모두 피했다. 굶주리고 이용당하는 농민의 운명에 반항했다. 그는 생존이 아니라 삶을 원했다. 체포되어 부당하게 20년 형을 선고받았을 때 그것을 받아들이지 않았다. 감옥의 벽을 파서 탈옥했다. 1902년 6월에 종신형을 선고받고 엘바 섬에 있는 비인간적인 포르톨론고네 감옥으로 보내지기는 했지만 그의 손목에 묶인 쇠사슬은 아무 의미도 없었다. 도적은 자유인이었다.

모에 로젠은 자기 얼굴을 화장할 줄 알았기 때문에 죽은 사람 얼굴에도 화장을 할 수 있었다. 그는 눈두덩이가 시커멓게 멍들고 코뼈가 부러진 채 장의사에 나타나는 일이 종종 있었다. 분장실에서 화장용 기름과 분으로 얼굴에 화장을 했다. 그렇지만 손님에게 화장해 줄 때와는 달리 웃는 표정을 그릴 필요는 없었다. 그는 그 어떤 것을 보든 웃을 줄 알았다. 무엇보다 자기 자신을 보고. 처음에 디아만테는 그의 처지에서 뭐가 그렇게 즐거운지 이해할 수 없었다. 그러다가 모에의 냉소적인 유머 속에 좋은 끝도 나쁜 끝도 없다는 확신이 숨어 있다는 것을 알아차렸다. 제일 좋은 일은 항상 우리 등 뒤가 아니라 앞에 있다는 확신이었다. 그는 1904년에 아버지와 어머니, 형제 두 명, 사촌 세 명과 함께 미국에 왔다. 러일 전쟁이 터졌을 때 큰형들은 모두 전투를 위해 차르 군대에 소집되었다. 러시아에서 유대인이 겪어야 했던 모든 불행 중 가장 가혹한 것이 바로 군대에 끌려가는 것이었다. 군대에서는 적군이 아니라 동료들에게 상처를 입고 학대당하고 살해당할 위험이 있었다. 로젠 가족은 재산을 모두 팔고 도주를 했다. 그들은 근면한 사람들이었다. 모에의 아버지는 벌써 그랜드 스트리트에 전당포를 열었다. 사촌들은 유대인들의 극장에 가서 연주를 했다. 디아만테는 그들이 적의 영토에 들어갈 수 있게 이방인들에게 길을 안내해 주는 원주민 안내자들 같다고 생각하기 시작했다. 로젠 가족은 이디시어를 썼지만 모에는 곧 본조르노 형제들 장의사에서 일하고 프린스 스트리트의 집을 드나들면서 아주 원색적인 칼라브리아 욕과 시칠리아 속담들을 배웠다. 그는 또 민투르노에서만 쓰는 표현들, 그러니까 '다리나 부러져라', '지옥으로 꺼져', '망해 버려라', '고꾸라져 뒈져라' 등을 말할 수도 있었다. 디아만테와 모에 로젠은 긴 시간을 함께 보냈다. 시체를 씻기고 면도를 하는 동안 의심의 눈초리로 서로를 살펴보았다.

모에의 머리는 끝을 뾰족하게 잘라 아티초크 이파리 같았다. 귀는 당나귀 귀 같았고 입은 항상 웃고 있었으며 두 눈은 어린아이처럼 맑았다. 그는 벌써 열여섯 살이었다. 성냥개비처럼 말라서 허수아비에 옷을 걸쳐 놓은 것처럼 몸 위에서 축 늘어졌다. 옷은 딱 한 벌이었다. 검은 바지는 끈으로 허리를 묶었고 셔츠는 그가 움직일 때마다 실밥이 터질 정도로 낡았다. 시신에 화장을 해주는 틈틈이 모에는 그림을 그렸다. 포장지와 마분지 상자, 낡은 신문과 장례식장 바구니에서 몰래 가져온 명함 위에다. 테이블에 누워 있는 시신의 얼굴을 그렸는데 그림 솜씨가 뛰어나서 그것을 본 디아만테는 그가 천재라고 생각하게 되었다. 모에는 다른 사람들과 전혀 다른 각도에서 그 얼굴들을 볼 줄 알았고 거기서 제일 비밀스러운 특징들을 포착해 냈다. 거만해 보이는 코끝, 위압적인 사마귀, 아래턱 한가운데의 갈라진 틈, 주걱턱, 좁고 동그스름한 이마. 아무도 관심을 갖지 않는 그 시체에 몇 시간씩을 바쳤다. 장의사뿐만 아니라, 미국 전체를 통틀어 시체에 연민을 느끼는 사람은 모에밖에 없었다.

그는 서랍에 연필들을 넣어 두었다. 일이 끝나고 나서 그림이나 물감을 집에 가져가는 일은 절대 없었다. 그리고 항상 장의사에 늦게까지 있었다. 디아만테처럼 장례식장에서 밤샘을 한다고 아일랜드 경찰들에게 거짓말을 하면서 푼돈을 벌었다. 하루가 끝나 가는 시간, 장례식장에 모인 친지들의 목소리가 슬프고 엄숙한 장송곡 속으로 사라지고, 염을 해야 할 다른 시신들이 없으면 디아만테는 상의 주머니에서 비타의 초등학교 교과서를 꺼냈다. 그리고 비타에게 배우다 말아서 뜻을 알 길이 없는 단어들이 적힌 페이지를 읽고 또 읽었다. 거기 적힌 문장들은 바보 같았지만 동시에 그가 극복할 수 없는 문장이기도 했다. 그는 내키지 않았지만 그 문장들을 웅얼웅얼 반복해서 읽었다. 모에는 그림을 그렸다. 누가 들어오기라도 하면 둘 다 재빨리 연필과 책을 화장품 서랍에 숨겼다.

그렇게 여러 달이 흘렀다. 디아만테는 프린스 스트리트의 청년들과 어울리는 것보다 모에 로젠과 함께 있는 게 훨씬 좋았다. 아마도 모에 로젠이 바워리의 다른 쪽에 살고 있어서, 그리고 방화, 로코의 권총, 폭력조직원들에 대해 전혀 모르기 때문일 수도 있었다. 디아만테는 비타를 피했다. 비타에게 거짓말을 하고 싶지도 않았고 몰래 입을 맞추고 싶지도 않았다. 비타가 아벨로에게 빨랫줄로 등을 맞는 걸 원치 않았다. 로코와 그의 친구들도 피했다. 자신에게 남아 있는 좋은 것을 그들에게 모두 바치고 싶지 않아서였다.

그리고 제레미아가 떠났다. 그는 프린스 스트리트의 분위기를 좋아하지 않았다. 야간 활동, 코카콜라의 침대 밑에 쑤셔넣어 놓은 휘발유가 가득 든 병, 횃불, 로코가 구두 속에 숨겨 둔 브레스너클 (격투할 때 손가락에 끼우는 쇠로 만든 도구—옮긴이), 총알이 장전된 권총, 새 하숙인 엘머까지 모두. 이 엘머는 제빵사를 살해해서 고소당했는데 증인이 자메이카 만에서 익사체로 발견되어 소송이 취하되었다. 제레미아는 디아만테에게 이 사람들이 네게 한번 추파를 던지면 절대 너를 놔주지 않을 거라고 말했다. 너를 도와주는 것처럼 보이지만 너한테 아무것도 공짜로 주지 않을 거라고. 저 사람들 속에 들어가면 넌 끝난 거라고. 제레미아는 펜실베이니아의 무연탄 광산에서 일자리를 구했다. 대체 펜실베이니아가 어디란 말인가. 그는 떠나고 싶지 않았다. 광부가 되겠다는 꿈도 꿔본 적이 없었다. 만약 작년에 누군가 그에게 이런 일자리를 제안했으면 웃었을 것이다. "미친 거 아니야? 난 쥐가 아니라고. 난 음악가야. 난 더 높이 올라가고 싶어. 위에서 과거를 보고 싶다고." 제레미아는 아무에게도 인사를 하지 않았다. 가게를 다시 사기 위해 뼈가 빠지게 일하는, 야간 활동과는 아무 관련도 없는 아벨로 삼촌에게 뭐라고 말해야 할지 몰라서였다. 로코에게는 두려워서 아무 말도 하지 못했다. 그가 배신을 했으니 로코는 절대 그를 용서하지 않을 것이다. 그들은 많은 것을 함께 나누었다. 선서나 맹세를 하지는 않았지만 『뉴욕 타임스』 탑 위에서 약속을 했다. 미국 동생 주변에 모두 모여, 모두 하나가 되어 무슨 일이 있어도 영원히 함께하기로. 우리와 함께하지 않는 사람은 병신이 되고 죽을 수도 있다. 제레미아는 디아만테에게 같이 떠나자고 끈질기게 말했다. 어쩌면 자신보다 먼저 이탈리아를 떠났으나 아직도 고향으로 돌아가지 못한 친숙한 얼굴들에 에워싸여 지하 갱도에서 일하게 될 미래가 견딜 수 없었는지도 모른다. "같이 가자, 디아만테. 사촌은 함께 있어야 해. 더 늦기 전에 뉴욕을 떠나자. 내 말 잘 들어. 죽은 사자보다는 살아 있는 개가 더 나아. 광산에서 우리 둘이 일을 하면 몇 천 달러를 모을 수 있어. 그러면 집으로 돌아가자. 미국에는 우리 자리가 없어." "난 이미 일자리가 있는걸. 다른 일자리는 필요 없어." 디아만테가 대답했다. 그날 디아만테는 알게 되었다. 사촌 제레미아는 패배자였다.

이 세상 사람들은 두 종류로 나뉘었다. 지혜로운 사람과 어리석은 사람, 강한 사람과 약한 사람, 승리자와 패배자였다. 어리석은 사람들은 다른 사람들에게 봉사하고 그들의 잘못을 떠맡기 위해 존재한다. 항상 그랬다. 미국에서도 이탈리아에서와 마찬가지다. 그런데 여기 미국에서는 흰색 아니면 검은색뿐 중간이 없다. 회색은 없다. 아녤로는 패배자였다. 안타깝게도 제레미아도 패배자라는 게 밝혀졌다. 그가 광산으로 건강을 망치러 가버린 뒤 로코는 그를 떠올리기만 하면 욕을 했다. 제레미아를 톰 아저씨라고 불렀다. 여기 미국에서 어쩔 수 없이 다녔던 학교에서 배운 역사 속의 그 흑인과 똑같았기 때문이다. 톰 아저씨는 주인의 말에 항상 "예"라고 대답했고, 주인의 눈에 들기 위해서라면 무슨 짓이라도 했다. 하지만 그는 어쩔 수 없는 흑인이었기에 영영 주인의 눈에 들 수 없을 것이다. 하지만 우리는 돼지처럼 죽지 않겠다고 울부짖던 다른 흑인들과 비슷하다. 만약 우리 목에 밧줄을 감고 나무에 매단다면 우리는 우리 목을 조르는 그 사람들에게 총을 쏠 것이다. 디아만테의 아버지 안토니오도 패배자일지 모른다. 아니 틀림없이 그렇다. 그렇지 않다면 두 번이나 미국에서 쫓겨나지도 않았을 것이고 자식 다섯을 굶겨 죽이지도 않았을 것이다. 디아만테는 패배자가 아니었다. 과거에 그랬다 해도 이제는 절대 그렇게 되고 싶지 않았다.

모에 로젠은 달랐다. 그는 승리자가 아니었지만 그렇다고 패배자도 아니었다. 모두에게 결정되어 있는 일종의 이분법적 분류에 속하지 않았다. 그는 가게 주인들을 때리거나 위협하지 않았다. 디아만테가 신문이나 삽화가 있는 연감을 재미있게 읽듯이 그는 성경책을 그렇게 즐겁게 읽었다. 특히 레녹스 도서관에서 책을 읽었다. 웅장한 건물인 그 도서관은 교회와는 달리 누구라도, 모에처럼 초라한 소년도 들어갈 수 있었다. 디아만테도 가끔 도서관 입구까지 모에와 같이 갔다. 왕궁이나 의회 같아 보이는 그 건물로 모에를 따라 들어가고 싶었다. 하지만 입을 열기만 하면 쫓겨날 것이기에 그렇게 하지 못했다. 모에는 영어를 배우러 야학에 다녔다. 디아만테는 거기도 따라가고 싶었다. 하지만 그 야학은 부유한 유대인들이 가난한 유대인들을 위해 연 학교였다. 모에는 디아만테에게도 학교에 다니라고 권했다. 하지만 부유한 이탈리아인들은 미국에 갓 도착한 가난한 이탈리아인들을 위해 학교를 열지 않았다. 오히려 가난한 이탈리아인들을 부끄러워했고 이탈리아가 하나가 아니라 두 개의 나라, 두 개의 인종으로 구성되어 있다고 말했다. 그러니까 북쪽에서 온 사람들은 켈트족으로 훌륭하고 믿을 수 있는 반면 남쪽에서 온 사람들은 불결하고 냄새나는 라틴족이라는 것이었다. 간단히 말해 이탈리아인들은 두 종류가 있었다. 북부인과 남부인이었다. 디아만테가 데이고라는 욕을 들을 때 얼마나 불편하고 당혹스러운지를 모에에게 설명하려고 했지만 모에는 이해를 하지 못했다. 모에는 그런 것에 익숙해져 있었다. 그가 전에 살던 나라에서도 그의 주변 사람들은 다른 언어를 사용했고 그에게 욕을 했다. 그냥 자기 길을 갈 필요가 있었다. 벗어나야 한다. 거기서 빠져나와야 한다.

모에는 유명한 화가가 되고 싶어했다. 하지만 그림을 그리고자 하는 자신의 바람과 재능을 혼동할 정도로 순진하지는 않았다. 그는 먼저 어느 정도 희망을 가질 수 있는지를 알고 싶었다. 그저 그런 그림쟁이가 되고 싶지는 않았다. 위대한 화가가 되거나 못 되거나 둘 중 하나였다. 위대한 화가가 되지 못한다면 그림을 그만둬야 했다. 다른 일을 하는 게 좋을 것이다. 유명한 그림, 그러니까 진짜 그림과 자기 그림을 비교해 보기 위해서 모에는 박물관의 그림을 보러 시내를 돌아다녔다. 디아만테도 그와 같이 다니기 시작했다. 디아만테는 늘 그림은 성당에만 있다고 생각했다. 하지만 미국 교회의 하얀 벽에는 그림이 하나도 걸려 있지 않았다. 대신 박물관은 대성당처럼 화려했다. 박물관 입장권을 사면 하루 종일 그림을 볼 수 있었다. 그림들은 디아만테에게 아무 말도 하지 않았다. 아기 예수를 안은 마리아 그림이 있을 때에만 다가갔다. 성모마리아 그림은 거의 다 마음에 들었다. 꿈을 꾸는 듯하고 부드럽고 어머니 같았다. 지금까지 알던 그 어떤 여인과도 비슷하지 않았다. 그런 여인이 옆에 있어서 영원히 그 품에 안아 주길 꿈꿨다. 그러면서 마법에 걸려 마리아를 뚫어지게 바라보았다. 그러다 보면 관리인이 수상하게 생각하고 다른 그림을 보러 가라고 권했다. 관리인은 변두리에서 온 건달 같은 차림의 이 소년이 당장이라도 주머니칼을 꺼내 그림을 못 쓰게 망가뜨릴까봐 겁을 냈다.

하지만 모에는 나무나 꽃, 까마귀 그림도 자세히 보았다. 어깨까지 닿는 곱슬머리에 선지자 같은 수염을 기른 자그마한 체구의 모에 아버지는 아주 종교적인 사람으로 화가가 되겠다는 아들의 계획을 신경질적으로 반대했다. 그가 믿는 신은 그림을 싫어했다. 아버지가 모에의 그림을 발견하면 다 불태워 버렸다. 모에의 얼굴을 멍이 들도록 때리고 손가락뼈를 망치로 부러뜨린 사람은 바로 아버지였다. 그리고 좀 더 화가 나면 장의사로 사람을 보내서 자신의 아들이 기관지염에 걸렸다고 말했다. 이 때문에 모에는 데이고랜드를 더 좋아했다. 여기서는 뜰의 담벼락에, 석탄 창고의 합판 위에 암탉, 토끼, 아이들의 얼굴을 그려도 아무도 그에게 벌을 주지 않았다. 데이고들은 그냥 그가 미쳤다고 생각했다. 그가 그린 이상한 그림들을 보고 웃었지만 지우지는 않았다. 그는 주둥이를 반쯤 벌리고 놀란 눈을 크게 뜬 고통받는 동물들을 그렸다. 심지어 시든 꽃들 속에 절규하는 절망을 담아내기도 했다. 그는 힘없고 상처받은 것들에 매료되었다. 털이 뽑힌 채 양철통에 피를 뚝뚝 흘리고 있는 닭, 한 배에서 나온 강아지들 중에 제일 허약해서 다른 개들의 공격을 받고 짓눌리고 물어뜯기는 강아지, 파리, 닭, 죽은 쥐 등 상처받은 수많은 것들에게 말이다. 그는 그 모두를 구해 주고 싶었다. 그렇게 할 수 없어서 그림으로 그렸다.

니콜라의 썩은 이도 그렸다. 무릎에 가죽이 벗겨진 고양이를 안고 있는 로코, 그리고 아무도 자신을 찾아내지 못하게 어딘가에 숨어 있다가 이제 되돌아갈 길을 찾을 수 없게 된 사람 같은 그의 무표정도 그림으로 옮겼다. 디아만테를 위해서는 프린스 스트리트의 다른 방들과 그의 작은 공간 사이에 쳐진 커튼 위에 리퍼블릭 호를 그려 주었다. 하나뿐인 문 위에 나무를 그렸다. 그리고 비타와 레나가 하루의 대부분을 보내는 부엌에 창문이 없다는 것을 알게 되자 벽에 가짜 창문을 그려 주었다. "창문으로 뭐가 보였으면 좋겠어?" 모에가 물었다. "뉴욕 타임스 빌딩." 비타가 말했다. "산." 레나가 말했다. 모에는 창턱에 기대 밖을 내다보는 두 소녀의 뒷모습을 그렸다. 소녀들이 바라보는 쪽으로는 빌딩의 탑을, 그리고 탑 뒤로는 하얀 눈이 덮인 자줏빛 산맥을 그려 넣었다.

장례식을 치르기 전에 죽은 이들을 영원히 기억할 사진을 찍기 위해 사진사들이 왔다. 초상화, 단체 사진, 확대 사진, 행진 사진, 풍경 사진, 실내 사진, 배지, 신혼부부 베개, 도자기, 목재와 시계에 넣을 사진 전문인 비고리토 컴퍼니 스튜디오는 헤스터 스트리트에 있었다. 사진관 유리창에는 항상 이런 광고가 붙어 있었다. **사진을 배우고 싶은 18세 이하의 젊은이를 찾습니다. 6개월 만에 사진관을 열 수 있게 해드립니다.** 유리창에 붙은 광고는 누렇게 변색이 됐다. 6개월 동안 비고리토 컴퍼니에서 일하는 젊은이들에게 월급을 줄 수 없었기 때문이다. 비고리토(사실 사진관에서는 비고리토 혼자 일했다. 손님들을 끌기 위해 컴퍼니라는 말을 썼다)는 모에 로젠이 시체들과 친숙하다는 것을 발견하고 자신이 마지못해 하고 있는 일을 하지 않겠냐고 제안했다. 죽은 사람의 사진을 찍는 데는 재능이 필요했다. 산사람을 찍는 것보다 훨씬 더 많이. 산 사람의 사진을 찍을 때는 웃으세요, 이쪽을 보세요, 이마를 드러내세요, 고개를 숙이세요라고 말할 수 있었으니까. 죽은 사람은 석상 같았다. 하지만 예술 작품처럼 완벽한 게 아니라 우리처럼 불완전했다. 게다가 결정적으로 완성을 시킬 수도 없었다. 비고리토는 모에에게 돈벌이가 되는 일을 제안한 것이다. 미국에서 죽은 사람들에게는 예외 없이 바다 너머에 친척들이 있었는데 그들은 죽은 이들을 마지막으로 한 번 보고 싶어했다. 그때까지 사진기를 한 번도 본 적이 없던 모에 로젠은 월급을 받지 못하는데도 곧 이 새 일자리를 받아들였고 1905년 가을에 장의사를 그만두었다.

모에는 디아만테에게 같이 비고리토에게 가자고 제안했다. "일을 배워서 6개월 뒤에 사진기를 사고 바로 일을 하는 거야. 엽서를 만들자. 너 오늘 뉴욕에 관광객이 몇 명이나 왔는지 생각해 봤어? 하루에 1만 명이 뉴욕에 온다고. 그들이 모두 이곳에 오지 못한 친지들에게 엽서를 한 장씩 보낸다면 우리는 백만장자가 되는 거야." 디아만테는 유혹을 느꼈다. 모에 로젠이 없으면 장의사, 관, 장례식들이 의식으로서의 모든 의미를 잃을 것이다. 다시 원래 모습으로 돌아갈 것이다. 작업대 위에 누워 있는 시체들은 극도로 무관심해 보이는 무표정하고 멍한 얼굴들을 자랑할 것이다. 천박함이나 인색함, 혹은 사악함의 흔적들이 그 얼굴에서 모두 사라지고 아주 특징 없는 얼굴만 남을 것이다. 죽은 사람들은 삶이 앗아가 버린 위엄을 일시적으로 되찾을 수는 있겠지만 모에 로젠이 없으면 미소도 평화도 찾을 수 없었다. 디아만테는 이 괴짜 친구 없이는 본조르노 형제들에서 계속 일하고 싶지 않았다. 그는 모에가 원주민 안내자처럼 적의 요새 한복판으로 이어지는 길을 그에게 알려 주리라는 것을 알았다. 그를 따라가야 한다는 것도 알았다. 하지만 그렇게 할 수가 없었다. 지금 당장은 적은 돈이라도 벌어야만 했다. "예술이야. 나하고 같이 가자. 네 친척들 말에 신경 쓰지 마." 모에가 고집스레 말했다. "트롬본과 광산으로 가는 기차표를 바꿔 버린 네 사촌 같은 짓은 하지 마. 예술은 언제든 우리에게 먹고살 것을 줄 거야. 예술가는 절대 배를 곯지 않을 거야."

모에가 새 일을 하게 된 것을 축하하러 두 사람은 체리 스트리트에 갔다. 거기서는 아주 싼 값에 창녀와 잘 수 있었다. 두 사람이 한 명을 사기로 했다. 하지만 디아만테는 마음에 드는 여자를 한 명도 발견하지 못했다. 그가 보기에는 모두가 다 너무 천박하고 지쳐 보이고 혐오스러웠다. 모에는 그 거리에서 제일 못생긴 여자를 골랐다. 이가 세 개 빠졌고 입가에는 괄호 같은 주름이 진 여자였다. 여자는 그들을 다락방으로 데려갔는데 지린내와 썩은 생선 냄새가 진동했다. 여자가 어찌나 계산적이고 서두르던지 디아만테의 거기가 제대로 서지도 않았다. 모에는 여자의 품에서 4분 만에 동정을 잃었다.

모에는 늙고 못생기고 외로운 여자들을 좋아했다. 화장으로 주름을 감춘 매독에 걸린 창녀나 폐병에 걸린 여자, 미친 여자, 다른 남자들이 무시하거나 이용하거나 학대하는 그런 여자, 아름다움을 잃어버린 여자들을.

부엌의 창문을 서둘러 완성하기 위해 프린스 스트리트로 돌아가는 동안 모에가 디아만테에게 레나와 결혼할 생각이 있냐고 물었다. 디아만테는 아무도, 심지어 아넬로 삼촌까지도 레나와 자는 것을 즐길 뿐 결혼할 생각은 하지 않는다고 대답했다. 레나는 디아만테의 첫 여자였다. 첫 경험의 부담감을 없애 준 게 바로 그녀였다. 처음에는 파스타 물을 끓이는 시간보다도 더 짧게 끝났지만 그 뒤로 차츰 두 사람이 이용할 수 있는 시간보다 훨씬 더 오래 계속할 수 있었다. 톰 오레키오의 말과 함께 넝마를 주우러 다닐 때 그가 돌아오는 소리를 듣고 레나가 자리에서 일어났다. 디아만테가 돈을 내지도 않았는데 아넬로 모르게 그에게 우유 한 잔을 따뜻하게 데워 주었다. 만일 아넬로가 이 사실을 알았다면 레나는 뺨을 맞았을 것이다. 이것이 그들의 첫 번째 비밀이었다. 그 뒤로 계속 이어진 비밀은 함께 침대에 가는 것에서 끝이 났다.

레나는 디아만테의 분노를 좋아했다. 하지만 그녀의 키스는 비타에게서 샀던 그 입맞춤과는 달랐다. 레나에게서는 고독의 맛이 났다. 사실 그녀에게 안겨 있으면 어떤 사람이 아니라 파도에 안겨 있는 것 같았다. 레나는 일관성도 추억도 가지고 있지 않았다. 가끔 디아만테는 자신도 언젠가 레나처럼 될까봐 두려웠다. 자기가 어디서 왔는지, 누구였는지, 자기 고향 사람들이 어땠는지도 잊어버리게 될까봐. 어쩌면 이 때문에 레나가 아넬로 삼촌과 같이 사는지도 몰랐다. 삼촌은 폭력적이고 여우처럼 까다로울 뿐만 아니라 못생겼고 주걱턱은 거의 코에 닿을 정도였다. 아넬로는 그녀를 레나로 부르기로 했다. 그녀에게 해줄 수 있는 말은 이것뿐이었다. “내가 있는 여기가 네 집이고 여기가 네 고향이야.” 처음에는 레나가 아넬로에게 속해 있었기 때문에 그녀를 만질 때 이상한 감정이 일었다. 욕망과 혐오감, 도전과 복수심이 뒤섞인 감정이었다. 하지만 결국 우리는 그냥 즐긴 여자들과 절대 결혼을 해서는 안 된다. 게다가 별 생각 없이 미성년자와 관계를 맺긴 했지만 레나는 벌써 스물여섯 살, 그러니까 할머니였다. 그뿐만이 아니라 디아만테는 비타와 결혼할 생각이었다. 아넬로는 비타에게 이 구역 출신이 아닌 다른 신랑감, 그러니까 의사나 변호사, 공증인이나 미스터 본조르노처럼 성공한 사람을 구해 주고 싶어했지만 말이다. 그가 성공한 사람이 될 수도 있었다.

모에는 성공하고 싶은 바람은 패배자나 갖는 것이라고 대답했다. 그는 디아만테가 레나와 결혼할 생각이 아니라서 기뻤다. 사진사로서 단골손님을 갖게 되면 그녀에게 청혼할 생각이었다. 디아만테는 레나가 완전히 미쳤으니 그런 생각은 버리라고 했다. 그러다가 로코가 2년 전에 지금 자기와 똑같은 말을 했던 기억이 떠올랐다. 그래서 디아만테는 레나가 로코와도 잤다는 것을 알게 되었다. 그의 자존심에 큰 상처였다. 결국 그녀에게서 완전히 정이 떨어져 버렸다. 그를 끌어당기는 그녀의 매력으로부터 해방되었다. 하지만 너무 늦었다.

램프

비타는 밤이 되면 침대 옆 등받이 없는 의자에 항상 램프를 켜두었다. 불빛이 어린이를 잡아가는 마녀를 다가오지 못하게 막아주기 때문이었다. 마녀는 벌써 이 집에 한 번 온 적이 있기 때문에 그 길을 알았다. 물론 아무도 그 마녀를 몰랐다. 그래서 비타는 이제 어린아이도 아닌 나이에 마녀를 무서워한다는 사실을 인정하는 것이 부끄러웠다. 두 달 전에 생리가 시작되었지만 아무에게도 말하지 않았고(누구에게 이런 말을 할 수 있겠는가? 청년들은 이런 것을 전혀 몰랐다), 몰래 생리대를 빨았기 때문에 아마 마녀도 눈치채지 못했을 것이다. 게다가 비타는 죽은 사람들이 자신이 당한 억울한 일에 복수를 하기 위해 진짜로 유령, 고양이, 번개, 말벌로 찾아와서 우리를 해치듯이 마녀들도 실제로 있다고 생각했다. 그래서 코카콜라가 불을 끄라고 했지만 밤에는 불을 켜두었다. 비타와 코카콜라 둘 다 다 컸기 때문에 이제는 각자의 침대에서 자서 그가 짜증 나면 다른 쪽으로 돌아누울 수 있었다. 하지만 깨어 보면 불이 꺼져 있기도 했다. 커튼 뒤에서 누군가 낮은 소리로 속삭이며 웃기도 하고 한숨을 쉬기도 했다. 물론 비타는 그 누군가가 디아만테라는 것을 알았다. 그는 레나와 재미있게 놀고 있었다. 비타는 어떻게 할 수가 없었다. 그래서 다시 불을 켜고 잠을 청해 보는 도리밖에 없었다.

하지만 꿈속에서는 그렇지 않았다. 램프에 알코올이 다 떨어졌다. 그리고 그 때문에 심지가 더 이상 타지 않았다. 그래서 일어나서 꺼진 램프를 들고 복도로 가서 알코올 병을 찾는다. 누군가 병을 다른 곳에 갖다 놔서 찾을 수가 없다. 여기저기 다 찾아 보다 결국 병을 찾았을 때 디아만테가 자기 침대로 돌아갔다. 주위가 조용하다. 커튼이 반쯤 열린 부부용 침대에 누운 레나의 숨소리가 다시 규칙적으로 변한 것으로 보아 그녀는 벌써 잠들어 있다. 어둠 속에서 바람이 문에 부딪히는 것 같은 소리가 들렸다. 디아만테와 함께 시간을 보낸 뒤 그녀가 어떤 얼굴을 하고 있는지 보고 싶은 호기심이 생겼다. 그래서 심지에 불을 붙이고 램프를 그녀의 얼굴 가까이에 가져갔다. 레나는 웃는 얼굴이었다. 웃으면서 자고 있었다. 사실 그녀에게 다가가서 머리카락과 맨살이 드러난 팔, 단추가 열린 파자마 사이로 나온 가슴을 만져 보려면 알코올램프를 침대 옆 탁자 위에 내려놓아야 한다는 생각도 떠오르지 않는다. 그녀는 식초 냄새와 바다 냄새가 뒤섞인 레나의 냄새를 맡을 수가 없다. 바로 그때 일이 벌어진다. 램프가 베개와 노란 머리, 침이 묻은 입술, 웃고 있는 레나를 환히 비춘다. 주변은 완전히 깜깜하다. 이런 꿈을 몇 주 전부터 계속 꾸었기 때문에 비타는 곧 그녀의 침대 위에 램프를 떨어뜨리게 될 것이라는 것을 알았다. 알코올에 젖은 이불에서 새벽이 오기 전의 하늘처럼 짙푸른 불길이 널름거리며 솟아오를 것이다. 최근에는 그 놀라운 마법이 일어날 순간에 미리 잠에서 깨어났다. 항상 비명을 지르며 잠에서 깼기 때문에 아넬로가 비타의 침대에 앉아 있었다. 그녀의 머리를 쓰다듬으며 아무 일도 일어나지 않았다고, 악몽을 꾼 것뿐이라고 말해 주었다.

비타는 땀에 흠뻑 젖었다. 가슴이 두방망이질 쳤다. 다시 잠들어 레나의 흐뭇해하는 미소를 보고 싶지는 않았지만 아넬로가 이제는 악몽을 꾸지 않을 거라고 안심시켜 주었다. "자라, 아가." 그가 말했다. 비타는 눈을 감았다가 아버지가 불을 끄지 않았는지 확인하기 위해 눈을 번쩍 떴다. 아넬로가 담요를 등에 두르고 앉아 있었다. 갑자기 늙은 것 같았다. 머리가 다 빠졌다. 그는 이제 밤에는 일을 하지 않아서 해가 뜰 때까지 침대에서 꼼짝도 하지 않았다. 그렇게 하라고 부탁한 사람은 아무도 없었지만 그는 그렇게 해야만 한다는 것을 알았다. 비타는 아버지가 자기 손을 잡아 주길 원했지만 아벨로는 한 번도 그렇게 하지 않았다. 그리고 그녀는 그렇게 해달라고 할 수 없었다. 시간은 흐르지 않았다. 아마 아벨로는 몹시 피곤했기 때문에 앉은 채 잠들었을 것이다. 하지만 그녀는 아니었다. 눈을 크게 뜨고 알코올에 떠 있는 심지를 노려보았다. 주위는 깜깜했지만 불꽃 옆에서 푸르스름하고 차가운 빛이 희미하게 맴돌았다. 그녀가 잠깐이라도 깜빡 잠이 들면 꿈속에서 레나가 눈을 뜨고 눈꺼풀을 깜빡이다가 벌떡 일어날 것이다. 그러다가 비타가 갑자기 그녀 앞에 나타나서, 또 가장 은밀한 순간을 엿보았기 때문에 몸이 굳을 것이다. "뭐하는 거니?" 레나가 부드러운 목소리로 묻는다. 남자들을 침대로 유혹할 때의 목소리와 똑같다. "추워요, 같이 자도 돼요?" 비타가 우물거린다. 레나는 비타가 보이지 않는다는 것을 알아차리고 천천히 말한다. "비타, 지금 뭘 보고 있는 거야? 그만둬, 비타!" 램프가 이불 위로 떨어졌다. 레나가 횃불처럼 활활 타올랐다.

하얀 별

1906년 4월 15일 부활절에 『뉴욕 타임스』는 날씨가 험악하다고 보도했다. 정오까지는 비가 왔고 오후 3시까지는 구름이 끼어서 저녁까지 맑아지지 않았다. 기온은 낮았다. 오전 3시에 기온이 섭씨 11도였는데 오후 6시에 겨우 15도까지밖에 오르지 않았다. 앙리 콩트 드 라 보 백작이 뉴욕에 도착했다는 기사가 있었다. 백작은 당시 가장 성공한 기구 타는 사람으로, 이미 영국해협을 횡단한 경험이 있었는데 미국에 기구 기술을 알리기 위해 프랑스에서 방문했다. 그리고 항상 사람들로 붐비는 성 패트릭 퍼레이드에 관한 기사, 미주리에서 (아무 죄 없는) 흑인 세 명이 폭행당한 기사, 여자친구를 아내라고 속여서 뉴욕 호텔에서 쫓겨난 작가 막심 고리키의 추문 기사가 실렸다. 이런 기사들 속에서 이탈리아(그리고 이탈리아인들)에게 주어진 공간은 거의 없었다. 온통 미국인뿐인 저명인사 사진이 실린 일요일 광고지에 엔리코 카루소의 사진이 등장했다. 카루소는 이제 살이 좀 찌기는 했지만, 그래도 이탈리아 출신으로는 처음으로 장관이 된 시드니 손니노와 함께 이탈리아인들의 표본으로 부상했다. 하지만 손니노는 유대인 아버지와 기독교인인 영국인 어머니를 두었다는 이점이 있었다. 신문에 실린 다른 이탈리아인들은 죽은 사람 둘뿐이었다. 한 사람은 살인자 주세페 마르모였는데, 1904년 9월 28일 처남 눈치오 마리나노를 살해했고 1906년 3월 22일에 뉴어크에서 교수형을 당했다. 또 다른 사람은 리파리 출신 편집인 도메니코 몰리카였는데 검은 손에게 살해당했다. 그는 14번가의 415이스트에 살았다. 침대에서 자다가 총을 맞았다. 1906년 4월 16일에 예언자라는 별명이 붙은 페르난도 사라도 살해된 사람으로 신문에 실릴 뻔했다. 하지만 디아만테가 다른 결정을 내렸다.

1906년 부활절 아침에 디아만테는 예언자라는 별명을 가진 남자의 집 앞에서 휘파람으로 「여자의 마음」을 불었다. 예언자는 장의사에서 밤을 새우는 남자 가운데 하나였다. 그는 땅딸막하고 황소처럼 힘이 셌다. 코차의 좋은 친구였다. 적어도 예언자는 그렇게 생각했다. 서로 떨어질 수 없는 절친한 친구처럼 두 사람은 엘리자베스 스트리트 제과점으로 칸놀로(시칠리아에서 즐겨 먹는 디저트로 튀겨 낸 파이 속에 리코타 치즈나 크림을 넣은 것-옮긴이)를 먹으러 가곤 했다. 그리고 교회의 종들이 동시에 울려 퍼지는 지금, 예수가 수많은 고난 끝에 부활한 날이기 때문에 기쁜 기색을 얼굴에 전혀 드러내지 않는 행인들이 서둘러 점심을 먹으러 가고 있는 지금, 디아만테는 억수같이 내리는 비를 맞으며 예언자 집 앞의 소화전에 기대앉아 있다. 벽돌 벽에 주철 비상계단이 달린 집이었다. 안락한 집으로 아넬로도 이런 곳으로 이사 오고 싶어했지만 고층 건물 유리창을 닦아서 버는 돈이 너무 적었기 때문에 불가능한 일이었다. 어쨌든 조만간 이사를 하지 않을 수는 없을 것이다. 철거 명령 이야기가 나오고 있었기 때문이다. 멜버리 지구 건축 스캔들 기사가 신문마다 실렸다. 그 구역은 "범죄와 타락의 소굴", "부패의 진원지이자 미국에 수치를 안겨 주는 진원지"로 정의되었다. 건축업자들은 돈 냄새를 맡았다. 디아만테는 정말 썩은 그 공동주택이 철거되기를 바랐다. 그렇게 되면 어쩔 수 없이 이사를 가게 되고 미국의 다른 면을 발견하게 될 것이다. 비타의 교과서에 적힌 대로라면 미국은 모에가 떠나온 러시아에 이어 세상에서 두 번째로 큰 나라였다. 천연자원, 풍부한 광물, 길고긴 철로들, 그리고 드넓은 강 같은 것에서는 첫 번째였다. 하지만 이 거대한 나라에서 디아만테는 도시밖에 본 것이 없었다. 이 도시, 이 구역밖에.

예언자는 부활절 미사에 갔다. 곧 집으로 돌아올 것이다. 늦지 않게 돌아와야 했다. 소화전 위에 앉아 너무 오래 기다리다 보면 결국 사람들의 눈에 띌 것이다. "이렇게 비가 퍼붓는데 저 애는 왜 저기서 꼼짝하지 않는 거지?" 디아만테는 모자를 푹 눌러썼다. 얼마 전부터 그 역시 얼굴을 가려 주는 챙이 넓은 모자를 썼다. 얼마 전부터 시리아 소년들이 그의 구두를 공짜로 닦아 주었고 신문팔이들은 『일 프로그레소』 신문을 선물했다. 디아만테의 윗입술 위에 거뭇거뭇 수염이 났다. 머리는 위를 뾰족하게 세우고 구불구불한 앞머리로 이마를 덮었다. 프린스 스트리트의 청년들은 크게 성공했다. 디아만테는 다른 사람보다 더 성공했다. 로코보다도 더. 사실 여자들은 로코를 두려워했다. 게다가 로코는 여자들을 전염병자처럼 피했다. 터프가이들의 세계에서 이런 행동은 동성애자나 성불구자, 혹은 특이한 성격의 소유자라는 의미였다. 로코의 경우는 틀림없이 세 번째일 것이다. 반면 18번가 여자들은 디아만테가 퇴근할 때면 창가에서 웃으면서 그를 기다렸다. 코카콜라를 속여 돈을 빼앗아 가곤 하는 여자친구들은 디아만테에게는 돈을 받으려 하지 않았다. 여자들은 돈밖에 생각하지 않았기 때문에 이건 아주 보기 드문 특권이었다. 그 역시 투포에 보내려고 돈을 모으고 그걸 계산하는 일밖에 하지 않았기 때문에 그런 여자들을 비난하지 않았다. 코카콜라의 여자친구들은 레나보다 요구 사항이 적었다. 물론 레나는 엉덩이를 움직이고 두 다리로 집게처럼 그를 꽉 조이고 관계하는 내내, 그리고 끝나고 나서도 그 사시기 있는 눈으로 그를 뚫어지게 보아서 그를 한없이 행복하게 만들어 주기는 했지만 말이다. 그는 너무 행복해서 자랑스럽게 다시 일어나 금방이라도 궤린 메스키노(중세 기사 소설의 주인공—옮긴이)처럼 태양의 나무까지 날아갈 것만 같았다. 빌라 비토리오 에마누엘레 카페에서 오페라를 노래하는 여자 합창단원들은 레나보다 노래를 잘하지는 못했지만 남자들의 무릎에는 훨씬 더 능숙하게 앉았다. 디아만테는 그 여자들 이름이 뭔지도 몰랐다. 그 여자들도 셰리, 로라, 카르멘 같은 가명을 썼다. 그는 그녀들의 본명이 필리파, 카르미나, 막달레나라는 걸 모르는 체했다.

몇 분 뒤 디아만테는 두 남자를 발견했다. 그 사람들에게 예언자가 나타나면 신호를 해야 했다. 두 사람은 빵을 파는 여인의 수레 옆에 서 있었다. 그들은 이 구역 사람들이 아니었다. 외부에서 왔다. 예언자를 위해 일부러. 본조르노 씨는 디아만테에게 이 이야기를 하지 않았다. 이렇게만 말했다. "예언자가 네 앞으로 지나가면 인사를 해라. 큰 소리로, 또박또박 이름을 불러. 그리고 휘파람을 불며 가면 된다." 이상하게 디아만테는 땀이 났다. 하지만 공기는 차가웠고 얼음같이 찬 비가 내렸다. 모든 것이 잿빛이었고 지저분하고 혼란스러웠다. 그는 마음을 가라앉히려 애썼다. 비타의 열두 번째 생일에 금목걸이를 선물하고 싶었다. 하트 펜던트가 달린 목걸이였는데, 일종의 정표 같은 것이었다. 그는 모에의 친척이 운영하는 보석상에서 몇 달 전 할부로 그것을 샀고 벌써 비타의 이름까지 새겨 넣었다. 하지만 램프 때문에 화재가 난 뒤 디아만테는 그 금목걸이를 어떻게 해야 할지 알 수가 없었다. 이젠 비타에게 선물하고 싶지가 않았다. 결국 장물애비에게 넘겨 녹여 버리고 말았다. 그가 아녤로 삼촌에게 빌린 달러를 갚기 위해서이기도 했다. 아직도 빚을 다 갚지 못했다. 로코는 빚을 갚는 건 어리석은 일이라고 말했다. 묵은 빚은 갚지 않아도 되고 새 빚은 묵은 빚이 되게 놔두면 되었다. 어쨌든 디아만테는 이제 겨우 만으로 열네 살하고 다섯 달이 지났으므로 아직 약혼하기에는 너무 어렸기 때문에 이렇게 하는 게 좋았다. 게다가 자신이 비타를 여전히 사랑하는지 확신도 없었다. 비타는 자신이 하고 싶은 대로 하는 소녀였다. 그를 위해서이기는 했지만. 어쩌면 그녀는 그렇게 하고 싶지 않았는지도 모른다. 아니면 그렇게 하고 싶다는 것을 몰랐을지도. 비타의 내면에는 무서운 폭력성이 숨어 있었고 그는 그것이 두려웠다. 램프로 화재가 나던 날 밤 이후 비타는 누구에게도 말을 하지 않았다. 아침이 되면 장을 보러 나갔지만 디아만테는 비타가 뉴욕 시내를 배회한다는 것을 알고 있었다. 마치 레나를 만나기라도 할 듯이.

비타는 냄비의 불을 껐다. 물이 끓었다. 소스를 맛보았다. 걸쭉했고 맛있는 냄새가 났다. 바질 잎 하나를 넣었다. 집 안은 쓸쓸할 정도로 고요했다. 레코드들이 다 녹아 버린 뒤로 축음기에는 먼지가 뽀얗게 쌓였고 지금은 수건걸이로만 쓰였다. 아넬로는 시계를 보다가 신문으로 파리를 쫓았다. 이제 그도 미국인들처럼 신문을 사는 습관을 갖게 되었다. 하지만 디아만테가 돌아올 때까지는 보 백작이 기구를 타고 비행에 성공했다는 것도, 석탄 광산 광부들이 계속 파업한다는 것도 알지 못했다. 그는 딸에게 뉴스를 읽어 달라고 하기가 싫었다. 미국 학교에서 배운 나쁜 것들을 딸이 잊어버리길 바랐다. 그리고 니콜라는 멍텅구리였다. 머리가 정말 텅 비었다. 그리고 집에도 없었다. 부활절 날에도 가족들과 점심을 먹지 않았다. 그는 시간외근무를 한다고 말했다. 아넬로가 아무것도 모르는 것처럼 말이다. 니콜라는 직업이 없었다. 그리고 중국인 리푸의 세탁소 뒷방에서 세상이 천국으로 보일 때까지 피워대는 아편과 한 손에 잡을 수 있을 정도로 발이 작은 어린 중국 여자들 때문에 돈을 낭비했다. 그런데 사실 이 중국 여자들은 나이가 많고 불구였다. 아넬로는 아들을 포기했다. 이불을 개어 놓은 텅 빈 침대를 보면 우울해졌고 미국 아기가 살았으면 지금쯤 어땠을지 생각하게 되었다. 두 살 반 정도 되었을 것이다. 아장아

장 걸으며 아빠 이름을 불렀을 것이다. 그렇게 되었다면 아마 레나와 결혼했겠지. 그의 첫 번째 결혼 서류를 누가 찾아보러 가겠는가? 많은 이들이 그렇게 했다. 아내를 둘 두었고 두 아내 모두 행복해했다. 레나가 이탈리아에 가서 사실을 이야기하는 일은 결코 없었을 것이다. 그의 아들에게는 미국식 이름을 붙여 줬을 것이다. 이탈리아 이름이 나빠서가 아니다. 예를 들면 피에트로 같은 이름은 듣기가 아주 좋았다. 하지만 미국식 이름이 아들에게 훨씬 좋을 것이다. 넬슨, 잭, 혹은 루스벨트 대통령과 같은 시어도어라는 이름이 서류에 적혀 있으면 면전에서 모욕을 받는 일은 없을 것이다. 아니면 중요한 인물이 되라고 위대한 인물인 워싱턴이라는 이름을 지어 주었을 수도 있다. 그러나 그건 그의 운명이 아니었다.

두 남자가 우산 속에서 담배를 피웠다. 빗물이 머리에서 뚝뚝 떨어져 코를 타고 흘렀다. 디아만테는 가고 싶었다. 어떤 이의 정체를 누군가에게 알려 주기 위해 휘파람을 불고 싶지는 않았다. 행인이 지나간다거나 위험하다는 것을 알리기 위해서만 휘파람을 불고 싶었다. 무엇인가를 자극하기 위해서가 아니라 무엇인가를 피하기 위해서만. 코차는 왜 이런 일에 그를 끌어들일 생각을 한 것일까? 어제 코차가 그를 자기 사무실로 불렀다. 디아만테는 아마 월급 인상을 제안할 거라고 생각했다. 자신이 직원들 중 제일 민첩했기 때문이다. 디아만테는 정식 직원이 되고 싶었다. 고인의 가족들과 이야기하고 필요한 일을 모두 신경 써서 준비할 것이라고 예의 바르게 설명하고 싶었다. 그들이 사랑하는 사람을 돌봐 줄 것이니 장의사를 신뢰할 수 있을 거라고. 그는 교양 있게 행동할 수 있었고 수많은 영어 단어를 알았다. 사려 깊게 행동할 줄도 알았다. 죽은 사람들을 존중했다. 그리고 여러 번 사랑하는 누군가를 잃은 적이 있었기 때문에 살아 있는 사람들도 존중했다. 그는 모범적인 직원이 될 것이다. 하지만 본조르노는 그런 식으로 그를 승진시켜 줄 생각이 아니었다. 그런데 대체 왜 그란 말인가? 그건 그를 믿기 때문이라고 할 수 있었다. 코카콜라는 믿을 수가 없었다. 방화에 뛰어난 능력이 있기는 했지만 나비처럼 가볍고 경솔했다. 웃으면 썩은 이가 보였는데도 너무 입을 잘 벌렸다. 여자들에게 잘난 체를 하면서 돌아다녔고, 자신이 대단하다는 것을 보이기 위해 누구에게나 엉덩이에 난 권총 자국을 보여 주었다. 어느 날 밤 화가 난 바 주인이 그에게 권총에 든 총알을 모두 쏘아대며 달려와서 생긴 상처였다. 로코는 코카콜라에게 경고했다. "네가 내 양동생만 아니었으면 배를 쑤셔 버리게 했을 거다."

배를 쑤셔 버린다. 로코는 정말 배를 쑤려 버릴 것이다. 디아만테는 그걸 알았다. 로코는 디아만테에게 칼을 선물할 때 그 칼을 어떻게 사용하는지 설명해 주었다. 제일 중요한 것은 창자 속에서 칼날을 비틀어 돌리는 것이다. 푹 찌르기만 해서는 안 된다. 손잡이까지 찌른 뒤 위쪽으로 칼을 끌어당겨야 한다. 그런 식으로 하면 상처가 아물지 않는다. 가장 기분 좋은 일은 상대의 눈을 보는 것이다. 상대가 애원하고 살려 달라고 비는 동안 손의 힘을 느껴 보는 것이다. 로코는 조금도 동요하지 않고 훌륭하게 설명했다. 그 일이 자신과는 전혀 상관없다는 듯이. 메를루초에게는 중요한 게 아무것도 없었다. 누구도 코차의 배를 찌르지 못하게 막기만 하면 된다. 다른 일들에 대해서는 아무것도 몰랐다. 고양이만은 예외였다. 그는 고양이가 먹을 허파와 내장을 잊지 않고 샀으며 직접 고양이를 키웠다. 고양이들은 개처럼 충직하지는 않지만 얼마나 영리한지 모른다고 여러 번 말했다. 그러니까 그에게 싫증 난 치스트로가 어느 날 그를 버리고 다른 주인을 찾아간다고 해도 그것은 고양이의 배은망덕한 성질을 보여 주는 것이 아니라 자유를 보여 줄 뿐이었다. 또 다른 예외는 디아만테였다. 그래서 아무도 첼레스티나에게 기대하지 않았을 때 자랑스럽게 디아만테를 장의사로 데려간 것이었다. 하지만 디아만테는 이 사실을 그리 자랑스러워하지 않았다. 약간의 돈을 벌기 시작했기 때문이기도 하고 대담해졌기 때문이기도 했다. 그리고 불타는 냄새에서 고향 집에 있는 벽난로 냄새를 맡았기 때문이기도 했다. 로코의 생각이 옳아서 누군가 빼앗아 간 것을 되찾아 와야 할 것 같았기 때문이다. 하지만 균열로 인해 로코가 주장하는 것의 근거가 뒤흔들려서 디아만테는 더 이상 그를 믿지 않았다. 로코가 부당한 일에 복수를 하는 것일 수도 있었지만 그는 부당함을 부당함으로 갚거나 엉뚱한 사람에게 피해를 입혔다. 디아만테가 자신은 정식 직원이 되는 꿈밖에 없기 때문에 이제 밤에 나가고 싶지 않다고 말했을 때 로코는 실망해서 얼굴을 찡그렸다. 그러더니 이곳은 출구도 창문도 없는 세상이어서 아무도 여기서 나갈 수 없다고 대답했다. 고양이 꼬리를 계속 쓰다듬으면서 나지막이 그렇게 말했다. 고양이는 꼬리를 꼿꼿이 세우고 좋아서 몸을 떨었다. 디아만테를 쳐다보지도 않았다. 그래서 디아만테는 로코가 이제 그의 친구가 아닐 뿐만 아니라 아무 감정 없이, 애석해하지 않으면서 자신의 배도 찌를 수 있다는 것을 알게 되었다.

아넬로가 앉아서 담배를 피웠다. 비타가 주저하며 그에게 다가갔다. 얼마 전까지 그녀는 아넬로가 홀로되었기 때문에 휴가를 내고 증기선 배표를 사서 그녀를 어머니에게 데려다 주러 갈 거라고 생각했다. 하지만 그렇지 않았다. 아넬로는 계속 솔을 들고 고층 건물에 올라갔다. 창문을 닦으면서 사무실에서 일하는 직원들을 보았다. 그리고 이탈리아로 돌아간다는 말을 입 밖에 내지 않았다. 레나의 이름도 입에 올리지 않았다. 하지만 비타는 그가 레나 생각을 한다는 것을 잘 알았다. 어떨 때는 아넬로가 밤중에 식탁에 앉아 축음기 손잡이를 돌리는 모습을 보기도 했다. 레코드들은 집이 불탈 때 다 망가졌다. 녹고 휘어져서 노래를 하지 못했기 때문에 축음기에서는 이제 아무 소리도 나지 않았다. 하지만 그래도 아벨로는 머릿속으로 음악을 들었다. 그래서 몇 시간이고 눈을 감고 거기 앉아 있었다. 비타는 아벨로에게 그렇게 하고 싶지 않았다고, 일부러 그런 게 아니라고 말하고 싶었다. 하지만 말을 해도 소용이 없었다. 이미 벌어진 일이니. 게다가 아벨로는 하느님은 다 보고 계신다고, 하느님이 그렇게 원했다고 말했을 것이다. 비타는 하느님이 이 일과 아무 상관이 없다는 것을 알고 있었다. 하느님은 알코올램프를 보지 못했다.

불행한 일이 있고 난 뒤 아무도 레나의 이름을 입에 올리지 않았다. 디아만테까지도. 호리한 유대인 모에만이 레나를 찾아왔다. 그는 야학으로 달려가기 전에 늘 프린스 스트리트에 들르곤 했다. 몇 가지 핑계를 생각해 냈다. 창문 색깔을 다시 고쳐야 한다든가, 거기에 새를 한 마리 더 그려 넣거나 산 위에 눈을 더 그리고 싶다거나. 의자에 올라가 물감을 칠하는 동안 레나는 바로 그의 밑에 있는 개수대에 몸을 숙이고 새우를 손질했다. 모에는 절대 레나를 내려다보지 않았고 말 한마디 건네지 않았다. 하지만 레나가 그 자리를 떠날 때까지 그렇게 불편한 자세로 있었다. 그녀가 움직이고 나서야 내려왔다. 한번은 레나에게 극장에 가자고 초대했다. 그는 비고리토 사진관에 갇혀서 인화를 하는 데 지치면 오후를 극장에서 보내곤 했다. 하지만 레나는 초대를 받아들이지 않았다. 모에는 낙담하지 않았다. 다시 집을 찾았다. 그는 모두들 이따금씩 목욕을 하는 통에 그림을 그리기 시작했다. 갈대와 개구리가 있는 풀밭 같았다. 하지만 그는 통의 그림을 끝낼 생각을 하지 않았다. 한없는 인내심으로 무엇인가를 기다리는 것 같았다. 그러다가 마지막으로 왔을 때 레나는 집에 없었다. 모에는 아무 말도 하지 않고 뭔가를 잃어버린 것 같은 분위기로 집안을 둘러보았다. 그러더니 돌아서서 나갔다. 통의 그림은 미완성으로 남왔다. 이제 집안의 여주인은 비타였다. 비타가 모든 일을 다 했다. 요리하고 빨래하고 다림질하고 청소하고 조화를 만들었다. 밤이 되면 졸리고 피곤하고 등이 아파 죽을 것 같았다. 집안의 여주인 같은 건 그녀에게 조금도 중요하지 않았다. 가끔 열세 살이 되고 싶지 않다는 생각을 했다. 그녀는 이미 충분히 늙었다.

몇 분전부터 누군가 문을 두드렸다. 쉴 새 없이, 급하게. 하숙생들은 다 열쇠를 가지고 다녔으니 의사 란차가 틀림없었다. 아넬로는 란차가 신사를 가장한 사기꾼이며 감기 말고는 병을 고치지도 못한다고 말하면서도 일요일마다 딸의 건강을 확인하러 오게 했다. 비타가 잠을 못 이루게 된 뒤로 병에 걸렸을까봐 걱정이 되었다. "비타! 의사 선생님이 문 두드리잖아, 안 들려!" 아넬로가 소리쳤다. 비타는 의사들을 볼 수 없었다. 벨뷰의 의사들이 레나를 들것에 실어 갔다. 레나는 헛소리를 했다. 의사들이 시트로 레나를 덮었다. 한 손만 밖으로 나와 있었다. 레나의 몸속에 악마가 있기 때문에, 아넬로가 디오니시아를 잊어버리게 하고 디아만테가 비타를 생각하지 않게 만들었으니 그렇게 되는 게 당연했다. 하지만 레나의 비명 소리에 온 집 안 사람들이 다 일어났다. 파란 불길이 매트리스와 밀가루 부대와 꽃무늬 커튼을 다 태웠다. 암탉들도 죽었다. 의사들이 3층으로 사라졌다. 그들이 다시 아래층으로 내려왔을 때 비타가 그중 한 사람의 소매를 잡았다. "살았어요?" 그에게 물었다. "그래, 살았다." 의사가 퉁명스럽게 대답했다. "2도 화상이다." 다시 문 두드리는 소리. "젠장, 비타, 문 열어 줘! 대체 뭐하는 거야?" "들어오세요, 앉으세요." 의사 혼자가 아니었다. 사실 문을 두드린 사람은 의사가 아니었다. 갈고리 같은 콧수염에 검은 뿔테 안경을 쓴 차가운 인상의 남자였다. 제복을 입은 남자 두 명이 동행했다. 경찰이었다. 남자가 말했다. "여기 이 사람 살고 있지요……."

예언자가 천천히 앞으로 걸어왔다. 걸음을 옮길 때마다 축 늘어진 볼살이 흔들렸다. 그 역시 터프가이였다. 그는 패배자도 착한 사람도 아니었다. 그는 튼튼했고 온몸에 문신을 했다. 10년 전 바로 그가 가게 주인들에게 주먹을 휘두르며 집세를 받아 내고 갈비뼈와 코뼈를 부러뜨리곤 했다. 노동자들의 피를 빨아먹는 기생충 같은 인생이었다. 그는 일평생 힘든 일을 한다는 게 뭔지 몰랐다. 제 손으로 밥벌이를 해본 적도 없었다. 디아만테는 그에게 눈곱만큼의 연민도 갖지 않았다. 하지만 자기 자신에게는 아직도 약간의 연민을 느꼈다. 머리가 터질 것 같았다. 노래 가사가 머릿속에서 빙빙 돌면서 밖으로 나오지는 않았다. **바람에 날리는 갈대와 같이 항상 변하는 여자의 마음**. "그 구절을 휘파람으로 불기만 하면 돼. 그리고 이렇게 말하는 거다. 좋은 부활절입니다, 예언자. 그리고 너는 가면 돼. 등을 돌려. 네가 관여할 일이 아니라 다른 구역에서 일부러 온 저 두 이방인의 일이야." 그들은 권총을 가지고 있다. 재킷 밑에 권총이 있다. 여기서도 불룩한 게 보였다. 그들은 전문가였다. 총알 두 개로 태연하게 일을 마칠 것이다. 코차가 제복 입은 운전사가 운전하는, 불투명 유리가 달린 검은 자동차에 시신을 실어 기억을 남을 만한 장례식을 치러 줄 것이다. 한 달 뒤에, 일 년 뒤에 디아만테는 부모들에게 우편환을 보낼 수 있을 것이다. 진짜 우편환을. 어머니 안젤라는 신세 한탄을 멈추겠지. 원망으로 다른 사람들을 불행하게 만드는 일도 그만둘 것이다. 이제 끈으로 코르크 조각을 발에 묶고 다니지 않아도 될 것이다. 어머니는 항상 그것을 부끄러워했다. 다른 여자들은 하다못해 나막신이라도 신고 다녔기 때문이다. 그의 어머니만 유리 위를 걷듯 조심조심 걸었다. 코르크에 진흙이나 오물이 덕지덕지 묻어 있는 경우가 많아서 너무 힘을 줘서 발을 옮기면 밑창이 발에서 떨어져 나갔다. 밑창이 떨어져 나가지 않게 발을 옮기려고 애쓰는 안젤라의 모습을 얼마나 많이 봤던지! 심장의 피를 끓게 하는 가슴 아픈 광경이었다. 안젤라는 안토니오가 무능력한 패배자라고 시비를 걸며 바가지를 긁는 일도 그만둘 것이다. 안토니오는 다른 사람의 밭에 가서 땀을 흘리며 일하지 않아도 될 것이다. 드디어 정부와 주인들이 항상 거부해서 살 수 없었던 땅 한 뙈기를 살 수 있을 것이다. 네가 사랑하는, 상처를 잘 입는 네 아버지는 어머니에게 저수지에 내려가서 유리병에 물을 담아 오라고 하지도 않을 것이다. 아버지는 밤에 그 검고 잔잔한 저수지 물을 보면 거기에 빠져 버리고 싶은 욕망을 느꼈다. 레오나르도와 아메데오는 다른 형들처럼 굶어 죽지 않을 것이다. 살아남을 것이다. 어제 아버지의 편지를 받았다. 아메데오가 초등학교 3학년을 마쳐 가고 있는데 학교 공부를 디아만테보다 더 잘한다는 편지였다. 아버지는 왜 이렇게 편지가 뜸한지 물었다. 멀리 있고 세월이 아무리 흘러도 피는 묽어질 수 없다. 모두들 정말 간절히 네 소식을 듣고 싶어한다고. 예언자의 그림자는 땅딸막하고 볼품없었다. 디아만테는 그와 한 번도 말을 해본 적이 없었다. 그는 예언자를 몰랐다. 예언자는 주먹질을 하고 협박을 하고 양심의 가책 없이 사람들을 죽였다. 폭력배였다. 폭력배들은 누군가 그의 자리를 차지하면 이렇게 죽었다. 무솔리노는 일곱 명을 죽였다. 그들 중 무솔리노가 당한 부당한 일에 책임이 있는 사람은 아무도 없었다. 그 뒤 무솔리노는 죽을 때까지 감옥에 갇혀 지내야 했다. 그가 미쳐서 자기 이름이 무솔리노라는 것도 잊어버릴 때까지.

아벨로는 딸이 비명을 지르기 시작했을 때 자리에서 일어났다. 물이 뚝뚝 떨어지는 러닝셔츠를 입고 검은 뿔테 안경을 쓴 남자가 나타났다. 손에 종이를 들고 있었고 계속 같은 말을 되풀이했다. "여기 이런 사람이 살고 있지요……." "없어요, 없어요, 없어요." 비타가 날카롭게 소리쳤다. 아벨로는 미심쩍은 얼굴로 나무 상자들과 통 사이에 사이프러스처럼 서 있는 남자들을 자세히 보았다. 금발 머리에 깨끗이 면도를 한 남자들의 태도는 뻣뻣했다. 아넬로는 긴장을 풀었다. 그는 깜짝 놀랐었다. 혹시 그의 머리에 남아 있는 마지막 머리카락들, 마지막 이빨들, 다시 재기하려는 마지막 희망을 빼앗아 가려고 온 고리대금업자의 부하들일까봐 떨었다. 하지만 로코가 그런 똘마니들이 접근하지 못하게 해주었다. 로코는 자신이 있는 한은 그들이 아버지 같은 아넬로에게 손끝 하나 대지 못하게 하겠다고 맹세했다. 다행히 찾아온 사람들은 경찰들뿐이었다. 그들은 수갑과 권총까지 가지고 있었다. 이렇게 비에 흠뻑 젖은 빌어먹을 놈들이 원하는 게 뭐지? 로코를 잡으러 왔나? 비열한 엘머? 아니면 건달 코카콜라? 혹시 디아만테인가? 그 애가 무슨 짓을 했는지 알 게 뭔가. 그는 디아만테가 싫었다. 다른 아이들보다 훨씬 영리하다고 생각했다. 그에게 항상 불행을 가져다주었다. 디아만테가 프린스 스트리트에 오고 난 뒤로 그의 삶은 엉망진창으로 추락했다. 가게를 잃었고 명예를 잃었고 레나를 잃었다. 그에게 남아 있는 게 뭐가 있나? 이 경찰들이 왜 찾아온 거지? 이웃 사람들이 경찰이 오는 것을 봤을지도 모른다. 그들은 아마 이 이야기를 몇 달 동안 해댈 것이다. 아넬로는 수치스러웠다. "이 집에는 나하고 이 여자애밖에 없습니다. 모두 밖에 나갔어요." 아넬로가 말했다. 유령처럼 하얀 얼굴의 비타가 커튼 뒤에서 얼굴을 내밀었다. 뭔가에 홀린 것 같은 바로 이런 시선의 비타를 그날 밤 보았다. 비타는 유령처럼 꼼짝하지 않은 채 불타는 침대 뒤에 서 있었다. 그래서 레나를 잃었다. 아버지는 딸과 같이 있어야 한다. 레나 같은 여자를 다시 만나지 못한다 해도.

"법령을 통보하라는 명령을 받았소." 뿔테 안경 낀 남자가 완벽한 이탈리아어로 말했다. "의무교육에 대한 법령." "싫어요!" 비타가 울부짖었다. "가요, 빨리 가요, 누가 여기 오라고 했어요?" **뉴욕 주. 자녀를 학교에 보내지 않는 부모들에게 부과하는 벌금. 최초의 위반일 경우 5달러 미만. 그 뒤 계속 위**

반할 때마다 50달러 미만. 상습적인 위반일 경우 30일까지 구류형에 처한다. 아넬로는 뉴욕 주의 법과 자신이 무슨 상관이 있는지 이해할 수가 없었다. 그런 법이 있는 줄도 모르는 사람이 어떻게 법을 위반할 수 있단 말인가? 어쨌든 그의 기억이 맞는다면 그는 벌써 5달러의 벌금을 냈다. 그걸로 된 것 아닌가? 그는 비명을 지르는 딸의 몸을 흔들었다. 비타는 경찰들이 벌금을 받으러 집에 온 게 아니라는 걸 아넬로보다 먼저 알았던 것이다. "결론적으로 말해서, 내 말 이해했소?" 뿔테 안경 쓴 남자가 벌컥 소리치듯 말했다. "핑계 대지 말고 나를 따라와요. 당신을 체포하겠소." "체포라니, 무슨 빌어먹을 소리를 하는 겁니까!" 아넬로가 몸부림을 치며 분통을 터뜨렸다. "나한테 손대지 마시오. 손대면 가만 안 놔둘 거요!" 비타가 감옥에 갈 사람은 자기라고 소리쳤다. 자기가 램프를 쳐다보았고 자신의 마음속에 악이 들어 있다고. 아넬로가 멍텅구리이고 많은 잘못을 저지르긴 했지만 정말 큰 잘못을 한 사람은 자신이었다. 레나를 불태워 버리고 싶지는 않았지만, 레나에게 화를 내고 싶지는 않았지만 말이다! 그녀는 그렇게 하고 싶지 않았다! "아빠! 아빠!" 파란 경찰복에 매달려서 비타가 울부짖었고 아넬로는 욕을 하고 저주를 퍼부었다. 빌어먹을 학교가 그에게 원하는 게 대체 뭐란 말인가? 그는 학교에 다녀 본 적이 없다. 그런데 자기 딸이 왜 학교에 다녀야 하고 거기 가서 뭘 해야 한단 말인가? 만일 다른 자식이 있으면 그 애를 학교에 보낼 것이다. 그 애 이름을 워싱턴이라고 지을 것이고 훌륭한 미국인으로 만들 것이다. "그래, 맹세할게, 날 놔줘, 빌어먹을 후레자식, 젠장!" "아빠! 아빠!"

"전부 실수야, 맞아, 안 그래, 비타?" 아넬로가 갑자기 미심쩍은 생각이 들어 의기소침해졌다. "네가 아빠를 얼마나 좋아하는지 이 사람들에게 말해." 하지만 경찰들은 갑작스레 폭발한 이런 부성애에 눈도 꿈쩍하지 않으면서 아넬로의 두 팔을 등 뒤로 비틀고 수갑을 채운 뒤 문 쪽으로 밀었다. "아빠! 아빠! 아빠!" 뿔테 안경 쓴 남자가 비타를 옆으로 밀면서 아동협회 사람들이 늦어지고 있는데, 이 아이를 어떻게 해야 하는지 경찰들과 상의했다. 비타가 타란툴라 거미처럼 경찰들에게 달려들었다. "비타, 아가야, 진정해라, 더는 문제를 만들지 마." 아넬로가 간청했지만 비타는 경찰들의 손아귀를 벗어나서 아넬로를 붙잡았다. 그리고 이 폭발적인 감정 때문에 그의 무릎이 구부러질 정도로 그에게 딱 달라붙었다. 엘리스 섬에서 아넬로를 모른 체해서 허탕을 치고 돌아가게 한 뒤로 3년 동안 단 한 번도 아버지라고 부르지 않고 사람들에게 자기가 엔리코 카루소의 딸이라고 말하고 돌아다녀서 그를 가슴 아프게 했다. 비타가 그에게 입을 맞추고 수염으로 거칠거칠한 뺨을 쓰다듬었다. 아넬로는 아무 반응도 보이지 않았다. 그는 넋을 놓았다. 그의 일들은 항상 반대로 진행되었기 때문에 모든 것을 받아들였다. 내가 지푸라기를 물 위에 놓으면 물속에 가라앉는다니까. 내가 얼마나 불행한 늙은이냐고, 다른 사람들을 위해 애쓰는데 딸하고 부활절도 제대로 보내지 못하잖아. 비타는 폭풍처럼 아넬로에게 입을 맞췄다. 그렇게 해서 레나가 디아만테와 잠자리를 하고, 램프가 레나의 침대에 떨어져 레나가 누에고치처럼 붕대에 감겨 벨뷰에 입원하게 되고, 이제 비타가 아무와도 이야기하지 않게 된 모든 일을 바로잡을 수 있기라도 한 듯이. 하지만 이제 레나는 프린스 스트리트로 다시 돌아오지 않을 것이다.

비타가 몸부림을 치고 손바닥으로 때리고 욕을 했다. 어쩌면 자기도 잡혀가길 바랐는지도 모른다. 경찰들은 거칠게 식탁 쪽으로 그녀를 밀치고 계단으로 나갔다. 그들은 아동협회 직원들을 기다려야 하는 건지, 아니면 소녀를 데려가야 하는 건지, 너무 놀란 데다가 수치심에 가득 차서 주걱턱을 덜덜 떨고 있는 이 데이고만 연행해 가야 하는 건지 결정을 내리지 못했다. 문이 차례로 열리면서 사람들이 계단에 나타났다. 가래를 내뱉듯 검은 손이라는 말을 쉴 새 없이 뱉으며 불량배들과 범죄자들 이야기하는 걸 좋아하는 노파들, 자기 아이들을 비타와 놀지 못하게 했던 이웃집 여자들, 레나가 지나갈 때면 휘파람을 불고 한 손가락을 입에 집어넣던 이웃집 남자들, 엄지와 집게로 둥글게 구멍을 만들고 그 안에 중지를 집어넣던 어린애들이었다. 모든 이들의 얼굴이 모두 이렇게 말할 뿐이었다. 잡혀가는 게 당연해. 너희는 범죄자라니까.

예언자가 집 열쇠를 꺼냈다. 마흔 살 정도 되어 보였다. 그보다 적지는 않을 것이다. 축 늘어진 넓은 어깨, 둔해 보이는 얼굴. 드디어 나타났다. 몇 발짝 떨어진 곳에 있었다. 그가 디아만테를 스친다. 디아만테가 그를 본다. 예언자도 그를 본다. 어쩌면 차갑고 냉혹한 파란 눈의 이 소년을 어디서 본 적이 있는지 스스로에게 묻고 있는지도 모른다. 암살자의 눈이었다. 이런 소년은 생각할 것도 없이 면전에서 총을 겨눌 수도 있다. 예언자는 소년의 앞을 무사히 지나면서 안도감에 몸을 떨었다. "당신을 죽이려고 해요. 당장 떠나세요." 디아만테가 낮게 말했다. 예언자는 돌아보지도 않았다. 하지만 디아만테는 그가 자신의 말을 들었다는 것을 알았다. 예언자가 집으로 들어갔다. 디아만테는 입술을 깨물었다. 권총을 가진 두 남자가 돌아서서, 아내와 팔짱을 끼고 미사에서 돌아오는 한 남자를 뚫어지게 보았다. 디아만테가 고개를 저어 아니라는 신호를 보냈다. 그는 비를 맞으며 가만히 서 있었다. 목으로 빗물이 떨어졌다. 그는 모든 게 정상인 척했다. 누군가 예언자의 집에 들어가 창문을 닫는 게 아주 자연스러운 일인 것처럼. 예언자의 집에 들어간 게 예언자가 아닌 것처럼. 이제 난 어떻게 하지? 침착하고 자신 있는 모습을 보여야 해. 아무것도 모르는 체해야 해. 웃으면서 기다려.

1시가 되자 더 이상 긴장감을 견딜 수가 없어서 소화전을 떠났다. 두 이방인 앞을 지나면서 이렇게 말했다. "어디 바에라도 들른 것 같아요." 디아만테는 프린스 스트리트 쪽으로 천천히 걸어가 보려 했다. 30분도 안 돼서 코차는 일이 실패로 돌아갔다는 것을 알게 될 것이다. 로코의 제자 디아만테가 자신을 배신했다는 것을. 한 시간도 안 돼서 그를 잡으러 사람들이 올 것이다. 그의 혀를 자르게 될까? 내시처럼 거세를 시켜 버릴까? 칼로 배를 찌르고 상처가 아물지 않도록 밑에서 위로 칼날을 돌릴까? 그가 살려 달라고 애원하는 동안 그의 눈을 노려보면서. 그를 토막 내서 통 속에 집어넣을까? 만회할 기회를 주기 위해 로코에게 그 일을 명령하게 될까? 디아만테는 본조르노 형제들의 계율을 잘 알고 있었다. 스승과 동료를 존경하라. 쓸데없이 스승과 동료의 이름을 입에 올리지 말라. 아버지에게 복종하라. 디아만테에게는 시간이 별로 없었다. 모퉁이를 돌자마자 달리기 시작했다.

디아만테는 비타가 고양이를 안고 계단에 앉아 있는 것을 보았다. 현관 문이 활짝 열려 있었다. 층계참과 미끄러운 계단과 뜰에 여자들이 잔뜩 모여 수군거리고 있었다. 하숙생들은 이런 대소동으로 그들의 부활절 점심이 엉망이 되어 실망스러운 얼굴로 빵에 소스를 발라 먹고 있었다. 이 꼬마가 백리향을 넣은 양고기를 해준다고 했던 것을 생각하면서. 이 야생적인 비타가 프린스 스트리트 최고의 요리사가 될 거라고 누가 상상이나 할 수 있었겠는가. 그들은 되도록 말을 아꼈다. 경찰이 아넬로 삼촌을 감옥으로 데려갔다. 아무도 그 이유를 몰랐다. "그런데 우리가 삼촌을 감옥에서 나오게 하지 않으면 집주인이 우리를 길로 내쫓아 버릴 거야. 경찰서로 가서 삼촌을 도와야 해." "어디로 간다고?" "경찰서로." "갈 거지?" "나중에." 디아만테가 말했다. 아파트에는 낯선 사람들이 들끓었지만 그는 부드럽고 유창한 말솜씨의 로코와 부딪힐까봐 두려웠다. 그는 돈을 모아 둔 베이비파우더 통을 집었다. 갈아입을 속옷 하나를 주머니에 집어넣고 입고 있는 셔츠 위에 셔츠 하나를 더 입었다. 비타가 자기를 보고 있다는 것을 알았지만 그녀에게 눈을 돌리지 않았다. 비타는 머리를 풀어 놓은 채 머리를 묶는 선홍색 리본을 손에 들고 그를 보고 웃었다. 그렇다. 정말 웃고 있었다.

"우리 아버지가 잡혀갔다고 걱정하지 마." 디아만테의 상의를 잡아당기며 비타가 조그맣게 속삭였다. "내가 경찰서에 가서 아버지 때문에 학교에 못 다닌다고 말했어. 억지로 조화와 파스타를 만들게 한다고 말이야. 난 다시 학교에 다니고 싶어. 오빠를 사랑하니까. 다시 말을 가르쳐 주고 싶어. 우린 이제 드디어 자유로워졌어. 이젠 아무도 우리 둘을 떼어 놓지 못할 거야." 디아만테는 너무 흥분해 있어서 비타가 무슨 말을 하고 있는지 제대로 듣지 못했다. 뭔가 터무니없는 일이, 무시무시한 일이 잘못 벌어졌다는 것을 알아차렸다. 하지만 시간을 허비할 수는 없었다. "난 오빠를 용서했어, 디아마." 비타가 말했다. "레나도 용서했어. 램프는 내가 옮긴 게 아니었어. 앞으로도 절대 그렇게 하지 않을 거야. 절대."

디아만테는 돌아보지 않았다. 되는 대로 빗, 면도기, 여권 같은 소지품을 주머니에 쑤셔 넣었다. 그제야 비타는 디아만테가 떠나려고 한다는 것을 알아차렸다. "어디 가는 거야?" 디아만테가 나가지 못하게 막으려고 그와 커튼 사이로 끼어들면서 물었다. "말할 수 없어, 비타." 디아만테가 비타를 피하려고 했지만 비타는 그의 상의를 잡았다. 그를 껴안고 손톱이 그의 손바닥을 찌를 정도로 손을 꽉 잡았다. 비타의 손은 뜨겁고 축축했다. 비타는 얼마나 많이 변했는지. 몸매가 통통해졌다. 그녀의 몸은 유연한 입구들을 숨기고 있어서 그는 그 속으로 미끄러져 들어가고 싶었다. 내가 정말 미쳤어. 내가 대체 무슨 생각을 하고 있는 거지? "날 떠나지 마." 비타가 그에게 말했다. 그 목소리가 너무나 강렬해서 디아만테는 잠시 비타를 데려갈까 생각해 보기도 했다. 그가 항상 바라던 일 아니었나? 이 모든 것에서 비타를 데리고 나가는 것. 하지만 열두 살짜리 소녀와 어떻게 살아간단 말인가? 결국 체포되고 말 것이고 비타는 소년원에 가고 말 것이다. "비타." 그가 비타의 얼굴을 살며시 어루만지며 말했다. "나도 널 사랑해. 넌 내 여자야. 꼭 돌아올게. 약속해." 비타는 입술을 떨면서 디아만테의 주머니에서 삐져나온 속옷 귀퉁이를 뚫어지게 보았다. 디아만테가 떠나고 있다. 자기 물건들을 모두 가지고. 그녀를 놔둔 채. 그녀는 심장이 터질 것 같았다. 디아만테가 계단으로 달려갔다. 1분이라도 더 지체하다가는 영영 떠날 수 없을 것이다. 계단을 내려가면서 비타의 교과서를 놓고 왔다는 것을 생각해 냈다. 지름길이 없는 이 길에서 벗어날 수 있는 그의 유일한 무기였다. 하지만 책을 가지러 돌아갈 시간이 없었다. 고가철도로 달리는 기차의 문이 다시 닫히고 기차는 덜커덩 소리를 내며 2번가 쪽에 서 있는 건물 이층의 열린 창문들 앞으로 쏜살같이 달려갔다. 디아만테는 잠깐 동안 잘 차려진 부활절 점심 식탁을 보았다. 함께 모인 가족들, 양고기, 감자, 한적한 길에서 신문을 파는 외로운 신문팔이들, 주택 벽에 몸을 기댄 채 손님을 기다리다 허탕 쳐서 할 일 없는 창녀들, 떠돌이 개들과 셔터를 내린 가게들, 멈춰 있는 권양기들, 빈병과 사과 씨들과 타이어들이 떠다니는 회색 강물을 보았다. 그제야 디아만테는 너무 급히 달아나느라 반대 방향으로 가는 기차를 탔다는 것을 알게 되었다. 그는 역이 있는 시내가 아니라 브루클린으로 가는 중이었다. 부활절이고 점심 시간이어서 기차 안은 텅 비었는데 그의 앞자리에 파란 옷을 입고 검은 머리를 선홍색 리본으로 묶은 소녀가 앉아 있었다. 비타였다.

디아만테는 코니아일랜드가 사람들로 붐빌 거라고 생각했다. 50만 명, 어쩌면 100만 명의 대군중들이 와글와글 떠들고 크게 소리치고 웃을 거라고. 그래서 그 수십만의 얼굴, 몸, 웃음 속으로 들어가면 아무도 그의 얼굴, 그의 몸에 주목하지 않을 거라고 생각했다. 그는 아무도 아니었고 아무도 그를 찾을 수 없을 것이다. 하지만 코니아일랜드에는 사람들이 별로 없었다. 당황한 몇몇 가족들이 사람이 없는 놀이 기구 앞을 어슬렁거렸다. 브라이튼 비치 산책로를 쓸쓸히 산책하는 사람들도 200명이 채 안 되었다. 오전 내내 비가 와서 사람이 별로 없었다. 디아만테는 다른 곳으로 떠날 힘도 없었다. 결국 오늘이 자신만을 위한 휴일이라도 된다는 듯이 놀랍도록 경이로운 곳에 자신을 맡기기로 했다. 다른 사람들이 죄를 속죄한다고 해도 그만은 그 죄에서 결백하다는 듯이. 빈 롤러코스터가 덜그럭거리며 정상을 향해 비탈진 레일을 올라가고 있는 동안 그 밑에서 있던 디아만테는 상의 안주머니를 뒤졌다. 많은 일들이 일어났지만, 그 많은 일들에 맞서서 비타에게 즐거운 일요일을 선물할 수 있는지 확인하기 위해서였다. 매점들 사이에서 행상인들이 구운 옥수수와 과일 튀김, 땅콩, 아이스크림을 팔았고 이빨이 다 빠진 할머니가 작은 막대에 솜사탕을 만들고 있었다. 팝콘은 구름바다 같았지만 입에 들어가자 뽀드득 소리가 났다. 팝콘에서는 고무와 소금 맛이 났고 혀에 달라붙었다. 비타의 침 냄새가 혹시 이렇지 않을지 속으로 생각해 보았다.

비타는 어리둥절했다. 어디로 가는 거냐고, 왜 달아났냐고, 무슨 일이 있었느냐고 디아만테에게 묻지 않았다. 둘 다 아무 말도 없이 거의 서로를 보지도 않으며 방울도마뱀을 부리는 사람과 가짜 파도 위에서 흔들리는 가짜 배 앞을 미끄러지듯 걸어갔다. 적당한 값에 뱃멀미의 재미를 경험해 볼 수 있는 배였다. 비타가 걸음을 늦춘 것은 미숙아들이 숨을 쉬고 있는 유리 인큐베이터 앞에서뿐이었다. 신생아들은 '아기'처럼 작았는데 살아 있었다. 비타의 수호천사인 아기를 다시 볼 수 있어서 기뻤다. 그녀는 포효하는 호랑이도 모른 체했다. 다리 위를 지날 때 갑자기 바람이 불어와 속치마가 펄럭였다. 삐뚤삐뚤한 스타킹의 귀퉁이가 보여 휘파람 소리가 메아리처럼 들려오자 비타는 즐거운 비명을 질렀다. 디아만테는 정신이 아득할 정도로 하얗고 균형 잡힌 비타의 허벅지를 아무도 보지 않았길 바라면서 안전하게 그녀를 잡아당겼다. 그렇지만 디아만테는 허벅지를 보았다. 그리고 이미 몇 안 되는 사람들, 튀김 냄새, 회전목마, 서로를 제압하기 위해 연주하는 것 같은 십여 개 악단의 요란한 음악 위로 그 모습이 떠다녔다. 항구에 묶여 있던 닻을 잘라 버려 드디어 태어나서 처음으로 그를 짓누르는 명령과 의무에서 해방되어 자유로워진 기분이었다.

어두운 대형 천막 앞에 줄을 선 연인들이 서로를 밀치고 있었다. 그들은 키스와 애무를 할 수 있는 호젓한 자리를 차지하려고 앞을 다투었다. 하지만 문 앞에서 한 남자가 진통하는 하이에나처럼 목쉰 소리로 고함치며 싸우는 사람들을 설득했다. 그래서 디아만테는 단념을 했다. 광대 하나가 긴 죽마 위에서 흔들흔들 걸었다. 그리고 복권을 파는 판매대가 있었다. 10센트짜리 복권을 사면 자전거를 탈 수 있었다. 비타는 복권을 사고 싶어하지 않았다. 방사형 바퀴에 나무 안장이 달린 자전거가 예쁘기는 했지만 비타는 자전거를 탈 줄 몰랐다. 하지만 디아만테는 자전거를 갖고 싶었다. 미국 전역을 자전거를 타고 달리고 싶었다. 더 이상 되돌아올 수 없을 정도로 멀리 갔을 때에야 멈출 것이다. 그들은 사람들이 옷을 거의 다 벗은 외국 미녀들을 구경하기 위해 주먹질을 하다시피 하는 부스들 앞을 재빨리 지나갔다. 주머니에 든 지폐가 무겁게 느껴졌다. 오늘 전부 다 써버릴 거야. 그래서 날 잡으러 왔을 때 내게서 아무것도 빼앗아 갈 수 없게 할 거야. "뭐 사줄까, 비타? 캐러멜? 아니면 칼 던지는 사람 구경하러 들어갈까? 자동사진기로 사진 찍을까? 아프리카 부족 춤을 출까?" "사진, 디아마, 우리 사진이 한 장도 없잖아."

디아만테는 25센트를 사진기에 넣고 아코디언 같은 기계 앞에서 자세를 잡았다. 가슴을 똑바로 펴고 입술에 어색한 미소를 지으며. 디아만테는 박쥐처럼 까만 양복을 입고 가죽 나비넥타이에 중산모자를 썼고 비타는 머리를 뒤로 넘겨 선홍색 리본으로 묶고 금귀고리를 드러냈다. 디아만테는 판돈을 너무 높게 건 도박꾼처럼 긴장한 표정이었고 비타는 규칙을 위반하고 어떤 식으로든 벌을 피하려는 개구쟁이같이 얼굴을 찡그렸다. 10분 뒤 그들은 오징어 먹물 색의 종이를 받았다. 그들의 얼굴은 초점이 맞지 않아 흐릿했다. 마치 마지막 순간에 사진기에 포착되고 싶지 않은 것처럼, 그들이 살고 있는 되풀이할 수 없는 이 순간을 죽은 기억으로 만들고 싶지 않은 것처럼. 디아만테는 검은 플래시였고 비타는 밝은 색 얼룩이었다. 그들의 윤곽은 겹쳐져서 구별이 되지 않았다. 꼭 한 사람의 사진처럼.

악단이 댄스곡을 연주하기 시작했다. 둥근 홀의 맥줏집이 술렁거렸다. 수십 명의 사람들이 서로를 보면서 상대를 선택한 뒤 꼭 껴안고 피아노와 바이올린의 유쾌한 선율에 몸을 맡겼다. "춤출 수 있어, 디아만테?" 비타가 이제 종이컵 속에서 숨이 죽어 버린 마지막 구름 팝콘을 입에 넣으면서 물었다. "응." 디아만테가 대답했다. 사실 그는 한 번도 여자와 춤을 춰본 적이 없었다. 7월 축제 때 타란텔라 춤을 추는 연인들을 구경해 본 적이 있을 뿐이었다. 하지만 이 음악은 타란텔라를 출 때의 음악과 달랐다. 코카콜라의 여자친구들이 카페에서 흉내 내던 캉캉 춤 음악도 아니었다. 전혀 모르는 선율이었다. "춤추자, 춤추고 싶어 죽겠어." 비타가 팝콘을 뱉으면서 그의 소매를 잡아당겼다. 디아만테가 제대로 추지 못할까 봐 겁이 나서 망설이는 사이 비타가 그를 끌고 연인들 사이로 들어갔다. 원형의 홀 가운데로 가서 그의 엉덩이에 한 손을 올려놓았다. 갑자기 그의 다리가 음악과 하나가 되었다. 그들은 원을 따라 날아가듯 춤을 췄다.

디아만테는 자신이 비타를 리드한다고 착각하면서 비타를 따라 이리저리 움직였다. 두 사람은 훌륭하게 호흡을 맞췄다. 비타는 느긋하고 가벼웠다. 다른 사람의 발길질도, 튀김 냄새도, 그렇게 여러 달을 신었는데도 아직도 죽은 사람의 냄새가 알게 모르게 흘러나오는 체사레의 신발도, 그들에게 들켜서 잡혀가 배를 찔릴 것이라는 두려움도 사라져 버렸다.

저녁 7시가 되자 갈증이 나서 미칠 것 같았다. 사람들이 맥줏집 의자에 털썩 주저 앉았다. 디아만테는 자신이 가진 재산의 상당 부분을 주고 두 사람이 먹을 핫도그와 코카콜라를 샀다. 일요일에는 술을 마시는 게 금지되었기 때문에 술 종류는 팔지 않았다. 실제로 미국인들은 죽음과 질병만이 아니라 알코올에도 즉시, 그리고 확실하게 몸서리를 쳤다. 알코올을 마셔서 그 결과로 사람들이 이성을 잃는 게 아니라 알코올이 바로 이성을 잃게 만드는 원인이라도 된다는 듯이. 얼음 조각을 와삭와삭 깨물며 음료수를 마시는 동안 비타는 아녤로의 뾰죽한 주걱턱이 사람들 사이에 나타난 것만 같았다. 그래서 잠시, 자신의 아버지는 돌이킬 수 없는 치욕을 느끼며 감옥에 갇혀 있는데 자기는 여기서 디아만테와 춤을 추는 게 죄를 짓는 건 아닌지 혼자 생각해 보았다. 하지만 주걱턱이 사라지자 아녤로도 그녀의 머릿속에서 지워졌다. 그와 함께 프린스 스트리트, 알코올램프, 벨뷰 침대에 누워 있던 레나의 멍한 얼굴, 용서할 수 없지만 용서받았던 배신들, 그리고 그 밖의 다른 모든 일들이 사라졌다. 희미한 초승달이 물 위로 떠올랐다. 가로등에서 불그레한 원형 불빛이 비쳤다. 디아만테는 계속 코카콜라를 마셨고 비타는 탁자 밑에서 발을 움직였다. 아직도 디아만테의 품에 안겨 있는 것 같았고 두 사람의 몸이 하나가 되어 움직이는 듯했다. "디아만테, 누구 죽였지, 그래서 달아난 거지?" 비타가 이렇게 말을 시작하자 디아만테가 그 말을 가로막았다. "쉿, 우리 영어로 말하자." "왜, 대체 무슨 생각을 하는 거야?" "미국인인 척하자, 비타." 디아만테가 모자 귀퉁이를 만지작거리면서 소곤거렸다. "다른 사람들하고 똑같이. 오늘 밤은 즐기자. 아이 필 소 해피." 그가 말을 시작했다. 비타는 알아듣지 못한 표정으로 그를 보았다. "네가 가르쳐 줬잖아, 기억 안 나? 난 행복해." "나도 행복해." "해피." 디아만테가 계속 말했다. "디아만테, 뭐라고 하든, 해피."

복권 장수가 숫자를 불렀고 가터벨트를 드러낸 여자가 칠판 위에 숫자를 적었다. "당첨됐어?" 비타가 복권을 흘깃 보면서 물었다. 디아만테가 미적미적 일어나서 말없이 사람들 속으로 들어갔다. 4월의 어느 해 질 녘에 코니아일랜드 맥줏집에 앉아 닳아 뭉툭해진 탁자 모서리를 더러운 손톱으로 긁던 비타는 세상일들이 평면적이고 공허한 것이 아니라, 섬에 있던 녹색 자유의 여신상처럼 여러 가지 차원이 있다는 생각을 하며 깜짝 놀랐다. 주위가 돌고 돌아서 사람들이 움직일 때마다 여신상이 변한다. 여신상의 등이나 횃불, 왕관, 소금기에 전 엉덩이를 볼 수 있다. 오늘 자유의 여신상은 그녀에게 가장 고귀한 부분, 즉 횃불을 보여 주었다. 진실은 다른 그 어느 곳이 아니라 자신의 움직임 속에 있기 때문이다. 세상일들은 나쁘지도 좋지도 않았으며 있는 그대로, 일어난 그대로일 뿐이었다. 그녀는 투포를 떠나 디아만테와 그의 아버지와 기차에 오를 때 울었다. 그녀는 티레노 해로 사라지는 해를 자기 집 창문에 서서 수천 번 보고 싶었다. 새벽빛이 작은 오솔길을 비추기 시작하자마자 새장에서 우는 카나리아의 노랫소리를 듣고 싶었고 할아버지의 땅으로 레몬을 주우러 가고 싶었다. 하지만 어쩌면 그 모든 것을 다시는 볼 수 없을지도 모른다. 하지만 결과적으로 이게 더 좋은 일인지도 모른다. 불행 때문에 눈물을 흘려 봐야 아무 소용이 없다. 불행이 행운일지도 모르는 일 아니겠는가. 기쁜 일 때문에 즐거워하는 것도 부질없는 짓이다. 기쁨이 불행이 될지 누가 알겠는가. 운명은 아직 일어나지 않은 것이다. 디아만테가 다시 돌아와 자리에 앉았다. 그리고 자전거를 타지 못했다고 비타에게 말했다. 그런데 자전거가 내게 뭐 필요하겠는가? 그자들이 입에 돌을 넣고 발에 벽돌을 매달아 이스트 강에 던지면 어디로도 페달을 밟아 갈 수 없을 텐데.

자유 댄스 시간이 끝났다. 체크에 반짝이는 별무늬가 있는 새틴 상의를 입고 머리에는 높다란 빨간 원통형 모자를 쓴 키가 크고 우락부락한 남자가 확성기에 대고 홀을 비워 달라고 소리치기 시작했다. 곧 기다리고 기다리던 댄스 마라톤이 시작되기 때문이었다. 10센트만 내면 등록을 할 수 있는데 상품이 풍부했고 누구나 상대를 바꿔 춤을 출 수 있었다. 디아만테가 접수대로 갔다. 내가 미국인이었다면, 센트럴파크 앞의 기둥들이 늘어선 집에서 태어났다면, 내 이름은 다이아몬드였을 거야. 내 심장을 도려내려고 날 찾는 사람도 없었겠지. 그래서 디아만테는 주저 없이 서류에 다이아몬드라고 썼다. 그리고 아는 미국인이 하나도 없어서 미합중국 대통령의 성 말고는 다른 성이 전혀 떠오르지 않았기 때문에 루스벨트라고 덧붙여 적었다. 내 이름이 다이아몬드 루스벨트면 온 세상을 정복했을 거야. 그가 비타에게 펜을 내밀자 비타는 뜨거운 물체라도 되는 듯, 그게 적이라도 되는 듯 받아 들었다. 그녀는 그 루스벨트라는 성을 쓰는 게 모욕적이고 용서할 수 없는 일이라고 생각했다. 그녀는 디아만테와 같은 성인 게 자랑스러웠다. 그들의 이름을 부정하지 못하게 했어야 했다. 그녀는 화가 나서 루스벨트라는 글자를 아무렇게나 휘갈겨 썼다. 종이에 구멍이 날 정도였다. 그리고 알아볼 수 없는 낙서를 하나 썼다.

그들은 9번을 받았다. '행운을 가져다 줄 거야.' 비타가 생각했다. '우리가 구원을 받은 날이니까.' 댄스 마라톤은 지구력을 시험하는 시합이었다. 경쟁자들은 '전문가' 심사위원단의 판단에 따라 한 번에 한 커플씩 떨어졌고 마지막에 남은 커플이 우승자가 되었다. 우승자에게는 상이 주어졌다. **1906년 코니아일랜드**라고 적힌 금속 트로피와 30달러, 그리고 태어난 지 20여 일 된 강아지 한 마리였다. 털이 하얀 강아지가 대바구니에서 얼굴을 내밀었다. '우승하지 말았으면 좋겠어.' 디아만테가 속으로 생각했다. '만약 우승을 했다가는 저 강아지는 어쩔 수 없이 팔게 될 거야. 그러면 다른 강아지들처럼 살해되겠지. 그걸 생각하는 것만으로도 살인이야. 강아지들을 죽일 바에는 차라리 예언자 같은 범죄자를 죽이는 편을 택하겠어.'

시합에 참가하지 않는 사람들, 냉소적으로 빈정대며 농담하는 사람들, 호기심을 보이는 사람들, 여자친구가 없는 외로운 사람들, 그리고 춤을 춰줄 여자를 돈을 주고 구할 수 없는 사람들이 둥근 홀의 가장자리에 서서 소리를 지르며 이 커플, 저 커플에게 환호할 준비를 하고 있었다. 부끄러워하거나 주저하지 않고 모두들 시합에 참가했다. 젊은이들, 그리 젊지 않은 사람들, 심지어 괴짜 노인들까지 있었다. 거대한 이중 턱의 노동자와 주근깨투성이인 아가씨, 미성년자 남자친구와 함께 온 늙은 창녀, 부드러운 눈으로 상대의 눈을 바라보면서 해변에서 그들을 기다리고 있는 어둠을 생각하는 연인들, 이제 서로 사랑하지 않아 지겨운 듯 마지못해 습관적으로 춤을 추는 부부들과 바워리에서 실을 파는 노부부도 있었다. 아직도 서로를 사랑하는 노부부는 꼭 껴안고 있었다. 애인과 온 벽돌공, 30분 전에 만나 이름도 물어보지 않은 낯선 여인들과 온 기관사들과 재킷에 넥타이를 맨, 시내에서 가장 악명 높은 구역의 갱단원들도 있었다. 여자들은 모두 이 갱단원들을 쳐다보았는데 그들의 옷이 황록색, 진노랑색, 진분홍색으로 화려했기 때문이기도 했고 겨드랑이에 권총을 끼고 있기 때문이기도 했다.

예쁜 파란색 원피스를 입은 비타가 먼지 속에 무릎을 꿇었다. 부츠 끈을 하나씩 풀더니 부츠를 탁자에 앉아 있는 낯선 부인에게 맡겼다. 부인은 춤을 추자고 청할 사람을 초조하게 기다리는 중이었다. 비타는 그 부인에게 부츠를 맡아 달라고 부탁했다. 그러더니 일어서서 디아만테 앞에 자릴 잡았다. 그리고 그의 손을 자신의 허리에 얹었다. "이러면 안 돼. 다른 여자들은 모두 신발을 신었어. 우린 쫓겨날 거야." 디아만테가 말했다. "이렇게 춤을 추지 못하게 하면 안 출 거야." 비타는 맨발로 춤을 추었다. 원형 홀의 마룻바닥을 맨발로 밟으니 기분이 좋았다. 이미 해가 졌기 때문에 바닥은 차가웠다. 지금의 불빛은 모두들 느끼는 기쁨처럼 인공적이었다. 믿기 어려운 불빛, 전구가 만들어 내는 비현실적인 불빛처럼. '우린 너무 어려서 금방 떨어질 거야.' 그림자처럼 검은 디아만테의 옷을 꼭 잡은 채 비타가 생각했다. 금방 떨어질 거야. 그래서 귀를 막고 그들의 번호를 부르는 소리를 듣지 않고 싶었다. 9. 아니 나인.

12, 33, 45, 8…… 9번은 호명되지 않았다. 호명된 커플들은 불만스러운 듯 춤을 멈추고 몇 안 되는 구경꾼들 속으로 들어갔다. 구경꾼들은 진분홍색 양복을 입은 갱단원을 응원하는 사람과 노부부를 응원하는 사람으로 나뉘어 휘파람을 불었다. 19, 36, 22, 피아노 연주자는 땀에 흠뻑 젖었다. 셔츠의 겨드랑이 밑에 검은 자국이 났다. 그는 다른 연주자와 교대했다. 그리고 교대로 들어온 연주자가 박자를 바꿔 20분간 연주했다. 그는 거리에서 연주되는 곡을 모두 쳤다. 그는 이런 곡을 연주해서 돈을 벌었다. 많이 벌지는 못했지만 입에 풀칠은 할 수 있었다. 11, 35, 30. 디아만테의 눈에서 그늘이 사라지고 밝아졌다. 그는 시합을 하고 있어서 행복했다. 이렇게 춤을 추는 동안은 아무도 그를 잡으러 오지 않을 테니까. 그는 오늘 밤, 내일, 예언자의 얼굴, 그에게 기대를 걸었지만 배신을 당한 로코의 실망한 얼굴을 생각하지 않으려 했다. 비타를 품에 안고 계속 춤을 춰야 했기 때문이다. 비타는 발을 땅에 대지도 않는 것처럼 가볍게 춤을 추었다. 마라톤에 지치지도 않았고 음악에 완전히 빨려 들어가서 디아만테가 자신을 어린 비타로, 그에게 입맞춤을 팔아서 그의 얼굴을 빨

좋게 만들던 그 꼬마로 바라보고 있지 않다는 것도 알아차리지 못했다. 20, 전문가 심사위원들이 샛노란 옷을 입은 갱단원을 탈락시키자 사람들이 수긍하지 못하고 웅성거렸다. 협박을 하기도 했고 그냥 소리를 내기 위해 허공으로 총을 쏘기도 했다. "계속 춰, 얘들아." 갱단원의 파트너가 그들에게 속삭였다. 그녀의 땀 냄새는 자극적인 뒷맛을 가지고 있었다. 그녀는 이렇게 탈락해서 기분이 좋았다. 이제 이 아일랜드 출신 멍텅구리가 바닷가 쪽에 자리 잡은 수상한 호텔로 그녀를 데리고 가서 드디어 그의 파트너가 되어 준 노고에 대한 대가를 치를 것이기 때문이다. 15, '내 나이네.' 디아만테가 몇 달 전부터 윗도리 단춧구멍에 꽂고 다닌 실크 장미를 손끝으로 어루만지면서 생각했다. 오늘은 장미꽃이 활짝 핀 것 같았고 희미하게 향기가 나는 것 같기도 했다. 지금 내가 비타에게 무슨 짓을 하는 거지? 비타와 같이 어디로 갈 수 있지? 피노 푸칠레는 굴리엘미나의 어머니에게 고발당해 유괴죄로 감옥에 갇혔고 굴리엘미나는 '비행 청소년'으로 소년원으로 갔다. 성관계를 가진 미성년자 소녀들을 그렇게 불렀다. 37, 24, 구경꾼들이 손뼉을 치며 박자를 맞췄다. 어떤 사람은 둥근 홀 밖에서 춤을 추기도 했다. 대회 등록증이나 달러, 금속 트로피를 전혀 중요하게 생각하지 않는 사람들이었다. "이제 9일 거야." 그가 말하자 비타가 몸을 떨었다. 5, 42, 38, 디아만테가 워낙 잘생겼기 때문에 모두들 그를 보았다. 파트너 없이 소다수를 마시는 직업 댄서들이나 파트너가 있는 여자들, 또 광고에 나오는 모델 같은 키 큰 여자들도 모두. 하지만 디아만테는 여자들 중 제일 작은 맨발의 꼬마와 춤을 췄다. 그 여자애는 다른 남자들의 배꼽에도 닿지 않을 정도였기 때문에 다른 누구와도 춤을 출 수 없었을 것이다. 그러니 그 어울림이 어떨지 짐작할 수 있으리라. 14, 27, 1. 이제 고개들이 재빨리 움직였다. 심사위원들은 서로의 눈을 보았고 지칠 줄 모르고 여러 커플들을 번갈아 가며 가리켰다. 강아지가 바구니에서 짖었다. 개장수나 내기를 해서 쥐에게 강아지를 뜯어 먹게 하는 사람에게 자신을 팔지 않을 주인을 만나길 기대했다. 2, 34, 10. 비타의 맨발이 나무 위에 검은 원을 남겼다. 31, 6. 비타가 내 동생이라고 하면 어떨까? 우린 성이 같지 않은가. 내 동생이다. 우리는 우리를 보살펴 줄 친척 집에 가는 중이다. 하지만 네가 정말 비타를 사랑한다면 오늘 밤 집에 데려다 줘야 해. 29, 30. 디아만테가 주위를 둘러보았다. 이제 무대에서 움직이기가 훨씬 더 편해졌다. 각 커플들이 넓은 공간을 이용할 수 있었다. 그는 비타를 무대의 한가운데로, 옆으로, 땀에 젖은 피아노 연주자 앞으로, 심사위원들 쪽으로 이끌었다. 9번이라고 호명되는 게 전혀 두렵지 않았기 때문이다. 17, 금귀고리를 낀 맨발의 비타와 아무 장식도 없는 디아만테가 얼마나 훌륭하게 춤을 추는지 볼 수 있도록 구경꾼들 앞으로 나갔다. 43, 아넬로가 감옥에서 썩을 것을 생각하자 사악한 기쁨을 맛봤다. 감옥에 있지 않았다면 이번에는 따귀를 때리고 토끼장에 가두는 것으로 끝나지 않고 사우스 스트리트 부두까지 총을 쏘며 쫓아왔을 것이다. "네가 온 곳으로 당장 꺼져, 더러운 촌놈아." 타란툴라 거미에게 똥구멍이나 파먹혀라. 엿 먹으라지, 비타는 내 거야. 서부로 데려갈 거야. 우린 떠날 거야. 다신 만날 일 없을걸. 16, 32, 41. 비타는 민투르노의 장날을 생각했다. 하지만 그 기억들은 희미해서 간신히 붙잡을 수 있었다. 성의 그림자가 드리운 민투르노 광장도 멋졌다. 레이스로 장식한 옷을 입은 여자들을 볼 수 있었고 짭짤한 대구 샌드위치 냄새가 났다. 23, 번호를 부르는 소리가 들리지 않았다. 음악도 겨우 귀에 들어왔다. 18, 3, 이제 구경꾼들은 우승이 불가능해 보이긴 했지만 검은 옷을 입은 장의사와 더러운 맨발의 집시를 응원했다. 장난삼아 혹은 다른 경쟁자들에 대한 심술 때문이기도 했다. "쟤들 좀 봐, 쟤들 좀 봐." 하지만 디아만테와 비타는 아무것도 알아차리지 못했다. 가끔 마법의 주문을 외우듯 해피라고만 되뇌이며 웃었다. 다리가 무감각해지기 시작했고 길고 긴 하루의 피로로 허리가 끊어질 듯 아팠지만 기운을 내자고 서로를 격려했다. 디아만테의 발이 죽은 사람의 에나멜 구두 속에서 헤엄을 치고 단단한 가죽에 거칠게 부딪히며 물집이 다시 심하게 잡히긴 했지만 말이다. 26, 4, "이봐, 데이고 본조르노에게 본조르노('본조르노'는 이탈리아어의 아침 인사다-옮긴이)라고 전해 줘." 황록색 옷을 입은 갱단이 무대를 떠나면서 말했다. 본조르노? 그게 누구지? 난 그런 사악한 사람 몰라. 난 분장실, 관, 소독약, 시체, 강도들을 꿈에서 봤을 뿐이야. 그런 것들을 직접 본 적이 없어. 난 체사레의 구두를 훔치지 않았어. 절대. 39, 40. 비타의 눈앞에서 꼭 껴안고 춤추던 실 장수 부부가 쓰러졌다. 여자의 푸르스름한 정맥이 금방이라도 터질 것 같았다. 주름진 얼굴의 남편과 꽉 껴안고 있었기 때문에 거의 숨이 넘어갈 지경이었다. 정말 이상해, 아넬로는 아내가 눈병이 났는데도 미국을 떠나지 않았다. 안젤라는 매일 남편에게 미국에 가지 않았다고 바가지를 긁었다. 이곳에서는 얼마나 다른지. 이곳에서는 어쩌면 괴로움에 짓눌리지 않고 함께 늙어 갈 수 있을지도 모른다. 25. 민투르노의 7월 장날 이후로 얼마나 시간이 흐른 것일까? 3년? 전혀 딴 세상에 사는 것 같다. 난 돌아가지 않을 거야. 정말 이상하지. 다시 돌아가고 싶지 않아. 7. 디아만테의 발뒤꿈치에 크게 물집이 잡히고 피가 났다. 비타에게서 산 말 중에 제일 중요한 말이 어떤 걸까. 시간이라는 말을 그녀의 목에 입을 맞춰 주고 배웠다. 뺨에 난 사마귀에 입을 맞추고 과거라는 말을 배웠고 촉촉하고 붉은, 꼭 다문 입술에 입을 맞추고 미래라는 말을 배웠다. 28. 누군가 모여 있는 사람들을 뚫고 나갔다. 사람들이 하나둘씩 줄어들기 시작했다. 밤이 깊어 가고 있었다. 맨해튼으로 가는 연락선은 이미 만원이었다. 사람들을 밀쳐야만 겨우 배에 탈 수 있었다. 축제는 시작할 때처럼 바이올린 선율에 따라 끝났다. 휴지 조각과 깨진 병과 찢어진 신문, 호박씨,

솜사탕 막대, 옥수수 자루, 오물, 행복한 사람들이 내일을 위해 남긴 쓸쓸한 유산이 땅에 뒹굴었다. 21. 늙은 연인 커플이 젊은이들에게 굴복했다. 그러니까 젊은이들에게 훌륭한 교훈을 주었다. 이제 별무늬 체크 양복을 입은 사회자가 몇 명 남아 있지 않은 구경꾼들에게 마지막 힘겨운 선택에 참가하라고 큰 소리로 부추겼다. 디아만테와 비타가 눈을 들었다. 그들은 오션 애비뉴의 종업원과 그 아내만 남아 있는 것을 보았다. 그 여자는 가슴이 아주 큰 크리올 여인으로, 축 늘어진 가슴이 배꼽에 닿을 것 같았다. 잠시 후 악단이 마지막 왈츠를 연주하기 시작했다. 비타가 디아만테의 눈을 보았다. 발표를 하기 바로 전에 비타가 자신 있게 말했다. "우리가 이겼어, 디아마." 44. 별무늬 체크 양복을 입은 남자가 소리쳤다. "우승자는, 우승자는……" 그가 등록 장부를 보고 당황해서 말을 더듬었다. "미스터 다이아몬드와 미스……" 힘없는 박수 소리가 짧게 들렸다. 음악이 갑자기 멈췄다. 마지막까지 남아 있던 구경꾼들이 훌륭하다, 꼬마들이라고 소리쳤다. 완전히 진이 빠져 심사위원석 밑에 있던 사회자가 이리 와서 트로피와 강아지를 받아 가라고 날카롭게 외쳤다. 디아만테는 비타를 힘껏 껴안았다. "훌륭해, 비타." 그녀가 그를 밀면서 웃었다. "훌륭해, 디아마. 이건 내 선물이야." 그러더니 그의 입술에 입을 맞췄다. 그는 숨이 멎는 것 같았다.

강아지가 디아만테의 어깨 위에서 낑낑거렸다. 디아만테는 어둠 속에서 희끄무레하게 보이는 비타의 파란 원피스를 뒤따라 빠르게 걸었다. 끝없이 펼쳐진 해변을 바닷물이 핥고 지나갔다. 눈을 크게 떠야만 아주 멀리 있는 배에서 비치는 불빛들을 볼 수 있었다. 탈의실과 울타리로 이루어진 해변의 시설물들을 따라 걸어갔다. 문 닫은 매점, 보트 창고, 창고들을 따라 걸었다. 파도가 가볍게 철썩이며 모래 위로 밀려 들어왔다. 비타의 목에 신발이 대롱대롱 매달려 있었다. 비타는 가죽처럼 단단하고 무감각한 검은 발바닥으로 빠르게 모래 위를 걸었다. 디아만테는 비타처럼 하고 싶었지만 습관이 되어 있지 않았다. 이제 사무실 심부름꾼이 된 그의 발은 이렇게 걷는 것을 견디지 못했다. 몇 분전까지는 다른 사람들의 그림자도 보이고 목소리도 들렸다. 놀이공원에서 돌아가는 사람들과 귀가가 늦은 사람들이 마지막 배를 타기 위해 서둘러 해변으로 사라졌다. 하지만 이제는 어둠 속에 그들 둘뿐이었다. "잠깐만 쉬었다 가자." 디아만테가 말했다.

밤공기는 차가웠다. 하늘에는 별이 총총했다. 디아만테는 축축한 모래 위에 털썩 주저앉았다. "딱 10분만." 비타가 그를 보았다. 그를 이해했지만 마지막 연락선을 꼭 타야 했기 때문에 걱정이 되었다. 코니아일랜드에서 밤을 보내는 것은 위험했다. 게다가 밤에는 허드슨의 창고에서 화물열차들이 여러 대 출발했다. 밤에는 경비들의 감시를 피해 철망으로 기어 들어가 기차에 오르기가 쉬웠다. 어느 칸에 숨어 있다가 갑자기 찾아온 새벽을 맞을 수 있었다. 어디가 되었든 아녤로도 없고, 코차도, 로코도 없는, 실수도 유혹도 없는 제일 좋은 미국을 향해서 갈 것이다. 디아만테는 친절하게 자신의 검은 상의를 담요처럼 모래 위에 펼쳐 놓고 비타에게 자기 옆에 누우라고 했다. 비타가 그의 얼굴을 자세히 살폈다. 디아만테는 와이셔츠의 목 단추를 풀면서 웃었다. 야위고 윤기가 나는 디아만테의 얼굴은 너무나 친숙했다. 입술 위에는 콧수염이 거뭇하게 나는 중이었다. 비타는 그의 말에 따랐다. 딱딱한 모래에 등을 댔다. "너무 피곤해서 계획을 짤 수가 없어." 디아만테가 말했다. 그렇지만 비타에게 많은 이야기들을 해주고 싶었다. 하늘은 까맸고 별이 너무 많았다. 그는 별을 세어 보려고 하다가 어디서 세기 시작했는지 잊어버렸다. 비타는 **1906년 코니아일랜드**라고 적힌 트로피를 가슴에 꼭 안았다. 그것은 가짜였다. 손가락으로 두드려 보면 둔탁한 소리가 났다. "강아지 키울 거야? 우리가 데려갈 수 있을까?" 디아만테는 강아지에게 이름을 붙여 줘야 한다고 대답했다. 그래야 언제든 강아지를 다시 찾을 수 있을 것이다.

"프린스라고 부르자." 디아만테가 제안했다. 뉴욕과 작별하는 날을 제대로 영원히 기억하고 싶었다. "프린스, 프린스, 좋아." 비타가 말했다. 갈매기들이 물가에서 끼룩끼룩 울었다. 갈매기 한 마리가 그들 위에서 둥글게 원을 그렸다. 평상시와 달리 감상에 젖은 디아만테는 갈매기들이 그들을 위해 노래를 부르는 것 같은 기분이 들었다. "괜찮아?" "뭐가?" "손 잡아도 괜찮아?" "응." 디아만테가 비타의 손을 가슴에 올려놓았다. 가슴이 미친 듯이 뛰었다. 이렇게 쉬고 있는데 가슴이 뛰다니 이상한 일이었다. 하루 종일 그를 괴롭혔던 피로와 두려움과 불안감이 모래 위의 바닷물처럼 그에게서 빠져나갔다. 기분 좋은 나른함이 그들을 휘감았다. 서두를 게 없었다. 그들 앞에는 무한한 시간이 있었다. 수많은 밤과 낮과 여러 해들이. 두 사람은 손을 잡았다. 잠시 별들을 가리다가 동쪽으로 달려가는 길고 얇은 구름을 바라보았다. 동쪽에서는 밝은 반사광이 밤을 환히 밝혀 주었다. 그쪽에 이탈리아가 있었다. 오늘 밤은 이탈리아가 얼마나 멀게만 느껴지는지. 안타깝게도 4월에는 별똥별이 떨어지지 않았다. 별이 떨어지면 소원을 빌었을 것이다. 그는 벌써 소원을 하나 가지고 있었다. 그들은 4월에 볼 수 없는 별똥별이 떨어지길 기대하면서 하늘을 뚫어지게 보았지만 하늘은 흐릿한 카펫, 색깔 없는 담요 같았다. 그의 손을 꽉 잡는 비타의 손 때문에 마음이 산란해졌다. 힘 있는 비타의 손은 거칠었고 바늘에 찔린 자국투성이였다. 그 손 때문에 그는 잠시 자신이 부끄러웠다. 하지만 언젠가 우리가 결혼하고 내가 사무원이 되면 조화를 꿰매는 일은 다신 하지 않아도 될 거야.

이제 일어나서 연락선을 타고 허드슨에 있는 창고로 가자. 화물열차에 숨어 서부로 가는 거야. 시골에서 일을 구하자. 어디든 시골은 있을 거야. 남매라고 말하자. 돈을 조금 모은 뒤 믿을 만한 신부님을 만나면 결혼을 하자. 하지만 교회에서. 그렇지 않으면 믿을 수가 없으니. 난 하느님이 증인이 되어 주길 바라. 어느 누구도 하느님보다 중요한 증인이 될 수는 없어. 그러니까 그때가 되어서야 비타를 가질 거야. 그렇게 하는 게 옳으니까. 그다음에는? 그다음에는 어떻게 하지? 미국에서 사는 거야. 이탈리아에는 다시 돌아가지 않을 거야. 이탈리아에서 우리가 찾을 건 아무것도 없어. 전부 다 여기 있어. 가까운 어디엔가.

"디아만테!" 비타가 갑자기 소리를 질렀다. 축축한 모래에 머리를 묻고 발에 바람을 맞으며 해변에 무감각하게 꼼짝 않고 있던 디아만테는 그 목소리에 깜짝 놀라 정신을 차렸다. "봤어, 봤어!" "뭘?" 디아만테가 어리둥절해하며 조그맣게 말했다. "하얀 별. 꼬리 달린 별." 비타의 목소리에서 흥분이 느껴졌다. 평상시의 비타와 얼마나 다른지. 비타는 모든 것, 레몬 씨나 새우 껍질 같은 것에도 흥분을 한다. 풀잎 하나에도 열광을 한다. 그는 설명을 할 수가 없었다. 하지만 갑자기 고요한 하늘에서 뭔가 움직였다. 그 하늘의 별들은 눈에 보이지 않는 못에 걸려 있는 것 같기도 했고, 성당 후진(後陣)의 둥근 천장에 그려진 것 같기도 했다. 하얀 빛, 섬광, 번개가 어둠을 가로질러 허공 속으로 사라졌다. 빛의 꼬리가 달려 있었다. 그렇다, 꼬리였다. 꼬리가 달린 별이었다. 그는 풍선일 거라고 생각했다. 아니면 기구일 수도 있었다. 도시 밖의 비행장에서 그것들을 띄웠다. 비행기들과 함께 열기구와 색깔 있는 로켓들도. 하지만 비타는 그 섬광이 금속 조각에서 반사하는 빛일 뿐이라는 사실을 받아들이지 않을 것이다. "이제 소원을 빌어." 디아만테가 말했다. "무슨 소원이었는지 나한테 말하지 마." 그러더니 비타의 눈꺼풀에 입을 맞추고 그 눈을 들여다보았다. 열기구가 별똥별이 될 수 있다면 이 코니아일랜드의 해변이 성당이 될 수도 있으리라. 하느님이 오늘 밤에도 그들을 지켜보고 있을 것이다. 하느님이 지금, 여기서 그들의 증인이 되었다.

소원, 소원, 비타는 그날 밤 무슨 소원을 빌었을까? 아벨로를 용서하고 있는 그대로의 그를 받아들일 수 있게 해달라고 빌었을까? 그의 가게를 다시 사서 하루 종일 감자와 토마토 무게를 달게 해달라고? 레나가 집에 돌아올 수 있게 해달라고? 어디 있는지는 모르지만 직감하고 있는 몸의 비밀을 찾게 해달라고? 디아만테의 아내가 되어 그에게 맛있는 요리를 해주고 그가 고층 빌딩에서 일하는 동안 하루 종일 그를 기다리게 해달라고? 그의 자식을 낳고 평생 그를 사랑하게 해달라고? 하지만 별똥별을 본 그날 밤 이 모든 것들이 그녀에게는 별로 중요하지 않아 보였다. 정말 중요하고 결정적인 것으로 생각되지 않았다. 소원을 선택할 수 없었지만 그 당장에 말해야 했기 때문에 서둘러야만 했다. 벌써 하얀 별이 고요한 하늘에서 사라져 버렸다. 추웠다. 디아만테의 상의가 밀려 올라가 모래가 그대로 몸에 닿았다. 모래 알갱이가 몸에 배겼다. 그녀는 하늘만큼 큰 소원을 생각해 보았다. 거대하고 있을 법하지 않은 무엇인가를, 그러니까 4월에 하늘에서 떨어지는 별을, 하얀 꼬리가 달린 별을, 별똥별을 보았다고 생각했기 때문이다.

십자가가 달린 금목걸이를 디아만테의 목에 걸어 주었다. 엄마의 말에 따르면 이 목걸이가 불행을 물리쳐 준다고 했다. 눈을 감았다. 뿔테 안경 쓴 경관의 유령이 방금 끝난 격동의 하루에서 흩어져 갔다. 그와 함께 아벨로의 욕설도, 바늘에 찔린 손바닥의 통증도 사라졌다. 벌써 덜컹거리는 기차 바퀴 소리가 들렸다……. 여러 생각들이 사라지고 나서, 디아만테가 오늘 밤 그들의 입맞춤은 어떤 느낌일지 알아보기 위해 그녀의 입술에 자신의 입술을 갖다 댔을 때 비타는 이 모든 것을 다 담을 수 있는 소원을 찾아냈다. '해피'였다. 그녀는 오늘 밤처럼 영원히 '해피'하고 싶었다.

"비타, 자는 거야?" 디아만테가 갑자기 물었다. 비타는 대답하지 않았다. 디아만테가 상의로 그녀를 덮어 주었다. 비타가 잠이 들어서 큰 실수를 하지 않을 수 있었다고 생각했다. 오늘 밤 하느님은 없었다. 그들의 인생을 파괴할 일을 막기 위해 숨어 있었다. 그는 흥분이 가라앉지 않아서 뜬눈으로 밤을 지새웠다. 어떤 일과도 맞설 수 있고 어떤 장애도 극복할 준비가 된 것 같은 기분이었다. 자신의 옆에 웅크리고 자고 있는 비타와 함께. 비타는 곧 그의 아내가 될 것이다. 그녀는 그를 선택했다. 그의 목에 마법의 목걸이를 걸어 주었다. 앞으로는 모든 것이 달라질 것이다. 삶이 미지의 대륙처럼 그의 앞에 펼쳐져 있었다. 삶은 이제야 비로소 시작되었다. 드디어 모든 것이 한 방향, 한 목표를 갖게 되었다. 그는 혼자 웃었다. 금목걸이를 입에 물고 십자가를 손바닥에 눌러 보았다. 장의사 상의 밑으로 나온 비타의 다리를 보면서 꿈을 꾸었다. 그녀의 까무잡잡한 몸처럼 정복해야 할 세상이 그의 앞에 있었다. 난 심부름꾼도 큰 호텔의 수위도, 사무원도 되지 않을 거야. 굉장한 사람이 될 거야. 어느 날엔가 기업가가 되어서 고층빌딩, 철도, 기관차, 열기구, 로켓을 만들 거야. 아니면 모에가 말했던 예술가가 될 거야. 미켈란젤로처럼 위대한 화가가 될 거야. 입장하려면 돈을 주고 표를 사야 하는 센트럴파크 앞 박물관에 내 그림이 걸릴 거야. 아니면 그보다 훨씬 더 훌륭한 어떤 사람이 될 거야. 단어들을 모두 배워서 단테처럼 유명한 시인이 될 거야, 비타. 내 책들이 왕궁 같은 레녹스 도서관에 꽂힐 거야. 돈을 내지 않아도 누구나, 너와 나 같은 사람도 들어갈 수 있는 곳이야. 사람들은 디아만테가 누군지 알게 될 거야. 내 이름을 알게 될 거야. 우리 여기서 떠나자. 내가 널 데리고 갈게. 완전한 나만의 집을 갖게 될 거야. 네게 수천 편의 시를 써줄게. 네가 잘 때, 춤출 때, 일어날 때, 뭔가를 생각하고 있을 때 너에 관한 시를 써줄게. 우리가 여기 와서 처음 보았던 세인트폴 예배당에서 너와 결혼할 거야. 진짜 성당이 아니어서 지붕에 십자가는 없지만. 워싱턴 스퀘어에 집을 갖게 될 거야. 넌 내 아내가 될 거야. 여름에는 일등석을 타고 바다를 보면서, 열기구가 별똥별이 되었던 밤, 우리 둘을 영원히 이어 주었던 이 밤을 떠올리면서, 투포로 가자. 넌 내 목에 목걸이를 걸어 준 걸 절대 후회하지 않을 거야. 우리 자식들은 나처럼 키가 작을 거야. 다이아몬드는 벽돌처럼 크지 않으니까. 우리 자식들은 네 재주와 상상력을 갖게 될 거야. 난 네게 진실하고 넌 내게 진실할 거야. 비타.

제 2부

집으로 가는 길

황량한 나의 고향

다이 대위는 1943년 마크 클라크 장군의 미 제5군에 합류했다. 프린스턴 공과대학을 최우수 성적으로 졸업한 그는 미국이 전쟁에 개입한 날 군에 자원했다. 적국의 시민인 그의 아버지가 비애국적인 행동이라고 의심을 하며 잠시 동안 집 안에 가둬 두기까지 했지만 다이는 시설공병대에 입대했다. 독일에서 활약하는 특수부대였다. 아버지의 치욕스러운 행동(혹은 아버지에게 가해진 추악한 행동. 나중에 그의 생각은 훨씬 유연해질 것이다.)에서 해방되길 간절히 원했던 그는 거의 2년 동안 비행기 부품, 보급 창고, 병원, 격납고, 숙소와 온갖 종류의 건물, 활주로, 다리나 항구를 건설했는데, 그것은 보병이나 수류탄처럼 승리에 꼭 필요한 것들이었다. 사무실과 건설 현장에서 보낸 그의 전쟁은 정말 추상적이었다. 형이상학적인 수학 같았다. 큰 영광을 누렸지만 위험은 없었다. 그러나 미 제5군이 볼투르노 강을 건널 준비를 서두른다는 것을 알게 된 다이는 남부 전선으로 가게 해달라고 요청했다. 군 당국에서는 그가 큰 실수를 하는 것이며 경력에 오점을 남길 수도 있다고 설명했다. 이탈리아에서의 전투는 대군주작전(노르망디상륙작전의 작전명 – 옮긴이)을 앞둔 교란작전일 뿐이었다. 이탈리아 반도에 되도록 많은 수의 독일군을 유인해서 영국해협으로부터 멀리 떨어져 있게 하기 위한 표면적인 연극이었다. 남부 전선에서는 받을 수 있는 훈장이 없었다. 그것은 명예롭지 못한 산악전이었다. 급류에 뛰어들고 독일 포병대의 포격을 받으며 눈

속에서 뒹굴어야 했다. 병사 수로 이기는 전쟁이 아니라 흙과 물과 불과 진흙의 전쟁이었다.

다이는 포기하지 않았다. 그는 고집이 셌다. 수도 없이 거부를 당했지만 그는 결코 낙담하지 않았다. 1943년 가을에 그는 스물세 살이 되었다. 죽음에 대한 두려움은 크지 않았고 한 가지 확신만은 뚜렷했다. 그는 자신의 부모들이 도망쳐 왔고, 그의 조부모들이 아직도 살고 있는 그 나라에 해방군 선발대로 들어가고 싶었다. 그가 늘 말로만 듣던 곳, 그 맛과 향기를 알고 있는 곳, 잃어버린 낙원이며 어머니가 화장대 거울에 끼워 둔 흑백 엽서로만 보았던 기억의 지옥인 그곳에. 멀고 먼 곳, 이상의 이름의 그곳. 그는 자신의 것이 아닌 것을 상기시키는 그곳을 증오했다. 파괴해 버려 거기서 완전히 자유로워지고 싶었다.

그런 바람이 생긴 것은 할렘 폭동이 일어난 날이었다. 그날 처음으로 그는 자신이 진짜 미국인이 아니라는 것을 알게 되었다. 다른 이들의 눈에는 영원히 이탈리아인이라는 것을. 그 자신이 결코 이탈리아인이 아니었고, 그렇게 되지 않을 것이라고 해도. 1935년 3월 19일이었다. 다이는 아직 열다섯 살이 채 되지 않았다. 그는 학급에서 일등이었다. 그래서 그는 동급생들 중에서 친구를 만들지 못했다. 같은 반 학생들은 세 자릿수 제곱근을 계산해 내는 그의 뛰어난 실력을 질투했고, 무엇보다 그가 성적 우수 학생에게 주는 장학금을 독점해서 그를 시기했다. 그는 두 여동생과 노는 것으로 만족해야 했다. 게다가 그는 놀랄 만큼 여동생들의 응석을 다 받아 주었다. 아버지가 대공황으로 파산을 했지만 어머니가 일을 해서 할렘가의 가장 활기찬 거리에 있는 검은 벽돌집에서 편안한 생활을 이어 갈 수 있었다. 그는 어머니가 특히 사랑하는 아들이었다. 그는 전체적으로 행복한 소년이었다고 할 수 있었다. 하지만 그 사건 뒤 두려움과 자신이 가치 없는 사람이라는 느낌이 머릿속에 깊게 새겨졌다. 그가 다르다는 것을 나타내는 표지처럼. 그것이 어떻게 시작되었는지 그는 몰랐다. 어느 순간 자신이 아버지 사무실 책상 뒤에 엎드려 있었다. 몽둥이와 야구방망이를 든 수백 명의 성난 사람들이 인도에 있었다. 사람들은 무엇이든 닥치는 대로 부수고 "저자들 목을 매달아, 불태워 버려."라고 외치며 유리창을 부쉈다. 린치를 가하거나 사형 집행을 할 때 지르는 함성이었다. 하지만 이번에 '저자들'은 바로 그의 아버지와 그였다. 다이는 그 폭도들 중에서 같은 반 친구의 얼굴을 발견했다. 죽음에 대한 두려움보다 불신과 수치심이 훨씬 더 컸다. 그의 어머니는 그 구역을 파괴하고 그들을 서둘러 떠나게 만든 이 폭동의 의미를 그에게 설명할 수 없었다. 무솔리니, 그리고 에티오피아를 정복하려는 그의 생각, 그 때문에 흑인 공동체가 상처를 받은 것 등을 이야기해 주었다. 하지만 딕은 그의 짝이었다. 꽤나 말이 없던 다이가 무솔리니에게 감탄한 것은 딱 한가지, 그 막힘없는 말솜씨뿐이었다. 게다가 그의 부모와 같은 나라 사람들처럼 허약하고 촌스러워 보였고 큰 소리로 떠들곤 했다. 덧붙여 말하자면 그는 부모와 같은 나라 사람들을 부끄러워해서 학교 행사가 있을 때는 모르는 체했다. "저자들 목을 매달아, 불태워 버려." 사무실은 약탈을 당했다. 공격자들과 같은 흑인인 청소부 여인이 그들을 막지 않았다면 불에 타버렸을 것이다. 다이가 아버지의 회전의자 밑에 숨어 있는 동안 시위대들이 빨간 페인트로 벽에 낙서를 했다. 모든 게 다 끝났을 때 **파시스트, 모피아, 파시스트…… 마피아**, 파시스트, 마피아란 글자에서 붉은 페인트가 뚝뚝 떨어졌다. 그의 살에 난 상처에서 피가 떨어지듯이.

상처는 아물지 않았다. 벽에 씌어진 그 모욕적인 말이 몇 년 동안 다이의 머리에서 떠나지 않았다. 어떤 메시지처럼. 아니면 구원의 길을 그에게 알려 주는 명령처럼. 이런 폭력을 당하고 나서 아버지는 몇 년 전부터 손해만 보고 있는 부동산 중개사무소를 닫아야겠다는 결심을 굳혔다. 하지만 이 폭동은 뜻밖의, 그리고 아주 파괴적인 결과를 초래했다. 1935년 3월 19일 바로 그날부터 그는 이탈리아어로 말하는 것을 그만두었다. 세례명으로 부르면 대답을 하지 않았고 학교에서 그에게 붙여진 미국 별명으로 이름을 바꿨다. 그리고 자신도 모르는 사이에 아버지, 어머니, 그리고 자기 자신을 증오하기 시작했다. 1943년 가을에 그 벽에 씌어진 지워지지 않는 그 글씨를 지울 수 있는 가능성을 고집스레 찾았다.

그의 요구는 받아들여졌다. 그는 외인부대에 배정되었다. 프린스턴 출신 엔지니어가 전투공병대 소굴로 들어가게 되었다. 지칠 대로 지친 미군 보병 사단을 위해 부교를 건설했다.

날씨가 험악했다. 몇 주 동안 비가 내렸다. 군용기는 날아 보려는 시도조차 하지 못했다. 헐벗어 몸을 숨길 곳 하나 없는 언덕과 산 여기저기 흩어져 있는 전선에 가랑비가 끊임없이 내렸다. 끈적끈적하고 축축한 가랑비가 차갑고 날카로운 바람으로 바뀌었다가 폭풍우로, 얼음으로, 눈보라로 변했다. 몇 개 되지 않는 길들은 건물 파편들로 막혀 버렸거나 깊게 움푹 파여 지나갈 수가 없었다. 눈이 쌓여 있지 않은 길들은 진창이 되어 버렸다. 몸이 굳은 병사들은 오물이 딱딱하게 달라붙어 거의 사용할 수 없게 된 무기와 씨름을 했다. 계속 오물을 닦아 냈지만 무기는 제대로 작동하지 않았다. 포장도로나 비포장도로를 몇 백 미터 올라가는 데도 어마어마한 노력이 필요했다. 퇴각하던 독일군의 작전은 다리와 도로변의 건물들, 그러니까 도시와 마을의 집과 건물을 체계적으로 파괴하는 것이었다. 교차로와 길 모퉁이, 급류가 흐르는 비탈길들은 지뢰밭이었다. 부대가 야영하기 적당한 곳에는 지뢰가 흩어져 있었다. 쉴 틈이 없었다. 정찰을 하는 도중에도 소규모 충돌이 끊임없이 벌어졌다. 이런 지역에서는 언덕과 산꼭대기, 무너진 농가를 차지하는 사람이 살아남을 가능성이 훨씬 더 높았다. 잔인하면서도 어리석은 전투였다. 포로들을 잡아 그들의 대열을 확인하는 것도 중요했다. 독일군은 연합군의 공격 징후를 찾길 바랐고 연합군은 후퇴 낌새를 찾고 싶어했다. 하지만 공격은 부진했고 후퇴는 없었다. 양쪽 모두 지금은 부족한 대포와 탄약이 허락하는 만큼의 화염을 낮이고 밤이고 뿜어냈다. 다이는 이 참호의 전쟁이 불길하게도 1914년의 제1차 세계대전과 비슷하다고 생각했다. 그래서 자신도 코카콜라처럼 죽을 수 있다는 의심이 생기기 시작했다.

그는 코카콜라가 전사한 이야기를 수도 없이 들었다. 믿어지지 않는 사실과 존경이 뒤섞인 그 이야기를. 사실 아무도 예상치 못했는데, 1917년 코카콜라는 자원입대했다. 미국인들의 군대는 아주 강력해서 그들과 함께라면 틀림없이 승리할 것이라고 믿었기 때문에 미군에 들어갔다. 미국인들은 전쟁에 져본 적이 없었다. "이탈리아와 미국은 동맹국이야. 그러니 이탈리아도 전쟁에서 승리한 거야." 사람들이 그의 말에 반박했다. "하지만 이탈리아가 승리한 경우가 훨씬 적지." 코카콜라는 자신의 뜻을 꺾지 않고 대답했다. 그래서 이탈리아 육군이 아니라 미 육군에 입대했다. 그는 벨기에의 어느 평야에 배치되었다. 그가 사진과 함께 보낸 편지가 딱 한 장 남아 있었다. 사진 속의 그는 썩은 이를 보이지 않으려고 웃지 않았다. 편지에는 아주 평범한 문장 두 줄이 적혀 있었는데, 군용식이 마음에 든다는 것이었다. 편지의 나머지 부분은 검은 줄로 다 지워져 있었다. 1919년 그의 유해가 성조기에 싸인 나무 상자에 담겨 돌아왔다. 그는 구급차 운전병이 되었다. 전쟁이 끝난 뒤에는 모두 자동차를 갖게 될 것이므로 운전수라는 직업은 평화시에도 계속 할 수 있다고 그가 말했다. 그 구급차가 적의 포탄을 맞았다. 니콜라 마추코는 죽음을 무릅쓰고 부상병들을 하나하나 안전하게 대피시켰다. 그런 다음 유해가스를 마시면서 고장 난 엔진을 수리했다. 그리고 유해가스가 뒤섞인 짙은 안개 속에서 털털거리는 구급차를 후방까지 운전했다. 폐에 흡입 화상을 입어 극심한 고통을 겪다가 그는 얼마 후 사망했다. 그의 특별한 무공을 기려, "적들이 퍼붓는 포화 속에서 뛰어난 용기를 보이며 헌신적으로 임무를 수행했기 때문에" 수훈 십자 훈장이 수여되었다. 믿을 수 없는 일을 한 이 병사는 영웅이 되었다. 비록 그 자신은 이 사실을 몰랐지만 말이다. 코카콜라는 다이가 태어나기 전에 죽었기 때문에 한 번도 만난 적이 없었다. 하지만 아버지보다 더 가깝게 느껴졌다. 그러나 진흙에 뒤덮인 황량한 잿빛 황무지에서 무기도 없이 무방비 상태의 표적이 되어 코카콜라처럼 무기력하게 죽고 싶지는 않았다. 그는 **기관총**을 쥔 채 죽고 싶었다. 아니면 수류탄 고리를 잡아당기면서.

1943년 11월에 독일군은 이탈리아 티레노 해에서부터 아드리아 해에 이르는 방어선을 구축해서 이탈리아를 둘로 갈라놓았다. 이것이 잘 알려진 구스타프 라인이다. 이탈리아가 풍부하게 제공해 줄 수 있는 것, 즉 험난한 지형에 의존하는 방어선이다. 방어선의 서쪽 끝에 민투르노와 얕은 물이 없고 급류가 흐르는 여러 강들이 포함되어 있었다. 라피도, 가리, 리리 같은 강으로 이 강들이 하나로 합쳐져 흐르면 가릴리아노 강이라고 불린다. 리리 계곡 남쪽 면에 아우룬치 산이 우뚝 서 있는데 산등성이들이 톱니처럼 들쭉날쭉하고 깎아지른 듯 가팔라 요새로 사용된다. 실제로 방어선 전체가 중요한 지점이 없는 긴 방어벽 같은 것이었다. 다이는 자신의 일기를 이렇게 끝맺었다. "파멸을 가져올 정도의 결정적인 공격을 할 수 있을 가능성이 없다. 산들을 하나씩 따로 점령해야 하고 계곡을 모두 뒤져야 한다. 그러다 보면 항상 새로운 산들과 새로운 전선과 마주하게 되었다. 이 전선들은 보병의 공격으로 돌파해야만 한다. 어쨌든 무엇보다 먼저 민투르노를 차지해야만 한다." 수많은 미군 보병들, 독일군 보병들이 죽게 되겠지만 다이 대위가 제일 먼저 투포에 들어가게 될 것이다. 수천 년 전부터 노예처럼 산 그곳의 주민들을 해방시키고 그의 아버지에게, 혹은 그를 의심했던 사람들에게 그들의 생각이 얼마나 틀렸는지를 증명할 것이다. 다이 같은 사람들은 늘 역사의 옳은 편에 서 있다. 그는 어머니에게 곧 돌아갈 수 없으니 기다리지 말라고 편지를 썼다. 길고 힘든 길이었다. 어쩌면 죽을 수도 있었다. 하지만 그는 사람들이 자신의 죽음에 눈물을 흘리기를 바라지 않았다. 미국을 위해, 이탈리아를 위해 죽는 것이 그의 임무였다. 그렇게 할 때에만 그들의 이야기가 의미를 갖게 되고 그럴 때에만 이야기가 완성될 것이다.

1943년 12월 19일 폐렴으로 카르타고에 누워 있던 처칠은 영국군 참모들에게 호통을 쳤다. "이탈리아 전선의 전투 성과가 하나같이 치욕스러울 정도로 부진하오." 장군들은 모두 이 말에 한 치의 이의도 없다고 대답했다. 부진이 계속되어서는 안 된다. 뭔가 작전이 필요했다. 1944년 1월에, 아니면 늦어도 2월에 우리는 로마로 들어가야 한다. 가릴리아노 강 하구의 북쪽, 그러니까 민투르노 만에 상륙하기로 결정되었다. 구스타프 라인에서 전투 태세를 갖추고 있는 독일군을 서쪽에서 공격하기 위한 작전이었다. 연합군이 해상을 통해 방어선을 뚫고 그와 동시에 베나프로에서 로마로 침투할 수 있다면 독일군들은 협공을 당하게 된다. 하지만 작전이 실패한다 해도 중요한 것은 독일군을 가릴리아노 강가에 붙들어 놓을 수 있다는 것이다. 그사이에 제6군단이 구스타프 라인을 포위하고 암호명 싱글 작전을 펼치기 위해 안치오에 상륙할 것이다. 1월 17일 제10군단이 무력으로 민투르노 근처의 가릴리아노 하구에 길을 열고 민투르노와 카스텔포르테 사이의 우세한 지점에 교두보를 세울 것이다. 그 뒤에 민투르노-아우소니아 사이의 길로 사단을 파견하여 산 조르조로 가는 북쪽을 공격하게 해서 리리 계곡으로 들어갈 것이다. '우세한 지점'이라는 딱딱한 군대 용어는 다이에게는 다른 이름을 갖는다. 그것은 투포다. 연합군이 가릴리아노를 압박할 때 민투르노에서 남동쪽으로 2킬로미터 떨어진 곳에 있는 투포는 사선(射線)에 있는 첫 번째 마을이 될 것이다. 그의 출발지, 모든 것이 다 그를 부르고 있는 그곳이.

공격은 1944년 1월 17일 21시로 정해졌다. 하지만 다이는 공격에 참가하지 않을 것이다. 5사단은 공격을 중단했다. 얼마 후 수행할 작전을 대비해 사단을 재정비하고 지원군을 기다려야 한다. 투포를 해방할 영광스러운 임무를 수행하게 될 지원군은 영국, 아일랜드와 조지 5세의 스코틀랜드 병사들일 것이다. 1월 17일 제5보병 사단이 해변이 비었을 거라고 믿고 소리 없이 상륙하는 동안 엔지니어 다이는 사령부 사무실에서 군사용 지도에 구불구불 표시된 구스타프 라인을 우울하게 바라보고 있었다. 투포는 이탈리아라는 절망적인 하얀 바탕에 찍힌 검은 점이었다. 하지만 공격이 성공한다면, 기습 작전이 들어맞는다면 내일 모든 것이 끝날 것이다.

정적, 최악의 주변 상황, 살을 엘 듯 차가운 비와 습한 안개가 물 표면을 더럽혔다. 가릴리아노 평야가 가랑비 속으로 녹아들었다. 정적 속에서 할 말을 잃은 전 사단이 기습 효과를 떨어뜨릴까봐 포병대의 엄호 없이 움직일 준비를 했다. 수천 명의 병사들이 현측 사다리, 구명조끼, 고무보트, 부교, 강에 장간조립교를 놓기 위한 부재들과 함께 군함 다섯 척에 빈틈없이 자리 잡았다. 해안은 단조로운 검은 선이었다. 왕립 스코틀랜드 보병 연대가 독일군 방어선과 2킬로미터 떨어진 지점인 가릴리아노 강어귀에 상륙할 것이다. 그들은 아르젠토라는 낭만적인 이름으로 유명한 산의 언덕을 점령하는 임무를 맡았다. 착륙등을 이용해 수륙양용 트럭 덕

(DUKW)을 안내할 임무를 맡은 소부대들이 안개에 빨려 들어가고 말았다. 어둠 속에서 덕 대부분은 방향을 잃고 말았다. 그 트럭이 운반하던 보급품과 대전차용 대포들, 그러니까 없어서는 안 될 기본적인 필수품은 다시 출발 지점이었던 해변에 내려졌다. 물건을 내리는 일은 대혼란 속에서 진행되었다. 서로 밀고 발에 걸리고 부딪혔다. 트럭은 지치고 화가 난 보병 수백 명을 해안에 토해 냈다. 그들은 벌써 122일 전부터 이탈리아에 있었다. 그중 115일 동안 전투를 했다. 그들의 수많은 전우들이 이미 전사했다. 그들은 다만 쉬고 싶을 뿐이었다. 자고 싶었다. 사령부는 이네 달 동안 대열의 공백을 메우기 위해 활기찬 보명 4686명을 요구했다. 사령부는 219명을 받았다. 이것은 사람을 현혹하는 연극이다. 대군주작전에서 위험을 피할 수 있는 병사는 한 명도 없었다.

독일군 감시초소에서 상륙하는 여덟 대의 트럭을 곧 발견했다. 바다의 인광 때문에 트럭의 형체가 드러난 것이다. 벙커에 숨어 있는 포병대의 표적이 되었다는 것도 모르고 배에서 맨 처음 내린 보병들이 파도처럼 해안으로 밀려 나갔다. 대열이 비현실적일 정도로 조용히 행군을 시작했다. 전투기 허리케인과 스피트파이어가 독일군 진영에 폭탄을 투하하지 않는다. 융커스 88은 미국의 지원선을 폭격하지 않는다. 제17보병 여단은 벌써 해변으로부터 200미터 지점까지 나아갔다. 그때 갑자기 긴 불꽃, 아주 작은 태피스트리가 심연 같은 밤을 수놓았다. 차례로 빛나기 시작한 불빛들이 병사들의 머리 위 100미터, 200미터 위에서 빙빙 돌기 시작했다. 병사들이 눈을 들어 하늘을 보았다. 인광을 내는 해파리들이 바다에 떠 있는 것처럼 어둠 속에 떠 있다가 밑으로 떨어졌다. 그것들은 하얀 머리와 장밋빛 촉수를 가지고 있었다. "대피하라!" 중위가 즉시 외쳤다. "저건 해파리가 아니야. 낙하산에 달려 있는 조명탄이야." 그들의 길을 밝혀 주려는 게 아니라 그들의 위치를 확인하기 위한 것이다. 잠시 후 독일군 대포가 그들을 향해 발사되기 시작했다.

병사들은 소나무 숲 쪽으로 달려갔다. 지뢰가 모래 속에 숨겨져 있었다. 처음 밟았을 때는 지뢰가 터지지 않았다. 하지만 둘, 셋, 스무 명의 병사들의 무게에 지뢰의 뇌관이 작동했다. 그래서 병사들이 모두 공중으로 날아갔다. 소대는 곧 지휘관을 잃었다. 부상자들의 고통스러운 신음 소리가 어둠 속으로 울려 퍼졌다. 의무병들은 부상자들이 어디 있는지 찾을 수가 없었다. 해변이 바로 지뢰밭이었다. 흙색 언덕들 사이로 구불구불 뻗은 오솔길에도, 해안선에도 지뢰가 묻혀 있었다. 병사들은 대포와 바다, 눈에 보이지 않는 지뢰와 환하게 빛나는 낙하산, 전진해야 한다는 의무와 두려움 속에 갇혀 있었다. 대대는 지휘관도 없고 명령도 없이, 어디서 발사하는지도 모르는 뜻밖의 포탄에 놀라 우왕좌왕하고, 눈으로 볼 수 없는 지뢰에 대한 공포에 사로잡혀 뿔뿔이 흩어졌다. A 중대는 언덕 꼭대기에 숨어 있는 경화기의 총탄에 자신들을 맡기며 아르젠토 산에서 총검 공격을 시작했다. 아르젠토('은'이라는 뜻－옮긴이)라는 이름은 틀림없이 그 산을 덮은 올리브 나무에서 유래했을 것이다. 그러나 전시에 은빛으로 반짝이는 것은 가시철망밖에 없다. 가시철망이 발목을 휘감고 종아리를 찔렀다. 그것들은 가위에도 끄떡하지 않는다. 9소대는 언덕 아래쪽이 높이 2미터가 넘고 넓이가 적어도 4미터는 되는 가시철망 울타리에 에워싸여 있어 들어갈 수 없다고 보고한다. 생존자들은 관목 숲에 몸을 피한다. 혹시 다른 쪽에 철망이 끊어진 곳이 있는지 알아보기 위해 정찰대를 보내 언덕을 돌아보게 한다. 정찰대는 돌아오지 않는다. 세 시간 뒤 빈 농가들에서 짙은 연기가, 소나무 숲에서 불길이 솟아오른다. 대열은 해변가의 관목 숲에서 꼼짝할 수 없다. 불빛에 철조망이 번득인다.

연합군이 아펜니니 산맥의 방어선을 우회하기 위해 라치오 남쪽에 상륙할 작전을 계획하고 있다는 정보를 몇 달 전부터 입수한 독일군은 충분한 시간을 가지고 해안 지역을 요새화했다. 언덕에 포병대를 배치시켰고 황량하고 방어에 이용할 자연물이 없는 그 평야의 흙덩이마다 지뢰를 묻었다. 철조망을 수킬로미터에 걸쳐 쳐놓았고 개울과 물길마다 수비대를 주둔시키고 물을 막았다. 마을로 이어지는 모든 길과 오솔길과 노새가 다니는 길을 다 차단했다. 후위 부대를 민투르노 주위에 배치시켰다. 봉우리마다 박격포가 있었고 참호마다 기관총들이 자리 잡고 있었다. 이탈리아에서 7개월 동안 전투를 벌이면서 연합군 사령부는 독일군이 마지막 한 명이 남을 때까지 남부 전선을 방어할 거라는 것을 이미 알고 있었다. 독일군 지휘를 맡은 케셀링 장군은 병사들에게 연합군이 남부 전선에 하루 묶여 있으면 독일군은 하루를 버는 것이라고 설명했다. 표면적으로는 견제를 목적으로 하고, 중요한 전투와 비교하면 변두리에서 벌어지는 것 같은 이 전투는 보기와는 달리 중요하다. 적군이 구스타프 라인에 투하하는 폭탄이 모두 하노버, 드레스덴, 베를린, 그러니까 여러분의 집에 떨어질 일은 없을 것이다. 우리는 그 폭탄을 이탈리아로 유인해야 하고 그 폭탄과 싸워야 한다. 적군이 지원군을 받게 만들어야 하고 그들의 방어선을 강화하게 해야 하며 동부 전선, 북부 전선, 서부 전선을 분열시키고 적군을 여기에 잡아 둬야 한다. 철조망에 걸려들게 해야 한다. 집집마다 숨어서 적들을 유인해야 한다. 우리가 모두 죽더라도 그들을 여기서 제지해야 한다.

하지만 연합군 포병대도 침묵의 명령을 깨고 우왕좌왕하는 보병들을 지원했다. 새벽에 대대는 거의 1킬로미터를 전진할 수 있었다. 어둠이 서서히 걷히면서 햇빛에 그들의 모습이 그대로 드러났다. 병사들은 죽음의 무대에 오른 배우들 같았다. 독일 포병대는 보급품 부족으로 괴로워하고 있어서 포탄만큼은 연합군보다 적었지만, 날이 밝아 올수록 포병대가 쏘는 포탄은 정확해져서 빈약하지만 교두보를 마련한다는 목표를 달성했다. 무슨 일이 있어도 교두보를 마련하라는 것이 사령부의 엄명이었다. 보병들은 자신들이 모두 죽을 거라고 생각하며 두려움에 떨었다. 이미 500명의 병사가 전사했다. 살아 있는 장교는 한 명도 없다. 부상자들은 방치되었다. 달아난 병사들은 공포에 질려 언덕들을 떠돌았다. 진주 빛 바다는 잔잔했다. 해변으로 밀려들었다 밀려 나가는 바닷물은 평화롭고 비현실적이었다. 하지만 라디오에서는 기쁜 뉴스가 흘러나왔다. 계획대로 영국군 13보병 여단의 제 2연대 보병들이 좀 더 우측, 파괴된 철교의 위쪽 3킬로미터 지점에서 가릴리아노를 건넜다는 소식이다. 그 지역에서 이건 정말 놀라운 소식이었다. 1944년 1월 18일이다. 오전 8시에 월트셔(영국 보병대 병사들을 가리킴 – 옮긴이)들이 투포에 들어갔다.

다이가 가릴리아노 평야에 도착했을 때 하늘은 구름이 잔뜩 낀 잿빛이었고 땅은 갈색이었다. 그는 언덕 등성이에서 투포의 지붕들을 찾아내려고 애썼다. 올리브 나무에 반사되는 은색의 햇빛과 뾰족한 선인장 울타리밖에 보이지 않았다. 초록 소나무와 바람에 흔들리는 야자수밖에 눈에 띄지 않았다. 저 위 어디엔가 비타의 레몬 나무가 있었다. 디아만테의 우물, 안토니오의 웅덩이, 차피토의 구둣방, 아넬로가 버린 땅이 있었다. 독일군이 연합군을 다시 바다로 쫓아 버려 주길 바라는 절름발이 구두 수선공 노인, 제레미아의 아버지가 있었다. 저 위 어디엔가 눈먼 편지 대필자 디오니시아가 있었다. 그녀는 그를 기다렸다. 디오니시아가 마지막으로 편지를 보낸 것은 미국이 참전하기 전이었다. "내 딸아, 이런 전쟁까지 봐야 하는구나. 이제 너를 다시 안아 보려면 우리가 전쟁에서 승리하길 기다려야 한단다. 그런데 솔직히 말해 나는 그걸 원치 않아." 다이는 언덕 등성이에 모여 있는 그 가난한 마을을 바라보았다. 석재 건물들로 이뤄진 그 마을은 마치 공중에 떠 있는 것 같았다. 흐드러지게 핀 빨간 장미가 마을을 에워쌌다. 너무나 가까이에 있었다. 산, 언덕, 바다 같은 풍요로운 풍경들, 인간들을 항상 무시하는 풍부한 자연 속에 자리 잡은 가난한 마을이었다. 자연의 아름다움은 늘 사람을 현혹했지만 인간에게는 무관심했다. 그 가을 땅 속에는 지뢰가 묻혀 있었다. 그 흙들은 함정이 될 수 있었다. 이곳의 아름다움은 믿을 수 없고 치명적이었다. 1월 18일 이후에는 환각적인 아름다움조차 남아 있을 수 없었다.

10시에 헤르만 괴링 기갑사단의 탱크가 아피아 가도를 따라 내려오기 시작했다. 아침 안개가 아직 걷히지 않았다. 평야는 안개 속에 숨어 있었다. 월트셔들은 연기와 안개 속에서 진군했다. 그들은 자신들이 제 방향으로 가고 있는지 자신이 없었다. 그들에게 투포는 지도에 있는 이름일 뿐이었다. 지도는 정확하지 않았다. 마을의 지형도는 엉망이었다. 이 작은 마을들은 추워서 옹기종기 모인 것처럼 집들이 서로 딱 달라붙어 있었다. 그들을 안내하는 건 고지대의 어느 곳엔가 숨어서 몇 시간 전부터 투포에 대포를 쏘고 있는 독일군의 대포들이다. 10시 30분, 선두에 서서 마을을 집집마다 소탕하던 월트셔들이 지붕 위에 잠복해 있던 저격병들의 공격을 받아 쓰러진다. 13여단의 나머지 병사들은 폐허 속으로 대피한다. 안정적으로 마을을 점령할 수 있게 도와줄 탱크는 오지 않는다. 그들은 어떻게 해야 할까? 공병들은 가릴리아노의 첫 번째 다리를 완성시키려 애쓰고 있었지만 시간이 필요할 것이다. 어쩌면 하루 종일 걸릴 수도 있었다. 어쨌든 독일군들은 맹렬하게 다리를 공격하고 있어서 오랜 시간 사용할 수는 없을 것이다. 영국군 공병대들이 아피아 가도에 서둘러 다리를 놓고 있기는 했지만 1월 20일 이전에는 완성되지 않을 것이다. 어쨌든 너무 노출되어 있어서 밤에만 이용할 수 있을 것이다. 사실 30

톤에서 32톤급의 처칠과 셔먼 등 모든 탱크들이 강의 남쪽 강둑 진창에 빠져 꼼짝하지 못했다. 11시에 독일군이 지하에서 나와서 움직이는 것이면 무엇이든 총을 쏜다. 월트셔들은 무너진 벽 뒤에 모여 의논을 한다. 그런 다음 마을 동쪽의 고지대로 될 수 있는 한 대열을 유지하며 퇴각한다.

포병대의 사단 공격이 90분이나 늦어졌지만 탄막 뒤에서 즉시 전진하던 로열 인니스킬링 퓨질리어(아일랜드 보병 연대 – 옮긴이)는 총검을 이용해 그 지역의 독일군을 전멸시켰다. 안개가 걷혔을 때 갑자기 독일 병사들이 나타났다. 3미터 깊이의 참호에서 위험을 피해 있거나 운명을 기다리며 숨어 있던 병사들이었다. 대부분이 항복했다. 그들은 포로가 되길 원했다. 목숨을 부지하고 싶어했다. 영국군은 드디어 투포 동쪽의 고지를 점령할 수 있었다. 군사용 지도에서는 Pt. 156이라고 표시된 곳이었다. 모든 게 조용해 보였다.

1월 19일 저녁 조명탄이 적군이 언덕을 떠났다는 신호를 보냈다. 아르젠토 산이 함락되었다. 사단은 이제 Pt. 413에서 벤토사와 카스텔포르테, 그리고 동쪽으로 높아지는 지형에 이르는 방어선을 유지한다. 동시에 제5사단이 투포를 재점령하고 민투르노를 차지했다. 이제 10개 대대가 가릴리아노를 지나서 아우센테 계곡을 향해 북쪽으로 진군할 수 있다. 병력 손실이 심각했고 기습 공격이 부분적으로는 실패했지만 작전은 성공했다. 구스타프 라인에 구멍이 뚫렸다. 하지만 이때 독일군이 반격을 가한다.

슈타인메츠 장군의 사령부에서 폰 젱어 장군이 직접 케셀링에게 전화를 해서 예비 병력인 기갑척탄병 2사단의 즉각적인 지원을 요청했다. 케셀링은 그 요청을 받아들였다. 29사단이 아우소니아를 통해 카스텔포르테로 향하고 90사단은 아피아를 공격하기 위해 남쪽으로 달린다. 연합군

5사단이 독일군의 측면을 우회 공격하려고 위협하고 있는 해안 지역을 다시 장악하기 위해서다. 해안으로의 진군은 차단되었다. 탱크가 다시 민투르노 북쪽 지역 일부를 장악한다. 투포 언덕의 주인이 다시 바뀐다.

1월 21일, 24시간 전에 패해서 어쩔 수 없이 후퇴했던, 유명한 무장친위대의 강인한 병사 48명은 투포를 점령한 연합군들이 완전히 무방비 상태에 있으며 다른 부대에 비해 너무 앞서 가고 있다는 것을 알아차린다. 나치 친위대가 그들에게 달려들었다. 13보병 여단은 동요한다. 그들에게 밀려 후퇴한다. 마을의 길에서 나치 친위대는 400명의 병사를 죽이고 200명을 포로로 잡았다.

"무슨 일입니까?" 미 공군 제12지원사령부의 작전실에 급히 호출된 다이가 물었다. 보스턴 경폭격기와 키티호크스가 이륙을 하지 않으면 모든 작전이 실패할 위험이 있었기 때문이다. 폭탄에 폭탄, 저 위는 지옥이었다. 사방에 독일군이다. 그럼 시민들은? 모두 대피시켰나? 집을 버렸을까? "아니야." 그의 친구 조 파로디가 말했다. 그는 미국과 제노바 출신 부모에게서 태어난 친구로 제노바까지 올라가기를 꿈꿨지만 투포에서 머리에 총을 맞을 위기를 넘겼다. "어디로 가겠나? 여기가 그들의 땅이야. 우리를 기다렸어. 눈물을 흘리며 우리를 환영했지. 눈물을 흘리며 자신들을 나치 친위대에게 넘기지 말아 달라고, 떠나지 말아 달라고 애원했어." "그런데 떠났단 말인가?" 다이가 소리를 질렀다. "투포는 방어하기 어려운 곳이야. 산에서 우리에게 총을 쐈어."

그들은 나흘 연속 전투를 했다. 집 하나하나를, 언덕 하나하나를, 돌 하나하나를 상대로. 수류탄이나 총검으로 차지해야만 한다. 움푹 파인 구덩이나 폐허 때문에 탱크는 아직도 움직일 수가 없다. 지프를 이용할 수도 없었다. 이미 지뢰 때문에 너무 많은 차량이 날아가 버렸다. 적들은 무너진 건물 모퉁이마다, 지하실마다, 수조마다, 우물마다 숨어 있다. 파편 더미에서 싸운다. 마을은 안개와 연기, 먼지에 뒤덮여 있다. 스코틀랜드 보병 2개 중대가 언덕 사이에서 완전히 길을 잃었다. "투포 로드" 그들이 울부짖는다. 그들은 마을로 가는 길을 찾았으나 허사다. "그 언덕이 아냐! 그 언덕이! 전장에서 벗어났다!" 무전기에서 지지직 소리와 함께 이런 소리가 들리더니 통신이 끊겼다. 그들은 협곡으로 들어가게 된다. 결국 자신들이 출발했던 진영으로 돌아오고 만다. 보초들에게 발사하지 말라고 소리를 지르며. 언덕 위에서 독일 포병대가 민투르노에 폭격을 해서 한 소대의 스코틀랜드 병사들이 지날 때 길 하나가 완전히 가루가 되어 버린다. 병사들은 겨우 피해서 쏟아지는 파편 더미에 깔리지 않았다. 안개 때문에 무적의 미군 폭격기들이 제대로 비행을 하지 못하고 정확히 폭탄 투하를 하지 못했다. 보스턴에서 투하되는 680킬로그램의 폭탄들과 키티호크의 725킬로그램의 폭탄들이 포도밭에 우박처럼 쏟아졌다. 영국의 46보병 사단은 가릴리아노를 지나 산탐브로조로 가려고 시도하다가 전멸했다. 소풍을 가듯 남부 전선에 온 옥스퍼드 대학 학생들, 스파게티 리그에 갇혀 있는 것에 화를 냈던 그들은 이미 수백 명의 전사자로 전쟁터에 남겨졌다. 분대장 피셔는 입에 총을 맞았는데 용감하게 팔꿈치로 기어서 나탈레 산 언덕에서 내려왔다. 그는 이와 피를 토해 내며 그의 상사에게 부대를 퇴각시키고 민투르노 쪽으로 방향을 바꾸라고 명령해야 한다고 애원했다. 양쪽에 장미가 흐드러지게 핀, 구불구불 투포로 이어지는 한적하고 낭만적인 길, 투포 로드는 독일 포병대가 가장 좋아하는 표적이었다. 그들은 모든 병사들이 완벽하게 사정거리에 들어올 때까지 분대가 진군하게 내버려두었다. 그러다가 단 한 번에 정확하게 표적을 맞췄다. 직격탄을 피한 병사는 그 파편 때문에 죽었다. 스코틀랜드 병사들이 부상자와 전사자를 셌다. 강가에 갇혀 꼼짝 못하고 살아 있는 병사들은 모기에 물려, 말라리아에 걸려 불명예스럽게 죽을지도 모른다는 공포에 떨었다. 간호사들이 아타브린과 키니네를 계속 투약했다. 하지만 1월에는 학질모기가 아직 알을 낳지 않아. 그리고 모기들이 알을 낳는 봄이 되면 무슨 일이 있어도 우린 이 수렁에서 벗어나 있을걸.

1월 22일, 다이는 지도를 찢으며 자신의 대학 학위를 저주했다. 그가 조종사였다면 폐허 속에 숨어 있는 탱크의 포탑들 위에서 쌍발 엔진 전투기로 병사들을 안내했을 것이다. 그리고 독일군 팬더 탱크를 격파했을 것이다. 적어도 폭발은 시켰을 텐데. 뭔가에 도움이 되는 임무를 맡았겠지. 하지만 그는 미군 엔지니어였다. 그가 하는 일이라고는 폭탄 투하 실패 확률이나 보스 A20이 몇 파운드의 폭탄 무게를 지탱할 수 있는지를 계산하는 것이었다. 그의 동료들인 영국군 엔지니어들은 탱크가 강을 건널 수 있는 방법을 고안하라는 명령을 받았다. 가능한 한 많은 수의 병사들을 강북 쪽으로 수송하지 못하면 언덕에 있는 보병들은 전멸할 수밖에 없었다. 지금까지의 전사자 수도 엄청났다. 나흘 동안 이 빌어먹을 전선에서 단 1미터도 전진하지 못했기 때문에 사령부의 장군들은 화가 나 있었다. 방어선을 뚫어야 한다. 지금 당장.

1월 22일 밤에 제5군단이 네투노에 상륙했지만 가릴리아노에서는 독일 포병대가 쉬지 않고 보병을 공격해서 험한 바위 언덕에서 꼼짝을 할 수 없었다. 마을에서는 끊임없이 연기가 솟아올랐다. 민투르노 성의 잔해와 산 피에트로 대성당에서 연기가 솟구쳤다. 묘지, 집, 닭장, 채석장, 무기고, 주유 펌프, 트럭, 작업장, 역, 객차, 기관차에서 연기가 났다. 모든 것이 뿌리 뽑혔다. 철로, 지붕, 바퀴 없는 탱크, 선인장 울타리, 심지어 가릴리아노 강가에 있던 로마 시대 유적들까지 모두. 총부리를 겨눈 채 북쪽 강가를 지날 때, 스코틀랜드 보병들은 꿈을 꾸듯 원형 극장의 계단들과 라틴어가 새겨진 기둥들 사이를 돌아다녔다. 그러다가 그 유적들 사이에서 검은 군복을 입은 절망한 망령들이 튀어나올까봐 두려워 뒤집힌 기념비와 이오니아식 기둥머리들을 향해 미친 듯이 총을 쏘아댔다. 하지만 아무도 없었다. 2000년 전에 버려진 도시의 비현실적인 고요 외에는.

마을에서는 무슨 일이 벌어지고 있을까? 총격전이다. 사람들은 동굴이나 수조, 우물에 숨었다. 거리에, 심지어 성당에까지 시체가 즐비했다. 먹을 것도 전혀 없었다. 풀이나 그 뿌리라도 캐려고 밭으로 용감하게 나간 사람은 지뢰를 밟아 산산조각 나거나 저격병에게 총을 맞았다. 민투르노의 거리를 따라 올라가던 네 대의 보병전차 처칠이 대전차포를 맞아 지축이 흔들릴 정도의 굉음을 내며 가루가 되어 버렸다. 탱크들은 무성한 갈대와 때아니게 피어난 등나무 꽃 사이에서 불탔다. 다시 비가 오기 시작했다. 천둥과 번개와 차가운 강풍과 함께 폭우가 쏟아졌다. 번개가 밤하늘을 환히 수놓았다. 승리에 피해를 주지 않으려고 되도록 숨죽이고 있었던 것 같던 겨울이 갑자기 분노를 폭발했다. 거센 빗물이 땅을 내리쳤고 지뢰들을 단련시켰고 사령부가 묵고 있는 농가의 부서진 지붕 사이로 들어갔다. 그들은 진흙 속에서 기다렸다. 군화가 진창에 빠져 한 발짝도 뗄 수 없었고 등에 맨 배낭은 한없이 무거웠으며 머릿속은 뿌옇기만 했다. 지평선에 낀 짙은 안개가 표적물도 경계도 모두 삼켜 버렸다. 전위 부대와 후위 부대가 똑같은 결정을 두고 충돌했다. 한쪽은 여러 주 동안 전투를 벌인 뒤니 휴식을 취하기 위한 결정이었고, 다른 쪽은 철수하지 않기 위한 결정이었다. 전쟁은 이제 추상적인 계산이 아니었다. 병사들은 서로의 얼굴을 보며 학살했다. 적의 몸에 탄창의 탄알을 있는 대로 쏘아대고, 총검과 칼로 몸을 찌르고 얼굴, 다리, 눈, 발톱을 뽑아 버린다. 1월 22일 밤에 독일군은 반격의 강도를 낮추라는 명령을 받는다. 미군이 안치오에 상륙한다. 그들은 로마를 해방할 영광을 차지하게 될 것이다. 하지만 엔지니어 다이는 남부 전선의 제일선에서 싸우는 꿈을 꾸었다. 하지만 거기에서는 영국군이 싸우고 있다. 전쟁에서 개인적인 동기는 존재하지 않는다. 하지만 이건 개인적인 게 아니야. 나는 여기 한 번도 와본 적이 없어. 나는 미국인이야.

남부 전선. 1월 말까지 이 가파른 언덕에서 꼼짝하지 못한다는 것은 있을 수 없는 일이다. 우리는 다시 전선으로 뛰어들어야 한다. 스카우리 언덕에서, 참호에서, 산에서 우리에게 총을 쏜다. 수천 톤의 수류탄으로 우리를 매장한다. 나는 조 파로디의 죽음을 목격했다. 파편을 맞고 벼랑으로 떨어졌다. 그는 바위를 잡으려고 애썼다. 바주카포가 그의 손에서 떨어졌다. 그가 시야에서 사라졌다. 우리는 진군한다. 나는 존 지카렐리의 탱크가 폭발하는 것을 보았다. 우리는 함께 있었다. 전투기가 왜 엄호하지 않은 걸까? 흙먼지가 너무 많아 우리는 마치 가스가 찬 참호에 있는 것처럼 기침을 해댄다. 거의 맹목적으로 10킬로미터를 진군한다. 연기, 무질서, 우리는 여전히 앞으로 나아간다. 독일군 확성기에서 엉터리 영어로 나오는 무시무시한 고함 소리가 우리를 공격한다. 육체와 분리된 그 목소리는 하늘에서 들리는 것 같다. "겁쟁이들, 비겁한 놈들, 뭘 기다리는 거야. 앞으로 나와!"

가고 있다, 가고 있다! 가까운 곳에 있는 게 느껴진다. 목적지다. 나는 투포의 집들을 본다. 아니, 집들이 아니라 집의 잔해들, 금방이라도 쓰러질 것 같은 벽, 뻥 뚫린 지붕들을 본다. 거리의 시체들을 본다. 깊이 파인 구덩이들을 본다. 구덩이들 때문에 우리는 철로 쪽으로 되돌아간다.

티레노 해와 아드리아 해 사이의 땅에서 수백 킬로미터를 차지하기 위해 전투를 한다. 전선의 어떤 지점이든 뚫어야만 한다. 하지만 우리는 엄청난 손실을 입었다. 독일은 로마를 잃고 싶어하지 않는다. 로마는 전략적으로도 논리적으로도 가장 강력한 상징이다. 하지만 그들은 이미 로마를 잃었다. 이 전투는 이탈리아의 가장 큰 전투이고 난 지금 여기 있다. 남부 전선에. 1월 23일 밤. **어머니, 전 잘 있어요. 제가 있는 곳이 어딘지 말씀드릴 수가 없어요. 하지만 어머니가 있고 싶어하시던 곳이라고 하면 아시겠어요? 동생들에게 인사 전해 주세요. 언제나 어머니를 생각하며 용기를 내고 있어요. 다이.**

1월 24일 이탈리아 육군 준위 리베라토 살타렐리가 연합군 첩자로 고발당해 투포에서 총살되었다. 바로 그날 독일군은 반격을 중단했다. 전투는 북쪽으로 옮겨 가서 안치오 해안, 로마로 가는 길에 있는 카시노에서 벌어진다. 제10사단이 가릴리아노 강을 넘어 건너편으로 돌파했다. 이제 독일군 전선은 불안하다. 독일군은 꼼짝도 하지 않았다. 후퇴를 하고 곤경을 피해 고지대로 퇴각한다. 남부 전선은 뱀처럼, 유독한 가오리처럼 움직인다.

5월 2일에 민투르노-스카우리 전선은 이미 탄력적이 되었다. 체나 여과기 같았다. 협공 작전을 펼쳤다가 끝냈다. 파괴된 마을을 점령했다가 버렸다. 몇 주 전부터 주변에 민간인들이 보이지 않았다. 하지만 그들은 틀림없이 어느 곳엔가 있을 것이다. 전쟁이 일어나기 전에 민투르노의 주민은 적어도 2만 명 정도였다. 투포에는 1000여 명이 살았다. 지금 망원경으로 투포를 보면 연기밖에 보이지 않는다. 저 위에 아직 누군가 있는 것일까? 드디어 미 해군 순양함이 민투르노 해변 가까이에 접근했다. 5사단 포병대가 공격하기에는 너무 먼 독일 포대에 폭탄을 투하하기 위해서다. 몇 대의 융커스 88이 이미 지친 지상군을 돕기 위해 민투르노에 개입하려 한다. 1인승 쌍날 엔진 폭격기가 급강하 폭격을 하고 우리를 거의 스쳐 지날 정도로 낮게 내려와 우리를 공격한다. 나는 조종석에 앉은 조종사들을 본다. 그들이 우리 진지 너머로 강하하는 것을 본다. 영국군은 2월 중순부터 영국해협을 떠났다. 드디어 우리에게 기회가 오는 것이다. 이미 우리 군은 모두 가릴리아노를 건넜다. 다시 깊은 침묵이 찾아왔다. 나는 강물에 손을 담갔다. 숱이 무성한 갈대가 강가에 서 있었고 강물에 히드라가 떠다녔다. 하얀 수련도 있었고 날개가 투명한 나비와 신기한 새도 있었다. 검고 긴 꼬리에 볏을 꼿꼿이 세운 새인데 난 그런 새를 아직까지 한 번도 본 적이 없었다. 너무나 아름다운 광경이었다. 그래서 나는 이상하게 두려웠다. 나는 내가 살아남으리라는 것을 알았다.

6월 초에 융커스 88은 프랑스로 돌아갔다. 남아 있던 독일 사단은 도주했다. 드디어 우리는 수킬로미터를 잠입해서 남부 전선에 상처 같은 깊은 돌파구를 연다. 독일 신문도 이 잠입을 인정한다. 그리고 그들은 '유동적인 구역'을 만들었다는 말로 이 잠입을 변명한다. 나는 이제 구스타프 라인이 존재하지 않는다는 것을 알고 눈물을 흘렸다. 제5사단은 로마를 앞에 두고 있다. 나도 집 앞에 있다. 어쩌면 너무 늦었는지도 모른다. 이제 아무것도 없다. 황량한 나의 고향. 너는 어디 있는가? **남부 전선**. 우리는 방어선을 뚫었다.

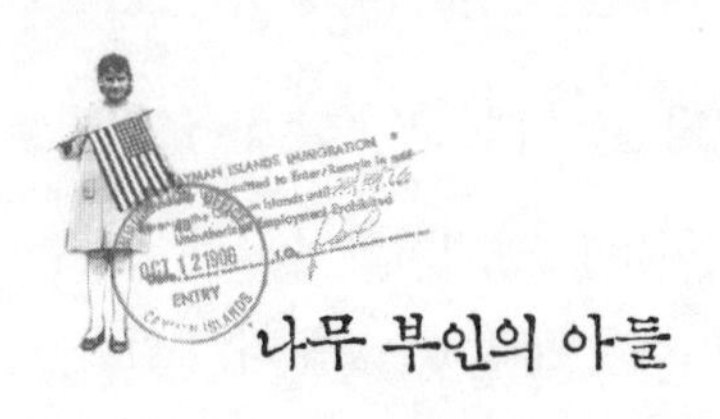

나무 부인의 아들

계속해서 창, 집게, 말발굽, 그리고 나르트들에게 필요한 도구들을 만들던 레프쉬 신은 따분해지기 시작했다. 그래서 세상일을 모르는 게 없는 여인에게 조언을 구하러 갔다. 그래서 사타나이는 이렇게 말했다. “이제 가서 땅 위로 걸어 봐요. 다른 사람들이 어떻게 사는지 봐요. 그리고 새로운 지식과 지혜를 얻어 돌아와요. 신이 당신을 버리지 않는다면 당신은 흥미로운 것들과 몇 가지 이야기를 찾아낼 수 있을 거예요.” 그러자 대장장이 신이 물었다. “이 여행에 필요한 게 뭘까요?” 예언자 부인이 대답했다. “별로 필요한 건 없어요. 편안한 옷을 준비해요. 그리고 여행을 떠나도록 해요.” 레프쉬는 가장 튼튼한 쇠로 장화를 만들어서 신고 떠났다. 그는 아주 빨라서 인간의 걸음으로 하루가 걸리는 거리를 한 시간에 지났고 일 년이 걸릴 거리는 단 하루 만에 지났다. 한걸음에 높은 산을 넘었고 넓은 강을 한 번에 뛰어넘었다. 걷고 달리고 뛰어오르고 날아서 일곱 개의 바다를 건너고 어느 바닷가에 도착했다. 뗏목을 만들기 위해 수백 그루 나무의 뿌리를 뽑아 그 나뭇가지를 꺾어 내고 몸통을 묶었다. 그런 다음 물에 띄우고 그 위에 올라탔다. 바다는 끝이 없었다. 레프쉬는 몇 주 동안 항해를 했다. 바닷가에 도착했을 때 무리 지어 노는 아가씨들이 보였다. 너무나 아름다워 한눈에 반해 버렸다. 그는 아가씨들을 잡으려 했으나 모두 그의 손가락 사이로 빠져나가 한 명도 잡을 수가 없었다. 그녀들의 뒤를 쫓아 한없이 달렸지만 잡을 수가 없었다. 그래서 그녀들에게 애원했다. "제발 부탁이오, 당신들이 누군지 말해 줘요. 당신들 같은 여인들을 평생 한 번도 본 적이 없어요. 날 거부하지 말아 줘요." "우리는 나무 부인의 시녀들이에요." 아가씨들이 말했다. "우리 주인께서 당신을 만나서 당신의 청을 들어 주실 거예요."

그는 아가씨들을 따라갔다. 그녀들은 그가 한 번도 본 적이 없는 이상한 존재에게로 안내했다. 나무도 아니었고 인간의 형상도 아니었다. 뿌리는 땅에 박혀 있었고 머리는 구름처럼 하늘에 떠 있었다. 손은 인간의 손이었다. 금과 은으로 된 얼굴은 눈이 부셨다. 나무 부인이 레프쉬를 보고 웃으며 잘 왔다고 환영 인사를 했다. 그에게 성대하게 잔치를 벌여 준 뒤 침대로 보냈다. 레프쉬는 한밤중에 잠에서 깼다. 나무 부인을 찾아가 그녀를 붙잡아 겁탈하려 했다.

"이게 무슨 무례한 짓이에요." 나무 부인이 항의했다. "어떤 인간도 때가 되기 전에 내게 손을 댄 적이 없어요."

"난 신이오." 레프쉬가 대답했다. 그리고 벌떡 일어나 그녀와 사랑을 나눴다.

나무 부인은 레프쉬가 마음에 들었고 곧 사랑에 빠졌다. 자기 곁에 있어 달라고 부탁했다. 레프쉬는 그녀의 부탁을 거절했다. "그럴 수 없소." 그가 대답했다. "난 내 길을 가야 하오. 세상의 끝을 찾아내서 나르트에게 새로운 지식을 가지고 돌아가야 하오."

"레프쉬. 나를 떠나는 건 큰 실수예요. 나르트에게 필요한 모든 지식을 당신에게 줄 수 있어요. 나는 대지 깊은 곳까지 뿌리를 내리고 있어요. 대지의 배 속에 간직하고 있는 모든 비밀을 말해 줄 수 있어요. 내 머리카락은 하늘의 눈에 닿아요. 행성들과 천 개의 태양에 대해 전부 다 말해 줄 수 있어요. 당신이 세상을 떠돌아다닐 필요가 없어요."

그녀는 레프쉬를 설득할 수 없었다.

"모든 것에는 끝이 있지만 대지는 그렇지 않아요. 내 곁에 있어 줘요. 당신에게 하늘의 별들을 모두 보여 줄게요. 땅 위의 보물들을 모두 줄게요."

그녀의 애원도 그의 귀에는 들리지 않았다. 레프쉬는 나무 여인의 말을 믿지 않기로 결심했고, 떠났다. 쇠장화 바닥이 다 닳아 버렸고 그의 지팡이는 새끼손가락보다 더 짧아졌다. 얼마 남지 않은 머리카락이 반지처럼 목 주위를 에워쌌다. 길을 가고 또 갔지만 땅 끝을 발견할 수 없었다.

그래서 다시 나무 여인에게로 돌아왔다.

"세상의 끝을 찾았나요?"

"아니."

"뭘 찾았어요?"

"아무것도 찾지 못했소."

"그럼 뭘 배웠어요?"

"이제 대지에 경계가 없다는 걸 알았소."

"또 다른 건?"

"인간의 육체는 강철보다 강하다는 것."

"또?"

"혼자 여행하는 것보다 더 외롭고 힘든 일은 없다는 것."

"전부 다 사실이에요. 그런데 나르트를 좀 더 편안히 살 수 있게 해줄 뭔가를 찾아냈나요? 새로운 지식과 새로운 지혜를 그들에게 가져다줄 수 있게 되었어요?"

"그들에게 가져갈 게 아무것도 없어요."

"그럼 당신의 여행은 허사가 되었네요. 당신이 내 말을 들었다면 난 나르트들에게 언제나 도움이 될 만한 것들을 주었을 거예요. 당신네 나르트들은 오만하고 고집스러운 종족이죠. 이런 성격은 결국 당신들을 파멸로 이끌 거예요. 하지만 어쩌겠어요. 내가 이 애를 줄게요." 나무 부인은 이렇게 말하며 아주 예쁜 남자아이를 레프쉬에게 주었다. "내 아들을 데려가요. 내가 아는 걸 전부 이 애에게 가르쳤어요."

레프쉬는 아이와 함께 집으로 돌아갔다.

어느 날 아이가 나르트에게 물었다.

"하늘에 있는 하얀 길, 은하수 보여요?"

"보여."

"여러분이 집에서 멀리 떠나 있을 땐 항상 은하수를 보세요. 그러면 절대 집으로 돌아오는 길을 잃지 않을 거예요." 아이가 말했다.

"오 정말 지혜로운 아이야." 나르트들이 말했다. "이 아이가 어른이 되면 정말 상상할 수 없는 아이디어들을 우리에게 줄 거야. 정성스레 돌봐야 해." 일곱 명의 여자들이 아이를 돌보게 되었고 절대 아이를 혼자 두지 않았다.

하지만 어느 날 여자들과 놀다가 아이가 길을 잃었고 사라져 버렸다.

여자들이 사방으로 아이를 찾아다녔으나 끝내 찾지 못했다.

이 사실을 알게 된 나르트들은 말을 타고 아이를 찾아 나섰다. 그를 보았다는 사람들을 만났고 그를 만났다는 사람들을 만났지만 아이를 찾을 수는 없었다.

사람들이 말했다. "아마 어머니에게 돌아갔을 거요."

그래서 나르트들은 나무 부인에게 레프쉬를 보냈다. 하지만 아이는 그곳에 돌아가지 않았다.

"어떻게 해야 하오? 우리가 다시 아이를 찾을 희망이 없는 거요?" 레프쉬가 나무 부인에게 물었다.

"당신들에게는 희망이 없어요." 나무 부인이 대답했다. "때가 되면 알아서 돌아올 거예요. 하지만 신만이 그때가 언제인지 알 수 있답니다. 그 아이가 돌아왔을 때 당신이 살아 있다면 행운이 다시 당신을 보고 미소 지을 거예요. 하지만 그 애가 돌아오지 않으면 당신은 눈물 속에서 살아야 해요. 그건 당신들의 파멸을 의미하니까요."

레프쉬는 우울하게 집으로 돌아갔다.

이 이야기를 듣고 난 뒤로 오랜 세월이 흐른 뒤 트럭에서 생각 없이 졸고 있던 다이 대위는 울퉁불퉁한 길에서 트럭이 흔들려 잠에서 깨어나면서 이 이야기를 다시 생각했다. 어머니가 이 이야기를 마지막으로 들려준 건 아마 그가 일곱 살인가, 여덟 살 때였을 것이다. 어머니는 이탈리아어로 말했다. 이야기를 다 듣고 나면 그는 항상 어머니에게 물었다. "아이는 돌아왔어요?" 어머니는 어깨를 으쓱했다. 어머니는 기억하지 못했다. 어머니는 이 체르케스 동화를 아주 오래전에 아버지의 여자에게서 들었는데, 자세한 내용을 물어보는 것을 잊어버렸다. 어머니에게는 중요해 보이지 않았다. 다이는 두 가지 결말을 상상했다. 첫 번째 결말에서는 레프쉬가 어떤 낯선 이방인 젊은이를 위해 마법의 말발굽을 만들어 준다. 그리고 젊은이가 그 말을 타고 언덕을 떠났을 때에야 그 젊은이가 바로 자신이 기다린 아이라는 것을 알게 된다. 두 번째 결말에서는 가뭄으로 나르트의 땅이 황폐해진다. 곡식은 자라지 않고 강은 말라 버리고 과일은 익지 않는다. 하지만 바로 이 이야기에서 가장 슬픈 순간에 아이가 돌아와서 하늘에서 낫처럼 생간 달을 떼어내서 그들에게 낫으로 곡식을 어떻게 베어 내는지 가르쳐 준다. 이제 나르트들은 굶지 않을 것이다.

"내리시죠." 그들이 그에게 말했다. 트럭이 창고 앞에 섰다. 아이들과 허름한 차림의 여자들과 수염을 깎지 않은 남자들이 어수선하게 줄을 서서 빵 배급 차례를 기다리고 있었다. 다이는 배낭을 집어 들었다. 그리고 상의 주머니에 그에게 도움이 될 서류가 그대로 있는지 확인했다. 상관들의 도장이 모두 찍힌 열흘간의 휴가증. 그리고 민투르노 우체부가 그를 위해 휘갈겨 써준 종이 한 장. 30개월의 전투, 1200킬로미터의 행군, 다리 부상, 진급. 수많은 전우들과 자신의 환상을 땅에 묻은 뒤 로마에 도착했다.

대위는 완전히 흐릿해져 버린 번지수를 확인하기 위해 가까이 다가갔다. 그리고 주머니에서 주소가 적힌 종이를 꺼내 확인했다. 벌써 어두워졌다. 길에는 불 켜진 간판 하나 없었다. 게다가 종이는 너무 오래 그의 주머니 속에 들어 있어서 민투르노 우체부의 관절염 걸린 손으로 쓴 알아보기 힘든 글씨는 이제 아예 읽을 수가 없었다. 라이터를 켰다. 군대에서는 바람이 불어도 비가 와도 불이 꺼지지 않는 아주 확실한 라이터를 병사들에게 지급한다. 다이는 이런 라이터 수십 개를 선물로도 주고 누군가에게 돈을 받고 팔기도 했다. 그렇다, 주소는 일치했다. 페루초 가 30번지.

건물은 6층으로 창문이 아주 많았고 발코니는 하나도 없었다. 감자 색 회반죽을 바른 건물은 음산해 보였다. 다이는 문지기와 이야기를 하고 자신이 왔다는 것을 그에게 알리고 싶었다. 엄숙한 순간을 원했기 때문이다. 하지만 아무도 눈에 띄지 않았다. 그는 천장이 낮은 어두침침한 현관으로 들어갔다. 희미한 전등 하나가 겨우 안을 비췄는데 꼭 묘지 안에 들어온 기분이었다. 파란 밀랍으로 만든 작은 성모상 위에서 꺼지지 않는 촛불이 타고 있었다. 구석에 원단 도매 가게가 있었는데 여기저기 녹이 슨 셔터가 내려져 있었다. 오래전에 문을 닫은 가게였다. 아마 전쟁 중에 파산했을 것이다. 가파른 계단이 2층으로 이어졌지만 먼지가 덩어리져 굴러다니는 그 계단들의 위쪽은 어둠 속으로 사라졌다. 문을 닫는 소리와 십여 명의 목소리가 들렸다. 어디선가 라디오를 켜놓은 것이다. 당김음의 음악이 들렸는데 어디서 들어 본 음악 같았다.

뜰로 나가 보았다. 벽쪽에 빨간 테라코타 가면의 분수가 하나 있었다. 분수는 이끼에 덮여 있었다. 그의 군복 칼라 위로 물이 한 방울 떨어졌다. 하지만 비가 오는 것은 아니었다. 고개를 들어 본 그는 그 뜰이 하얀 돛이 빼곡한 항구 같다고 생각했다. 공중의 철사 빨랫줄에 널린 수십 장의 시트가 바람에 부풀어 올랐다. 속옷, 베갯잇, 양말, 앞치마들. 건물에는 너무 많은 사람이 살았다. 아파트는 아주 작아서 각 층에 여덟 세대가 살았다. 이 건물을 지은 사람들이 유일하게 남겨 둔 공간은 층계참이었다. 실제로 각 층계참마다 넓은 발코니가 자리 잡고 있었다. 두 개의 굵은 사각형 기둥과 흰 페인트를 칠한 나무 난간이 그 발코니를 장식했다. 하지만 이미 칠은 다 벗겨진 것 같았다. 이 건물은 이탈리아와 비슷했다. 한때는 위엄을 가지고 있었으나 그것을 잃어버린.

2층 난간 뒤로 여러 식물들이 숲을 이뤘다. 바질, 샐비어, 로즈마리, 제라늄. 3층에는 타일 바닥에 백묵으로 그려진 축구장 주위에 아이들이 떼를 지어 쪼그리고 앉아 있었다. 어둠침침한 그곳에서 다이는 아이들이 코르크 마개를 축구 선수로, 코카콜라 마개를 공으로 사용하는 것을 얼핏 보았다. 손가락을 튕겨 축구를 했다. 한 쪽 팀의 마개는 빨간색이고 다른 팀은 파란색이었다. 아이들이 경기를 멈추고 그를 뚫어지게 보았다. 아이들의 눈이 반짝였다. 아이들이 다이에게 뭘 달라고 하지는 않았지만 다이는 껌이나 초콜릿을 찾아보려고 주머니를 뒤졌다. 이미 밤인 데다가 여기 로마에는 굶주린 아이들이 너무 많았기 때문에 아무것도 남아 있지 않았다. 4층으로 올라가자 러닝셔츠 바람인 남자가 자기 집 문 앞에 앉아 담배를 피우고 있었다. 남자는 심드렁한 눈으로, 적의가 담겨 있기도 한 것 같은 눈으로 그를 흘깃 한 번 보았을 뿐이다. 다이는 발코니로 가서 밑을 내려다보았다. 빨랫줄에 걸린 시트가 이제는 돛처럼 보이지 않았다.

뜰은 불빛이 비치지 않는 우물일 뿐이었다.

5층으로 올라가자 한 여자가 칠이 벗겨진 나무 난간에 기댄 채 그를 보았다. 노련하고 탐욕스러운 눈으로 그의 군복을 이리저리 재보았다. 견장의 별을 세어 보는 것 같았다. 그러더니 그를 보고 미소를 지었다. 다이는 그런 미소를 잘 알았다. 이탈리아 여자들은 모두 몸을 판다. 그것도 헐값으로. 다이는 못본 체했다. 계단 오른쪽의 네 개의 문패에는 그가 찾는 이름이 없었다. 다른 쪽 문패를 확인하기 위해서는 그녀 앞을 지나가야 했다. 여자는 계속 한 손으로 자기 머리를 쓰다듬었다. 이제 스무 살이나 되었을까, 젊은 여자였다. 마른 몸에 윤기 없는 칙칙한 피부, 손등이 다 텄다. 닫힌 문에서 브로콜리 냄새가 새어 나왔다. 다이는 완강하게 여자에게 등을 돌리고 있었지만 그 여자가 자신에게서 눈을 떼지 않는다는 것을 알았다. 여자는 짙게 화장을 했지만 창녀는 아니었다. 어떤 의미에서 보면 로마에는 이제 창녀가 없었다. "누굴 찾아요, 조?" 그녀가 물었다. 부드럽고 매혹적인 목소리였다. 하지만 다이는 이 여자가 혹시 그 남자의 딸일지도 모른다는 두려움 때문에 몸을 떨었다. 문패에는 모리코니, 디콜라, 펠리차니, 스카라보치라고 적혀 있었다. "여기, 5층에 사는 어떤 남자." 다이가 대답했다.

부하들과 함께 이미 투포를 떠나고 있을 때 검게 그을린 돼지 껍질 같은 얼굴에 이빨이 다 빠진 노인이 그에게 다가왔다. 그는 30년 전 민투르노의 우체부였다. 이 주소를 아직도 기억하고 있었다. 전쟁 기간에 매일 투포에서 이 주소로 편지를 보냈다. "제1차 세계대전이야, 대위. 프란츠 요제프, 빌헬름 황제, 터키와 싸운 전쟁 말이야." 로마에 '친절한 부인', 엠마라는 이름의 부인이 살았다. 어쩌면 시인이었는지도 모른다. 그녀도 매일 편지를 한 통씩 썼다. 우체부는 페루초 가가 어디 있는지 몰랐다. 테르미니 기차역 뒤쪽의 거리였다. 피에몬테인들이 역을 지었으니 틀림없이 우아하고 세련되었을 것이다.

여자가 고개를 저었다. 그리고 그 집에는 남자가 한 명도 없으며 '엠마 부인'도 없다고 말했다. 그녀가 바로 그 집에 사는데, 그녀의 이름은 마르게리타였다. 실망한 다이는 난간에 배낭을 기댔다. 언제부터 그 남자를 찾았는지 기억도 나지 않았다. 배에서 내렸을 때부터였을까. 어쩌면 그 이전일지도 모른다. 그는 신비에 싸인 남자였고 부모들의 대화 속에 등장하는 유령이었다. 부모님은 다이와 동생들이 그 이야기를 듣고 있다는 것을 눈치채면 목소리를 낮췄다. 그는 실제 인물이면서 동시에 전설적인 인물이었다. 페르세폴리스의 공주를 영원히 사랑했지만 10년 안에 돌아오겠다는 약속을 하고 그녀를 떠난 궤린 메스키노처럼, 그리고 레프쉬신처럼 말이다. 폭탄도 폐허도 파괴도, 전쟁 그 자체도 모두 무의미한 것 같았다. 해가 졌다. 열린 주랑 위쪽, 제라늄 화분과 빨랫줄에 걸린 시트 위에서 에스퀼리노 가의 황금빛 지붕들이 불타오르면서 멀리 사라져 가서 까마득히 먼 파란 언덕과 뒤섞여 버렸다.

그는 여자에게 사례를 해야 한다는 것을 알고 있었다. 공짜는 아무것도 없고 또 그러는 게 당연하다는 것을 알았다. 배낭을 열었다. 그를 만날 것을 염두에 두고 면도기와 면도날, 양말과 비누, 화장품과 더플코트를 가져왔다. 아마 초승달 낫처럼 도움이 되는 것은 아니겠지만 그는 이보다 더 나은 것을 찾을 수가 없었다. 양말과 핸드크림을 그녀에게 내밀었다. 암시장에서 꽤 값이 나갈 것이다. 마르게리타는 이 아파트에 살던 사람들이 1931년에 떠났다고 어렵지 않게 기억을 떠올렸다. 그들은 쫓겨났다. 여자가 웃은 것으로 보아 다이의 표정이 몹시 걱정스러워 보였던 게 틀림없다. "이렇게 다 쓰러져 가는 거지 같은 건물에서 쫓겨난 게 뭐 그리 나쁜 일은 아니에요, 조. 차라리 잘된 일이라고 할 수 있죠." "조라고 부르지 말아요." 다이가 항의했지만 여자는 미국인들 이름은 모두 조라고 말했다. 그녀는 그들이 이사 간 곳을 몰랐다. 아마 공공 주택으로 갔을 것이다. "어떤 공공 주택 말입니까?" "내가 어떻게 알겠어요? 공공 주택은 다 똑같아요. 왜 그 사람들을 찾고 있는 거죠, 조?" 다이는 이 여자에게 대답하고 싶지 않았다. 게다가 뭐라고 대답할 말도 없었다. 그를 찾아야 한다. 이게 전부였다. "그 남자 대신 나를 만난 게 운명 아닐까요? 나하고 같이 안으로 들어가요. 어디서 왔는지 얘기해 줘요. 당신, 그 배우, 이름이 뭐더라 다나 앤드루스하고 닮았다는 말 많이 듣지 않았어요? 정말 잘생겼어요. 잠깐만 있다 가지 않을래요, 조?" 다이는 배낭을 어깨에 메고 자기 이름은 조가 아니라고 대답했다.

투포 마을에서 노인들만 겨우 그 남자를 기억했다. 노인들은 폐허 더미 위에 앉아 다이가 준 향기 좋은 미국 담배를 피웠다. 그리고 그가 자신들에게 원하는 게 뭔지 알아맞혀 보려 했다. 그들은 이 미군 대위가 이미 죽어 땅에 묻힌 늙은 구두수선공과 눈먼 대필자, 그리고 마을에서 가장 불행했던 남자 만투의 아들을 찾아서 투포까지 왔다는 것을 믿지 않았다. "모기에 물려 죽은 그 애 말인가? 아니면 경찰이 된 애?" "아니요, 다른 아들, 미국으로 간 그 아들 말입니다." 노인들은 평야를 바라보며 뒤죽박죽 뒤엉켜 빛나는 철로의 아래쪽 땅을 가리켰다. 그 쇠들은 그리 오래되지 않은 옛날에 철로와 침목과 기차가 있었다는 것을 상기시켰다. 노인들은 그에게 놀라운 사실을 말해 주었다. 그가 요양을 하던 시기를 빼고는 한 번도 투포를 찾지 않았다는 것이다. 그는 로마로 떠났다.

다이는 그 노인들이 로마를 아주 먼 곳으로, 심지어 그들 중 대부분이 가봤던 곳, 혹은 형제나 아버지나 자식들이 있는 미국보다 더 먼 곳으로 이야기하는 것 같은 이상한 인상을 받았다. 로마는 이 노인들에게 이질적이고 낯설고 강력한 무엇인 듯했다. 로마에서 사는 사람은 말할 것도 없이 중요한 사람임이 틀림없었다. 그러니까 지금 만투의 아들도 마찬가지였다. 중요하고 이질적이고 낯설었다. 그의 아버지 어머니가 살아 있을 때는 여름이면 투포를 찾곤 했다. 항상 깔끔하게 차려입었고 좋은 냄새가 났으며 단춧구멍에 빨간 카네이션을 꽂고 있었다. 진짜 신사였다. 그는 사무장이 되었다. 마을 사람들은 부러워 죽으려 했다. 그는 로마 출신 아내를 얻었다. 노인들이 그 여자에 대해 기억하는 것이라고는 머리밖에 없었다. "그 여자 머리숱이 얼마나 많았는지 몰라." 사실 도시에서나 신는 구두를 시골에서도 신었기 때문에 노인들은 그 여자를 불쾌하게 생각했다. 다이는 이유는 알 수 없었지만 그 남자가 결혼을 했다는 것을 알게 되자 씁쓸했다. 미국에 돌아가서 어머니에게는 그가 결혼을 한 번도 하지 않았더라고 말하고 싶었다. 그는 만투가 죽고 나자 다시는 투포에 오지 않았다. "어떻게 하면 그분을 만날 수 있을까요?" 다이가 물었다. "이봐, 청년, 파이사(동포라는 뜻의 방언－옮긴이), 그 사람을 어떻게 찾으려고 하나, 로마가 얼마나 큰데."

'공공 주택'을 샅샅이 뒤지느라 시간을 허비했다. 30년대에 많은 로마인들이 자신들이 살던 옛집에서 당국이나 주인에게 쫓겨나 사방으로 흩어졌다. 이주를 하거나 추방되기도 했고 그냥 단순히 '이동'만 한 경우도 있었다. 대부분은 바로 시골로 가지 않으면 로마 변두리로 옮겨 갔다. 하지만 다이가 길을 잘못 들었다는 게 밝혀졌다. 만투의 아들에게는 공공 주택이 할당되었다. 사실이다. 하지만 그는 그것을 거절했다. 그는 고집이 있고 다혈질이고 자존심이 지독하게 강했다. 파시스트들은 그가 그 집을 목에 걸린 가시처럼 생각하는 걸 즐기려는 듯했다. 그래서 총통으로부터 아무것도 받지 않겠다고 거절했다. 그가 총통에게 받을 수 있는 것은 추방과 구타가 전부였다. 다이는 아버지 사무실 벽에 선명하게 씌어진 핏빛 글씨, 파시스트, 모피아, 파시스트, 마피아들을 떠올려 보려 애썼다. 하얀 벽도, 빨간 페인트도, 정확한 글자도 떠오르지 않았다. 다이는 그가 그렇게 행동했을 거라는 것을 늘 알고 있었고 그래서 기뻤다. 어릴 때부터 야만스럽게 털이 부숭부숭한 아버지의 몸과 화상으로 귓바퀴가 달아나 버린 한쪽 귀와 지나간 과거의 유해처럼 목에 매달려 축 늘어진 팔을 볼 때마다 자기는 이 남자에게 대여된 것일 뿐이라고 생각했다. 진짜 아버지가 따로 있기 때문이다. 그 아버지는 매력적이고 천하무적의 영웅이고 여행자다. 그러니까 신이었다. 신비에 싸인 그 남자가 어느 날엔가 그를 데리러 올 것이다.

다이는 사회당 지부의 센터에서 그를 찾았다. 당원들은 그를 기억했다. 하지만 그는 센터에 다니지 않았고 당원증도 없었다. 지하활동을 하던 시기에도, 해방이 된 뒤에도. 그는 고독한 남자였다. 그가 재판에 대한 소식을 묻는 것을 본 사람도 아무도 없었다. "재판이요?" 다이가 물었다. 아마도 대위는 미국인이어서 재판에 대해서는 전혀 알지 못하고 정화라는 말의 뜻도 모르는 것 같은데, 이탈리아인들에게는 중요한 일이었다. 희생자들은 가해자 앞에 앉는다. 학대를 당한 사람이 학대를 한 사람 앞에 앉는 것이다. "인간들은 자신들의 행동에 책임을 질 수 있어요. 그러니 그 행동의 무게를 감당해야만 한다오. 이해하시겠소, 대위?" "아무래도 이해가 잘 안 될 것 같습니다." 다이가 웃었다. 최근에 이탈리아에서 무슨 일이 벌어졌는지 나는 모른다. 내가 아는 건 지금 벌어지고 있는 일이다. 잔해, 먼지, 가난, 음악, 여자들……. "모든 게 사면으로 끝날 수는 없는 겁니다. 알겠소, 조?" 재판 없는 용서는 없다. 그렇지 않으면 어떤 행동, 비열한 짓, 폭력, 공포 같은 뭔가가 합법적인 것처럼 생각될 테니. 재판을 받고 난 뒤에 이 나라는 다시 시작할 수 있을 것이다. 그리고 다시 태어날 것이다. 이런 일이 일어나지 않는다면 이탈리아는 자신의 영혼을 팔게 될 것이다. 영원히 그것을 잃게 될 것이다.

아마 그가 찾는 남자는 그의 상사에 대한 증언을 하기 위해 정화위원회에 소환되었던 것 같다고 노인이 결론을 내렸다. 그는 자신이 겪은 고통에 대한 보상을 요구할 권리를 가지고 있었을 것이다. 체불된 월급, 누락된 승진, 가지 못한 휴가, 그에게 어울리지 않는 직위로의 좌천, 최저임금에 대한 보상을 요구할 수 있을 것이다. 그는 분명 돈을 받았을 것이다. 하지만 증언을 했다면 돈 때문은 아니리라. 알다시피 무엇보다 정신적 박해에 대한 일종의 보상이었을 것이다. 상징적인 것일지라도 분노를 치유할 수 있는 무엇이었으리라. 상처와 모욕감, 부당함, 굴욕을 치유할 수 있는 무엇. "그분은 사무장이었는데요." 다이가 당황해서 반박했다. 그는 어떤 굴욕감을 보상받아야 했을까?

다이가 로마에 머물 수 있는 시간은 너무 짧았다. 벌써 출발 날짜 통보를 받았다. 그는 4년간의 삶을 선물한 군복을 벗고 눈부신 성공에 대한 꿈도 놔두고 집으로 돌아가야만 한다. 힘들게 공부했지만 일자리를 찾을 수 없었던 엔지니어라는 직업으로, 그의 가족에게로. 하지만 출발 통보를 받았을 때 그는 슬펐다. 이탈리아를, 로마를, 그가 찾지 못한, 혹은 찾을 수 없었던 것들을 떠나야만 했다. 그 남자는 사라졌다. 그가 알기로는 그는 편지 한 장, 엽서 한 장 쓰지 않았다. 그렇게 많은 시간이 흘렀다. 어쩌면 그 남자는 그의 어머니를 기억조차 하지 못할 수도 있다. 이미 다이 대위는 마모되는 삶에 저항할 수 있는 것들이 얼마 되지 않는다는 것을 알고 있었다. 영원히 지속될 것처럼 보이는 것들이 있지만 시간이 서서히 그것들을 부식시켜 버린다. 그러다가 우리가 뒤를 돌아보았을 때 과거의 것은 아무것도 남아 있지 않다는 것을 깨닫게 된다. 이런 사실을 다 알고 있기는 했지만 다이 대위는 마지막 날에 프라티 델레 비토리아 지역에

가서 소식을 확인해 보고 싶었다. 남자의 동생 친구였던 경찰이 그에게 델라 줄리아나 가를 돌아보라고 조언해 주었다.

그 경찰은 젊었을 때 남자를 알게 되었는데 그 후 그가 사라졌다고 한다. 하지만 베라노에서의 장례식은 기억하고 있었다. 남자는 장례식에 참석하지 않았다. 아내를 마지막으로 배웅할 하루의 휴가조차 얻지 못했다. "아내라구요?" 다이가 그의 말을 가로막았다. 로마 여인, '시인', '귀부인', 엠마 말인가? "젊어서 죽었지, 가엾게도." 경찰이 말했다. 병으로 일주일 만에 세상을 떴다. 그 일은 얼마 전, 그러니까 1936년이나 1937년에 일어났다. 다이는 주먹을 쥐고 입술을 깨물었다. 혼란스러운 안도감이 그의 마음속으로 머뭇머뭇 파고들었다. 그의 상관은 그가 아내의 죽음을 이용한다고 비난했다. 동료들이 장례식 비용을 마련하기 위해 모금을 했기 때문이다. 동료들 네 명이 그를 말렸다. 마흔이 넘은 그 남자가 어린아이처럼 상관에게 주먹을 날렸기 때문이다. 상관의 코뼈가 부러지고 이빨과 함께 악마 같은 콧수염이 뽑혔다. 하지만 휴가는 얻을 수 없었다. 월급도 6개월간 지급정지되었다. "모금이요?" 다이가 그의 말을 끊었다. 대체 왜 그처럼 중요한 위치에 있는 사람이 모금이 필요하단 말인가? 그는 경찰이 잘못 알고 있다고 생각했다. 다른 사람과 혼동하고 있는 것이다.

어쨌든 그는 델라 줄리아나 가에 가보고 싶었다. 테베레 강을 건너 넓고 한적한 대로가 자리 잡은 지역으로 들어갔다. 키 큰 플라타너스들이 대로에 늘어서 있었다. 그 길 한가운데에서 아이들이 나무둥치를 골문으로 이용하고 행인들을 심판으로, 여자아이들을 목표물로 이용하면서 천으로 만든 공을 쫓아 달렸다. 1930년에 지어진 공동주택 건물 정면에 누군가 DULCE POST LABOREM DOMI MANERE('일을 마치고 난 뒤에는 평화로운 가정밖에 없다'라는 뜻의 라틴어 – 옮긴이)라는 금언을 새겨 놓았다. 그는 아주 높은 건물 앞에서 걸음을 멈췄다. 7층, 혹은 8층은 되어 보이는 건물로 벽면은 노란 카나리아 색이었다. 그런데 경찰이 준 정보가 정확한 것으로 밝혀졌다. 포도주 상인이 실제로 남자가 그 건물에 산다는 것을 확인해 주었다. 다이는 검은 안경을 벗고 3층 창문을 보았다. '당신을 찾았군요. 당신은 내가 이 세상에 태어난 줄도 모르는데.'

덧창이 닫혀 있었다. 집에는 아무도 없었다. 오전 9시였다. 시간이 이렇게 됐으니 틀림없이 모두들 직장에 갔을 거라고 생각했다. 그러나 그는 오늘 밤에 다시 찾아올 수 없다. 해가 지기 전에 송별식을 위해 막사로 가야 했다. 남자아이 세 명이 델레 밀리치에 대로 쪽으로 멀어져 가는 조그만 여자 하나를 손가락으로 가리켰다. 그러면서 그 여자가 그를 도와줄 수 있을 거라고 말했다. 다이는 여자를 쫓아 달렸다. 이상한 행렬이었다. 이발한 지 얼마 안 되는 단정한 머리에 주름 하나 없이 말끔하게 다린 군복을 입고 광이 나는 군화를 신은 키가 큰 다이와 누더기를 걸치고 머리에 먼지가 뽀얀 맨발의 소년들이 달렸다. 다이는 뒤를 돌아보지 않았다. 만일 뒤를 돌아보았다면 희망에 부푼 아이들의 눈과 날카로운 애원, '펜, 공책, 달러, 저를 데려가 주세요, 미국으로 데려가 줘요, 조'라는 말이 며칠 동안 머릿속에서 떠나지 않았을 것이다. 그는 어떻게 할 수 없는 것은 모두 잊어버리는 데 길들여져 있었다.

검은 머리에 체형이 자그마한 여자는 급히 걸었다. 그가 그녀를 따라잡았을 때도 걸음을 멈추지 않았다. 그녀는 작은 입상이나 군복 입은 배우를 바라볼 때처럼 재미있다는 듯 그를 보았다. 정말 미군 병사가 맞을까? 그녀는 미군을 한 번도 가까이에서 본 적이 없었다. 아버지는 그녀가 외출하는 것을 허락하지 않았다. 젊은 여자들에게 미국인들은 홍역보다 더 위험했다. 그녀는 걸음을 멈출 수 없어서 미안하다고 했다. 하지만 9시에는 사무실에 들어가 출근 카드에 펀치를 찍어야 하기 때문에 급히 서둘러야만 했다. "사무실이라고?" 다이가 놀라서 소리쳤다. 열네 살에?

열네 살이면 학교에 다녀야 했다. 여자가 웃었다. 세상에, 그녀는 벌써 스물한 살이라고 했다. 나이보다 어려 보였는데 시간이 그녀를 찾아오는 걸 잊었기 때문이다. 시간이 그녀 집의 문을 두드렸지만 그녀가 문을 열어 주지 않았다. 다이는 빙그레 웃었다. 뭔가 더 말하고 싶었지만 그의 초보 이탈리아어 실력으로는 불가능했다. 생전 처음으로 이탈리아어를 잊어버린 걸 애석해했다. 여자가 거의 행진하듯 빠르게 걸었다. 그녀에게 남자를 어디 가면 만날 수 있느냐고 묻자 그녀는 왜 그 남자를 만나려 하는지를 알고 싶어했다. 다이는 미국에서 그에게 전해 달라는 편지를 가지고 왔다고 대답했다. 거짓말이었다. 편지 같은 건 없었다. 다이가 남자를 찾는다는 건 아무도 몰랐다. 여자는 카부르 광장 3번지에 있는 산재국민보험으로 가면 그를 만날 수 있을 거라고 했다. 다이가 상의를 벗었다. 하지만 여자는 군인처럼 행진을 계속했고 걸음을 멈추고 그를 기다려 주지 않았다. 다이가 그녀를 부르려고 했지만 그 여자가 누구인지 몰랐다. 이름조차 물어보지 않은 것이다.

그는 보폭을 넓혀 걸었다. 여자가 갑자기 섰다. 카부르 광장으로 가고 싶으면 레판토 가로 내려가는 게 좋았다. 대신 그녀는 직진해야 한다. "행운을 빌어요, 대위님. 혹시 그분을 만나시더라도 우리가 이야기를 나눴다는 말은 하지 마세요. 그분은 구식이거든요." 다이는 손가락을 입에 대며 비밀을 지키겠다고 약속했다. 하지만 그때 그는 여자의 손목을 잡고 말했다. "누구의 비밀이죠? 당신은 누구죠? 이름은?"

다이는 가로수길 한가운데에 꼼짝 않고 우두커니 서 있었다. 관자놀이 부근으로 땀이 흘러내렸고 심장이 불규칙하게 뛰었다. 요란하게 뛰는 심장에 갈비뼈가 흔들리는 것 같았다. 여자는 빠르게 멀어져 갔다. 좁은 어깨에 두상이 작았다. 여학생처럼 회색 치마에 하얀 블라우스를 입고 있었다. 화장을 한 흔적은 없었다. 아마 지금까지 미장원에도 가본 적이 없고 애인도 없을 것이다. 잠시 다이는 그녀를 사랑할 수 있다는 생각을 했다. 그의 친구들 대부분이 이탈리아 여자들과 함께 미국으로 돌아갔다. 그는 이 여자와 돌아갈 수 있었다. 바로 그녀를 만나기 위해서 진흙 같은 평야에서, 폐허가 된 투포에서, 이탈리아의 들녘에서 전투를 한 것 같았다. 그녀를 찾기 위해 로마의 거리를 샅샅이 뒤지고 다닌 것 같기도 했다.

그 봄날 아침, 수위는 보기 흉하고 여기저기 긁힌 책상에 앉아 산재국민보험사 입구를 지키고 있었다. 오전 10시에 직원들은 각자 자기 책상에 앉고 비서는 타자기를 치고 방문객들은 그를 향해 밀려온다. 모두 혼란스러워하거나 이런저런 문제를 가지고 있다. 1946년 한 해에만 이 사무실에서 처리해야 할 보험 서류가 수천 건이었다. 현관문을 통해 그는 바람에 흔들리는 카부르 광장의 야자수들을 살짝 볼 수 있었다. 아드리아노 극장 입구를 청소하는 나이 어린 급사와 아직 잠이 덜 깬 채 식당의 셔터를 올리는 여종업원이 보였다. 그는 별 생각 없이 장애인은 4층으로, 미망인은 3층으로 분류해서 올려 보냈다. 그러자 군복이 나타났다. 미군 군복이었다. 많고 많은 제5사단 장교 가운데 하나였다. 그들은 전쟁이 끝난 뒤 로마에 좌초해서 로마를 떠날 수 없는 사람들 같았다. 그들은 유쾌하게, 그리고 항상 자신들이 옳았다고 생각하는 사람들 특유의 오만함을 보이며 패전국의 황폐한 도덕성 주위를 맴돌았다. 수위는 그들을 감탄어린 눈으로 보았다. 하지만 증오하기도 했는데 그 이유는 자신도 알 수 없었다. "여기가 산재국민보험사입니까?" 그 남자가 외국인 특유의 말투로, 엉뚱한 데에 억양을 줘서 말했다. 수위가 눈을 들자 눈동자가 보이지 않는 검은 안경이 그를 보고 있었다. 미군 장교들이 쓰고 다니는 레이밴 선글라스였다. "그렇습니다." 수위가 마지못해 대답했다. "무슨 일이십니까, 예약은 하셨습니까?"

다이는 수위를 슬쩍 보았다. 그는 계단 쪽을 초조하게 살폈다. 사무실에서 정신없이 움직이는 많은 사람들을 보고 그는 깜짝 놀랐다. 또다시 정신이 아득했다. 뭐라고 대답해야 할지 속으로 자문해 보았다. 어떤 식으로, 어떤 말로 설명해야 할까. "사람을 찾으러 왔습니다." 그는 어두컴컴한 입구에 숨어 있는 조그마한 남자가 알아들을 수 있도록 또박또박 말했다. 회색 콧수염에 짙은 하늘색 눈을 가진 조그마한 이탈리아인에게. "어느 분을 찾는지 말씀해 주십시오. 제가 도와드릴 수 있는지 보겠습니다." 수위는 오래전부터 하루에도 수천 번 이와 같은 질문에 대답을 해 왔기 때문에 자동적으로 말했다. 26년 동안 그의 일과는 이렇게 흘러갔다. 여덟 시간 동안 사무실을 지키고 하루에도 수백 번씩 의미 없는 말들을 한다. 안녕하십니까, 박사님, 약속하셨습니까? 3층입니다. 오른쪽 끝에 승강기가 있습니다. 네 번째 방입니다. 감사합니다. 실례지만 어디 가시는 겁니까? 약속하셨습니까? 방문객들에게 길을 알려 주고 책상을 닦고 쓰레기통을 비우고 재떨이의 담배꽁초를 모은다. 그리고 모두 퇴근하고 나서 한참 뒤에 음산하게 텅 빈 사무실을 마지막으로 한 바퀴 둘러본다. 아무도 없는 복도에 자신의 발소리가 울리는 동안 불을 전부 끄고 어둠 속에서 전기계량기까지 걸어간다. 그의 하루에서 이 의식 같은 마지막 동작은 너무나 무의미했다. 하지만 그는 항상 고통으로 그 동작을 완성시킨다. 전원을 차단한다. "뭐라고 하셨는지, 다시 한 번 말씀해 주시겠습니까?" 자기가 잘못 들은 것 같아서 다시 물었다. 미군 장교가 한마디씩 또박또박 다시 대답했다. "저는 디아만테 마추코 씨를 찾고 있습니다."

수위가 맑은 눈으로 대위를 뚫어지게 보았다. 미군은 키가 컸고 갈색 머리에 얼굴은 햇빛에 검게 그을렸다. 스물다섯 살 정도 된 게 틀림없었다. 왜 디아만테를 찾는 것일까? 대체 그에게 무슨 볼 일이 있을까? 낯선 사람의 방문, 예고도 없이, 자기소개도 없이 찾아온 사람의 방문은 결코 좋은 신호는 아니다. 비열한 독재정권 아래에서 여러 해를 살면서 익혀 온 신중한 경계심 때문에 그는 디아만테를 보호해 주게 되었다. "휴가 중입니다." 그가 설명했다. "언제 돌아옵니까?" 다이가 급히 물었다. 절박하게. 심문하듯. "당장은 돌아오지 않을 겁니다." 수위가 애매하게 대답했다. 미국인이 신음을 했다. 책상에 온몸을 기대고 레이밴을 벗었다. 눈동자가 까맸고 속눈썹이 길고 코는 곧고 단호해 보였다. 균형 잡힌 사각형에 우울과 자기성찰에는 둔감한 얼굴이었다. 하지만 그 얼굴에는 실망이나 분노가 아니라 훨씬 더 깊은 뭔가가 지나갔다. 심지어 폭력적으로 보이기까지 했다. 한없는 절망. "내가 그분을 얼마나 찾았는지 모르실 겁니다! 그분이 살았던 집을 다 찾아다녔어요……. 하지만 로마는 너무 넓어요. 그분을 만나 이야기를 해봤다는 사람도 찾아냈어요. 하지만 그분을 찾을 수가 없어요. 그리고 이제 난 미국으로 돌아가야 해요……." 스물다섯 살의 젊은 미국 남자. 수위는 이 남자를 어디서 만난 적이 있는지 곰곰이 생각해 보았다. 물론 어디서도 만난 적이 없었다. 그의 얼굴을 보아도 아무것도 떠오르지 않았다. "디아만테 씨를 아십니까?" 다이가 괴로운 듯 수위에게 물었다. "얼굴은 압니다." 수위가 말했다. 그는 이제 이 미국인을 밖으로 쫓아 버리고 싶었다. 그의 뒤로 정보를 얻으려는 장애자들이 줄을 서 있기 때문이기도 했다. "안타깝군요. 그분은 정말 특별한 분이에요, 아십니까? 영웅이죠. 그런 분은 그리 많지 않아요." 호기심이 생기기도 하고 놀랍기도 해서 수위가 웃었다. "정말입니까?" 수위가 크게 말했다. "난 전혀 모르겠던데요."

"혼자서 미국까지 갔었다고 생각해 보십시오." 다이가 말했다. 그는 상상도 할 수 없는 뭔가를, 그러니까 전설을 이야기하려는 것 같았다. 요람에서 뱀을 목 졸라 죽인 헤라클레스나 열두 살에 첫 살인을 한 빌리 더 키드 이야기 같은 전설을. "열두 살 때 말이에요. 바지가 한 벌밖에 없어서 자식들에게 돌려 가며 입혀야 할 정도로 가난했던 부모를 먹여 살리기 위해서였어요. 그 구역 사람들이 검은 손이라는 갱단 때문에 겁에 질려 침묵하고 그들의 말에 복종할 때 어린 소년 혼자서 그자들과 맞섰으니 얼마나 용기가 있었는지 생각해 보세요. 무덤에 들어가 죽은 사람의 신발을 훔칠 정도로 용기가 있었어요. 철도 공사장 십장들에게 도전했고 주머니에 단 1달러도 없이 미국을 횡단했어요. 신장이 망가질 정도로 일해서 부모님들 집을 사주었어요. 그래서 병이 들었는데 전쟁에 자원했지요." 수위는 디아만테를 그런 식으로 바라본 적이 없다는 것을 깨달았다. 그가 알고 있는 디아만테는 고집 세고 자존심 강하고 폭력적이고 거짓말을 잘하는 작은 남자였다. 평범한 사람으로, 아무도 그를 자랑스러워하지 않았고 물론 그 자신도 그랬다. "휴가 중이어서 정말 애석합니다." 다이가 계속 말했다. "정말 그분을 만나고 싶었습니다. 그분은 제게 중요해요. 제가 찾아왔었다고 전해 주실 수 있겠습니까?" 다이가 레이밴을 다시 끼고 문 쪽으로 향했다. 호리호리하고 건장한 그의 검은 그림자가 수위 쪽으로 던져졌다. "이름을 알려 주시면……" 수위가 당황해서 우물거렸다. "제가 최대한 그분이 어디 있는지 찾아보겠습니다. 이름을 적게 잠깐만 기다려 주십시오." "적으실 필요 없습니다." 젊은이가 어깨를 으쓱하면서 웃었다. "제 이름도 그분과 똑같습니다. 제 이름은 디아만테 마추코입니다."

수위는 뭐라고 말하고 싶었지만 너무 놀라 입이 바짝 말라 버렸다. 이제 더 이상 소년이라고 할 수 없는 그 장교가 디아만테 그의 이야기, 그에게는 전혀 낯선 이방인 이야기를 친근하게, 감탄하며, 애정을 가지고 이야기했다. 마치 오래전부터 그를 알고 있다는 듯이. 그리고 그가 한 번도 얘기하지 않은, 그 자신조차 이미 기억하지 못하는 사실, 사건, 에피소드를 알고 있었다. 그가 정신을 차렸을 때 또 다른 디아만테는 벌써 성큼성큼 현관을 가로질러 가고 있었다. 그는 일어나서 그를 잡으러 뛰어가려

하다가 다시 자리에 앉았다. 대위는 수위가 아니라 영웅을 찾아왔다. 자신과 같은 이름의 미국인이 햇살이 눈부신 광장으로 멀어져 가다가 법원 앞에 모인 군중들 속으로 사라졌을 때 디아만테는 그 미국인이 비타의 아들이라는 것을 알게 되었다.

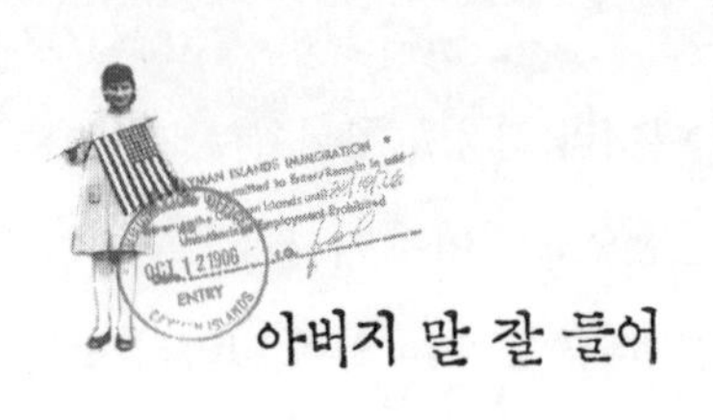

아버지 말 잘 들어

아버지가 돌아가시고 아버지의 편지들을 다시 정리하다가 뉴욕에서 보낸 항공 우편 한 묶음을 발견했다. 보낸 주소는 THE ELEXPORT CO.-MANUFACTURER'S EXPORT MANAGERS. 114 Liberty Plaza. New York 6, N.Y.였다. 별로 중요해 보이지 않는 편지들이어서 한쪽으로 밀어 두었다. 나는 전기 재료를 거래하는 회사가 우리 아버지와 어떻게 접촉하게 됐는지 알지 못했다. 하지만 내가 이 소설을 쓰기 시작했을 때 그 편지들이 1947년 10월부터 1951년 봄 사이에 아버지가 받은 편지였다는 생각이 났다. 그 시기에 젊은 청년이었던 내 아버지의 유물을 나는 전혀 알지 못했기 때문에 아버지의 인생을 재구성하려던 내 시도가 무너져 내렸고, 그래서 쌓여 있는 종이의 바다에서 그 편지들을 다시 꺼내 펴보았다. 수출 회사의 사장은 열심히 이탈리아어로 편지를 썼는데, 그 뜻은 정확하지가 않았다. 그 사장의 이름은 디아만테 마추코였지만 서명은 다이로 했다. 그의 이름을 보고 깜짝 놀란 나는 궁금증과 의문이 다시 생겼지만 이제 내게 그 답을 줄 사람은 아무도 없었다. 이 사람이 누구였을까? **우리 할아버지** 디아만테와는 무슨 관계가 있는 걸까? 선물 꾸러미를 우리에게 잔뜩 보냈던 그 부유한 '미국' 부인과는 무슨 관계가 있는 걸까? 나는 리버티 플라자에서 보낸 편지들을 펴보았다. 그제야 나는 이 이야기의 다른 선로에 있는 다이 대위, 디아만테 2세가 내 아버지가 될 수도 있었다는 것을 알게 되었다.

나의 두 아버지는 한 번도 만난 적이 없었고 다이가 이름만 알고 있던 남자를 찾아 로마를 헤맬 때조차 스쳐 지난 일도 없었다. 1947년 10월에 디아만테 2세는 스물일곱 살이었고 로베르토는 스무 살이었다. 디아만테 2세는 엔지니어였고 독일에서 전투를 했고 제5사단과 남부 전선에서 싸웠던 미군 대위였다. 전쟁 당시 마미아니 고등학교 학생이었던 로베르토는 구경꾼으로, 암시장과 여러 다른 제약의 희생자로 전쟁을 경험했다. 그것들은 이미 보잘것없어진 그의 아버지의 월급 가치를 더욱 떨어뜨렸다. 로베르토는 로마에서 태어났고 로마인이라고 생각했다. 어머니처럼, 외조부들처럼, 외증조부들 등등처럼 말이다. 자신의 아버지의 마을에서 일어난 일에 관해서는 그 무렵 신문에 난 짧고 암시적인 기사 몇 개를 읽은 게 전부였다. 『일 메사제로』지는 「민투르노에 미군 상륙 실패」라는 기사로 1944년을 열었다. 1월 20일 제목은 '피로 물든 투포 전투'였다. 과거가 없는 마을, 한 번도 지도에 오르지 못했던 마을이 처음이자 마지막으로 신문 1면을 장식했다. 역사가 없는 모든 남자와 여자들이 그렇듯이 결국 그 페이지를 끝으로 사라졌다. 3월 3일 『일 포폴로 디 로마』지는 아메리코 카라바치라는 기자가 서정적으로 쓴 민투르노의 최후에 대한 애도가를 실었다. 파괴된 마을에 대한 신성한 노래이며 만가인 그 기사는 전쟁을 잠시 언급하는 것만이 아니라 '눈부신 공기에 감싸인' 언덕과 '바다와 땅의 여신이며 파도와 산의 중재자'인 요정 마리카의 고향이 사라진 것을 슬퍼했다. 1947년에 로베르토는 역사학부 3학년이었다. 그에게는 다른 학생보다 빨리, 더 뛰어난 성적으로 졸업해야 한다는 강박관념이 있었다. 그의 집에서는 평범만큼 환영받지 못하는 것은 아무것도 없었다. 가장 환영받는 것은 완벽함이었다. 그는 교수가 되고 싶었다. 몇몇 신문에 기고를 시작했다. 제일 처음에는 『일 미누토』였다. 그리고 생활비와 학비를 벌 수 있는 직업을 찾았다.

로베르토와 디아만테 2세는 전혀 달라 보였다. 상반되었다. 하지만 같은 꿈을 가지고 있었다. 바로 부자가 되는 것이었다. 전후의 격변기를 이용해서 진짜 부자가 되고 싶었다. 어떻게? 미국 엔지니어와 로마 대학생이 어떤 공통점을 가지고 있을까? 바로 그들 자신이었다. 그들은 미국인들에게 이탈리아를, 이탈리아인들에게 미국을 팔 것이다. 그의 특징인 수학적 단순성을 가지고 디아만테-다이는 1949년 1월 날짜의 메모 3번에서 이렇게 밝힌다. "당신은 이탈리아 시장에 미국 상품을, 난 미국 시장에 이탈리아 물건을 공급할 수 있습니다."

"친애하는 디아만테 씨. 저는 디아만테의 아들 로베르토입니다. 선생께서 제안하신 문제 때문에 편지를 쓰고 있습니다. 아버지께서는 몹시 바쁘셔서 다른 일을 자유롭게 하실 시간이 없습니다. 하지만 선생께서 반대하지 않으신다면 제가 도와드릴 준비가 충분히 되어 있습니다. 물론 제가 맡을 일에 대해서 좀 더 분명히 할 필요가 있겠지요. 사실 저는 선생께 회사와 공장의 목록이 필요한 것인지 가게 목록이 필요한 것인지 잘 모르겠습니다. 요점은 선생에게 납품할 생산업자를 찾으시는 겁니까, 아니면 이미 만들어진 물건을 팔 상인을 찾으시는 겁니까? 어떠한 제안인지를 알려 주시면 즉시 제가 그대로 따르도록 하겠습니다. 각 항목별로 좀 더 상세한 설명이 필요할 겁니다. 혹시 기능과 가격 따위의 설명이 첨부된 목록이 필요할지도 모릅니다. 그리고 이탈리아로 수입을 하고 세관을 통과하는데 필요한 정식 절차가 쉽지 않다는 것도 알아두셔야 할 거라고 생각합니다. 저는 선생과 동업을 하게 되어 매우 기쁩니다. 답장 기다리겠습니다. 안녕히 계세요. 로베르토 마추코."

그들은 회사를 세우게 되고, 다이가 사장이 되고 로베르토가 하나뿐인 대표가 될 것이다. 그들은 수입을 하고 수출을 할 것이다. 무엇을? 한쪽에 지나치게 많고 다른 쪽에 지나치게 없는 것을. 전기 부품들, 스파게티 면,

플라스틱 면도기, 시멘트, 믹서기, 쇠막대, 우산 그리고 언어도 있었다. '내가 보낸 편지에는 문법적인 실수들이 분명 있을 겁니다. 내가 틀린 부분을 고쳐 주셔도 기분이 나쁘지 않고 오히려 몹시 기쁠 것입니다.'라고 쓴 다이는 겸손하게 이탈리아어를 배울 준비가 되어 있었다. 그래서 로베르토가 가르쳐 주었다. 신기하게도 그들 부모 세대와 똑같은 일이 역할이 바뀌어서 일어났다. 문법이나 나이를 떠나서 어쨌든 그들의 역할은 똑같았다. 안타깝게도 서로가 상대의 꿈을 산산이 깨뜨릴 수밖에 없었다. 디아만테 2세가 전기 부품 수출을 제안했다. 로베르토는 전기 부품은 정부에서 허락을 하지 않아 수출을 할 수 없을 거라고 설명했다. 로베르토는 이탈리아에 페니실린, 스트렙토마이신, 클로로마이세틴, 오레오마이신 같은 의약품이 많이 필요하다는 것을 알게 되었다. 디아만테 2세는 그것들이 자유롭게 이탈리아로 들어갈 수 없다는 것을 확인했다. 디아만테 2세가 플라스틱 면도기를 제안했다. 미국에서는 아주 대중적인 물품이었다. 그는 이런 카탈로그를 제시했다.

가격 제시

스타일 혹은 모델 명	제품 설명	가격
B-2	검은색 플라스틱	12 달러
S-2	검은색 플라스틱 칼라 손잡이	12달러
AA1	갈색 플라스틱	9 달러
D-2	검은색 플라스틱 금속 손잡이	13 달러
D-3	아이보리 색 플라스틱 금속 손잡이	13.50 달러

C5	니켈 금속 손잡이	19 달러
세트	면도날이 5개 포장된 플라스틱	14.50 달러

유레아는 특별한 플라스틱으로, 손잡이에 사용된 평범한 금속보다 더 단단하며 녹슬지 않는 알루미늄이 혼합되어 있다. 가격은 144개 한 묶음 도매가다.

로베르토는 1950년 7월 27일 디아만테 2세의 희망에 찬 꼼꼼한 편지에 이렇게 답장을 했다. "베이클라이트 면도기 시장은 전시에 크게 확장되었지만 지금은 그 면도기가 팔리지 않고 상인들도 팔려고 하지 않습니다. 니켈 금속 면도기 모델 C5는 당신이 제시한 가격은 한 개당 약 80리라입니다. 거기에 높은 수입 관세와 운송비를 더하면 이탈리아 공장에서 상인들에게 파는 평균 가격보다 120리라 이상이 더 비싸진다는 것을 아시게 될 겁니다. 이탈리아 제품이 훨씬 더 좋은 것은 말할 필요도 없습니다. 너무나 멋진 금속 면도기를 300리라에서 350리라에 파는 것을 보았습니다. 당신이 최근 편지에서 제시한 가격으로는 절대 팔 수 없을 겁니다. 그런데 이뿐만이 아닙니다. **면도날과 거의 모든 면도기**가 제조품이기 때문에 수입이 금지되어 있습니다. 그러니까 새로운 물품이 없다면 거래는 실패할 수밖에 없습니다. 당신 어머니가 다시 떠나실 때 짐을 전달하도록 하겠습니다."

그런데 이런저런 행정적인 문제로 지연되어 사업 계획이 실행에 옮겨지지 않았을 때 한국전쟁이 발발했다. 로베르토는 그의 어머니 집안의 전통대로 정치에 뜨거운 관심을 가졌다. 광장으로 나가 아이젠하워와 미

제국주의에 반대하는 시위에 참가했다. 머리를 곤봉으로 얻어맞았고 또래들과 같이 경찰서로 끌려갔다. 미국이 자신의 집 문을 두드리며 물질적이고 실현 가능한 지상의 행복이라는 영원한 꿈을 제시할 바로 그 무렵 그는 자신이 미국이 대표하는 것을 좋아하지 않는다는 것을 발견했다. 로베르토가 이데올로기적 위기로 의기소침해 있기는 했어도 편지 왕래는 계속되었다. 다이는 부족해지고 있는 철을 요구했다. 로베르토는 시멘트를 제안했다. 시간 낭비를 무릅쓰고 두 사람은 토론을 하고 정보를 주고받았다. "새로운 소식입니다. 로마 근처에 공장이 있는 BPD사가 이런 종류의 특별 시멘트를 생산하고 있습니다."

a) 초백색 시멘트 톤당 36달러, 저항력 680kg.
b) 백색 시멘트 톤당 30달러, 저항력 500kg.
c) 아리 시멘트 톤당 36달러, 저항력이 특히 강한 타입.

로베트로는 이렇게 덧붙인다. "5번. 미국에서 남성용 실크 우산과 실크 손수건을 찾는다고 알고 있습니다. 우리가 이 두 가지로 뭔가 할 수 있을 거라고 생각하면 제가 당장 가격을 알려드리지요." 안타깝게도 형체가 없이 약하디 약한 실크에 현혹되어 쇠막대와 금속판을 수출하자는 돈이 될 만한 제안을 놓쳐 버렸다. 드디어 디아만테 2세가 페니실린을 수출할 수 있게 허가를 받았다고 알렸을 때 이탈리아에서는 이미 중요 제약회사들이 페니실린을 판매했다.

얼마 동안 다이가 사라졌다가 1951년 2월에 다시 나타났다. 그의 삶에 뜻밖의 변화가 생겼다는 것을 직감할 수 있다. "8월 말에 집에서 떠나서 얼마 동안 아무에게도 편지를 쓰지 않았습니다. 그래서 연락이 끊긴 겁니다." 그는 새 주소를 알리지 않는다. 뉴욕 버펄로 근처의 토너원더에 있는 회사로 편지를 보내 달라고 로베르토에게 부탁했다. "내가 어떤 종류의 일을 하는지 말할 순 없습니다. 말할 수 있는 건 봉투에 적힌 회사의 건설 현장 감독이라는 것뿐입니다." 미합중국 정부를 위한 건설 회사가 그렇게 비밀리에 무엇을 짓고 있는 것일까? 감옥? 원자탄을 피할 수 있는 벙커? 조선소? 폭탄? 확실한 것은 디아만테 2세가 마치 아무 일도 없었다는 듯이 그들의 꿈의 끈을 다시 잡고서 로베르토에게 이렇게 요구했다는 것이다. "지금 이탈리아에서 관심 있는 물품이 어떤 걸까요?"

내 아버지는 당신의 인생에서 처음이자 마지막으로 천재적인 사업 감각을 보이며 **텔레비전**이라고 대답했다. "불과 몇 달 뒤면 이탈리아에서 텔레비전 방송을 볼 수 있게 될 겁니다. 좋은 상표의 텔레비전을 이탈리아에 수출할 수 있는 독점권을 얻을 수 없을까요? 틀림없이 굉장한 비즈니스가 될 겁니다." 안타깝게도 늘 그렇듯이 몽상가들은 너무 시대를 앞서 간다. 그리고 온갖 일을 다 하지만 결국 자신들이 직감적으로 느낀 것을 결코 실현시키지 못한다. 몇 달 뒤 로베르토가 이렇게 덧붙인다. "텔레비전에 관계된 것들은 모두 아직은 시기상조입니다. 이제야 첫 번째 실험이 진행되고 있습니다. 상황을 계속 지켜보다가 뭔가 결정되면 곧 알려드리겠습니다."

하지만 아무것도 알려 오지 않았다. 디아만테 2세와 로베르토는 같이 부를 일구지 못했다. 따로 일군 것도 아니었다. 그럭저럭 역사학과를 졸업한 로베르토는 교수가 되려는 꿈을 접었다. 그는 철도청에 취직을 하게 되었다. 이 직장에서 그는 20세기 화이트칼라의 혐오스러운 삶을 발견하게 된다. 디아만테 2세는 엘렉스포트의 문을 닫았다. 그리고 베일에 싸인 레포리사의 일 속으로 빨려 들어갔다. 그는 자취를 감췄고 사라져 버렸다. 왜? 무슨 일이 일어난 것일까? 정부를 위해 건설을 한다는 게 전직 제5사단 대위인 엔지니어에게 무엇을 의미하는 걸까? 그는 뿌리칠 수 없는 제의를 받았을까? CIA에 들어간 것일까? 어쨌든 1951년 말에 둘의 편지 왕래가 중단되었을 때 둘은 벌써 서로 다른 길로 가고 있었다. 다이는 미국 정부를 위한 비밀 프로젝트에서 일을 했다. 로베르토는 테르미니 역의 기차 차고가 내려다보이는 높은 사무실에서 기관차 목록을 작성했다. 그는 예전의 아버지가 그랬듯이 지나는 기차들을 바라보았다. 미궁처럼 뒤얽힌 선로, 선로전환기, 신호등과 침목들 위에 앉아서. 그의 아버지의 미래를 삼켜 버렸던 철로가 그까지도 움켜쥐어 버렸다. 디아만테 1세와 마찬가지로 지상의 행복을 찾으려던 아메리칸 드림을 그 역시 증오하게 되었다. 로베르토는 그 뒤로 다시는 돈을 벌려 하지 않았다. 그리고 1950년대에 베이클라이트 면도기를 판매하려던 것보다 더 최악의 생각을 품게 되었다. 그는 곧 글을 쓰기 시작했다.

엘렉스포트 일화는 50여 년 전 그의 아버지에게 그랬듯이 실패라는 천직에 수습생으로 일한 것이었다. 그 뒤 로베르토는 39년 동안 살아가면서 제대로 되지 않는 일이나 망하는 일에만 관심을 기울였다. 쓸모없고 비현실적이고 실패하는 일에만. 패배를 선고받은 국가, 역사의 가장자리에 있을 수밖에 없는 사람들, 그 자신처럼 멸종하는 인종, 말을 잃은 사람들의 목소리, 사라진 동기들, 놓친 기회들, 실현되지 않는 꿈들……. 사무실에서 그는 기관차들을 분해하고 구식 모델의 목록을 작성했다. 집에 오면 연극의(그리고 극작가의) 죽음을 선언하는 전위적인 곳이라고 생각하는 세상에서 극본을 썼다. 드디어 그를 특파원으로 받아 준 신문들은 널리 보급되지 못해서 전후에 창간된 신문들 가운데 살아남지 못하고 폐간되었다. 악당 같은 운전사 때문에 비장을 제거하고 폐기종을 앓게 되었는데 이 운전사는 그가 입은 피해에 보상을 해주기는 커녕 부패한 변호사를 고용해서 차에 치인 그에게 오히려 엄청난 보상금을 물렸다. 60년대에 그가 가입한 주택조합은 계약금을 모두 집어삼키고 파산해 버렸기 때문에 그가 짓기를 꿈꿨던 집을 짓지 못했다. 1970년대 초에는 트라스테베레의 산 프란체스코 아 리파 성당 앞에 있는 지하 포도주 저장실에 정치 카바레를 열었다. 드디어 그도 『욕설과 우스꽝스러운 모욕』이라는 엉뚱한 작품 덕택에 명성을 얻을 것처럼 보였는데, 이 정치 카바레는 비상출입구가 없다는 이유로 허가가 취소되었다. 토스카나에 완만한 언덕의 땅을 구입했는데 이곳은 뱀과 멧돼지들이 우글거려서 절대 건물을 지을 수 없는 땅이라는 게 밝혀졌다. 그의 할아버지와 아버지가 꿈꿨던 투포의 땅은 어떤 여인이 소유했는데 이 여인은 투포를 떠난 사람의 아들에게 그 땅을 넘겨주느니 차라리 경작하지 않고 땅을 버려두는 편을 택했다. 80년대에 쓴 소설들은 데뷔하기에 적절하지 않은 나이에 걸렸다(독자들은 젊은 작가들을 찾는다).

아버지와 나는 대담한 계획을 세우고 그 때문에 흥분해서 로렌초 차고에서 화물 객차를 샀는데, 집을 지을 수 없는 우리의 토스카나 언덕으로 그 객차를 옮기지는 못했다. 가끔 우리는 어떻게 이 객차를 장식하고 널빤지를 어떻게 떼어내어 창문을 낼지 이야기하곤 했다. 거기서 야영을 하면서 어떻게 우리의 소박한 고독을 되찾을 수 있을지를. 우리는 한 번도 우리 땅을 가져 보지 못했다. 우리는 로마의 아스팔트와 맹금류들처럼 테베레 강 위를 맴도는 갈매기의 귀에 거슬리는 울음소리에 묶여 있는 기분이었다. 우리는 바퀴 달린 집을 갖게 될 것이다. 아버지와 나, 우리에게 딱 맞는 유일한 집을. 예순 살이 되었을 때 아버지는 내게 조용히 말했다. "적당히 실패하는 게 인생에서 제일 좋아." 나는 아버지의 말이 맞는지 자문해 보았다. 어쩌면 그럴지도 모른다. 아버지 주변에는 늘 친구들이 있었고 아버지는 그들의 사랑을 받았으며 적들의 존경을 받았다. 어쩌면 적당한 실패 속에서 누구나 자신들이 가졌던 환영의 결과들, 그리고 살면서 당한 배신의 결과들을 인식할 수 있을 것이다. 하지만 그의 적당한 실패가 얼마 후 그를 죽음으로 이끌었다. 1991년 유고집으로 출간된 단편소설 「스페리오 데 발디 위원 사퇴의 진실」에서 아버지는 이렇게 썼다. "나는 패배자의 심리를 전혀 모른다. 그들은 스스로에게 이방인이 되어 가는 듯이 보인다."

1978년 로베르토가 처음으로, 그리고 마지못해 뉴욕에 갔을 때 디아만테 2세는 신문에 실린, 학회에 참석한 '이탈리아 연극계 인사들' 이름 속에서 로베르토의 이름을 발견하고 호텔로 찾아왔다. 그 무렵 나는 우리 할아버지 이름과 같은, 뉴욕에 사는 디아만테라는 사람이 누구인지 몰랐기 때문에 로베르토에게 혹시 뉴욕에서 '형'을, 그와 똑같거나 혹은 전혀 다른 남자를 만날 시간이 있었는지 물어볼 생각을 하지 못했다. 나의 실수를 이런 식으로밖에 만회할 수 없었다. 2000년에 뉴욕을 찾았을 때 나는 전화번호부를 뒤졌다. 대니얼, 다이안, 도나토같이 마추코라는 성을 쓰는 흔한 이름들이 잔뜩 있었지만 디아만테는 없었다. 그해 봄 그는 아마 여든 살이 되었을 것이다. 나는 그가 차고가 딸리고 영국식 정원이 있는 뉴저지 교외 저택에서 살고 있을 거라고 상상하면 편안하고 행복했다. 내 생각이 틀리지 않았다. 얼마 전까지 그는 정말 뉴저지의 헤이즐릿에 살았다. 하지만 그를 만날 수는 없었다. 디아만테 2세는 1996년 8월에 사망했다. 나는 그가 이탈리아에 텔레비전을 수출하지 않았던 것을 절대 애석해하지 않았으리라 확신한다.

매우 관료적이고 오만할 정도로 당당하고 순진할 정도로 낙천적인 그의 편지에서 한 문장이 내 기억 속에 남아 있었다. 나의 아버지를 아메리칸 드림에 끌어들인 말이었다. 내 생각에는 이것이 바로 그가 내게 줄 수 있는 교훈이었던 것 같다. **"나는 우리 두 사람이 사업을 시작해서 크게 이윤을 낼 거라고 믿습니다."** 다이는 확언했다. **"항상 하느님이 우리를 도울 것이고 우리 자신의 에너지와 힘이 우릴 도울 겁니다. 구하는 사람은 늘 찾게 되어 있으니까요."**

이 문장을 생각하며 나는 편지들을 대충 훑어보았다. 1948년, 1949년, 1950년. 로베르토는 다이의 엄마에게 베이클라이트 면도기를 돌려주고 싶어했다. 이건 무슨 뜻일까? 1950년 여름에 비타는 어디 있었던 걸까? 그때 나는 5월 30일 메모에 시선이 갔다. 몇 글자 안 되지만 친밀하고 다정한 그 단어들은 바로 내가 찾던 흔적이었다. 나는 비타가 약속을 지켰을 거라고 알고 있다. 그녀가 원했기 때문에 계속 찾았을 것이다. 36개월 후면 다시 만날 것이라고 생각하며 작별 인사를 하고 38년이 지난 뒤, 비타는 대양을 건너 디아만테에게 왔다. 로베르토는 이렇게 편지에 썼다. "당신 어머니께서는 우리 집에 딱 한 번 찾아오셨지만 우리는 빨리 투포에서 돌아오셔서 로마에 당분간 머무시길 바라고 있습니다."

실종된 이탈리아 소녀

끈기 있는 순례자들이 길게 줄을 서서 베드로 성당의 성스러운 문으로 들어가기를 기다리고 있었다. 해가 뜨겁게 내리쬐면서 주랑의 그림자가 짧아졌고 광장이 눈부신 빛의 수영장으로 바뀌었다. 흰 수녀복을 입은 땀에 젖은 수녀들과 도미니크회의 젊은 수사들 한 무리가 로마의 황제 칼리굴라가 가져온 이집트 오벨리스크를 보며 감탄을 했다. 그들은 이교도의 상징물이 가톨릭의 상징으로 바뀐 게 옳은 일인지 의아해했다. 그러다가 옳은 일이라는 결론을 내렸다. 신들이 죽었다가 다시 태어난다면 이것은 신들의 영원성을 의미하는 것일 수 있었다. 대성당의 돔이 햇빛을 받아 눈부시게 빛났다. 그리고 발코니는 개미처럼 작고 활기찬 관광객들로 발디딜 틈도 없었다. 많은 사람들이 성년(聖年)을 이용해서 싼값에 마음에 맞는 일행들과 여행을 왔다. 슈바르첸베르거 왕자와 제니퍼 존스, 엘리너 루스벨트와 레오폴드 왕, 모나코의 피에로 왕자와 데이비드 셀즈닉, 나이지리아의 국왕, 레바논의 외무장관, 보두엥 왕자, 시인 폴 클로델, 프랑스의 잔 여왕의 후손인 앙비안 드 샹포니 공주가 참석했다. 그 외에도 어떤 사람들이 얼마나 왔는지 알 수 없었다. 이와 같이 경의를 표하는 일은 누구도 불쾌하게 만들지 않았고, 신자, 상인, 호텔 주인, 기념품 상인, 나무와 뼈로 만든 로자리오 묵주와 엽서를 파는 행상인, 5대륙의 교구민들, 각 종단의 종교인들, 그리고 말할 것도 없이 우리 주님을 행복하게 했다. 안경을 쓴 교황이 11시에 알현을 시작할 것이다. 하지만 대성당 안에는 자리가 없었다. 예약을 한 사람만 들어갈 수 있었다.

화사하게 옷을 입은 미국 중년 부인들 한 무리가 도미니크 수사들의 하얀 옷들 사이에서 식탁보 위에 놓은 사탕처럼 눈에 두드러졌다. 미국인 순례자들은 모두 여자였다. 어떤 부인들은 아주 오래전부터 교황과 베드로 성당, 멀리 떨어져 있던 사랑하는 이탈리아 등등을 볼 수 있는 이 기회, 이 시간을 기다려 왔기 때문에 눈물을 참을 수가 없었다. 이런 부인들보다는 덜 감상적인 다른 부인들은 부채질을 하며 유쾌하게 수다를 떨었고 자동카메라로 돌아가며 사진을 찍었다. 그녀들은 레코드나 폭탄 모양의 모자, 또는 호박처럼 생긴 모자를 썼고 레이스나 공단, 스웨이드 장갑을 꼈으며 연분홍색, 수박색, 오렌지색, 풀잎 색 옷을 입었다. 줄 맨 뒤에 있는 자그마한 부인만이 검은색 옷을 입었다. 그녀는 나비 모양의 검은색 선글라스를 끼고 레이스 베일로 머리를 눌렀는데 그 베일이 숱이 많은 머리를 무자비하게 벌주는 것 같았다. 여자는 주위를 둘러보았다. 까치발을 하고 광장에 빼곡한 머리들 위쪽을 살펴보았다. 누군가를 기다리는 것 같았다. 하지만 이 속에서 만날 사람을 찾는다는 것은 마치 짚더미 속에서 바늘을 찾는 것과 같아서 그 사람을 만날 수 없으리라는 것을 알고 있는 듯했다. 성스러운 문에서 등을 돌린 사람은 그녀 한 사람뿐이었다.

30분 뒤 미국인 부인들이 회개를 하며 조용히 성스러운 문을 넘어서 회중석 한가운데에 할당된 자신들의 자리에 앉았다. 그때 그녀들은 뉴욕 이탈리아 부인회 회장이 그들과 같이 들어오지 않은 것을 알아차렸다. 그녀가 어디로 갔는지는 아무도 알지 못했다. 그래서 일행들이 술렁거리며 동요했다. 서로 의논을 했다. "여기 있었는데 돌아봤더니 없었어요." "누가 납치해 간 것 아닐까요?" 알현 중인 비오 12세의 말이 불안한 마음에 수군거리는 소리 속으로 사라졌다. 누군가 걱정하지 말라고 말했다. "산책을 하러 갔을 거예요. 더웠나봐요, 가엾게도, 그렇게 검은 옷을 입고 햇빛 아래 서 있었으니, 아이스크림이라도 먹으러 갔을 거예요." 하지만 그녀는 알현을 아주 중요하게 생각했다. 그뿐만이 아니라 작년에 이 여행을 준비하기 위해 교구사제와 연락한 것도 바로 그녀였다. 비록 부지런한 신자도 아니었고 교리문답에도 참석하지는 않았지만 말이다. 그녀는 물론 서약을 했다. 서약은 지켜져야 한다. "서약은 무슨, 비타 부인은 이탈리아에 오고 싶어했어요. 그래서 기회를 잡은 거지요. 그 부인 같은 나이에 '이탈리아에 가야겠어요'라고 말하기가 쉽지 않잖아요." 사람들이 뭐라고 할까? 자식들은 뭐라고 할까? 비타 부인은 사람들이 뭐라고 하든지 전혀 신경을 쓰지 않는다. 그것이 항상 그녀의 문제였다. "어쨌든 우리가 부인을 걱정할 필요는 없어요. 잘 알아서 할 거예요. 기도합시다. 그리고 오늘을 즐기기로 해요." "햇빛이 너무 뜨거워요." "얼마 가지 않을 거예요. 비가 올 거예요." "아마 호텔에서 우릴 기다리고 있을 거예요."

하지만 그들이 호텔로 돌아왔을 때 그녀의 방 열쇠는 나무 열쇠판에 그대로 걸려 있었다. 현관 안내인이 형편없는 영어로 메시지를 전했다. "미시즈 마추코께서 미안하지만 급한 일이 있답니다. 기다리시지 말라고 했어요."

새까만 곱슬머리의 청년은 사라센인 같았다. 키가 크고 호리호리했으며 그가 입기에는 너무 작아 꽉 끼는 초라한 옷을 입었다. 몸에 걸린 이름표보다 훨씬 더 커버린 묘목상의 묘목 같았다. 상의 팔꿈치에 헝겊을 댔고 바지는 넝마 바구니에 들어가기를 두려워하는 옷들보다 더 낡았고 그에게 어울리지 않았다. 그 무어인이 계속 그녀를 뚫어지게 보았다. 그녀는 자기 핸드백을 낚아채려 한다고 생각했다. 미국 중년 부인들은 로마

건달들의 가장 이상적인 표적이었다. 영원의 도시 로마에 도착한 뒤로 벌써 세 번이나 그녀가 방심한 틈을 타서, 그리고 그녀의 외국인 억양을 듣고서 지갑을 소매치기하려 했다. 그녀는 말을 하지 않는 법을 익혔다. 그리고 핸드백을 가슴에 끌어안고 애매하게 웃었다. 어쨌든 보석은 호텔 금고에 넣어 두었다. 그래서 이 무어인 청년에게도 애매하게 웃었다. 그리고 계속 주랑 쪽에서 눈을 떼지 않으며 디아만테의 서늘한 파란 눈이 갑자기 자신을 바라봐 주길 기다렸다. 햇빛이 너무 눈부셔서 검은 선글라스를 다시 고쳐 썼다. 그런데 디아만테가 너무 늦었다. 그가 오지 않는 게 아닌지 걱정이 되기 시작했다. 어쩌면 그녀가 들렀던 일곱 개의 성당, 입속으로 중얼거렸던 기도, 초조하게 시계를 확인했던 것, 그녀가 개종을 해서 믿게 된 아주 새로운 하느님, 이 모든 것이 아무 소용이 없을지도 모른다. 디아만테는 가톨릭 순교자들처럼 죽어서 멀리 있거나 천사의 성 다리의 천사들처럼 돌이 되어 버렸을지도 모른다. 재가 된 과거의 유령들처럼 파수꾼들처럼, 만날 수 없는 곳에 있는지도 모른다. 청년이 미간을 찌푸리며 불만을 나타냈을 때 비타는 얼굴을 붉혔다. 그녀는 잠시 숨이 멎을 뻔했다. 줄에서 살며시 빠져나와 수녀들 사이를 비집고 들어가 그에게로 가서 그의 소매를 잡았다. 그는 전혀 닮지 않았다. 하지만 피하는 듯한 그 시선, 자존심 강해 보이는 코, 너무나 아름다운 입술은 똑같았다. 누구라도 오만하다고 오해할 수 있는 그 수줍어하는 태도까지. 그들이 서로 다시 만날 날을 약속했을 때 아마 디아만테가 이 청년 나이쯤 되었을 것이다. 그제야 그녀는 자신이 터무니없게도 지병으로 초라해지고 어쩌면 지팡이를 짚고 나타날지도 모를 중년의 신사가 아니라 낡은 옷을 입고 자존심이 강해 보이는 이 또래의 청년을 기다리고 있었다는 것을 깨달았다. "아버지께서 죄송하지만 너무 바빠서 오실 수 없다고 전해 드리랍니다." 청년이 당황스러워하면서 말했다. "아버지께서 인사 전해 드리라고 하셨고 저희 때문에 수고하셔서 감사하답니다. 저희는 소포들을 다 받았고 정말 고맙게 생각합니다." '고맙다고?' 그녀가 생각했다. '감사 인사를 받고 내가 어떻게 해야 하지? 나의 디아만테를 돌려주기만 한다면 난 널 금으로 휘감아 줄 수도 있고 달이라도 사줄 수 있어.' 청년은 마치 자기 임무를 다한 듯 아무 말이 없었는데 지쳐 보였다. 하지만 비타는 그의 팔을 잡았다. 그리고 성문 쪽으로 밀려드는 사람들을 헤치면서 햇빛이 비치는 쪽으로 그를 끌고 갔다.

"자네 아버님이 내게 오실 수 없다면 내가 가면 되지." 비타가 대수롭지 않게 말했다. 로베르토는 나비 선글라스를 쓴 이 조그만 여인이 원하는 게 무엇인지 속으로 생각해 보았다. 너무 많은 여자들이 디아만테 주변에서 맴돌았고 그는 그것이 못마땅했다. 아버지는 아버지일 뿐이지 남자가 아니다. 하지만 디아만테는 그 여자들을 만나기 위해 불협화음의 거짓 악보들을 만들어 냈다. 아들은 그런 것을 알면 안 되지만 그는 알았다. 한 가정에서 아버지가 사랑을 여자에게 모두 써버리고 나면 자식들을 위한 사랑은 별로 남지 않는다. 큰아들은 아주 젊은 나이에 자신에게 제일 처음 웃어 주었던 여자와 결혼했다. 둘째인 딸은 결혼하고 싶어하지 않았다. 스물세 살인 로베르토, 그는 아직 사랑을 해보지 못했다. 그렇지만 이 조그만 부인은 다른 여자들과 달라 보였다. 첫째, 다른 여자들처럼 젊지 않았다. 다른 여자들은 모두 디아만테의 딸 같았다. 가난하지도 않았다. 가난한 여자라는 것은 디아만테같이 늙은 남자가 사랑의 모험을 할 때 필수적인 요소 같아 보였다. 그리고 이 부인은 미국인이었다. "지금 아버지는 사무실에 계세요." 그가 설명을 해보려고 애썼다. 비타는 믿을 수 없다는 듯 그를 찬찬히 살펴보았다. "퇴직했을 거라고 생각했는데." 그녀가 어린아이같이 짓궂은 미소를 지으며 말했다. 그 미소는 그녀의 목을 장식한 주름살과 놀랄 만큼 대조를 이뤘다. "맞아요." 로베르토가 솔직히 말했다. 그리고 변명하듯 덧붙였다. "하지만 퇴직하신 지 얼마 되지 않았어요."

거리에는 외국 번호판이 붙은 관광버스와 차에서 내리는 수많은 순례자들과 불구의 거지들과 낡은 자동차들이 넘쳐났다. 너무 많은 자전거들과 놀랍도록 사람을 많이 태워 승객들이 발판에까지 서 있는 버스들이 뒤죽박죽 엉켜 있었다. 게으른 분위기의 전차가 리소르지멘토 광장의 야자수 나무들 밑에서 햇빛에 달아올랐다. 비에 젖어 빛바랜 반쪽짜리 토토의 얼굴이 찢긴 포스터에 매달려 있었다. 화산 때문에 급히 달리는 안나 마냐니의 근시 눈이 덕지덕지 붙은 포스터 잔해들 속에서 나타났다. 구식 셔츠를 입은 남자들이 자신들의 시야에 들어오는 여자라면 누구에게나, 아흔 살만 넘지 않았다면 관대하게 휘파람을 불었다. 도시 전체가 사라진 영광을 애석해하며 더 좋은 시대가 찾아오길 기다리는 분위기였다. 청년도 예외는 아니었다. 그는 작가가 되고 싶었지만 철도청에 일자리를 찾으려고 했다고 이미 털어놓았다. 그의 집에서는 노동에 대한 칼뱅주의가 지배해서(청년이 정말 이렇게 말했기 때문에 비타는 그게 무슨 뜻인지 자문해 보았다) 각자 할 수 있으면 혼자 독립하거나 생존할 수 있게, 혹은 자유를 얻을 수 있게 돈을 벌어야만 한다고 말했다.

"철도라고, 정말 철도란 말이지?" 비타는 깜짝 놀랐다. 청년은 자신이 늘 기차를 좋아했다고 대답했다. 비타는 그 점에 관해 디아만테가 뭐라고 말했는지 물어보았다. 그러자 로베르토는 철도청 시험을 보라고 떠민 게 바로 디아만테였다고 대답했다. 비타는 나비 선글라스를 코로 내렸다. 비타는 디아만테가 자식이 실패를 겪는다고 해서 그 자식을 괴롭히는 그런 아버지가 되었다는 것을 상상조차 할 수 없었다. 본인도 그런 실패로부터 자유로워질 수 없었는데 말이다. 청년은 자기 아버지가 퇴직을 한 뒤로 여러 가지 계획들을 쏟아 내고 있다고 말했다. 심지어 투포의 시골에 집을 사는 꿈까지 다시 생각해 보았다. 지금 그가 바라는 것이라고는 바다가 바라보이는 집에서 레몬 나무를 기르며 남은 여생을 보내는 것이었다. 레몬 나무에는 가시가 많아서 찔리면 굉장히 아플 수도 있었지만 일 년 내내 열매를 줄 수 있는 유일한 감귤류 나무였다. 꽃과 덜 익은 레몬과 잘 익은 레몬이 한 나무에서 같이 자랄 수 있었다. 실제로 레몬 나무는 겨울도, 나이 먹는 것도 모르는 유일한 식물이었다.

"남은 여생이라니!" 비타가 적대감을 제대로 숨기지 못한 채 소리쳤다. 젊은이들은 쉰아홉 살인 남자를 걸어 다니는 시체라고 생각한다. 하지만 『뉴욕 타임스』에 발표된 보건국의 최근 통계에 따르면 서양 남자들의 기대수명은 일흔 살이었다. 여자, 그것도 미국 여자는 일흔다섯 살이나 그 이상까지 살 수도 있다. 조금만 운이 좋으면 비타와 디아만테는 앞으로 12년을 더 살 수 있다. 간단히 말해 그들이 잃어버렸던 시간을 대부분 다시 시작할 수 있다. "디아만테가 어떤 집을 사고 싶어했지?" 그녀가 조심스레 물었다. 청년은 버스 정거장 안내판 기둥에 몸을 기댄 채, 대체 왜 버스가 오지 않는지 비아 델레 포세 디 카스텔로 끝을 자세히 살피는 중이었다. "부인 집이요, 비타 부인. 그러니까 부인 가족네 집이요." "우리 집은 없어. 폭격을 받았거든." "그러면 아마 시골에 있는 제 할아버지 집이거나 부인 할아버지 집일지도 모릅니다. 전 잘 모르겠어요. 하지만 그건 꿈일 뿐이에요. 아버지는 집을 살 수 없을 겁니다. 저는 사실 그 집을 정말 원하시는 것도 아니라고 생각해요. 우리는 투포에 가지 않거든요." "투포 좋아하나?" 비타가 포장 돌들이 잘 이어지지 않아 울퉁불퉁한 거리를 로마의 결점 중 하나에 포함시키면서 물었다. 조심성 없는 자전거들이 그런 길 위로 튕겨져 오르면서 집요하게 벨을 울렸다. "솔직히 말씀드리면 싫어합니다. 그 마을들을 증오해요. 그들의 순응적인 태도, 가난이 싫어요. 날카롭게 감시하는 것 같은 벽과 창문, 종탑들이 싫어요. 제 말이 무슨 뜻인지 아세요?" 비타가 웃었다. "자네 아버님도 자네 나이 땐 그런 것들을 싫어했지. 그거 아니? 나도 그런 것들이 싫어. 우린 우리가 온 곳보다는 우리가 가야 할 곳에 더 애정을 느끼지."

로베르토가 물었다. "어디로 가고 싶으신데요?" 비타가 눈을 가느스름하게 떴다. 그리고 스스로를 버스라고 자부하며 털털거리는 소리와 함께 그들 곁으로 다가오는 고물 차를 놀란 눈으로 보았다. 비타가 말했다. "집으로."

정말 버스였다. 꽃장수의 멋진 가판대를 겨우 피하면서 하얀 카라, 치자 꽃과 양철 양동이에 풍성하게 피어 있는 화려한 카네이션을 스치듯 지나갔다. 카페 앞의 둥근 테이블에 앉아 끄덕끄덕 조는 단골손님들에게 시커먼 매연을 뿜었다. 버스가 속도를 늦추며 요란하게 버스 정거장으로 다가왔다. 접이식 문이 저절로 접히더니 땀에 젖은 제복을 입은 검표원과 심술궂게 흔들리는 가죽 손잡이를 잡은 여행객들의 적대적인 얼굴이 나타났다. 로베르토가 비타에게 버스에 타라고 고개를 끄덕했다. 사실 아주 짧은 거리였다. 버스는 줄리아나 가의 집 앞에 바로 섰다. "젊은이." 비타가 상의 소매를 잡으며 그를 세웠다. "깡통 속에 든 정어리처럼 죽으려고 40여 년 동안 일한 게 아니야. 택시를 타자!" "요금이 비싼데요." 청년이 알려 주었다. "난 아주 부자야." 그녀가 즐거운 듯 웃었다. "내가 원했던 것보다, 그리고 내가 필요한 것보다 훨씬 더 돈이 많아."

승강기는 만원이었다. 계단 청소는 게으르게 주말 행사로 치러졌고 층계참 장식은 주민들의 뜻에 맡겨졌다. 디아만테와 그의 자식들은 관상용 식물을 기르는 게 불필요한 사치라고 생각하는 게 틀림없었다. 비행기에서 비타는 『라이프』지 기사를 읽고 실망했고 전율을 느꼈으며 불쾌했다.

이탈리아에서는 네 가구 중의 한 가구가 수돗물이 나오지 않으며 100세대 중 67세대가 가스가 없고 100세대 중 40세대에 위생시설이 되어 있지 않고 100세대 중 73세대에 화장실이 없으며 70세대에 라디오가, 90세대에 난방장치가, 93세대에 전화가 없었다. 1950년대 초에 집전화가 있는 이탈리아인은 겨우 60만 명밖에 되지 않았다. 디아만테는 이 속에 들지 못했다.

문에 그의, 그들의 이름이 새겨진 문패가 붙어 있었다. 그녀가 제레미아와 결혼한 이유 가운데 하나가 그가 마치 투석기로 쏜 돌멩이같이 단단하고 거친 그들의 성(姓)을 결혼 지참금으로 가지고 있었기 때문이다. 로베르토가 벨을 눌렀어야 할 것이다. 하지만 그는 아버지가 문을 열지 않을까봐 걱정이 되어 벨을 누르지 않았다. 디아만테는 뜻밖의 놀라운 일을 좋아하지 않았다. 그는 질서 정연하고 신중하고 새로운 것은 뭐든 싫어하는 남자였다. 시간을 동결시키고 비워 버리고, 본질적으로는 그것을 속임으로써 시간의 흐름을 부정할 수 있다고 착각했다. 디아만테는 그에게 다이의 친절한 어머니("전에 말했던 것 같은데 내가 미국에서 알았던 그 이상한 소녀")에게 로마의 아름다운 유적지를 구경시켜 주라고 부탁했다. 시스티나 성당, 천사의 성, 4대강 분수("네 개의 강이 갠지스, 다뉴브, 나일, 그리고 리오 델라 플라타 강이라고, 미시시피 강이나 허드슨, 오하이오 강이 절대 아니라고 꼭 말해야 해"). 하지만 줄리아나 가에는 절대 데려오지 말라고 했다. 이곳에는 별로 보여 줄 만한 게 없으니까.

아파트는 어두웠다. 창문이 없는 복도는 길고 좁고 특징이 없어서, 꼭 꿈에 나오는 복도 같았다. 어둠이 자비롭게도 누렇게 찌든 벽지와, 꽃무늬로 장식했으나 회칠이 떨어져나가 버린 천장을 가려 주었다. 20년대풍의 콘솔 위에 화병이 있었지만 꽃병 가장자리로 기울어져 있는 카네이션들은 말라 죽어 있었다. 물을 갈아줘야 한다는 것을 기억하는 사람이 아무도 없었기 때문이다. 근엄하게 미소 짓는 자코모 마테오티와 엘리제오 극장에서 상연하는 루키노 비스콘티의 「무서운 친척들」 포스터가 그녀를 환영했다. 이 포스터는 연극에 빠진 큰아들 아메데오가 남긴 유물이었다. 비타는 식당 벽에 걸린 갈색 머리 여인의 사진을 보았다. 줄무늬 원피스에 검은 숄을 두른 여인이었다. 머리숱이 어찌나 많고, 머리카락이 어찌나 굵고 뻣뻣하던지 목 부근에서 겨우 머리를 묶은 것 같았다. 균형 잡힌 통통한 몸매에 어머니다운 모습이었다. 갈색 머리의 마돈나는 미간을 찌푸리고 있었다. 크고 검은 눈은 먼 데를 보는 것 같았다. 그 시선은 따뜻하고 부드럽고 아득했다. 디아만테의 아내가 분명했다. 다이는 그녀의 이름이 엠마라고 가르쳐 주었다.

먼지와 낡은 책 냄새가 희미하게 났다. 그 집에 유일하게 풍요로운 게 있다면 책이었다. 선반에 잔뜩 꽂혀 있기도 하고 기울어진 탑처럼 높이 쌓여 있기도 했으며 책상과 의자들 위에도 수북이 놓여 있었다. 비타는 이 집 식구들이 자신들의 이야기를 잊기 위해 다른 사람들의 이야기 속에 빠져 산다고 추측했다. 갑자기 거실 끝에 있는 반쯤 열린 문에서 맛좋은 토마토 냄새가 흘러나왔다. "아버지는 당신이 굉장히 훌륭한 요리사라고 믿고 계세요." 청년이 설명했다. "부탁드리는데, 아버지를 실망시키지 말아 주세요." 비타는 로마까지 와서 디아만테를 실망시키려고 말라리아모기처럼 떠는 비행기를 타고 바다를 건너온 것도 아니며, 편안한 집과 52번가에 있는 레스토랑을 버리고 이해심 많은 자식들과 사랑스러운 손자들과 헤어진 것도 아니라고 말했다.

디아만테는 나무 숟가락을 들고 있었다. 그것을 보글보글 끓는 빨간 소스 속에 집어넣었다. 수저에 묻은 빨간 소스를 살짝 입에 댔다. 잠시 눈을 감고 맛을 본 뒤 만족스럽게 고개를 끄덕이고 가스 불을 껐다. 그리고 냄비를 집으러 돌아서다가 그녀를 보았다. "이런, 맙소사." 그는 잠시 망설이다가 이렇게 외치며 놀라움과 환영의 인사를 한숨으로 대신했다. 그의 머리에 떠오른 생각은 이것만은 아니었다. 비타는 10킬로그램 정도 살이 쪘다. 어쩌면 안타깝게도 15킬로그램 정도인지도 모른다. 그녀에게 어울리지 않는 헤어스타일에 머리색이 너무 진해서 그녀의 얼굴이 창백하고 이상해 보였다. 더 작아 보였고 눈에는 보랏빛 그늘이 졌다. 예전처럼 까무잡잡하고 윤이 나는 피부가 아니었다. 거의 40년 동안 그가 떠올렸던 순간은 돌로 한 대 치는 것처럼 간단했다. 비타는 분명 과부였다. "언제 그렇게 됐지?" 그가 한숨을 쉬었다. 물론 제레미아에 관한 말이었다. 하지만 그의 자식들이 그녀의 뒤에 서서 작은 약점이라도 잡을 태세로 그를 가차 없이 살펴보고 있었기 때문에 질문은 도전적이고 은밀하고 암시적이었다.

어쨌든 비타는 대답을 하지 않았다. 그녀는 문가에 서서 눈을 크게 뜬 채 엄격한, 거의 적대감을 드러내는 표정으로 그를 뚫어지게 보았다. 그가 불쾌한 사기꾼이라도 되는 듯, 그녀가 만나러 온 남자, 그녀가 사랑했던 남자를 그녀에게서 빼앗아가 버린 도둑이라도 되는 듯. 디아만테는 빛바랜 체크무늬 가운에 테리 천으로 만든 슬리퍼를 신고 이렇게 엉망진창인 부엌에서 소스가 묻은 앞치마를 두르고 이런 모습으로 갑자기 그녀 앞에 나타나서는 안 되었다. 음식을 만들고 설거지를 하고 장을 보던 엠마가 죽은 뒤 거의 14년이 되었기 때문에 그는 주부가 되었고 사랑받지 못했던 그의 아내 역할을 했다. 그는 쥐구멍이라도 있으면 숨고 싶은 심정이었다. 앞치마를 벗을 틈도 없었다. 비타가 어느새 식탁과 가스레인지 사이의 좁은 공간으로 들어와서는 그에게로 다가와 손을 잡았기 때문이다. "오, 세상에, 비타. 알려 주기라고 했으면……." 디아만테가 입을 열었다. 그녀의 손은 이제 부드럽고 향기가 났다. 손톱에는 윤이 나는 장밋빛

매니큐어를 발랐다. 약손가락에 금반지를 꼈다. 디아만테는 결혼반지를 두 개 겹쳐 끼고 있었는데 둘 다 손가락에 꽉 꼈다. 이제 두 반지 모두 그를 구속하고 있으며, 그것은 엠마의 마지막 기억이었다. 비타가 놀라서 말했다. "디아마, 머리를 대체 어떻게 한 거야?" 그는 아무것도 하지 않았다. 그래서 완전히 백발이 되어 버렸다.

디아만테는 그녀에게 술집 의자처럼 짚으로 된 의자와 발이 세 개 달린 등받이 없는 의자 중 하나를 골라 앉으라고 했다. 비타가 그리 가볍지 않은 몸을 등받이 없는 의자에 실었을 때 의자가 오른쪽으로 기울었다. 이상한 일이었다. 아름다운 그녀의 모습이 정말 흐릿해지기는 했지만 아직도 '실종된 이탈리아 소녀'와 닮은 점이 남아 있다는 사실을 절망적이리만큼 늦게 깨닫고 그는 우울해졌다. 멜버리 스트리트의 상인들은 모두 '실종된 이탈리아 소녀'의 전단지를 진열장에 붙여 놓았었고, 카페의 손님들은 그녀를 찾아내서 그 보상으로 그녀를 받기를 꿈꿨다. 하지만 그녀를 찾아야 할 사람은 바로 디아만테였다. 그런데 그는 그렇게 하지 않았다. 디아만테는 물 한 잔을 따라서 단숨에 비워 버렸다. 그는 목이 탔다. 갈증이 나서 죽을 것 같았다. 틀림없이 너무 흥분을 해서 그럴 것이다. 그는 조갈증이 날 거라고 예상했던 의사의 말을 생각하고 싶지 않았다. 신장염이라면 신물이 났다. 오늘은 괜찮을 것이다. 나프탈렌 냄새가 조금 나긴 하겠지만 제일 좋은 회색 헤링본 플란넬 양복을 입고 윙팁 슈즈(구두코 앞부분에 새의 날개를 펼친 것 같은 무늬가 들어간 구두 – 옮긴이)를 신고 금빛 무늬가 들어간 실크 넥타이를 할 것이다. 실종되었던 이탈리아 소녀가 여기 있으니. 그때 그녀는 나의 것이었으니까.

"오늘은 좋은 접시를 놔라." 디아만테가 딸에게 말했다. 딸이 공손하게 살짝 나갔다. 그의 외동딸은 어깨가 좁고 머리가 작았다. 회색 치마에 하얀 블라우스 차림이었다. 딸의 이름은 디아만테의 어머니 이름인 안젤라도 아니었고, 그의 장모 이름도 아니었다. 딸 이름은 비타였다. 이 이름을 고른 사람은 바로 엠마였다. 엠마는 평범하지 않은 감수성과 지성을 지닌 여자였다. 어쩌면 그는 그런 여자에게 어울리지 않는 남자였을지도 모른다. 하지만 우연이, 혹은 그 우연 뒤에 숨어 있는 무엇인가가 그에게 그녀를 주었고 금방 빼앗아 갔다. 비타라는 이름을 받은 딸은 한 번도 손님의 얼굴을 보지 않았다. 그 손님의 그림자가 항상 이 부엌을 어둡게 했기 때문에, 그녀가 절대 될 수 없던 누군가를 항상 상기시킨 바로 그 이름의 주인공이었기 때문이다.

"나 때문에 좋은 접시 쓰는 거야?" 비타가 웃었다. "손님들 접대용이야." 디아만테가 당황스러워하며 설명했다. "내가 손님인가?" 그에게 물었다. 디아만테는 대답하지 않았다. 그녀의 얼굴이 방향을 찾기 위해 자세히 살펴보는 지도라도 되는 듯 찬찬히 훑어보았다. 정리되지 않은, 아직도 까만 윗눈썹이 새까만 눈을 장식했다. 변함없는 강한 호기심이 담긴 표정 속에 꽉 다문 입, 머리의 왼쪽에 이제 막 나기 시작한 희끗희끗한 머리카락, 손가락으로 만져 봐야 알 수 있던 오른쪽 뺨 위의 점. 잠시 후 그가 얼음을 하나 입에 넣고 꽉 깨물었다. 그래서 적어도 그가 물에 빠진 사람처럼 이를 덜덜 떨고 있다는 것을 비타가 눈치채지 않게 할 수 있었다.

비타는 디아만테의 눈의 파란색이 완전히 사라져 버린 것을 알아차렸다. 눈동자가 창문 유리처럼 투명했다. "아니, 손님은 무슨, 내 집이 네 집이지." 디아만테가 이렇게 말했다. 그러다가 디아만테는 줄리아나 가에 새로 지은 건물에 자리 잡은 50평방미터 집을 그녀의 집이라고 말하는 게 그리 큰 선물이 아니라는 것을 깨달았다. 소문대로라면 비타는 맨해튼에 아파트 세 채를 가지고 있고 52번가에서 레스토랑을 하는데, 뉴욕의 여행 안내서들이 모두 그 레스토랑을 추천한다고 했다. 이제 그녀가 원하는 것이 그 자신이리라고는 상상조차 할 수 없었다.

좋은 접시 세트는 전쟁 중에 다 팔아 버렸기 때문에 그릇들은 서로 짝이 맞지 않았고 컵은 크기가 제각각이었다. 꽃잎 모양의 가장자리에 홈이 파인 컵들도 있었고, 수평으로 줄무늬가 들어간 컵도 있었다. 가장자리에 금테를 두른 접시들은 빛이 바랬고 뜨거운 음식 때문에 금이 가 있었다. 식탁은 다리가 불안정해서 흔들거렸다. 그래서 가끔 디아만테가 몸을 숙이고 다리 밑에 받칠 것을 밀어 넣었다. 길에서는 자전거와 자동차, 덜덜거리며 달리는 버스의 소음과 칼과 가위를 갈라고 외치거나, 우산을 고치라거나 씨앗이나 올리브, 과자, 빗자루, 포도주를 판다고 외치는 행상인들의 고함 소리가 정신없이 들려왔다. 몹시 짠 스파게티를 한 입 먹고 나자 비타는 프린스 스트리트에 돌아와 있는 기분이 들었다. 심지어 토마토소스까지 그때처럼 시고 약간 흙내가 났다. 미국의 토마토소스에서 이런 맛이 나지 않은 지는 벌써 오래되었다. 디아만테는 한마디도 하지 않았다. 무거운 침묵이 식탁에 내려앉아서 음식을 씹는 것마저도 당황스러웠다. 다른 사람의 턱이 바쁘게 움직이는 것을 다 감지할 수 있을 정도였기 때문이다. 비타 때문에 그런 것은 아니었다. 자식들은 디아만테가 항상 그렇다고 말했다. 이 로마에서 제일 말이 없는 아버지였다. 자식들에게 할 말이 전혀 없는 것처럼, 아니면 어쨌든 말하는 법을 모르는 것처럼 보였다. 비타는 디아만테가 말을 잊어버려서 다른 말을 배울 필요가 있다고 생각하고 싶었다. 그가 아직도 예전의 말들을 기억하고 있는지 누가 알겠는가. 남자들은 절대 과거를 돌아보지 않았다. 그녀는 이제 아무 쓸모없게 된 말들을 38년 동안 커다란 로자리오 묵주를 돌리듯 머릿속에서 돌리고 또 돌렸다.

"여기 묵을 건가?" 거실로 옮겼을 때 그가 물었다. "집은 작지만 네 집이야. 비타 방을 쓰면 돼. 비타는 여기 소파에서 자면 되고." 그녀는 자기 자식들을 바다 저 건너에 두고 왔고 이곳에 다른 자식들을 찾으러 온 게 아니라는 걸 디아만테에게 어떻게 설명해야 할지 알 수 없었다. 디아만테는 비타가 이곳에 묵을 거라고 믿고 있는 것 같았다. 하지만 비타는 빨리 여기서 나가서 혼자 있고 싶었다. 자신이 정말 이 자로 잰 듯하고 말 없는 남자를 찾아 로마에 온 것인지 스스로에게 묻고 싶었다. 그 오랜 세월 동안 어떤 식으로든 그녀를 생각하고 있었다는 내색도 하지 않고 그들끼리 있었던 일을 떠올리지도 않으며, 심지어 대화를 시작해 볼 생각도 하지 않는 이 남자를 말이다. 그들이 함께 나눌 수 있는 유일한 화제는 서로의 상태, 그러니까 과부 홀아비에 관한 것뿐이었다. 암으로 죽은 제레미아와 이유도 알 수 없게 갑자기, 이른 나이에 세상을 떠난 엠마 이야기뿐이었다.

디아만테는 엠마가 신우신염 때문에 수술을 받았다고 말했다. 의사가 감염된 아내의 신장을 그에게 보여 주었다. 진단은 그에게 악몽이었고, 끔찍한 실수로 그런 진단이 내려진 것 같았다. 엠마의 신장은 완벽할 정도로 건강했고 병이 든 건 그였다. 의사의 손에 들려 있던 문제의 신장은 무의미한 검붉은 덩어리에 불과했다. 그러니까 정육점 쓰레기에 던져진 내장 덩어리 같았다. 그것은 덴버 시절부터 그를 괴롭히던 적이었다. 그의 피를 오염시켰고 갈증으로 입이 마르게 만들었다. 엠마의 옆구리에 난 절개 자국은 칼에 찔린 자국과 비슷했다. 그녀의 엠마는 마취된 상태로 반듯이 누워 있었다. 머리카락은 종이 모자 속에 숨겨져 있었고, 베개 위에 놓인 그녀의 얼굴은 이해할 수 없는 표정이었다. 강인하면서도 부드러운 미소를 짓고 있는 것 같기도 했고 한없이 무관심해 보이기도 했다. 그렇게 본질적이고 엄숙한 그 얼굴을 보는 동안 한 가지 생각이 떠올라 몸이 얼어붙었다. 엠마가 자신의 살 속에, 몸속에 그의 병을 받아들였는지도 모른다는 생각이었다. 의사는 수술이 아주 성공적이라고 안심을 시켰다. 의사가 말하는 동안 병든 신장의 벌어진 상처 위로 고름이 뚝뚝 떨어졌다. 그는 고름이 떨어지는 것을 눈으로 좇았다. 힘없이 누워 있는 아내의 몸 위로 고름을 떨어뜨리는 무의미한 검붉은 덩어리에 넋이 나가서 그는 계속 그 이유를 스스로에게 물었다. 그녀가 이런 식으로 그에게 메시지를 전하는 것일까. 그를 구하겠다는 메시지를. 아니면 그를 자유롭게 해주겠다는 메시지를. 다음 날 감염 부위가 확대되었다. 엠마는 다시 의식을 찾지 못하고 죽었다. 그제야 그는 자신이 집으로 돌아가도 항상 그녀가 있던 곳, 희미한 전등불 아래에서 옷단에 몸을 숙이고 앉아 있던 아내를 다시는 볼 수 없다는 것을 알았다. 아내는 거기서 싱어 재봉틀로 손님들의 외투를 박거나 안감을 댔다. 조용한 집 안에는 재봉틀 실톳이 거만하게 움직이며 천을 박아 나가는 소리만 울렸다. 엠마는 외투 만드는 공장의 미싱사였지만 시와 소설을 썼다. 그리고 어쩌면 계속 그렇게 하고 싶었을 것이다. 하지만 결혼 후에는 디아만테 본인의 뜻대로 그를 위해서만 헌신했다. 그를 위해 살았고, 그가 엠마의 모든 세상이 되었다. 그때는 집에서 재봉사로 일했다. 하지만 디아만테는 실톳이 내는 소음을 더 이상 들을 수 없을 것이다. **그의 아내, 그의 사랑하는 아내는 그 때문에, 그를 대신해서 죽었다**. 그는 이렇게 생각했다.

비타는 제레미아가 떠나던 날 그녀가 느꼈던 기분을 그에게 말할 수 없었다. 침대에 누워 있던 그 수척한 몸, 자신도 한없이 고통을 받으며 그녀에게 끝없는 고통을 준 그 존재는 그녀의 몸이 얼마나 건강한지만을 알게 해주었다. 그녀는 제일 좋은 병원에서 그를 간호했다. 그 병원에서는 고통스럽기만 하고 별 도움이 안 되는 치료로 그를 고문했다. 제레미아는 포기라는 말을 몰랐다. 그는 다시 건강을 찾고 병을 이길 수 있을 것이라고 믿었다. 그는 지하 갱도에 화재가 났을 때도 살아남았다. 전 재산을 잃은 것도, 아내의 사랑을 받지 못한 것도, 두 번의 뇌경색도, 그가 살기로 선택한 마을에서 적 취급을 당해 자택에 감금되는 굴욕도 다 감수했다. 하지만 병을 이길 수는 없었다. 그녀는 저녁 식사를 담은 쟁반을 들고 침실 앞에 서 있었다. 이제 제레미아는 그 식사를 먹을 수 없었다. 그녀는 아픔도 감사의 마음도 느끼지 않았고 자신이 아직 살아 있다는 것에 몹시 당황했다. 그녀의 근육, 힘줄, 혈관, 관절, 뼈, 심장이 단 한마디를 외쳤다. 나는 살아 있다. 나는 살아 있다. 살아 있어. 살아 있어. 살아 있어. 그녀 앞에 무시무시한 시간의 심연이 열렸다. 아마 20년 정도는 될 것이다. 그녀는 이 시간에 무엇을 해야 할지 알 수 없었다. 그녀가 물려받은 유산, 그녀의 것이 아닌 것 같은 이 시간에. 20년! 어쩌면 많은 사람들의 한 평생보다 더 많을 수도 있다. 공허하고 전혀 쓸모없고 거의 절망적인 시간일 것이다. 디아만테가 아직 살아 있지 않다면, 그리고 그렇게 오랜 세월 동안 그녀가 믿었던 모습의 그가 아직도 존재하지 않는다면 말이다.

하지만 모든 것은 그들이 마시는 커피, 너무 진하고 씁쓸하고 추억처럼 먼지가 낀 커피와 함께 침묵 속으로 빨려 들어갔다. 이 사람이 맞나? 이렇게 투명한 눈을 가진 이 남자가 디아만테였나? 과거를 떠올릴 때마다 생생하게, 실물처럼 나타났던 그 소년이 맞나? 구명보트에서 그녀에게 와서 그녀를 꼭 안고 밤을 보냈던 그 소년인가? 다이아몬드는, 아주 귀하고 눈부시게 빛나고 유리를 자를 수 있기도 하지만 빛이 비칠 때에만 빛이 난다. 어둠 속에서는 아무 가치도 없다.

디아만테는 단추가 세 개 달린 그녀의 재킷과 발목에서 40센티미터 위에 있는 스커트 밑으로 보이는 스타킹을 뚫어지게 보았다. 여자들을 사랑하는 마음 때문에 그는 여성 잡지를 즐겨 읽었다. 그래서 발목에서 치마단까지의 거리를 계산해서 우아함을 측정하는 게 유행이라는 것을 배웠다. 검은 재킷, 검은 치마, 검은 스타킹. 미망인의 의상이다. 비타는 혼자다. 비타는 자유다. 우리 둘 다 자유롭다. 절망적일 정도로 늦게.

"여기서 안 잘래." 비타는 자기와 이름이 같은 젊은 처녀의 눈을 피하면서 이렇게 말했다. 그 처녀의 눈을 봤더라면 그녀가 진짜 안도한다는 것을 알아차릴 수 있었을 것이다. 디아만테가 다른 각얼음 하나를 입에 넣었다. 그는 뭔가 화젯거리를 찾아내 보려고 애를 썼다. 그들에 관련된 화제는 아니었지만 그는 아이젠하워, 한국, 원자폭탄보다 천 배나 더 강력하고 심지어 인간에게 투하할 경우 박격포로 참새들을 쏘는 것처럼 파괴력이 강한 수소폭탄 이야기를 했다. 핵무기들은 이 지구를 파괴할 것이다. 그것은 어쩌면 그리 큰 피해를 주는 건 아닐 수도 있다. 인간이 그 어떤 존재보다 위험하기 때문이다. 그것은 자연선택이 진보의 꼭 필요한 규범이 아니라는 것을 보여 주는 증거다. 그는 잉그리드 버그먼이 불륜의 자식을 낳으러 이탈리아에 왔다는 이야기를 했다. 그건 아마도 대중의 청교도주의 때문에 그녀의 배우 생활도 끝났다는 걸 뜻하지 않을까, 안 그래? 며칠 전 피에로 딘체오가 자신의 애마 데스티노를 타고 세계 선수권 대회에 나가서 우승했다는 이야기도 했다. 거기 갔었어? 그는 오래전부터 말을 좋아했기 때문에 가고 싶었는데 가지 못했다. 말들은 우라니오, 알라디노, 옴브렐로처럼 모두 이상한 이름이었다. 밀라노에서 연주한 베니 굿맨과 로마에 연주하러 오게 될 듀크 엘링턴 이야기도 했다. 그는 새로운 음악을 이해하지 못하기 때문에(**정글**이라고 하던가?) 엘링턴 연주회에도 가지 않을 것이다. 그는 아직도 엔리코 카루소, 아이다를 들었다.

비타는 디아만테가 이런 이야기를 하면서 그녀를 잡으려고 애쓰는 것인지 완전히 멀리하려는 것인지 자문해 보았다. 말은 항상 그들의 화폐였다. 하지만 그것은 사용하지 않는 화폐로 그들의 나라에서만 유효했다. 그 나라는 이미 달처럼 여기저기가 울퉁불퉁한 것 같았다. 오래전에 끝난 전쟁으로 남은 분화구투성이의 사막 같았다. 허공 속을 돌며 언제까지나 창백한 빛의 반사광을 퍼뜨리기만 하는, 아무도 살지 않는 위성. 거기서 반사되는 빛은 어떤 빛일까. 디아만테는 로마 이야기를 했다. 예전에는 있었지만 지금은 찾아볼 수 없는 모든 것들 때문에, 지금 없고 영원히 없을 그 모든 것 때문에 로마를 사랑한다고 했다. 바다도 항구도 주변에 그 어떤 세상도 없는 도시를. 그가 오랫동안 살았던 페루초 가 이야기를 했다. 여행자들이 많은 지역으로, 잃어버린 물건들의 종착역이었다. 그런 물건들은 아무도 찾아가지 않아 사무실 선반에 쌓여 있다가 누구든 원하는 사람에게 헐값으로 주었다. 그가 다른 어느 곳에 가서 살 수 있었겠는가? 오랫동안 그 자신이 잃어버린 물건이었다. 그는 테베레 강을 따라 올라와 밤이면 로마의 지붕 위에 모여들어 바다의 기억을 새기며 우는 갈매기 이야기도 했다. 갈매기들은 항상 제자리가 아닌 곳에, 아니 잘못 찾은 장소에 있는 것 같았다. 그도 종종 그런 기분을 느끼곤 했다.

"내가 집으로 돌아갈 수 없었기 때문이야, 비타." 그는 이렇게 덧붙이고 싶었다. "나에게는 이제 돌아가야 할 세상도, 풍경도, 장소도 없어. 그것들에 대한 기억조차 없어. 그들의 이름밖에는. **나의** 사람들이라고 정의할 수 있는 사람들이 없어. 난 친척들과 공통점이 하나도 없었어. 그들의 단순함 때문에 난 깜짝 놀랐어. 그들의 탐욕스러움 때문에 화가 났어. 그들의 탐욕 때문에 내가 내 욕심을 잃어버렸다는 것을 상기하게 되니까. 그들의 무지함이 내게 상처를 줬어. 그들의 계획이 나의 계획은 아니었어. 난 우리 부모님을 이해할 수가 없었지. 예전보다 더 부모님을 사랑했고 그분들을 위해서라면 불 속에도 뛰어들 수 있었지만 내 사랑 속에는 연민과 동정밖에 없었어. 나는 누구지? 낯선 사람, 이방인이야. 난 계속 떠나야 했어. 내가 할 수 있는 것은 다시 떠나는 것밖에 없었어. 내가 탄 배는 어느 항구에도 도착할 수 없는 것 같았어. 목적지도 없이, 돌아갈 곳도 없이 해안과 해안 사이에서 한없이 바다를 떠도는 것 같았지. 나는 무엇인가에 속하고 싶었어. 세무 경찰이나 해병이 되거나 전쟁에 참전해 보려 했어. 하지만 거기서는 나를 원치 않았어. 내 병 때문에 다가갈 수 없었지. 정치 활동을 해보려고 했지. 하지만 전혀 도움이 되지 않았어. 나를 죽이려고 기다리는 사람에게 휘파람을 불어 내 정체를 알려 줄 준비가 된 사람들이 얼마나 많은지 알게 되었지……. 하지만 내가 원했던 것을 얻었어. 미국은 나를 존경할 만한 사람, 부르주아로 만들어 주었어. 사무실에 취직이 되었지. 나를 **받아 주었어**, 비타. 하지만 난 늘 다른 곳에 있었어. 마침내 내가 그 어느 곳에도 있지 않을 때까지. 내가 자살을 할 수 없었던 것은 내가 벌써 죽었기 때문일 뿐이야. 전차에서 서로 미는 죽은 사람들처럼, 사무실에서, 길에서, 영화관에서, 성당에서 팔꿈치로 사람들을 헤집는 죽은 사람들처럼 죽어 있었어. 일상적인 인사만 주고받는 사람들처럼 말이야. 그 사람들은 다른 말을 알지 못했고 알고 싶어하지도 않았어. 그들의 몸은 죽었고 정신도 죽었고 생각도 죽었는데, 그들 자신은 살아남았다고 착각하지. 빈곤과 평범함과 부당한 폭력에, 궁핍과 필요라는 독재에 살해당했어. 하지만 단 한 번도, 결코 되돌아가고 싶지는 않았어."

비타는 그의 말을 막지 못했다. 디아만테의 자식들이 거실에서 나가고 난 뒤, 커버에 먼지가 덮인 의자에 디아만테와 단둘이 마주 보고 앉았을 때도, 덧창 뒤의 햇빛이 희미해지기 시작했을 때도. 그가 의미 없는 말을 하도록 내버려두었다. 어지럽게 밀려드는 파도 소리처럼 최면성이 있는 말이었다. 거실에 찾아든 어둑어둑한 그늘이 죽은 카네이션과 엠마의 당황스러워 보이는 시선을 삼켜 버렸을 때 그녀가 갑자기 그의 손을 잡고 그 손에 여러 번 입을 맞췄다. 디아만테가 손가락 끝으로 그녀의 목을 어루만졌다. 시간이 녹았다. 가루처럼 흩어져 사라져 버렸다. 어느새 어두워졌고 거리에서는 우산 장수가 구슬픈 목소리로 소리를 질러 그들의 망각을 찢어 놓았다. "망가진 우산 고쳐요." 우산 장수…… 그가 돌아다닌다면 곧 비가 온다는 뜻일 것이다.

•

호텔까지 바래다 줘도 괜찮을지 그녀에게 물어볼 수도 있었다. 하지만 자식들의 눈이 하느님의 눈보다 더 준엄해 보였고, 엠마의 눈보다 더 절망적인 듯했다. 그런 제안이 오해를 불러일으킬 수도, 부적절하게 들릴 수도 있었다. 그들은 이미 호텔에 방을 잡을 나이는 아니었다. 잉그리드 버그먼은 용서를 받을 수도 있고 죄가 잊힐 수도 있다. 그리고 어쩌면 배우 활동을 계속할 수 있을지도 모른다. 그녀는 은막의 불멸의 여신이지만 그들은 어쨌든 평범한 사람들이었다. 그러니 용서받지 못할 것이다. 계단을 같이 내려가서 거리에서 그녀와 나란히 몇 블록 걷는 것으로 만족하고 말았다. 두 사람 모두 그날 한 이야기들, 사실은 이야기하지 않았고 입 밖에 내지 않았던 말들을 모두 되새겨 보면서 아무 말도 하지 않았다. 그들은 놀라운 말들 사이에 침묵이 존재한다는 것을 갑자기 깨닫고 깜짝 놀랐다. 인간의 모든 대화가 가진 그 복잡성에 경탄했다. 그러다가 비타가 걸음을 멈추고 피곤하다고 말했다. "택시를 좀 불러 주겠어?" 디아만테는 항상 검은 옷을 입고 다니는 음침해 보이는 우산 장수가 현관 앞에 웅크리고 앉아 우산을 고치는 것을 보았다. 그의 앞에는 고무로 테를 두른 나무 손잡이들, 우산살과 찢어진 천들이 흩어져 있었다. 어찌 해볼 수 없는 물건들이었다. 남자는 단조롭게 우산을 고치라고 외쳐댔고, 디아만테는 몸을 떨었다.

"뭘 할 생각이야?" 베일을 매만지며 불 꺼진 약국 유리창에 자기 모습을 비춰 보고 있는 비타에게 물었다. 비타는 6개월에 한 번씩 치마를 늘리고는 진열장에 가까이 다가가서 거기에 비친 뚱뚱한 여인이 자기라는 것을 확인하곤 했다. 그녀는 얼굴을 돌리지 않았다. 그녀는 과거 속에 살지 않았다. 시간을 멈춰 보려는 시도도 하지 않았고 그 시간 속으로 다시 돌아가려고도 하지 않았다. 그녀는 과거를 좋아했다. 그 과거가 가지고 있는 어둠, 그것이 아무것도 가르쳐 줄 수 없다는 데에서 얻는 위안, 누구나 과거를 잃어버린다는 사실, 아무것도 요구하지 않는 그 충만함을 좋아했다. 그렇기는 하지만 그녀는 미래를 과거보다 훨씬 더 많이 좋아했다. 그 미래 속에서 가운을 입고 슬리퍼를 신은 말이 없는 가난한 남자가 물 위에 아무 흔적도 남기지 않고 걷고 있는 것을 보았다.

"투포에 가려고 해." 그녀가 디아만테의 투명한 눈에서 푸른빛을 찾아보려 애쓰며 대답했다. "시골에 집을 한 채 사서 여름에 거기서 시간을 좀 보내고 싶어. 이제 레스토랑은 내가 없어도 잘되니까." 디아만테의 윗눈썹이 위로 올라갔다. 이것이 동정인지 선물인지 단순한 우연의 일치인지 알 수 없었기 때문이다. 그는 좋은 소식에 익숙하지 않았다. 어떤 남자가 소리쳤다. "우산 장수! 우산 장수!" "돌아가는 비행기는 언제지?" 그녀에게 물었다. 그녀가 다시 뉴욕으로 돌아가길 바라는 것은 아니었다. 정반대였다. 갑자기 이것이 그녀와의 마지막 만남이라는 것을 알게 되었다. 비타가 오래전의 상처로 쭈글쭈글해진 그의 입술에 장갑 낀 손을 갖다 대며 웃었다. 그녀가 말했다. "돌아가는 비행기 표는 안 샀어."

디아만테가 셔츠의 단추를 풀었다. 가슴이 답답했다. 가끔 있는 일이었다. 그는 침을 삼켰다. 몸이 뜨거웠다. 어쩌면 몸에 불이 붙었는지도 몰랐다. 불에 타고 있고 이미 다 타버렸을 것이다. 그의 내부에는 시커멓게 탄 해골이, 금방이라도 부서져 버릴 지경의 해골이 있었다. 살가죽이 겨우 그것들을 함께 모아 지탱하고 있었다. 불안정하고 연약한 표피가 붕괴를 막아 주고 있는 것이다. "내가 거기 집을 사면 거기 올 거야?" 비타가 말했다. "오빠를 위해 사는 거야. 그러니까 우리를 위해서. 난 오빠하고 같이 그곳에 가서 살았으면 좋겠어. 아니 나하고 같이 죽었으면 좋겠어. 뭐든 나하고 같이 했으면 좋겠어." "넌 미쳤어, 비타." 그가 말했다. "잘 생각해 봐, 디아만테." 그녀는 짐작조차 하지 못했지만 그녀는 그의 인생을 둘로 부러뜨렸다. 번개에 맞은 나무처럼 두 동강 냈다. 땅에 뿌리를 단단히 내린 꼿꼿한 몸통이 그의 것으로 남았다. 이끼가 자라고 새들이 집을 짓던 몸통은 부러져나가 버렸다. 이제 그의 몸통에서는 아무것도 자랄 수 없었다. 그러다가 뿌리가 썩어 뒤로 넘어져 뒤얽히고 비틀어진 나뭇가지들을 들어 그를 벌주었던 하늘을 향해 던졌다. "그럴 수 없어, 비타. 있을 수 없는 일이야, 비타, 그럴 수 없어." "정말 안 올 거야?" 그녀가 재킷의 옷깃을 다시 세우면서 물었다. 비를 몰고 올 바람이 거세게 불었기 때문이다. "오겠다고만 말해 줘." "아니, 안 돼." "왜?" 디아만테가 반투명의 베일을 잡았다. 그녀가 사라져 가고 있었다. 그의 눈앞에 눈부신 아홉 살 소녀가 나타났다. 소녀는 구명보트의 구석에 앉아서 입김으로 은제 나이프를 열심히 닦았다. 그를 둘러싼 잿빛 속에서 그 칼의 희미한 빛은 그에게 남아 있는 빛의 전부였다. 그녀는 디아만테가 자신을 찾아왔다는 것을 아직 몰랐다. 그에게 등을 돌리고 있었다. 헝클어진 머리가 어깨를 덮었다. 어둠처럼 까만 머리였다. **무슨 일이 있어도 날 떠나지 마, 날 떠나지 마.** 그가 한 손을 뻗으면 다시 그녀에게 닿을 수 있다. 하지만 그녀를 잡을 수 없었다.

"싫다는 거야?" 비타가 물었다.

"빌어먹을. 이 도시가 씩씩한 보행자의 도시여서인지 택시는 보이지도 않는다니까." 모두들 택시를 기다리면서 이렇게 투덜거렸다. 그런데 지금 메달리에 도로 가에서 택시가 나왔고, 인도 옆에 나란히 서 있는 두 사람의 형체를 발견했다. 텅 빈 저녁 거리에서 백발의 남자와 베일을 쓴 여자, 똑바로 거의 돌처럼 굳은 듯이 마주 보고 서 있는 두 사람은 석상 같았다. 택시의 전조등이 비타의 검은 스타킹 위로 빛의 무늬를 그렸다. 불빛에 여자의 얼굴이 환히 드러났고 그들 뒤에 웅크리고 앉은 검은 옷의 남자 모습도 보였다. 택시가 다가와 브레이크를 밟았다. 비타가 문을 열었다. 그녀의 입술과 살짝 닿기만 해도 더 이상 살아남을 수 없을 것 같았기 때문에 디아만테는 뒤로 물러섰다. 그녀가 몸을 숙이고 차 안으로 들어가 혼자 앉기에는 너무나 넓은 뒷자석에 자리를 잡았다. 그리고 떨리는 목소리로 호텔 이름을 말했다. 얼굴의 베일을 내렸다. 실종된 이탈리아 소녀. 디아만테가 유리에 두 손을 댔다. 유리 위에서 빗방울이 수정처럼 반짝였다. 그는 더 이상 할 말이 없었다. 그리고 그녀에게 해야 할 말은 모두 그대로 있었다. 비타가 창문을 열어 보려 했다. 하지만 겨우 좁은 틈만 생긴 것을 보면 문이 고장 난 것이 분명했다. 그 틈으로 그녀의 입이 보였다. 완벽할 정도로 네모난 고른 이가 하얗게 반짝였다. 미국인들의 이였다. "디아만테, 인생은 길어." 그 입이 그를 보고 말했다. "이 교차로에서 투포까지 166킬로미터야. 옛날 같았으면 아주 먼 길이지. 불편하고 복잡하고. 하지만 지금은 그렇지 않아. 기차로 세 시간이면 갈 수 있어. 이 166킬로미터의 여행을 해봐. 꼭 와. 모든 게 달라질 거야. 우린 영원히 행복할 거야."

택시 운전사는 자기 차의 여자 승객과 차창에 기댄 백발 노인의 삶이 어떻게 되어 가고 있는지 알지 못했다. 칸막이 유리 때문에 그는 여자의 말을 제대로 듣지 못했다. 그 말들은 그저 바람 소리 같았다. "난 여름내 거기 있을 거야. 아, 물론 내일 당장은 오빠가 오지 않겠지. 모레도. 하지만 일주일 뒤, 한 달 뒤, 조만간 오빠가 와서 나하고 같이 살 거야. 이런 희망을 내게 줘야 해. 오빠가 직접." 택시 미터기가 요란하게 작동했다. 운전사가 벌써 가속기를 밟았다. 검은 승용차. 1930년대 모델인 고물 세단이 길 한가운데에서 매연을 내뿜었다. "다시 만나." 비타가 그녀의 디아만테에게 약속을 했다. 택시 운전사가 와이퍼를 작동시켜서 삐걱삐걱 소리를 내며 앞 유리에서 움직였다. 와이퍼는 빠르고 효과적으로 움직이지만 그녀의 눈물을 닦아 줄 수는 없었다. 이제 그가 우산을 펴려 했다. 모퉁이를 돌기 전에 백미러로 그녀가 본 것은 비에 젖은 하얀 머리였다. 그것은 어둠 속에서 다이아몬드처럼 빛났다.

비타는 9월 말에 팬아메리칸 항공사의 비행기에 올랐다. 1월에 로베르토는 뉴욕의 그녀에게 단 두 마디의 전보를 보냈다. **디아만테 사망.**

제 3부

흘수선

워터보이

1906년 늦가을에 찍은 사진에 첫눈이 하얗게 덮인 숲을 배경으로 아홉 명의 남자들이 철로 한가운데에 나란히 서 있다. 마치 금방이라도 달려올 기차를 가로막으려는 듯이, 시야를 완전히 차단하려는 듯이. 사실 그들 뒤에는 철로도 도로도 없다. 아홉 명의 남자들은 숲을 없애고 철로를 건설하기 위해 그곳에 온 것이다. 그들 뒤로는 전나무들과 눈에 보이지 않는 기중기에 매달려 공중에 떠 있는 돌덩이들이 얼핏 보인다. 그들은 모두 미국식 작업복, 멜빵과 가슴받이가 달린 청바지에 체크무늬 셔츠를 입고 있다. 높이가 낮은 모자나 베레모 등 각기 다른 형태의 모자를 쓰고 있다. 한 사람은 양모 털실로 뜬 베레모를 쓰고 있다. 남자들은 지중해 연안에 사는 사람들 특유의 얼굴에 피부는 가무잡잡하다. 그들은 이탈리아인들이다. 이상하게도, 그 시절 신문에 실리던 데이고의 캐리커처와는 달리 콧수염을 기른 사람은 세 사람뿐이다. 서른 살 이상은 아무도 없다. 모두 건장한 체격에 한 가지 생각에 집중한 표정으로, 지친 것 같지만 의지가 강해 보인다. 오른쪽 끝 약간 뒤쪽으로 있는 사람, 유일하게 철로 밖에, 돌덩이들 위에 서 있는 남자는 털 베레모를 썼는데 아직 수염이 나지 않았다. 밑창이 다 닳은 신발을 신은 그 남자는 키가 작았는데 도전적으로 양손을 옆구리에 대고 있다. 뿌루퉁하게 찡그린 얼굴이다. 빛바랜 흑백사진이지만 그의 눈은 분명 밝은 색이다.

사진은 1907년 볼티모어 오하이오 컴퍼니가 철로 부설 작업이 전 구역에서 진행되고 있다는 것을 주주들에게 자랑하기 위해 간행한 출판물에 실린 것이다. 미국에서 가장 오래되고 널리 알려진 볼티모어-오하이오 철도는 신시내티, 세인트루이스, 캔자스시티를 경유해서 애치슨, 토피카와 산타페에 연결되었고 로스앤젤레스에까지 이어졌다. 북쪽으로는 털리도와 시카고, 오마하를 경유해서 전설적인 유니언 퍼시픽 철도와 합쳐져서 샌프란시스코에 도착했다. 다른 사람들과 다른 베레모를 쓴 그 소년은 디아만테일 것이다. 그는 틀림없이 그곳에 있었다. 그가 열다섯 살이 되었을 때 갑자기 그의 운명에서 희미하게 반짝이던 세상의 물들이 모두 철로를 따라 움직이는 나무 물통 속으로 빨려 들어가버리고 말았다. 그는 원하지도 않았는데 자신이 항상 원하던 사람이 되어 있었다. 바로 운반인이었다. 멀리 있는 것을 함께 운반하는 사람, 멀리 떨어진 것들 사이의 다리 역할을 하는 사람이었다. 물을 나르는 소년. 영어로는 워터 보이였다.

그가 하는 일은 인부들의 갈증을 풀어 주는 것이었다. 말하자면 쉬워 보인다. 사실 디아만테는 십장이 그를 고용하겠다고, 적어도 그가 합류한 작업반이 그들에게 맡겨진 구역의 작업을 다 마칠 때까지 그를 고용하겠다고 확답을 주었을 때 행복에 흠뻑 젖었다. 그는 말을 덮는 담요와 일종의 멍에 같은 것으로 연결된 나무 통 두 개를 배당받았다. 십장은 이 물건을 훼손하면 배상을 해야 한다고 경고했다. 회사의 재산이었기 때문이다. 디아만테의 할아버지보다 더 늙어 보이는 그 통들은 건드리기만 해도 망가질 것 같았다. 그리고 담요는 말도 덮고 싶어하지 않을 것 같았다. 하지만 십장의 얼굴이 흉악한 악당 같은 데다가 권총까지 가지고 있었기 때문에 디아만테는 급히 미소를 지으며 조심하겠다고 다짐했다.

플라치도 칼라마라의 작업반은 12번 공사장에 있었다. 디아만테는 운이 나빴다. 철도 공사장에서의 숫자는 뉴욕과 반대로 작용했다. 숫자가 높으면 제일 운이 나빴다. 도시와 제일 가까운 공사장 숙소에서 숫자가 시작되었기 때문이다. 민투르노에서 온 다른 15명의 청소년들 중 파스콸레와 주세페 투치아로네는 6번 공사장에 있었다. 하지만 거기서는 워터보이가 필요하지 않았다. 디아만테는 플라치도 칼라마라를 따라서 보급품 마차에 올라갔다. 땅딸막하고 올리브처럼 반질반질한 오만한 플라치도를 보면 넬로가 생각났고 호감이 가지 않았다. 하지만 디아만테는 그에게 호감을 느낄 수 있기를 바랐다. 두 사람은 갈수록 울퉁불퉁해지는 오솔길을 따라 50킬로미터를 달렸다. 놀랍도록 넓은 숲을 가로질렀다. 디아만테는 그렇게 많은 나무들을 본 적이 없었다. 투포에서는 숯장수들과 목동들이 나무를 베었다. 그래서 아우룬치 산들은 완전히 헐벗은 상태였다. 마차가 멈췄을 때 주변은 깜깜했고 아무것도 없었다. 기관차들이 목탄으로 달리기 시작한 뒤로부터 사용하지 않는 화물열차 하나밖에 없었다. 그러니까 이게 숙소였다.

디아만테는 문을 밀고 객차 안으로 들어갔다. 개 냄새와 매트리스 냄새가 고여 있었다. "안녕하세요, 여러분." 디아만테가 명랑하게 말했다. "새로 온 워터보이예요." 벌써 자리에 누워 있던 인부들은 야유로 대답을 대신했다. 이곳이 사교 모임장은 아니었기 때문이다. 가장 가까운 주거지와도 50킬로미터 떨어진 숲 속에서는 늑대처럼 행동하는 게 더 좋았다. 디아만테는 눈을 껌뻑였다. 수염이 덥수룩하고 초췌한 얼굴의 남자들이 스무 명, 아니 서른 명 정도는 되는 것 같았다. 객차 안에 엇갈리게 놓인 나무 벤치가 침대인 듯했다. 디아만테는 입구에서 가장 먼 곳에 있는, 그러니까 바람과 제일 먼 곳에 있는 침대를 향해 걸어갔다. 커다란 녹슨 양철통에 발이 걸려 넘어졌다. 어둠 속에서 욕설이 비 오듯 쏟아졌다. 그 통은 그들의 난로였다. 그 난로가 없으면 이 안에서 얼어 죽을 것이다. 디아만테가 사과를 했다. 그는 짚이 들어 있는 매트리스 위에 앉았다. 칠판에 분필로 글씨를 쓸 때 나는 소리처럼 날카로운 목소리가 투덜거렸다. "워터보이, 이것 봐, 여긴 누울 수 없어. 다른 자릴 찾아봐."

"알았어요." 디아만테가 한숨을 쉬었다. 그는 공사장에서 워터보이는 배의 급사와 다를 게 없다는 것을 금방 이해했다. 인부들 중 말단이었다. 입구 옆의 매트리스에 자리를 잡았다. 바람이 머리를 헝클고 먼지가 얼굴을 덮을 것이다. 나무가 이렇게 많은 것을 보면 오하이오에는 틀림없이 비도 많을 것이다. 옷을 벗고 자는 건 아무래도 좋은 생각은 아닌 듯했다. 매트리스는 때가 타서 시커멨고, 그 안에 누군가 시체라도 숨겨 놓은 것처럼 악취가 났다. 까다롭게 굴 필요는 없었다. 그는 적어도 일곱 달은 이 매트리스 위에서 자야 할 것이다. 매트리스는 산맥처럼 울퉁불퉁했다. 뻥뻥 뚫린 구멍에서 튀어나온 칼날처럼 뾰족한 짚에 온몸이 찔렸고 나무처럼 단단해 보이는 불룩 튀어나온 부분들에 부딪혀 멍이 들었다. 그런데 너무 행복해서 잠을 잘 수 없었다. 동화 같은 오하이오에 와서 확실한 일자리를 얻고 새로운 삶을 시작하게 된 게 믿어지지 않았다. 유감스럽게도 그의 체온이 매트리스를 따뜻하게 덥히자 그의 위로 빈대 군단이 바스락거리며 탐욕스럽게 달려들었다. 다시 자리를 옮겼다. 옆의 침대 밑에 쌓인 호두 껍데기, 씨앗, 톱밥, 쥐똥과 모기 똥 같은 쓰레기들을 쓸고 말 담요를 펴고 누웠다. 그의 코 위로 기어 다니는 바퀴벌레 두 마리를 피를 보지 않고 쫓아 버리려 했지만 소용없었다. 짜증이 난 그는 주먹으로 바퀴를 짓눌러 버렸다. 객차의 벽에 칼로 두 개의 금을 그었다. 그가 11월에 12번 공사장을 떠날 때 벽에는 510개의 금이 남게 될 것이다. 디아만테는 바퀴를 모두 멸종시키게 될 것이다. 심지어 몇 마리를 먹기도 했다. 미국 바퀴는 이집트 콩처럼 날가루 맛이 났다.

디아만테는 190일 동안 하루 15시간씩 철로를 왔다 갔다 했다. 숙소로 사용하는 객차와 우물이 있는 곳에서 공사장까지 손으로 작동하는 수레를 타고 이동했다. 그는 이 수레를 고가철도라고 불렀다. 뉴욕을 기억하기 위해서이기도 했고 이 수레가 큰길, 자동차, 시장과 건물들 위로 달린다고 상상하는 게 기분 좋았기 때문이기도 했다. 철로의 끝에 도착하면 수레에서 내려서 물이 가득 든 통을 어깨에 솜씨 좋게 메고서 균형을 잡으며 걸어갔다. 투포 사람들은 무엇이든, 달걀이 가득 든 바구니, 건초더미, 심지어 관까지 머리에 이고 균형 있게 걸어갈 수 있었기 때문에 이건 힘든 일도 아니었다. 걸어가는 동안 통이 비는 건 좋지 않았다. 십장이 디아만테가 꾀를 부린다고 생각하고 얼굴이 일그러질 정도로 주먹질을 했기 때문이다. 유감인 것은 인부들이 쉬지 않고 일을 하다가 물을 마실 때에만 한숨을 돌릴 수 있었기 때문에 물소처럼 물을 마셔서 통이 금방 빈다는 것이었다. 디아만테는 계속 통을 채워야 했기 때문에 선로가 있는 곳까지 돌아가서 수레를 움직여 다시 샘으로 갔다. 그런 식으로 땀을 흘리며 힘들게 오가다 보면 점점 더 몸이 굳어 버리고 지쳐 갔다. 해는 질 줄을 몰랐다. 그의 등과 어깨와 목은 불에 타는 것 같았고 물집에 뒤덮였다. 살갗은 삶은 감자 껍질처럼 벗겨졌다. 다른 인부들처럼 살이 시커메지는 데는 한 달이 걸렸다. 바람이 불면 얼굴을 채찍으로 맞는 것 같았다. 미국의 바람은 북극에서 거침없이 불어왔기 때문이다. 비가 올 때면 모두들 흠뻑 젖은 채로 밤을 보냈다. 모두들 기침을 해대서 객차 안이 병실 같았다. 하지만 디아만테는 열다섯 살이어서 햇빛과 북극의 바람과 오하이오의 비는 그를 자극할 뿐이었다. 그래서 새벽부터 밤까지 통을 들고 걸었다. 넘실거리는 통의 물, 선로 위에서 삐걱이는 수레, 고요, 주위에서 울어대는 이름 모를 새들, 그는 행복했다. 안정적으로 월급을 탔기 때문에 곧 비타와 이곳을 떠날 돈을 모을 수 있을 테니까.

그는 하루에 1달러 80센트를 받았다. 인부들 중 제일 적은 액수였다. 하지만 다른 인부들은 벌목꾼이었다. 아니면 삽질에 능숙했다. 그들은 나무, 쇠, 돌의 비밀을 모두 알았다. 땅을 파고 돌이 잔뜩 실린 외바퀴 수레를 끌고 땅을 평평하게 다지고 침목을 옮기고 그것들을 정리하고 배열하고 선로를 나사로 조였다. 회사는 철로의 관리와 건설을 위해 인부들에게 임금을 지불했다. 바닥에 자갈과 목재를 깔고 보강하고 다이너마이트로 자연의 장애물을 없애 버리고 철로를 놓거나 복선을 만드는 일에. 워터보이는 키는 작았지만 튼튼했다. 그가 원한다면 내년에는 나무를 베고 망치로 돌을 깰 수도 있었다. 하지만 디아만테는 일주일에 10달러 80센트를 벌 수 있다는 계산을 했다. 여섯 달이면 259달러였다. 그러면 내년에는 훨씬 좋은 위치에 있게 될 것이다. 비타와 함께.

안타깝게도 12번 공사장은 외진 곳이었다. 요리사가 있는 일본인 작업반들과는 너무 멀리 떨어져 있었다. 선택의 여지가 없었다. 십장의 가게에서 음식을 사야 했다. 인부들은 그 가게를 **플럭 미 스토어**, 내 머리를 쥐어뜯는 가게라고 불렀다. 디아만테는 이렇게 부르는 이유를 아는 데 일주일이 걸렸다. 플라치도 칼라마라는 상한 안초비, 악취가 나는 토마토 통조림, 곰팡이가 낀 콩 통조림을 터무니없이 비싼 값에 팔았는데, 그것들 때문에 이질에 걸렸다. 7일째 되는 날 밤 디아만테는 심하게 이질을 앓았다. 변소가 따로 없었기 때문에 아무 데서나 일을 보았다. 아니면 썩은 나무 판을 덮어 놓은 악취 나는 구덩이를 이용했다. 하지만 만일 객차 근방에서 볼일을 보려고 하면 삽으로 두들겨 패서 쫓아 버렸기 때문에 숲으로 들어갈 수밖에 없었다. 결국 잦은 이질과 형편없는 음식과 피로 때문에 디아만테는 버터처럼 물렁물렁해졌다. 아침에는 짚 매트리스에서 일어날 수도 없었다. 십장이 권총을 겨눴다. 하루의 시작으로는 별로 좋지 않은 방법이었다.

디아만테는 불평을 하고 있기보다는 최선을 다하는 것을 좋아했다. 그래서 가게에서 먹을 것을 사지 않았다. 새총을 만들었다. 나뭇가지의 껍질을 벗기고 짧은 몽둥이를 만들었다. 일을 마치고 동료들은 오래된 신문을 덮은 식탁에 둘러앉아 식사를 하면서 방귀를 뀌어댔다. 장이 안 좋아서였다. 그사이에 디아만테는 사냥감을 찾으러 나갔다. 다람쥐와 두더지의 머리를 잡아 죽였다. 새총으로 어린 시절 익힌 놀랍도록 정확한 솜씨를 자랑하며 딱따구리, 메추라기, 푸른머리되새를 잡았다. 축축한 골짜기에서 버섯과 도토리와 달팽이를 주웠다. 인부들이 놀란 눈으로 그를 보았지만 그는 맛있는 스튜를 만드는 법을 배웠다. 다만 대초원에 사는 쥐들은 고약한 냄새가 나서 블루베리나 겨자로도 그 냄새를 없앨 수가 없었다. 겨울잠쥐는 맛이 뛰어났다. 꿩은 아주 귀했기 때문에 돈을 받고 팔기까지 했다. 물수리는 닭요리 맛이 났다. 디아만테는 만족스럽게 고기를 씹었다. 비타가 이곳에 있으면 좋을 것 같았다. 아니 그를 봐주기만 해도 좋을 것 같았다. 비타는 제 앞가림을 잘하는 남자를 좋아했다. 그를 보았으면 자랑스러워했을 것이다.

비타와 헤어진 뒤로 그녀의 소식을 전혀 듣지 못했다. 그녀는 창고 근처의 선로 위를 비틀거리지도 않고 달렸다. 파란 원피스가 새벽녘의 푸르스름한 빛과 뒤섞여 구별이 되지 않았다. 비타는 디아만테가 숨어 있던 열차가 속도를 내서 달려 전철기 끝에서 방향을 바꿀 때까지 달렸다. 그리고 그들이 약속한 대로 집으로 돌아갔다. 일자리를 구하자마자 디아만테는 철도 공사장 친구의 이름으로 비타에게 엽서를 보내면서 자기 소식을 아무에게도 알리지 말라고 부탁했다. 혹시 복수심에 불타는 코차가 벌을 줄 생각을 할 수도 있었다. 디아만테는 아직 비타의 답장을 받지 못했다. 우체부는 12번 공사장에 오지 않았다. 다음 일요일에 디아만테는 철도 회사 관리자에게 항의를 하러 갈 생각이었다. 그가 알고 있는 몇 마디 영어로, 수많은 인부들을 기다리게 하는 것은 부당하다는 것을 그에게 알릴 수 있을 것이다. 인부들은 이미 숲속에서 살고 있는데 집에서 편지조차 받지 못한다면 사기가 저하될 것이라는 사실을. 그는 비타가 걱정하는 것을 원치 않았다. 모든 일이 놀랄 만하게 진행될 것이다.

월급날 디아만테는 '가게 물품 구입 비용'으로 7달러가 빠진 것을 알아차렸다. "난 가게에서 아무것도 안 샀어요." 그가 항의했다. "난 사냥을 했어요." 칼라마라가 믿을 수 없다는 눈으로 그를 찬찬히 보았다. 워터보이가 지나치게 똑똑한 건지 지나치게 멍청한 건지 아직 알 수가 없었다. 디아만테의 장화에다 침을 뱉었다. "물건을 안 샀어도 어쨌든 돈을 내야 해." 그가 분명하게 말했다. "안 돼요." 디아만테가 대답했다. "계약서에는 그렇게 되어 있지 않아요. 난 일당 1달러 80센트를 받았어요. 내가 십장님에게 드려야 할 게 있으면 지불할 거예요. 그런데 아무것도 없어요." "그러니까 네가 말귀를 못 알아듣는 거야." 십장이 벌떡 일어나며 말했다. "말귀를 못 알아들은 건 십장님이에요." 디아만테가 말했다. "이런 식이라면 난 떠나겠어요."

디아만테가 다시 눈을 떴을 때 산토 칼루라가 그의 얼굴을 타월로 누르고 있었다. 몸이 흠뻑 젖었다. 물이 아니었다. 목에서 피가 났다. 이제 디아만테는 칼라마라의 권총이 인부들을 감독하거나 위협하고 일을 격려하기 위해 이용되는 것만이 아니라는 것을 알았다. "눈이 오고 강이 얼어붙으면 그때 떠날 수 있어. 그때는 우리 모두 떠날 거야." 칼루라가 차분하게 설명해 주었다. "허락을 받지 않거나 계약이 끝나기 전에는 아무도 공사장에서 떠날 수 없어. 네가 달아나면 칼라마라가 너를 잡아와서 다시 현장으로 데려올 거야. 그리고 네가 계속 문제를 일으키면 널 절도죄로 고발할걸. 그러면 회사 관리자가 널 감옥에 집어 처넣을 거야." 디아만테는 통증 때문에 힘없이 신음을 했다. "그렇지만 우린 죄수가 아니에요." 그가 중얼거렸다. "강제 노동 수용소로 추방당한 게 아니라고." 칼루라가 어깨를 으쓱했다. 그리고 계속 그의 상처를 눌러 주었다. "언제부터 철도 공사장에서 일했어요?" 디아만테가 의심이 생겨서 물었다. 칼루라는 청바지에 두 손을 닦고 아무 대답도 하지 않았다.

7월이 되자 태양이 객차를 달궈서 마치 용광로 속에서 잠을 자는 것 같았다. 그때 미혼의 감리교도 여자가 나타났다. 그녀는 '구리빛 남자'들에게 영어를 가르쳐 주고 싶어했다. 디아만테가 얼마를 내면 되냐고 묻자 미스 올리비아 캠벨이 수업은 무료라고 대답했다. 너그러운 리마의 교구민들은 외국인들이 이 나라에 융화할 수 있게 도와주고 싶어했다. 디아만테는 수업에 등록하고 싶지만 자신은 가톨릭교도라고 설명했다. 그는 세례를 받았고 첫 영성체를 받았다. 미국으로 왔기 때문에 견진성사는 받지 않았다. 노처녀가 웃었다. 마흔 정도 되어 보였다. 빨간 머리에 몸은 나뭇잎처럼 말랐다. 데이고를 추적해 온 것을 보면 용기가 있었다. 미국인들은 데이고를 상습적인 강간범이라고 생각했다. 디아만테는 사실 자신은 가톨릭교도가 아니며 이탈리아를 떠난 뒤로 성당에 들어간 적이 없다고 솔직히 말했다. 미스 캠벨은 우리는 모두 기독교인이라고 대답했다. 디아만테는 등록했다. 수업은 밤에 9번 공사장에서 있었다. 그곳에 가려면 숲속 15킬로미터를 달려가야 했다. 첫날 수업에 서른 명이 모였다. 쇠똥 냄새가 고인 낡은 객차에 빼곡히 모였다. 일곱 번째 수업에는 열 명이 출석했다. 열다섯 번째 수업에서 디아만테는 미스 캠벨과 단둘이 수업을 했다. 안타깝게도 데이고들은 영어를 통해 얻을 수 있는 이득에 관심을 보이지 않았다. 그래서 미스 캠벨은 우크라이나인, 헝가리인, 그리고 핀란드인들에게 자신의 보물을 줄 수밖에 없었다. "오, 안 돼요, 선생님. 가지 마세요." 디아만테가 애원했다. 그는 감리교로 개종할 준비도 되어 있었다. 미스 캠벨이 웃었다. 그녀는 워터보이를 개종시키러 온 게 아니었다. 하지만 그에게 선물을 주었다. 이제 그들이 막 공부하기 시작한 『성서』가 아니라 잭 런던이라는 사람이 쓴 책이었다. 제목은 『황야의 절규』였다. 팔려 가서 매를 맞고 굴욕을 당하다가 잔인한 들개가 되는 어느 개 이야기였다. 미스 캠벨은 디아만테가 이 소설을 아주 좋아할 거라고 생각했다. 디아만테는 내용을 이해하기 위해 개처럼 부지런히 공부를 했지만 47페이지에서 항복을 하고 말았다. 다음 날 주인공 개 벅에게 무슨 일이 생겼는지 알고 싶은 호기심이 여러 해 동안 남아 있었다.

8월 15일에 드디어 우편물이 도착했지만 디아만테 마추코 앞으로 온 편지는 없었다. 아마 어쩌면 비타가 클리블랜드에서 보낸 편지를 받지 못했을 수도 있었다. 아니면 편지가 너무 짧아서 화가 나 있을 수도 있었다. 다시 편지를 써서 부끄러워하지 말고 그녀를 얼마나 사랑하는지 말해야 한다. 경험이 풍부한 동료들 말에 따르면 남자들에게 음탕한 행동이 필요하듯 여자들에게는 달콤한 말을 해줘야 했다. 하지만 펜을 잡은 디아만테는 손가락을 구부릴 수 없다는 것을 알게 되었다. 물통의 줄을 너무 꽉 잡았기 때문에 그의 손은 주먹 쥔 상태로 굳어 있었다. 아마도 항상 주먹을 휘두르고 싶었던 게 이 때문이었는지도 모른다. 그날부터 그는 매일 밤 체조를 했다. 류마티즘과 관절염에 걸리고 싶지 않아서였다.

사랑하는 비타.

아직도 널 부를 수가 없어. 하지만 내가 돈을 모으고 있으니 곧 때가 올 거야. 맹세하지만 언제나 네 생각뿐이야. 우리가 했던 약속 잊지 않고 있어. 너와 함께할 날만 기다리고 있어. 그러면 우린 다시 헤어지지 않을 거야.

영원한 너의 디아만테.

이미 객차의 나무판들 사이로 가을바람이 스며들었다. 북극의 얼음 같은 바람이 객차를 공격하자 객차는 지진이 났을 때처럼 기우뚱하기도 하고 불안하게 흔들리기도 했다. 하지만 10월 초에 온 우편물 자루에도 워터보이의 편지는 없었다.

크로체피소 카사노가 여자들이 보낸 최고의 편지들은 인부의 손에 절대 들어오지 않는다고 단언했다. 누군가 먼저 편지를 훔쳐 간다. 회사는 인부들이 향수에 젖지 않게 하려고 한다. 네가 돈이 있으면 그 편지들을 다시 살 수 있다. 그렇지 않으면 체념하고 그 편지를 다른 사람이 읽는다고 생각하면 된다. 어디선가 그 사람이 자기를 기다리는 애인이 있다고 자랑을 할 거다. "하지만 그 여자는 내 여자친구야." 디아만테가 말했다. 크로체피소가 대답했다. "지금은 조바타 레아토의 여자친구인 것 같던데." 디아만테는 비타의 편지를 찾기 위해 레아토에게 3달러를 주었다. 몹시 울적한 마음으로 눈에 눈물을 글썽이며 편지를 읽었다. 하지만 그 편지는 아순타라는 여자가 피에로라는 남자에게 보내는 편지였다. 디아만테가 항의를 하며 돈을 돌려 달라고 요구했지만 레아토는 거절했다. 레아토는 비타라는 이름이 적힌 편지가 한 장도 없었기 때문에 자신이 디아만테를 생각해서 거짓말을 했다고 우겼다.

계약한 시즌이 끝날 때 디아만테는 철도 일을 그만두고 클리블랜드에서 다른 일을 찾기로 확고한 결심을 했다. 하지만 그는 제대로 계산을 하지 않았다. 비용(숙박비, 말 담요와 작업 도구 사용료, 벌금, 작업지연료-이건 자기 인부를 해고해서 그들보다 더 절망적인 상태의 다른 작업반에게 이득을 주지 않으려고 십장이 궁리해 낸 계획 때문에 생겼다)을 제외하고 나니 부모에게 부쳐 줄 돈 한 푼 남지 않았을 뿐 아니라 비타에게 돌아가기 위해, 아니면 그녀를 데려오기 위해 모을 돈 한 푼도 없이 오히려 그를 고용했던 십장에게 빚만 지고 말았다. 빚을 갚을 방법은 하나밖에 없었다. 한 시즌 더 십장을 위해 일하는 것이다.

디아만테는 칼라마라 장모의 하숙집에서 겨울을 보냈다. 클리블랜드 화물열차 차고 뒤의 황무지에 오도 가도 못하고 서 있는 더러운 객차였다. 호루라기 소리와 신호등 불빛, 기차 소리, 쇠와 쇠가 부딪히는 소리가 넘치는 곳이었다. 십장에게서 벗어나는 데 필요한 돈을 모으기로 결심한 디아만테는 119번가와 125번가 사이에 있는 음침한 이탈리아 구역을 공략했다. 하지만 그곳 사람들은 항구나 스탠더드 오일 정유소, 제지 공장에서 일해 보라는 조언을 했다. 하지만 그 봉급으로는 하숙비조차 낼 수 없었다. 그는 주물공장과 조선소에서 일했다. 치질 크림과 티눈 연고를 팔았다. 상쾌한 30층 건물에서 가래와 침을 뱉는 타구를 담당했다. 그곳의 사무실 직원들은 자신들의 절망을 뱉었다. 그다음에는 편지에 몰두했다. 글자를 모르는 이탈리아 인들을 위해 편지를 읽어 주고 대신 써주면서, 이탈리아에서 그 편지를 받을 사람들이 읽고 싶은 내용을 상상해 보려 했다. 마침내 그는 우체부 대신 일을 하게 되었다. 편지를 전달하며 그는 말로 표현할 수 없이 행복했다. 자전거에 실린 편지가 가득 든 그 자루에는 세상의 모든 말들이 담겨 있는 것 같았고, 그중에는 그를 위해 씌어진 것도 들어 있을 것 같았다. 사랑하는 디아만테, 잘 지내고 있다니 기뻐. 나도 잘 지내고 있어. 글 솜씨가 없어서 짧게 쓸게. 하지만 난 영원히 오빠의 사랑하는 비타야. 디아만테는 이탈리아 구역 너머, 철로와 기차 냄새에서 멀리 떨어져 있는 곳까지 페달을 밟았다. 가끔 교외의 저택을 지키는 개들에게 물려 바지가 찢기기도 했다. 하지만 그는 그런 것에 신경을 쓰지 않았다. 이제 곧 비타의 편지를 받을 것이기 때문이다. 그런데 다른 사람들의 편지를 늘 지겨워하던 정식 우체부가 돌아왔다.

디아만테는 다시 철도 노예들 속으로 돌아갔다. 겨울에까지 철로에 묶여 있는 노예로. 얼음같이 차가운 안개 속에서 빗자루를 들고 전철기에 몸을 숙이고 신호등이 간헐적으로 깜빡이는 가운데 침목들을 뒤덮은 눈을 쓸었다. 안개 속에서 기차가 나타날 때는 혈관 속에 울리는 떨림밖에 없었다. 기차들이 보이지도 않았다. 그들은 쇠와 녹 냄새를 풍기는 유령들이었다. 여자가 없는 남자들, 난폭하고 실패한 사람들. 사람들은 그들을 철새라고 불렀다. 하지만 시적인 이미지는 아니었다. 탐욕스럽고 상당히 음울한 새들이었다. 그렇지만 철새들은 겨울이 끝나면 집으로 돌아가는 길을 알았다.

봄이 되자 십장에게 갚아야 할 그의 빚은 두 배가 되어 있었다. 그래서 서쪽으로 500킬로미터 더 떨어진 곳에서 다시 일을 시작했다. 상황이 바뀌었고 동료들, 풍경도 바뀌었다. 그는 자기가 와 있는 곳이 어딘지도 몰랐다. 그는 내부에 납을 붙인 차를 타고 한밤중에 작업 현장에 도착했다. 차 안으로는 창백한 햇빛 한 줄기만 겨우 스며들어 왔을 뿐이었다. 낮에는 부피도 형태도 없어 보이는 평평한 세계에 깔린 자갈들 사이에서 반짝이는 철로만이 보였다. 그는 부질없이 파란 하늘만 눈으로 좇았다. 다시 철도. 다시 이글거리는 화물열차. 썩은 안초비. 어깨에 멍에를 짊어지고 떼어 놓는 수천 걸음과 양동이에서 철렁거리는 물. 또다시 직선 위에 한 줄로 늘어선 남자들의 떨리는 모습, 나무통 두 개를 끌고 가는 야윈 소년의 그림자.

하지만 디아만테는 워터보이가 좋았다. 그는 물과 같았다. 아무 맛도 색도 없었고 표면적인 특징도 없고 땅과 하늘에서 독립되어 있었다. 마음대로 형태를 만들 수 있고 유연하고 자유롭고, 그가 담길 그릇의 형태에 따라 모양을 바꿀 준비가 되어 있었다. 하지만 사실은 어떤 형태로도 만들 수 없고 저항력이 있어 경우에 따라서는 위험하기도 하고 치명적이기도 했다. 어쨌든 물은 꼭 필요했다. 하지만 그의 고향 사람들은 물을 두려워했다. 물과 죽음은 항상 문 뒤에서 기다리고 있다는 오래된 속담이 있었다. 물을 통해서 질병이 찾아왔고 외부인들이 침입했다. 말라리아와 사라센인들이 왔다. 그의 어머니는 1860년을 불길한 해로 만들었던 마지막 침입 이야기를 들려주었다. 해적들이 스카우리 해안에 상륙했다. 거기서 올라와 민투르노와 그 주변 마을들을 약탈했다. 투포의 골목길에서까지 남자와 아이들을 학살했다. 산 레오나르도 거리에 피와 포도주가 강물처럼 넘쳐흐를 정도였다. 그때 여섯 살이었던 어머니는 큰 바구니 안에 숨어 있어서 목숨을 구했다. 하지만 바다가 불과 몇 킬로미터밖에 떨어져 있지 않았어도 한 번도 바닷가에 내려가지 않았다. 안토니오에게도 물은 그의 희망을 배신한 믿을 수 없는 친구였다. 두 번이나 불운하게 바다를 건너는 동안 그는 뱃멀미로 고생을 했다. 그가 갈 수 없었던 도시는 그에게는 이루어질 수 없는 꿈처럼 물 위에 세워진 것 같았다. 하지만 디아만테는 한 번도 그렇게 생각하지 않았다. 물은 그의 불안함, 그의 도주로를 비추는 거울일 뿐이었다.

물이 그에게로 왔다. 그런데 그가 어디에서든 물을 찾으려고 하면 물은 숨어 버렸다. 기회주의적인 애벌레들과 화를 잘 내는 개구리들이 뒹구는 늪지의 물, 깊은 우물 속의 맑은 물. 바짝 마른 평야에서 둑도 없이, 장애물도 없이 하구를 향해 흐르는 가릴리아노의 초록빛 물. 먼 곳에서, 떠날 때, 자유로울 때 그를 불렀던 지중해의 파란 물. 그리고 마지막으로 드넓은 물, 대서양의 창백한 별빛 아래 펼쳐진 안개 낀 남빛의 끝없는 대양이 있었다. 게다가 파란색은 디아만테가 태어나서 맨 처음 본 색이었다. 안젤라가 가릴리아노 평야의 들판에서 그를 낳았다. 안젤라는 만삭의 몸으로 치커리를 뜯으러 새벽녘에 머리에 광주리를 이고 밭으로 내려갔다. 마을에서는 다들 검은 눈인데 안젤라와 그 아들만이 파란 눈을 가진 이유를 그렇게 설명했다. 그리고 이제 디아만테는 나무통 속에 갇혀 흔들리는 미국의 물도 좋아했다. 그 물은 무정할 정도의 투명한 하늘을 반사했다. 하지만 차츰 도주를 꿈꿨다. 나무통과 인부들과 철로를 떠나는 꿈을 꾸었다. 정말 철새가 되기를 꿈꿨다. 배고픔이 아니라 계절의 변화에 이끌려 자유롭게 움직이는 철새……. 멀리서 귀청을 찢는 날카로운 기적 소리로 그를 깜짝 놀라게 하는 그 기차들 중 하나에 뛰어오르는 꿈을 꾸었다.

그가 탄 기차는 그를 펜 역으로 데려다 주었다. 기차에서 내려 이제 그의 부모님의 집이 있는 골목보다 더 친숙해진 길을 건넜다. 입에 십자가가 달린 금목걸이를 꽉 물고 행복감에 이끌려 걸었다. 그리고 갑자기 프린스 스트리트의 뜰에 고인 익숙한 냄새를 맡았다. 백일몽은 항상 계단에서 멈췄다. 항상 비타가 나타나기 전에 끊겼기 때문이다. 그는 자신의 눈부신 약혼녀에게 화물열차에서 보내는 밤과 거지 같은 인부들과 머릿니와 철로를 경험하게 하고 싶지 않았다. 그녀를 위해서는 뭔가 더 좋은 것을 원했다. 뙤약볕 아래에서 무거운 물을 지고, 그를 부르는 동료들의 고함 소리를 들으며, 때로는 늦었다고 욕을 먹기도 하고 매도 맞으며 앞으로 걸어가면서 그는 단돈 1달러도 없이 떠돌이처럼 누더기를 걸치고 늙은 개 벅처럼 야생적으로 변한 상태에서 어떻게 비타 앞에 다시 나타날 수 있을지 자문해 보았다. 그는 심지어 자기 고향 말을 할 수도 없었다. 이번 작업반은 이탈리아 북부 산악 지대에서 온 사람들로만 구성되었다. 그들은 자기들끼리 결속했다. 그리고 스코틀랜드 감독관들을 자랑스러워했다. 그들은 칼라브리아 사람들의 사투리를 알아듣지 못했다. 디아만테는 밤이면 어두운 객차 안에서 그들과 지중해에서 쓰는 혼용어로, 영어로 몇 마디 나누는 게 전부였다. 그는 그 켈트족들에게 받아들여지길 바라게 되었고, 그들의 존중을 구걸하기에 이르렀다.

어느 날 철도 노동자의 상태를 파악하기 위해 이탈리아 정부에서 보낸 감독관이 디아만테에게 어디 출신이냐고 물었다. 디아만테는 토리노에서 왔다고 대답했다. 감독관은 라그란제 가에서 시계방을 하는 페데리코 마추코라는 노인과 친척인지 물었다. 디아만테는 즉시 이 기회를 놓치지 않기로 했다. 그래서 자신의 할아버지라고 대답했다. 이 말을 들은 감독관은 그에게 과일 주스를 권했다. 그리고 이 페데리코 마추코 이야기를 시작했다. 이 노인은 1000명으로 이뤄진 가리발디의 '붉은 셔츠단' 군대 전투에 참가해 시칠리아에서 싸웠는데 남부의 그 악당들을 이탈리아인들이라고 불러야 했기 때문에 거의 자결을 하려고까지 했다. 그런데 이 악당들이 지금은 미국에 와서 이탈리아를 거지들의 나라로 만들고 있었다. 가리발디와 그 군대가 이탈리아를 통일시키지 않고 예전처럼 놔두는 게 훨씬 좋았다. 디아만테는 기분이 몹시 나빴지만 감독관의 말이 맞다고 해주었다. 감독관이 떠나자 디아만테는 그레이트 노던 철도 회사에 자신의 자존심을 판 게 부끄러웠다.

그리고 자존심 이상의 무엇인가를 판 것 같다는 의심이 그의 마음속으로 파고들었다. 바로 그의 미래였다. 그럴 때면 자신을 되찾기 위해 금목걸이를 입에 물었다. 밤이 되면 입안에 넣고 이로 꽉 물었다. 그는 모든 것을 팔았다. 하지만 어떤 식으로든 성공할 수 있다는 고집스러운 확신이 있었다. 비타에게 절대 빈손으로 돌아가지는 않을 것이다.

디아만테는 강도가 무서워서 목걸이를 입에 넣었다. 강도들이 봉급 날 숙소인 객차에 침입해 그들의 봉급을 가져가 버린 뒤부터였다. 인부들이 가만히 앉아 도둑을 맞을 리는 없었기 때문에 무시무시한 난투극이 벌어졌고, 그럴 때면 워터보이는 불같이 분노해서 두말하면 잔소리인 싸움 실력으로 그 싸움에 뛰어들었다. 하지만 소용이 없었다. 강도들은 도끼와 단검을 가지고 있었다. 결국 강도들이 떠나고 객차 사방에 피가 흥건했다. 인부들 중 몇 명은 손이나 코, 광대뼈에 상처를 입고 신음했다. 강도를 당하고 두들겨 맞아 정신이 없는 인부들의 객차에 비참하면서도 분노에 찬 전류가 흐르는 침묵이 내려앉았다.

하지만 디아만테의 가장 소중한 것을 빼앗아 간 사람들은 다른 작업장의 강도들이 아니라 동료들이었다. 북부 사람들은 남부 사람들이 계급의식이 없다고 말한다. 그리고 그것이 그들의 후진성의 원인이라는 것이다. 디아만테는 계급의식이라는 말을 한 번도 들어 본 적이 없었지만 소위 동료라는 이 사람들이 소금 한 줌이나 베레모 때문에 그의 머리를 박살내거나 강물에 집어던질 수 있다는 것을 배웠다. 양모 모자는 비타가 직접 그에게 떠준 것이었다. 두 번째 시즌이 끝날 때 모자를 도둑맞았다. 대초원은 잔인할 정도로 추웠다. 이틀 뒤 그의 모자는 라파엘레 로툰도의 머리 위에서 다시 모습을 보였다. 부적과도 같은 목걸이와 코니아일랜드의 자동카메라로 찍은 초점이 맞지 않은 사진 이외에 그에게 남은 비타의 추억은 그 모자가 전부였다.

디아만테는 모자를 다시 찾았다. 로툰도가 잠든 사이 마술사처럼 능숙하게 그의 머리에서 모자를 벗겨 훔쳐 왔다. 말 담요 속에 웅크리고 모자를 입에 대고는 양모에 고여 있는 냄새 중에서 비타의 냄새를 맡아 보려고 애썼다. 비타에게서는 로즈마리, 샐비어, 잣, 박하, 설탕, 레몬버베나 냄새가 났다. 비타는 그에게 편지를 쓰지 않았다. 단 한 줄도. 하지만 틀림없이 우편물이 잘못 배달되었을 것이다. 비타는 말을 할 줄 모르는 소녀가 아니었다. 디아만테가 선로 위로 수레를 밀 때 그들이 달려들었다. 인부들이 포플러 나무들 뒤에 길게 한 줄로 서서 숨어 있었다. 아무도 워터

보이를 구해 줄 수 없었다. 로툰도 일당이 그의 물통을 부숴 버리고 그에게 덤벼들어 장화발로 그를 짓눌렀다. 그를 풀밭으로 끌고 갔다. 멜빵바지 밖으로 그 모자를 꺼낼 때까지 발로 차고 주먹질을 했다. 로툰도가 모자를 디아만테의 입속으로 밀어 넣었다. 디아만테는 숨을 쉴 수가 없었다. 비타의 모자가 목을 꽉 막아 숨이 막혔다. "이 애야?" 로툰도가 코니아일랜드에서 찍은 사진을 흔들면서 그에게 물었다. "이게 네 여자친구냐?" 디아만테가 손을 뻗었다. 하지만 누군가가 땅에서 꼼짝 못하게 눌렀기 때문에 움직일 수가 없었다. 인부들이 사진을 돌려 보았다. 뭐라고 말했지만 디아만테의 귀에 피가 고여 있어서 무슨 말인지 알아들을 수가 없었다. 로툰도가 비타의 사진을 청바지 주머니에 밀어 넣을 때 디아만테는 인부들의 손아귀에서 벗어나서 그에게 달려들었다. 사진을 되찾을 수 없다면 찢어 버리기라도 해야 했다. 이곳에서 여자의 사진은 금십자가보다 더 귀했다. 남자들은 날씬한 병의 목을 보면서도, 칼라마라가 키우는 개의 주름진 엉덩이를 보면서도 자위할 수 있었다. 그러니 웃고 있는 검은 머리 소녀는 두말할 필요도 없었다. 디아만테는 성공하지 못했다. 인부들이 그를 수레 위로 집어던졌다. 누구에게 발로 걷어차여 입술이 터졌는지 알 수도 없었다.

상처에서 몇 시간 동안 피가 흘렀다. 부어오르고 세균에 감염되었다. 음식을 씹는 것이 이를 뽑는 것처럼 고통스러웠다. 거칠게 딱지가 앉은 부분이 계속 갈라졌다. 이제 그는 더 이상 미소를 지을 수 없었다. 게다가 그러고 싶지도 않았다. 그는 폭풍 같은 분노만을 느꼈다. 세상과 운명과 그를 고용한 사람들과 자본가들과 그들에게 착취당하는 비겁한 병신들과 강도들과 패배자들에게. 시간이 흐르면서 입은 원래의 모습으로 돌아왔고 분노도 가라앉았다. 하지만 보일락말락하게 입술에 주름이 잡혀 있어서 항상 불만스러워 보이기도 하고 뭔가 반대를 하려는 것처럼 보이기도 했다. 그 흉터는 시간이 지나도 지워지지 않았다. 그가 미국에서 보낸 시간들을 나타내는 지울 수 없는 흔적이었다.

대초원에 거침없이 부는 바람처럼 시간은 그렇게 흘러갔다. 1907년과 1908년이 끝났다. 많은 인부들이 이탈리아로 돌아갔다. 디아만테는 반대 방향으로 계속 갔다. 철로가 그를 서부로 끌어당겼다. 그가 원하는 것보다 훨씬 더 서쪽으로, 그를 기다리는 동쪽에서 훨씬 더 먼 곳으로. 사방이 공황이었다. 반복적으로 발생하는 '생리적' 위기가 미국을 관통했다. 회사들은 문을 닫았고 주식시장에서 증권 상장 회사들은 몰락했으며, 철도의 작업반들은 선로 끝에서 잊혀 버리고 말았다. 1908년 디아만테의 작업반은 미네소타의 외진 들판에 버려졌다. 철도 회사에서 인부들의 계약을 갱신하지 않겠다고 알려 오자 십장은 최근 몇 달의 월급을 가지고 종적을 감췄다. 월스트리트 주식시장에서는 주가가 50퍼센트 폭락했다. 작업이 중단되었다. 기다려야 했다. 선거철이었다. 아마 위기는 그리 오래 지속되지 않을 것이다. 공화당원들은 루스벨트 대통령의 재임 기간 8년 동안 도취되어 있던 행복의 유산으로 남은 재앙을 극복하겠다고 약속했다. 낙천적으로 씨익 웃는 시어도어는 곧 버림받았고 볼 만하던 늑대와 들고양이 사냥, 트러스트의 힘을 무력화하겠다던 약속도 사라졌는데, 사실 그는 트러스트의 재정 지원을 받았다. 윌리엄 하워드 태프트가 대통령이 되었다. 그는 믿을 수 없을 정도로 뚱뚱한 정치인으로, 모두에게 풍요를 약속했다. 구릿빛 노동자들은 작업 재개를 기다릴 시간이 없었다. 수천 명이 벨로체 라인, 로이드 사부아도, 이탈리아 선박 회사 증기선으로 몰려들었다. 그 사람들 중에 주세페 투치아로네가 섞여 있었다. 그는 1908년 투포에 도착했을 때 안토니오에게 디아만테의 편지를 전했다. 편지에는 이렇게 적혀 있었다. **저는 아주 잘 있어요. 일자리도 있어요. 제가**

곧 송금을 할 수 있을 거예요. 제 걱정은 하지 마세요. 디아만테는 돌아가지 않았다. 미국 어딘가에 무엇인가가 있었다. 그것이 무엇인지는 알지 못했지만 찾고 싶었다.

그는 굳게 버텼다. 남았다. 인부가 되지 않았다. 십장이 되지 않았다. 예언자의 집 밑에서 휘파람을 불 수 없었던 것처럼 그는 동료들을 위협하거나 때릴 수가 없었다. 그렇게 하고 싶지도 않았다. 그에게는 야망과 욕망이 부족했다. 그는 작업장에서 성공하지 못했다. 열여섯 살 때도, 열일곱 살 때도, 열여덟이 되어서도 그는 여전히 워터보이였다. 물 나르기의 명수가 되었다. 물을 가지고 갈 때는 몸으로 불안한 물통의 균형을 맞추며 규칙적인 걸음으로 빠르게 걸었다. 십자가를 메듯 어깨와 나란히 멍에를 메고 등을 꼿꼿이 세우고 다리를 구부리고 두 손으로 멍에에서 다섯 뼘 밑으로 밧줄을 단단히 잡는다. 몇 가지 속임수를 배웠다. 통 바닥에 작은 구멍을 낸다. 그러면 길을 가는 동안 통이 가벼워지고 물의 무게는 점점 덜 나가게 된다. 돌아올 때는 갈 때처럼 통을 메고 가지 않는다. 등이 딱딱하게 굳지 않게 하고 무감각해진 팔의 근육을 쉬게 하고 피가 통하게 한다. 천천히 걸어서 힘을 아낀다. 이게 가장 중요하다. 다시 무거운 통을 등이 휘게 지기 전에 자유의 순간들을 재빨리 이용한다. 가끔 객차와 작업반이 일하는 곳의 거리가 똑같은 지점에 수레를 세우고, 잠시 서서 멍이 들고 부어오른 것 같은 하늘에 뜬 새빨간 태양을 본다.

디아만테는 모든 것에서, 그리고 모든 사람들에게서 멀리 떨어져 멍한 상태로 선로에서 춤을 추었다. 침목들은 이상한 간격으로 놓여 있었다. 너무 가깝게 붙어 있거나 너무 멀리 떨어져 있었다. 침묵의 소리, 벌어진 나무 틈 사이로 끊임없이 떨어지는 물방울 소리, 풀들을 흔드는 바람 소리, 침목 위로 갑자기 요란하게 쏟아지는 소나기 소리를 들었다. 가끔 걸음에 박자를 맞추기 위해 통을 흔들며 옛날, 언제였는지 이제 알 수도 없는 그때 비타에게 배운 단어들을 노래로 불렀다. 그녀에 대한 기억은 오래된 아픔, 예리하고 치유될 수 없는 아픔을 고스란히 불러왔다. 그것은 유익한 아픔이었다. 결국 그는 그의 몸, 통, 그 안에 담긴 물, 수레, 선로, 멍에, 밧줄, 침묵이 하나가 될 수 있게 자동적으로 움직이게 되었다. 그의 몸은 모든 움직임을 기억하고 있었고 절대 잊지 않을 것이다.

1909년이 시작되었을 때에도 디아만테는 곡선도 탈선도 모르는 이 필연적인 철도에서 도망칠 기회를 잡지 못했다. 무정하게 뻗어 있는 일직선은 그에게 철도에는 미래가 없다고 말해 주었다. 종신형을 언도받은 것과 같았다.

그 여러 해 동안 디아만테는 세상과 완전히 단절되어 있었다. 비타, 니콜라, 제레미아에 대해 전혀 아는 것이 없듯 이탈리아의 고향 집에서 무슨 일이 일어났는지도 알지 못했다. 아메데오가 죽었다는 소식도 받지 못했다. 죽고 나서 몇 년 뒤에야 그 소식을 알게 되었다. 오랫동안 그는 계속 자신을 위해서, 그리고 미래를 생각하며 물을 날랐다. 그리고 그가 다시 아버지에게 편지를 쓰기 시작하면서 그가 가장 사랑하는 막내 동생을 곁에 두고 싶으니 아메데오를 미국으로 보내면 어떻겠냐고 제안했을 때 안토니오는 아들에게 아메데오가 그에게 갈 수 없다는 말을 차마 할 용기가 나지 않았다. 아메데오가 열세 살 되던 해, 어느 여름날 오후에 가릴리아노 저수지에서 수영을 하다가 모기에 물려 말라리아에 걸려 죽었기 때문이다. 디아만테는 메시나에 파괴적인 지진이 난 것도 몰랐다. 대초원에서 다이너마이트의 폭음과 함께 한 가지 뉴스만 전해졌다. 디아만테는 **플럭 미 스토어**에서 정어리를 쌌던 기름기에 전 옛날 신문 조각에 실린 그 기사를 읽고 깜짝 놀랐다. 그 뉴스는 그와 상관이 없었다. 하지만 소리 없는 경고처럼 그에게 설명할 수 없는 불안감을 전해 주었다.

대중의 우상인 엔리코 카루소, 모든 여성들이 사랑하고 싶어하는 이탈리아인, 매일 밤 격정적인 이 이탈리아인의 눈길 한 번 받아 볼 수 있다면 무엇이든 할 수 있는(그리고 만일 그가 응대를 해주지 않으면 부적절한 행동을 이유로 그를 신고할 수도 있는) 흥분한 여자들, 신경질적인 여자들을 분장실에서 맞이하는 그 엔리코 카루소가 자신의 여자에게 배신을 당했다. 그러니까 그에게 중요한 단 사람의 여자에게 말이다. 그가 미국 전역의 극장에서 목을 혹사시키며 노래를 하는 동안 거의 10여 년 전부터 함께 살아온 이 여자는 이탈리아에서 그를 기다렸다. 그 정도 위치에 오른 이탈리아인들이 다 그렇듯이 카루소가 성공을 하자마자 토스카나에 구입한 저택에서. 상당한 재능을 타고난 소프라노였던 여자는 모든 이탈리아 여인들이 다 그렇듯이, 자신의 성공을 포기했다. 디아만테가 어느 날 자신의 아내가 그래 주길 바라듯이 말이다. 여자는 카루소를 위해 살기로 결심했다. 자신의 세계, 야망을 희생하고 그의 세계와 야망을 위해 살았다. 벨로스과르도('아름다운 시선'이라는 뜻-옮긴이)라는 점잖은 이름의 그 으리으리한 저택, 바로크 시대 옷장과 르네상스 시대 장롱과 파피에 마쉐로 만든 아기 예수의 구유와 목동들이 있는 그 저택에 카루소는 여름 한 철만 머물렀다. 1907년 5월, 카루소는 익명의 편지를 받았다. 편지에는 그의 사랑하는 여인이 그 저택에서 다른 남자와 **부부처럼** 살고 있음을 그에게 알려 줄 수 있어서 기쁘다고 적혀 있었다. 그 다른 남자는 체사레 로마티라는 남자였다. 운전기사였다.

카루소는 뜬소문을 믿지 않았다. 대양을 건너와 플라자 호텔 14층에 있는 그의 숙소 문을 두드리는 소문들에는 관심이 없었다. 그는 그녀만을 믿었을 것이다. 이탈리아로 떠났다. 아다가 밀라노 역으로 그를 마중 나왔다. 그녀가 배신을 했지만, 아니 배신을 했기 때문에 그는 예전보다 더 그녀를 사랑했다. 그래서 자신은 무슨 일이 일어났는지 모르며 모든 것이 계속될 거라고, 아니 다시 시작될 거라고 말했다. 하지만 한 가지 조건이 있었다. 그녀가 운전기사를 내보내고 다시는 그를 만나지 말아야 했다. 아다는 동의했다. 두 사람은 화해했다.

가을에 카루소는 되찾은 아다와 작별 인사를 하고 헝가리 순회공연을 위해 다시 집을 떠났다. 공연은 크게 실패했다. 그는 비엔나, 라이프치히, 함부르크, 프랑크푸르트, 베를린에서 노래했다. 그리고 11월에 뉴욕으로 되돌아왔다. 다음 해 봄, 이탈리아로 돌아가려던 카루소는 잔인한 소식을 듣게 되었다. 아다가 그를 기다리다 지쳐 운전사와 떠나 버렸다는 것이다. 카루소는 7월 한 달 동안 체통을 차리지 않고, 그리고 감상적으로 이탈리아의 절반을 돌면서 두 사람을 뒤쫓았다. 심지어 프랑스까지 가서 그들을 찾았다. 헛수고였다. 카루소는 뉴욕에 있는 친구, 『라 폴리아』지 편집장인 마르치알레 시스카에게 절망적인 편지를 썼다. "그 둘은 내 인생의 가장 아름다운 시기에 내 심장을 찢어 놓았네! 얼마나 눈물을 흘렸는지 모른다네. 하지만 눈물은 아무 소용도 없었어! 시간이 흘러, 이렇게 갈기갈기 찢긴 내 마음의 상처가 회복되고 내 인생이 더욱 빛나길 바란다네."

'테너의 불행' 소식은 신문마다 크게 실렸다. 이 스타에 관련된 것은, 심지어 콧수염을 자르는 일까지 모두 신문의 1면을 장식했기 때문이다. 어쩌면 미국인들의 상상 속에 조용히 퍼지기 시작했던 멋진 애인으로서의 이탈리아 남자의 이미지와 어울리지 않아서였는지도 몰랐다. 『데일리 텔레그래프』와 보수적인 『뉴욕 타임스』까지 그의 '실연'을 다뤘다. 몬테비데오의 일간지는 특파원을 보내 그의 심경을 취재했다. 그는 우울하게 대답했다. "내가 바라는 건 젊을 때 죽는 겁니다. 대개 죽음이 삶보다 더 나으니까요."

어쨌든 치명적인 타격이었다. 카루소는 계약을 모두 취소했다. 그는 세상의 어느 구석으로 혼자 사라지고 싶어했다. 튀니지, 나폴리, 라이프치히로 갔다. 그리고 다시 뉴욕으로 돌아왔다. 물론 그는 계속 노래를 해야 했다(공연은 계속되어야 했다). 일등석의 관객이 그의 이야기를 알고 그가 실연의 아픔을 어떻게 감추는지를 보기 위해 오페라 관람용 작은 쌍안경으로 그를 자세히 살펴볼 때에도 노래를 했다. 그는 훌륭하게 연기하기는 했지만 좋아 보이지는 않았다. 노래를 했지만 현기증 날 정도의 우울에 깊이 빠져들어 사실 거기에서 벗어나지 못했다.

1909년 1월 말에 도망을 갔던 아다가 예고 없이 니커복서 호텔에 나타났다. 카루소는 플라자를 잊기 위해 이곳으로 옮겨와 생활하고 있었다. 카루소는 그녀를 쫓아 버리기 위해 욕조에서 물을 뿌렸다. 종업원들, 엘리베이터 보이들, 도어맨, 옆방 투숙객들, 호기심 많은 구경꾼들과 팬들은 그의 고함 소리와 여자의 울음소리(그리고 반대로도)를 아주 흥미롭게 들었다. 서로 욕설을 주고받았다. 아다는 수표(돈 때문에 온 게 아니었기 때문에 그녀는 자신이 초라하다고 생각했다)와 불타는 복수심을 안고 다시 떠났다. 카루소에게는 분노와 후회가 남았다. 얼마 뒤 그는 감정적으로 무너졌다. 그 뒤 정기적으로 이런 일이 되풀이되었는데, 이것이 첫 시작이었다. 후두에 비대성 결절이 생겼다. 악성 종양일 수도 있었다. 그는 자신도 모르게 자신이 가진 단 하나의 귀중한 보물을 망가뜨리려고 했다. 바로 목소리였다. 그는 수술을 해야 했지만 다시 노래를 할 수 있을지는 아무도 알 수 없었다. 메스로 목을 절개했다. 그의 열렬한 팬들조차도 이제 카루소는 끝났다고 말했다.

디아만테는 몇 달 동안 이 기사를 곱씹었다. 이 일화의 교훈은 여자를 홀로 그렇게 오래 놔둬서는 안 된다는 것이었다. 배신은 바로 기회만을 노리고 있기 때문이다. 그리고 조만간 기회가 오게 된다. 어떻게 해서든 철도 공사장을 떠나 뉴욕으로 돌아갈 방법을 찾아야만 했다.

남근상이 무더위로 뿌옇게 보이는 하늘을 향해 우뚝 서 있었다. 봉헌 양초처럼 사람들의 머리 위로 치솟았다. 다산과 정력을 빌기 위해 세운 것인지 아니면 자식을 많이 갖게 해줘서, 그리고 특히 정력이 좋게 해줘서 고맙다고 세운 것인지 아무도 알 수가 없었다. 모트 스트리트 양쪽에 모인 사람들이 흥분으로 몸을 떨면서 돌진을 해 비타는 사람들에게 휩쓸렸다. 그녀는 군중들 속으로 빨려 들어갔다. 발끝으로 서 보고 팔꿈치로 사람들을 치고 밀어 봤지만 소용이 없었다. 사람들의 등과 함성들 너머에는 십여 명의 어깨 위에서 불안하게 균형을 이루고 있는 남근상밖에 없었기 때문이다. 상은 축복을 내리듯 앞으로 기울어졌다가 뒤로 넘어갈 듯 흔들거리기도 했고 옆으로 기울었다가 다시 꼿꼿이 고정되었다. 거대한 남근상이 사라졌다.

군중들은 이탈리아 삼색 국기 수백 개를 흔들었다. 성인(聖人)조차도 애국자로 만들고 싶어하는 협회에서 나눠 준 국기였다. 사람들이 국기를 흔든 진짜 이유는 부채질을 하기 위해서였다. 겨우 오전 10시밖에 되지 않았는데 공기가 너무 무겁고 고무풀처럼 끈적끈적했다. '지중해의 진짜 민속'을 1센트도 내지 않고 구경하기 위해 업타운에서 온 호기심 많은 구경꾼들은 상기된 얼굴 때문에 금방 눈에 띄었다. 하지만 그런 구경꾼들은 젠나로 성인 축제 때처럼 많지 않았다. 8월 16일이어서 업타운의 미국인들은 교외로 나갔다. 하지만 이 구역에서는 아무도 떠나지 않는다.

지난 몇 년 동안 소년들은 절대 행진을 놓치지 않았다. 성인 때문이 아니라 남근상 때문이었다. 8월 16일에 성수를 뿌린 부스럼을 만지는 데 성공한 사람은 정력을 보장받게 된다. 디아만테가 뉴욕에 돌아왔다면 비타는 이 군중들 속에서 그를 만났을 것이다.

성인의 눈길은 부드러웠다. 카민으로 입술을 그렸고 보기 좋게 만들려고 손에 황토색을 칠했다. 하지만 그는 병자들과 전염병 환자들의 성인이었다. 그래서 뺨에는 부스럼이 났고 코는 여드름으로 보기 흉했다. 이 때문에 매일 여드름과 싸우는 젊은이들이 이 성인을 제일 좋아했다. 이마에 돋아나는 여드름을 공포에 질려 바라볼 때 이 성인의 이름을 부르지 않는 젊은이는 코카콜라밖에 없었다. 아니면 죄수들의 수호성인이기 때문에 큰 인기를 누리는지도 몰랐다. 어쨌든 큰 고통을 견뎠기 때문에 너그러운 성인인 것은 틀림없었다. 주님의 거룩한 변모 성당에서 성인을 밖으로 운반해 올 때부터 사람들은 페스트에 걸린 성인에게 입을 맞추려고 앞을 다투었다. 주최 측에서 폭죽과 벵골 불꽃, 불꽃을 터뜨려 희뿌연 하늘을 체리 색 연기로 물들여도, 북소리로 귀가 먹먹해져도, 사람들이 미친 듯이 춤을 추어 행렬이 땀에 젖은 육체의 파도로 변해도 모두 진심으로 기도했다. 기적을 믿지 않는 사람들까지도 성호를 긋고 있는 자신을 발견했다. 모두가 상처를 입었고 어떤 병인지는 모르지만 전염병에 감염되어 있었기 때문이다.

모트 스트리트에는 변한 것이 아무것도 없었다. 여전히 어울리지 않는 테이블에 양철 접시를 사용하는 엘머 아버지의 술집이 있었다. 스프링 스트리트와 만나는 모퉁이에는 피자를 파는 젠나로 롬바르디의 빵집이 있었는데 미국 전역에서 피자를 파는 빵집은 이곳뿐이었다. 몇 년 전 디아만테가 비타에게 실크 스카프를 사줬던 중국인 잡화상도 있었다. 178번가에는 빈첸초 치오네 의사의 간판까지 있었다. 그는 발기부전을 근본

적으로 치료하는, 나폴리 레지아 대학 카루시 교수의 정력제를 팔았다. 프린스 스트리트의 아이들이 부끄러워 쭈뼛쭈뼛 178번가를 찾는 사람들을 음탕한 별명으로 불러대며 얼마나 재미있어했는지 몰랐다. 그때 비타는 발기부전이란 말이 뭔지도 몰랐다. 사실 지금도 알지 못한다. 그녀는 행렬에 휩쓸려 정반대 방향으로 갔다. 그래서 프린스 스트리트로 달려가 미끄러운 밧줄을 잡고 계단을 올라가 오래된 자기 집 문에 아직도 저주의 눈길을 막아 주는 뿔이 달려 있는지 확인할 수가 없었다. 하지만 보름달이 지지 않을 때, 바다가 거울처럼 잔잔할 때, 고양이들이 말을 하기 시작할 때에만 과거가 되돌아올 것이다. 그러니 뒤돌아보는 건 아무 소용이 없었다.

발진티푸스, 결핵, 매독, 신염, 정신착란, 트라코마, 규폐증, 기타 등등을 고쳐 주시는 로코 성인 만세. 은총을 애원하는 사람들, 이미 은총을 받은 사람들이 성상 뒤를 따라가면서 그들의 감사를 크게 외쳤다. 히말라야 삼목으로 만든 성인의 다리는 그 구역 최고의 목세공사가 조각한 것으로 이것을 만드느라 신자들은 모아 둔 돈을 모두 썼다. 장밋빛 유두가 달린 밀랍 가슴은 처음에는 흥분을 불러일으켰지만 『월드』에서 나온 두 명의 기자는 불쾌해했다. 유기농 재료로 만든 것 같은 발, 폐, 천으로 만든 심장, 그리고 마지막으로 맨 뒤에 나무, 돌, 도자기, 파피에 마쉐, 테라코타 같은 온갖 종류로 만든 남근들이 행렬을 따랐다. 그것을 다시 찾았다. 넋이 나간 것 같은 비타의 눈길은 하얀 대리석 남근에 머물렀다. 그 남근상을 든 여자는 아무도 보지 않았고 그 어떤 것에도 관심이 없었다. 미소를 지으며 자신만 아는 기도문을 중얼거렸다.

더위와 피로에 지쳐, 등이 휠 정도로 무거운 성인을 메고 땀에 흠뻑 젖은 신도회 남자들 틈에서 갑자기 그를 발견했다. 그 성인 운반자는 어찌나 키가 큰지 그가 있는 쪽의 로코 성인은 위로 불쑥 올라와 있어 금방이라도 옆으로 기울어질 것 같았다. 그의 두 팔은 튼튼했고 무거운 것들과 바닥짐을 운반하는 데 길들여져 있었다. 그는 주머니가 여섯 개 달린 검은 더블 정장 차림이었는데 순례자 복장의 성인과 비교하면 다소 지나치게 차려입은 모양새였다. 머리는 기름을 발라 뒤로 넘겼고 뺨은 윤기가 났으며 마스카라를 한 것처럼 긴 눈썹이 검은 눈 위에 그늘을 드리웠다. 평온하고 거리감이 느껴지는 그 얼굴, 신비한 그 미소의 주인공은 메를루초, 그러니까 로코였다. 비타는 깜짝 놀라 한 발 물러서 숨으려 했으나 이미 너무 늦었다. 순교자 성인을 목으로 좀 더 잘 받치려고 한쪽으로 고개를 숙이던 로코가 그녀를 보았다. 깜짝 놀라고 당황한 표정이었다. 그녀는 솔직히 말하면 약간 기뻤다. 로코가 그녀에게 살짝 미소를 지었다. 6년 전 프린스 스트리트의 복잡한 부엌에서 그녀를 처음 만났을 때처럼.

그런데 디아만테는 어디 있지? 혹시 성당 문에 기대고 있는 저 마른 남자인가? 오 세상에, 정말 디아만테와 닮았다. 정말 그다. 무슨 소리, 저 사람은 파란 눈이 아니야. 빵을 훔치러 온 소매치기일 뿐이야. 행렬 뒤에 이 구역 사람들이 다 모여 있었다. 얼마 전까지는 루카니아 지역 사람들의 축제에 불과했지만 이제는 모든 이들의 축제가 되었다. 성인은 나그네처럼 고향이 없기 때문이다. 예전에 같은 층계참을 쓰던 이웃들, 행상인들, 가게 주인들, 약사들, 의사들, 산파들, 사기꾼들, 장의사들, 코차 장의사의 관을 만드는 사람, 심지어 파나마 모자에 대나무 지팡이를 든 본조르노 씨와 흑인 사환 소년들, 친구의 친구들을 보았다. 기도를 하거나 춤을 추고 용서를 구하기도 하고 눈물을 흘리기도 하며 절망으로 혹은 그리움으로 감상에 젖은 그 군중들 속에 로코까지 섞여 있었다. 분명 어떤 용서받지 못할 죄를 속죄하러 왔을 것이다. 하지만 디아만테는 없었다.

"프린스 스트리트에 나타난 적이 없어." 마지막 남은 한 부를 사달라고 애원하던 신문팔이가 그녀에게 알려 주었다. 비타도 그를 알았다. 그는 체리라는 별명을 가진 조세 치릴로로, 몇 년 전 디아만테와 같이 『아랄도』를 팔던 소년이었다. 그가 디아만테를 마지막으로 본 건 오하이오에서였다. 철도 공사장에서 워터보이를 하고 있었다. "오하이오?" 비타가 콧방귀를 뀌었다. "그건 나도 알아. 지금 어디 있어?" 신문팔이가 신문으로 부채질을 했다. 놀란 눈으로 비타를 자세히 훑어보았다. 비타는 열다섯 살이 되어 가고 있었다. 귀 옆에서 리본으로 묶은 양갈래의 검은 머리가 관능적인 목을 장식했다. 몸에 꼭 끼는 줄무늬 원피스를 입고 있었는데 얇은 천 위로 가슴이 뚜렷이 그 곡선을 드러냈다. 조세 치릴로는 몸이 뜨겁게 달아오르는 것을 느꼈다. 그래서 혼란을 틈타 슬쩍 그녀에게 몸을 기대려 했다. 잠시 그녀의 단단한 살을 느꼈다. "난 몰라, 비타. 아마 서부 어딘가에 있을걸." 그가 한없이 행복해하며 대답했다.

행렬은 성인상을 따라 백스터 스트리트 115번가의 보혈 성당으로 들어갔다. 모두 다 들어갈 만한 자리가 없었다. 대부분의 사람들이 문 밖에 모여 있거나 거리를 메웠다. 노점으로 가서 가게의 천막 그늘 아래에서 몸을 식혀 보려는 사람들도 있었다. 디아만테가 오하이로로 간 것은 비타도 알았다. 달리 갈 데가 어디 있겠는가. 이탈리아에서 온 다른 청년들이 그곳에 있었다. 그런데 디아만테는 우리가 약속한 대로 나도 그가 있는 곳으로 가고 싶다고 편지를 썼는데 왜 답장을 하지 않는 걸까? 소년원에서 속옷 바느질을 해서 돈도 모았다. 어쩌면 네가 너무 늦게 답장을 해서 화가 났는지도 몰라. 디아만테가 떠나고 열흘 뒤 오하이오의 큰 강이 있는 그림엽서를 보냈지만 난 그 엽서를 일 년 뒤에 받았어. 프린스 스트리트에는 이제 아무도 살지 않았으니까. 철로 끝까지라도 그를 따라가고 싶었다. 워터보이의 어린 아내가 되어 객차에서라도 살고 싶었다. 하지만 디아만테는 지금 이런 상황을 더 좋아했겠지. 그는 네가 어디로도 가지 않을 거라고 굳게 믿었지. 너와 헤어졌던 곳으로 돌아오기만 하면 널 만날 수 있을 거라고 믿었어. 네가 탈 수 없었던 기차가 떠나던 허드슨 강가 차고의 선로 위로.

비타는 상복을 입은 여자들을 팔꿈치로 밀치면서 성당 안으로 들어갔다. 어두침침한 성당 안에서 성상과 예복을 입은 사제가 얼핏 보였다. 그리고 제대 뒤에서 비단 손수건으로 땀을 닦고 넥타이를 고쳐 매는 메를루초가 보였다. 백만장자 클럽에서 니콜라를 보거나 수녀복을 입은 자신의 모습을 보는 것만큼이나 믿기지 않는 광경을 목격했다. 로코가 합창단에서 노래를 했다. 하느님을 찬미하는 노래를 했다. 맙소사, 모두 사실이었다. 대체 로코에게 무슨 일이 일어난 거지? 내게 무슨 일이 일어난 거지? 파란 더블 정장을 입고 파리한 얼굴로 제대 뒤에 흥분해서 서 있는 그를 보는 동안, 비타는 일요일마다 일찌감치 일어나 성당에 가기 위해 조용히 계단을 내려갔던 제레미아가 생각났다. 하지만 로코는 그런 제레미아를 놀리곤 했다. 미사에 참석하는 사람들은 페니스의 음모에 매달려 사는 걸로 만족하는 이 같은 존재였기 때문이다. 이가 불편하게, 그리고 불쌍하게 페니스에 매달려 사는 동안 페니스는 제멋대로 즐기고 재미를 본다. 그런데 지금 로코의 목소리가 다른 합창단원들의 목소리를 압도했다. 맑고 진지하고 조화로운 목소리였다.

“메를루초가 얼마나 너그러운지 몰라. 마지막 남은 신문을 꼭 사준다니까.” 비타의 옷소매를 잡아당기면서 체리가 중얼거렸다. “뭘 기다리는 거야, 비타? 내 말 무슨 말인지 몰라? 내 마지막 신문 사줘.” 비타가 그 빌어먹을 신문을 사주기 위해서 잔돈을 찾아 핸드백을 뒤지는 동안 신문팔이가 로코는 견진성사를 받은 뒤로 돈 카시미로와 함께 붙어 다닌다고 중얼거렸다. “견진성사를 받아서 좀 성숙해졌을까?” 비타가 뿔로 만든 빗과 키스프루프 루주 사이에서 25센트를 꺼내면서 웃었다. 그 루주는 소년원 친구들이 비타가 세상으로 돌아가는 것을 축하해 주기 위해 선물해 줬지만 아직 사용할 용기를 내지 못하고 있었다. "그래, 남자가 돼서 견진성사를 받지 않으면 어떻게 하겠어? 견진성사를 안 받으면 교회에서 결혼을 할 수 없어. 교회에서 허락을 하지 않거든." "하지만 메를루초는 결혼하고 싶어하지 않아. 사람들은 다른 대안이 없을 때만 결혼을 해. 아니면 절망했거나 절대 놓치고 싶지 않은 사람을 놓치지 않기 위해서 말이야. 그래서 혁명가와 도적들에게는 여자가 없는 거야." 비타가 웃으면서 말했다.

조세 치릴로가 머뭇거리며 비타를 보았다. "메를루초는 여태까지 여자를 만날 시간이 없었어." 그가 밝혔다. "그럼 지금은 시간이 있어?" 비타가 더러운 그의 손 위에 동전을 올려놓으며 조심스럽게 물었다. 신문팔이는 대답을 하지 않았다. 어제 팔다 남은 마지막 신문 한 부를 그녀에게 찔러주고 경건한 환희에 빠진 군중들 한가운데에 그녀를 남겨 놓은 채 의기양양하게 사라져 버렸다. 비타는 「아베마리아」를 노래하는 로코를 넋을 놓고 바라보았다. 싸움 때문에 코가 비뚤어지긴 했어도, 불경스러운 말을 하고 그 구역을 돌아다니며 사람들의 코를 부러뜨리긴 했어도, 그는 천사 같은 분위기였다. 그리고 노래를 하면서 그녀만 뚫어지게 보았고 시선을 돌리려고 하지도 않았다. 대리석 다리와 유두, 남근상을 들고 있는 그 많은 여자들 중에 오로지 그녀만이 존재하는 듯이. 3년 동안 얼마나 변했는지를 확인하기 위해 눈으로 그녀를 훑었다. 그의 입가에 맴도는 미소가 그녀의 변화가 긍정적이라는 것을 말해 주었다. 이유는 알 수 없지만 비타는 괜히 우쭐했다. 미사가 끝나기 전에 이 자리를 떠나 아넬로가 틀어박혀 있는 할렘으로 돌아가야만 했다. 아넬로는 로코를 만나지 못하게 했다. 그리고 이제 비타는 아버지와 함께 살아 보고 싶었다. 바로 오늘 배에서 내린 것처럼 모든 것을 처음부터 다시 시작하고 싶었다. 하지만 비타는 제자리에서 꼼짝하지 않았다. 대신 뭔지 모를 것을 기다렸다. 합창단이 조용해지고 미사가 끝났을 때 로코가 자기에게 다가오게 내버려두었다. 그녀가 결코 허락하지 않았는데도 친밀하게 두 손으로 그녀의 엉덩이를 꽉 쥐게 내버려두었다.

정오의 태양이 하늘에 높이 떠 거리를 뜨겁게 달구는 무더위 속에서 비타는 바닐라 아이스크림을 핥으며 로코와 나란히 서서 고가철도 정거장 쪽으로 걸어가는 자신을 발견했다. 로코가 "너 정말 매력적인 새끼 고양이가 되었는데, 공주님. 줄무늬 원피스가 정말 잘 어울려"라고 칭찬했을 때 그녀는 얼굴을 붉혔다. 사실 이 원피스는 뉴어크 공장에서 나온 자투리 천으로 소년원에서 그녀가 만든 옷이었다. 그녀는 어제 신문으로 부채질을 하면서 이 로코 성인 축제에 온 자신을 욕했다. 그러면서도 한편으로는 로코 같은 청년(로코는 몇 살이나 되었을까? 스물세 살? 스물네 살?)이 이렇게 잘 자란 자신을 알아봐 줘서 기뻤다. 로코는 어찌나 깔끔하고 세련되었던지 일요일에 선물을 갖다 주러 왔던 미국인 자선가들 같았다. 비타는 다시 자신을 욕했다. 그와 동시에 기차가 오지 않아서 다시 몇 분 더 로코 옆에 서 있을 수 있어서 좋았다. 그사이에 소년들은 앞다퉈 로코의 구두를 닦아 주려 했고 그의 앞으로 지나가는 여자들은 그에게 슬며시 미소를 던졌다. 로코는 어떤 사람인가? 든든하다, 바로 이것이다. 보호를 해준다. 그렇게 큰 사람 옆에 있으면 마음이 놓인다. 그리고 이상하게 달콤하다. 바닐라 아이스크림처럼.

그의 모든 것에서 뻔뻔한 풍요로움과 무례할 정도의 거만함이 뚝뚝 떨어진다. 그는 자리를 잡았다. 성공을 했다. 이렇게 되리라 누가 상상이나 할 수 있었겠는가. 그는 부자가 되고 싶어했다. 하지만 그가 그 꿈을 이루리라 생각한 사람은 아무도 없었다. 모두들 그가 감옥에 갇히는 신세가 되고 말 것이라고 생각했다. 그런데 반대로 감옥에 갇히고 만 사람은 비타였다. 아넬로가 하숙집 문을 닫은 뒤로 어디에서 살았냐고 그에게 묻자 그는 몇 군데 하숙집을 떠돌았다고 대답했다. 하지만 아넬로의 집만 한 곳은 없었다고 했다. 아넬로는 그렇게 도망을 갈 것이 아니라 그에게 솔직히 다 털어놓았어야 했다. 그랬으면 그가 도와줄 수 있었을 것이다. 비타를 소년원에서 꺼내 주었을 것이다. 아동구호협회의 수다스러운 여자 괴물들이 비타를 억지로 데려가는 것을 막았을 것이다. 아넬로는 아버지 같고 비타는 여동생 같기 때문에 아넬로를 괴롭히는 자들을 한 방에 날려 버렸을 것이다. 하지만 일이 이렇게 되어 버렸으니 어쩌겠는가. 과거는 바꿀 수 없는 것이다. 이제 그는 진짜 집에서, 그러니까 난방이 되고 욕조가 있고 수도가 나오는 집에서 살았다. 하지만 비타에게 주소를 알려 줄 수는 없었다. 8번가 쪽이라고만 설명했다. 비타는 8번가가 휴스턴 위쪽에 있다는 것을 알았다. 이것은 로코가 가난의 경계를 뛰어넘어, 이제 정말 미국에 살고 있다는 뜻이었다. 그리고 로코는 조금도 빈정거리지 않으면서 지금 자기는 미스터 본조르노의 사무실을 관리한다고 자랑했다. "그럼 오빠도 장의사 일을 한다는 거야?" 비타가 웃으면서 그의 말에 끼어들었다. 로코가 애매하게 고개를 끄덕였다. 사실이기도 하고 아니기도 했기 때문이다. 하지만 3년 동안 불량소녀들을 위한 소년원에 있던 비타에게 어떻게 설명을 하겠는가? 그곳에서 틀림없이 비타의 뇌를 비누로 닦아 주었을 것이다.

비타는 당황스러워하지 않고 그녀를 감싸는 로코의 눈길을 받았다. 드디어 그가 요점으로 들어가 디아만테에 대해 물었을 때 그녀는 디아만테와 결혼을 약속했다고 대답했다. 디아만테는 철도 공사장으로 갔지만 이 몇 년 동안 정신적으로 서로 연결되어 있었다고 그에게 설명했다. 거리는 중요하지 않았다. 그녀는 디아만테가 그녀를 생각하는 순간을 느낄 수 있었다. 그럴 때면 그녀는 달님이 자신의 얼굴을 구름 위나 기차 창 위에 그릴 수 있게 달님을 도와주었다. 그렇게 해서 디아만테는 그녀를 잊지 않을 수 있었다. 하지만 지금 그는 돌아오는 중이었다. "내가 눈으로 물건들을 움직일 수 있었던 것 기억나, 로코? 지금도 그래. 다만 이제는 열쇠나 칼 같은 걸 거들떠보지 않을 뿐이지. 난 디아만테를 사랑해. 지금 디아만테를 부르는 중이야. 그래서 디아만테가 오고 있어." 로코가 회의적으로 고개를 끄덕였다. 그는 자신에게 돈을 빌리러 오는 실업자에게 안전거리를 유지했다. 하지만 파란색 더블 정장의 주머니를 뒤져 주저 없이 지폐를 꺼냈다. 언제든지 필요할 때면 그녀를 도와줄 준비가 되어 있다는 것을 보여 주기 위해서였다. "디아만테가 너 같은 여자를 좋아해서 기뻐. 난 늘 디아만테를 좋아했었지." 그가 중얼거렸다. 비타는 그 말을 믿지 않았다. 비타는 이유는 기억나지 않았지만, 아니 어쩌면 이유를 몰랐을 수도 있지만, 로코는 디아만테 때문에 큰 위기를 넘겨야 했다.

로코는 비타가 디아만테 이야기를 할 때 눈이 반짝이는 것을 알아차렸다. 그래서 비타 같은 애가 소년원에서 그 길고 긴 3년을 어떻게 버틸 수 있었는지를 이해할 수 있게 되었다. 디아만테는 어떤 식으로든 그녀에게 희망을 주었다. 그녀의 앞날에 대한 기대를. 기차 문이 닫혔을 때 로코가 손을 흔들었다. 그녀가 긴 여행을 떠나기라도 하는 듯, 다시는 그녀를 볼 수 없기라도 한 듯이. 비타는 창문 뒤에 서 있었다. 그리고 자신이 그에게 손으로 입맞춤을 보냈다는 것도 알아차리지 못했다.

비타가 소년원에서 배운 것들.

1. 16세 이하 불량소녀들은 소수다. 1906년 한 해 동안 1011명을 법원이 심리했는데 이에 반해 남자는 9418명이었다. 113명이 재판을 받았다. 도덕적으로 타락했거나 환경 때문에 그렇게 될 위험이 있기 때문이었다. 44명은 가출로 고소를 당했고 31명은 절도죄였다. 4명은 강도죄였지만 증거 불충분으로 풀려났다. 1명은 자살 기도였다.

2. 절도죄로 들어온 소녀들은 모두 이탈리아인이었다.
3. 비타는 '타락한 가정환경'에서 벗어나서 교육을 받게 하려고, 다른 말로 하면 그녀의 행복을 위해 소년원에 수용되었다.
4. 미국에서는 모두 외국인이었다. 그리고 모든 외국인들은 미국인이 되었다. 자유의 여신상도 외국인, 정확히 말하면 프랑스인이었다. 시를 쓸 줄 아는 사람을 위한 경연대회가 있었다. 어떤 여자가 1등을 했다. 그녀의 이름은 엠마 라차루스였다.
5. 그녀의 시는 이랬다. *오래된 대지여, 당신이 간직한 화려함을 고스란히 지니고 있어요! 굶주리고 가난하고 상처입은 수많은 사람들을 내게 맡겨요. 자유를 갈망하는 그들을. 비옥한 대지의 불행한 쓰레기를. 집 없는 이들, 폭풍우로 흩어진 이들을 내게 보내 주오. 황금빛 문 옆에서 내가 횃불을 높이 들리다.*
6. 엠마 라차루스가 누군지 아무도 기억하지 못했다. 하지만 비타는 이보다 더 아름다운 시를 읽어 본 적이 없었다. 상점 간판을 읽기 위해 혹은 피라미드처럼 쌓인 토마토에 붙은 가격표를 읽기 위해서가 아니라 그녀를 위해 쓴 것 같은 시를 읽기 위해 글을 배울 수도 있다고 설명해 준 사람은 아무도 없었다.
7. 누구든 미국의 대통령이 될 수 있다.
8. 행복해질 권리는 헌법에 보장되어 있다.
   모두 행복해질 권리가 있다.

1909년 가을에 로코는 앤소니아 호텔의 터키식 목욕탕에서 코차와 목욕을 하곤 했다. 그들은 같은 탈의실에서 옷을 벗었고 흰 수건만 두른 채 타일 바닥에 누웠다. 수염이 덥수룩한 종업원들에게 마사지를 받았다. 항상 같은 시간에 도착했다. 충분히 땀을 흘리고 나면 호텔 레스토랑에서 저녁 식사를 하면서 원기를 회복했다. 이미 많은 사람들이 두 사람을 아버지와 아들이라고 생각했다. 한 사람은 해골처럼 마르고 또 한 사람은 플라타너스처럼 컸지만 둘은 서로 닮아 갔다. 그들은 똑같이 치품천사 같은 걸음걸이에 똑같이 예의 바르고 신중하게 행동했다. 웨이터들에게도 아주 너그러웠다. 그래서 제일 늦게 들어가도 제일 먼저 서비스를 받았다. 마지막으로 로코는 앞머리 모양을 원래대로 손질하기 위해 화장실로 갔다. 시간이 흐르면서, 그리고 머릿기름이 어쩔 수 없이 녹으면서 머리가 축 처지는 경향이 있었다. 그리고 화장실 옆문을 이용해 주방에 얼굴을 내밀었다.

비타는 주방에 있는 자신의 모습을 그에게 보여 주고 싶지 않았다. 동시에 정신없이 움직이는 서른 명의 사람들, 레인지 위의 냄비에 신경을 쓰는 사람, 소스나 스테이크를 만드는 사람들 중에서 그녀는 맨 마지막이었고, 종업원들 중에서 제일 대접을 받지 못하는 자리였다. 떠들썩한 소음 속에서 종업원들은 거짓말로 가득 찬 이야기나 부부간에 나누는 것 같은 다정한 이야기를 주고받았다. 비타가 갑자기 일자리를 바꾸곤 하는 니콜라 소식을 로코에게 알려 주었다. 9월까지 니콜라는 앤소니아 호텔 손님들의 짐을 나르는 짐꾼이었다. 그래서 그는 주방의 그릴 요리 담당자에게 그녀의 일자리를 부탁할 수 있었다. 안타깝게도 코카콜라는 부주의했다. 객실 호수를 혼동했고 손님들이 끔찍해할 정도로 엉터리 영어를 썼다. 또 객실에서 일하는 여자 종업원들과 사랑에 빠져서 승강기에 가방을 놔두고 그 여자들 뒤를 좇았다. 결국 그는 해고되어 그 연기 가득한 바벨탑에 비타 혼자만 남게 되었다. 그 속에서는 각자 다른 사람의 말을 이해하지도 못한 채, 그리고 이해하려고 하지도 않으면서 자기들 말로 이야기를 했다. 비타도 주방을 떠나 직업을 바꾸고 싶었지만 이 무렵은 불경기여서 일자리가 없었다. 그래서 앤소니아의 일자리를 계속 지키고 있어야만 했다. 소년원에서 미국인 의사의 집에 일자리를 구해 주었다. 의사는 메디슨 애비뉴에서 아내와 어린 두 자녀와 함께 살았다. 비타는 미국인 가정을 가까이에서 경험해 보고 싶은 호기심에 이 집으로 일을 하러 가고 싶었다. 하지만 아넬로는 자기 딸처럼 순진한 아가씨를 외국인의 집으로 보내는 것은 옳지 않은 일이라고 고집을 부렸다. 폴란드인이나 아일랜드인들은 그런 천박한 일을 할 수 있지만 이탈리아인들은 아니었다. 아넬로는 앤소니아 호텔 주방이 훨씬 더 좋지 않다는 것을 이해하지 못할 정도로 그렇게 꽉 막혀 있었다. 그리스 출신 접시닦이 청년들은 여성의 몸에 관련된 영어밖에 몰랐다. 바스크 출신 웨이터는 주문을 전할 때마다 그녀를 손으로 더듬었다. 루마니아인 급사장은 집으로 돌아가는 그녀를 뒤쫓아왔다. 그래서 비타는 주방에서 일하는 다른 여자들에게서 단 1센티미터도 떨어지지 않았다. 이미 쉰 살이 넘은 지배인이 달려들까봐 겁이 났던 것이다. 어쨌든 비타는 지금 앤소니아에서 그냥 일하는 것 외에는 달리 방도가 없었다. 코카콜라는 아넬로가 애원을 해서 126번가의 리초 바나나 가게에 점원으로 취직하게 되었다.

로코는 그녀의 일을 안타까워했다. 그래서 그 구역에 있는 친구들을 통해 좀 더 편한 일자리를 구해 주겠다고 제안했다. 예를 들면 본조르노 형제들 중 누군가의 집에서 아기를 돌보는 일 같은 것이었다. 하지만 그녀가 로코를 다시 만나기 시작했다는 것을 아넬로가 모르고 있었기 때문에 그 제안을 받아들일 수는 없었다. 그래서 차라리 니콜라에게 관심을 가져 달라고 부탁했다. 니콜라는 바나나 파는 일을 괴로워하면서, 로코에게 자기가 뭘 잘못했기에 이렇게 자신을 못 본 척하느냐고 물었다. 로코는 그를 옴 걸린 사람처럼 피했기 때문에 불쾌했다. 그는 로코를 위해서 목숨도 내놓을 수 있었다. 그러자 로코는 몇 가지 핑계를 대며 거짓말을 했다. 니콜라를 피하는 진짜 이유를 그에게 설명할 수 없었기 때문이다.

그사이에 웨이터들이 지나갈 수 있게 육중한 몸을 비켜 주었다. 웨이터들은 요리가 가득 담긴 쟁반을 들거나 잔에 남은 포도주를 한 방울도 흘리지 않은 채 양쪽으로 여닫는 문을 밀고 들어왔다 나가곤 했다. 큰 소리로 주문을 하고 메모지를 선반 위에 올려놓았다. 음식이 늦게 나오면 욕을 했고 필레 세냥(덜 구운 스테이크–옮긴이), 달팽이 요리나 시베 드 라펭(레드 와인으로 만든 토끼 요리–옮긴이)을 재촉하기도 했고 팁을 계산하기도 했다. 하지만 팁을 주방 종업원들과 나눌 생각은 꿈에도 하지 않았다. 손님들이 음식을 흡족해해도 주방까지 팁이 전달되는 일은 절대 없었다.

로코는 이 모든 것에 혐오감을 느꼈다. 로코는 왜 자꾸 앤소니아 호텔 레스토랑을 찾는지 그 이유를 스스로에게 설명할 수 없었다. 무엇보다 이 레스토랑에서는 프랑스 요리를 주로 먹었다. 어느 정도 지위에 있는 사람들은 다른 사람들과 구별되기 위해 프랑스 요리를 먹었다. 하지만 프랑스 요리는 소스 범벅이었다. 소스는 다른 재료들을 감추는 데 이용된다. 로코는 사람이든 물건이든 숨기지 않는 것, 있는 그대로 보여지는 것을 좋아한다. 아마도 자신이 그렇지 않기 때문일 수도 있었다.

본조르노가 테이블에서 그를 기다리고 있었기 때문에 그는 진작 떠났어야 했다. 그런데 비타는 그에게 인사조차 할 수 없었다. 두 손이 밀가루 반죽 속에 들어가 있었고 온몸에 튀김과 소스 냄새가 배어 있었기 때문이다. 튀김 냄새는 옷에 달라붙었고 피부 속으로 스며들었다. 지저분한 접시 위에 남은, 씹다 말았거나 조금 먹다 버린 음식물 찌꺼기 냄새와 기름기도 마찬가지였다. 손과 얼굴과 머리에 비누칠을 아무리 해도 소용이 없었다. 심지어 길에서도 누구든 주방에서 금방 나왔다는 것을 알 수 있을 정도였다. 연기에, 불쾌하게 배인 냄새에 싸여 걸어갔기 때문이다. 맛있는 냄새와 색깔과 맛은 주방 문 저 너머에 남아 있었다. 홀에는 가벼운 웃음소리와 훌륭한 식탁 예절이 흘러넘쳤고 보석과 목걸이가 반짝였다. 문 이쪽에는 악취와 힘겨운 노동뿐이었다.

하지만 로코는 이런 비참한 면들을 보지 못했다. 그의 시선은 배에 두른 비타의 하얀 앞치마에, 빵 반죽을 밀고 있는 맨살의 두 팔에, 어디에서 비치는지 알 수 없는 빛을 받아 환히 빛나는 얼굴에 머물렀다. 그녀가 먹지 않을 그 빵 반죽 이외에는 이 세상에 할 일이 전혀 없다는 듯이 그 일에 몰두해 있는 그 얼굴에서 눈을 뗄 수 없었다. 멍하니 얼이 빠진 비타, 그리고 또 그만큼 뭔가에 집중하고 있는 비타, 그가 이야기를 할 때나 그에게 이야기할 때 이야기에 푹 빠져 있는 비타, 그리고 자신도 그도 똑같이 부인하며 잊어버리는 비타. 그녀가 가진 자연스러움의 비밀은 바로 자신을 잊어버린다는 데 있었다. 이것이 더 큰 비밀을 만들어 내기도 했다. 타인들과 하나가 되는 그 완벽하고도 비범한 존재. 그녀에게는 로코 자신이 한 남자를 죽였고 이름도, 이력도, 과거도 모두 바꿔 버렸다는 말을 할 수 있을 것 같았다. 그가 사랑했던 모든 것을 팔아 버리고, 그 대신으로 그가 무엇보다 원했지만 가끔은 존재하지 않는 환영 같아 보이는 어떤 것을 얻었다고 말하고 싶었다. 비타는 그의 이야기를 듣고 싶어하지 않을 것이다. 그렇게 자기 자신에게 몰두해 있는 사람을 보는 것보다 더 멋진 일은 없었다. 비타는 환영을 현실로 바꿔 놓을 줄 알았다. 그녀는 이 세계를 좋아하지 않아서 다른 세계를 만들어 냈다. 이 세계를 살고 싶은 세상으로 만들 사람들은 어쩌면, 그가 원하듯이, 이 세상을 바꾸고자 애쓰는 사람들이 아니라 비타 같은 사람들일 수 있었다. 어쩌면 이것은 꿈을 꿔야 한다는 것을 의미할 수도 있다. 그는 우울하게 주머니에 한 손을 집어넣고 주방에서 떨어지지 않는 발을 떼었다.

그는 떠났다. 그의 검은 머리가 유리 뒤에서 움직였다. 덩치 큰 그가 불빛이 환한 홀의 테이블 사이를 느릿느릿 걸어갔다. 본조르노 씨의 반짝이는 대머리 쪽으로 몸을 숙이고 외투 입는 것을 도와주었다. 그리고 믿을 수 없는 밤의 어둠 속으로 앞장서서 걸었다.

그때 로코는 자신이 앤소니아 호텔을 찾는 이유를 알게 되었다. 그는 비타가 다른 사람에게 발산하고 있는 사랑을 사랑하는 것이었다.

비타의 열다섯 번째 생일 날 로코는 비타에게 집까지 데려다 주겠다고 제안했다. 그는 비타가 자신의 제안을 기다리고 있다는 것을 알아차렸다. 그래서 이런 기회를 너무 오랫동안 기다린 자기 자신을 책망했다. 어쩌면 비타는 로코 성인 축제에서 처음 만난 날부터 기다리고 있었는지도 몰랐다. 로코는 여자들을 이해하지 못했다. 여자들이 언제 자신에게 관심을 보이고 언제 거절하는지를 알지 못했다. 여자란 존재가 너무나 피곤하고 자신에게 쏟는 관심보다 훨씬 더 많은 관심을 요구한다는 것만 알 뿐이었다. 여자들에 관련된 문제 중 가장 나쁜 것은 그녀들이 그가 사랑을 해주길 기다린다는 것이다. 아니 적어도 사랑한다고 말해 주기를 기다린다는 것이다. 그런데 비타는 싫다고 대답했다. 그녀는 늘 같이 다니는 여자들과 돌아갔다. 루마니아 급사장과 뉴욕의 밤거리를 어슬렁거리는 불량배들의 관심을 피하기 위해서였다. "내가 미스터 본조르노의 차로 데려다 줄 수 있어." 로코가 고집을 부렸다. 그는 코차의 새 허드슨 투어링을 보면 사람들이 모두 감탄한다는 것을 알고 있었다. 가장자리에 은색 테를 두른 바퀴, 브라이어 나무로 만든 날렵한 핸들, 쿠션이 좋은 좌석, 접을 수 있는 지붕, 먼지를 막아 주는 앞 유리, 요란한 굉음을 내는 엔진, 양쪽 보닛에 배에 달린 것처럼 큰 전조등이 달린 차였다. 로코는 무질서하기 짝이 없는 뉴욕의 차량들 속에서 놀랍도록 능숙하게 운전을 했다. 경적을 빵빵 울려서 운 나쁜 행인들에게 빨리 길을 비키라고 알렸고 멜버리 가를 쏜살같이 달리면서, 당나귀와 말이 끄는 구식 수레들에게 굴욕을 안겨 주었다. 하지만 그는 너그러웠고 앞을 내다보는 눈이 있었다. 구두닦이들이 차체를 닦게 내버려 두었고 거리의 개구쟁이들이 차 발판에 올라가서 복잡한 레버와 기어 장치들을 구경하게 내버려두었다. 그는 절대 다른 사람을 차에 태우지 않았다. 하지만 비타를 다시 만나게 된 뒤로는 그녀를 차에 태우고 싶었다.

비타는 왜 싫다고 했을까? 답답한 주방에서 열두 시간을 일하고 났으니 밤바람을 쐬러 야외로 드라이브를 하러 갈만 하지 않은가? 게다가 기름을 발라 윤기 나는 머리에 더블 정장을 점잖게 입고 언제나처럼 신비한 분위기를 풍기는 로코에게 그녀는 매료되어 있었다. 그리고 그가 인사를 하러 오지 않으면 실망을 했다. 그녀는 로코가 정말 아넬로가 말한 그 도둑인지 알 수가 없었다. 로코는 승승장구하고 있고 아넬로는 그 반대였기 때문에 어쩌면 아넬로가 질투가 나서 험담을 한 것일 수도 있다. 어쨌든 비타는 아버지의 말에 전혀 영향을 받지 않았다. 카우보이들도 총을 쏘고 사람을 죽이지만 관중들은 그들에게 박수를 쳤다. 쉬는 날이면 비타는 항상 할렘의 영화관에서 시간을 보냈다. 팝콘을 먹으며 보안관들을 미워하고 권총을 든 악당들 편을 들었다. 외로운 기사가 그녀를 납치해 사막으로 데려가서 하늘을 지붕 삼고 별들을 베개 삼아 사는 꿈을 꾸었다.

아넬로는 로코의 이름조차 다시 듣고 싶어하지 않았다. 먹고살기 위해 그에게 부탁하는 일도 하려 하지 않았다. 지금 그는 수레를 하나 가지고 있었다. 겨울에는 그 수레로 석탄을 팔았고 여름에는 할렘 가게 주인들에게 얼음을 팔았다. 그는 비가 올 때도, 햇볕이 뜨겁게 내리쬘 때도 날마다 장사를 다녔다. 각얼음이 녹아 그의 뒤에 길게 선이 그어졌다. 마치 다시 집을 찾아갈 수 있게 흔적을 남기는 것 같았다. 그는 자신의 가게 이야기, 레나라고 불렸던 체르케스 여인, 방화를 일삼던 로코, 불량소녀 소년원에서 3년을 보낸 비타에 대해 아는 사람이 아무도 없는 구역에서 자식들과 조용히 살고 싶었다. 그를 아넬로 삼촌이라고 부르는 사람이 아무도 없는 곳에서 말이다. 로코 역시 과거와 단절했다. 한때 그의 양부와도 같았던 남자에 대한 애정을 어렴풋이 느끼긴 했다. 하지만 지금 그에게는 다른 양부, 본조르노 씨가 있었다. 비타는 로코의 계획에 관심이 없었다. 그녀는 계획을 세우지 않았다. 그는 과거에도 미래에도 살고 싶어하지 않았다. 언제나 그랬듯이 현재에 살았다. 넓은 로코의 등, 들창코, 프랑스 와인같이 검붉은 입술을 자세히 뜯어보았다. 그는 뿌옇게 김이 서린 주방의 선반에 몸을 기댄 채 꼼짝 않고 서 있다. 약간 멍해 보이는 얼굴이다. 모두들 로코가 고양이 치스트로만 좋아하고, 여자들에게는 고양이에게 보이는 것만큼의 관심도 없다고 말했다. 하지만 비타는 자신이 다른 여자들과 똑같다고 생각하지 않았다. "좋아, 갈게." 그녀가 말했다.

비타는 하늘에서 내려와 그녀의 얼굴로 흘러내리는 빗물에 아랑곳하지 않으며 자동차에 서서 두 손을 자동차의 앞 유리에 얹은 채 맨해튼 거리를 지났다. 일요일 밤인데도 사방이 사람들 천지였다. 인도도 사람들로 붐볐고 극장 앞에도 길게 줄을 서 있었다. 11월이면 벌써 온 시내에 크리스마스 분위기가 퍼져 나가서 돈을 쓰고 즐기고 싶어하는 사람들을 유혹했다. 청교도들은 이에 분노해서 호전적인 선언과 더불어 공연장과 극장 문을 닫고 뉴욕 시민들에게 기도를 하고 축제를 신성하게 즐기자고 제안했다. 하지만 다행히 성공하지는 못했다. 극장은 일요일이면, 그리고 특히 카우보이와 인디언, 총격전과 추격이 벌어지는 인기 영화를 상영하면 수백만 달러를 벌 수 있었기 때문에 문을 닫으려 하지 않았다. 로코는 장갑 낀 손으로 핸들을 꽉 잡았다. 그는 할렘까지 가지 않기로 했다. 방향을 바꿔서 5번가를 다시 돌았고 어두운 공원을 따라 달리다가 시내 쪽으로 갔다. 거리에 꽃줄처럼 걸어 놓은 크리스마스 전등 밑을 지나면서는 속력을 내서 행인들과 거리 행상인들을 놀라게 했다. 그는 비타가 깜짝 놀라 앞 유리를 붙잡는 것을 보려고 급정거를 했다. 그녀의 웃는 얼굴을 보고 그 맑은 웃음소리를 들으려고. 비타는 자기가 얼마나 아름다운지 몰랐다. 눈빛이 얼마나 깊어졌는지 몰랐다. 자신이 아름답다는 것을 모르는 여인은 얼마나 아름다운가. 비타는 자신의 매력을 모르기 때문에 그것을 믿지 않았다. 그녀는 자신의 확신과 감정만을 믿었다. 매력은 너무나 짧고 불확실했다. 그는 그녀를 자기 쪽으로 끌어당겨 그 머리카락 속에 입을 묻고 싶었다.

30분 뒤 두 사람은 거의 몸이 얼어붙어 버렸다. 벽난로가 있는 멋진 그의 아파트에서 생일 파티를 하자고 제안할 수가 없었다. 그래서 10번가의 세컨드 애비뉴에 있는 흥겨운 헝가리 맥줏집인 카페 불르바르 앞에서 속도를 늦췄다. 카바레 때문에 남자들이 특히 자주 드나드는 곳이었다. 헝가리 집시 악단이 연주를 했고 눈치 빠른 이탈리아 항만 노동자들이 초록 눈의 눈부신 헝가리 여자들을 유혹하러 오는 곳이었다. 뱃사람들, 폭력배들, 포주들이 드나드는 곳이었다. 비타에게는 어울리지 않는 곳이었다. 그런데 비타에게는 어떤 곳이 어울릴까? 그는 늘 그녀를 진실로 이해하지 못한다는 느낌을 지울 수 없었다. 그녀는 자신이 가진 능력으로 그를 위해 무엇인가를 할 수 있다는 것을 절대 보여 주지 않았다. 그를 위해 물건을 움직이지도 않았고 라이벌에게 불을 지르지도 않았고 아버지를 고발하지도 않았다. 그는 그것을 요구하지 않았다. 잠시 후 좋은 생각이 난 그는 속도를 내 몇 블록을 달려 어두운 사무실에 다가갔다. 비타는 죽은 사람들을 방해하고 싶지 않다고 말했다. 남의 일에 간섭하지 않는 사람들 중에서도 특히 죽은 이들은 험담을 하지는 않을 거라고 로코는 생각했다.

상주들이 밤을 새우는 홀에서 로코는 촛대에 촛불을 켜고 통나무 토막처럼 두꺼운 봉헌 촛불에도 불을 붙였다. 예배당에 높이 위치한 관대를 가리기 위해 커튼을 쳤다. 십자가의 꾸짖음을 받지 않으려고 십자가를 돌려놓고 축음기에 엔리코 카루소의 레코드를 올려놓았다. 이제 그는 카바라도시가 누구인지, 왜 절망적으로 죽어 갔는지 그 이유를 알게 되었다. 그는 「리골레토」, 「아이다」, 「카르멘」, 「사랑의 묘약」을 알았다. 그리고 가끔 메트로폴리탄의 오페라하우스에 가곤 했다. 공연은 따분했다. 진짜인 게 하나도 없었기 때문이다. 파피에 마쉐, 미사여구, 가장(假裝), 과장된 행동뿐이었다. 하지만 눈을 감고 카루소의 남자답고 열정적인 목소리에 빠져들면 다시 프린스 스트리트 부엌에서 다른 소년들과 같이 앉아 있는 기분이 들었다. 축음기 손잡이를 돌리는 제레미아와 레코드를 손자국으로 채우는 코카콜라, 음악은 전혀 몰랐지만 자존심이 너무 강해 그 사실을 고백하지 못하는 디아만테까지. 그리고 배 속에 미국 아기를 가진 레나가 허리에 숄을 두른 채 그들에게 도둑질은 죄라고 말한다. 졸고 있다가 비밀 아버지가 자신을 찾아와서 깜짝 놀란 비타도 있다. 극장을 뒤흔드는 박수 소리에 로코는 엔리코 카루소가 다시 한 번 성공적인 공연을 마쳤지만 이제 프린스 스트리트의 부엌은 어디에도 없다는 것을 알아차리곤 했다.

비타는 차츰 거북스러웠다. 시간이 너무 늦었는데 이 시간에도 밖에 있으면 안 되기 때문이다. 그리고 절대, 절대, 절대 남자와 같이 있어서는 안 되었다. 밀랍을 발라 윤이 나는 바닥이 그들의 발밑에서 삐걱거렸다. 빈 의자들이 그녀의 이런 대담한 행동을 나무라는 듯했다. 여기, 죽은 사람들을 애도하기 위해 사람들이 찾는 이곳에 그녀는 재회를 축하하러 왔다. 하지만 그녀가 원했던 사람은 그가 아니었다. 로코는 디아만테가 아니었다. 그는 너무나 달랐다. 그녀는 자신을 수치스럽게 생각해야 했다.

그런데 수치심은 흔적도 없었다. 로코가 그녀를 안았다. 그녀는 가게 해 달라고 말하고 싶었지만 무릎이 떨렸다. 로코가 그녀의 입술에 자기 입술을 댔다. 그의 입술이 와닿았을 때 그녀는 꿈속으로 빠져드는 것 같았고, 거기서 깨고 싶지 않았다. 로코는 비타가 부드러운 입맞춤을 원하는 게 아니라는 것을 알았다. 조심스럽고 신중한 입맞춤을 원하는 게 아니라 진짜 키스를 원했다. 그래서 그렇게 했다. 놀랍도록 달콤하게 머뭇거리며, 탐색을 하며, 빨며, 깨물며 키스했다. 그녀는 장의사 사무실도 튀김 냄새와 홀로 밀려 들어오는 썩은 꽃 냄새도 잊어버렸다. 두 사람은 흔들리는 밀랍 촛불의 불빛 아래에서 얼마인지 모를 시간 동안 입을 맞췄다. 그들을 감시하는 것 같은 빈 의자들밖에 없는 너무나 조용한 그 홀 한가운데에서 꼼짝하지 않은 채. 입이 말라 입술이 아플 때까지.

철도 노동자들

1909년 여름에 디아만테의 동료 중 하나가 그에게 영원히 장애자가 될 준비를 하자고 제안했다. 그 동료는 밤이면 하모니카를 불고 낮에는 자기 아내가 얼마나 예쁜지 이야기하던 쾌활한 남자였다. 그 아내를 잃는 것은 다른 사람이 폐를 잃는 것과 같다고 했다. 아고스토 궤라는 철도 회사가 작업 중에 심각한 사고를 당한 사람에게 보상금을 준다는 이야기를 들었다. 상당한 액수의 보상금이었다. 1500달러까지 받을 수 있었다. 하지만 적어도 팔이나 다리 하나를 잃어야 했다. 간단히 말해 더 이상 작업을 할 수 없을 정도가 되어야 하는 것이다. 아고스토는 장애자가 되기로 결심했다. 1500달러가 있으면 그의 운명을 바꿀 수 있었다. 건설 회사를 세울 수도 있었다. 그가 보기에는 미국은 반이 비어 있었다. 그것을 채워야 했다. 집을 짓는 건축업자는 절대 실업자가 될 일이 없을 뿐만 아니라 10년 안에 백만장자가 될 것이다. 그는 너그러운 사람이고 말수가 적은 워터보이가 마음에 들었기 때문에 디아만테에게 속내를 터놓았고 같이 하자고 제안했다.

그 말에 끌린 디아만테는 신체의 어떤 기관이 가장 쓸모가 없을지 곰곰이 생각해 보기 시작했다. 다리는 안 된다. 걷거나 달리는 것은 숨을 쉬는 것처럼 절대로 필요했다. 일요일에 동료들이 모두 욕구불만을 풀기 위해 코가 삐뚫어지게 술을 마시고 다른 작업반들과 맞붙어 주먹다짐을 하러 첫 번째 공사장으로 올라갈 때 그는 평원으로 들어가서 아무것도 자라지 않는 메마른 흙 위를 걷곤 했다. 대지와 침묵이 그를 삼켜 버릴 때까지. 어둠이 내리기 전에는 되돌아오지 않았지만 절대 길을 잃지는 않았다. 걸어서라면 지는 해를 따라서 다른 대양이 있는 곳에까지 다다를 수 있었다. 귀를 희생시킬 수 있을까? 간단히 말하자면 그는 음악을 이해하지 못했고 아무도 그에게 음악을 가르쳐 주지 않았다. 프린스 스트리트에서 축음기에 열광하지 않은 사람은 그 혼자였고, 휘파람도 등대 노릇을 해야 할 때만 겨우 불었다. 객차에서 아고스토 궤라가 하모니카를 부는 밤마다 그는 머리를 이불 속에 처넣었다. 어둠 속으로 사라지는 그 곡조 때문에 비타가 생각났기 때문이다. 그리고 사라진 그의 꿈도 생생하게 떠올랐다. 하지만 그는 듣는 것을 좋아했다. 대화, 미묘한 차이, 뉴스, 편견, 암시, 소음 등 모든 것을 포착해 냈다. 수킬로미터 떨어진 먼 곳에서 들리는 폭풍우 소리와 풀잎 사이로 기어가는 뱀 소리를 구별할 수 있었다. 심지어 우물 밑바닥에서 물이 꼴꼴거리는 소리도 들을 수 있었다. 귀를 포기할 수는 없었다. 손은? 외팔이는 여자를 안을 수도 없다. 물론 3년 전부터 어떤 여인도 안은 적이 없어서 어떻게 하는지도 거의 잊어버렸지만, 두 손으로 부드러운 여인의 등을 더듬고 열 손가락 모두를 이용해 가슴을 애무하는 것보다 더 멋진 일을 기억해 낼 수가 없었다. 그런 순간에는 손가락이 열 개가 아니라 백 개라도 좋았다. 아니 혹시 아홉 개만으로도 충분하지 않을까? 손가락 하나를 없애는 것은 어떨까? 노던 퍼시픽 철도 회사에서 손가락 하나 값은 500달러밖에 안 된다고 아고스토가 알려 주었다. 500달러로는 인생을 바꿀 수 없다. 눈 한 쪽. 그가 콩을 저을 때 쓰는, 살이 휜 양철 포크만 있으면 충분했다. 한쪽 눈만 있어도 충분히 색깔과 거리를 구별할 수 있다. 하지만 그가 태어날 때 하늘이 그의 눈 속으로 들어왔었다. 그는 자신이 선물 받은 하늘을 한쪽이라도 떼어 내 버리고 싶지 않았다. 폐도 없어서는 안 된다. 심장도, 뇌도, 간도 마찬가지였다. 어쩌면 비장이나 신장은 괜찮을지도 모른다. 그는 신장을 포기할 수 있었다. 하지만 어떻게? "삽으로." 아고스토가 제안했다. "내가 삽 다루는 데 명수잖아. 신장이 어디 있는지 알아. 등 아래쪽이야. 단번에 네 신장을 망가뜨릴 수 있어." 디아만테는 수락했다. 대신 디아만테는 도끼로 아고스토 궤라의 왼쪽 다리를 절단해야 했다. 그러고 나서 기차에 치였다고 말할 것이다.

어느 날 저녁 작업장에서 돌아오는 길에 아고스토가 디아만테와 같이 손수레에 올라탔다. 그들은 몇 백 미터를 펌프질해서 물을 퍼올린 뒤 전철기에서 엉뚱한 선로로 수레가 달려가게 내버려두었다. 모든 것이 정지해 있었다. 지고 있는 둥근 태양만이 지구의 가장자리를 스치며 거기에 불을 붙이는 것 같았다. 디아만테가 미국에 대해 아는 것은 이것 한 가지였다. 미국은 그 무엇과도 닮지 않았으나 아무 꾸밈 없는 아름다움을 지니고 있었다. 땅에 그들이 숨을 만한 구덩이도 나무 한 그루도 없었다. 햇빛을 누그러뜨리고 사물의 윤곽을 바꿔 놓을 장애물 하나 없었다. 작업반에서 보면 그들은 사막에서 보초를 서는 원주민처럼 보였을 것이다. 그들의 선명한 그림자가 지평선에 닿았다. 숙소로 돌아가는 남자들의 등이 멀리서 반짝일 때까지 수레는 계속 달렸다. 수레가 그루터기만 남은 풀들 속에서 환히 빛났다. 디아만테는 바퀴를 막았다. 아고스토가 삽을 땅에 던지고 그 위에 앉았다. 그리고 병에 든 그라파(포도로 만든 이탈리아의 독한 술－옮긴이)를 한 모금 마셨다. 아마도 워터보이의 눈빛에서 망설임을 읽었으리라. 인생에서는 되돌아갈 필요가 없고 어떤 희생을 치르든 앞으로 갈 준비가 되어 있어야 한다고 말했기 때문이다. 예를 들어 다리 하나가 그에게 뭐 그리 대수겠는가? 어쨌든 나머지 한쪽 다리는 계속 남아 있을 것이다. 그를 어디로도 데려다 주지 못하는 한쪽 다리를 가지고 있는 대신, 그리고 디아만테의 경우 소변을 거르는 데만 이용되는 신장 대신 10층짜리 집들을 지을 수 있을 것이다. 아침에 창문도 활짝 열 수 없고 기껏 창문이 있다고 해도 단두대에 머리를 들이밀듯 겨우 머리 하나 집어넣을 수밖에 없는 미국의 빌어먹을 집들이 아니라 진짜 양쪽으로 열 수 있는 창문이 달린 그런 집을 말이다. 부모 형제들도 데려올 것이다. 하지만 무엇보다 여자들을 데려올 수 있다. 그는 아내를, 디아만테는 여자친구를. "여자친구가 있겠지, 안 그런가?" 열여덟 살이면 억지로라도 여자친구를 만들어야 했다. "여자친구 있어요." 디아만테가 말했다. "내 여자친구의 두 눈은 석탄처럼 새까맣고 손은 작아요."

"시작하자, 자." 아고스토가 그의 말을 가로막았다. 공상을 하는 것은 아무런 도움이 되지 않았기 때문이다. 디아만테가 수레 밑에서 지난 밤 숨겨 놓은 도끼를 꺼냈다. 날이 톱처럼 울퉁불퉁한 조잡한 도끼였다. "아플 거예요, 정말 할 건가요?" 그가 망설이며 물었다. "그럼." 아고스토가 대답했다. "여기서 한 달을 더 지낸다면 기차에 몸을 던지고 말 거야. 목발을 할 거야. 내 아이들이 내 대신 걸을 거야. 난 이미 많이 걸었어." 디아만테는 머뭇거렸다. 빛이 번지면서 생각이 뒤엉켰다. 아고스토는 그를 똑바로 보았다. 그의 눈은 썩은 바나나 껍질 색 같았다. 그는 정말 못생겼다. 하지만 그 눈은 희망으로 빛났다. 디아만테는 그의 자식들을 생각했다. 여섯이었다. 아고스토는 좋은 아버지였다. 사람들과 싸우지도 않았고 술을 마시지도 않았다. 확고한 원칙을 가진 남자였다. 그런 남자의 다리를 어떻게 자를 수 있단 말인가? "좋아." 아고스토가 말했다. "내가 알아서 할게. 내 다리를 수레바퀴 밑에 댈게. 자네는 아무것도 할 필요 없어. 걱정하지 마. 어쨌든 우린 함께하기로 했으니까." 그가 삽을 잡았다. 디아만테는 셔츠를 벗었고 몸을 떨었다. 그의 등은 검게 그을렸다. 근육이 꿈틀거렸다. 바지의 멜빵을 내리고 입술에 담배를 물었다. 난 두렵지 않아. 그깟 신장이 뭐야? 그건 암소의 신장하고 똑같아. 물컹하고 구역질 나는 검붉은 자루일 뿐이야. 선로 위에 서 있는 수레에서 번득이는 빛 때문에 눈이 부셨다. 흙먼지 냄새가 났다. 지금까지 한 번도 본 적이 없는 드넓은 땅. 여기서는 모든 것이 비정상적일 정도로 컸다. 웅장했다. 예전의 그의 꿈처럼, 그의 야망처럼. "노던 퍼시픽 철도 회사에 신장을 팔고 싶지 않아요." 디아만테가 돌아서며 말했다. "그럼 여기 남을 거야?" 아고스토가 실망해서 물었다. "그럼 내 손으로 다리를 잘라야겠군."

아고스토 궤라는 보상금을 받지 못했다. 스스로 불구가 되어서 받을 수 있다고 생각했던 엄청난 액수는 전설일 뿐이었다. 깜깜한 객차 안에서, 혹은 자신들을 어디로도 데려다 주지 않는 철로 수백 킬로미터에 침목을 까는, 한없이 길기만 한 작업 시간에 불만에 찬 남자들이 만들어 낸 신기루였다. 다리 하나에 1500달러를 받은 사람은 아무도 없었다. 1908년 미주리 퍼시픽 철도 회사에서 일하다가 다리 하나를 잃은 아킬레 세라는 두 달치 봉급을 받는 걸로 만족해야 했다.

사실은 디아만테가 해준 이야기와 달랐다. 디아만테는 철도 회사에 신장을 팔고 싶지 않아서 달아난 게 아니었다. 동료의 죽음을 보았기 때문에, 그리고 자신의 인생이 나무통 속에서 흔들리는 물보다 더 못한 취급을 받았기 때문에 달아났다. 여름이 아니라 1909년 10월이었다. 그날 디아만테는 자신의 인생이 아직 뭔가 가치가 있다는 것을 깨달았다.

8월 전쟁이라는 뜻으로, 찬란하면서도 동시에 호전적인 아고스토 궤라의 이름은 디아만테의 머리에 남아 있듯이 내 머릿속에도 남아 있었다. 동명이인이 있다는 것은 있을 수 없는 일이었다. 로마 외무부의 외교문서보관국에서 그와 비슷한 사례, 즉 '1909년 제2분기 미국 덴버 영사관 법무과 활동 개요'에 포함된 378가지 사례들 중 최근의 사례를 찾아냈을 때 나는 그것이 바로 그 아고스토 궤라와 관련된 일이라는 것을 금방 알 수 있었다. 조사관에게 회사의 공식적인 사고 보고서는 거짓이라고 말한 궤라의 동료들 중에는 디아만테도 있었다. 조사관은 관료 제도와 역사의 수레바퀴를 위해 일한, 이름도 없고 얼굴도 없는 드러나지 않는 존재였다.

생긴 지 얼마 되지 않은 영사관 법무과는 외무부의 무관심 속에서, 울적할 정도로 얼마 되지 않는 수단으로 고군분투했다. 심지어 타자기도 부족했다. 영사는 부끄럽게도 레밍턴을 빌려 사용하고 있다는 변명을 해야 했다. 자신이 가지고 있던 스미스 프리미어 타자기를 비서에게 줄 수는 없어서 다달이 돈을 내고 빌린 타자기였다. 하지만 1909년에 새 영사의 인도주의에 지원을 받은 법무과는 활발하게 활동했다. 전직 종업원이자 기자 출신인 영사 아돌포 로시는 그의 선임자인 C** 기사(騎士)의 비열한 행동을 지워 버리고 싶었다. 전임자는 옛날 서류에 곰팡이가 피게 내버려두고 거들떠보지도 않았을 뿐만 아니라 작업을 하다가 죽은 광부와 철도 노동자들의 보잘것없는 보상금도 부당하게 차지해 버렸다. 양심의 가책을 조금도 느끼지 않고 이탈리아에서 그 달러를 애타게 기다리는 과부와 고아들의 돈을 가로채서 그들의 기다림을 허사로 만들었다. 법무과는 슬픈 사건들을 처리했다. 사망 보상금, 이탈리아보다 열 배나 넓은 땅에서 벌어진 사고로 부상을 당하거나 화상을 입거나 사지가 절단된 사람의 보상금 문제를 처리했다. 1909년 덴버 영사관은 10개 주와 2개 인디언 지역에 흩어져 있는 모든 이탈리아인들을 파악했다. 콜로라도, 유타, 와이오밍, 캔자스, 노스다코타, 사우스다코타, 네브래스카, 아이다호, 오클라호마, 몬태나, 뉴멕시코, 애리조나였다. 새로운, 아주 새로운 주들. 황량하고 아무도 살지 않는, 철로와 광산들만이 넘치는 지역들. 아고스토 궤라와 관련된 페이지에는 1909년 10월에 그가 노스다코타의 그레이트

플레인스에 있었다고 기록되어 있었다. 녹슨 클립에 묶인 그 서류 뭉치는 영사의 비서인 페라리가 레밍턴 타자기로 타이핑한 것으로, 378명의 생명이 30줄로 요약되어 있었다. 그것은 일종의 『스푼 리버 선집』(Spoon River, 미국 스푼 리버라는 작은 마을의 묘지에 묻힌 주민들의 삶과 죽음 이야기를 담은 에드거 리 마스터스의 시선집 – 옮긴이), 이름들 · 십자가 · 무덤들의 가슴 아픈 시리즈, 산산이 부서진 가치 없는 생명들의 선집이었다.

로렌초 루치는 디아만테처럼 열여덟 살이었다. 그리고 디아만테처럼 워터보이였다. 미네소타 주 에벨레스에 있던 그의 아버지는 아들의 목숨값으로 회사로부터 200달러를 받았다. 제피로 무냐니의 미망인과 그의 어린 딸은 '합법적인 상속인이 아니어서 정지 명령이 내려져' 아무것도 받지 못했다. 1906년 와이오밍 주의 셰리든에서 사망한 주세페 악답보의 상속인들도 아무것도 받지 못했다. 1908년 몬태나 주 헬레나에서 사망한 주세페 바치노의 경우도 마찬가지였다. 벌링턴 사와 노던 퍼시픽 철도 회사는 보상금을 모두 거부했다. 자코모 모토는 88번 사례다. '회사로부터 보상금을 타려는 시도가 계속되었으나 성과가 없었다. 1910년 6월 사망자의 어머니가 다시 영사관에 장례 비용만이라도 받을 수 있게 해달라고 요청했지만 회사는 이 요구도 거절했다.' 107번 사례인 안토니오 페랄리는 심각한 부상을 당했다. 회사는 그에게 200달러를 지급했지만 평생 불구로 지내야 했기 때문에 그는 그것을 거절했다. 회사를 고소했다. 12명의 배심원 중 11명이 3000달러의 보상금을 주어야 한다고 투표했지만 1명은 무죄에 투표했다. 만장일치제였기 때문에 법원은 회사의 잘못을 인정하면서도 보상금 1달러를 지불하라는 판결을 내렸다. 영사관은 이런 '수치스러운 판결'에 항의했다. 그 외에 다른 자료는 아무것도 없었다. 사례 172인 미켈레 산나의 경우 1909년 3월 3일 콜로라도 버윈드에서 시체로 발견되었다. 동료들과 싸우다 도끼에 맞아 살해되었지,

대들보에서 떨어져 죽은 것 같지는 않았다. 회사에는 아무 책임이 없었다. 카를로 포센은 1909년 8월 9일 콜로라도 텔루라이드에 있는 리버티 벨 광산에서 화재로 갱도에 갇힌 동료들을 구하기 위해 뛰어들었다가 연기에 질식해 죽었다. '회사의 명령을 따른 것이 아니라 자발적으로 영웅적인 행동을 한 것이다. 그러므로 사주가 책임을 져야 할 사고로 간주할 수 없다'는 결과가 나왔다. 텔루라이드에 임신한 아내가 있었다. 1909년 9월 23일에 도메니코 루나르디는 콜로라도 오크 크리크에서 심각한 사고를 당했다. 병원으로 이송되어 '오른쪽 다리를 절단하고 이 몇 개를 뽑았다. 영사관의 즉각적인 개입으로, 회사가 영세하긴 했지만, 병원비 일체와 보상금을 지불하고 의치를 해주었다. 그리고 환자가 본국으로 돌아가는 비용 반을 마련해 주었다.' 1909년 4월 9일에 콜로라도 스프링 걸치에서 부상을 당한 프란체스코 돌리오도 오른쪽 다리를 절단했다. 몇 달 동안 병원에 입원했는데 영사관에 너무 늦게 알려서 증거를 수집할 수 없었다. 의족을 만드는 비용 159달러 65센트만 보상받았을 뿐이다. 276번 사례인 미켈레 가르보는 콜로라도의 악명 높은 스타크빌 광산에서 1909년 6월 27일에 부상을 당했다. 1910년 10월에 그 광산에서 야간 교대 근무를 하던 광부 55명이 사망했는데, 그중 13명이 이탈리아인이었다. 미켈레 가르보는 푸에블로 병원으로 이송되었다. 그의 상태는 절망적이었다. 척추뼈 골절로 완치가 불가능하다는 진단을 받았다. 회사에서는 푸에블로에서부터 팔레르모까지 환자와 그 동행인의 여행 경비를 댔다. 보상금은? 전혀 없다. 모금한 현금 100달러가 전부다. '가르보는 그 제안을 수락하려 했지만 아직 동행인을 구하지 못했다.'

철도 공사장에서도 사망자가 있었다. 알폰소 미울리는 1909년 9월 5일 몬태나 주 컬버스턴에서 장염으로 사망했다. 쉰아홉 살이었고 그레이트 노던 철도 회사에서 일했다. 아마 여러 해 동안 플럭 미 스토어의 상한 음식을 먹었을 것이다. 회사에서는 관 값 20달러와 장례차 값 15달러를 지불했다. 미울리의 월급이 30달러 45센트였으므로 유족들은 한 푼도 받지 못했다. 철도 공사장에서 일하는 남자들은 277번 사례인 라파엘레 브란도니시오처럼 폐렴으로 죽는 경우가 많았다. 그는 1909년 3월 24일에 사망했다. 몬태나 주의 미줄라에는 아직 봄이 오지 않았다. 겨울이 너무 길었다. 하지만 유타 주의 그린 리버에서 3월 31일에도 폐렴으로 죽은 사람이 있다. 그의 아내는 토리노에, 딸은 시내에 있었다. '생계 수단'이 없는 두 여자를 두고 그는 떠났다. 그는 장티푸스와 결핵으로 숨졌다. 아니면 주세페 카린젤라처럼 숙소로 쓰는 객차에 불이 나서 숨지기도 했다. 1909년 8월 16일, 로코 성인 축제 때의 일이었다. 객차는 시카고 밀워키 세인트폴 철도 회사 것이었다. 같은 고향 사람이 카린젤라의 월급을 받아 사라져 버렸다. 열차 두 대가 충돌할 때 전기에 감전되어 사망한 사람도 있었다. 1909년 9월 18일 콜로라도 주 도스테로의 덴버 리오그란데 철도 회사에서 마르티노 폴루가 겪은 일이다. 하지만 1909년 9월 19일 와이오밍, 샤이엔에서 주세페 만자라치나에게 일어난 일처럼 기차에 치이는 일이 더 자주 발생했다. '검시관의 검사 결과 유니언 퍼시픽 철도 회사에 대한 소송이 취하되었다.' 벨라반카의 경우 1907년 8월 30일에 뉴멕시코에서 선로 보수 작업 중 사고를 당했다. '유니언 퍼시픽 철도 회사는 그런 이름의 노동자가 도슨에서도, 뉴멕시코에서도 사망한 적이 없다는 답변으로 일관하고 있다.' 주세페 스카펠라토는 1909년 1월 19일에 네브래스카 주 오마하 철로 밑에서 시체로 발견되었다. 이탈리아 시라쿠사, 카를렌티니에 아내와 네 자녀가 있다. 11개 회사가 같은 철로를 사용한다. 아마 유니언 퍼시픽 철도 회사를 상대로 소송을 하게 될 것이다. 조사단은 열차 사고를 당한 사람이 '상기 회사'에 고용되었다는 것을 증명할 수 없었다. 체사레 레키오는 1908년 11월 30일 노스다코타 주

파고에서 노던 퍼시픽 철도 회사 철로의 눈을 치우다가 사망했다. 로코 카르케디는 1909년 10월 4일 몬태나 주 벨몬트에서 열차에 치여 사망했다. 보상금은 없었다. 회사는 그가 작업 중에 열차에 치인 것이 아니라 술에 취해 치였다고 주장했다. 365번 루이지 웅가로의 사례처럼 손수레에서 떨어져 사망한 경우도 있다. '덴버 리오그란데 철도 회사의 선로 작업을 위해 전속력으로 달리는 수레를 타고 가던 중 수레의 움직임 때문에 밖으로 튀어나간 물통을 잡기 위해 부주의하게 수레 밖으로 몸을 내밀었다가 추락해 사망했다. 회사에는 사고의 책임이 있을 수 없다. 회사에서 미망인과 두 아이가 콜로라도 주 살리다에서 뉴욕까지 가는 경비를 지불했다.' 하지만 웅가로는 물통이 떨어지는 것을 그냥 보고 있을 수만은 없었다. 그가 수레를 타고 이동한 건 바로 그 물통을 나르기 위해서였다. 그는 결핵을 앓았다. 이 때문에 스물다섯 살인데도 여전히 워터보이 일을 했던 것이다.

기차는 정신을 어지럽혔다. 덜커덩거리는 단조로운 소음은 불안감을 불러일으켰고 강박증과 공포를 폭발시켰다. 329번 사례인 콘스탄테 돌체는 1908년 8월 28일에 이탈리아로 돌아가기 위해 샌프란시스코에서 떠났다. 그때 무슨 일인가 벌어졌다. 갑자기 '그가 미쳤다.' 노픽의 정신병원에 수감되었다. '미국 이민국의 동의하에 본국 송환 서류를 작성 중이다.' 기차는 아무것도 없이 막막하게 넓은 공간을 덜커덩거리며 가로질러 달리는 장례차이고 죽음을 만나는 가장 이상적인 장소 같다. 350번 사례인 조반니 마사는 유니언 퍼시픽 기차를 타고 가던 중 결핵으로 죽었다. 네브래스카의 노스 플랫에 그를 내려놓았다. 그는 이탈리아로 돌아가는 중이었다. 이탈리아에서 그를 기다리던 부모들은 그가 치명적인 병 이외에도 150달러어치 은화를 가지고 있었다는 것을 알고 있었다. 하지만 검시관과 장의사의 직원들이 시신을 닦았다. 관련 부서에서는 시신에서 '4달러 은화, 칼, 시계와 속옷 몇 개'가 나왔다고 밝혔다. 기차에서 자살하는 경우도 있었다. 피에로 폼페로 잠벨리는 샌프란시스코에서 뉴욕으로 돌아가는 중이었다. 제노바로 가는 배를 타야 했다. 그는 여행을 끝내지 않기로 결심했다. 그리고 귀향하지 않았다. 1910년 4월 12일에 뉴멕시코 갤럽으로 달리는 기차에 몸을 던졌다. '영사관에서 회수한 고인의 트렁크에는 더러운 속옷과 중요하지 않은 서류 몇 장과 사진이 들어 있었다. 속옷은 위생적인 문제 때문에 소각해야 했고 사진은 미망인이 요구할 경우를 대비해 보관하고 있다.'

노던 퍼시픽 철도 회사 기차도 사람을 죽였다. 1909년 10월 15일 노스다코타 테일러에서 일어난 일이다. 지금 이곳은 지도상에 작은 원으로 조그맣게 표시되어 있다(주민이 163명이다). 100년 전에는 점에 불과했다. 노스다코타는 지루하고 쓸쓸한, 악몽에나 나올 법한 곳이었다. 아무것도 없는 허허벌판에서 인부들이 일을 했다. 미친 듯이 바람이 불었다. 장대비가 쏟아졌다. 그들은 그때까지 밖에 있어서는 안 되었다. 계약서에 그 시간에는 숙소에 있어야 한다고 명시되어 있었기 때문이다. 하지만 아마 작업반은 청부업자와 동의하에 늦게까지 작업을 했을 것이다. 늦가을이었는데 작업반에 맡겨진 구역의 공사를 아직 끝내지 못했기 때문이다. 인부들은 숙소로 돌아가는 중이었다. 어쩌면 숙소를 지나쳤는지도 모른다. 이미 사방이 어두웠고 객차의 불빛들은 비에 가려 제대로 보이지 않았다. 기차가 어둠 속에서 나와 갑자기 그들을 덮쳤다. 한 사람에게만 불행이 찾아왔다. 그는 기차에 치여 100여 미터를 끌려가다가 전철기에 끼었다. '시신의 주머니에서 발견된 85달러는 관련 부서에 넘겨져 장례 비용으로 쓰였다.' 노스다코타에서 죽은 한 남자를 묻고서 85달러를 벌었다는 건 장의사에게는 영원한 수치다. '보상금을 받기는 불가능하다. 회사는 사고에 대한 책임이 전혀 없다고 주장한다.' 사망자가 철로를 건너려던 순간에 '술에 취해 있었다'고 주장한다. 작업반의 동료들은 고인이 술을 마시지 않는 사람이라고 증언했다. 그렇지만 동료들 대부분이 1910년 3월 19에는 이미 뿔뿔이 흩어져 버려서 법정에서 증언을 되풀이할 수 없었다. 증언을 했다 해도 별 소용이 없었을 것이다. 법무과 서류가 이 지점에서 노던 퍼시픽 철도 회사가 뛰어난 변호사들을 고용하고 있어서 보상금을 한 푼도 지불하지 않았다고 명시했기 때문이다. '파둘라에 노부모와 다섯 아들(열한 살, 아홉 살, 일곱 살, 네 살 그리고 세 살된 아들)과 입양된 어린 여자아이가 살아 있는데, 자녀들은 최근에 어머니를 잃어 고아가 되었다.' 고인은 서른한 살이었다. 이름은 아고스토 궤라였다.

디아만테는 아고스토와 함께 보냈던 그 여름의 모습 그대로 아고스토를 기억하는 것을 좋아했다. 향수에 젖어 있고 대담했던 그 사람, 몽상가였던 그 사람으로……. 여섯 아이들의 장래를 위해 녹슨 도끼로 다리를 절단할 준비가 되어 있던 사람. 법률상으로는 아니지만 그는 양녀를 친딸로 생각했다. 아마 그런 이야기를 하면서 디아만테는 자기가 생각하는 것이 진짜라고 믿게 되었던 것 같다. 어둠 속에서, 빗속에서 기차가 갑자기 나타난 게 아니라고 말이다. 바퀴에 깔려 산산조각 나서 철로에 흩어진 시신은 없었다고. 흔하디 흔한 도둑조차 찾아올 수 없는 곳에, 그가 있었던 곳을 아무도 알 수 없는 대초원의 아무 곳에나 서둘러 구덩이를 파고 묻지도 않았다고. 결국 디아만테는 조사도 비방도 거짓도 없었다고 믿고 말았다. 둘 다 원하는 것을 얻었다고 말이다. 아고스토 궤라는 돈을, 그는 자유를.

디아만테는 한밤중에 숙소에서 도망쳤다. 동료들은 모두 담요로 몸을 둘둘 말고 침대에서 잠들어 있었다. 그는 동료들에게 꿈을 꿀 힘이 남아 있다면, 지금쯤 무슨 꿈을 꾸고 있을지 알았다. 그들을 다시는 만나지 않게 될 것이다. 만나고 싶지도 않았다. 상한 멸치, 몸을 간질이던 이, 난롯가에 앉아 상상하던 끝없는 간음, 보상금과 자해에 대한 허풍들만이 기억에 남을 것이다. 숙소에서 가져갈 만한 것은 아무것도 없었다. 추억조차도. 선하게 살아가려면 악한 것을 잊는 법을 배울 필요가 있다. 그렇지 않으면 선은 빛바래고 독에 물들고 악에 압도당하게 된다. 십장이 있는 객차의 문이 조금 열려 있었다. 십장은 그 객차에 없었다. 어쩌면 아고스토 궤라에게 일어난 사고에 대해 공식 문서를 작성하기 위해 회사와 상의 중일 수도 있었다. 아니면 그저 가까운 작업장의 다른 십장과 대황 뿌리로 담근 술을 마시고 있을 수도 있었다. 자신의 인부가 죽었을 때 그 역시 충격을 받았다. 모두들 자신도 그렇게 죽을 수 있다는 것을 잘 알았다.

디아만테는 선로에서 비치는 희미한 빛의 안내를 받아 어둠 속을 걸었다. 물이 말을 할 수 있다면 이 몇 년 동안 물이 한 말이 뭐라도 남았을 것이다. 물이 그에게 가르쳐 주었던 것을 말했을 것이다. 가장 투명한 것, 가장 가벼운 것이 얼마나 무거운지를. 네가 잡을 수 없는 것을 간직하려면 얼마나 노력해야 하는지. 물은 네 손가락으로 빠져나가서 넌 빈손으로 늘 똑같은 갈증을 느낀다. 하지만 물에는 기억이 없기 때문에 그가 알고 있던 분노와 고독의 흔적이 남지 않았다. 그는 그 몇 년을 영원히 잃어버렸다. 한참 동안 객차가 시야에 남아 있었다. 나무판자들 사이로 스며 나오는 희미한 빛 때문에 객차는 종이 상자같이, 어둠 속에 걸려 있는 중국 등같이 빛났다. 그러다가 객차가 사라지고 다시 혼자되었다. 한결같이 계속 이어지는 침목을 따라 걸었다. 침목의 간격에 보폭을 맞췄고 그들의 리듬을 따랐다. 철로 위에서 균형을 잡으면서 거의 춤을 추듯 침목들을 뛰어넘으며 달렸다. 서로 연결되어 나란히 뻗은 선로들. 세상의 반대 방향으로 달아나려 하나 그럴 수 없는 선로들. 영원히 함께 고정되어 있는 선로. 때로는 다이너마이트로도 떼어 놓을 수가 없다.

새벽에는 벌써 아무도 살지 않는 고요한 평원 한가운데에 도착했다. 나뭇잎 흔들리는 소리도, 새 울음소리도, 잠에서 깨어나는 자연의 소리도 들리지 않았다. 태양은 넓은 바다에서처럼 평원 위로 떠올랐다. 드넓은 어둠의 바다가 사라지고 빛의 바다가 나타났다. 주변은 말로 표현할 수 없는 깊고 깊은 고요뿐이었다. 물결치는 끝없는 풀들, 거대한 하늘, 빛도 폭풍우도 바람도 피할 수 없는 공간, 이 모든 것이 넓은 바다를 떠올리게 했다. 시간도 역사도 없고, 형태도 없이 조용히 수천 마일 펼쳐진 바다 풍경이었다. 얼어붙은 선로들이 아침 햇살을 받아 반짝였는데, 바다에서 퍼덕이는 하얀 물고기들 같았다. 끝이 보이지 않는 선이었다. 외로이 길게 뻗은 그 선 때문에 그는 당혹스러웠고 몸이 얼어붙었으며 방향을 잃었다. 방향감각, 육감, 자신감 모두를 잃었다. 그는 바람에 뿌리가 뽑힌 채 대초원에 버려진 풀 한포기가 되었다. 하지만 선로는 항상 어딘가와 이어져 있었다.

하얀 백지 위의 쉼표처럼 초원의 단조로움을 깨는, 까마득히 멀리 보이던 돌출물이 역이 되었다. 나무로 지은 건물로 아직 페인트칠도 마르지 않은 표지판이 붙어 있었다. 역을 둘러싸고 벌써 임시로 지은 많은 집들이 다닥다닥 붙어 있었다. 기차가 주기적으로 지나간다는 이유 하나로 이곳을 도시라고 불렀다. 사흘 만에 세워진 도시로, 아마 철도 회사 엔지니어의 머리에 제일 먼저 떠오른 이름이 이 도시의 이름이 되었을 것이다. 엔지니어의 아내나 자식 이름일 수도 있고 그가 좋아하는 도시, 숭배하는 인물의 이름일 수도 있다. 테일러, 하워드, 카노바, 카부르, 입스위치, 자바, 세네카, 혹은 로마일 수도 있다. 디아만테는 몇 달 전 건설 현장의 여기저기에 서 있는 간판들을 발견했다. 자갈이 넓게 깔려 있는 한적한 곳에 우뚝 선 맥주 광고, 카로 콘 시럽 포스터, 새니톨 가루치약 통을 지났다. 작은 날벌레들이 우글거리는 웅덩이에 말없이 반사된 가루치약

통은 그에게 살균과 표백이 되는 새니톨 제품은 산의 신선한 공기를 마시듯 금방 깨끗하게 만들어 준다는 것을 알려 주었다. 25센트면 어디서든. 매일, 당신이 가는 곳에. 그리고 그는 다시 혼자가 되었다. 곡선도 밀도도 없는 세상. 아무것도 없는 불모의 땅. 자신이 보잘것없이 작다는 사실을 발견하고 멍하니 정신을 놓은 채, 추위에 떨며 불안한 눈으로 구름을 바라보았다. 구름은 그의 머리 위로 몰려들면서, 피할 수 없는 거센 소나기가 몰려올 거라고 그를 위협했다. 가끔씩 지나가는 여객열차의 뚜렷한 기적 소리에 소스라치게 놀랐다. 그 소리를 들으면 증기선의 사이렌 소리가 생각났다. 그는 끝도 없이 넓은 공간 위로 연기구름이 다가오는 것을 보았다. 연기는 결국 흔적도 없이 흩어져 버리고 말았다. 하지만 그는 기차를 보냈다. 그를 위한 기차가 아니었다. 그는 옥수수와 시카고 도살장으로 보낼 소 떼를 실은 화물열차를 기다렸다. 화물과 가축들을 운반하는 기차들을.

오후가 되어서야 첫 번째 화물열차가 침묵을 뒤흔들었다. 디아만테는 둑에서 가만히 기차가 다가오길 기다렸다. 연기, 굉음, 나무, 석탄. 길고 긴 열차를 따라 100여 미터 정도 달렸다. 검댕이에 덮인 이상한 객차들은 그냥 지나가게 내버려두었다가 드디어 객차의 손잡이를 찾아서 잡았다. 한참 동안 허공에 대롱대롱 매달려 있었다. 그의 발이 둑을 스쳤다. 만약 손을 놓친다면 그는 바퀴에 깔려 짓이겨져 다리가 가루가 될 것이다. 그의 것이 아무것도 남지 않을 때까지 끌려가서 이름 없는 수많은 시체 중 하나가 될 것이다. 잠시 후 지붕 위로 기어 올라갈 수 있었다. 바람이 불어 석탄이 그의 얼굴을 뒤덮었다. 비가 내렸지만 피할 방법이 없어 그대로 물에 젖었다. 먹을 것이 없었고 주머니에는 30달러가 들어 있었다. 4년 동안 강제 노역을 하고 얻은 보잘것없는 결과물이었다. 부당했던 그의 감옥 생활. 아니 어쩌면 당연한 것이었는지도 모른다. 언제라고 정확히 말할 수는 없지만 뉴욕에서 그가 실수를 했고 그에게 중요한 모든 것을 부정했다. 그리고 그는 길을 잃어버렸다.

그는 기차가 어느 곳으로 가는지 몰랐다. 뭘 수송하는지도 몰랐다. 객차는 모두 밀봉되어 있었다. 미국은 거대했다. 수백만 킬로미터의 선로가 그 미국을 파고들어 가로지르고 아직은 아무것도 없는 곳까지 퍼져 나갔다. 하지만 선로가 어디로 가든 단 한 곳에서 끝났다. 바로 뉴욕이었다.

아믈레토 아토니토의 망설임

1909년 겨울에 앤소니아 호텔 주방 일을 마치고 나서 비타는 로코가 기회가 될 때마다 본조르노 형제들의 홀에서 만났다. 서서 키스를 했다. 의자들은 슬퍼 보였고 소파는 눈물에 젖은 것처럼 보였다. 외투의 단추를 풀고 서로의 몸을 꼭 껴안았다. 추위를 잊기 위해서였다. 이제 추위도 한기도 느끼지 않는 육체들, 벽보다 바닥보다 겨울보다 더 차가운 사람들이 누워 있는 방인 그 홀은 몹시 추웠다. 비타는 자신이 크게 잘못하고 있다는 것을 알았다. 디아만테에 대한 사랑이 얼마나 강렬한지도 분명하게 알았다. 하지만 그녀가 지금 여기 있다면 이건 분명 로코도 사랑하는 것이다. 그래서 멜버리 지역에 가지 말라고 아넬로가 엄명을 내렸지만 일요일 아침이면 로코에게서 최근에 선물받은 가죽 모자를 핀으로 고정시키고 외투의 단추를 채웠다. 이 외투 역시 그에게서 최근에 선물받은 것이었다.(열다섯 살 그녀에게 선물이 끊이지 않았다. 마치 매일이 생일 같았다.) 그녀는 고가철도를 타고 백스터 스트리트로 서둘러 걸어갔다. 오로지 로코의 노래를 들을 생각뿐이었다. 어쨌든 그녀는 로코에게 그만하라고 말할 수가 없었다. 그녀의 옷을 원래대로 해놓으라고도, 몸을 더듬지 말라고도 하지 않았다. 그녀는 항상 몸을 울타리가 쳐진 구역, 귀중한 열매가 자랄 수 있지만 그와 동시에 마치 정당한 주인을 기다리는 듯 일시적으로 돌보지 않은 정원과 같다고 생각했다. 그와 같은 생각에 변함이 없어 지금 로코에게 자신의 몸을 주고 있는 것이다. 그렇게 해서 그가 그 정원을 찾아내서 그녀에게도 보여 줄 수 있도록. 디아만테에 대한 기억은 하나도 희미해지지 않았다. 아니 이제 그의 귀환을 훨씬 더 사실적으로 상상할 수 있었다. 그래서 주방에서 케이크 반죽을 하고 과자에 설탕을 뿌리면서 그를 생각했다. 로코가 막 건네준 선물 포장지를 뜯을 때에도, 심지어 로코가 바워리 쪽으로 운전을 하거나 그녀 앞에 무릎을 꿇고 허벅지 사이의 은밀한 부분에 얼굴을 묻을 때에도 그를 생각했다. 하지만 지금 그녀는 디아만테를 생각하면서 다른 남자도 생각했다. 둘 다 똑같이 열정적으로 뜨겁게 사랑했다. 그것이 가능한지 생각해 보지 않았지만, 그리고 어쩌면 있을 수 없는 일일지도 모르지만 말이다. 그녀는 자신이 예전과 달라졌다거나 더 타락했다고 생각하지 않았다. 그녀가 선택을 해야만 하는 일이 없기만을 바랐다. 그리고 계속 눈을 감고 몸을 떨며 이 방 안의 부자연스러운 침묵을 깨고 축음기 나팔에서 울려 나오는 카루소의 목소리를 들을 수 있길 바랐다. 그러다가 갑자기 이렇게 말하기만 하면 됐다. "집에 데려다 줘." 그녀는 늘 제때 그를 제지했다. 어쨌든 그녀는 로코가 아니라 디아만테와 결혼하고 싶었으니까. 아니면 둘 다 할 수도 있을 것이다. 아직 그렇게 할 수 있는 방법을 생각해 본 적은 없지만.

로코는 고집을 부리지 않았다. 그 역시 혼란스러웠고 지금 자신에게 무슨 일이 일어나고 있는지 이해하지 못했기 때문이다. 새벽 3시에 머리가 헝클어지고 옷매무새도 흐트러지고 충혈된 눈으로, 모르는 게 없는 것 같은 미소를 짓는 비타를 집 앞에 내려주고 나면 그는 이제 됐다고, 이게 마지막이라고 되뇌곤 했다. 앤소니아 호텔에 드나드는 일은 그만두어야만 했다. 이 자동차도, 장의사도 자신의 것이 아닌 데다 본조르노가 그를 '내 아들'이라고 불렀기 때문이다. 그는 본조르노의 딸 베네란다와 결혼했다. 베네란다는 대개 아부가 섞인 별명, 베네라('숭배하다'라는 뜻의 동사 변형 - 옮긴이)로 부른다. 그녀와 결혼한 건 야망 때문이었다. 믿음직한 보디가드로, 둔하고 무감각한 기계로만 취급받는 것이 지겨웠기 때문이다. 고릴라. 더러운 일을 맡아서 해결하는 데에만 능하고 행동만 하는, 아무에게도 자신의 의견을 말할 수 없는 부하. 그 속에서 뇌라고 불리는 기관의 기능은 고려되지 않았다. 그것은 신장결석처럼 불필요하고 해로운 것이었다. 하지만 로코는 뇌를 가지고 있었다. 그는 장의사와 본조르노의 돈을 차지하고 싶었다. 본조르노는 구시대적이고 편협한 사고 때문에 그 돈을 적절히 투자할 줄 몰랐다. 트럭, 굴착기, 기중기를 사고 싶었다. 그의 보스가 할 수 없었던 진짜 사업가가 되고 싶었다.

그는 코차가 허벅지에 총을 맞았을 때 그의 목숨을 구해 주고 나서 베네라를 딱 한 번 보았다. 본조르노는 퇴원하자마자 그에게 상으로 저녁 식사 초대를 했다. 본조르노가 아내와 딸, 본조르노 형제들에게 그의 용기를 칭찬하는 동안 로코는 눈이 휘둥그레져서 벽난로, 카펫, 중국 도자기, 이탈리아에서 수입해 온 고가구들, 그리고 세인트 마크스 플레이스 쪽으로 난 창문들을 보았다. 그리고 무슨 수를 써서라도 그 집을 차지하겠다고 결심했다. 그는 늘 모든 것을 다 파괴해 버리고 아무것도 소유하고 싶지 않다고 생각했다. 그는 돈도 멋진 물건들도 원치 않았다. 아니, 그런 것들을 한 번도 본 적이 없었다. 베네란다 본조르노 같은 젊은 아가씨 근처에 가본 적도 없었다. 호리호리한 체형에 투명한 피부를 가진 그녀는 적갈색 머리를 땋아 위로 올려붙이고 오래된 동판화에 나오는 여자처럼 옅은 회색 옷을 입고 있었다. 목소리는 텔컴파우더 가루처럼 가벼웠다. 그때 로코는 아직 변두리에 있는 탐욕스러운 마녀의 하숙집에 살고 있었다. 그 마녀는 구역질 나는 멀건 스프를 주면서 지나치게 많은 하숙비를 받았다. 그리고 그가 가끔 그녀의 수실로 상처를 꿰맬 때 수상한 눈으로 그를 보곤 했다. 본조르노의 집이 그의 머리에서 떠나지 않았다. 본조르노는 그의 보호자이며 적이었다. 요새를 함락시키고 지상의 행복을 빼앗아야 할 적. 베네란다는 수녀들에게 교육을 받았고, 아버지와 그의 친구들이 무슨 일을 하는지 전혀 몰랐다. 그녀의 아버지가 총에 맞았을 때 로코가 바로 블랙웰스 아일랜드 교도소에서 나오는 길이었다는 것을 알았다면 그를 경멸했을 것이다. 하지만 브루클린에서 호텔 주인에게 매달 받는 상납금을 회수하다가 체포되었을 때 눈치 빠르게 자기 이름을 가명으로 댔기 때문에 그는 아믈레토 아토니토라는 이름으로 교도소에 수감되었다. 베네라에게 아무도 이런 이야기를 하지 않은 것이 분명했다. 그래서 베네라는 천사 같은 얼굴을 한 이 예의 바른 청년이 매력적이라고 생각했다. 그는 신중한 행동으로, 콧수염 기른 아버지의 천박한 친구들을 좋아하지 않는다는 것을 보여 주었다. 게다가 그건 그녀도 마찬가지였다. 젊은 손님은 저녁 식사 내내 한마디도 하지 않았다. 본조르노가 그에게 축음기로 들을 음악을 골라 보라고 권했을 때도 마찬가지였다. 그는 그저 코차가 소장하고 있는 상당히 많은 레코드들을 하나씩 살펴보았을 뿐이다. 코차는 빅터 레코드와 컬럼비아 레코드 사에서 나온 세트를 모두 가지고 있었다. 잠시 후 로코는 나른하고 슬픈 나폴리 노래를 축음기에 올렸다. **오! 상쾌하고 아름다운 공기! 접시꽃 향기는 퍼지고 당신은 잠들고 있구려**……. 노래처럼 되었다. 본조르노의 딸은 확신을 얻어 마음을 놓은 채 살며시 잠이 들었다. 하지만 로코는 주의가 깊었고 자신에게 찾아온 기회를 놓치지 않을 준비가 되어 있었다. 가수가 큰 목소리로, **당신에게 입 맞추고 싶어, 당신에게 입 맞추고 싶어**라고 노래할 때 로코는 소녀의 적갈색 머리에서 눈을 떼지 않았다. 베네라는 자신이 사랑에 빠졌다는 것을 알았다.

로코가 아버지를 데려다 주러 집에 올 때마다 베네란다는 창가의 커튼 뒤에 숨어서 그를 지켜보았다. 그가 자신을 보았다는 것을 알면 곧 커튼을 내렸다. 로코는 한 손으로 모자의 창을 잡고 가볍게 목례를 했다. 그녀에게 감히 말을 걸 수가 없었다. 언젠가 피노 푸칠레가 로코의 행동 방식, 말, 제스처가 상류사회에서는 웃음거리가 될 수 있다고 말해 주었기 때문이다. 로코는 정말 서툴렀다. 그래서 누구에게 미행이나 감시를 당하고 있지 않다는 것을 확인하고서는 서점으로 달려 들어갔다. 점원은 그가 강도라고 생각하고 겁에 질려서 뭐든 하라는 대로 하겠다고 더듬거렸다. 로코는 조그맣게 영어 사전, 그리고 어떻게 행동하고 말하고 어떤 말을 하지 말아야 하는지를 알려 주는 책, 간단히 말해 예절 책을 달라고 부탁했다. 책과 사전은 10달러였지만 정말 훌륭한 투자였다. 본조르노는 물론 딸을 위해 여러 가지 계획을 세웠을 것이다. 성급한 보디가드에게 딸을 희생시키는 것은 두말할 것도 없이 그 계획에 포함되지 않았다. 하지만 로코는 본조르노에게 형벌을 가할 계획을 세웠을 때 모든 일을 효과적으로 계획했다. 그리고 본조르노에게 형벌을 가했다.

베네라의 동의를 얻어 그녀가 피아노 수업을 마치고 나올 때 그녀를 납치했다. 그들은 로코의 친구가 사제로 있는 교회에 안전하게 숨어서 사람이라도 죽일 것 같은 본조르노의 분노가 가라앉기를 기다렸다. 본조르노의 분노가 가라앉자 로코는 베네란다와 결혼을 해서 아버지와 딸의 명예를 회복시킬 준비가 되어 있다고 알렸다. 본조르노는 다 죽여 버릴 생각을 했다. 그러다가 양보를 했다. 아마 베네란다를 사랑해서였을 것이다. 사실 로코는 베네란다의 명예를 회복시킬 일이 전혀 없었다. 그녀에게 손도 대지 않았으니까. 그는 그녀를 납치하기 전에도, 납치한 후에도 그녀를 원하지 않았다. 열차에서 뭔가를 얻어 낼 수 있다면 그는 열차와도 결혼했을 것이다. 베네란다가 같이 있는 시간이 적다고 불평을 하긴 했어도 그들의 결혼 생활은 행복했다. "출장이야." 로코는 변명했다. 베네라는 사업가의 아내가 되는 교육을 받았다. 그래서 그가 오랫동안 집을 비우거나 이유 없이 사라지는 것을 받아들였다. 남편이 경찰을 유난히 조심스러워하는 것이 세금에 대한 알레르기 때문이라는 설명을 믿는 척했다. 그는 아내에게 세금을 내지 않을 것이고, 앞으로도 내고 싶지 않다고 고백했다. 베네라는 스물두 살밖에 안 되었지만 믿을 수 없을 정도로 지혜로웠다. 수많은 거짓말들로 보호를 받으며 성장했기 때문에 그녀는 스스로 의문을 갖지도, 질문을 하지도 않는 법을 배웠다. 그녀는 세상 물정을 모르지 않았으나 모두들 그녀가 순진하길 바랐기 때문에 그런 모습을 보였다. 로코는 그녀에게 진심으로 감사했고 그녀에게 상처를 주거나 아프게 하는 일은 용납할 수 없었다. 유일한 자기 편을 불행하게 만들고 싶지 않았다. 그래서 불륜에 빠지지 않고 관계를 끝내겠다고 굳게 결심했다.

하지만 바람 부는 날처럼 시원하고 건강하고 디아만테를 정신없이 사랑하는 비타에 대한 생각이 하루 종일 이상할 정도로 그를 강렬하게 사로잡아서 나머지 것들을 전멸시켜 버렸다. 회의를 할 때도 정신을 집중하지 못해서 평상시보다 훨씬 멍한 시선으로 자신의 본마음을 숨겼다. 부주의해졌고, 심지어 자기가 맡은 일을 억지로 급히 처리해 버렸으며 퇴근하는 장인을 집에 데려다 줄 시간만을 초조하게 기다렸다. 그리고 차고에 주차를 하는 대신 비타를 데리러 갔다. 조용히 장의사까지 운전을 하고 자물쇠를 열었다. 그녀의 행복을 방해할 무시무시한 관대가 혹시 없는지 확인하기 위해 그녀에게 밖에서 잠깐 기다리라고 말했다. 밀랍 초에 불을 붙이고 십자가를 돌려놓고 그녀의 외투를 벗겼다. 부드럽고 풍만한 그녀의 몸을 안으며 기쁨을 느꼈다. 그리고 가슴에 정신없이 입을 맞추며 튀김과 초와 썩은 꽃 냄새 속에서 그녀처럼 부드럽고 단단한 망각 속으로 빠져들었다.

어쩌면 비타가 숨기지 않고 보여 주는 그 감정, 그는 경험할 수 없는 감정들을 부러워하는 것인지도 몰랐다. 그녀의 힘, 확신, 두려움 없는 자세, 그녀의 강박관념을 말이다. 로코와 다른 사람들 사이에는 항상 보이지 않는 벽이 있었다. 말로 표현되지 않은 말과 억눌린 생각의 무게, 바이스(공작물을 끼워 고정하는 기구 – 옮긴이)처럼 그를 조이고 그를 불사신으로 만드는 차가움이 있었다. 뭔가가 그의 마음을 움직인 것이 언제였는지조차 기억나지 않았다. 비타는 단단하고 가느다란 거미줄 같다. 두 벽 모퉁이에 걸려 있어 어둠과 열기, 햇빛이 스치고 지나가는 거미줄. 미세한 바람이 그것을 흔들어 벽에서 떨어뜨리려 하지만 소용이 없다. 거미줄은 유연하고 선명하고 단순하다. 그 반짝이는 선이 눈부신 허공을 가른다. 우리는 혼란스러운 것만을 높이 평가하는 버릇이 있다. 복잡하게 엮인 매듭 속에서 힘을 찾으면서, 정신 속에서 단순성과 위대함을 연결하기가 불가능하다고 주장한다. 하지만 복잡한 일들은 불분명하고 보잘것없고 허약하다. 영혼은 이 거미줄처럼 단순하다.

그래서 그가 중얼거렸다. "비타, 디아만테 생각 항상 해?" 그녀는 그렇다고 진지하게 대답했다. "디아만테는 내 약혼자야. 우린 결혼을 약속했어. 내가 디아만테를 불러서 지금 돌아오고 있어." 그러다가 어느 날 이렇게 말했다. "디아만테는 돌아오지 않아. 난 자유로워." 틈새에서 들어오는 바람에 거의 꺼져 들어가는 촛불 쪽으로 로코가 한 손을 뻗었다. 손에 닿는 화끈한 통증으로 자신이 행복하다는 확신을 얻고 싶었기 때문이다. 통증을 느끼지는 않았지만 그래도 행복했다. "이제 난 디아만테와 아무 상관 없어." 비타가 스타킹을 벗으면서 말했다. 사랑을 하면서 사랑을 받지 못하는 것은 시간 낭비였다. 그녀는 열정적이었다. 어쩌면 길에서 디아만테를 만난다 해도 그를 알아보지 못할 수도 있다는 생각이 갑자기 떠올랐다. 그녀는 디아만테의 입, 체온, 코의 윤곽이 생각나지 않았다. 그의 얼굴, 목소리를 잃어버렸다. 잊어버린 것이다. 그의 이름은 까마득히 먼 차가운 메아리가 되었다. 과거 속으로, 그들의 어린 시절 속으로 사라진, 희미하게 떠오르는 은밀한 기억이 되었다. "그럼 내가 너하고 결혼해야겠네." 로코가 생각에 잠겨서 결론을 내렸다. "그럼 먼저 날 납치해야 해." 비타가 웃었다. 로코가 촛불을 입으로 불면서 말했다. "벌써 납치했잖아."

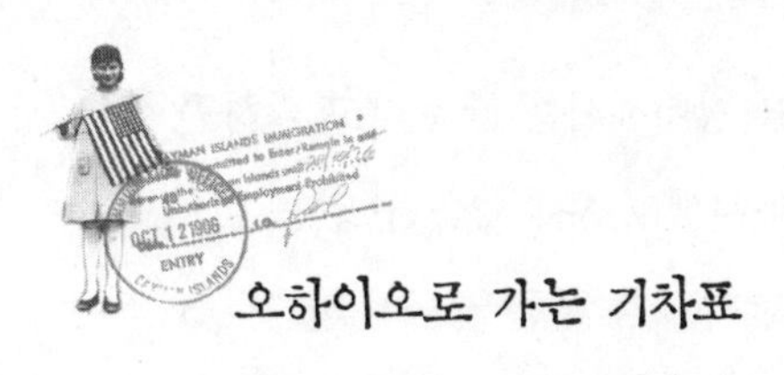

오하이오로 가는 기차표

여자의 가장 소중한 미덕은 희생이다. 그리고 그 보상은 이 세계에서 받는 것이 아니라 영원한 천국에서 받게 된다. 비타는 이 사실을 잘 알고 있다. 그것을 잊어버렸다면 이웃집 여자들이 상기시켜 주었을 것이다. 여자들은 두 칸짜리 집에 틀어박혀, 아직 말도 할 줄 모르는 영양실조 걸린 자식들에게 에워싸인 채 브로드웨이의 레비 사를 위해 단추를 꿰매며 끝도 없는 하루하루를 보냈다. 설거지할 산더미 같은 그릇들, 세탁해서 다릴 시트로 이루어진 평온한 생활이었다. 세탁물과 똑같은 풍경의 건물 속에서 살아가는 안정적인 생활이었다. 창문으로는 위안을 주는 똑같은 광경, 지평선까지 길게 이어지는 길을 바라볼 수 있었다. 뉴욕에는 굽은 길이 없었다. 모든 것이 곧고 무자비했다. 사람들은 모두 레나가 미쳤다고 했다. 하지만 레나가 미쳤다면 몇 년 전부터 되돌이킬 수 없는 한 가지 꿈을 가지고 살고 있는 비타도 미쳤어야 했다. 게다가 비타는 몇 달 전부터 장의사 사무실의 눈물에 젖은 소파 위에서 디아만테가 아닌 다른 남자와 사랑을 나눴다. 그러나 그곳에서 그녀는 한 번도 눈물을 흘린 적이 없었다. 납치되었던 그날 밤도. 오히려 그녀의 웃음소리가 그 홀에 울려 퍼졌다. 그 웃음소리는 밀랍 초와 커튼 뒤에 숨겨진 관대들, 인간의 금지된 행복을 볼 수 없도록 벽을 향해 돌려진 십자가로 꽉 찬 조용한 방에서 사라지지 않았다.

로코는 항상 비타에게, **그의** 비타는 할렘 같은 곳에서 무식하고 촌스럽고 야수 같은 사람들과 뒤섞여 젊음을 낭비해서는 안 된다고 말하곤 했다. 그 사람들은 행복과 아름다움을 무시했고 손에 넣을 수 없는, 그리고 혹시 손에 넣는다 해도 어떻게 해야 할지 모를 부를 꿈꾸며 피곤한 노동과 후회로 이성을 잃었다. 로코는 그녀를 데려가고 싶었다. 다른 곳으로 **옮겨 주고 싶었다**. 비타는 그가 그렇게 해줄 수 있기를 바랐다. 그래서 그가 함께 도망가자고 제안했을 때 받아들였다. 그녀는 바꾸고 싶었다. 의무라는 숨통을 조이는 쇠사슬에서 자유로워지고 안개 낀 바다처럼 그녀를 위협하는 잿빛 불행에서 벗어나고 싶었다. 그래서 그들은 역에서, **무슨 일이 있어도 절대** 다른 사람의 눈에 띄어서는 안 됐기 때문에 바로 선로 앞에서 만나기로 약속했다. 1910년 봄이었다. 비타는 서둘러 집에서 나갔다. 후회가 뒤따를까 두려워 역으로 달려갔다.

로코는 정말 비타와 결혼할 생각이었다. 그녀를 속일 생각은 추호도 없었다. 그리고 비타가 디아만테와 약혼했다는 것을 그에게 미리 말했듯이 그도 자신이 결혼했다는 것을 늘 말하고 싶었다. 하지만 고백하기에 적절한 순간들을 놓쳤다. 그녀를 잃게 되리라는 것을 알았다. 그리고 비타 없이 살아야 한다는 생각을 받아들일 수가 없었다. 무지에서 비타를 구해 주고 그녀에게 그녀의 권리, 혹은 권리라고 믿어야 할 것들을 가르쳐 준 아동구호협회를 저주했다. 그녀에게 눈부신 탈출구를 보여 준 자기 자신에게 욕을 퍼부었다. 몇 달 동안 두 개의 절름발이 인생을 살았다. 둘 다 위험했다. 비밀스럽게 비타와 만나는 동안 소문이 돌기 시작했다. 장의사 지배인에 대한 존경의 표시로 소문은 곧 그에게 보고되었다. 처음에는 즐겁게 듣던 로코의 몸이 굳었다. "시체를 수습하는 직원 빈첸치노 바달라 알아요?" 어느 날 본조르노 장의사에서 무덤 파는 일을 하는, 폐병에 걸린 파지올리노가 그에게 말했다. "아, 어느 날 밤 사무실에 집 열쇠를 놓고 갔대요. 자정에 열쇠를 가지러 장의사로 돌아왔다는군요. 뒷문으로 들어갔는데 홀에서 고통스럽게 숨을 헐떡이는 소리가 들렸대요. 고인들의 혼령이 내는 소리인 줄 알고 겁이 나서 머리가 쭈뼛했다는군요. 그렇지만 집으로 돌아가야 했지요. 안 그러면 거리에서 자게 생겼으니까 용기를 냈대요. 불을 켜지 않고 손으로 더듬어 홀로 걸어갔다는군요. 숨소리가 더 격렬해졌대요. 자비를 구하기 위해 그가 털썩 무릎을 꿇었다는군요. 그런데 뭘 봤는지 알아요? 믿지 못하실 겁니다. 관 사이에서 남자 여자가 그 짓을 하고 있었대요."

그리고 필로메노 스카투로가 정말이라고 맹세했다. 그도 들었다. 그도 알았다. 그도 보았다. 여자는 알몸이었는데 까무잡잡한 피부에 날씬한 허벅지를 가졌고, 검은 머리였다. 소녀였다. 하지만 파렴치한 악령이 세상을 유혹하기 위해 순진한 소녀로 변장한 것이다. 로코는 등줄기를 타고 차가운 뭔가가 흘러내리는 기분이었다. 스카투로는 관을 짜는 꼽추였는데 신심이 깊었고 본조르노 형제들에게 늘 충성을 다했다. 스카투로는 로코의 사무실에 와서 이 이야기를 하면서, 이런 불결하고 음탕한 일, 무시무시한 신성모독을 중단시켜야 한다고 공손하게 그에게 요구했다. "남자는, 봤어요?" 로코가 목수의 목을 잡아 부러뜨려 버리고 싶은 부적절한 충동을 억누르려 애쓰면서 물었다. 스카투로는 그를 뚫어져라 보면서 차갑게 대답했다. "남자는 젊고 튼튼했습니다. 하지만 계속 이렇게 하다가는 발에 시멘트 블록을 매단 채 강바닥에서 발견될 겁니다. 죄를 지은 물건이 잘려 나간 뒤에 말이지요."

스카투로는 며칠 뒤 목이 부러진 채 쓰레기장에서 발견되었다. 하지만 사무실은 로코에게 변함없는 곳이었다. 특징 없고 우울한 곳, 캘버리 묘지에 묻히거나 친지들의 비용으로 고향으로 다시 보내야 할 시신들과 관들이 빼곡하게 자리 잡은 곳, 사람들이 죽음을 경계하기 위해, 혹은 계획하기 위해 찾아오는 곳이었다. 이제 등받이가 곧은 그곳의 의자에 앉으면 불안했고 자신이 더럽게 느껴졌으며 불만스러웠다. 이제 어디서 비타를 만나야 할지 알 수가 없었다. 그녀와 몇 시간 같이 보내고 싶은 욕망 때문에 괴로웠다. 장인의 차를 한적한 부두에 세워 놓고 창고와 문 닫은 공장의 어둠 속에서 몇 분을 보내는 것만으로는 충분하지 않았다. 그가 비타에게 원하는 것은 그것이 아니었다. 아마 두 집 살림을 해야 할 것이다. 뉴욕에서는 베네란다의 남편으로, 다른 도시에서는 비타의 남편으로.

1910년 2월에 로코는 그녀를 깜짝 놀래 주고 싶었다. 수없이 많은 선물 중 또 다른 선물이었다. 그녀를 메트로폴리탄 오페라극장에 데려갔다. 공연이 끝난 뒤에는 엔리코 카루소의 분장실로 갔다. 나폴리나 캄파니아, 어쨌든 이탈리아의 어느 곳에서 온 것을 자랑하는 다른 수백 명의 진짜, 혹은 사이비 팬들처럼 로코는 카루소에게 여러 번 접근했다. 입장권을 다발로 선물받아서 극장 밖에서 열 배 가격의 암표로 팔기 위해서였다. 그날 밤 비타는 한마디도 하지 않았다. 그렇게 작고 뚱뚱하고 병색이 완연하고 우울하고 슬퍼 보이는 그 남자가 자신이 여러 해 동안 우상으로 삼았고 그의 딸이 되기를 꿈꿨던 벨벳같이 부드러운 목소리의 남자라고 생각하기가 힘들었다. 그녀는 감격을 해서 그를 자세히 살펴보았다. 그가 친근하고 친밀하게 느껴졌던, 가장 행복했던 과거의 한 부분을 이제 잃어버린 것 같은 기분이었다. 하지만 이런 기분을 전할 말을 찾지 못했다. 로코는 엽서에 테너의 서명을 받았다. 광대 카니오 복장을 한 카루소의 사진엽서였다. 심지어 카루소에게 엽서에 '미국에서 가장 아름다운 소녀에게'라고 써달라고 불러 주기까지 했다. 비타가 수치스럽게 생각할 정도로 뻔뻔한 태도였다. 테너는 로코의 의견에 동의하는 것 같았다. 넋을 잃고 비타의 검은 눈을 바라봤으니까. 하지만 그 무렵 카루소가 자신의 여인에게 버림받은 상처를 위로해 줄 여자를 찾고 있다는 걸 모르는 사람이 없었으므로 로코는 더 이상 친밀해지는 것을 가로막았다. 비타의 손을 잡고 그녀를 데리고 나갔다. 분장실 문 앞에서 비타가 돌아서서 카루소를 보고 웃었다. 로코가 비타를 그곳에 데려간 것은 아주 경솔한 행동이었다. 카루소가 비타를 잊지 못했기 때문이다. 그리고 카루소는 로코도 잊지 못했다.

몇 주 뒤에 세 명의 남자가 1만 5000달러를 받아 가려고 카루소 앞에 나타났다. 짧은 협박 편지를 읽은 뒤 카루소는 굴복했다. 돈을 줄 용의가 있다고 말했다. 1만 5000달러를 꾸러미에 싸서 브루클린의 밴 브룬트 스트리트 공장 계단 밑에 갖다 놓을 것이다. 하지만 한때 배가 고파 거의 죽을 지경에 이르러 본 사람들이 모두 그렇듯이 카루소는 부자가 된 뒤로, 자신이 가질 수 있을 거라고 상상해 보지 못했던 그 돈을 확실하게 지켰다. 누구에게라도 돈을 선물할 준비가 되어 있었지만 빼앗길 생각은 전혀 없었다. 그는 꾸러미에 못 쓰는 종이들을 넣었다. 그리고 그들에게 모욕을 주기 위해 2달러를 넣었다. 그리고 약속 장소에 경찰을 보냈다. 두 명의 심부름꾼이 잡혔다. 세 번째 남자는 도망쳤다. 수입업자인 안토니오 미지아니와 주류 판매업자인 안토니오 친코타는 감옥에 갇혔다. 보석금 1500달러를 내면 석방될 수 있었다. 경찰은 어떻게 해서든 주범을 밝혀내려 했지만 체포된 두 사람은 입을 열지 않았다. 그리고 그 친구들은 모든 방법을 동원해 무죄를 증명하고 수사를 종결시키려 했다. 3월 17일에 경찰은 문법과 철자가 하나도 맞지 않는 편지 한 통을 받았다. 제노바 출신으로 추정되는 여자가 자신의 편지가 협박편지라고 자처했다. 편지에는 이렇게 적혀 있었다. "카루소 씨. 나는 당신에게 두 번 편지를 쓴 여자예요. 당신을 사랑하기 때문이지요. 내가 결혼한 여자라 당신을 사랑할 수 없기 때문에 그런 편지들을 쓰게 되었어요. 적어도 미국에 다시 오지 말라고 당신에게 경고하기 위해서지요. 그리고 체포된 남자들은 결백하다는 것을 알리려고 해요. 결백한 사람들을 구해 주세요. MNSDM." 서투른 이 편지에는 '검은 손—죽음의 회사'라고 서명되어 있었지만 아무 효과도 남기지 못했다. 이 사건을 수사하던 형사는 피해자의 명성이 있으니 수사가 떠들썩하게 성공하기를 바랐다. 그래서 제3의 남자를 찾아내고 싶어했다. 그는 최근 몇 년 동안 협박 편지나 갈취로 체포되었던 용의자 100여 명의 상반신 사진을 카루소에게 보여 주었다. 이상한 미소를 짓고 있는 아믈레토 아토니토라는 남자의 사진을 본 카루소는 비타라는 이름의 사랑스러운 소녀와 함께 왔던 거인을 떠올렸다.

3월 19일 미지아니와 친코타는 보석금을 내고 석방되었다. 캐럴 스트리트의 주류 판매업자 에우제니오 젠틸레와 힉스 스트리트의 이발사 파스콸레 포라초가 그들을 위해 보증을 서줬다. 프랭크 스파르도는 로코에게 경찰과 심부름을 맡았던 남자 둘이 아믈레트 아토니토를 찾고 있다고 귀띔해 주었다. 두 남자는 몹시 화가 나 있었는데, 배신을 당했다고 생각하고서 이 일을 꾸민 사람에게 복수를 하거나 그들이 감옥에서 보냈어야 할 햇수만큼의 보상금을 받아내려 했다. 로코는 이 도시를 떠나 자취를 감춰야 했다. 당장.

로코와 비타는 세인트폴로 가는 기차의 서로 다른 칸에 탔다. 로코 아토니토는 덜컹거리는 기차 바퀴 때문에 깜짝 놀라고 귀에 거슬리는 기적 소리에 뼛골까지 떨리는 것을 느끼면서 매 시간마다 객차를 건너갔다. 그는 객차와 객차 사이의 통로 쪽으로 가는 척했지만 사실은 정말 그녀가 자기와 함께 달아날지를 확인하고 싶었을 뿐이었다. 비타는 목이 사각형으로 넓게 파인, 검은색 세일러 원피스를 입었다. 그녀는 할 일이 전혀 없어서 창밖만 내다보고 있었다. 미국은 얼마나 넓은지 끝이 없었다.

억지로 떨어져 있어야 해서 비타는 짜증이 났다. 차창에 비쳐 흔들리는 로코의 모습을 보았을 때 그녀는 돌아보며 초조하지만 욕망으로 가득 찬 미소를 보냈다. 마치 이렇게 말하는 것 같았다. 언제 도착해? 언제 같이 잘 수 있어? 언제 한 침대에서 같이 눈뜰 수 있어? 로코는 그 미소에, 자신의 욕망을 솔직하게 그리고 완전히 드러내는 그 강렬함에 가슴이 찢어지는 듯해서 비타에게 웃어 주지도 못했다. 아, 대체 어떻게 하다가 나는 이렇게 곤란한 상황에 빠지게 되었을까. 그리고 지금 나는 비타를 어디로 데려가고 있는 것일까. 그는 급히 통로로 가서 담배를 피웠다. 목이 따가울 정도로 줄담배를 피웠다. 우연인 듯, 비타가 통로로 나와 그의 옆에 섰을 때 두 사람은 난간에서 몸을 내밀고 손만 살짝 잡은 채 어둠 속으로 사라져 가는 광경을 물끄러미 바라보았다. 미국이 다른 누군가의 꿈처럼 그들 곁으로 흘러갔다.

그들은 플랫에 하나밖에 없는 고급 호텔에서 꽃무늬 벽지를 바른 방에 묵었다. 그레이트 노던과 시카고 오마하 선로들 쪽으로 난 방이었다. 로코는 그런 호텔과 그 인위적인 화려함에 익숙했지만 비타는 진짜 호텔 방에 와본 적도, 자본 적도 없었다. 그래서 공주가 된 기분이었다. "와, 침대가 정말 넓어. 와, 이 욕조 좀 봐. 와, 따뜻한 물이 나와. 와, 탁자 위에 스탠드가 있어." 그는 좋아하는 비타를 보며 웃었다. 그리고 그녀에게 정말 뉴욕을 벗어난 곳에 바다가 보이는 집을 사주고 싶었다. 호보컨이나 뉴어크, 아니면 오처드 비치 같은 곳에. 오처드 비치에는 딱 한 번 가봤지만 낭만적인 쓸쓸한 해변이 기억 속에 강렬하게 남아 있었다. 그녀에게 가정부, 자동차, 은식기, 그림, 중국 도자기, 개를 사주고 싶었다. 무엇이든. 그녀가 원하는 것, 그리고 그녀가 상상도 하지 못하는 것들을 모두 다. 로코는 평생 누군가를 그렇게 가깝게 느껴 본 적이 한 번도 없었다.

비타는 방금 로코에게 선물받은 잠옷을 입으러 욕실로 달려갔다. 연한 자줏빛 새틴 잠옷으로 사각사각 스치는 소리가 났다. 영화에서 본 잠옷 같았다. 메이시스 백화점 진열장에 있던 것 같았다. "나 어때?" "너무 예뻐." 로코가 말했다. 비타는 침대에서 뒹굴었다. 하지만 로코는 창가에 가만히 서 있었다. 로코가 키스조차 하지 않으려 하자 깜짝 놀란 비타가 그에게 무슨 일이 있냐고 물었다. 나를 이제 좋아하지 않는 걸까? 드디어 로코가 사실을 말했다. 자신에게 아내가 있다는 말부터 시작했다.

비타는 그럴 리가 없다고 대답했다. 로코는 사실이라고 맹세했다. 그는 비타가 울거나 총을 쏘거나 집으로 돌아가려 하지 않기만을 바랐다. 비타는 한마디도 하지 않았다. 두 사람은 각자 벽지의 꽃만을 바라보며 그밤 내내 아무 말도 하지 않았다. 비타가 옆으로 몸을 돌렸을 때 연자줏빛 잠옷이 그녀의 절망감을 드러내듯 바스락거렸다.

두 사람은 뭔가에 홀린 것 같은 눈길의 남자가 참석한 가운데 집에서 결혼식을 올렸다. 그 남자는 자신이 사제라고 주장했고, 라틴어를 알았다. 로코의 친구는 예전에 진짜 사제였다. 그의 이름은 존 팔미에리였다. 중국인들을 진정한 종교로 개종시키기 위해 중국인 구역을 드나들다가 마약에 미친 듯이 빠져들게 되어서 성당에서 쫓겨났다. 마약을 사기 위해 교구 사람들의 돈을 훔치기 시작했기 때문에 사제복을 벗어야 했다. 그렇지만 사제들이 중서부를 강제 노동 수용소로 생각해서 아무도 가고 싶어하지 않았기 때문에, 존 팔미에리가 이제는 사제는 아니었지만 그래도 복음서를 들고 철도 공사장의 노동자들을 찾아다녔다. 그리고 그들에게 우화를 들려주고 우편물을 전해 주면서 그들을 위로했다. 결혼식은 이렇게 진행되었다. 비타는 흰 옷을 입었고 로코는 상체에 아무것도 걸치지 않았다. 사제, 아니 사제였던 남자가 비타에게 로코의 가슴에 잉크로 V 자를 쓰라고 말했다. 네가 내게 준 순결을 나타내는 V 자, 너를 아프게 할 사람에게 내가 사용하게 될 폭력을 나타내는 V 자, 우리를 갈라놓을 사람들에게 거둘 사랑의 승리를 나타내는 V 자, 그리고 네 이름 첫 자인 V 자를 영원히 가슴에 새기고 다닐 거야. 그러고 나서 사제가 매트리스 만들 때 사용하는 바늘을 잡았다. 사제가 로코의 가슴에 문신을 새기는 동안 비타는 그의 손을 꼭 쥐었다. 이제 그들은 죽음이 그들을 갈라놓을 때까지 하나가 되었다. 사실 로코에게는 이것이 진짜 결혼식이었다. 비록 하느님 앞에서 하는 결혼식은 아니었지만, 피로써 자신의 양심 앞에서 결혼을 했기 때문이다. 무엇보다 그는 하느님을 믿지 않았다. 또 사람들 앞에서 하는 결혼식도 아니었지만, 무엇보다 그는 사람들을 경멸했다. 그러니까 그가 존중하고 복종해야 할 유일한 안내자는 그의 양심이었기에 이 결혼은 확고했다. 그의 양심은 그가 절대 비타를 속일 생각이 아니었음을 알았다. 그리고 정말 그녀를 행복하게 해주고 싶어한다는 것도 알았다. 그는 그 큰 손으로 비타의 가무스름한 손을 꼭 잡으며 다시 서약했다. "널 위험에서 지켜 줄 거야. 널 보살펴 줄 거야. 무슨 일이 일어나든."

로코는 박쥐처럼 밤에 외출했다. 낮에 두 사람은 호텔 방에 틀어박혀 지칠 때까지 사랑을 나눴다. 시간이 흐르면서 그 방은 화려해 보이는 외관 밑에 감춰져 있던 초라한 쇠락의 모습을 드러냈다. 벽지는 습기와 거기에 달라붙어 죽은 모기의 피와 온갖 종류의 체액으로 얼룩져 있었다. 카펫은 낡아 빠졌으며 시트에는 예전에 떨어진 담뱃불로 구멍이 여기저기 나 있었다. 로코가 그녀에게 사준 옷들은 마네킹이 입고 있는 최신 유행 스타일로 서로 스칠 때는 사각사각 소리가 났다. 하지만 비타는 그 옷을 입어 보는 데 곧 싫증이 났다. 침대는 푹신했지만 낯설고 적대적이었다. 잠시 머물렀다 가는 침대였다. 제복을 입은 종업원들이 방으로 아침식사를 가져다주었고 그녀를 맴(ma'am)이라고 불렀다. 하지만 호텔 손님들은 사기꾼 같아 보였다. 그리고 어쩌면 진짜 그럴 수도 있었다. 창밖의 경치도 본색을 드러냈다. 아무 장식도 없는 사회의 현실을 고스란히 보여 주었다.

사방에 나무와 녹슨 양철과 낡은 상자로 만든 오두막들이 보였다. 돼지, 염소, 초라한 정원들, 잡초가 우거진 땅, 공장의 연기, 가난과 배고픔에 짓눌린 유령 같은 사람들. 인간과 공장이 남긴 잔해들, 쓰레기들. 황량함. 흐린 강물과 건널 수 없을 것 같은 다리, 버려진 채 잊혀진, 완전히 망가져 버린 기차들로 꽉 찬 수백 개의 선로들.

그러니까 결국 로코와 같이 사는 건 이런 것을 의미했다. 위장. 멀리 떨어져 나오는 것. 말로 할 수 없는 무엇인가가 있었으며, 그것이 그 둘을 갈라놓았다. 영원히 갈라놓을 수도 있었다. 그 자신들도 알지 못했지만 포옹하는 그들 사이로 슬며시 들어와 그들의 침묵 속에 자리 잡는 무엇인가가 있었다. 밤은 고독했고 낮은 죽은 선로 위의 고장 난 객차들처럼, 어느 곳으로도 갈 수 없는 그 객차들처럼 움직임이 없었다. 오지 않을 무엇인가에 대한 기다림. 고립. 있는 그대로의 우리 자신으로 사랑받은 것이 아니라 우리가 그리는 모습으로 사랑받은 것 같은 느낌. 육체로 변해 버린 세상. 세상의 음습한 일부분이 되어 버린 육체. 함께 공감하는 짧은 순간들. 그리고 그 안에 끝도 없이 자리한 공허감. 7일째 되는 날 밤 로코가 '볼일'을 보러 외출했을 때 비타는 선로를 따라 역 매표소로 가서 오하이오로 가는 표 한 장을 달라고 했다. 매표원은 오하이오는 역 이름이 아니라고 설명하려 했다. "목적지가 어딥니까? 어디로 가려는 겁니까?" "오하이오." 그녀는 고집스레 말했다. 계산대에 꼬깃꼬깃한 지폐로 5달러를 내려놓자 매표원이 5달러로는 오하이오까지 갈 수 없다고 대답했다.

호텔 방으로 돌아왔지만 로코는 아직 들어오지 않았다. 트렁크는 여전히 옷장 위에 있었다. 커튼이 쳐져 있었다. 벽지 위의 꽃무늬들은 계속 늘어났다. 로코의 넥타이는 옷걸이에 묶여 있었다. 그의 양복들은 너무 화려하고 너무 야하고 너무 몸에 딱 달라붙었다. 사방에 그에게서 나는 달콤한 머스크 향이 배어 있었다. 그녀는 로코와의 결혼이 진짜 결혼은 아니었지만 결혼하고 싶지 않았다. 집으로 돌아가고 싶었다. 이제 그녀가 아버지와 레나의 인생을 망치고 자기 인생까지 망쳤으니 아벨로가 집에 들어오지 못하게 하더라도. 앤소니아 호텔 주방으로 돌아가서 냄비에서 나는 김과 달콤한 설탕 속에서 열여섯 살을 보내고 싶었다. 로코와 달아났기 때문에 일자리를 잃었고 호텔에서 다시 받아 주지는 않을 테지만. 디아만테에게 편지를 써서 용서해 달라고 애원하고 싶었다. 하지만 디아만테가 어디 있는지도 몰랐다. 메를루초를 베일에 싸인 그의 사업과 아내에게 돌려보내고 싶었다. 아마 그의 아내는 말이 없는 그에게 만족을 할 것이다. 본조르노 씨가 머리에 총을 맞고 죽길 바랐다. 그래서 로코가 장의사에서 해방되어 자신을 되찾고 평범한 사람이 되길 바랐다. 그렇게 될 수 있다면 말이다. 호텔 벽을 울리며 어둠 속으로 사라지는 아무 기차에나 올라타고 싶었다. 기차와 함께 미국에 빨려 들어가고 싶었다. 지금과 다른 사람이 되고 싶었다. 오늘 밤 세인트폴 플랫의 펠란스 개울에 빠져 죽고 싶었다.

로코는 허리에 권총을 차고 다녔다. 잘 때는 풀어서 구두 속에 넣어 두었다. 그날 밤 시간이 한참 흐른 뒤 비타는 권총을 부르고 있는 자신을 발견했다. 나를 쏴, 나를 쏴. 다른 사물들이 모두 존재하기를 멈출 때까지 권총을 뚫어지게 보았다. 호텔 방과 전 세계가 금속의 빛에 빨려 들어가 사라졌다. 신발에서 미끄러져 나와 총신이 드러난 권총이 무게가 전혀 없는 것처럼 스스로 서서 잠시 공중에 떠 있을 때까지 노려보았다. 어둠 속에서 총부리가 반짝였다. 방아쇠를 당기기 위해 손을 뻗을 필요도 없었다. 저절로 당겨질 것이다.

하지만 그렇게 되지 않았다. 권총이 둔탁하게 바닥에 떨어졌다. 그리고 그녀가 불러 보아도 무기력하게 그대로 놓여 있었다. 어쩌면 이제 더 이상 물건을 움직일 수 없게 되었는지도 몰랐다. 디아만테를 부를 수 없었던 것처럼 권총도 그녀의 말에 복종하기를 거부했다. 어쩌면 이제 예전처럼 강렬하게 뭔가를 원할 수 없을지도 몰랐다. 그녀는 재능을 잃었다. 막연한 욕망, 허약한 의지력, 표면적이고 차가운 사물의 실재만을 바라보는 평범한 소녀가 되었다. 아니, 어쩌면 입으로 총알을 끌어당기려는 순간에 죽고 싶지 않았는지도 모른다. 죽고 싶은 마음은 아주 조금뿐이다. 살아서 행복해지고, '해피'해지고 싶었다. 아무것도 남아 있지 않을 때에도 '해피'해질 수 있을 것 같았다. 잠이 들면서 이렇게 생각했다. 이건 현실이 아니야. 아무 일도 일어나지 않았어. 내일이면 이 모든 게 다 꿈에 불과했다는 것을 알게 될 거야.

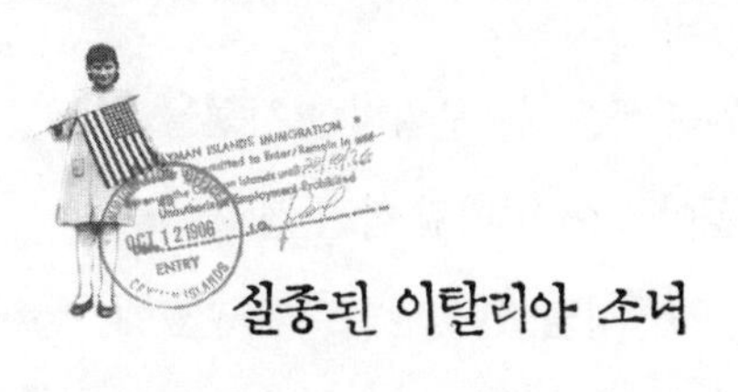

실종된 이탈리아 소녀

디아만테는 노던 퍼시픽 철도 회사 작업장에서 도망 나온 지 아홉 달 뒤에야 겨우 맨해튼의 탑들을 다시 볼 수 있었다. 그는 3000킬로미터를 걸었다. 수십 대의 화물차에 올라타고 내렸다. 몸무게는 40킬로그램밖에 나가지 않았고 머리는 삭발을 했다. 등의 통증이 사라지지 않았고 늘 배가 고팠다. 다리를 절며 브로드웨이에 나타났을 때 그는 그 경기 침체의 시기에 거리를 가득 메운 수많은 뜨내기 일꾼 같았다. 때에 전 시커먼 러닝셔츠에 얼마 동안 함께 다녔던 흑인 퇴역 군인과 교환한 군복 바지를 입고 있었다. 뉴욕에서 그가 처음 본 메시지는 기운을 차리러 들어간 구세군 휴게실 벽에서 읽은 글귀였다. **어머니에게 편지를 마지막으로 보낸 게 언제였습니까?** 디아만테는 어머니 안젤라에게 벌써 몇 년 동안 편지를 쓰지 않았다는 생각이 났다. 그의 부모들은 그가 길을 찾아 그 길을 그들에게 열어 달라고 그를 미국으로 보냈다. 그런데 그 반대다. 살아 있다기보다 죽은 것이나 같았고 눈에 보이는 미래조차 없었다. 자기 목소리도 기억나지 않을 정도로 오랜 시간 그는 혼자였다. 멜버리 스트리트의 가게와 술집에서 이탈리아어를 들었을 때 가슴이 뭉클했을 정도로 그렇게 오래 미국인들의 미국에 있었다.

그는 예전의 친구들이나 적들을 아무도 만나지 않았다. 대부분은 이탈리아로 돌아갔고 이사를 간 사람들도 있었다. 그들은 브루클린의 이스트 할렘으로 이사를 갔다. 희망을 잃어버린 이 길을 최근에 미국에 온 사람들, 그리고 폭력적인 사람들에게 남겨 놓은 채. 그는 무의미한 사실들을 확인했다. 또 그의 살을 할퀴고 심장이 돌이 되어 버리길 바랄 정도로 충격적인 사실들도 알게 되었다. 톰 오레키오는 사망했다. 텐더로인 술집에서 두개골이 깨져 사망했다. 넬로는 감옥에 있는데, 재판이 불리하게 돌아갈 경우 전기의자에서 인생을 마칠 것이다. 메를루초는 백스터 스트리트 교회 합창단에서 노래를 했고 주머니가 여섯 개 달린 더블 슈트를 입고 다녔다. 그리고 구걸하는 사람의 중요도에 따라서 그 주머니에서 1달러, 10달러, 50달러 지폐를 꺼내 주었다. 솔직히 말하면 그는 거물이 되었다. 이에 대해선 두말할 필요가 없었다. 무연탄 광산에서 일하던 사촌 제레미아는 일자리를 잃어버렸다. 그는 광산의 땅 속에서 생쥐처럼 열심히 일했다. 그리고 새로운 계약을 기다리면서 훔볼트 스트리트 하숙집에서 하는 일 없이 지내고 있었다. 코카콜라는 할렘에 있는 리초 바나나 가게에서 점원으로 일했다. 그리고 항상 댄서들을 따라다니며 침을 흘렸다. 아넬로 삼촌이 몹시 화를 내긴 했지만, 몇 푼 안 되는 월급을 그 여자들에게 다 써버렸다. 사실 그는 변함없이 멍텅구리 건달이었다. 모에 로젠은 이제 시체 사진 찍는 일을 하지 않았다. 그는 영화계 사람들과 친해져서 콜로라도로 떠났다. 거기서 그는 유명 배우인 브롱코 빌리가 징이 박힌 가죽 모자에 부츠를 신고 외롭게 말을 타며 출연하는 서부 영화 촬영 일을 했다. 비타는 사라졌다. 그래서 매년 뉴욕에서 사라지는 수백 명 소녀들의 부모들처럼 아넬로는 『일 프로그레소』지에 광고를 냈다.

비타가 7일 전부터 집에 돌아오지 않고 있습니다. 직장에 가기 위해 아침에 집을 나섰다가 돌아오지 않았습니다. 어디로 갔는지, 혹은 누군가에게 납치된 건지는 아무도 모릅니다. 키 152센티미터에 몸무게 50킬로그램으로 검은 옷에 검은 스타킹, 검은 양말을 신고 있습니다. 아버지는 정직한 사람이어서 원한을 품을 만한 사람이 없습니다. 딸의 행방을 알려 주시는 분은 정말 좋은 일을 하는 겁니다. 그녀의 아버지는 슬픔으로 미쳐 버릴 것 같은 나날을 보내고 있습니다.

이런 내용과 더불어 사진이 실렸다. 포즈를 취한 사진으로 전문가가 찍은 것이었다. 아마 이탈리아에 있는 어머니에게 보내기 위해 찍은 것인지도 모른다. 소년원에서 찍어 준 것일 수도 있다. 사진 속 비타는 1910년 봄 '사라졌을' 때 열다섯 살이었던 모습이 아니라 열두 살, 열세 살 정도로밖에 보이지 않았기 때문이다. 그녀는 검은 옷을 입었다. 간소한 그 옷은 소년원의 교복이 틀림없었다. 왼쪽으로 가르마를 타고 양 갈래 검은 머리를 귀 옆에서 끈으로 묶었다. 목 앞쪽에서 두 손을 모아서 무명지 끝으로 턱을 괴었다. 그녀는 카메라를 보지 않는다. 그녀를 보고 있는 사람을 보지 않는다. 약간 그늘이 진 그녀의 검은 눈동자는 그곳에 없을지도 모를 누군가를 보고 있다. 어쩌면 아무것도 보지 않는 것일 수도 있었다. 웃고 있지 않았다. 걱정스럽고 우울해 보이는 얼굴로 그 나이 소녀에게서는 드문 표정이다. 디아만테가 모르는 비타였다. 그가 떠날 때까지는 존재하지 않았던 비타였다. 그는 비타가 이런 모습이 되어 있지 않기를 바랐다.

사진 밑에 **실종된 이탈리아 소녀**라고 적혀 있었다.

광고가 실린 신문이 아직 그 구역 술집 몇 군데에 붙어 있었다. 비타가 사진이 잘 받는 얼굴이었기 때문이다. 술을 마시러 온 남자들은 자신들이 그 실종된 소녀를 찾아내는 상상을 하며 술에 취했다.

하지만 디아만테는 비타가 실종된 것이 아니라, 애인과 도망을 갔고 그 애인이 로코라는 것을 확인했다. 물론 메를루초가 비타의 이름을 입에 올리면 그게 누구든 목을 부러뜨려 버리겠다고 맹세해서 모두들 쉬쉬하긴 했지만 말이다. 로코는 아주 설득력 있게 말하는 남자였다. 디아만테는 이 모든 이야기를 태연한 척하며 들었다. 특히 도망친 비타 이야기는 더 그랬다. 거리에서 자란 사람이라면 그렇게 해야 했다. 정말 자신에게 중요한 일이라도 아무렇지도 않은 척 해야만 했다.

바로 그날 그는 모에 로젠 아버지의 전당포에 들어갔다. 그리고 비타의 십자가 목걸이를 맡겼다. 그 긴 시간 동안 배고픔을 참아 가며 이 목걸이를 간직하고 있었는데 다 부질없는 일이 되었다. 그의 부적이었고, 비타와 둘이 나눈 약속을 눈으로 볼 수 있는 유일한 표시였다. 하지만 이 목걸이를 맡기고 받은 돈으로 다시 기회를 잡았다. **실종된 이탈리아 소녀**. 모두에게서 떠나 사라졌지만 무엇보다 그에게서 떠나가 버렸다. 그는 이제 비타 이야기를 듣고 싶지 않았다. 그리고 미국은 충분히 넓었기 때문에 그에게 망각을 선물해 줄 수 있었다. 그는 곱슬머리 노인에게서 콜로라도 덴버에 있는 모에의 주소를 받아 적었다. 그리고 옛 친구에게 전보를 쳤다. THERE IS A GIOBBA FOR DIAMANTE? FACCIO EVERYTHING. (거기에 디아만테가 할 일이 있을까. 무엇이든 할 수 있어. –옮긴이)

그리고 사촌 형 제레미아의 하숙집으로 자러 갔다. 몇 년 동안 그랬던 것처럼 그와 같은 침대에서 잤다. 서로의 발을 코앞에서 보면서. 균형 잡히고 똑같이 생겼지만 거꾸로 누워 있는 몸들. 그들은 지난 몇 년 동안의 일을 이야기하지 않았다. 두 사람 모두 잊어버리고 싶었기 때문이다. 두 사람 모두 서로가 많이 변했다는 것을 알게 되었다. 제레미아는 완전히 덥수룩하고 거칠어졌으며 피부가 때 묻은 셔츠의 칼라 같았다. 오랫동안 햇빛을 보지 못한 사람의 전형적인 모습이었다. 디아만테는 죄수처럼 머리를 완전히 밀었다. 양미간 사이에 예전에는 없던 주름이 졌다. 입술에는 주름진 상처가 있어서 제대로 웃지도 못했다. 비타에 대해서는 거의 말을 하지 않았다. 디아만테는 예상했던 일이라고만 중얼거렸다. 세상일이 다 그랬다.

제레미아는 그 지역에 떠들썩한 헛소문들을 믿을 수가 없었다. 디아만테의 여자이고 그렇게 사랑스럽고 그렇게 열렬히 사랑받던 비타가 어떻게 그 범죄자 로코 때문에 디아만테를 떠날 수 있단 말인가. 무엇보다 로코는 이미 본조르노의 딸과 결혼했기 때문에 비타와 결혼할 수 없었다. 그리고 그와 도망을 갈 정도로 사랑을 했다는 것은 상상조차 할 수 없는 일이었다. 어린 시절부터 보아 온 비타의 모습을 이런 터무니없고 쓸데없이 잔인한 소문과 연결시킬 수가 없었다. 그렇지만 이렇게 마음 아픈 이야기는, 여러 해 동안 여자로부터 아무런 위안도 받지 못한 채 광산에만 있었던 그에게 연민의 감정을 불러일으켰다. 그는 지나치리만치 자존심이 강한 디아만테를 동정했다. 디아만테는 자존심 때문에 자신의 감정을 그대로 표현할 수 없었고 오로지 참기만 했다. 그리고 예상했던 것보다 훨씬 더 잘 참고 있다는 것을 보여 주려 했다. 그래서 제레미아는 사촌이 불쌍하다는 생각이 들면 들수록 비타를 생각하면 몹시 경멸스러웠고 혐오스럽기까지 했다. 어두운 광산에서 이따금 어린아이같이 순진무구한 비타의 따뜻하고 눈부신 모습이 눈앞에 어른거리기는 했었지만 말이다.

1910년 여름 뉴욕에는 거리를 오가는 자동차들이 벌써 아주 많아졌다. 하지만 1909년에 생산된 중고 피아트 자동차는 4500달러를 주어야 살 수 있었다. 가리발디 극장에서는 「항구의 등불」이나 「미친 여자 로자」, 「마사니엘로」를 공연했다. 새 축음기는 겨우 28달러면 살 수 있었다. 그래서 축음기는 이제 가진 자의 특권이나 절도의 대상이 되지 않았다. 7월

3일 매디슨 스퀘어 가든에서 벌어진 권투 경기가 라디오를 통해 생중계되었다. 레노의 링에서 백인 제프리스와 흑인 존슨이 벌인 경기였다. 주 보건부의 월간 보고에 따르면 6월 달 뉴욕에서는 116명이 자살했고 53명이 살해되었으며 146명이 익사했고 145명이 기차에 치여 숨졌으며 86명이 화재로, 46명이 마차 사고나 전차 사고로, 7명이 번개에 맞아, 15명이 파상풍이나 독극물로, 2명이 폭발 때문에 죽었다. 자살자의 대부분은 석탄 가스를 선택했다. "삶의 도망자들", "삶에 지친 사람들", "죽음에 자원한 사람들"이란 제목으로 신문에 자살자 기사만 싣는 고정 면이 있을 정도로 많은 사람들이 자살했다. 하지만 자살 시도에 성공하지 못하면 '자살 미수'로 체포될 수도 있었다. 살해된 사람들 중 18명은 총기로, 7명은 칼로, 19명은 다른 도구로 살해되었다. 6월 한 달 동안 뉴욕 시에서만 1만 7727명이 태어나고 1만 865명이 사망했다. 그러니까 한 달 만에 도시 인구가 6862명 증가한 것이다. 일주일 동안 외국인 3만 1000명이 항구에 내렸다. 4월 12일 하루 동안 마돈나 증기선에서 1174명의 이탈리아인과 중부 유럽에서 온 외국인 5670명이 내렸다. 20일에 셀틱 호는 제노바와 나폴리에서 오는 2047명의 이탈리아인들을 내려놓았다. 여섯 달 동안 뉴욕 시에서 843명의 어린이가 사망했다. 그들 중 4명이 개에 물려 광견병으로 사망했고, 12명이 비상계단에서 추락해서 죽었으며 5명은 마차나 기차에 치여서, 2명은 길에서 놀다가 유탄에 맞아 죽었다. 1월 19일부터 3월 29일까지 세 달 동안 15명의 소녀가 실종되었지만 찾지 못했다. 4월 5일에서 6일 사이에 불과 24시간 동안 19명이 사라졌다. 일요일과 휴일에 알코올 판매를 금지하는 법이 선포되었다. 시의 명령에 따라 쓰레기통 뒤지는 일이 금지되었다. 위반자들은 벌금을 물거나 체포될 수 있었다. 어떤 사람은 비둘기를 훔쳤다가 체포되기도 했고, 유대인 수염에 불을 붙여 체포된 사람도 있었다. 또 초등학교 학생들에게 코카인을 팔다가 체포된 사람, 죽은 곰의 발을 훔치다 체포된 사람도 있었다. 200달러에 달하는 고무 신발 바닥을 훔쳐서 체포된 사람이 전체의 5분의 1이었다. 니콜라 마린지와 프란체스코 체카리니는 1909년 8월 자행된 구두수선공 살인 사건으로 노리스타운에서 처형당했다. 노동자들은 서로 도울 수 있는 조합을 만들었다. 파업자들이 의류 공장, 항구, 조선소, 광산 등 도처에 불을 질렀다. 오하이오에서는 4만 7000명의 광부들이 파업을 했고 펜실베이니아에서는 10만 명이, 인디애나에서는 1만 8000명이, 콜로라도에서는 5000명이 파업했다. 그들은 토요일 반나절 근무와 임금 인상을 요구했다. 가장 놀라운 것은 『일 프로그레소』 같은 부르주아 신문이 그 광부들을 지지하고, 전례 없이 신문을 통해 여론을 환기시키며 그들을 지원했다는 것이다.

디아만테가 끊어진 철로 위의 객차에서 오도 가도 못하고 있었을 때 세상에서는 너무나 많은 일들이 벌어졌다. 직종별 노동조합들과 사회주의 선전처럼 검은 손도 훨씬 더 강력해졌다. 범죄가 두 배로 증가했다. 이제 그들은 다이너마이트 폭탄으로 상점, 과일 가게, 레스토랑, 그리고 건물 전체를 폭파시켜 버렸다. 전쟁터와 같은 굉음 때문에 밤에도 잠을 잘 수가 없었다. 이탈리아 신문들은 연초부터 꼼꼼하게 그 횟수를 세어 나갔다. 기사는 이렇게 시작되었다. '24번째 폭탄!' 신문기자들은 그렇게 많은 폭탄이 터지는 걸 수치스러워했다. 이해에 아마도 50번째 폭탄까지 터지게 될 것이다. 협박범들은 브루클린 다리나 동물원으로 1000달러를 받으러 갔다. 디아만테가 모에 로젠의 답장을 기다리며 시간을 보내던 멜버리 스트리트의 바에 모인 사람들은 검은 손 단원들을 존경하듯이 말했다. "당신들 정말 바보군요. 당신들은 그자들을 존경하는데 그자들은 당신들을 산산조각 내버릴걸요." 디아만테가 크게 소리쳤다. 자기 말을 들은 사람들이 검은 손에게 가서 그대로 전한다 해도 아무렇지 않았다. 아니, 오히려 그는 검은 손들이 그의 이런 생각에 대한 대가를 요구하러 와주길 바랐다. 아니, 칼로 찔리면서 자신의 자유에 대한 대가를 치를 준비가 되어 있다는 것을 스스로에게 보여 주고 싶었다. 심지어 자기 목숨을 바쳐서라도 자유의 대가를 치르고 싶었다. "그자들을 존경하면 할수록 그자들은 당신들을 바보 취급하고 억누를 거요." 그리고 그들이 브루클린 동물원에서 돈을 받길 원하는 것은 그들 역시, 더블 슈트를 입고 다니긴 해도, 잔인한 맹수이기 때문일 뿐이다.

디아만테는 아무도 만나고 싶지 않았다. 1910년 여름 무렵에 그는 센트럴파크 오솔길에서 빈둥거리고 있는 자신을 발견했다. 그는 엔리코 카루소가 그곳을 산책하는 걸 좋아했고 그 나무 그늘 아래에서 자신이 맡은 배역을 연습하곤 했다고 알고 있었다. 그들은 똑같은 종류의 모욕을 당했고 동시에 상처를 입고 우울에 빠져 있었기 때문에 디아만테는 그와 가깝게 느껴졌다. 그들의 삶은 평행선을 달렸다. 같은 해인 1903년에 둘 다 뉴욕에 도착했다. 1906년에는 둘 다 복잡한 미국 사법부에 잡혀갈 뻔하는 위험한 상황을 겪었다. 같은 순간에 배신을 당했고 버림받았다. 그리고 지금 둘 다 암울한 회복기에서 아무 일도 하지 않으며 건강을 되찾으려 애쓰고 있다. 그리고 그와 함께 그들을 파멸로 이끌고 무기력하게 만든 패배를 스스로에게 벌주려 하고 있다. 하지만 엔리코 카루소는 병이 들었다. 디아만테는 아직 자기 발로 서 있다. 그는 호숫가나 메마른 풀밭 위에 혹시 카루소의 무거운 그림자가 나타나지 않을지 찾아보았다. 그의 이야기에 자신을 비춰 보고 그의 얼굴에서 다시 일어서려는 용기를 읽어 내고 싶었다. 그럴 수 없었다. 엔리코 카루소는 공원에 오지 않았다. 그는 이탈리아에 있었다. 센트럴파크 오솔길은 비타를 생각나게 했다. 그들이 미국에 온 첫날을. 디아만테는 이것도 극복할 수 있다고 스스로에게 맹세했다. 그는 후두암에 걸리지 않을 것이다. 자신이 가지고 있는 아주 소중한 것을 파괴하지 않을 것이다. 무너지지 않을 것이다.

디아만테가 모에의 전보 **브롱코 빌리와 일하러 와, 친구. 보수가 좋아. 기차표 값도 지불했어. 빨리 와.**를 받았을 때, 혼란스러운 대변동이 일고 있는 이 도시에서 그것을 따라 갈 수 없어 당황해하던 제레미아는 어떻게 하면 디아만테를 자기 곁에 잡아 둘 수 있을지 고민했다. 정말 모든 게 끝난 걸까? 디아만테는 신이 나서 엄청난 광산 광부들 파업이 무엇을 의미하는지를 제레미아에게 설명했다. 그리고 왜 자신이 파업을 막으러 가서 파업을 깨는 노동자가 되자는 보스의 제안을 거부했는지도 설명했다. 파업반대자를 여기서는 파업분쇄자라고 불렀다. 그는 톰 아저씨처럼 악착같이 일하고 생쥐처럼 살 수 있었다. 넝마를 주울 수도 있었다. 죽은 자의 새 구두를 훔칠 수도 있었다. 몰래 기차를 탈 수도 있었다. 심지어 기차에서 도움을 받을 수도 있었다. 솔직히 말해 그에게 자비를 베푼 사람은 그에게서 훔쳐간 것의 일부만 돌려준 것에 불과했다. 하지만 파업분쇄자가 되는 것은 달랐다. 굶주린 사람에게서 빵을 훔치는 것과 같았다. 그것보다는 계급의식을 보여 줄 필요가 있었다.

제레미아는 사촌이 어떤 문제에 쓸데없이 열을 올리며 토론해야 할 필요가 있다는 것을 직감했다. 그런 것이 어떤 것인지 제레미아도 잘 알았다. 사실 그렇게 열을 올리는 문제라는 게 그와는 전혀 상관없는 것으로, 상처를 주는 생각들을 진정시키는 데에만 도움이 될 뿐이었다. "맥주 한 잔 살게, 제레미아." 디아만테가 카운터에서 맥주잔을 그에게 밀며 말했다. "브롱코 빌리를 위해 건배하자. 그 사람이 콜로라도로 가는 여비를 대줬거든." "그럼 비타는?" 제레미아가 조그맣게 말했다. 디아만테가 맥주잔을 들었다. "비타의 건강을 위해서." 제레미아는 미심쩍은 눈으로 맥주

잔에서 거품을 내는 흐릿한 액체를 보았다. 사람들은 이걸 맥주라고 불렀다. 하지만 거품이었다. 그리고 마시고 나면 입안에 씁쓸한 맛이 남았다. "혹시 비타를 보면 이제 비타는 자유라고 말해 줘. 비타가 행복하길 바란다고." 디아만테가 윙크했다.

"이건 어리석은 짓이야." 제레미아가 이렇게 말을 해보았다. "비타에게 한마디 말도 없이 이렇게 떠날 수는 없어. 그리고 소문이 사실이 아니라면? 사람들 말을 다 믿을 필요는 없어. 각자 하고 싶은 말을 하니까." "사실 맞아." 디아만테가 씁쓸하게 투덜거렸다. "그게 또 사실이라면 어때서?" 제레미아가 슬며시 말했다. "레나가 정숙한 여자가 아니어서 우리가 프린스 스트리트를 떠날 수밖에 없게 된 거라고 내가 불평했을 때 네가 레나 편을 들었잖아. 실수한 여자를 용서해 줘야 한다고 했잖아." "나는 레나를 용서할 수 있다고 말하지는 않았어." 디아만테가 맥주잔에 이마를 대며 말했다. "아벨로에게 비타를 달라고 하고 이해를 했어야 한다, 뭐 이런 말이야?" 디아만테가 불쾌한 듯 소리를 지르기 시작했다. "그래, 아주 훌륭한 일이지. 하지만 난 로코가 먹다 남은 걸 먹을 순 없어. 난 로코의 접시에 침을 뱉었어." 그가 단숨에 잔을 비웠다. "내 형으로 남아 있고 싶으면 그 이야기는 더 이상 하지 마." 제레미아가 알았다는 듯이 잔을 부딪쳤다. 디아만테는 다시 한 바퀴 더 돌며 술을 사고 싶어했다. 그래서 역까지 가는 길에 있는 카페마다 들러 건강, 자유, 신의, 그를 기다리고 있을 여자들을 위해 건배했다. 그러다 보니 두 사람은 곤드레만드레 취해서 둘 다 즐거운 일이 전혀 없는데도 배꼽이 빠지도록 웃어댔다. 디아만테는 여전히 웃으면서 제레미아를 껴안고 이렇게 말했다. "굿바이, 톰 아저씨, 잘 있어, 곧 다시 만날 거야." 제레미아는 계속 웃었다. 그러다가 하숙집으로 돌아오는 길에서야 겨우 디아만테가 진짜 떠났다는 것을 알게 되었다.

비타는 구멍만 한 응접실에서 수를 놓았다. 제레미아는 자기를 본 척도 하지 않는 비타 때문에 문에서부터 상처를 입었다. 비타는 마르고 창백했지만 그가 예상했던 것처럼 부끄러워하거나 수치스러워하지도 당황하지도 않았다. 일어서서 그를 맞지도 않았고 자기를 찾아와 줘서 고맙다고 인사도 하지 않았다. 제레미아가 소파에 앉았을 때 그녀가 희미하게 미소를 지었다. 의심이 담긴 냉담한 미소였다. 실망만이 그런 미소를 만들어 낼 수 있었다. 그를 보았지만 사실 그를 보고 있지 않았다. 그녀의 시선은 한 가지만을 물었다. 그녀와 로코 이야기를 할 건지, 그녀 아버지와 이야기할 건지를. 제레미아 그 자신은 존재하지 않았다. 사실 그는 한 번도 존재해 본 적이 없었다. 그는 진지한 사촌일 뿐이었다. 톰 아저씨였다. 비타는 변명하지 않았다. 거짓말을 하려고도, 부인하려고도 하지 않았다. 숨기려고 해도 사실들에서 썩은 냄새가 났다. 대신 수를 놓는 천에 바늘을 꽂으며 로코 소식을 들었는지, 로코에게 무슨 일이 일어났는지 물었다. 제레미아는 얼굴을 붉혔다. 그리고 로코에게 정말 아무 일도 일어나지 않았다고, 아믈레토 아토니토 이야기는 아무도 하지 않는다고 도전적으로 대답해 주었다. 엔리코 카루소는 너무 너그러웠다. 아니, 어쩌면 그 역시 겁을 먹었는지도 모른다. 그는 용기 있게 미지아니와 친코타의 증언을 했다. 이런 일을 할 수 있는 사람은 몇 명 되지 않았다. 증언을 한 뒤 그들은 그저 '실수를 한 청년들'이라고 말하면서 그들에 대한 선처를 요청했다. 하지만 조만간 로코는 배신과 거짓말에 대한 대가를 치를 것이다. 누군가에게 큰길에서 살해당할 것이다. 그리고 그는 그렇게 되어 마땅했다.

비타는 무릎 위에 수놓던 것을 내려놓고 놀란 눈으로 제레미아를 보았다. 두 사람은 아무 말도 하지 않았다. 유쾌하지 않은 긴장된 침묵이 이어졌다. 비타는 로코에게 증오심도 분노도 가지고 있지 않았다. 하지만 그녀가 이렇게 말하면 아무도 그녀의 말을 믿지 않았다. 로코는 그녀를 배신했다. 하지만 그녀는 다른 사람을 배신하는 능력은 다른 사람을 인도하는 능력과 비슷한 게 아닌지 의심이 들기 시작했다. 결국 우리 모두 조만간 누구의 도움도 받지 못한 채 버려져 마음속으로 배신을 경험하게 될 것이고, 그 마음속에서는 혼자일 수밖에 없을 것이다. 우리는 모두 스스로 자신을 지탱할 수 없을 때 자신을 지탱해 줄 것을 발견해야 할 것이다. 오로지 이것만이 파괴할 수 없는 힘을 우리에게 줄 수 있다. 비타는 죽으려 했으나 죽을 수 없었던 그날 밤, 세인트폴 호텔 방에서 이것을 배웠다. 제레미아도 아넬로도 이해할 수 없을 것이다. 비타는 코카콜라가 방으로 사라지길 기다렸다가 이름을 언급하지 않고 재빨리 소식을 물어보았다. "돌아온 거 알아. 만나 봤어? 어떤 것 같아?" "잘하고 있어." 제레미아가 당황하면서 설명했다. "디아만테는 강해. 칼로 널 찌르지도 않을 거고 다이너마이트를 던지지도 않을 거야." 비타가 그를 보지 않고 덧붙였다. "디아만테는 오빠 사촌이잖아. 오빠 말을 들을 거야. 나를 용서하라고 전해 줘." 니콜라가 있는 대로 차려입고 구역질이 날 정도로 진한 향수 냄새를 풍기며 제레미아의 팔짱을 꼈다. 그리고 자기 애인이 길모퉁이에서 기다리고 있다고 귀엣말을 했다. 애인 이름은 조이스였는데 1층 이발소에서 발마사지사로 일했다. 같은 1층에 살았다. 무식한 아넬로에게 들키면 프라이팬으로 머리를 두들겨 맞았지만 그는 전혀 신경 쓰지 않았다. 그는 조이스가 놀랄 만한 미인이었기 때문에 톰 삼촌에게 소개시켜 주고 싶어했다. 그녀 옆에 있으면 니콜라는 시체 같았다. 간단히 말하자면 조이스는 흑인이었다. "그래, 잠깐만 기다려, 갈게." 제레미아가 놀라서 말했다. 그는 디아만테가 벌써 떠나 버렸다는 것을 비타에게 어떻게 말해야 할지 알 수가 없었다. 떠나지 못하게 디아만테를 설득시키지 못했다고 비타가 그를 원망할까 두려웠다. 어쩌면 비타는 순진한 열여섯 살 소녀였기 때문에, 그리고 남자의 마음을 몰랐기 때문에 다시 시작할 수 있다는 꿈을 꾸고 있을지도 몰랐다. 상처를 치료하고 아물게 할 수 있다고.

"우리가 끝난 거 알아." 비타가 아버지가 듣지 못하게 조그맣게 거짓말을 했다. 이 주제는 113번지 그 집에서는 금지되어 있었다. 로코의 이름, 레나의 추억, 소개할 수 없는 코카콜라의 여자친구처럼. 사실은 어떤 것이나 다 그들에게 중요했다. "디아만테에게 상처를 줘서 미안해. 용서해 달라고 말해 줘. 전부 다."

제레미아는 눈을 돌렸다. 집은 몹시 좁았고 신문에서 오려 낸 그림들이 벽에 붙어 있었다. 베네치아 대운하, 베드로 성당, 밀라노 두오모 사진이었다. 하지만 남부럽지 않은 진짜 집이었다. 비타는 시간을 보내기 위해 미친 듯이 몇 시간이고 바닥을 닦을 게 틀림없었다. 아넬로는 비타를 집에 가둬 두었다. 그리고 누구에게나 딸이 폐병에 걸렸다고 말했다. "날 친구로 생각해 줘." 제레미아가 용기를 내서 말했다. 그는 벌써 이 집을 떠나고 싶었다. 113번지 거리까지 온 게 잘못이었기 때문이다. 한번 깨진 접시는 붙일 수가 없었다. "난 27일까지 여기 있을 거야. 그 뒤에는 석탄 광산으로 갈 거야. 광산 십장이 됐어." 물론 그는 파업이나 파업에 참가하지 않는 사람들, 계급의식에 대한 디아만테의 생각 같은 것들을 내비치지 않았다. 광산에서 상당한 월급을 주겠다고 약속했다. 파업하는 광부들은 그와 아무런 상관이 없었다. 각자 자기를 생각하고 자기 인생을 살아야 했다. 그 역시 펜실베이니아에서 월급을 더 받고 싶었지만 되도록 그런 요구를 자제했고 자기 생각도 드러내지 않으려 애썼다. 미국에서 처음 몇 년을 보내며 경험한 실패를 통해 그는 인내와 참을성을 배웠다. 찾아오지 않을 커다란 것들을 좇기보다는 자신이 가진 작은 것을 잘 간직하는 게 더 낫다는 생각을 갖게 되었다. 결국 아무것도 경험하지 않고 스스로를 위해 아무것도 하지 않으면서 그는 자신이 생각했던 것보다 훨씬 더 많은 돈을 모을 수 있었다. 몇 년만 더 있으면 기쁜 마음으로 이탈리아에 돌아갈 수 있었다. "자리를 잡으면 주소를 알려 줄게." 그가 두 손으로 모자를 비틀며 덧붙였다. "넌 모르겠지. 혹시 뭔가 필요하면, 조언이라든가 말이야……. 내가 있다는 걸 기억해 줘."

"조언이라고!" 비타가 웃었다. "무슨 조언?" 제레미아는 그녀의 눈길을 피했다. 손톱만 뚫어지게 보았다. 손을 계속 씻기는 했지만 여전히 손톱 밑이 시커멨다. 석탄 가루는 그의 살갗에 달라붙어 구석구석의 모공을 눌렀다. 절대 제거할 수 없었다. "아, 넌 젊잖아. 아직 열여섯 살도 안 됐어. 네 앞에 인생이 그대로 있어. 네가 어떤 결정들을 하게 될 때가 올 거야. 그런데 혹시 아무에게도 의지할 데가 없으면……." "내가 어떤 결정을 하길 바라는데, 제레미아?" 비타가 쓸쓸하게 웃었다. "이미 난 전부 다 망쳤어." 창백한 비타의 얼굴에서 검은 눈만이 또렷하게 보였다. 광산의 끔찍한 돌벽에 묻힌 무연탄 광맥처럼. 제레미아는 어둠 속에서 손으로 더듬어 무연탄의 흔적들을 찾았다. 그것이 그의 양식이었고 미래였다. 가장 귀중한 것이었다. 유일하게 중요한 것이었다.

"내가 지금 이런 내가 아니라면." 제레미아가 일어서면서 우물거렸다. 그리고 그녀와 악수조차 하지 못한 채 찌그러진 신발의 앞부분으로 서둘러 시선을 돌렸다. "그러니까 내 말은 내가 이 도시에서 제일 매력적이고 힘 있고 똑똑한 남자였다면, 가족을 먹여 살릴 수 있을 정도로 돈이 많았다면 당장 무릎을 꿇고 나와 결혼해 달라고, 나를 사랑해 달라고 했을 거라는 거야, 비타."

53번째 폭탄

로코는 한 번도 '다 아벨로'에 가지 않았다. 그는 비타를 너무나 잘 알았기 때문에 비타가 식당에 발도 들여놓지 못하게 하리라는 것을 알았다. 그에게 음식을 팔고 싶어하지도, 그의 돈을 받고 싶어하지도 않을 것이다. 로코는 1911년 7월 5일에 딱 한 번, 3번가와 만나는 모퉁이의 112번지에 있는 작은 레스토랑, 테이블이 10개밖에 없는 작은 레스토랑에 갔다. 간판만 슬쩍 보았다……. A G E L이라는 알파벳만 반짝거리는 것으로 보아 간판의 작은 전구 몇 개가 나간 것이 틀림없었다. 하얀 커튼이 복잡한 거리로부터 식당을 겨우 보호해 주었다. 계산대 뒤에 걸린 작은 칠판에 누군가 백묵으로 그날의 요리를 적어 놓았다. 앤초비가 들어간 와플, 미트볼 스파게티, 리조토 알레 봉골레(조개를 넣은 리조토–옮긴이), 모차렐라 인 카로차(모차렐라 치즈를 빵가루와 계란 물에 적셔서 튀겨 낸 요리–옮긴이), 리코타 치즈 푸딩. 문을 열고 언제나처럼 본조르노보다 앞장서서 먼저 안으로 들어갔다.

세 명의 노동자가 요란하게 소리를 내며 수프를 먹고 있었다. 별로 깨끗하지 않은 앞치마를 허리에 두른 청년이 포도주를 따랐다. 갑자기 바닥이 흔들렸다. 유리창이 덜그렁거리고 술병이 식탁보 위로 미끄러졌다. 귀가 먹먹할 정도의 소음이 사람들의 목소리를 압도했다. 그리고 곧 지나가 버렸다. 고가철도의 기차였다. 10분에 한 대씩 지나갔다. '이게 더 좋아.' 로코가 생각했다. 아무도 총소리를 들을 수 없었다. 청년이 손짓을 하며 그들에게 테이블을 골라 앉으라고 권했다. 그들은 앉고 싶은 자리를 고를 수 있었다. 식당은 반쯤 비어 있었다. 로코는 수요일에 토니 비지아니가 여기서 일한다는 것을 알았다. 멍청한 종업원 토니는 귀머거리에 벙어리로 니콜라의 친구였다. 로코를 한 번도 만난 적이 없었다. 비타는 저녁 식사 시간이 끝나 갈 때까지 그가 왔다는 것을 모를 것이다. 그때가 되면 비타는 주방에서 나와 손님들 테이블을 한 바퀴 도는 습관이 있었다. 손님들이 흡족해하는지, 음식을 맛있게 먹었는지, 뭐가 잘못 되어서 소스 한 방울까지 깨끗이 먹지 않고 요리를 남긴 건지 알아보기 위해서였다. 그러니까 비타는 그날 밤도 나올 것이다. 하지만 그날 저녁식사는 절대 끝까지 가지 않을 테니 로코는 걱정을 하지 않았다.

그는 제일 믿음직한 친구들과 장인과 함께 식당에 왔다. 마치 파티에라도 가듯 검은색 정장을 차려입었다. 재킷 단춧구멍에는 하얀 치자꽃을 꽂았다. 그는 여러 해 동안 그랬듯이, 본조르노의 운전기사처럼 그의 차를 운전해서 왔다. 물론 아무도 그의 자동차 번호판을 알지 못했지만 위험을 감수하고 싶지 않았다. 그는 불필요한 장식이 없고 복잡하지 않고 간단한 것을 좋아했다. 이미 충분히 준비가 되었다. 그는 검은 넥타이를 맸다. 본조르노는 그 이유를 묻지 않았다. 늙은 고양이 치스트로가 죽어서 로코가 상심하고 있다고 베네라가 재미있다는 듯이 그에게 얘기해 주었다. 실제로 누구에게도 흥분하거나 당황한 모습을 절대 보이지 않던 로코 같은 남자가 그 외눈박이에 털도 다 빠진 고양이 때문에 눈물을 흘렸다. 고양이를 방부 처리하고 대리석 무덤에 묻었다. 그 무덤에 세울 고양이 조각상도 주문했다. 본조르노는 아직까지도 소식이 없는 아기가 태어나서 로코를 위로해 줄 수 있기를 바랐다. 하지만 오늘 로코는 고양이를 애도하는 게 아니었다.

그들은 홀 맨 끝, 주방 문 옆에 있는 3번 테이블을 골랐다. 혹시 복병이 숨어 있을 경우 그곳에서 식당 뒤쪽으로 도망칠 수 있었다. 본조르노는 벽을 등지고 앉을 수 있는 특권이 있었다. 피노 푸칠레가 친절하게 본조르노에게 의자를 빼주었고 로코는 재킷 벗는 것을 도와주었다. 비지아니가 팁을 기대하며 그들 테이블 옆으로 덜덜거리는 선풍기를 갖다 주었지만 바람이 통하지 않았다. 그 작은 식당은 견딜 수 없을 정도로 더웠다. 월요일에는 기온이 40도까지 올라갔다. 정말 기록적인 날씨였다. 7월 날씨로는 40여 년 만에 최고치를 기록했다. 본조르노는 내일 바다로 떠날 것이다. 주인은 홀을 꽃줄과 수채화, 꽃과 하얀 테이블보로 장식했지만 장식만으로 초라한 식당 내부나 식기류와 컵의 소박함을 감출 수는 없었다. 그러니까 이곳이 비타가 돌아오고 싶어했던 곳이었다. 이것이 그녀가 선택한 생활이었다.

프랭크 스파르도가 레스토랑의 손님들을 유심히 살폈다.(모두 악의가 없는 얼굴이었다. 대개는 주변 하숙집에 사는 하숙생들이었다) 그러고 난 뒤에야 안심이 되어 넥타이를 느슨하게 풀었다. 그 역시 검은 넥타이를 맸다. 그들은 치스트로의 비극을 가볍게 이야기했다. 로코는 아주 심각하게 치스트로가 결론적으로 보아 부족한 것 없이 살다 갔다고 말했다. 심지어 죽는 데에도 운이 따랐다. 옴에 걸린 떠돌이 고양이가, 9년 전 불량배들이 불을 지르려 했던 바로 그 구역의 좋은 집에서 죽었으니 말이다. 깃털이 든 푹신한 쿠션에서 생을 마감하며 긴 여정을 끝내고 운명에 의해 출발 지점으로 되돌아가는 것이 누구에게나 일어나는 일은 아니었다.

토니 비지아니는 사바토 프리스코, 피노 푸칠레, 그리고 프랭크 스파르도를 금방 알아보았다. 멜버리 지역에서 일하는 유명한 인물들이었다. 하지만 주문을 받으러 테이블로 갔을 때 토니 비지아니는 콧수염을 멋지게 염색한 대머리 노인을 발견했다. '다 아벨로'에 와주셔서 정말 영광이라고 말하고 싶었다. 그는 비타에게 이 사실을 바로 알리려고 했다. 이탈리아 국왕이 친히 이 식당을 찾은 것처럼 비타가 직접 요리하게 하려는 것이었다. 하지만 그만두었다. 비타는 아주 제멋대로여서 이런 사람들을 식당에 받고 싶어하지 않았다. 물론 니콜라가 손님들의 전과 기록을 요구할 수 없다고 반박했지만 말이다. 그들이 이 식당 문을 연 건 겨우 석 달밖에 되지 않았다. 그래서 아직 단골손님이 없었다. 그뿐만이 아니라 밤이면 10개의 테이블이 모두 텅텅 비어서 서로 우울하게 얼굴만 바라보기도 했다. 3번 테이블에 앉은 다섯 명의 화려한 남자들은 조용했다. 아니, 적어도 그렇게 보였다.

그들은 오늘의 요리가 무엇인지 알고 싶어하지 않았다. 남자가 서둘러서는 안 될 때가 침대와 식탁에서뿐이라고 그들이 말했다. 그들이 주문을 했다. 나폴리식 마늘 수프, 카포나타 알레 멜란차네(가지, 샐러리, 올리브, 토마토 등을 넣은 시칠리아 요리 – 옮긴이)와 바칼라 알라 마리나라(마리나라 소스를 곁들인 대구 요리 – 옮긴이)였다. 로코는 비타가 대구 요리를 즐겨 한다는 것을 알았다. 포일에 싸서 굽거나, 그라탕을 하거나, 튀기거나, 무스를 얹거나, 스튜를 만들거나 어떤 식으로든. 어쩌면 경고나 그녀의 희한한 복수였는지도 모른다. 아니면 단순한 우연일 수도 있었다. 비타의 바칼라 알라 마리나라는 『텔레그래프』지에까지 실렸다. '이국적인 지중해 요리를 맛볼 수 있어서 이탈리아 하층민 구역의 지저분한 식당을 즐겨 들락거리는'(정말 이렇게 썼다) 기자가 쓴 요리 기사에 실렸다. 그는 비타가 자신에게 알려 준 요리법을 그대로 베껴서 태연히 도용했다. "물이 좋은 대구를 사서 살짝 데치세요. 그래야 껍질과 비늘을 쉽게 벗겨 낼 수 있어요. 살점이 으스러지지 않게 주의하세요. 그사이 양파, 마요라나, 파슬리를 잘게 다지세요. 신선한 기름으로 프라이팬에 살짝 튀길 거예요. 거기에 소금, 후추, 향신료를 뿌린 대구를 넣으세요. 재료를 섞으세요. 다른 프라이팬에 하얀 식초와 생선 국물, 월계수 잎 두 장을 넣어 익히세요.

걸쭉해지도록 밀가루를 조금 넣으세요. 잘 섞으세요. 월계수 잎을 꺼내세요. 프라이팬을 불에서 내려놓으세요. 튀긴 크루통(굽거나 튀긴 작은 빵조각. 수프에 사용한다-옮긴이)을 준비하세요. 네모로 작게 자르세요. 접시에 크루통을 까세요. 그리고 대구를 잘 올린 뒤 그 위에 소스를 붓습니다." 비타는 화를 내지 않았다. "다른 사람이 그 요리법으로 요리를 해도 절대 내 요리 맛을 내지는 못할 거야." 비타가 차분하게 말했다. 요리는 그것을 만든 사람을 반영한다. 체와 냄비와 밀가루와 소금과 똑같은 재료들을 똑같은 식으로 똑같은 시간에 요리한다 해도 결과물은 절대 똑같지 않다. 그 요리법으로 요리한 대구를 로코는 한 번도 먹어 보지 않았다. 비타는 로코를 위해서였다면 절대 그 요리를 만들지 않았을 것이다.

프랑코 스파르도가 코를 실룩거렸고, 맛좋은 미트 소스 냄새가 난다고 중얼거리며 행복한 얼굴로 눈을 지그시 감았다. 그래서 본조르노는 종업원을 다시 불러 미트 소스 파스타도 주문에 덧붙이라고 말했다. "페투치니(파스타의 일종-옮긴이)"라고 로코가 정확하게 말했다. 그는 초조하지도, 걱정이 되지도 않았다. 행동을 하는 것보다 자신의 아내를 속이는 게 늘 훨씬 더 부담스러웠다. 어떤 남자를 죽이는 것보다 과부가 된 그 남자의 아내를 위로하는 게 더 어려웠다. 그들 뒤로 다른 손님이 한 명도 더 들어오지 않은 것을 확인하고 그는 실망했다. 비타가 원한다면 극장가에, 브로드웨이에 식당을 사줬을 것이다. 영화배우와 예술가들이 드나드는 진짜 레스토랑을. 자신들이 가보지 못한 세상의 다른 반쪽에 호기심을 느끼는 백만장자들이 드나드는 레스토랑을. 대학생들과 권투선수들, 조종사들이 찾는 레스토랑을. 그녀가 바라던 게 이런 것이었다고 그에게 알려 주기만 했더라면, 그에게 부탁하기만 했더라면. 그는 비타가 비좁은 주방에서 물이 끓는지 살펴보며 대구를 튀기는 상상을 하지 않으려 애썼다. '다 아벨로'의 음식은 맛이 좋았다. 하지만 막노동꾼들을 위한 싸구려 식당이었다. 그가 원치 않았던 모든 것을 위한 장소였다. 본조르노는 벌써 왜 이런 식당에 왔는지 그에게 물었다. "여기 음식을 먹으면 고향 생각이 나서요." 로코가 건성으로 말했다. 그러다가 바꿔 말했다. "모든 일이 어떻게 시작되었는지 기억나서요."

본조르노는 아주 느긋했다. 7월에 법령이 제정되지 않아 도시에 평화가 찾아왔다. 8월 말까지는 모든 게 평화로울 것이다. 문제들도 연기되었다. 문제들이 있었다. 누군가 본조르노 형제 패밀리를 경찰에 팔아넘기고 있었다. 최근 열두 달 동안 그들 대다수가 감옥에 갇히거나 칼바리오 묘지에 묻혔다. 본조르노는 살아남았지만 점점 더 권위가 떨어졌다. 그는 포위 공격당한 왕국의 왕이었고 그의 힘은 그의 장의사가 있는 구역에 제한되었다. 하지만 일선에서 물러날 생각이 전혀 없었다. 그는 여러 가지 계획을 추진했다. 로코는 벌써 수십 번 그 이야기를 들었다. 아니 듣는 척했다. 본조르노는 올해 가을 카루소가 무대로 돌아온다는 소식을 들었다. 카루소의 부활로 지난 봄의 사건들을 떠올리게 되었다. 그가 목소리를 되찾은 건 행운이었다. 그 젊은이가 용서받아야 할 일이 아주 많기 때문이었다. "그런데 말이야, 로코? 제 마누라 간수도 제대로 못한 녀석이 어떻게 아토니토를 알아볼 수 있었을까? 이해할 수 없는 일이라니까." 로코는 고개만 끄덕였다. 그는 지난 봄을 떠올리고 싶지 않았다. 카루소의 분장실에 들어가서 비타를 소개하지만 않았다면 카루소가 그를 기억할 리 없었을 것이다. 그의 초대권을 암표로 파는 사람들은 수도 없이 많으니까. 하지만 비타 같은 아가씨는 얼마 되지 않았다. 아니, 어쩌면 비타 한 사람밖에 없을지도 모른다. 그가 세인트폴로 달아나지 않았더라면 많은 일들이 달라졌을 것이다. 하지만 본조르노는 계속 말을 이어 나갔다. 그 시칠리아 녀석들, 친코타와 미지아니가 끼어들었다. 그가 외교적 노력을 했지만 시칠리아인들과 일을 마무리 지을 수가 없었다. 본조르노가 불쾌한 듯 고개를 저었다. 그들이 어떤 요구를 했던가? 카루소는 함께 나눠 가져야 할 상품이었다. 그것을 시칠리아 마피아들만 즐긴다는 것은 참을 수 없는 일이었다. 무엇보다 카루소가 나폴리 출신인데 말이다. 로코는 무심코, 불쑥 튀어나온 권총을 만졌다. 그는 프랭크 스파르도나 사바토 프리스코, 혹은 다른 사람에게 이 일을 맡길 수도 있었다. 하지만 늘 존경해 왔던 본조르노의 명예를 손상시키고 싶지 않았다. 본조르노는 중요한 사람이었다. 아니 적어도 몇 년 전에는 그랬다. 지금은 이미 노인, 이제 은퇴를 즐기며 살 때가 되었다는 것을 이해하지 못하는, 유식한 체하는 노인이기는 하지만 자신의 손에 죽을 영광은 그에게 허락해 주어야만 했다.

종업원이 와서 깨끗하게 비운 접시 다섯 개를 치웠다. 본조르노는 이 싸구려 식당의 음식이 맛있다는 데 동의했다. "술도 맛있군." 그가 빈 잔을 흔들며 말했다. "한 잔 더." 로코는 술을 마시지 않았다. 그는 맑은 정신으로 있고 싶었다. 거의 10년 동안이나 기다려 온 이날 밤을 매순간 즐기고 싶었다.

본조르노는 다시 카루소 얘기로 돌아갔다. 어쩌면 분장실에 폭탄을 던질 때가 왔는지도 모른다. 아니면 그의 아들을 납치하는 것이다. 그러면 정말 겁을 먹을 것이다. "아니오. 아들은 안 됩니다." 로코가 불쾌감을 숨기려 애쓰며 본조르노의 말을 가로막았다. "유괴는 이제 먹히지 않습니다. 필요하다면 그의 보석을 훔칠 수 있을 겁니다." 본조르노가 놀란 눈으로 그를 뚫어지게 보았다. "명예를 아는 나폴리 마피아는 보석을 훔치지 않아. 경찰까지도 이 점에는 분명히 동의를 했어." "과거에 그렇지 않았다고 해서 미래에도 그래선 안 되는 이유가 되지는 않습니다." 로코가 덜거덕거리는 기차 소리를 누르기 위해 고함을 쳤다. "향수보다는 모험이 더 나아요. 새로운 것을 두려워할 필요가 없어요." 그의 얼굴에 경솔한 미소가 스쳐 지나갔다. "그 젊은이는 수천 달러어치 보석을 쌓아 두고 있어요.

아니 수십만 달러일지도 몰라요. 다이아몬드, 루비, 진주, 에메랄드, 전부 보험을 들어 놨어요. 그러니 도둑을 맞아도 그자에겐 크게 손해나는 것도 아니에요. 몇 년 내에 다 다시 살 수 있을걸요. 시즌마다 수십만 달러씩 벌잖아요. 그자의 아들을 건드리게 되면 아무리 선량한 사람이라도 살인자가 될 수 있어요. 하지만 보석 조금 잃었다고 우는 남자는 없어요. 잃어버린 보석을 스스로 단념할 수도 있어요. 보험을 들어 놔서 그의 주머니에서 돈이 나가는 게 아니기 때문이기도 하죠." "이런 얘기는 자네와 어울리지 않아, 사위." 본조르노가 말했다.

로코는 담배에 불을 붙였다. 식탁보에 신경을 쓰는 척했다. 손톱으로 긁었다. 하얀 가루가 손가락에 묻었다. 얼룩 위에 백묵을 칠해 놓은 것이었다. 비타가 매일 저녁 식탁보를 갈아 덮을 수 있을 정도로 돈을 벌지 못하는 게 분명했다. 이 초라한 속임수에 그는 화가 났다. 모욕을 느꼈다. 오늘 밤 다른 계획이 머리에 들어 있지 않았다면 이것 때문에 울컥했을 것이다. 하지만 그는 세인트폴 호텔에 버려두고 왔던 여자의 새 출발에 감탄하기 위해 '다 아넬로'에 온 것은 아니었다. 이러한 후회는 벌써 아무런 양심의 가책도 없이 버렸던 가족에 대한 다듬어지지 않은 헌신으로 표현되었다. 그는 이제 더 이상 고집불통 장인과 의논을 하고 싶지도 않았다. 그뿐만이 아니라 그건 소용없는 일일 것이다. 장인은 시대에 뒤지고 둔한 남자로 새로운 시대에 맞춰 시스템을 바꿀 능력이 없었다. 너무 잔인했다. 로코는 폭탄이나 폭력을 더 이상 사용할 수가 없었다. 지나친 탐욕은 누구에게도 도움이 되지 않았다. 사람들을 비참하게 만들고 그들에게서 돈을 갈취해 가는 사람들에게 적대심을 품게 했다. 사람들은 안정과 보호만을 원했다. 평화롭게 자신들의 할 일을 하고 싶어했다. 그럴 권리가 있었다. 메를루초는 바로 이 권리를 사람들에게 주고 싶었다. 그러면 가게 주인들, 빵집 주인들, 호텔, 바, 식당 주인들이나 노점상들, 구두닦이 보스들이나 가판점 주인들이 기꺼이 돈을 지불할 것이고 그들에게 고마워할 것이다. 형제들 패밀리는 동의하지 않았다. 샛길에 숨어 있다가 행인에게 그 자리에서 당장 전부 다 뺏고 싶어 누구든, 설사 지갑이 비어 있더라도 제일 먼저 지나가는 사람을 공격하는 산적들 같았다. 그들은 멀리 내다볼 줄 몰랐고 자신들의 적을 선별할 줄도 몰랐다. 그들의 구역은 이미 텅 빈 관이었다. 중국인들의 공격을 받았다. 중국인들은 펠 스트리트와 모트 스트리트로부터 퍼져 나와 오래된 가게들을 차례로 독식해서 세탁소로 만들었다. 새로 미국에 온 사람들이 브루클린과 이스트 할렘을 선호했기 때문에 그 구역은 늙어 갔고 가난했으며 사업은 파산 지경에 이르렀다. 모든 것이 죽음을 맞고 있었다. 거기에서는 얻을 게 별로 없었다. 늙은 형제들은 변화하는 시내의 건설 사업, 조합과의 협조, 항만 통제권, 얼음, 석탄, 석유 교역을 통해 무궁무진한 기회를 잡을 수 있다는 것을 이해하지 못했다. 계속 죽은 젖소에게서 우유를 짜내려 했다. 전부 다 바꿀 필요가 있었다. 그, 로코가 그렇게 할 것이다. 장의사의 관들은 이제 시체를 옮기지 않을 것이다. 그는 죽음을 완전히 지워 버릴 것이다. "유리 조각에서 다이아몬드를 구별하는 법을 배워야 합니다." 그가 대구 찌꺼기 속에 담배꽁초를 눌러 끄면서 말했다. "시골 강도들을 위한 자리는 이제 이 도시에 없습니다."

종업원이 커피를 가져 왔을 때 식당 안은 거의 비어 있었다. 늦은 시간이었지만 3번 테이블의 손님들은 계산서를 요구하지 않았다. 그들은 꾸물거렸다. 비타는 문 닫을 시간이 됐다는 걸 눈치채도록 식탁을 치우라고 종업원에게 말했다. 본조르노가 콧수염을 매만졌다. 콧수염은 까마귀처럼 새까맸는데, 염색을 했기 때문이다. 그 까만 수염은 벗겨진 머리와 주름이 자글자글한 얼굴과 조화를 이루지 못했고 그의 진짜 나이를 알려주었다. 본조르노 형제들의 분장사들이 제아무리 뛰어난 기술은 가졌다

해도 그에게 마음에 드는 미소를 만들어 줄 수는 없을 것이다. 이 남자가 더 이상 웃을 수 없게 될테니. 그는 입술도, 콧수염도, 얼굴도 모두 잃게 될 것이다.

노인은 비타를 알지 못했다. 그리고 비타는 그가 숨을 거두고 나서야 그를 만나게 될 것이다. 로코가 해치우려고 하는 이 남자는 청소년기 소년들의 우상이었다. 사환들을 사랑하고 존경받는 법과 사랑받는 법을 그들에게 가르쳐 준 사람이었다. 하지만 로코의 삶을, 소년들의 삶을 손에 넣어 쥐락펴락하려던 사람이기도 했다. 결론적으로 보자면 비타와 로코를 헤어지게 한 장본인이었다. 로코는 비타에게 본조르노의 시신을 보여 줌으로써 자기 방식대로 비타에 대한 마음을 표시했다. 자신을 키워 주는 사람에게 혹은 정복하고 싶은 사람에게 갓 잡아 갈기갈기 찢은 쥐를 가져가는 고양이들처럼. 로코는 종업원에게 저녁 식사가 아주 만족스러웠다고 여주인에게 전해 달라고 부탁했다. 주인만 괜찮다면 다시 찾아올 거라고. 그런 다음 그의 앞치마 주머니에 50달러를 찔러 주었다. 토니는 얼굴이 환해져서 비타에게 칭찬을 받으러 달려갔다. 그의 서비스가 이렇게 넉넉한 팁을 받을 만하기는 했어도, 어쨌든 이것은 테이블 3번의 신사들이 정말 인상적인 저녁 식사를 했다는 뜻이었다. 비타는 그녀의 식당에서 보낸 시간들이 잊지 못할 시간이 되게 하라고 그에게 가르쳤다. 불과 몇 시간뿐일지라도 사람들을 행복하게 해주라고 가르쳤다.

"시골 강도 이야기는 무슨 말인가, 사위?" 본조르노가 그에게 물었다. 로코가 이제 자신을 그렇게 부르지 말라고 말하려던 참에 종업원이 돌아오고 있다는 것을 알아차렸다. 비지아니는 그에게 지폐를 내밀며 손짓으로 말을 했다. 여주인이 이렇게 많은 팁을 받을 수는 없기 때문에 돌려 줄 수밖에 없다고 말했다고 전했다. 그렇지 않으면 이건 그들이 돈을 주고 우리를 사려는 뜻이라고 했다. 우리는 파는 물건이 아니었다. 프랭크 스파르도와 피노 푸칠레는 재미있어서 박수를 쳤다. 로코는 50달러를 되돌려받을 생각이 없었다. 토니가 웃었다. 지폐를 로코의 바지 주머니 속으로 밀어 넣었다. "화장실이 어디지?" 본조르노가 일어서면서 물었다. 비지아니가 주방 옆의 문을 가리켰다. 그는 바보 같은 미소를 지으며 테이블 앞에 서 있었다. 로코는 그가 돌아서 가길 기다렸다가 본조르노를 뒤따라갔다.

그는 잠시 열려 있는 주방 문 앞에 섰다. 주방 문은 배의 현창과 비슷했다. 주방은 너무 좁아서 그릇을 부딪히지 않고, 끓는 냄비를 엎어 화상을 입지 않으려면 춤을 추듯 움직여야 했다. 그는 오븐 사이에서 그림자 하나를 얼핏 보았다. 그리고 비타를 보았다. 하얀 모자 밑으로 머리를 모아 넣어서 갈색의 목이 그대로 드러났다. 뿌연 김 속에서 반짝이는 그녀의 피부. 그는 접이식 문의 손잡이에 한 손을 올려놓았다. 망설였다. 그녀에게 하고 싶은 말이 너무 많았다. 그녀에게 들려주고 싶은 시, 그녀가 들어주기만을 기다리는 말들이 너무 많았다. 네 인생에 관여할 수 없어, 더구나 내 인생을 구하기 위해 아직도 할 일이 너무 많아. 네 인생을 구해 줄 수 없어. 그는 그녀에게 아무 말도 하지 않았다. 비타가 돌아서려는 기색을 보이자 서둘러 화장실 문을 열었다.

본조르노는 두 다리를 쫙 벌리고 서 있었다. 소나기 같은 오줌이 변기 타일에 맞고 튀어 올랐다. "맛있게 드셨어요, 아버지?" 등 뒤로 문을 닫으며 로코가 물었다. "교황처럼 잘 먹었다!" 본조르노가 돌아보지 않은 채 대답했다. 그의 몸이 천천히 흔들렸다. 그는 평상시처럼 검은 양복을 입었다. 그의 발밑 바닥이 진동하기 시작했다. 때가 되었다. 기차가 요란하게 도착하고 있었다. "돌아서요. 내 얼굴을 봐. 등 뒤에서 쏘고 싶지 않으니까." 로코는 자신의 목소리를 들었다. 본조르노가 물었다. "뭐라고?" 그가 돌아섰다. 아마도 어둠 속에서 그의 얼굴을 향해 겨누어진 권총에서 반사되는 금속성의 빛을 보았을 것이다. 본조르노가 채 뭐라 말하기도 전에 로코가 방아쇠를 당겼다. 화장실이 워낙 좁아서 본조르노가 쓰러질 때 로코는 옆으로 피해야만 했다. 본조르노가 완전히 꼼짝하지 않을 때까지 다시 두 발을 더 쐈다. 다운타운을 향해 달리는 기차의 굉음, 병들이 부딪히는 소리, 홀에서 들려오는 의자 끄는 소리가 뒤섞였다. 그 소리들이 메아리처럼 혼란스럽게 울렸다. 그는 세면대에서 얼굴을 씻었다. 마치 사람들이 그의 얼굴에 오물을 한 양동이 뿌린 것 같은 기분이 들었다. 홀로 다시 나왔을 때 전등 불빛이 그의 눈을 찔렀다. 아무도 없었다. 의자 하나가 바닥에 엎어져 있었다. 거기 앉아 있던 사람이 급히 달아난 것처럼, 피노 푸칠레가 문을 열어 놓고 있었다. 서두르라고 그에게 말했다. 하지만 로코는 식사 값을 지불하지 않았다는 생각이 나서 맨 윗주머니를 뒤졌다.

몇 분 후 비타가 홀로 나왔다. 3번 테이블의 손님들에게 멋진 저녁을 보냈는지 물어볼 때가 되었다. 요리를 하지 않는 사람들이 보기에는, 담배를 오래 피워 입천장이 망가졌거나 소화불량이거나 신경증 환자이거나 머리에 어떤 생각을 가지고 있는지도 모를 멍텅구리들의 판단에 자신을 맡긴다는 게 굴욕처럼 보일 수도 있었다. 하지만 비타는 식당을 열면 자기 자신이 아니라 다른 사람들을 위해 요리를 해야 한다는 것을 알았다. 그러니까 다른 사람들을 만족시키는 게 중요했다. 사람들이 자신의 요리를 마음에 들어 하고 식당에서 돈을 쓴 것을 후회하지 않게 하고 싶은 야심을 가지고 있었다. 홀에는 아무도 없었다. 정리 정돈이 깔끔하게 되어 있었지만 식탁에는 손님이 한 명도 없었다. 급히 달아나 버렸다. 사라져 버렸다. 술잔의 술은 아직 그대로였다. 3번 테이블 위에 100달러 지폐가 놓여 있었다. 포도주 병 밑에 눈에 잘 띄게 놓여 있었다. 비타는 이해를 할 수 없었다. 그래서 화장실 문을 밀어 보았다. 문이 열리지 않았다. 온몸으로 문을 밀어 보았다. 그러다가 그를 보았다. 바지도 잠그지 않은 채, 흐트러진 차림으로 변기 앞에 뻣뻣하게 서 있었다. 가장 나약하고 품위 없고 가장 인간적인 순간에 공격을 당한 것이다. 비타는 그를 바로 알아보았다.

경찰이 도착했을 때 '다 아넬로'에서 저녁을 먹었던 13명의 손님들 중 한 명도 그 흔적을 찾을 수가 없었다. 토니 비지아니는 보스의 식사 시중을 들었다는 것 때문에 흥분을 해서, 그리고 그 보스를 그렇게 죽일 수 있는, 상상조차 할 수 없는 용기를 누군가 가지고 있다는 사실에 놀라서 아직도 정신을 차리지 못했다. 니콜라는 쉬는 날이었고 아넬로는 그 지역 이탈리아 세입자들 권익 보호 위원회 모임에 참가했다. 집 주인들은 흑인들에게 집을 세주려고 이탈리아인들을 쫓아내고 있었다. 흑인들에게는 세 배나 더 임대료를 받을 수 있었다. 본조르노에게 총을 쏜 사람들은 수요일에는 이 귀머거리 벙어리 청년과 비타만 식당에 있다는 것을 알고 있었다. 경찰들이 식탁보로 본조르노의 시신을 덮었다. 종업원은 아무 도움도 되지 않았다. 종업원은 당혹스러우면서도 약간 바보 같은 눈으로 경찰들을 쳐다보았다. 젊은 여주인은 당혹스러우면서도 냉담한 태도를 보였다. 그녀는 서둘러 화장실 바닥을 닦기만 했다. 비타는 경찰들에게 자신은 홀에 나가지 않아서 노인과 함께 온 네 명의 젊은 남자가 누군지 모른다고 말했다. 그들의 시중을 든 종업원은 그들을 한 번도 본 적이 없었다. 그들은 단골손님이 아니었다.

몇 시간이 지나서 침대에 누웠을 때 비로소 비타는 본조르노와 저녁을 먹은 사람이 누군지 확실하게 알게 되었다. 왜 그를 자기 식당에 데려와서, 식당의 특별 요리를 먹게 하고 소화가 안 될 지경까지 감자 크로켓과

모스타촐리 요리를 정신없이 먹게 했는지 알게 되었다. 그리고 마지막에, 그가 포만감에 흡족해하며 화장실에 간 그 마지막에야 그를 죽여 버렸다. 홀에서가 아니라 화장실에서. 바지 단추도 채우지 않은 상태에서. 완전히 초라한 상태에서, 힘을 잃은 상황에서. 이런 일들은 직접 한 것이었다. 목표물은 아주 존경할 만한 가치가 있었고 절대적으로 그에게 경의를 표해야 했다. 암살범에게 그 일을 맡기는 것은 그를 경멸한다는 비열한 표시였다. 본조르노를 죽인 사람은 그를 경멸하지 않았다. 그에게 존경심을 품고 있다는 것을 훌륭히 보여 주었지만 이미 그와 결산을 해야 할 순간이 다가왔던 것이다. 비타는 가만히 옆으로 돌아누웠다. 잠을 이룰 수가 없었다. 계속 로코가 눈앞에 나타났다. 키 크고 불안해 보이고 닿을 수 없는 그. 그가 이렇게 말했다. **난 늙는 게 두려워. 무기력해지고 체념하게 되고 비겁해지고 복종을 하게 되는 게 두려워. 나 같은 녀석의 칼에 찔려 죽게 될까봐 두려워.**

경찰서에서 소환했을 때 비타는 출두하지 않았다. 그녀는 경찰에 대해 유전적인 불신을 품고 있었다. 경찰은 그녀를 가두려고만 했다. 처음에는 학교에, 그다음에는 도덕적으로 타락한 불량소녀들을 위한 소년원에 가두었다. 하지만 그녀는 경찰이 로코를 체포하길 바랐다. 그녀에게 한 일, 그리고 그녀에게 하지 않았지만 그녀는 했다고 생각하고 싶은 일을 벌주길 바랐다. 위선적인 부르주아 사업가의 얼굴과 그의 세련된 미국 아내를 망가뜨리고 자동차와 벽난로가 있는 집, 메트로폴리탄에서 보내는 멋진 저녁 시간, 롱아일랜드의 휴가를 빼앗고 싶었다. 그가 가진 모든 것을 다 빼앗아 버리고 싶었다. 어쩌면 그녀 자신이 자동차와 그 나머지 것들을 원하고 있다는 것을, 그리고 그것을 너무나 아쉬워하기 때문이라는 것을 깨닫지 못하는지도 몰랐다. 아니면 그녀는 절대 그런 삶을 원하지 않은 반면 그는 그것밖에 원하지 않아서 그것을 갖기 위해서는 모든 것을 다 팔고 자신의 신념을 부인할 수 있기 때문일 수도 있었다.

사건이 나고 5일 뒤 경찰이 그녀를 데리러 왔다. 이스트 할렘 경찰서에 익명의 투서가 도착했다. 리처드 메이즈라는 사람을 수사해 보라는 내용이었다. 영리한 비타가 이 살인 사건의 유일한 목격자였다. 그녀는 아무것도 보지 못했다고 말했지만 뭔가 숨기는 것일 수도 있었다. 어쩌면 그 편지를 쓴 사람이 바로 그녀일 수도 있었다. 그러니까 그녀는 경찰 측에서 협력해 달라는 요청을 해오기만을 바랄 수도 있었다.

비타는 일요일에 입는 옷을 입었다. 술이 달린 새빨간 원피스로 몸에 꽉 끼었다. 너무 줄여서 바느질을 했나보다. 가슴 윤곽이 거만하게 고스란히 살아났다. 고리 모양의 금귀고리를 하고 약간 원뿔 같은 진초록 모자를 썼다. 끈으로 묶는 구두를 신었다. 굽은 닳았지만 깔끔하게 닦아 윤이 났다. 제일 예쁜 미소를 지었다.

할렘 경찰서에서는 아무도 이탈리아어를 말하지 않았다. 비타는 기분이 내킬 때면 오빠의 미국 여자친구와 유창하게 수다를 떨곤 했지만 엉터리 억양과 제한된 단어만을 사용했다. 이것이 서로 불신만을 쌓았을 뿐이었다.

— 증인은 주방에서 절대 나오지 않았다고 맹세할 수 있습니까? 위증은 범죄입니다. 식당에서 어떤 일을 합니까?

— 난 식당 주인 딸이에요. 우린 정식 허가를 받았어요.

— 주인 딸이라면 주방에서 뭘 하고 있었던 겁니까?

— 내가 요리사이기도 해요.

— 주방에서 나온 적이 있냐고 물었을 때 왜 거짓말했습니까?

— 거짓말하지 않았어요.

— 뭘 겁내는 겁니까? 협박받았나요?

— 난 주방에서 나오지 않았어요. 우리 아버지 목숨을 걸고 맹세해요.

— 라차로 본조르노를 압니까?

— 그 사람을 모르는 사람이 어디 있어요? 멜버리 구역에서 가장 유명한 장의사를 운영하잖아요.

— 이 편지 본 적 있습니까?

— 아니요.

— 당신이 쓴 것 아닌가요?

— 무슨 말인지 모르겠어요. 난 메이즈가 누군지 몰라요.

— 아까 말한 로키라는 별명을 가진 리처드 메이즈를 모른다는 겁니까?

— 몰라요.

— 당신하고 성이 똑같은 데 그 사람을 모른다는 게 이상하군요.

— 내 성은 메이즈가 아니에요.

— 이 사람은 미국인이 아니오. 아니, 정확히 말하자면 지금은 미국인이지. 하지만 시민권을 딸 때 이름을 바꿨어요.

— 아.

— 이탈리아인이지요. 당신과 같은 지역에서 태어났어요.

— 내 고향은 여기예요.

— 메를루초로 알려진 남자요. 아믈레토 아토니토라고도 불렸던 것 같은데 원래 이름은 로코요. 내가 말하는 사람이 누군지 알겠습니까?

— 알 것 같아요.

— 그를 압니까?

— 물론이죠. 누군지 알아요.

— 누굽니까?

— 그 사람 직업은 장의사 지배인이고 사업가예요.

— 당신이 활동을 하면서 제일 처음 그 사람 이름을 들은 게 언제인가요?

— 무슨 말씀인지 이해를 못 하겠어요.

— 그 사람을 언제 알게 되었습니까?

— 1903년 4월 13일인가 14일일 거예요. 내가 미국에 막 도착했을 때예요.

— 어떤 상황이었죠?

— 우리 아버지 하숙집의 하숙생이었어요.

— 개인적인 관계가 있었나요?

— 아니요.

— 그를 만난 지가 얼마나 됐습니까?

— 몇 년 됐어요.

— 좀 더 정확하게 말씀해 주시겠습니까?

— 글쎄요, 잘 기억이 나지 않아요. 우린 그 구역을 떠났어요. 1909년 여름부터 할렘에 와서 살았어요.

— 하지만 본조르노 씨가 살해되던 날 밤 당신 식당에서 목격되었습니다.

— 난 모르는 일이에요.

— 그러니까 당신 말대로라면 이 남자는 살인과 아무 관련이 없다는 건가요?

— 난 모르는 일이에요.

이렇게 완고한 태도 앞에서 형사는 의심을 하기 시작했다. 그리고 지금 의심을 받는 남자가 저지른 범죄행위에 대해 아는지 등등을 그녀에게 물었다. 점점 더 난처해져 얼굴이 달아오를 정도로 화가 난 비타는 메를루초에 대한 전설적인 이야기들이 늘 떠돌았다고 대답했다. 그가 도둑이고 일종의 강도이며, 용감한 기사이고 해적이라는 등등의 이야기였다. 하지만 비타는 그런 말을 중요하게 생각하지 않았다. 로코, 다시 말해 메를루초, 그러니까 이 메이즈는 아주 너그러운 하숙생이었다. 모든 면에서 훌륭했다. 그래서 그녀는 그가 누군가를 해칠 수 있다고 생각할 수 없었다. 오히려 그는 누구에게나 친절했다. 모두에게 선물을 했고 어려움에 빠진 친구들을 도와주었다. 그리고 예수 그리스도는 가난한 사람들을 좋아했다고 말했다. 그리고 그들과 부자가 아닌 사람들에게 천당의 문을 열어 놓았다고도 했다. 메를루초는 어떤 그룹에도 관여하지 않았다. 단체, 갱단, 소란스러운 일을 증오했다. 그는 자기 뜻대로 했고 모든 이들과 반대였다. 그래서 많은 사람들이 그에게 감탄을 했지만 적도 꽤 많았다.

—이 사람이 권총을 가지고 있다는 것을 알았습니까?

—제가 어떻게 그걸 알겠어요?

—그러니까 권총을 가지고 있지 않았다고 확신하는군요.

—가졌을 수도 있어요. 우리가 살던 지역은 상당히 위험했거든요.

—이곳은 그렇지 않나요?

—불만 있는 사람들이 사는 곳은 어디나 위험해요.

—40명의 도적 얘기 들어봤습니까?

—40명의 도적단이요?

—할렘에서 날뛰는 이탈리아인과 유대인 강도와 범죄자들입니다.

—살인자들이에요.

—카 반 갱에 대해 말해 줄 수 있습니까?

—제가 무슨 말을 해드린단 말이에요? 갱단이에요. 단원들이 상당히 많죠.

—이 갱단이 식당을 운영하는 모든 주인들에게 수입의 몇 퍼센트를

요구하는 것 같던데요.

— 우리 식당엔 한 번도 오지 않았어요.

— 누군가 그렇게 하지 말라고 명령해서 당신들에게 수입의 일부분을 요구하지 않은 것 아닐까요?

— 그런 생각 해본 적 없어요.

— 갱단이 당신네 가게만 유일하게 괴롭히지 않은 게 이상하지 않습니까?

— 식당을 연 지 석 달밖에 안 됐어요. 손님도 별로 없어요.

— 이웃 사람들 말에 따르면 최근에는 늘 식당이 붐볐다더군요.

— 그러면 40인의 도적들이 내 요리를 높이 평가하지 않나 보죠. 전 새로운 요리법을 실험하는 걸 즐기거든요.

비타는 말을 멈추고 물 한 잔을 부탁했다. 그녀는 로코의 권총을 또렷이 기억했다. 모카신 속에 찔러 넣은 그의 권총이 눈앞에 다시 나타났다. 깜깜한 세인트폴 호텔 방에서 반짝이던 그 권총은 그녀의 바람에 따라 공중에 떠서 흔들리다가 둔탁한 소리를 내며 바닥에 떨어졌다. 그녀는 로코가 벨트에 나이프 대신 권총을 차고 식탁에 맨 처음 앉아 있던 때를 생생하게 기억했다. 1월 1일에는 창문에서 가로등에 총을 쏘았다. 기분이 나쁠 때는 옥상으로 올라가서, 막대기에 꽂아 둔 썩은 돼지 머리에 총을 한 방씩 쐈다. 하지만 대개는 강도질에 권총을 이용했다. 제일 좋을 때는 사람들이 메트로폴리탄 극장에서 나올 때라고 니콜라에게 이야기하는 것을 들었다. 여자들은 오페라하우스에 갈 때 보석으로 꾸미고 갔다. 그래서 꼭 보석상의 쇼윈도 같았다. 로코는 팔찌와 목걸이를 그랜드 스트리트 보석 가게들에 맡겨서 녹였다. 그는 금과 반짝이는 보석들을 아주 좋아했다. 가끔 자신이 직접 그런 보석들로 치장을 했다. 열여덟 살 때는 해적처럼 혹은 여자처럼 귀걸이도 했다. 비타는 목이 탔기 때문에 물을 홀짝홀짝 마셨다. 30분 전부터 형사의 숨 막히는 눈길을 견디고 있었다. 그녀는 그의 시선을 받아 냈다. 그리고 자신이 하고 싶은 말과 정반대로 말했다. 그런데 정말 하고 싶은 말이 무엇이었을까?

— 결론적으로 말하자면 당신은 우리가 말하는 용의자가 검은 손 단원이라는 사실을 몰랐다는 겁니까?

— 몰랐어요.

— 거기 단원 중에 혹시 아는 사람 없었나요?

— 없어요.

— 검은 손이 뭔지는 아시죠?

— 전설이에요.

간단히 말해 증인은 오래전부터 알고 있는 사람, 표면적으로 아는 사람을 두둔했다. 범죄행위로 의심받는 것을 모른다고 말했다. 그녀가 어린 시절 떠돌았던 소문, 오래전 일어난 사건과 관련된 소문밖에 알지 못했다. 형사는 의자에 게으르게 몸을 쭉 펴고 앉아, 풍만한 가슴과 도발적인 관능성으로 그를 괴롭히는 몸매 좋은 처녀에게 조롱당하고 있다고 느꼈다. 그는 그녀와 이 수상한 남자의 성이 같다는 사실로 돌아갔다.

— 우린 친척이 아니에요. 그 사람이 미국에 올 때 내 사촌 여권으로 왔다고 아버지에게 들은 기억이 나요. 내 사촌이 여권을 그 사람에게 판 거죠.

— 왜 자기 이름으로 여권을 만들지 않은 건가요?

— 전 몰라요. 아마 법적으로 무슨 문제가 있었겠지요.

— 법적으로 문제가 있었다는 걸 아는 겁니까, 아니면 추측하는 겁니까?

— 법적으로 문제가 있기에는 그 사람이 너무 어렸어요. 이곳에 어릴 때 왔으니까요.

— 그런데 왜 법적인 문제가 있었을 거라고 말한 겁니까?

— 제 기억으로는 그 사람 아버지에게 문제가 있었던 것 같아요.

— 어떤 문제지요?

— 그 시절 이탈리아에는 법적으로 문제가 있는 사람들이 많았어요. 경제 위기였죠. 파업이나 토지를 점거하는 일이 많았어요. 암살도요. 우리 어머니에게 들었어요. 어머니는 글을 읽을 줄 알았거든요.

— 이탈리아인들은 범죄자들에게 여권을 줘서 외국으로 떠나게 하는 거죠. 자기들 감옥의 쓰레기들을 우리에게 떠넘기는 거예요.

— 하지만 여기에선 토지 운동에 참가했던 사람들을 입국시키려고 하지 않아요. 무정부주의자들과 혁명가들도요.

— 당신 말은 이 로코가 그런 운동에 참가했다는 건가요?

— 아니요. 방금 말했잖아요. 로코는 어린아이였어요. 아마 그의 아버지가 그랬겠지요.

— 좀 더 자세히 기억나는 건 없습니까?

— 양을 훔쳐서 고발당했어요.

— 양이요?

— 로코 아버지가 도축업자였거든요. 간단히 말해 돼지 잡는 사람이었어요. 12월부터 3월까지만 일했어요. 양은 주인이 있었어요. 로코 아버지가 양을 훔쳤지요. 양을 잡아 자식들에게 먹였어요. 재판을 받았어요. 이 양 때문에 전과 기록이 남은 거예요. 들은 얘기예요. 난 태어나지도 않았을 때거든요.

— 그러니까 메이즈의 이름도 로코가 아니겠군요.
— 그래도 로코 성인 축일을 항상 챙기는걸요.

형사는 전부 다 메모를 하고 비타를 보내 주었다. 그리고 체념을 하고 그녀의 진술을 정리해 두었다. 이탈리아인은 다른 이탈리아인을 고발하지 않으려 한다. 자기 일과 직접 관련이 없는 한은. 이 경우에는 분명 관련이 있었다. 하지만 새빨간 옷을 입은 이 영리한 여자에게서 용의자와의 실제 관계에 대한 말을 한마디도 얻어 내지 못했다. 여자는 영어를 유창하게 하지는 못했지만 대화의 주도권을 놓치지 않았고, 자신이 하고 싶은 말만 애매하게 했다. 여자는 문제에 접근하면 몸이 굳어서 부인을 했다. 그녀는 명백한 사실조차 부인했을 것이다. 어쨌든 바워리 207번지 본조르노 형제들 장의사의 장례 책임자이며 사업가로, 고인의 사위인 리처드 메이즈, 혹은 로코라는 이 사람, 불과 사흘 전 서른 대의 자동차와 1톤의 흰 치자꽃으로 기억에 남을 만한 장인의 장례식을 성대하게 치른 이 사람이 '다 아넬로'에 갔었음을 알리는 익명의 투서를 그녀가 보내지 않은 건 분명했다. 그러나 그녀는 용의자를 깊이 알고 있었다. 3번 항목에서의 이상한 진술, 그가 빨간 펜으로 표시해 둔 진술이 그것을 증명했다.

— 아시잖아요. 많은 직업들이 있어요. 중요한 건 발전하는 거라고 그 사람이 말했어요. 그 사람은 항상 진취적인 정신을 가지고 있었지요. 우리 모두 하나씩은 재능을 가지고 있지요. **그 사람은 사업 재능을 가졌어요.**
— 무시무시한 범죄 용의자로 의심받는 대신, 이 재능을 좋은 데 썼더라면 이 나라에서 가장 존경받는 사람들 중 하나가 되었을 거라고 생각하지 않습니까? 훌륭한 본보기 말입니다.

— 그 사람이 어떤 좋은 일을 할 수 있을까요? **그 사람은 자기 자신만 생각했어요. 제가 보기엔 이게 범죄예요.**

라차로 본조르노 살인 사건은 신문에 거의 보도되지 않았다. 도시 내 경제 활동의 주도권을 차지하기 위해 그들의 뜻에 따르지 않는 용감한 시민들까지 공격하는 여러 갱단들 간의 세력 다툼으로 벌어지는 수많은 사건 중 하나로 취급되었다. 그런 사건들은 이미 최악인 이탈리아 이민 사회의 이미지에 도움이 되지 않았다. 이런 사건들에 완전히 입을 다물고 있을 수는 없었기 때문에 신문들은 협박범과 협박당하는 사람들 간의 차이를 강조하고 협박당하는 사람들에게 동정을 표하기라도 해야 했다. '존경받은 사업가'인 리처드 메이즈는 한 인터뷰에서 "자신이 지배인으로 있는 라차로 본조르노의 장의사는 협박범들의 표적이 되었지만 자신들은 법과 정의를 신뢰하기 때문에 그런 협박에 거의 신경을 쓰지 않는다"고 밝혔다. 이를 통해 기사의 작성자는 이런 결론을 내렸다. "살인은 동종 업자의 질투심에서 비롯된 게 분명하다. 아무도 체포되지 않았다는 말을 덧붙일 필요도 없다." 내가 아는 바대로라면 라차로 본조르노 사건으로 아무도 조사받지 않았다. 내가 아는 바대로라면 7월 30일 일요일에 폭발한 폭탄과 이 살인 사건을 아무도 연결시켜 생각하지 않았다. 이 폭탄의 경우도 아무도 체포되지 않았고, 누가 왜 던졌는지도 알 수 없었다.

『아랄도』지의 계산에 따르면 1911년에 던져진 53번째 폭탄이었다. 12월에 폭탄은 70개가 되었다. 『뉴욕 타임스』의 신랄한 논평에 따르면 '모든 기록을 경신한 숫자'였다. 53번째 폭탄은 열다섯 줄짜리 짧은 기사로 실렸다. 그날의 뉴스는 다른 것이었다. 도시에서 콜레라가 극성이었다. 벌써 수십 명의 사람들이 스윈번 아일랜드의 격리 병원에 수용되었다. 병원균은 배를 타고 이탈리아에서 상륙했다. 달리 어느 곳이겠는가.

정확히 말하자면 나폴리였다. 원치 않은 손님이었고, 나폴리에서 온 은밀한 손님이었다. 폭탄을 다룬 기사에서는 불과 몇 주 전 같은 식당에서 일어난 본조르노의 죽음은 언급조차 하지 않았다. 제목은 체념과 따분한 경멸감을 드러냈다. "또 폭탄! 다시 시작이다! 한동안 잠잠하더니 다시 공격이 시작되었다. 11시 45분, 대낮에 이탈리아 식당 '다 아벨로' 앞에서 폭탄이 터졌다. 이 블록에 사는 주민들은 공황 상태에 빠져 집을 버리고 도망쳤다. 이 지역을 정찰한 경찰관 월퍼트는 폭발이 매우 파괴적이었다고 말했다." 희생자는 없었다. 폭발 당시 식당 문은 닫혀 있었다. 식당은 완전히 무너졌다. 식당은 다시 영업하지 않았다.

리처드 메이즈와 베네라 본조르노 사이에는 자식이 없었다. 나는 먼 친척의 행방만 겨우 찾아냈다. 베네라 사촌의 손자로 C**에 살았는데, 베네라가 바다 건너에서 자신의 할머니에게 보낸 편지 몇 통을 보관하고 있었다. 자신 없는 이탈리아어로 쓴 짧은 편지로 생일이나 성명 축일, 부활절, 크리스마스 같은 때에 보낸 것이었다. 이야기를 재구성하려고 내가 찾고 있는 인물들에 대한 언급은 전혀 없었고, 내가 모르는 사람들만 거론되었다. 그 사람들에 관해서도 법을 준수하며 관습에 따라 사는 중산층의 삶에 대한 언급은 전혀 없었다. 베네라는 사려 깊고 교양 있는 부인 같았다. 그녀는 편지를 받아 볼 사촌에게 할 말이 전혀 없었다. 사촌을 잘 알지도 못했고 만나 본 적도 없었다. 남편에 대해서는 딱 세 번 언급했는데 모두 출장 중이라고 했다. 1926년 크리스마스에 로코는 선박 회사를 운영했는데, 더 정확한 것은 알 수 없었다. 1935년 3월에는 여러 종류의 수출입 회사, 건설 회사, 심지어 택시 회사까지 소유했다. 제2차 세계대전이 끝난 뒤에 아내와 플로리다에 정착한 것으로 보아 사업에서 은퇴한 것 같았다. 그는 해변이 보이는 곳에 방 10개짜리 대저택을 지었다. 1949

년에 베네라는 사촌을 만나기 위해 C**에 왔다. 하지만 로코는 그녀와의 동행을 거절했다. 베네라의 편지에 따르면 그는 이탈리아에 대한 기억이 하나도 없고 고향에서 찾고 싶은 것도 없다고 했다.

베네라가 이탈리아를 방문한 뒤 편지가 끊겼다. 아마 사촌들은 서로 공통점이 전혀 없다는 것을 알게 되었을 것이고 따라서 이제 할 말이 없었을 것이다. 베네라는 70년대 말에 사망했는데, 그때까지 로코는 살아 있었다. 베네라 사촌의 손자는 그가 언제 죽었는지 기억하지 못했지만 틀림없이 1984년이나 1985년에 죽었을 것이다. 거의 백 살까지 살았다. 이탈리아 손자는, 로코에게 가까운 친척이 없었기 때문에 로코가 수집한 그림들과 돈, 그러니까 간단히 말해 '상상을 초월하는 재산'만이 아니라 플로리다의 저택도 물려받을 거라는 약간의 희망을 가지고 있었다. 이 가족은 늘 그런 꿈을 키워 왔다. 하지만 그의 차지가 된 것은 약간의 보석과 몇 천 달러밖에 없었다. 나는 순진하게도 혹시 '리처드'가 유언장에서 비타 마추코라는 여자나 적어도 그녀의 자손들을 유산 상속자로 지목한 것은 아닐지 궁금했다. 하지만 리처드 메이즈는 유언장을 전혀 남기지 않았다는 대답을 들었다. 그런데 거의 백 살이 다 되어서 죽은 남자가 어떻게 자기 재산을 정리할 시간을 갖지 않은 것인지 나는 놀라지 않을 수 없었다. 1907년 아넬로가 디오니시아에게 마지막으로 보낸 어떤 편지에서, 아넬로가 몹시 화를 내며 이렇게 물었던 기억이 난다. "그 애는 자기 뼈도 그쪽 세상에 묻고 싶지 않을걸, 안 그래?"

정말 그렇게 되었다. 로코는 화장되었다. 그의 엄청난 재산은 전혀 남지 않았다. 그가 신뢰하지 않았던 그쪽 세상에 한 줌 재가 되어 돌아갔을 뿐이다.

1911년 이후 로코가 비타를 다시 만났다는 것을 보여 주는 다른 자료는 현재 아무것도 없다.

난 로코의 사진 한 장 구할 수 없었다. 뉴욕 경찰청 파일은 50년이 지나면 차례로 폐기된다. 여러 부서에서 간단한 (옐로우 시트라고 부르는) 개인 파일들만 보관했다. 그렇지만 해당 범죄자가 사망했을 경우 이 파일도 파기되었다. 그것들 중 몇 개는 폴리스 아카데미 박물관에 보관되었지만 '로코'와 관련된 것도 리처드 메이즈와 관련된 것도 보관되어 있지 않았다. 20세기 초, 범죄 세계 자체를 검은 손이라는 전설적인 이름으로 불렀을 때 미국에서 발간된 신문에는 유명 인사들의 사진만 실렸다. 그런데 범죄는 이탈리아인들에게 확실한 명성을 보장해 주지 않았다. 뉴욕 주요 갱단의 우두머리인 몽크 이스트먼의 흉측한 얼굴을 모르는 사람이 없었지만 프린스 스트리트 갱단의 두목인 루포 더 울프라는 별명을 가진 무시무시한 이냐치오 루포나 더 그레이 폭스라고 불린 주세페 모렐로의 얼굴을 아는 사람은 아무도 없었다. 오하이오 검은 손의 우두머리인 살바토레 아리고, 코네티컷 검은 손의 두목인 빈첸초 사바테세르의 경우도 마찬가지였다. 사람들은 지나치리만치 겁을 내며 이탈리아 범죄 세계에 대해 이야기했는데 이러한 공포는 시체에서부터 '인간 백정', '바나나 다발' 같은 이름으로 불리는 사람들에 이르기까지 이상한 사람들이 불러일으킨 것이었다. 이들은 자신들이 죽인 사람에게서 혀를 자르고 아무것도 모르는 사람들에게 마술을 걸어 침묵하게 만드는 야만적이고 잔인한 사람들이었다. 한동안 호러 문학에서 이름을 날렸던 루포 더 울프는 '병리학적 살인자'로 정의되었지만 독자들의 병적인 관심을 불러일으킨 것은 할렘에 있는 그의 '살인 마구간'이었다. 이곳에는 자신의 적을 괴롭히고 산 채로 화덕에 집어넣기 위해 고기를 매다는 갈고리들이 준비되어 있었다. 그가 체포되었을 때 그와 갱단은 60건의 살인과 548건의 범죄를 저지른 것으로 밝혀졌다. 그 범죄 중 가장 가벼운 것이 '폭탄 투척'이었다. 그렇지만 곧 잊혀졌다. 검은 손을 다룬 첫 번째 소설은 1905년에 발표되었고(아돌포 발레리가 쓴 소설로 『볼레티노 디 세라』에 실렸다), 1906년에 최초의 영화가, 1920년 최초로 레코드(유러피언 포노그래프 사에서 녹음한 「검은 손의 파스퀴노」)가 녹음되었지만 30년대에 이르러서야 이탈리아 이름의 갱단원들은 스타가 되었다.

나는 로마에 있는 국립 중앙기록보관소에서, 내무성, 공공안전국의 사법경찰부에서 작성한 **미국으로부터의 추방과 송환**이라는 제목의 파일을 찾아냈다. 사법부에 기록이 되었거나 경찰서에 연행되었던 '바람직하지 않은 사람들'과 관련된 파일이었다. 이런 경우 대부분 영사는 그들이 추방당할 수도 있다는 것을 정부 부서에 알리기만 하는데, 가끔은 미국 당국에서 영사관을 통해 강제 송환의 가능성을 알아봐 달라고 요청하기도 했다. 하지만 이 사람이 이전에 범죄 기록이 없고 이민법을 위반하지 않고 미국에 들어왔기 때문에 대답은 부정적이었다. 그러니까 형을 살고 난 뒤에 미국에 남아 있을 권리가 당연히 있었다. 다음과 같은 답변이 기록되어 있는 경우가 바로 이런 경우다. '상기인은 이 부서와 관련된 전과가 없으며 이 부서에서 관리하는 범죄자 목록에서도 이름을 찾을 수 없다.'

파일에는 **아믈레토 아토니토**라는 사람의 지문이 담겨 있었다.

아마도 이 지문, 잉크를 묻히고 종이 위에 건방지게 마지못해 누른 이 흔적이 내가 찾을 수 있는 로코의 모든 것일지도 모른다. 나는 로코의 지문에 내 손가락을 겹쳐 보았다. 틀림없이 거구였을 남자의 손이 이상하게 작아 보였다. 내 손가락, 그러니까 여자의 손가락과 딱 맞았다. 자세히 보면 누렇게 변한 종이 위의 지문은 고양이 발바닥을 상기시킨다. 조심성 없이 게으르게, 천천히 신중하게 방을 가로지르며 먼지 위에 자기도 모르게 발자국을 남기는 고양이의 발바닥을.

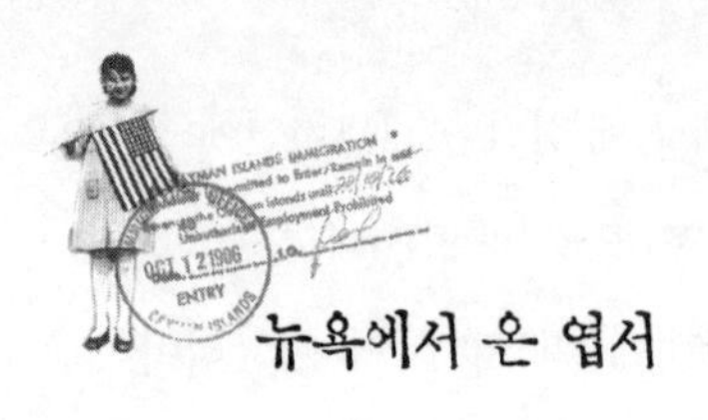

뉴욕에서 온 엽서

이제는 정확히 기억할 수 없게 된 내 어린 시절의 어느 날 처음으로 구릿빛 엽서를 보았다. 그때 나는 아버지에게 뭔가를 보여 달라고 떼를 쓰고 있었다. 아버지는 구두 상자에서 그것을 꺼냈다. 그 구두 상자에는 독서할 때 사용하는 알 없는 안경테와 디아만테가 약혼녀와 주고받은 편지가 들어 있었다. 458장의 그림엽서와 편지였는데 수줍어하는 글에서부터 거짓말, 협박과 열정, 이성을 잃은 사랑, 무관심에 이르는 다양한 편지와 엽서들이 사랑의 대화라 할 수 있는 모든 레퍼토리를 간략하게 보여 주었다. 하지만 아버지를 존중하는 마음 때문에 나는 아버지가 돌아가시고 나서야 편지를 읽을 수 있었다. 오래되어 여기저기 갈라진 검은색 가죽 케이스도 그제야 열어 보았다. 그 케이스에는 구리판이 들어 있었다.

그 구리판에 제레미아라는 사인이 되어 있었다. 그러니까 디아만테의 것이 아니었다. 나는 그것을 한쪽으로 밀어 두었다. “이게 전부예요? 다른 건 없어요?” 아버지는 디아만테가 아주 말수가 적은 분이어서 필요한 말 외에는 거의 하지 않았고 자신의 흔적들을 지우려고 했다고 대답했다. 그렇게 해서 자신에 대해 체계적으로 감추었고 침묵 속으로 몸을 숨겨서 나이가 들어서는 더욱더 그 침묵을 뚫을 수가 없었다.

나는 할아버지의 모습을 상상조차 할 수 없었다. 할아버지는 내가 태어나기 15년 전에 돌아가셨다. 할아버지의 사진은 거의 남아 있지 않은

데 남은 것들은 모두 할아버지의 말년, 이미 신장염을 앓고 있을 때 찍은 것이다. 항상 외모에 최대한 신경을 써서 깔끔하게 차려입은 중년 신사의 모습이다. 곱슬머리에 가지런히 손질한 회색 수염, 그리고 흐릿한 하늘색의 멋진 눈을 가졌다. 터프하고 위압적인 분위기였는데, 침착하고 절제된 표정 뒤에 폭발적인 활력을 애써 누르고 있었다. 제일 오래된 사진은 로마 전차 회사가 1920년 발급해서 매달 30첸테지모('리라'를 사용할 때의 이탈리아 화폐 단위. 1/100리라 - 옮긴이)를 받고 인지를 찍었던 할아버지의 통행증에 붙은 것이다. 할아버지는 공공 운송 서비스의 착실한 이용객이었던 게 틀림없다. 할아버지는 이마의 오른쪽 4분의 3 지점에 곱슬머리의 가르마를 반듯하게 탔다. 그리고 카메라 렌즈를 피하고 싶은 듯, 윗눈썹을 보일락말락하게 찡그렸고 눈은 앞쪽의 정확하지 않은 어떤 부분을 뚫어지게 보고 있었다. 콧날은 곧고 오뚝했으며 입술은 두툼했다. 뭔가에 골몰한 표정이었고, 그와 동시에 딱딱하면서도 거리감이 느껴지는 표정이었다. 디아만테는 해군 복장이었다. 그러니까 사진은 1915년 여름에 찍은 것이 틀림없었다. 이탈리아가 참전을 한 뒤 그는 해군에 재소집되었고 어뢰정 항해를 교육받기 위해 라 막달레나 섬으로 보내졌다. 카메라 앞에서 포즈를 취했을 때가 스물네 살 때였다. 그는 이미 미국을 모두 경험했고 군 복무, 여러 번의 입퇴원, 고독, 도주, 여행, 다툼, 광기, 추방과 귀향의 긴 세월을 경험했다. 하지만 해군 제복을 입은 이 사진이 유일하게 남아 있는 젊은 시절 디아만테의 모습이다. 미국으로 떠났던 첼레스티나, 스필라피페, 어린 디아만테, 활기차고 무정부주의자이고 거침없던 디아만테는 눈으로 볼 수 있는 흔적을 전혀 남겨 놓지 않았다. 마치 그의 인생이 그것을 기억하며 동시에 영원히 그것을 위장하는 말들에 빨려들어가 버리기라도 한 것처럼.

오랜 세월이 흘러서야 디아만테가 깜빡 잊고 없애지 못한(혹은 없애 버리지 않기로 선택한) 몇 개 안 되는 물건에서 어떤 흔적이라도 찾아보려고 애쓰다가 나는 구리판이 사실은 엽서였다는 사실을 발견했다. 다른 엽서들처럼 뒷면에 글이 적혀 있었다. 좀 더 정확히 말하자면 새겨져 있었다.

1936년 4월 1일 뉴욕
사랑하는 디아만테에게
행복한 부활절 보내길 진심으로 바란다.
제레미아
미국에서 우리 이탈리아의 이름을 드높이자.

나는 이제 이 제레미아라는 사람이 누구인지 아버지에게 물어볼 수가 없었다. 아버지는 세상을 뜨면서 그 대신 내게 산더미 같은 자료와 독서용 안경, 변색된 상패들을 남겨 주었다.

그 뒤 나는 1902년 5월 24일 엘리스 섬에 내린 승객 명단에서 이 제레미아가 필리포 투치아로네와 제노베파 투치아로네, 니콜라 추포, 안토니오 델란노, 루치아노 포르테, 페르디난도, 토마소 마추코, 디아만테의 아버지인 안토니오 마추코와 함께 앵커 라인의 칼라브리아 호를 탔다는 것을 밝혀냈다. 제레미아와 안토니오는 함께 이민국 직원의 면담을 받았고 같은 사람을 찾아갈 거라고 대답했다. 바로 프린스 스트리트 18번지에 거주하는 그들의 친척 아녤로의 집이었다. 제레미아는 안토니오와 마찬가지로 읽고 쓸 줄 안다고 주장했다. 안토니오처럼 12달러를 가지고 있다고 말했다. 안토니오처럼 자기도 노동자라고 밝혔다. 특별한 기술이 있는 노동자가 아니라 인부나 농장 머슴이라고 했다. 이민국 관리들이 안토니오의 이름 위에 운명의 검은 동그라미를 쳤을 때 제레미아는 입국을 했다. 안토니오는 그 뒤 이 열다섯 살 소년, 미국으로 함께 갔던 추정상의 아들, 그 대신, 그리고 그의 진짜 아들 대신 미국에 남은 이 소년을 다시 만난 적이 없었다.

변색된 엽서를 다시 뒤적이던 나는 엽서에 찍힌 1935년 11월 18일 날짜가 무엇을 암시하는지 혼자 생각해 보았다. 에티오피아 전쟁이 발발한 날인가? 에티오피아를 정복한 날? 나는 그때의 신문을 찾아보다가 11월 18일이 강대국(그중에는 미국도 있었다)들이 이탈리아에 대한 제재를 투표로 결정한 날이라는 것을 알게 되었다. 그날부터 이탈리아에서 자급자족이 시작되었다. 그날 이탈리아와 미국이 멀어졌다. 1943~1944년, 이탈리아에서 끝없는 전투가 펼쳐지게 되는 전쟁을 통해서만 두 나라가 가까워질 것이다. 그러다가 나는 미국의 이탈리아인들이 이것과 똑같은 엽서를 수십만 장 이탈리아에 보냈다는 사실을 알게 되었다. 전부 200톤의 구리였다. 그들은 전쟁을 위한 기금 캠페인에 참가한 것이다. 구리 엽서는 이탈리아가 제재 조치로 구할 수 없던 금속을 손에 넣을 수 있게 해주었다. 엽서를 받은 사람들은 그것을 어떻게 했을까? 넘겼을까? 녹였을까? 선물했을까?

디아만테는 숨겼다. 1935년 11월 18일은 그에게 별로 좋은 날이 아니었다. 디아만테는 미국에서 돌아온 뒤 사회주의자가 되었다. 1922년부터는 본능적으로 반파시스트가 되었다. 상의 단춧구멍에 붉은 카네이션을 꽂고 거리를 오갔기 때문에 수없이 폭행을 당했다. 이가 하나 부러졌고 옷에 검은 페인트를 뒤집어썼다. 일자리도 거의 잃은 것이나 마찬가지였다. 제일 보잘것없는 자리로 쫓겨났다. 미국에 있는 이탈리아인들에게는 해방의 날이었던 그날, 그는 분명 잘못된 편에 서 있다는 위기감을 느꼈을 것이다. 소인에 찍힌 말들, '양으로 100일을 사는 것보다 사자로 하루를 사는 게 더 나을까?'라는 말은 무슨 뜻일까? 양이었던 미국의 이탈리아인들은 길고 긴 굴욕의 시간을 겪은 뒤 자신들의 존엄성과 국가적 자존심을 다시 요구하는 사자가 되었을까? 제국의 정복과 더불어 사자가 되었던 이탈리아의 이탈리아인들은 이제 양이 되었을까? 혹시 다른 편에 있는 사람들은 이렇게 생각했을 수도 있었다. 하지만 디아만테는 이 말이 바로 자신을 위해 씌어진 것으로 해석했을 것이다. 엽서를 보낸 사람은 디아만테가 사자보다는 양으로 사는 걸 좋아한 사람이라고 말하려 했다.

케이스 속에는 다른 봉투가 하나 더 들어 있었는데 거의 보이지도 않을 정도로 여러 번 접혀 있었다. 봉투에는 발신인 주소가 적혀 있었다.

제레미아 마추코

322 E. 82. st

뉴욕

1936년 어퍼 이스트 사이드에 있던 82번가가 오늘 날의 그곳인지, 메트로폴리탄 미술관 옆 뉴욕에서 가장 고상한 구역에 있는 그 세련된 거리인지는 잘 모르겠다. 아마도 그럴 것이다. 이제야 나는 그 구리 엽서가 하나의 메시지였고 디아만테는 씁쓸하기는 했지만 그 메시지를 간직했다는 것을 이해하게 되었다. 아마 디아만테는 이 엽서를 검은 가죽 케이스에 담아 두었던 것 같고, 그 속에서 녹청색 엽서의 귀퉁이에 얼룩이 지기 시작했고 거기 적힌 말들이 사라져 간 것 같았다. 디아만테는 가끔 케이스에서 이것을 꺼내 흐릿하게 빛나던 표면을 뚫어지게 보았을지도 모른다. 잠시 동안 그는 자신이 제레미아가 되어 고향으로 돌아간 사촌에게 엽서를 보내는 상상을 했을 것이다. 만일 상황이 바뀌었다면 자신의 인생이 어떻게 되었을지 상상도 해보았겠지……. 자기 자신을, 신장염에도 걸리지 않고 이도 빠지지 않고 팔꿈치를 기운 옷을 입지도 않은, 바지에 페인트를 뒤집어쓰지 않은 다른 디아만테를 상상했을 것이다. 세상을 뜨기 전에 디아만테는 자식들에게, 그리고 자신이 떠난 뒤 태어나게 될 사람들에게도 다른 디아만테, 그가 계속 유지하고 싶지 않았던 한때의 디아만테를 상기시키는 모든 것을 없애 버렸다. 그는 조금도 애석해하지 않았으며 자신의 선택이 잘못되었다는 의심조차 품으려 하지 않았다. 그는 돌아와야 했던 필요성 위에서 자신의 삶과 가정을 꾸려 나갔다. 디아만테의 몇 개 안 되는 다른 대륙의 유산 중에는 면도날 한 상자, 스크랩한 신문 몇 개, 약간의 이국적인 단어들, 그의 이야기와 이런 엽서 같은 예리한 금속 몇 조각이 있었다.

나는 내가 아직도 제레미아가 누군지 모른다는 것을 알아차렸다. 그는 1936년 82번가에 살았던 미국의 이탈리아인, 성공을 했고 디아만테가 그것을 알아 주기만을 바랐던 사람이었다. 그것을 알리고 싶어 밤낮으로 괴로워했던 사람.

꿈의 세계

제레미아 마추코는 스물네 살 때 흉측하게 변했다. 어찌나 흉측하던지 평생을 비루하고 고독하게 살거나 외인부대에서 썩을 수밖에 없는 운명 같았다. 그는 자신이 미 대륙에서 제일 못생겼다고 생각했다. 하지만 그것은 그가 주위를 제대로 둘러보지 않았기 때문이다. 10여 년이 넘는 시간 동안 그는 잠시도 그렇게 해본 적이 없었다. 병원에서 옆의 환자들이 그 긴 시간 동안 미국에서 어떤 일을 했냐고 물었을 때 제레미아는 웃으면서 말했다. "돈을 모았어요." 그래도 그가 험한 일을 했다고 생각하는 사람은 아무도 없었다. 그가 하수구를 파고 막노동을 하고 광산에서 석탄을 캤다고 대답했어도 모두들 그와 같은 병실을 쓰는 걸 부끄러워하지 않았을 것이다. 전체적으로 보자면 그는 한쪽 귓바퀴와 한쪽 팔(왼팔이 불구가 되었다), 머리카락(이끼가 덮인 것같이 변해 버렸다)을 잃었다. 그리고 7000달러를 벌었다. 어떨 때는 대차대조표가 긍정적으로 보였다. 손익 계산을 해보면 이익을 얻은 것 같았다. 그는 무엇보다 돈 때문에 미국에 왔으니까. 하지만 돈을 모으기 위해 그렇게 고생을 할 만한 가치가 있었을까라는 의구심이 점점 더 커졌다. 그가 7000달러를 가지고 있다는 건 아무도 몰랐다. 그는 은행과 은행원, 그리고 일반적으로 낯선 사람들을 불신했기 때문에 돈을 셔츠 속에 꿰매어 숨겨 놓았다. 반면 그의 흉측한 몰골은 포스터처럼 선명하게 눈에 띄었다. 하지만 제레미아는 후회를 하지 않는 단련된 영혼을 가졌기 때문에 돈으로 상처를 지울 수 있다는 것을 알았다. 그는 이탈리아로 돌아가기로 결정했다. 그리고 투포를 떠날 때 꿈꿨던 것처럼 땅을 사는 것이 아니라 아내를 사기로 했다. 그의 돈이 아니라 그를 사랑해 줄 수 있는 아내를 구하면 좋을 것이다. 하지만 그는 지금으로서는 늘 **모두에게 유명할 정도로** 못생긴 그의 외모가 사고 후 더욱 못생겨진 점을 감안하면, 한 쪽 귀, 불구가 된 팔, 이끼가 덮인 것 같은 머리를 감안하면 객관적으로 그것이 어렵다는 것을 알았다. 하지만 결국 사랑이라는 것도 말에 불과했다. 먹을 수도 마실 수도 없는 것이었다. 믿을 건 돈밖에 없었다. 그는 자식을 잘 낳을 수 있고 예쁘기까지 한 처녀를 아내로 살 수 있었다. 그는 영원히 부자로 행복하게 살 것이다.

제레미아는 1912년에 뉴욕에 들렀다. 한겨울의 바다, 폭풍우, 눈에 덮인 산 때문에 그는 깜짝 놀랐다. 하지만 그는 집으로 돌아가려고 서둘렀다. 할 수만 있다면 날아가고 싶은 심정이었다. 그는 다시 태어난 기분이었다. 곧 아버지, 어머니, 누이, 그보다 먼저 미국에 왔다가 벌써 고향으로 돌아간 형들을 만날 것이다. 못, 망치, 목재들이 빼곡한 아버지의 가게를 다시 보게 되리라. 어머니가 잊을 수 없는 생선 수프를 끓이는 부엌도, 아니스 술을 넣은 커피를 끓여 주는 삼촌의 식당도. 이런 그림 속에서 그의 자리는 어디일까? 허가증을 사서 소금과 담배를 파는 가게를 열까? 아니면 포도주나 주류를 팔까? 건설 사업을 시작하는 건 어떨까? 투포에는 좋은 돌을 채석할 수 있는 채석장들이 있었다. 하지만 아무리 애를 써도 그 그림 속에서 자신의 모습을 볼 수 없었다. 그의 여권에 도장을 찍어 줄 경찰의 입에서 떨어질 말에 신경을 곤두세운 겁에 질린 소년 제레미아만 다시 보일 뿐이었다. 브루클린 악기상 진열장에 비쳐서 흘깃 보았던 회색 줄무늬 맞춤 양복을 입은 스물네 살의 젊은이가 아니었다. 트롬본이 의자에 기대어 놓여 있었다. 마우스피스를 뿔로 세공한 트롬본이었다. 놋쇠가 금처럼 반짝였다. 몇 년 전 광산에 갈 여비 때문에 팔아 버린 그 트롬본보다 훨씬 비쌌다. 그는 벌써 이 트럼본 소리를 들어 보았다. 이제 그는 다시 트롬본을 살 수 있었다. 하지만 한 손을 사용할 수 없었다. 이제 연주할 수 없었다.

한 번만이라도 트럼본을 입에 대고 슬라이드를 움직여 불고 싶은 강렬한 열망에 휩싸여 그것을 물끄러미 바라보다가 진열장 유리에서 전쟁 강연 포스터를 발견했다. 주제는 **트리폴리타니아**(리비아의 북서부 지방-옮긴이)**에서의 이탈리아**였다. 참가는 자유였다. 그뿐 아니라 '주제가 매우 흥미로우니 이탈리아인들의 많은 참여를 바랍니다'라고 적혀 있었다. 포스터는 사막 전선에서의 생활상에 대한 실제 설명을 약속했다. 제레미아는 고국에 대한 관심이 전혀 없었다. 그것을 잃었을 때 딱 한 번 자신에게 모국이 있다는 사실을 깨달았을 뿐이다. 하지만 이제 고국으로 돌아가려는 참이므로, 고국에 대한 새로운 소식을 아는 것도 해로울 것이 없을 거라고 생각했다. 그래서 절망적으로 바라보던 트롬본에서 눈길을 돌려 머리에 모자를 눌러쓰고 이탈리아 사회주의 연맹 회의실로 발길을 옮겼다. 1915년에는 3번가의 105번지와 106번지 사이에 있었다. 로코는 리비아가 어디 있는지도 몰랐고 이탈리아가 왜 리비아를 정복하려 하는지도 몰랐기 때문에, 그 전선에 있지 않다는 사실이 행복했다. 하지만 그의 세대 젊은이들이 그곳으로 달려갔다. 그 역시 광산에 있지 않았다면 거기에 있어야 했을 것이다. 코카콜라나 디아만테까지 소집을 받았다면 그곳에 갔어야 했을 것이다.

코카콜라에 대해서는 아넬로 삼촌으로부터 단편적이고 적의에 가득 찬 소식만 들었다. 아넬로는 자신의 아들이 심지어 '그 검둥이 원숭이'에게 속아 넘어갈 정도로 '바보 천치'라는 건 이미 알고 있었다고 주장했다. 하지만 사촌 디아만테의 소식은 몇 달 동안 전혀 듣지 못했다. 몇 주 전부터 그들은 다시 편지를 주고받기 시작했다. 이상한 운명의 암시인지 두 사람 모두 병원에 입원했다. 디아만테는 덴버에, 제레미아는 펜실베이니아에 입원했다. 둘 다 홀로 입원을 했고 구제 불능의 글쓰기 중독자였다. 디아만테가 겪은 이야기 중 제레미아가 설명을 듣지 못했던 가장 이상한 부분은 디아만테가 콜로라도에서 시몬 로젠으로 알려졌다는 것이었다. 그래서 제레미아는 마치 딴 사람에게 편지를 쓰듯 글을 썼다. 그런데 디아만테의 편지는 디아만테가 쓴 것 같지 않았고, 그렇다고 시몬 로젠이 쓴 것 같지도 않고 전혀 다른 제3의 누군가 쓴 것 같았다. 이런 혼란이 극에 달한 것은 그 우울하고 절망적인 편지에서 제국주의에 대한 불쾌한 적대감을 드러냈을 뿐만 아니라, 이름을 바꿀 정도로 이탈리아인이라는 것을 부끄러워했던 디아만테가 완전히 새롭고 뜨거운 애국심을 보여 주었을 때였다. 그의 애국심은 추상적이고 이성적이고 절망적이었다. 디아만테였던 그 남자는 마지막 편지에서 소름 끼칠 정도로 차갑게 자신이 유언장을 작성했다고 설명했다(유언장은 그가 사망할 경우 잭 런던의 책 47페이지에서 찾을 수 있을 것이다). 전쟁은 어떻게 자살해야 할지 결정하지 못한 사람이 고귀한 죽음을 맞을 수 없게 만들기 때문이었다. 제레미아는 한 번도 자살을 생각해 본 적이 없었다. 그의 또래 청년들, 혹은 심지어 그보다 훨씬 어린 청년 36명이 사망하는 대형 참사에서 기적적으로 살아남았기 때문에 이에 대한 보상으로 평온하고 지속적인 행복이 자신을 기다리고 있을 거라고 굳게 믿었다.

1912년 1월 그날은 역사적으로 꽤 흥미로운 날이었다. 가르가레시 사막 근처에서 52보병대, 근위보병 제1연대, 공병과 기병연대 정찰병들이 베두인들에 대한 피의 공격을 감행했다. 그들은 작은 요새에서 나와 조용히, 그리고 뻔뻔스럽게 채석장 쪽으로 행군했다. 항구의 작업에 필요한 채석장을 보호하기 위해 그곳에 요새 두 개를 건설하라는 명령을 받았다. 그들은 공격을 받고 살해되었다. 하지만 그날은 제레미아에게도 역사적인 날이었다. 베두인이나 참극에 대해 전혀 모르던 제레미아는 할렘 쪽으로 가기 위해 3번가를 따라 걸었다. 그는 자신의 상처를 치료하고 싶기만 할 뿐이었다. 일은 그에게 늘 전쟁이었다. 광산은 그의 참호였다. 느닷없이 비타가 고가철도의 교각 뒤에서 나와 사람으로 붐비는 인도에 서 있는 그의 앞에 나타났다. 그를 향해 걸어왔다. 남자 외투를 입고 생각에 골똘히 빠져 있어서 그를 알아보지 못하고 지나쳤다. 그녀의 머리를 하얗게 덮은 진눈깨비도, 붐비는 차량도, 자신의 궁핍함도 신경 쓰지 않을 정도로 자기 자신 속에 푹 빠져 있었다. 난공불락 같았다. 비타는 그가 알지 못하는 힘을 가지고 있었다.

그에게는 없는 우아함이 있었다. 갈색 피부의 그녀는 눈부시게 빛나고 손으로 잡을 수 있는 행복 그 자체였다. 그가 사려고 하는 가정적인 행복과는 다른 행복이었다. 제레미아는 회의실과 강연을 들으러 밀려드는 군중을 지나쳤다. 멈춰야 된다는 생각은 떠오르지 않았다. 비타가 오른쪽으로 방향을 바꿨다. 그는 다리를 절면서 따라갔다. 강 쪽의 짙은 안개가 그들을 감쌀 때까지. 한 블록 한 블록 지나는 동안 비타의 모습이 신기루처럼 나타났다가 사라지곤 했다. 그는 비타에게 어떻게 말을 걸어야 할지 알 수 없었다. 그에게는 귓바퀴 한쪽이 없었고, 코에는 아직도 붕대를 감고 있었다. 그리고 갑자기 바람이 불어와서 모자가 날아가 버려 꿈조차 꿀 수 없는 이 우아한 처녀의 눈앞에 대머리가 고스란히 드러날까봐 겁이 났다. 그는 헝클어진 그녀의 머리카락에서 흩어지는 먼지의 냄새를 맡고, 외투를 입은 그녀가 가볍게, 보기 좋게 걸어가는 모습을 바라보는 것으로 만족했다. 갑자기 비타가 걸음을 멈췄다. 그러더니 획 돌아서서 그를 보고 웃으며 물었다. "나한테 특별히 할 말도 없으면서 왜 날 따라오는 거야, 제레미아?" 그녀는 코가 왜 그렇게 되었느냐고도 묻지 않았다.

그는 그 점에 대해서 영원히 감사할 것이다.

비타는 이스트 강 쪽을 바라보는 거대한 붉은 벽돌 건물에 살았다. 원래는 맥주 공장이었는데 아직도 맥주 냄새가 났다. 아넬로는 몇 달 전 이 건물을 구입해서 창고로 개조했다. 하지만 아넬로는 없었다. 아넬로는 낮에는 수레로 이삿짐 나르는 일을 했다. 비타가 거대한 돌 아치 밑으로 그를 밀어 어둑어둑한 넓은 홀에 들어가게 되었을 때도 제레미아는 모자를 벗지 않았다. 축농증이라는 핑계를 댔다. 행운을 타고난 사람, 적당히 균형 잡힌 코, 완벽한 치아, 건강한 살색을 가지고 태어난 사람은 다른 사람의 시선을 받을 때 일어나는 경련, 손발 저림, 창자가 꼬이는 불쾌한 느낌은 절대 모를 것이다. 지구상의 다른 누구에게보다 잘생기고 매력적이고 존경받을 만한 모습을 보여 주고 싶은 사람의 종잡을 수 없는 시선 때문에 안타깝게도 일어나지 말았어야 할 일이 일어난 것이다. 비타는 희한한 가로등을 바라보듯 흥미로운 얼굴로 그를 보았다. 그리고 난로로 달려가 손을 녹였다.

각기 다른 물건들이 이상하게 뒤죽박죽되어 난파선의 잔해처럼 어둠 속에서 나타났다. 물건들에는 석유가 얼룩덜룩하게 묻어 있고 먼지가 뽀얗게 쌓인 천이 덮여 있었다. 트렁크, 책장, 새장, 모자 상자, 사다리, 소파, 책상, 심지어 극장 하나가 고스란히 있었다. 보라색 벨벳으로 커버를 씌운 의자들이 줄줄이 놓여 있었다. 아넬로는 다시 식당을 열고 싶어하지 않았다. 그는 자신의 딸이 순식간에 없어지고 말 무엇인가를 만들기 위해 인생을 허비하면서 다른 사람을 위해 뼈 빠지게 일하는 것을 보고 싶지 않았다. 부를 이루기 위한 시도를 해야 할 때에 이르러 아넬로는 이제 힘이 없었다. 하지만 비타에게는 좋은 생각이 있었다. 미국인들은 계속 이사를 했다. 그들의 삶에 고정된 건 아무것도 없었다. 그들의 도시는 매일 다른 모습이었다. 그들의 일자리 역시 일시적이었다. 그들의 사회적 지위도 주식처럼 쉽게 변했다. 성공조차도 마찬가지였다. 결혼이나 가족도 마찬가지여서 분리되고 뿔뿔이 흩어졌다. 그들의 집이 가장 안정적이지 못했다. 미국인들은 돈과 기회를 따라 이동했다. 다른 지역으로, 다른 교회로, 다른 도시로, 다른 주로 이사를 했다. 정착을 하고 만족을 하거나 지속할 수가 없었다. 이 무렵 모든 사람들이 미친 듯이 이사를 했고 부수고 무너뜨리고 주택, 대저택, 고층 건물을 지었다. 백인들은 다운타운을 떠났고 아일랜드인들은 이스트 사이드를 떠났으며 중국인들은 서쪽에서 이주해왔다. 독일인들은 미드타운으로 올라가서 센트럴파크 앞의 미국인들이 버리고 간 빈 집에 정착했다. 이탈리아인들은 첼시와 브라이언트파크로 배를 타고 건너갔고 유대인들은 웨스트사이드로 갔으며 흑인들은 할렘으로 내려왔다. 포르투갈인들은 데이고들이 버리고 간 지하실에 정착했다. 예술가들은 그리니치 빌리지 다락방에, 불법 이민자들은 바워리에 빈 집으로 남아 있는 낡은 목재 건물에 자리를 잡았다. 모두 움직이는데 비타는 가만히 있었기 때문에 비타는 아버지에게 다른 사람들의 집을 통째로 맡아 주어 생활비를 벌라고 조언했다.

비타가 캐노피 침대 커튼에 매달린 기하학적 모양의 끈적한 거미줄을 떼어 내며 거대한 침대 뒤로 사라졌다. 제레미아에게 편히 있으라고 했다. 그들의 가구는 폭탄을 맞아 다 부서져 버렸기 때문에 땔감으로 팔았다. 대신 지금 그들은 여러 개의 거실, 수십 개의 침실, 심지어 청동 발이 달린 욕조 다섯 개까지 있었다.

디아만테가 곁에 둘 수 없었던, 아니 그러길 원하지 않았던 여자와 헤어지지 않기 위해 제레미아는 그 넓은 창고에 쌓인 물건들을 호기심을 가지고 둘러보았다. 창고는 꽉 차 있었다. 그러니까 아벨로 삼촌은 다시 한 번 재기한 게 틀림없었다. 제레미아는 자신이 아벨로 삼촌과 닮았다고 생각했다. 그들은 어떤 것에도 쓰러지지 않았다. 그들은 죽음까지도 놀라게 했다. 비타는 이제 거짓말을 할 필요가 없다고 말했다. 거짓말이 진실이 되었기 때문이다. 물건이 그녀에게 왔기 때문에 물건을 옮길 필요도 없었다. 이곳은 꿈의 세계였다. 그녀는 가상의 장소들에 살았다. 수백 개의 인생을 소유했다. 그녀는 골동품들, 서둘러 이사하면서 남겨진 물건들, 추시계, 그림, 카펫과 지도 같은 것들이 꽉 찬 집을 가졌다. 책이 고스란히 들어 있는 책장들과 박제된 부엉이들도 있었다. 한 걸음만 옮기면 다른 인생을 바꿔 살 수 있었다. 그녀는 공주처럼 살 수 있었다. 그녀가 한 번도 들어가 본 적이 없는 5번가의 저택에서 차를 마실 수도 있었다. 실제와 아무 차이가 없었다. 중요한 건 아무것도 없었다. 제레미아는 손가락 끝으로 뿌연 거울의 먼지를 슬쩍 닦았다. 고맙게도 그의 모습이 거울에 나타나지 않았다. 집들, 집들, 집들. 하지만 너와 나를 위한 집은 아니다.

그는 사라진 물건들이 쌓인 거대한 창고, 연기되어 버린 꿈, 대기하고 있거나 좌절된 꿈의 쓰레기장을 돌아다니는 것 같은 기분이 들었다. 하지만 진짜 잃어버린 이름, 디아만테는 그 어둑어둑한 창고에서 아직 들리지 않았다. 제레미아는 금방이라도 그녀가 순진하게 이렇게 물어올까 봐 두려워하며 외투 주머니에 손을 찔러 넣었다. "그런데 사촌은? 어디 있어? 잘 지내? 여자 있어?" 하지만 비타는 묻지 않았다. 디아만테가 그에게 쓴 편지에 대해 함구하는 게 좋을 것 같았다. 그가 병에 걸렸다는 것도 말하지 않아야 한다. 제레미아 자신도 아팠었고 어쩌면 아직도 병이 다 낫지 않았는지 모른다. 그는 다른 사람들의 동정이 참기 어렵다는 것도 잘 알았다. 게다가 디아만테가 편지에서 니콜라와 심지어 아넬로의 안부까지 물을 시간이 있었으면서도 비타에 대해서는 일언반구도 없었다는 것을 어떻게 설명해야 할지 알 수 없었다. 그뿐 아니라 제레미아가 디아만테에게 함께 뉴욕에서 이탈리아로 떠나자고 제안했을 때 만일 이탈리아로 돌아가기로 결정한다면 보스턴이나 필라델피아, 심지어 캐나다에서 떠날 것이며, 뉴욕이 끔찍하게 싫고 죽어도 다시 뉴욕에 오고 싶지 않다고 대답했다는 것도 마찬가지였다. 제레미아는 디아만테가 뉴욕이라고 쓰면서 비타를 생각했다는 것을 바로 알아차리고 짜증스러우면서도 괴로웠다.

그래서 디아만테가 콜로라도로 갔다고만 간단히 말했다. 디아만테는 냉혹한 사람이고 염세주의자이며 이상주의자였다. 그는 패배할 게 뻔한 전투를 했다. 그리고 무자비한 적들을 만들었다. 그 적들이 나중에는 그를 쓰러뜨렸다. 어디서나 적들을 만났다. 하지만 사실 그 자신이 본인에게 가장 가혹한 적이었다. 비타는 디아만테의 운명에 조금도 관심을 보이지 않았다. 그래서 제레미아는 그들의 어린 시절 사랑이 깊기는 했지만 이미 잊혀져 버린 것 같아 안도감을 느꼈다. 그날 오후 그가 뭘 알 수 있었겠는가. 비타는 그의 이름을 우물 속에 돌을 빠뜨리듯 마음 깊은 곳에 떨어뜨렸다. 침묵 속에 빠지게 했다. 그녀는 당황하는 것 같지 않았다. 그녀는 예전의 그 비타, 활력적이고 약간 주의가 산만하고 멍한 그 비타였다. 눈부시게 빛나고 아름다운. "난 내 사촌과 달라." 제레미아가 겉으로는 겸손하게 덧붙였다. "오빠 톰 아저씨잖아." 비타가 웃었다. "아마 그렇겠지." 제레미아가 대답했다. "그런데 너 그거 알아? 톰 아저씨는 땅에 발을 디디고 있어. 머리 위에 지붕을 이고 있지." 비타가 어깨를 으쓱했다. "땅에 발을 디디고 있으려고 인간은 날개를 잃었잖아."

그 시간 클럽 아반티에서는 연사가 슬라이드를 보여 주면서 전쟁에 필연적으로 따르는 공포스러운 상황을 설명하며 청중들의 마음을 움직였다. 하지만 제레미아는 여전히 집의 가구들 사이로 돌아다녔다. 비타가 그를 진눈깨비 속으로 쫓아 버리지 않도록 그는 절대 살아 볼 수 없을 그 집들 사이를 돌아다녔다. 창고에서 나온 제레미아는 해운 회사로 가서 고향으로 돌아가는 배표를 사지 않았다. 그는 자신이 다른 사람들의 실패한 꿈을 보관해 주는 것이 아니라 그 꿈을 실현시키기 위해 태어났다고 계속 생각했다. 디아만테가 비타 없는 인생을 상상할 수도 없다는 것을 인정하기보다는 차라리 덴버 병원에서 죽는 편을 택했다면, 그리고 아벨로에게는 새로운 집을 짓고 새로운 구역을 건설할 힘도 돈도 상상력도 없다면, 제레미아 그에게는 왼쪽 셔츠 주머니 아래 심장 근처에 꿰매 넣어 간직한 7000달러가 있었다.

왜 매섭게 추운 1월 뉴욕에서 추위를 견디며 남아 있냐고, 언제 투포의 큰길을 따라 산책하고, 아내를 구하고 새로운 집을 지을 거냐고 물으면 제레미아는 그냥 증기선에 자리가 없었다고 간단하게 설명했을 것이다. 그는 3등석이 아니라 2등석으로만 여행해야 했다. 그렇게 해야만 투포의 사람들에게 자신이 그 진흙창을 떠나 얼마나 성공했는지를 보여 줄 수 있었다. 하지만 아무도 그에게 물어보지 않았다. 그가 할 일 없이 빈둥거리며 미국에서의 마지막 오후들을 비타 곁에서 보냈지만 비타는 그에게 물어보지 않았다. 비타는 그가 손님들의 영수증과 서류를 다시 정리하며 자신을 도와주게 내버려두었고 그의 꼼꼼함을 마음에 들어 했다. 제레미아는 정확했고 질서가 있었고 조용했다.

처음에 비타는 제레미아가 왜 뉴욕 시내를 돌아다니며 미국에서 보내는 마지막 며칠을 즐기지 않는지 그 이유를 이해하지 못했다. 그녀는 제레미아에게 관심이 없었다. 그뿐 아니라 모든 남자에게 흥미를 잃었다. 그녀는 남자들이 오만하고 비열하고 이기적이라고 생각했다. 그녀는 어떤 남자의 아내가 되고 싶은 생각도 없었고 남편의 기분과 변덕에 좌우되고 싶지도 않았다. 그녀에게는 이미 가족이 있었다. 그래서 다른 가족을 원하지 않았다. 행복해지기 위해 필요한 게 아무것도 없었다. 아니, 그녀는 행복이란 자기 자신의 희생으로 이뤄진다는 것을 알게 된 것 같았다. 어떤 사람이 이기적인 방법으로 행복해지려고 한다면, 그러니까 사랑, 편안함, 부, 그리고 뭔지 모를 다른 어떤 것을 뒤쫓으려 한다면 삶의 상황들이 그런 욕망들을 만족시킬 수 없게 펼쳐지기 때문이었다. 반면 행복은 바로 다른 사람들을 위해 살아가는 것이었다. 이상하게 그녀의 아버지가 그녀의 바람에 걸림돌이 되지 않았다. 오히려 그녀를 뒤덮은 수치심을 지워 주기 위해, 자신을 희생해 가며 그녀에게 남편을 사줄까 봐 걱정이 되었다. 아버지가 그녀에게 혼자 사는 여자는 비참하고 황폐하다고 가르쳤기 때문이다. 하지만 아벨로는 체념을 하고 곧 닥쳐올 노년에 하나뿐인 딸에게 의지하고 싶은 마음뿐이었다. 그리고 사실 그것이 그가 늘 바라던 일이었다. 비타를 미국으로 부른 진짜 이유도 바로 그것이었다.

게다가 비타는 생각을 바꿀 수 있는 기회도 별로 갖지 못했다. 소년원의 옛 친구들과 연락이 끊겼고 뉴욕에는 아는 사람이 전혀 없었다. 거의 언제나 혼자였다. 그렇지만 미혼의 남자 손님들이 우연히 창고를 찾는 일이 있었다. 해변의 어떤 도시로 이사를 앞둔 변호사, 의사, 공증인들로 이탈리아인도 있었지만 미국인도 있었다. 경찰이나 사회복지사 말고는 비타가 몇 마디 이야기를 나눠 본 최초의 남자들이었다. 그들은 브루클린 동물원 안을 날아다니는 사막의 새나 자신들과는 다르다고 생각하는 이국적 동물이라도 보듯 그녀에게 호기심을 느꼈다. 니콜라의 친구나 이탈리아 여자를 아내로 얻으려는 같은 고향 남자가 오기도 했다. 그 남자들은 몇 번 찾아왔다가 비타의 냉담한 태도에 실망해서 그녀의 등 뒤에서 미친 비타, 거만한 비타, 더러운 비타라고 험담을 하며 자취를 감추었지만 제레미아 마추코는 이 냉담함을 견뎌 냈다. 멍하니 뺨을 긁으며 소파 가장자리에 뻣뻣하게 앉아 있었다. 턱수염 때문에 턱이 야성적으로 보였다. 하지만 이것만으로는 그가 터프해 보이지 않았다. 제레미아는 카우보이 같지도, 방랑자 같지도 않았다. 이틀에 한 번 면도를 해야 하는 털 많은 이탈리아인일 뿐이었다. 벌써 광산에서 일하지 않은 지 여러 달이 되었는데도 그의 혈색은 아직도 좋지 않았다. 그의 검은 두 눈은 누리끼리한 얼굴에서 두 개의 씨앗 같았다. 제레미아는 양복을 맞췄지만 그가 입은 새 양복은 맥스 윌너 가게에서 빌린 옷처럼 촌스러웠다. 하지만 그는 오만하지도 폭력적이지도 어리석지도 않았고, 거짓말이나 달콤한 말을 할 줄도 몰랐고 잘난 체하거나 화를 내거나 고집스럽지도 않았다.

1월의 어느 날 오후 제레미아는 자신의 손과 입을 바라보는 비타의 눈길을 느꼈을 때 자신의 심장 뛰는 소리가 들리는 것 같았다. 그에게 떠나 달라고, 자신을 잊어 달라고 요구하는 것은 승강기의 케이블을 잘라 버리는 것이나 마찬가지였다. 불구덩이에 그를 밀어 넣는 것과 같았다. 그녀는 제레미아가 자기 인생의 짐을 맡아 달라고 부탁하고 있다는 것을 알아차렸다. 그녀는 이 짐까지 받아들일 수는 없었다. 비타는 제레미아에게 일어난 일에 대한 책임이 없었다. 그녀는 이미 자기 인생의 몫을 받아들였다. 다른 사람이 가하는 비난의 무게를. 그것이 그녀의 마음속에 깊은 구덩이를 파놓았다. 그녀는 누군가에게 벌을 받고 싶고 스스로를 벌주고 싶고 **희생하고 싶은** 바람을 받아들였다.

비타가 제레미아에게 2년 전 자신이 물어봤던 말을 기억하느냐고 물었다. 제레미아는 얼굴을 붉히며 고개를 끄덕였다. "좋아." 그녀가 그의 대답에 대꾸했다. 그녀는 그를 친구로 생각할 것이다. "친구라고?" 그가 자신 없이 그 말을 따라 했다. "나머지는 다 바람에 실려가 버려." 비타가 말했다. "우정만은 영원하지."

제레미아는 상처를 감추기 위해 항상 목도리와 외투로 몸을 감쌌고 어둑어둑한 곳에서야 편안함을 느꼈다. 하지만 비타가 그의 얼굴에서 가장 매력적이라고 생각한 것은 바로 그의 상처였다. 제레미아의 얼굴은 평범했고 수백만의 다른 사람들과 비슷했다. 하지만 지금은 하나밖에 없는 독특하고 특별한 얼굴이 되었다. 물론 제레미아에게 이런 말을 하지는 않았다. 레나에 대한 마지막 기억은 벨뷰 병원 시트 밖으로 튀어나왔던 흰 손이었다. 종이에 낙서한 것처럼 이상한 흔적들이 아무렇게나 그려져 있던 손. 그녀는 그런 흉터를 만든 것이 바로 자신이었다는 것을 잘 알았다. 그래서 눈을 뗄 수가 없었다. 그 손을 잡고 꽉 쥐고 흔들고 싶었다. 그런데 그렇게 하지 않았다. 레나에게 집으로 돌아오라고 부탁도 하지 못했고 자신을 용서해 달라고도 말하지 못했다. 레나가 벽 쪽으로 얼굴을 돌렸다. 그래서 잠시 동안 그 손을 볼 수 있었다. 잠시 후 그녀가 시트 밑으로 손을 집어넣었다. 비타는 몇 년 동안 레나를 찾아 온 시내를 돌아다녔지만 레나에 대한 소식을 전혀 듣지 못했다. 레나를 잃어버렸다. 그리고 시간이 흐르면서, 불길을 건넜다가 돌아온 사람들은 어떤 비밀을 알고 있는데 그것을 다른 사람들과 공유하길 원치 않는다는 터무니없는 확신을 갖게 되었다. 레나는 그 비밀을 그녀에게 알려 주겠다고 약속했지만 알려 주지 않았다. 고통 너머에서 어떻게 살았는지를, 어떻게 고통을 견뎠는지를.

어느 날 오후 비타는 먼지털이개로 먼지를 털어내고 제레미아는 분주하게 그녀를 도와주다가 우연히 둘이 부딪히게 되었다. 비타는 불구가 된 그의 팔을 건드리지 않을 수 없었다. 그 팔은 생쥐의 다리처럼 분홍색과 회색빛이었다. 깜짝 놀라 뒤로 물러선 제레미아는 그 자리를 떠나려 했다. 하지만 비타는 옷 밑으로 삐져나온 덩어리 쪽으로 한 손을 내밀어 옷 속으로 손가락을 넣었다. 퇴원을 한 뒤로 아무도 제레미아의 살을 건드리지 않았다.

거리낌 없이 다정하게 그의 팔을 쓰다듬는 비타 때문에 그는 자신이 아직도 울 수 있다는 것을 알게 되었다. 비타가 그를 거부하지 않을 것이라는 분명한 확신을 얻었다. 그리고 어느 날엔가 그녀에게 광산 사고 이야기를 **진짜로** 할 수 있으리라는 것도. 지금까지 자기 자신에게도 하지 못했던 그 이야기를. 그가 깜빡 졸거나 포도주를 두어 잔 하거나 몹시 흥분을 하고 나서 의식이 가물가물해질 때면 그 사고가 되살아났다. 그러면 그는 다시 터널 속에 있었다. 폭발이 있고 난 뒤 비명과 신음 소리에 뒤덮인 어두운 갱도였다. 300미터 지하에, 진흙과 시신들에 뒤덮인 갱도에서 최악의 어둠 속에 갇혀 있었다. 그는 살아 있었지만 공포로 제정신이 아니었다. 헬멧 위의 전등은 깨져 버렸고 얼굴은 폭발할 때 튄 돌에 긁혀 상처투성이였다. 그는 벽을 치며 달렸다. 넘어지고 상처입고 머리를 부딪히고 돌에 걸리면서, 자신의 목소리가 길잡이가 되어 줄 수 있도록 소리를 지르며 달렸다. 잠시 후 멀리 어둠의 끝, 어느 곳에선가 희미한 빛이 비쳤다. 처음에 그는 그것이 햇빛이길 바랐다. 광산이 폭발로 무너져 대낮의 햇빛이 비추는 것이기를. 그것은 불길이었다. 모든 게 불탔다. 질식할 것 같은 열기가 쇠를 녹였다. 그는 숨을 쉴 수가 없었다. 불이 난 쪽으로 달렸다. 눈부신 그 빛 속에서 갱도의 입구를 얼핏 보았기 때문이다. 매일 아침 7시에 승강기가 그들을 그곳에 내려 주었다. 그러면 그들은 산의 심장부로 들어갔다. 그가 십장이었기 때문에 먼저 자기 조 인부들의 수를 센 뒤 제일 마지막에 내려갔다. 어떻게 해서든 위로 올라갈 수 있게 된 다른 인부들이 자신을 기다려 주지 않을까봐 두려웠기 때문에 승강기 쪽으로 달려갔다. 혹시 그가 잔인하게 굴었거나 학대를 했거나 부당한 요구나 권력 남용을 한 적이 있어 복수를 하기 위해 그를 기다리지 않고 불구덩이 광산에 그를 내버려둔 채 구원의 승강기 버튼을 누를 수도 있었다. 그는 소리를 질렀다. “기다려 줘, 형제들!” 달리다가 발이 돌에 걸려 넘어지며 울었다. 이미 출발을 해서 땅과 2미터 떨어진 지점으로 흔들거리며 올라가는 승강기와 함께 마지막 희망이 사라지는 것을 보았다. 그가 손을 뻗었다. “날 버리고 가지 마, 버리지 마.” 다른 인부들이 그를 보았다. 대부분 그의 작업반이었다. “뛰어요, 십장님! 뛰어요!” 그들이 소리를 지르며 땀에 젖은 손, 피가 흐르는 손, 미끄러운 손으로 그의 팔을 잡았다. 금방이라도 그를 떨어뜨릴 것 같았다. 그들은 그를 떨어뜨리지 않았다. 그는 손을 놓지 않았다. 그들은 그를 놓지 않았다. 그는 허공에 매달린 채 위로 올라갔다. 그사이에 불길이 갱도 안으로 퍼졌고, 위에서 들어오는 산소 때문에 순식간에 불길이 확 번져 버렸다. 그는 이제 승강기 바닥에 올라와 있었다. 다른 인부들과 같이 철 케이블을 붙잡았다. 그 밑에서 위쪽으로 얼굴을 들고 자신들의 소리가 사람들에게 들리도록 모두 함께 외쳤다. “꺼내 줘요, 꺼내 줘요, 빨리!” 소용이 없었다. 승강기의 속도는 정해져 있어서 바꿀 수가 없었다. 케이블이 끼익끼익 소리를 냈고 불길은 승강기 바닥으로 널름거렸다. 그 위의 파란 하늘은 그림처럼 멀기만 했다. 지상과의 거리 90미터 지점에서 불길이 발을 공격해서 장화가 녹아 버렸다. 모두들 함께 부둥켜안았고, 미친 듯이 승강기를 밀었다. 누군가 공포에 사로잡혀 승강기를 부수고 밧줄에 매달려 보려고 하기도 했다. 어떤 사람은 쓰러져 허공으로 떨어졌다. 70미터 지점에서는 어떤 인부가 열기를 이기지 못하고 쓰러졌다. 제레미아가 그를 밟았다. 다른 사람들도 모두 그를 밟았다. 그의 육체가 그들과 불길 사이에 방패막이가 되어 그들을 보호해 주도록 중간에 끼워버린 것이다. 불꽃이 튀고 소용돌이치는 바람을 따라 춤을 추다가 불길이 바지를 휘감았다. 요란하게 번지는 화재의 굉음이 비명 소리를 압도했다. 50미터 지점에서는 그의 소매에 불이 붙었다. 기절한 동료를 짓누르고 그는 작업복을 찢었다. 그리고 침이 이 불길을 꺼주기라도 할 듯이 자기 팔에 침을 뱉었다. 40미터에서 불길이 승강기 발판을 뒤덮었다. 불길은 꼭 화장용 장작, 토네이도, 회오리바람 같았다. 가운데가 그래도 불길이 덜 사나웠다. 케이블들이 불길에 끊어져 버렸다. 2미터 정도의 케이블을 잡을 수 있어서 그걸 잡고 위로 피했던 사람들은 손이 새까맣게 타서 밑으로 떨어졌는데 살이 다 타 뼈만 남았다. 30미터 높이에서 그의 살이 횃불처럼 타올랐다. 귀에 거슬리는 소리를 내며 머리카락이 불탔다. 장작 타는 냄새, 구운 닭 냄새가 났다. 그는 더 이상 비명을 지르지 않았다. 쓰러졌다.

70일 뒤 드디어 위험한 고비를 넘겼다는 소리를 들었을 때 제레미아가 제일 먼저 요청한 것은 거울이 아니었다. 그는 자기 몸에 어떤 게 남아 있는지 알고 싶지 않았다. "다른 사람들은요?"라고 중얼거렸다. "우리 작업반은? 우리 애들은?" 아무도 대답하지 않았다. 광산 폭발로 36명이 사망했다. 1908년 11월에 139명의 사망자를 낸 피츠버그와 마리애나 광산 참사, 혹은 200여 명 이상이 사망한 체리 참사 이후 가장 처참한 참사였다. 아직 시신을 찾지 못한 사람들도 있었다. 그들은 어두운 땅 속 어느 곳에 매몰되어 있었다. "승강기에 탄 사람들은요?" **뛰어요, 십장님, 뛰어요!** "승강기에 탄 사람들은요?" 일곱 달 뒤 퇴원했을 때는 머리카락이 하나도 없었다. 솜털처럼 겨우 다시 나기 시작했다. 한쪽 팔을 쓸 수 없었다. 힘이 없이 죽은 팔이 되었다. 오른쪽 콧방울은 일그러져 버렸고 오른쪽 귀의 윗부분이 없었다. 햇빛을 보면 눈이 아팠고 냄새를 맡으면 구역질이 났다. 그제야 그는 살아남은 사람이 아무도 없다는 것을 알게 되었다. 승강기가 화염에 휩싸여 갱도 입구에 도착했을 때 소방관들은 호스로 불을 껐다. 기름기와 뒤섞인 시커멓고 무거운 구름이 솟구쳤다가 소방관들의 제복과 얼굴 위로 다시 떨어졌다. 연기가 사라지고 나자 숯덩이가 되고 녹아 버린 시신과 팔다리들이 뒤엉킨 덩어리가 나타났다. 그리고 시체

더미 위에 연기를 뿜어내는 시커먼 육체가 하나 있었다. 그였다.

비타는 두 손으로 불이 집어삼킨 귀의 가장자리와 일그러진 코, 어린 아이의 피부처럼 매끄럽고 완전히 하얀 목을 살며시 만졌다. 그를 보고 웃었다. 제레미아는 아무 말도 하지 않았다. 청명한 날이었다. 바람이 하늘을 파란 에나멜 색으로 바꿔 놓았다. 눈부신 햇살이 오래된 공장의 유리창에 넓게 번졌다. 그들이 있는 곳은 어두웠다. 저쪽에서는 햇빛이 소파와 옷걸이 위로 환상적이고 속절없는 그림을 그렸다. 창고에서 나온 제레미아는 하숙집이 아니라 부두로 갔다. 외투에서 노란 봉투를 꺼냈다. 두꺼운 종이가 잔뜩 들어 있는 것 같았다. 신붓감들의 사진을 조심스럽게 보관한 봉투였다. 그가 석탄 광산의 십장이 된 뒤부터 투포와 그 주변에 사는 어머니들이 그의 재산을 나눠 갖고 싶어서 딸과 조카, 대녀의 사진들을 수십 장씩 보냈다. 여자들은 그의 눈에 들기 위해 경쟁했다. 소박하고 정숙한 시골 아가씨들이었다. 불구이지만 부유한 남편을 꿈꾸는 처녀들이었다. 광산 회사에서 불에 탄 승강기에 대한 보상금으로 준 달러 때문이기도 했지만 그가 저축한 돈 7000달러만 가지고 있어도 이탈리아에서는 부자로 살 수 있었다. 이탈리아의 사회적 신분은 영속하기 때문에 영원히 그럴 것이다. 그리고 그 어떤 것도, 왕국이 무너져도 전쟁이 나도 심지어 죽는다 해도 아무것도 바뀔 게 없었다. 그래서 그는 미국에 왔다. 그리고 그 때문에 다시는 이탈리아를 떠나지 않을 것이다. 그는 어떤 친척인지, 지인인지, 대부인지 모를 누군가의 조카로 어색한 미소를 짓고 있는 열여덟 살 처녀를 보며 웃었다. 사진 속의 처녀는 마치 그를 찾는 것처럼 카메라 렌즈를 뚫어져라 보았다. 그 유순하고 부드러운 시선은 그 처녀가 언제라도 그를 사랑할 준비가 되어 있고 그럴 각오가 되어 있으며 묵묵히 순종하리라는 것을 보여 주었다. 하지만 그는 그런 아내에게 어떻게 해야 할지 알 수 없었다. 오징어 먹물 색 사진 뭉치를 이리저리 돌려 보았다. 그는 그 사진의 여자들과 결혼하지 않을 것이다. 그녀들의 이름조차 알지 못할 것이다. 그는 살아남았다. 그 승강기 위에서 태워 버렸던 삶을 결코 받아들일 수 없었다. 그는 다른 여자를 원했다. 지상까지 90미터 남은 지점에서 위를 올려다보았을 때 네모난 파란 하늘에서 얼핏 보았던 여자를 원했다. 그가 진실을 얘기할 수 있는 여자, 그 진실을 참아 줄 수 있는 여자였다. 그는 낡은 노랑 봉투에 사진 뭉치를 집어넣지 않았다. 봉투를 찢고 사진들을 강물에 던졌다. 그의 신붓감들이 물에 뜬 사과 알맹이와 기름 덩어리들 사이로 둥둥 떠갔다. 더러운 물 위로 미끄러져 갔다. 이리저리 흔들리면서 나무 바지선에서 일하는 뱃사람들에게 구식으로 치장한 머리, 하얀 스카프, 통통한 손들을 보여 주었다. 무심한 1월의 맑은 하늘에게 투포에서의 그의 미래, 그의 귀향을 보여 주었다. 그러다가 결국 증기선이 남긴 하얀 물거품 속으로 빨려 들어가 뒤집혔다가 사라졌다. 제레미아는 햇살 속에서 부유하는 먼지를 뚫어지게 보았다. 증기선들의 높은 현창을 향해 올라가는 것 같았다. 꿈의 세계에 그를 위한 자리도 있었다. 그는 어릴 때 들었던 옛날이야기의 영웅과 전사들처럼 불길을 무사히 통과했다. 가장 바라던 상을 받게 되었다. 비타는 그의 것이었다.

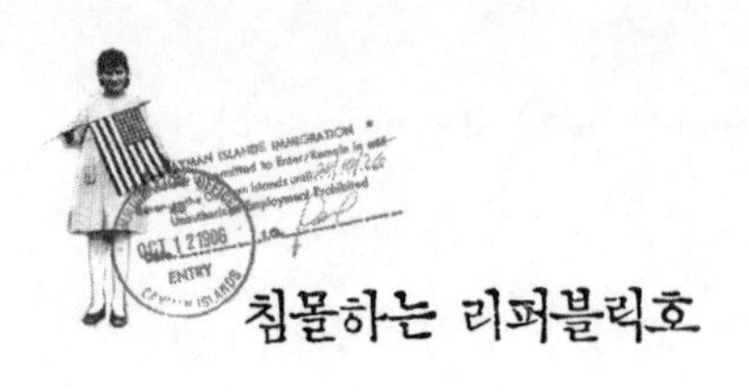

침몰하는 리퍼블릭호

제레미아와 그의 동업자 첼레스티노 코닐리오가 레녹스 애비뉴에 연 부동산 중개업소는 토요일 오후에는 문을 열지 않았다. 점심 식사 후 제레미아는 천천히 창고까지 걸어갔다. 그는 바에 가서 카드 게임을 하는 아넬로 삼촌이 집으로 돌아오기를 기다리지 않는 체했지만 시간이 조금만 지나면 초조해졌다. 그와 비타는 극장에 갔다. 매일 만나다 보니 할 이야기가 바닥났기 때문이다. 그리고 어두운 극장 안이 소리 없는 대화를 할 수 있게 도와주었다. 두 사람 모두에게 기분 좋은 친밀감을 선물해 주었다. 비타는 자신의 생각에 빠질 수 있었고 제레미아는 그녀 곁에 있는 게 좋았다. 이탈리아에서라면 단둘이 외출할 수 없었을 것이다. 하지만 여기서는 아무도 놀라지 않았다. 뉴욕에 100여 개의 극장이 있었다. 그들은 14번가에 있는 페어 시어터 극장에서 코미디, 드라마, 강도 영화, 심지어 밀라노 모션 포토그래피가 촬영한 〈단테의 지옥편〉까지 보았다. 카우보이 영화도 수십 편 보았다. 〈브롱코 빌리의 마음〉, 〈브롱코 빌리의 약속〉, 〈브롱코 빌리의 멕시코인 아내〉. 비타는 브롱코 빌리가 말을 타고 해 질 녘의 긴 그림자 사이로 사라질 때면 그 스크린 뒤 어딘가에 모에 로젠이 있는 것 같았고, 그런 생각을 하면 기분이 좋았다. 예전에 그녀와 레나를 위해 창문 없는 부엌 벽에 창문을 그려 준 청년이었다.

톰슨 스트리트에 있는 벨라 소렌토 극장에서는 아침 9시부터 자정까지 (입장료 15센트에) 연속 상영을 하면서, '도적 주세페 무솔리노의 일생을 완벽하게 재현하는 영화 장면들'을 상영했다. 제레미아는 도적 이야기를 굉장히 싫어했다. 미국에서는 이탈리아인들이 국가, 법, 질서에 반하는 행동을 했을 때에만 사람들이 그들을 거론한다고 생각하면 몹시 화가 났다. 그런 행동을 하는 사람은 100명 중에 한 명 정도 있었고 나머지 99명은, 그중에는 제레미아 본인도 포함되어 있었는데, 절대 그런 일로 입에 오르내리지 않았다. 하지만 비타가 무솔리노 영화를 골랐을 때 그는 단념을 했다. 그는 비타를 위해 이것만 희생할 수 있는 게 아니었다. 그는 친구가 남편이 되는 데에는 몇 달이, 최악의 경우 1년이 걸릴 수도 있다고 계산했다. 그는 다른 남자들의 공격을 막아 내고 그들과 싸워야 했다. 우연으로 인해 그녀가 그들 품에 안길 수도 있으니……. 그리고 자신이 괜찮은 사람이라는 걸 행동으로 증명해야 했다. 성실, 헌신, 지나칠 정도의 충실성을 예측할 수 있게 하는 엄격한 도덕적 태도를 늘 유지하면서 말이다. 그리고 그들은 리퍼블릭 호가 침몰하는 광경을 보았다. 그리고 제레미아는 계산이 완전히 틀렸다는 것을 알게 되었다. 흰머리가 날 것이다. 그는 사업가가 될 것이다. 지금은 보잘것없는 작은 사무실에 불과하지만 장래의 부동산 회사 사장이 될 것이다. 그러면 비타는 서른이 가까워질 것이고, 기다림으로 보낸 시간에 종지부를 찍게 될 것이다. 비타는 고독에 익숙해져서 이제는 그 고독을 다른 누군가와 나누고 싶어지겠지. 비타에게로 가는 길을 찾으려면 여러 해가 걸릴 것이다.

〈고향 소식〉이라는 제목의 우울한 다큐멘터리가 상영되고 있었다. 누구의 고향이라는 거지? 다큐멘터리는 지진이 난 이르피니아의 처참한 광경들, 산탄젤로 데이 롬바르디, 리오니, 칼리트리의 황폐한 모습을 보여 주었다. 리비아로 떠나는 군인들도 보였다. 그 1월의 오후, 어두운 극장 안에서 제레미아와 나란히 앉아 화면에 등장하는 곳이 나폴리 항구 어디쯤인지를 알아맞혀 보려고 애쓰는 동안, 비타는 몇 년 만에 처음으로 투포를 떠올렸다. 투포에 대한 기억은 별로 남아 있지 않다는 것을 깨달았다. 마을로 올라오면서 바구니를 흔들며 '싱싱한 대합조개'라고 소리치는 생선 장수의 고함 소리라든가, 기와지붕 위로 떨어지던 요란한 빗소리, 연기를 뿜으며 평야로 쏜살같이 달려 가릴리아노 다리 위로 지나가던 기차의 기적 소리같이 단편적인 몇 가지 소리만 생각났다. 소나무가 늘어선 아피아 가로 지나가던 마차의 말발굽 소리, 들판에 늘어선 올리브 나뭇잎들이 수군거리는 소리, 그 소리와 뒤섞인 산 레오나르도 성당의 저녁 기도 종소리, 다갈색이던 감옥 간수의 얼굴, 사납고 버릇없는 개 떼에게 에워싸여 산에서 내려오던 염소 치는 사람의 누런 얼굴 등 몇몇 얼굴이 떠올랐다. 작은 교회의 향냄새, 껍질 벗긴 귤 냄새, 갓 수확한 레몬 냄새와 같은 몇 가지 냄새도 생각났다.

언제 맛보았는지 기억나지 않는 그 시큼한 레몬 향이 지금까지 숨겨져 보관되어 있던 아득한 기억의 한 모퉁이에서 그녀에게, 오래된 돌우물가에 가지를 길게 뻗은 레몬 나무의 모습을 선명하게 돌려주었다. 밧줄이 사라져 가던 그 우물 속의 차디찬 어둠이 또렷하게 기억났다. 보이지 않는 물속으로 툼벙 떨어지던 양동이 소리도. 누군가 낮은 가지에서 껍질에 구멍이 많고 단단한 노란 레몬을 따서 칼로 잘랐다. 그리고 그녀의 혀 위에 투명할 정도로 얇게 저민 레몬 한 조각을 올려놓았다. 그녀는 양동이의 얼음같이 찬 물을 마시며 레몬 조각을 삼켰다. 물은 시큼했고 자연 그대로의 맛이 났다. 레몬을 올려놓은 누군가는 디아만테였다. 그의 파란 눈이 죄의식이 담긴 기억의 어둠 속에서 불쑥 나타났다.

그 눈동자가 너무나 가까이에 있어 비타는 무엇보다 그 눈을 만져 보고 싶었다. 하지만 망설였다. 어쩐지 두 팔로 그를 안으면 차가운 공기만을 품에 안을 것 같았고, 손으로 그를 만지면 안개로, 빛으로, 연기로 흩어져 버릴 것 같았다. 그리고 갑자기 디아만테가 사라졌다. 심장 주위를 뭔가가 꽉 눌러 숨을 쉴 수가 없었다. 안 돼, 안 돼, 안 돼. 머릿속에서 이런 말이 맴돌았다. 그를 불렀다. 그리고 눈을 떴을 때 그녀는 자신이 할렘의 극장 안에서, 리퍼블릭 호 옆에서 흔들리는 구명보트와 대서양 위에 떠다니는 텅 빈 구명조끼를 뚫어지게 보고 있다는 것을 알아차렸다. 가슴이 미친 듯이 두방망이질 쳤다. 구명조끼 위에 씌어진 화이트 스타 라인이라는 글씨는 이미 소금에 뒤덮였다.

화면에 리퍼블릭 호가 난파될 때의 장면들이 지나갔다. 1909년 1월 23일 아침 6시에서 7시 사이, 지금처럼 안개가 낀 날, 난투켓 등대 남쪽 110킬로미터 지점에서 리퍼블릭 호와 이탈리아 선박이 충돌했다. 플로리다 호의 뱃머리가 대서양 횡단 영국 증기선으로 깊숙이 파고들었다. 놀랍도록 멋진 리퍼블릭 호에 물이 차기 시작했다. 15분 만에 기계실은 완전히 물바다가 되었다. 전신원이 구조 요청을 했다. 승무원들은 승객들을 대피시키라는 명령을 받았다. 해안경찰들이 리퍼블릭 호를 항구로 끌어들이기 위해 예인선을 보냈다. 하지만 그럴 시간이 없었다. 리퍼블릭 호의 좌현이 기울었다. 선미는 이미 물에 가라앉아 버렸다. 배에는 환자들이 아주 많았다. 사람들이 무리를 지어 출발했다가 거의 언제나 폐렴, 결핵, 매독과 함께 돌아가기 때문이었다. 먼저 1등칸의 승객 250명을 대피시켰다. 코트다쥐르로 겨울을 보내러 가는 수많은 미국 갑부들 중에 파솔리니 백작 부인과 작가 존 코널리가 끼어 있었다. 그다음에는 3등칸 승객 211명이었다. 고향으로 돌아가는 사람들이었다. 추위로 꽁꽁 언 승객들이 갑판에 모여 있었다. 선원들이 방수천을 접었다. 승객들로 꽉 찬 구명보트가 물 위로 내려졌다. 승객들은 구명조끼를 입었다. 하얀 별이 새겨진 그 조끼들. 뾰족한 뱃머리가 처음으로, 그리고 단 한 번 파도를 가르고 있는 그 구명보트. 제레미아는 화이트 스타 라인의 자랑인 리퍼블릭 호가 침몰하는 고통스러운 광경을 지켜보지 않았다. 갑판에는 선장만 남았다. 이미 쓸쓸하게 버려진 배의 뱃머리가 하늘로 향하면서 높이 섰다. 그러다가 바다 속으로 가라앉아 버렸다. 제레미아는 영화 장면이 놀란 관객들의 얼굴 위에서 번득이는 것을 지켜보았다. 그 배는 그에게는 아무 의미도 없었다. 비타를 보았다. 그녀는 깜짝 놀라서 혹시 자기가 잠꼬대를 하지 않았냐고 그에게 물었다. 제레미아는 침을 삼켰지만 아니라고 대답했다. 그리고 비타 쪽으로 몸을 숙이고 손수건으로 그녀의 얼굴을 타고 흘러내리는 눈물을 닦아 주었다. 비타는 자신이 울고 있다는 것도 몰랐다. 그제야 비타는 자신이 그의 이름을 소리쳐 불렀다는 것을, 그 소리에 눈물을 흘렸다는 것을 기억해 냈다. 디아만테.

저건 우리들의 배였어. 우리를 여기까지 데려다 준 배였어. 새 것이었는데, 놀랍도록 멋졌는데, 부서진 데 하나 없이 완벽했는데. 이제 바다의 모래 속으로 가라앉아 버렸다. 예상치 못했던 갑작스러운 사나운 공격에 구멍이 뚫려 버렸다. 두 동강 나버렸다. 벌써 다 녹이 슬어 버렸을 것이다. 바닷물이 쓸고 지나갔을 것이다. 온갖 파도, 온갖 폭풍우, 온갖 조수가 배를 뚫고 지나갔을 것이다.

"왜 우는 거야, 비타? 이건 그냥 모형이야. 게다가 조잡하게 만들었고. 수영장에 모형을 띄운 거야. 마네킹이고." "모르겠어, 제레미아? 디아만테하고 난 10년 전에 저 구명보트를 타고 진짜 항해를 했어. 10년 전에 우린 함께 있고 싶었어. 세 번째 벨 소리가 들리고 나서는 떨어지지 않았어. 곁에 있었어. 우린 저 구명보트에서 밤을 새웠어. 추위 때문에 꼭 껴안은 채. 난 아홉 살이었어. 아무것도 몰랐어. 우린 나쁜 짓도 좋은 짓도 하지 않았어. 모르겠어. 우린 공동 침실에서 떠나야만 했어. 1등칸 응접실의 유리창을 두드려야만 했지. 누군가 그 소리를 들었을 거야. 밤이었는데도 수십 명의 종업원들이 그 안에 있었지. 우리에게 문을 열어 줬을 거야. 우리를 혼내지 않았을 거야. 나는 조금 울었을 거야. 그랬더라면 내가 어려서 그 사람들이 너그럽게 대해 줬을 거야. 우린 사실 그 구명보트에 있을 수 없었어. 너무 추웠거든. 그리고 폭풍우가 불었어. 밧줄에서 끼익끼익 소리가 났지. 그 구명보트는 전혀 안전하지 않았어. 고리가 풀려 물속으로 가라앉을 수도 있었지. 하지만 우리는 떠나지 않았어. 그 갑판 아래 공동 침실로 돌아가고 싶지 않았어. 감옥에 갇히듯 그곳에 갇혀 있고 싶지 않았어. 우리는 우리식으로 행동했어. 우린 그곳이 좋아서 거기 남아 있었지. 보트 안에 웅크리고 앉아 있었어. 구명보트에서 곰팡이와 바다 냄새가 났어. 그때부터 그 냄새는 내게는 디아만테를 의미했어. 그날 밤 디아만테는 언젠가 뱃사람이 되겠다고 결심했지. 그곳에 있는 우리를 상상해 봐. 단둘이. 새까만 머리의 어린 여자애. 손은 더럽고 얼굴에 먼지가 얼룩덜룩 묻은 여자애. 커피와 음식물 얼룩으로 지저분한 꽃무늬 원피스를 입고 기운 양말에 여기저기 구멍 난 숄을 두른 애. 창이 달린 베레모와 잡동사니가 잔뜩 든 베갯잇으로 만든 자루와 미소밖에 없는 소년을. 우린 잃을 것이 아무것도 없었고 무엇이든 전부 찾아낼 수 있었지. 갑자기 우리가 웃음을 터뜨렸어. 하얀 별이 하늘에 있는 게 아니라는 것을 알았거든. 하얀 별은 우리 몸에 있었어. 구명조끼 위에 인쇄되어 있었어. 우리에겐 어떤 일도 일어날 수 없었어. 어떤 위험도 우릴 위협할 수 없었어. 우린 구명보트 바닥에 쪼그리고 앉아 있었어. 온기를 찾았어. 그가 내 몸에 자기 몸을 꼭 붙였어. 내 등에 꼭 붙어 있었어. 그날 밤 나는 두 사람의 몸이 어떻게 하나가 될 수 있는지 알게 되었어. 그리고 두 몸이 떨어지면 마치 불구가 된 기분일 거라는 것도.

다음 날 우리는 꽁꽁 언 채로 발견됐어. 우리를 발견한 건 개였어. 알아? 1등칸 손님의 개가 우리 냄새를 맡은 거야. 개가 짖기 시작했고 승무원들이 와서 갑판 위로 보트를 내렸지. 거기 우리가 있었어. 서리가 내려

우리가 입은 구명조끼, 머리, 옷 위에 하얗게 얼어붙었지. 몹시 추운 밤이었어. 기온은 영하로 내려갔어. 우리는 뉴펀들랜드 해안을 지났어. 지도상의 위치가 뭐 중요하겠어. 우리에게는 그냥 어떤 해안, 또 다른 해안일 뿐이었어. 그 해안과 우리 사이에 바닷물이 있었고 우리는 배 위에 있었어. 그 개가 우릴 찾아내지 않았다면 우린 아마 그렇게 죽었을 거야. 그런데 지금 생각해 보면 정말 이상한 건 이거야. 만일 개가 짖지 않았다면 우린 그 보트 바닥에 웅크리고 있었겠지. 모든 것이 시작되는 곳에서, 그날 밤 나하고 디아만테가 그렇게 가까이 있었다는 거야. 텅 빈 우주, 가능성과 공간으로 넘치는 우주 속에. 그 우주 안에서 우리 두 사람은 완전한 상태였어. 그래서 난 발견되지 않기를, 아무도 찾아내지 못하길 바랐어."

제레미아는 아무 말도 하지 않았다. 무슨 말을 할 수 있겠는가. 그는 비타를 창고까지 데려다 주고 싶지 않았다. 계속 일을 너무 많이 해서 피곤하다고 말했다. 그녀 곁에 있을 기운이 없었다. 그에게는 심장이 하나뿐이었다. 그런데 지금 그 심장이 수천 조각이 나버렸다. 비타가 그의 성한 손을 잡았다. 동업자들끼리 나누는 형식적이고 힘에 넘치는 재빠른 악수였다. 그리고 그녀가 멀어져 갔다. 그는 그녀의 외투에서 눈을 떼지 않았다. 그리고 어깨에서 물결치는 검은 머리에서. 돌아봐 줘. 돌아봐 줘. **돌아봐 줘**. 비타는 돌아보지 않았다. 교차로에서 강물 같은 사람들 속으로 빨려 들어가 사라져 버렸다.

하지만 비타는 꿈의 세계로 돌아가지 않았다. 커브 길도, 갑자기 방향이 바뀌어 버리는 골목도, 숨어 있는 깜짝 놀랄 길도 없는 부자연스러운 거리를 휩쓸고 가는 바람을 정신없이 맞으며 그녀는 항구 쪽으로 갔다. 그녀는 부두에서 걸음을 멈추고 쉴 새 없이 움직이며 하역 작업을 하는 인부들을 지켜보았다.

이스트 강 위로 항구 창고들의 시커먼, 완전히 검은 그림자들이 길게 드리웠다. 이 도시의 회색 벽에서 차가운 물기가 스며 나왔다. 그녀는 이 도시에 속해 있다고 생각했지만 그녀를 도시에 붙잡아 두는 것은 아무것도 없었다. 비타는 이 도시의 주민들에게는 보이지 않았다. 손님 비타. 아무에게도 알려지지 않은 비타. 배들이 지나갈 때마다 기름 섞인 파도가 무지갯빛으로 흔들렸고 제방에 부딪혔다. 우리는 가끔 이상한 감옥에 갇히곤 한다. 그래서 우리는 그 감옥의 벽, 통풍구, 문들을 볼 수가 없다. 거기에서 탈출하기는 쉽지 않다.

3월의 그날 오후, 수십 척의 배들이 강을 오갔다. 증기선, 화물선, 그리고 바지선들이 서로의 항로를 알리기 위해 기적을 울려 신호를 했다. 가벼운 안개가 연기처럼 물 위에 맴돌았다. 당나귀 한 마리가 날아갔다. 밧줄에 꽁꽁 묶여 권양기에 매달린 당나귀는 공포로 제정신을 잃고 몸을 비틀며 짙은 안개가 낀 공중으로 날아갔다. 거기서 조금 떨어진 곳에서 해안경비선이 탐조등으로 물 위를 샅샅이 뒤졌다. 무엇인가를, 아니면 누군가를 찾는 것 같았다. 흥분한 사람들이 부두에서 팔을 휘저으며 강물에 떠내려온 넝마 조각을 가리켰다. 탐조등 불빛이 소용돌이 치면서 강을 비추는가 하면 사람들을 비추기도 하고 해안경비선인 모터보트를 비추기도 하고 그녀를 비추기도 했다. 그녀는 머리가 빙빙 돌았다. 디아만테의 모습을 잡아 보려 했으나 성공할 수 없었다. 그녀의 머릿속에는 그의 얼굴이 남아 있지 않았다. 물 위로 불어오는 산들바람 같았다. 그의 모습은 작은 원 속으로 흩어졌다. 의식의 표면에서 흔들리다가 사라져 버렸다. 그를 다시 만나야만 했다.

딱 한 번만이라도. 알아보기 위해서. 왜, 무엇 때문에 그들 사랑의 길이 어긋나게 되었는지, 영원히 함께 연결되어야 했던 선로가 어디에서 갈라지기 시작했는지 그에게 물어보기 위해서였다. 하지만 그럴 필요가 없을지도 몰랐다. 이제 와서 그에게 묻고 설명하고 변명하는 것이 무슨 대수이겠는가. 그를 포옹하고, 바라보고, 만지는 것이. 그의 이름은 명멸하는 빛에 에워싸였다. 그 깜빡이는 빛은 부재하는 그였다. 하지만 그녀에게는 눈부신 빛 같았다. 그것은 멀어져 가는 등대 불빛일 뿐이었다. 그 빛에 이제 모든 것이 환히 빛났다. 안개와 배, 권양기와 물, 넝마와 행인들, 창문과 벽이 모두.

네가 한 번도 와본 적이 없는 곳에서 네게 편지를 쓴다

오두막 외벽에서는 숱이 많은 초록 꼬리가 달린 말들이 질주하고, 하얀 새들이 검은 별들이 여기저기 흩어진 붉은색 하늘로 올라가고, 신부들은 보랏빛 대양의 심연 속에서 유연하게 춤을 추었다. 이 희한한 형상들은 모에 로젠이 숙소의 황량함을 가리고 이곳에 오는 여자들이 원하는 대로 해주기 위해 그린 것이었다. 해가 갈수록 나무벽 위의 빈틈을 없애고 창문에까지 그림을 그려 오두막을 여러 형상들로 붐비는 혁명적인 세계로 바꿔 놓았다. 그 안에서는 모든 것이 가능했다. 그 어떤 의식적인 접근도, 행복한 만남도. 빗줄기가 나무판자 위로 떨어질 때면 빗방울이 곧장 그의 간이침대로 스며들었고 말의 등 위로 눈이 내렸다. 그 오두막이 현실로부터 그를 지켜 주고 현실을 멀리 밀어냈다.

디아만테는 일터에서 돌아올 때마다 나무 계단에 앉아 있었다. 나무 계단 역시 파란 페인트가 칠해져 있었다. 우주로부터의 역설적인 자유가 그를 편안하게 해주었다. 모든 것에는 의미가 있다고 그에게 충고해 주었다. 그것이 전도되었거나 전혀 다른 시각에서 관찰된 것일지라도. 그는 모든 것이 어둠에 잠길 때까지, 그리고 자기 자신이 존재한다는 것을 잊어버릴 때까지 조용히 지평선을 바라보았다. 종종 모에 로젠이 어디쯤 있을지, 이런 그림들을 더 그리고 있을지 자문해 보곤 했다. 디아만테가 덴버에 온 지 몇 달 되지 않아서 브롱코 빌리 영화사는 더 서쪽 캘리포니아로 옮겨 갔다. 벌써 페인트 껍질이 벗겨져서 신부들의 눈은 떨어져 나갔고 대양은 빛이 바랬다. 디아만테는 덴버의 추위와 열기에 부식되어 버린 페인트를 다시 칠하고 싶었다. 하지만 그럴 엄두가 나지 않았다. 이 집은 그의 꿈을 위해 만들어진 집이 아니었기 때문이다.

모에 로젠, 그에게 단 하나뿐인 친구, 그가 아는 유일한 미국인, 그가 최근에 자발적으로 만난 친구가 떠나 버렸다. 그들은 보랏빛 석양에 물든 언덕을 따라 밑으로 난 먼지 뿌연 길에 있는 정원의 철책문 앞에서 악수를 했다. 이 지역은 얼마나 아름다운지. 모두들 이탈리아의 고원과 비슷하다고 말했다. 하지만 디아만테는 이탈리아를 본 적이 없었다. 그의 이탈리아는 투포와 토요일이나 장날에 갔던 민투르노가 전부였다. 모에가 햇빛에 그을린 한 손을 들어 눈에 손차양을 만들더니, 빈정거리는 것 같기도 하고 믿음직해 보이기도 하는 어색한 웃음을 지으며 작별 인사를 했다. 그때 벌써 벽에 그려진 인물들의 칠이 벗겨지기 시작했다. 모에가 어느 날 붓과 물감을 던져 버렸기 때문이다. 그는 이제 그림을 그리고 싶어하지도 않았고 위대한 화가가 될 생각도 하지 않았다. 그러한 생각은 자유로운 환상이었지만 그가 과거에서 달아나는 데에는 아무 도움이 되지 않자 색 바랜 환상이 되었다. 예술은 진실한 것일 수도 있고 아닐 수도 있었다. 모에는 진실하지 않다고 결론 내렸다. 그래도 디아만테는 그가 잘못 생각한다고 생각했다. 모에가 카우보이인 척하는 배우들과 함께 나일스로 떠났기 때문에 신부들처럼 말의 머리도 바람에 너덜너덜해졌다.

"고마워, 모에!" 디아만테가 손을 흔들며 말했다. "뭐가 고마워, 무슨 소리 하는 거야?" 모에가 말을 잘랐다. 그리고 돌아서서 길 쪽으로 천천히 걸어갔다. 그제야 디아만테는 모에가 금방 말안장에서 내린 사람처럼 무릎을 약간 벌리고 걷는다는 것을 알아차렸다. 그는 결국 브롱코 빌리와 닮아 버린 것이다. 브롱코 빌리처럼 서투르고 순박하고 신념이 뚜렷했다. 디아만테는 모에가 들을 수 없는데도 계속 고맙다고 소리쳤다. 그렇게 모에가 떠나갔다. 천천히 어색한 걸음걸이로, 그 역시 혼자서. 레나가 콜로라도에 오지 않았기 때문이다. 모에 로젠은 레나를 찾아 온 뉴욕 시내를 다 뒤졌다. 그리고 드디어 찾아냈다. 그는 6번가의 유명한 댄스홀 헤이마켓에서 그녀를 찾아냈다. 남자들은 10센트만 내면 그녀와 춤을 출 수 있었다. 그녀는 가장 인기가 있었다. 모에가 그녀에게 청혼했다. 레나는 좋다고 대답했다. 하지만 먼저 몇 가지 정리할 게 있었다. 하지만 레나는 오지 않았다. 모에는 그림자가 되었다. 목이 빠지게 기다렸기 때문에 해 질 녘이면 그 그림자가 그의 집을 집어삼킬 정도로 길어졌다. 그는 장화를 신었고 목에는 밝은 색 스카프를 매고 머리에는 모자를 썼다. 카우보이 모자였다.

디아만테는 기차표 값만 모으면 곧 산호세 가는 길에 있는 나일스의 모에에게 갈 것이다. 모에 로젠의 친구들, 모에가 무대를 만들어 주고 배경 그림을 그려 주고 있는, 그 꿈을 좇는 사냥꾼들이 디아만테는 좋았다. 그도 그들 중 하나가 될 수 있었다. 운이 뒤바뀌고, 승리는 순식간에 지나가 버리고 실패가 뒤따르는 데 익숙해진 분주한 사람들이었다. 하지만 디아만테는 나일스에 가지 않았다. 몇 달 동안 모에 로젠의 오두막에 그려진 그림들이 그의 유일한 친구가 되어 주었다. 그는 홀로 떨어져 나무처럼 조용히 살았다. 벽돌 공장 사장, 야간 업소 주인, 그리고 부유한 한량들이 드나드는 레크리에이션 센터 사장들같이 그를 고용한 사람이 묻는 말에 짧게 대답했다. 그는 이 사람들의 짐을 옮겨 주고 트럭의 짐을 내리고 벽에 페인트를 칠하거나 잔디밭과 정원에 물을 주었다. 별이 뜬 덴버의 고요한 밤과 회오리바람같이 몰려드는 깊은 잠이 그에게 필요한 전부였다. 모에의 오두막으로 여자들이 찾아오기도 했지만 아무도 머물지는 않았다. 의사도 오지 않았다. 디아만테는 자신이 아픈 것이 아니라 그저 피곤할 뿐이라고 고집스레 생각했기 때문이다. 그는 치료를 받지 않았다. 상처를 입고 완전히 부서져 산산 조각으로 흩어진 자신의 사랑을 다시 함께 이어 붙일 석회와 시멘트를 찾아야 한다고만 생각했다.

가끔 벽에 그려진 말 없는 여자친구가 지켜지지 않은 약속처럼 그를 짜증 나게 할 때면 시내로 내려가 극장으로 들어갔다. 거기서 몇 푼만 내면 저돌적인 3류 유랑 극단의 희극적이면서도 감동적인 연극을 볼 수 있었다. 비계 덩어리 곡예사와 늙은 광대, 자신에게 남들을 웃길 재능이 없다는 걸 깨닫지 못해서 더욱 추한 이름 없는 코미디언들이 모인 극단이었다. 이제 그는 배우들이 나누는 급소를 찌르는 대화를 다 알아들었다. 그래서 3류 극단의 연극이어도 재미가 있었다. 1912년 겨울에 그는 한 영국 극단의 공연을 보았다. 극장에 들어가면서 극단의 이름을 확인하는 것을 잊어버렸다. 극장 안은 무대에서 불어오는 틈새 바람 때문에 냉기가 돌았다. 객석은 반쯤 비어 있었다. 이 공연의 스타는 동쪽 해안 도시에서는 제법 유명한 모양이었는데 이 덴버에서는 완전히 무명이었다. 그는 늙은 술주정뱅이 역을 연기하고 있었다. 배우가 텅 빈 객석과 드문드문 앉아 추위에 떠는 관객들의 차가운 시선을 무시하면서 투철한 직업의식을 가지고 신중하게 자신의 숫자를 되풀이해서 세어 보려 애쓰는 동안 디아만테는 목이 탔다. 끝없는 갈증이 밀려왔다. 근육, 힘줄, 뼈, 심지어 혈관까지 아팠다. 열도 높았다. 너무 열이 높아 여러 가지 생각들이 머릿속에서 뒤죽박죽되었고 몸도 참을 수 없을 정도로 오한이 났다. 무대에서 발이 걸려 넘어진 술주정뱅이보다 자기가 더 술에 취한 것 같았다. 외투 칼라에 얼굴을 숨겼다. 관객들의 웃음소리에 신경 쓰지 않고 등받이에 몸을 깊숙이 묻었다.

전기를 끄고 문을 닫으러 온 종업원들이 객석 의자 사이에 누워 잠든 청년을 발견했다. 그들은 그를 깨워 보려 했다. 흔들고 잡아당겨 보았다.

소용없었다. 종업원들의 당혹스러움이 텅 빈 극장 안에 퍼지다가 분장실에까지 이르렀다. 그곳에 있던 배우들은 자신들이 공연하는 중에 객석에서 관객이 죽었다는 이야기를 들었다. 연극하는 사람들은 미신을 믿는 경향이 강했다. 이처럼 불행한 일은 그들의 앞날에 불길한 빛을 비췄다. 공연의 스타가 가짜 코와 바지를 부풀리기 위해 넣었던 면 뭉치를 떼어냈다. 무대에서는 칠십 대로 보였지만 사실은 갓 스무 살이 넘은 얼굴이었다. 충격을 받은 그가 무대 위로 나갔다. 그의 얼굴 반은 화장품이 묻어 하얬다. 다른 쪽에서는 검은 콧수염과 밝은 하늘색 눈이 드러났다.

관객의 시신은 바닥에 눕혀 있었다. 머리가 바닥에 카펫처럼 깔린 팝콘과 볶은 땅콩들 위에 놓여 있었다. 그는 시신이 입은 검은 바지를 얼핏 보았다. 키에 비해 너무 길었다. 구두는 밑창이 다 떨어져 눈동자처럼 여기저기 구멍이 나 있었다. 불길한 예감이 젊은 배우의 머리를 번개처럼 스쳤다. 그는 그 죽음이 자신의 미래에 길게 드리운 불길한 그림자에 이끌려 무대에서 뛰어내렸다. 그는 몸을 구부리고 죽은 청년을 보았다. 그 청년이 자기와 같은 또래라는 것을 발견하고는 겁에 질렸다. 청년은 하늘색 눈에 검은 콧수염을 길렀고 왕자처럼 고상한 얼굴이었다. 그는 이 청년이 자신과 닮았을 뿐만 아니라 사실은 자기 자신인 것만 같은 생각이 들었다.

극장 종업원들이 디아만테의 주머니를 뒤졌다. 돈 한 푼 나오지 않았다. 낯선 언어가 적힌 작은 종이 한 장밖에 없었다. 앞부분은 이런 글이었다.

네가 한 번도 와보지 않은 곳에서 네게 편지를 쓴다.

기차가 멈추지 않는 곳, 배들이

닻을 올리지 않는 곳, 서쪽의 어떤 곳,

소리 없는 하얀 눈의 벽이…….

영국 배우는 입구 쪽으로 끌려가는 축 늘어진 청년을 눈으로 좇았다. 극장 문이 열리자 얼음같이 찬 바람이 몰아쳤다. 두 종업원이 떠돌이 청년의 시신을 길 건너편 눈 더미 속에 내려놓았다. 이틀 전부터 쉴 새 없이 눈이 내렸다. 가는 눈송이들이 단단한 하얀 모래처럼 그 이름 모를 청년의 얼굴을 덮었다. 영국 배우는 그 청년이 죽으면, 언젠가는 제대로 연결도 되지 않은 나무판자 무대 위에 서는 3류 극단을 떠나리라는 자신의 희망도 죽는다고 생각했다. 자신을 이해해 주고, 자신의 재능에 투자를 하고, 그의 성공에 내기를 걸 용기 있는 사람, 그가 모든 사람들이 생각하듯 평범한 사람이 아니라는 것을 알아줄 누군가를 만날 것이라는 희망도 사라진다고 생각했다. 몇 달 전부터 미국에서 허우적거리고 있는 그는 이 미국의 성급함에 충격을 받았다. 모든 행동, 모든 물건, 모든 사람들이 이 성급함에 의해 움직였다. 그래서 그는 절망적일 정도로 외로웠다. 하지만 그에게 변화에 대한 강한 희망을 전해 주기도 했다. 그는 불안감을 느끼며 영국으로 돌아갔다. 영국에서 그는 사회계급이라는 계단에서 계속 굴러떨어질 뿐 위로 올라갈 가능성이 전혀 없다는 것을 알아차렸다. 그는 거의 모든 막노동일을 하며 살아가게 될 것이다. 영원히. 그래서 그는 다시 떠나기로 결심했고 미국으로 돌아왔다. 하지만 그날 밤 덴버에서 그 청년과 함께 자신을 구할 수 있으리라는 희망이 죽었다. 구원받으리라는 희망이.

그가 길을 건넜다. 아직도 방금 전 공연을 할 때 입었던 주정뱅이의 누더기 차림이었다. 그가 마차를 세우려고 하자 마부들은 말에게 채찍을 휘둘렀다. 마차에서 진흙이 튀어 그의 신발을 뒤덮었다. 마차 한 대를 강제로 세우려다가 거의 마차에 치일 뻔했다. 그는 마부석에 올라가서 청년을 병원으로 데려다 달라고 마부에게 말했다. 목적지까지 꼭 확실히 데려다 달라고 미리 마차 삯을 주었다.

극단은 그 도시에 사흘을 더 머물렀다. 영국 배우는 이름 모를 청년의 건강 상태를 확인하기 위해 세 번이나 병원에 들렀다. 아직 의식을 회복하지 못했다는 대답을 들었다. 청년은 외국인이었다. 하지만 주머니에 들어 있는 것이라고는 시 같은 글이 적힌 종이 한 장밖에 없었다.

네가 한 번도 와보지 않은 곳에서 네게 편지를 쓴다.
기차가 멈추지 않는 곳, 배들이
닻을 올리지 않는 곳, 서쪽의 어떤 곳,
소리 없는 하얀 눈의 벽이 모든 집들을 에워싸고
추위가 헐벗은 대지를 학대하는 곳.
새로운 사람들뿐인 곳, 그리고 기억들이
초대받지 않은 기억들이
유령처럼 우편으로 도착한다.
이곳은 햇살이 따뜻하게 비치지 않는 곳
하지만 밤이 되면 꿈으로 달구어진 방에서 내 몸은 눈 녹듯 녹는다.
과거에서 찾아오는 기쁨을 맞이하기 위해
종잇장처럼 찢어진 나날들
그리고 나는 검은 고양이, 끝도 없는 긴 식탁, 음정이 맞지 않는 우리들의 노래를 찾는다.
깜짝 놀라서.

영국 배우도 덴버에서는 외국인이었다. 그는 청년의 치료비를 다 댈 테니 약을 아끼지 말라고 말했다. 그 무렵 그는 경제적으로 넉넉했기 때문이다. 무엇보다 그는 극단의 스타였다. 다시 몇 달 더 계약을 할 수 있었다. 나흘째 되던 날 배우는 서부 순회공연을 계속하기 위해 기차를 타야만 했다. 다른 3류 극장에서, 제대로 맞지 않아 삐걱이는 나무판자 무대에서, 다시 진부한 술주정뱅이를 연기할 것이다. 얼마나 더 버틸 수 있을까? 영원히 의식을 못 찾는 건 아닐까? 하지만 의사는 청년이 의식을 회복했고 상태가 좋다고 말해 주었다. "만나 보시겠습니까?" 영국 배우는 청년이 위험한 고비를 넘겼는지 물어보았다. 의사가 그렇다고 대답했다. 배우는 웃으면서 고개를 끄덕였다. 그리고 환자를 성가시게 할 필요가 없다고 덧붙였다. 그는 마음이 놓이는 표정으로 지폐를 주면서 앞으로도 치료를 계속 해달라고 했다. 당황스러운 눈으로 그를 쳐다보는 의사에게 다시 찾아오겠다고 했다. 물론 그는 다시 찾아오지 않았다.

디아만테가 자신에게 무슨 일이 있었는지 물었을 때 의사는 공연을 보다가 의식을 잃은 것 같다고 말해 주었다. 그의 형이 병원에 입원을 시켰다고. "내 형이요?" 디아만테가 놀라서 소리쳤다. "맞아요, 설리번과 콘시다인 영국 극단에서 술주정뱅이 역을 하던 그 배우요." 디아만테는 너무 당황스러워 아무 생각도 떠오르지 않았기 때문에 입을 다물었다. 한참 뒤 디아만테가 퇴원했을 때는 영국 극단을 기억하는 사람은 아무도 없었다. 광대들이나 늙은 주정뱅이 배우의 이름도 몰랐다. 사람들은 거기에 신경을 쓰지 않았다. 그들은 3류 유랑 극단이었다. 덴버에는 한 철에만 그런 유랑 극단들이 수없이 들렀다. 극장 매표소 여직원만이 젊은 영국 배우의 이름을 기억했다. 찰리인지 찰스인지, 아니 찰리가 맞는다고 했다. 성은 C로 시작되었다. 채리핀, 채핀, 채플린, 뭐 이런 성이었던 것 같았다.

우리 집에는 8밀리 영화를 볼 수 있는 낡고 불안정한 영사기가 있었다. 약간 조잡한 플라스틱 재질로 된 스크린은 원통형 쇠에서 마법처럼 펼쳐졌다. 그리고 쐐기 모양의 회색 고리를 이용해서, 길게 잡아 뺄 수 있는 막대 끝에 파인 세 개의 홈통에 스크린을 걸었다. 일요일이면 일주일 동안 내게서 아버지를 빼앗아간 서재에서 아버지가 나와 거실을 영화관으로 만들었다. 영화관은 식당, 도서관, 서재 역할도 하는 방에 붙이기에는 너무 거창한 단어일 수도 있다. 우리가 고를 수 있는 영화는 별로 많지 않았다. 아마도 나와 아버지 둘 다 우리의 감정에 지나치게 충실했고, 어쩌면 감정에 지나치게 집착했기 때문이었는지도 모른다. 우리는 늘 같은 영화를 보았다. 어림잡아도 내가 태어나기 50년 전부터, 그러니까 태어나기 훨씬 전부터, 그뿐 아니라 아버지가 태어나기 전부터 상영했던 영화였다. 모두 무성 영화 시대의 단편 코미디 영화였다. 우리는 1971년 겨울부터 그것을 보기 시작했고 1972년과 1973년 내내, 내가 싫증을 낼 때까지, 로베르토가 영화를 상영할 의욕이 사라질 때까지 계속 영화를 보았다. 아버지는 일요일이 너무 짧다고 생각했다. 일요일은 가족과 보내는 시간을 의미했기 때문이다. 주중에는 우리를 먹여 살리는 일과 아버지 자신을 먹여 살리기 위한 일, 그러니까 글쓰기를 동시에 해야 했기 때문에 가족에게 할애할 시간이 별로 없었다. 하지만 그 무렵 나는 그런 것을 알지 못했다. 나는 아버지가 내 학교 친구들에게는 당혹스러움(그런 직업을 한 번도 들어 본 적이 없기 때문에)과 질투(아버지가 정육점 주인, 경찰 혹은 변호사가 아니었기 때문에)를 불러일으키고, 내게는 불안감(아버지를 존경하기는 했지만 아버지가 성공하지 못했기 때문에)과 놀라움을 불러일으키는 직업을 가졌다는 것을 알고 있었다. 나는 결국 아버지가 작가이기는 하지만 철도청에서 계속 일해야 한다는 것을 알게 되었을 때 놀라지 않을 수 없었던 것이다. 우리가 겨울의 일요일 오후에 본 영화들 말고 다른 영화들도 보았던 기억이 난다. 음악과 대사와 몽타주와 색깔이 있는 영화들이었다. 아버지는 나를 극장에 데려가 스탠리 큐브릭 감독의 〈2001 스페이스 오디세이〉와 그 무렵 상영되던 다른 신작 영화들을 보여 주었다. 하지만 집에서 우리의 영화는 1910년대의 그 영화였다. 우리는 그 이유를 묻지도 설명하지도 않았다.

영상이 흔들리고 영사기에서 지글지글 소리가 나거나 날카롭게 끽 소리가 나기도 했다. 가끔 필름이 걸리거나 타기도 했다. 스크린에는 놀라운 광경이 등장했다. 작은 구멍이 생기며 불타더니 그 구멍이 점점 더 커졌다. 구멍은 점점 더 탐욕스러워져 우리가 사랑했던 이야기들을 게걸스레 집어삼켰는데 그 광경은 무시무시했다. 해가 갈수록 단편영화들을 상영할 수 없게 되었다. 부식되고 불에 타서 끊어져 버렸다. 스크린이 찢어졌고 사람들의 모습이 참혹하게 일그러졌다. 스크린에 퍼져 가던 깊은 상처가 인물들의 얼굴에 새겨졌다. 결국 영사기가 터져 버렸다. 그때는 영사기를 만든 공장이 파산해 사라졌기 때문에 영사기를 수리할 수가 없었다. 그리고 벌써 초기 비디오플레이어가 등장하기 시작했다. 이제 아버지가 틀어 주는 단편영화들을 더 이상 볼 수 없게 되었다. 오랫동안 그 필름들이 어떻게 되었는지 신경조차 쓰지 않았다. 그저 그 필름들과 함께 70년대 초반의 일요일, 나의 고독과 아버지의 고독, 물어보지 않았던 질문들, 설명되지 않았던 선택들이 떠나가 버렸다. 그와 함께 우리는 멀어졌고 아버지와 결정적으로 헤어지게 되었다. 그것들을 찾아보려 했으나 나는 아직 케이스에 담겨 있는 영화 한 편밖에 찾지 못했다. 케이스에는 자신만의 특징을 보여 주는 너무 큰 구두를 신고 긴 지팡이를 든 떠돌이 남자 사진이 있었다. 남자는 도착하는 건지 떠나는 건지 알 수 없지만 어쨌든 움직이는 중이었고 금방이라도 우리를 떠날 것 같았다. 반짝거리는 하얀 종이 위의 검은 사진이었다. 나는 영사기 수집가에게 8밀리 필름용 영사기를 구해 보려고 하지 않았다. 이제 다시는 이 영화를 보고 싶지 않았다. 아버지 없이는 그 영화를 볼 수 없을 것 같았다. 다시 볼 필요도 없었다. 난 그 영화의 장면들을 모두 기억했다. 영화 제목은 〈이민자〉였다.

1917년에 〈이민자 찰리〉라는 제목으로 이탈리아에 배급되었다. 찰리가 미국으로 가는 배를 타는 장면에서 영화가 시작된다. 이민자들로 꽉 찬 배가 이리저리 흔들려 그는 뱃멀미를 한다. 3등칸 갑판에서 어머니와 함께 있는 여자를 만난다. 그처럼 가난하고 초라하고 가여운 사람들이다. 여자의 어머니가 도둑을 당한다. 찰리는 도둑과 포커 게임을 해서 도둑이 어머니에게서 훔쳐간 돈을 딴다. 도둑으로 오인될 위험이 있기는 했지만 그것을 처녀에게 돌려준다. 그들의 눈앞에 최초로 나타난 미국의 모습이 그들에게 용기를 준다. 자유의 여신상이다. 하지만 바로 그 조각상 밑에서 이민자들은 동물처럼 울타리 안에 갇히게 되고 배에서 내리기 위해 기운 빠지는 절차를 밟게 된다. 뉴욕에 도착한 찰리와 처녀는 헤어지게 된다. 얼마 뒤 찰리가 배에서처럼 주린 배를 안고 거리를 배회하고 있다. 그러다가 천운으로 동전 하나를 줍는다. 그는 레스토랑에 들어가는데, 여기에서 그의 무지와 가난 때문에, 게다가 메뉴판도 읽을 줄 몰라 종업원에게 모욕과 무시를 당한다. 그런데 바로 그곳에서 찰리는 여자를 다시 만난다. 이번에는 그녀도 찰리처럼 혼자였다. 그녀 역시 성공을 하지 못했다. 찰리는 그녀를 자기 식탁으로 초대해서 점심을 대접한다. 대화를 하던 중 그녀는 검은 테두리의 손수건으로 코를 푼다. 그는 그녀의 어머니가 세상을 뜬 걸 알게 된다. 길에서 주운 동전이 가짜인 것으로 밝혀져서 찰리는 발작적인 흥분 상태에 빠진다. 하지만 흥행사(영화 제작자)가 그를 구해 주며, 그 두 사람에게 자신을 위해 포즈를 취해 달라고 제안한다. 흥행사는 아마 그들의 삶을 바꿔 놓을 것이다. 하지만 그들의 점심 값을 지불해 주지는 않는다. 계산 문제는 전혀 해결되지 않았다. 그렇지만 이 은인이 밖으로 나가면서 팁을 넉넉히 놓고 나가서 그 돈으로 처녀의 점심 값을 지불할 수 있다는 것을 알게 된다. 태연하게 그 돈을 집어 마침내 공격적인 종업원에게서 자유로워져 행복하게 처녀와 나간다. 두 주인공은 결국 우울하게 비가 내리는 어느 날 쓸쓸하게 결혼을 한다.

디아만테도 1919년 10월 우울하게 비가 내리는 날 결혼했다. 디아만테도 〈이민자〉를 여러 번 보았다. 이 이야기를 보고 웃고 감동했다. 나는 디아만테가 이 작은 남자에게서 자신의 모습을 발견했는지는 알지 못한다. 그리고 결국 채플린의 자전적인 이야기인 이 영화가 디아만테 자신의 이야기 같다고 생각했는지도 알 수 없다. 어쨌든 디아만테는 30년대에 여러 번 아들 로베르토를 데리고 이 영화를 보러 갔다. 아버지 역시 나처럼 그 이유를 묻지 않았다. 우리 아버지나 할아버지는 많은 이야기를 들려주긴 했지만 말수가 적었다. 어쩌면 거의 말을 하지 않았을지도 모른다. 디아만테 집의 저녁 식사 시간은 어찌나 조용했던지 자식들이 음식 씹는 소리까지 들을 수 있었다. 시간을 죽이기 위해 자식들은 누가 먼저 열두 번까지 씹을 수 있는지 내기를 하기도 했다. 우리 세 식구가 아버지 대신 떠들며 무슨 얘기든 해야 한다는 의무감으로부터 아버지를 해방시켜 주지 않았다면 우리의 식사 시간도 마찬가지로 조용했을 것이다.

어쨌든 디아만테는 채플린의 단편영화를 빼놓지 않고 보았고 찰리가 유명해졌을 때에도, 왕처럼 거만해졌을 때에도 그를 버리지 않았다. 그가 지식인이 되었을 때에도, 사람들에게 웃음을 주는 일을 그만두었을 때에도, 지나친 성적 표현 때문에 기소되고 너무 어린 여자들을 좋아한다고 비난받았을 때에도, 그가 말을 하기 시작했을 때에도, 심지어 공산주의자가 되어 미국에서 불명예스러운 상황에 빠졌을 때에도 마찬가지였다. 디아만테는 항상 그에게 신의를 지켰다. 그의 신의는 확고했다. 모험을 함께 하는 친구처럼, 그가 한 번도 만난 적이 없는 신비한 형제처럼 그를 따랐다. 그는 치과 의사 찰리, 화가 찰리, 해변에 있는 찰리, 몽유병자, 떠돌이, 소방관, 술 취한 찰리, 이민자, 도망자, 군인, 유리그릇 행상인, 금광을 찾아다니는 사람, 실업자, 광대 찰리를 모두 기억했다. 그의 자식들도 검은 콧수염에 파란 눈, 영리하면서도 패배적인 그 떠돌이에게서 친숙한 뭔가를 찾아냈다. 하지만 로베르토는 결코 이해하지 못했다. 객석의 관중들이 몸을 흔들며 웃어댈 때 그의 아버지는 왜 깜깜한 어둠 속에서 꼼짝하지 않은 채 화면만 뚫어지게 쳐다보고 있는지, 그 이유를 결코 이해하지 못했다. 지팡이를 돌리는 그 모습, 애처로울 정도로 건방지고 흠잡을 데 없이 위엄 있는 자세로 삐딱하게 걷는 그 모습을 보고 너무나 강인하고 자제력 있는 디아만테, 누구에게도 눈물을 보이지도 감동을 하지도 않는 디아만테가 주머니에서 손수건을 꺼내 남몰래 눈물을 흘리며 코를 푸는 이유를 결코 이해할 수 없었다.

덴버 병원의 의사는 디아만테의 병이 쉽게 진단을 내릴 수 없는 병이라는 것을 발견했다. 디아만테는 그를 별로 도와주지 않았다. 진찰을 하는 동안 한마디도 하지 않았다. 그리고 과거나 신분에 대한 질문에 대답하길 거부했다. 의사가 입술의 상처는 어떻게 생긴 거냐고 물었을 때, 왜 류머티즘이 생겼는지, 그리고 마치 삽이나 밧줄을 너무 힘껏 꽉 쥐었던 것처럼 손 관절염 초기 단계에 어떻게 이르게 되었는지, 왜 습기와 추위에 너무 오래 노출되었을 때 나타나는 증상을 보이는지 물었을 때도 묵묵부답이었다. 그리고 자신이 이탈리아인이라는 것을 고집스레 부인했다. 주머니에 있던 종이는 자기 것이 아니라고 말했다. 의사는 '정신물리학적 쇠약 증상'이라고 추측했다. 디아만테는 그가 무슨 말을 하든 내버려두었다. 그리고 자신을 드러내지 않았다. 그는 쇠약한 것이 아니라 공허할 뿐이라고 의사에게 말하고 싶었다. 실체가 없는 것 같다고. 두 개의 해안 한가운데에 발 디딜 곳도 없이 떠 있는 것 같다고. 가볍게 강물을 따라, 바닷물을 따라 흘러가다 보면 어디로든 갈 수 있지만 방향을 선택할 수 없는 코르크 조각 같다고. 가벼운 것들은 바닥에 가라앉지 않는다. 하지만 어딘가에 상륙하기는 쉽지 않다. 의사가 피가 흐르도록 그의 등을 절개하고 말했다. "어쩌면 당신이 나보다 병명을 더 잘 알지도 모르겠군요."

디아만테는 자신의 병이 뭔지 안다고 대답했다. 다른 삶을 꿈꾸었던 데서 병이 생겼다. 그리고 이 삶에 배신당하고 삶을 잃은 것이, 심지어 꿈까지 잃은 것이 병의 원인이었다. 그는 기억을 하지 못했다. 미국에서 보낸 세월이 존재조차 하지 않는다고 생각했다. 꿈이었다고 생각했다. 어떤 일이 지나가 버렸다면 그것이 현재의 현실에서 환각이나 환상과 다를 것이 뭐가 있겠는가. 그것이 한때 존재했더라도 지금은 기억 속에만 있을 뿐 전혀 존재하지 않는 것이다. 그리고 기억조차 그것을 붙들 수 없다면 그것은 존재조차 하지 않은 게 될 것이다. 창틀로 보이는 움직이지 않는 하늘을 보면서 하루하루 기억을 잃어 가는 것이 그의 병의 원인이었다. 그 기억들이 자신의 삶이 아니라 다른 사람의 삶에 속한다고 생각하는 것이 병이 되었다. 살아남기 위해, 견디기 위해, 가장 잔인했던 일과 상처와 아픔을 지우기 위해, 나쁜 일을 잊은 것이 병이 되었다. 하지만 또 속임수와 항수를 경험하지 않으려고 가장 험한 선택을 한 것이 병이 되었다. 은밀한 제스처, 가장 사랑했던 얼굴들을 지워 버린 것이 병이 되었다. 막연한 기억이 주는 아픔은 훨씬 견딜 만하다. 그가 미국에서 제일 먼저 배운 것이었다. 자신의 어깨를 한 손으로 토닥이던 아버지를 상상하지 않을 수 없을 때 그는 눈을 꽉 감고 주변의 사물에 정신을 집중해 보려 애썼다. 과거로부터 강제로 떨어져 나왔다. 눈을 꽉 감고 그것을 쫓아 버렸다. 뜻대로 되었다. 시간이 흐르면서 아버지, 어머니, 동생들은 환영이 되었다. 이제 다시 그렇게 해야 했다. 부엌 개수대에서 처음 면도를 하는 동안 들었던 제레미아의 웅장하고 기괴한 트롬본 소리를 지워야 했다. 몇 달 동안 그를 맞아 준 희미한 미소의 바닷속 신부를, 오두막 문 위에 그림을 그리기 위해 사다리 꼭대기로 기어 올라가던 모에의 빨간 페인트 묻은 손을 지워야 했다. 자전거 페달을 밟으며, 너무 큰 모자를 이마까지 눌러 쓴 채 자신의 자전거 핸들을 꼭 잡은 소년을 보며 웃던 로코의 미소를 지워야 했다. 뉴욕 항구의 부두에서 그들이 인파에 떠밀릴 때 그의 손에 매달리던 비타의 작은 손을 지워야 했다. 눈을 감은 채, 그가 몸을 숙이고 입맞춰 주길 기다릴 때의 그 까칠한 비타의 입술을 지워야 했다. 그들의 이름을 진짜 사람이 아니라 잊혀진 이야기의 등장인물 이름으로 생각할 수 있을 때까지 모든 것을 지워야 했다. 그들을 알았다는 것을, 그들과 밤과 낮, 희망을 공유했다는 것을 잊어야 했다. 비타를 잊어야 했다. 네가 누구였는지를 잊어야 했다. 네 미소, 너의 에너지, 너의 무모한 쾌활함을 잊어야 했다. 네가 모르는 누군가가 되어야 했다. 시트 속에 웅크리고 있는 임상 케이스, 모든 이들이 쇼크로 인한 트라우마를 입게 되었다고 생각할 정도로 이상한 떠돌이, 생각에 잠긴 떠돌이가 되어야 했다. 자신의 이름도 인생의 의미도 기억하지 못하는, 덴버 병원의 이름 없는 기억상실증 외국인이 되어야 했다. 그의 미래가 이 참을 수 없는 지옥의 변방과 똑같을지 누가 알겠는가. 그는 알고 싶은 생각조차 없었다. "당신은 이 병에서 완전히 자유로워질 수는 없을 겁니다." 의사가 결론을 내렸다. "병은 나을 것이고 몸도 좋아질 겁니다. 다시 일을 할 수도 있을 겁니다. 하지만 살다 보면 병이 재발해서 원래의 상태로 돌아올 겁니다. 병과 함께 사는 법을 배워야 합니다. 누군가 건강한 신장을 기증해 주어서 당신의 병든 신장, 지치지 않고 독을 만들어 내는 광산을 제거해야만 병이 나을 겁니다. 하지만 그건 불가능한 일이에요. 당신은 병에 익숙해질 것이고 참아 낼 수 있을 겁니다. 그리고 병을 두려워하지 않게 될 겁니다. 이것이 병을 잊지 않을 수 있는 유일한 방법입니다. 그러다가 마침내 병이 당신의 진짜 일부분이 될 겁니다."

그의 병명은 미국이었다.

하지만 1912년 덴버 병원에서는 그 병을 신장염이라고 불렀다. 그의 몸에서 여러 봉지의 피를 뽑았다. 유해한 피가 건강한 기관을 손상시키지 못하게 하기 위해서였다. 마치 독이 그의 피와 함께 흐르기라도 하는 듯, 그 독이 그와는 아무 상관이 없다는 듯이. 입원비는 200달러가 넘었다. 환자는 자신에게 내려진 진단 내용을 무시했다. 자신의 건강에 관심이 전혀 없어 보였다. 이 입원비는 누가 낸단 말인가? 환자가 부인하기는 했지만, 그리고 동유럽 유대인 억양이 섞인 이상한 영어를 구사하기는 했지만 환자는 이탈리아인이었다. 병원 당국은 덴버 시 병원에 몇 달 전부터 이탈리아 청년 하나가 입원해 있는데 입원비를 낼 능력이 안 된다고 영사관에 알렸다. 병세가 심각해서 혼자서는 생활할 수 없었다. '빈곤 상태에 있는 자국민의 본국 송환' 절차를 밟아 줄 수 있지 않을까? 젊은이는 자기 이름조차 말하고 싶어하지 않는다. 이상할 정도로 말도 없고 참을성도 없이 공격적이어서 조그만 자극에도 불같이 반응한다. 사람들을 불신하기 때문에 그 누구와도 가까이 지내지 않는다. 자존심이 너무 세서 도움을 받지도 않는다. 자신이 부당하게 학대당하고 차별당하고 무시당한다고 생각한다. 현재 그에게서 찾을 수 있는 유일한 특징은 글씨를 아주 잘 쓴다는 것이다. 그의 외투 주머니에 들어 있던 제목 없는 시를 그가 썼다면, 혹은 베꼈다면 말이다.

영사관은 환자의 인상착의를 확인하기 위해 얼마 되지 않는 일당을 받고 일하는 조사원을 보냈다(신분을 확인할 사람이 너무 많아 돈이 많이 들었다). 미국에 흩어진 떠돌이들을 책임질 정도로 자금이 충분하지 않았기 때문에 빈곤 상태의 자국민 본국 송환 절차를 시작할 수가 없었다. 덴버 영사관은 유럽보다도 더 넓은 거대한 지역에 흩어진 3000여 명의 이탈리아인들(밀입국자들은 포함되지 않았다)을 관리해야 했다. 그들을 본국으로 돌려보낼 수도, 미국에 있게 할 수도 없었다. 조정을 할 필요가 있었다. 게다가 영사는 자신이 노동자 출신으로 30여 년 전에 비슷한 상황에 처해 본 적이 있었던 그 아돌포 로시가 아니었다. 그 무렵 영사는 오레스테 다 벨라였다. 그는 좋은 가문 출신의 외교관이었고 부르주아였다. 어떤 사건으로 스물한 살짜리 청년이 빈곤 상태로 병원에 입원해 있을 수 있는지를 상상조차 할 수 없는 사람이었다. 영사는 이탈리아와 외국에서 처음 거주 3년 동안 범죄를 저질러서 미국과 이탈리아 경찰에 수배 중인 사람들의 목록을 조사원에게 주었다. 범죄를 저지른 것이 아니고는 추방을 시킬 수 없었다. 범죄의 범위는 밀입국과 절도, 사유재산에 피해를 주는 범죄에서부터 가정을 버리는 것까지였다.

청년의 인상착의는 목록의 누구와도 일치하지 않았다. 그는 수배된 사람이 아니었다. 방문은 별 도움이 되지 않았다. 디아만테는 영사관 조사원이 가진 프린트된 양식을 흘깃 보았다. 조사원은 디아만테의 외모에 관련된 항목을 적고 있었다. 디아만테의 머리는 직모가 아니라 곱슬머리였다. 눈은 회색이 아니라 하늘색이었다. 그의 코는 그리스 조각상처럼 곧고 오뚝하지 않았다. 그의 입은 적당하게 생긴 것이 아니라 아름다웠다. 항상 그랬다. 영사관 조사원이 덴버의 병원에서 서류에 기록하는 남자는 그가 아니었다. 그는 더 이상 아무도 아니었다. 이름도 없었다. 거주지도 없었다. 아무도 그를 찾지 않을 것이고 발견되지도 않을 것이다.

조사원은 남자 이름이 잔뜩 적힌 종이도 한 장 가지고 있었다. 디아만테는 그냥 한 번 흘깃 보고 말았다. "누구예요?" 종이를 돌려주며 디아만테가 물었다. "1891년생 청년들입니다." 조사원이 대답했다. "가족과 신문과 국방성에서 필사적으로 이 청년들을 찾고 있습니다. 이탈리아 군대에서 찾는 거지요. 병역의 의무를 수행해야 합니다. 입영 날짜까지 아직 30일이 남아 있습니다. 그 뒤에는 탈영병으로 간주되어서, 다시는 이탈리아에 돌아갈 수 없습니다." "아." 디아만테가 다른 쪽으로 고개를 돌리며 말했다. 유리창으로 고원도 산도 하늘도 보이지 않았다. 유리창은 빗줄기가 지나가는 회색의 네모난 틀일 뿐이었다. 그는 회색의 음영을 구분하는 법을 배웠다. 연기, 재, 진주, 강철, 무연탄, 빗물의 색을. 그는 죽고 싶지 않았다. 물론 살고 싶지도 않았다. 그는 이곳에 머무르고 싶지도 않았고 돌아가고 싶지도 않았다. 그는 간호사들이 지나가는 말로 하는 것처럼 사기꾼도 아니었고 죽어 가는 사람도 아니었다. 그는 건강한 남자도 아니었다. 아무것도 아니었다. 어쩌면 서로 충돌하고 함께 어우러지지 못하는 것들이 너무 많은지도 몰랐다.

"미국에 있는 전 영사관에 알렸는데 이 젊은이들을 찾아내지는 못했어요." 조사원이 덴버 병원의 방문에서 아무 소득도 없다는 것을 받아들이며 설명했다. '어떻게 찾겠어요. 미국은 넓어요. 그 사람들은 여기저기 흩어져 있어요. 당연히 찾을 수 없죠.' 디아만테는 이렇게 대답해 주고 싶었다. 대체 왜 1891년에 태어난 청년이 이탈리아로 돌아가 병역의 의무를 다하고, 혹시라도 위험한 전쟁에 나가야 한단 말인가? 그는 군인들을 싫어했다. 무감각하게 순종하는 졸병들, 권위적인 군 당국, 냉정하고 어리석은 규율들을 싫어했다. 그리고 무기를 싫어했다. 여자들처럼, 무기를 다룰 줄 모르는 사람이 무기를 만지는 경향이 있었기 때문이다. 조사원이 염소수염을 긁으면서 계속 말했다. "하지만 그 청년들 형편이 좋지 않다면 고향으로 돌아갈 수 있는 절호의 기회가 될 겁니다. 이탈리아 정부에서 여비를 지불해 주니까요." "정말입니까?" 디아만테가 창문 틈새로 나가 보려고 집요하게 애를 쓰다가 결국 유리창에 부딪힌 파리를 넋을 잃고 바라보며 물었다. 파리는 기절해서 창턱으로 떨어졌다. 힘없이 윙윙거렸다. "이탈리아 정부는 이탈리아 청년들에게 신경을 쓰고 있습니다."

디아만테는 한 번도 그렇게 생각하지 않았다. 초등학교 3년과 그가 8리라를 내고 발급받은 여권을 제외하고는 국가가 그에게 준 건 아무것도 없었다. 그는 죽어 가는 파리에게서 눈을 돌렸다. "우리 정부는 젊은이들이 고향까지 갈 수 있도록 3등칸 여행 경비를 제공합니다." 영사관 조사원이 말했다. 그리고 우리가 사랑하는 아름다운 고장의 어떤 부대에서 3년간 먹고 지낼 수 있게 해주기도 한다고 웃으면서 덧붙였다. 디아만테는 눈을 감았다. 그는 그 긴 목록 중간쯤에서 자신의 이름을 발견했다.

그래서 디아만테는 돌아왔다. 그는 비타가 살고 있을 것이라고 생각하는 곳으로 그녀를 찾아갔지만 이미 이사 간 뒤였다. 그녀가 어디 사는지 아는 사람은 아무도 없었다. 그래서 레녹스 애비뉴 사무실로 사촌 제레미아에게 소식을 물어보러 갔다. 제레미아는 동업자와 함께 있었다. 광산 동료였던 동업자는 이제 회전의자에 앉아 있었다. 제레미아는 책상에서 계약서를 타이핑하고 있었다. 디아만테는 제레미아가 부러웠다. 이런 사무실의 사무원이 되는 것이 어린 시절의 꿈이었다. 비타는 사무실을 감옥같이 매력적인 곳으로 생각했다. 지금 디아만테는 비타가 어떤 사람인지 알지 못했다. 뉴욕에 사는 열여덟 살 이탈리아 처녀. 제레미아는 디아만테를 다시 만나는 것이 별로 유쾌하지 않았다. 그런 내색을 하지 않으려 했으나 잘 되지 않았다. 제레미아가 어떤 거짓말을 꾸며 내서 디아만테와 비타가 서로 만나지 못하게 하고, 그녀를 떠나게 만들지를 궁리하는 동안 디아만테는 사무실 벽을 도배한 큰 포스터를 유심히 보았다.

말라가 시티. 각 구획당 5달러에 특별 분양. 미국에서 가장 중요한 이탈리아인들의 중심지를 만들기에 이상적인 도시.

포스터에는 창가에 꽃이 놓여 있고 잔디가 정성스레 깎인 멋진 집들 사이에 깨끗한 역이 자리 잡았고 그 역에 기관차가 정차해 있었다. 이런 사무실 벽에 붙어 있는 이런 가상의 풍경은 매춘부의 유혹처럼 왠지 꺼림칙했다.

매혹적인 장소, 건강에 좋고 상쾌한 기후, 높고 건조한 대지. 하루 100여 대의 전기 기차가 정차하는 말라가 시 기차역, 농장, 상점, 학교, 교회, 호텔, 전보를 칠 수 있는 우체국, 전화국 있음. 필라델피아, 애틀랜틱 시티, 그리고 다른 상공업 도시들 인접해 있음. 빌딩 디벨럽먼트사. 부지 방문을 강력히 추천합니다. 여행 경비는 본인 부담. 지도를 보내 드립니다.

제레미아의 고민을 모르는 첼레스티노는 디아만테에게 혹시 부지를 보러 가는 단체 여행에 참가하지 않겠냐고 물었다.

"우리 사무실은 문을 연 지 얼마 안 됐어요. 빌딩 디벨럽먼트 사는 시내에서 가까운 곳이나 먼 곳의 땅들을 다 취급한답니다. 브롱스, 베이 해변, 러더퍼드, 십스헤드 만." 디아만테는 자신은 땅을 사는 데 전혀 관심이 없다고 말해 주려 했다. 땅은 구속을 한다고. 소유는 구속을 한다고. 그가 그렇게 찾았던 자유가 뭐냐는 질문을 받는다면 이제 어떻게 대답해야 할지 알 것 같았다. 자유는 자기 자신을 부끄러워하지 않는 것이다. 이것이 진정한 단 하나의 자유였다. 나머지 모든 것은 노예로 만들 뿐이었다. 그는 이 구멍가게 같은 사무실에 온 것은 비타 때문이라고 말하려고 했다. 창백해진 제레미아의 얼굴을 보자 디아만테는 아무 말도 하지 않는 것이 좋을 것 같았다. 제레미아는 꼼짝하지 않은 채 책상 위에 빼곡한 장식품들을 쳐다보았다. 담배 한 까치가 조개껍질로 만든 재떨이에서 타고 있었다. 재떨이는 여자의 입처럼 매력적이었다. 음탕한 생각들, 내면의 격동, 강박관념. 몇 년 동안 꿈에서 그녀를 만났다. 꿈속에서도 그녀를 손가락 하나 건드리지 않았다. 그녀는 환하게 빛나며 그를 향해 떠올라 왔다. 그녀를 안으려 할 때마다 물 위에 비친 그림자처럼 흩어졌다. 그런 그녀가 다른 녀석과 달아났다. 그의 모든 계획, 그의 모든 노력, 모든 이유를 배신했다. 별이 뜬 덴버의 밤하늘 아래 그를 혼자 버려두었다. 그는 거기서 이 세상 한쪽에서 무엇을 해야 하는지, 왜 아직도 떠나지 않는지를 스스로에게 물었다. 그녀를 만나지 않고는 절대 떠날 수 없을 것이다. 그녀를 다시 만나 그가 믿어 보려 애썼던 것처럼 그녀가 자신을 위해 죽을 것인지, 아니면 그가 그녀에게 가하려 했던 상처 밑에서 떨면서 살아갈 것인지 알아보기 전에는 떠날 수 없었다. 그는 그녀를 용서할 수 없기 때문에 용서하지 않았다. 하지만 지나간 일에 대한 기억은 신기하리만치 빠르게 그에게서 멀어져, 흐릿한 고통과 원한만을 그에게 남겨 놓은 반면 뜨거운 약속의 시간들은 더욱 가깝게 느껴지고 점점 커져만 갔다. 그러면서 그에게 갈망과 향수를 고스란히 유산으로 남겼다. 비타가 없었다면 그는 결코 미국에 오지 않았을 것이며, 이 모든 일도 벌어지지 않았을 것이다. 그를 이곳으로 데려온 건 바로 그녀였다.

디아만테는 벽을 도배한 포스터에 관심 있는 척했다. **미국의 이탈리아인들이여! 이제 오염된 공기 속의 도시를 떠날 때가 되었습니다! 뉴저지의 태양 아래에서 여러분의 꿈을 사십시오.** 웨스트 호보켄, 그랜트 툼, 혹은 155번가에서 지하철로 아홉 정거장 거리에 있는 코틀랜트 크레스트 부지의 평면도들이 있었다. 빌딩 디벨럽먼트는 다양한 가격과 크기의 땅을 제공했다. 개발이 되지 않은 땅이나 흰 기둥으로 장식된 조지 왕조 풍의 대저택들이 서 있는 땅을. 바람이 쓸고 간 석조 농가 주택이 서 있는 땅을. 귀가 먹먹할 정도로 검둥오리들이 울어대는 저수지 쪽을 바라보는 땅을. 디아만테는 속임수가 어디에 숨어 있는지 찾아내려고 애썼다. 그는 어떤 거래도 믿지 않았다. 틀림없이 엄청난 속임수가 숨어 있을 것이다. 강보다 훨씬 낮은 곳이나 하수구에서 바람이 불어오는 곳, 교차로나 선로 연결 지점에 에워싸인, 아무 가망 없는 지역에 위치한 땅일 것이다. 아니면 사람이 들어갈 수도 없는 울창한 숲속이나 가장 가까운 역이 세 시간 거리에 있는 그런 곳일 것이다. 이 사무실의 영리한 사장들은 구획에 환상을 담아서 팔았다. 환상들은 부러지고 뿌리가 뽑히고 망가지지만 언제나 잡초처럼 다시 자라나기 때문에 이 사장들은 순조롭게 번창했다.

제레미아는 어쩌면 디아만테가 자신이 진짜 터프가이라도 된 것처럼 비타의 빰을 때리러 온 것인지, 아니면 비타를 이해할 수 있어서 그녀를 용서해 주러 온 것인지를 골똘히 자문하고 있는 중일 수도 있었다. 디아만테는 어떨 때는 찢어진 셔츠를 절대 다시 꿰맬 수 없다고 생각하기도 했고, 또 어떤 때는 셔츠 같은 것은 존재도 하지 않았고, 은유와 관습만이 있을 뿐이라는 생각이 들 때도 있었다. 그와 비타 사이에는 어떤 셔츠도 없었다. 비타는 그가 관을 제작하는 은밀한 방이나 철로에서 자신을 잃기 전에 자기 자신에게 속했듯이 그에게 속해 있었다. "비타는 벤슨허스트에 갔어." 결국 제레미아가 말하고 말았다. 그 순간 그는 디아만테를 증오했고 거짓말을 할 수 없는 자기 자신을 증오했다. 그는 이제 다시는 사촌 디아만테도, 자신이 미국에 남아 있을 이유가 되어 준 여자도 만나지 않을 거라고 생각했다. 방금 자신의 인생을 창문에서 던져 버렸다고. 디아만테는 고맙다는 인사도 하지 않고 달려갔다. 7년 6개월 뒤, 디아만테가 로마에서 엠마 트룰리와의 결혼식 청첩장을 보냈다. 그래서 제레미아는 디아만테가 빚을 갚고 싶었다고 생각했다. 오래전 4월 어느 날 아침 받았던 선물을 돌려주었다고.

여자가 좁은 오솔길에서 손님들을 앞서 걸었다. 그녀는 관목들과 쓰레기들을 도도하게 피하면서 재빨리 걸었다. 그녀의 뒤를 힘들게 따라오는 구매자들이, 광고에서 선전한 대로 역에서 10분 거리에 언덕이 있는 것이 아니라 40분이 훌쩍 넘는다고 항의할 시간을 주지 않으려는 것이었다. 그들은 버려진 주물 공장 건물들을 지난 뒤 한 줄로 서서 가시덤불로 뒤덮인 좁을 길로 들어갔다. 근처 비누 공장에서 나는 들쩍지근한 냄새가 공기 중으로 퍼졌다. 아침이어서 구역질이 났다. 부슬부슬 비가 내렸다. 안개가 나뭇가지에 걸려 있었다. 부지 방문은 쓸쓸한 비타의 생활에 기분 좋은 소일거리가 되었다. 동업자들은 고객들이 대개 30년 이상을 미국에서 살아서 이제 이탈리아어를 못하는 경우가 많았기 때문에 비타를 보냈다. 어쩌면 석탄같이 검은 손을 가진 제레미아 같은 남자에게서 꿈을 사려는 사람이 아무도 없어서일 수도 있다. 비타는 입맞춤과 말을 판 적이 있었다. 이제는 이탈리아인들에게 미국을 팔았다. 땅, 언덕, 모래, 하늘 한 조각을.

지난달에 비타는 투포에 있는 어머니에게 편지를 쓰고, 엄마가 미국에 올 수 있는 돈을 보냈다. 디오니시아는 이미 시력을 완전히 잃기는 했지만 그래도 미국에 올 수 있을 것이다. 제레미아는 디오니시아를 캐나다를 통해 입국시켜 줄 수 있는 적당한 사람을 알게 되었다. 비타는 토론토로 엄마를 데리러 가겠다고 나섰다. 디오니시아에게 미국에 오라고 애원했다. 그녀가 온다면 모든 것에 의미가 생길 것이다. 가족은 다시 만나게 될 것이다. "거짓말이 아니에요, 엄마. 엄마를 귀부인처럼 살게 해드릴게요." 디오니시아가 너무 늦었다는 답장을 보내왔다. 그녀는 자신의 습관을 어떻게 버려야 할지 알 수 없었다. 비타가 다달이 정확하게 송금을 해준 뒤부터는 투포에서도 귀부인처럼 살았다. 오래전부터 산 레오나르도 성당 앞집에 살았다. 이 집을 떠난다는 것을 상상도 할 수 없었다. 디오니시아에게는 부족한 게 아무것도 없었다. "난 항상 혼자였고 자유로웠어. 이제 다 늙어서 구속받고 싶진 않구나, 내 딸 비타야. 네가 떠나던 그날처럼 널 사랑한단다. 한시도 널 생각하지 않은 적이 없다. 하지만 난 가지 않을 거다. 엄마가." 비타는 믿어지지 않아 디오니시아의 편지를 여러 번 읽었다. 어머니의 거절을 통해 그녀는 그 어떤 것도 원래대로 되돌릴 수 없고, 부서진 것을 다시 붙일 수도 없다는 것을 알게 되었다.

그녀는 구매자들이 잘 따라오고 있는지 돌아보지 않았다. 가시덤불과 공장 연기를 보고 얼굴을 찡그리고 있을 게 분명했기 때문이다. "공장들이 문을 닫는 중이에요." 그녀가 믿음직한 목소리로 말하려고 애쓰며 설명했다. 그녀는 항상 거짓말을 진짜로 믿게 하는 재주가 있었다. 지금은 진실을 진짜로 믿게 해야 했다. 거짓말 같지만 지금이 훨씬 어려웠다. "몇 년 후면 정말 공장은 사라질 거예요. 생각해 보세요. 5달러밖에 하지 않아요. 여러분에게는 푼돈이잖아요. 하지만 곧 낙원이 될 이 지역에 집을 지을 땅을 사놓을 수 있어요."

디아만테가 골목에서 불쑥 나타났다. 모자를 손에 쥐고 달렸다. 그의 윗옷에 진흙이 튀었다. 의심스러운 얼굴이었다. 그는 이 잿빛 하늘, 들판도 아니고 도시도 아니며 늪지에서 흘러나오는 유독가스와 수백 개의 공장 굴뚝에서 나오는 연기가 고여 있는 황량하고 썰렁한 공장 지대 때문에 기분이 상한 것 같았다. 뻔뻔하게 이런 속임수를 꾸며 땅을 파는 부동산 중개사무소의 두 동업자 때문에 불쾌한 것 같았다. 울퉁불퉁한 언덕, 가시덤불에 뒤덮인 가파른 등성이, 가까운 역까지 마차로 한 시간은 걸릴 것 같았다. 그는 돈을 내고 이런 곳의 모래 한 줌이라도 살 사람이 있을지 궁금했다.

그런 사람은 많았다. 사실 모두라고 할 수 있다. 뉴욕 빈민가의 화재용 비상계단에서, 사람들이 바글바글한 지하에서, 시끄럽고 악취가 고인 방에서, 주철과 시커먼 벽돌 사이에 만들어진 칙칙한 돼지우리 같은 곳에서 자란 아버지 어머니들이 아직 탄생하지 않은 이 구역의 길을 걸으면서 그들의 비밀스러운 소망이 실현되고 있다고 생각했다. 그들은 가시덤불과 쓰레기를 보지 않았다. 베란다와 정원과 전기 스위치를 보았다.

추위에 언 수십 명이 갑자기 나타난 그를 보고 놀라서 돌아보았다. 한 무리의 중년 남자들이었다. 두툼한 손을 가진, 한평생 노동으로 지친 남자들이었다. 여자 직공들, 어머니들, 담배 파는 여자들, 혈색 좋은 귀부인들도 있었다. 비타는 없었다. 이런 여자들을 다시 만나기 위해서라면 그는 1킬로미터도 움직이지 않았을 것이다. 하지만 그는 비타 같은 여자를 위해서 미국을 네 번 횡단했다. 그런데 어쩌면 비타는 정말 이런 여자들과 같을지도 몰랐다. 평범한 어떤 여자일지도. 아마 그럴 것이다. 통통한 여자가 큰 소리로 계산을 했다. "매달 5달러, 계약금 50달러로 500달러 가치의 한 구획을 구입할 수 있어요. 코니아일랜드에서 20분 떨어진 곳에, 시청에서 기차로 30분인 곳에 말이죠." 땅에는 휴지 조각과 빈병이 널려 있었다. 풀 냄새와 세제 냄새가 났다. 비타가 채찍질하듯 그를 보았다. 디아만테는 변한 것이 하나도 없었기 때문에 그를 알아보았다. 그는 여전히 작았다. 그녀처럼.

하지만 그녀는 그를 향해 달려오지 않았다. 웃지도 않았고 자기 쪽으로 오라는 눈짓도 하지 않았다. 어쩌면 이번에도 너무 늦었는지 모른다. 마치 그가 실제 사람이 아닌 듯, 유령이나 그림자라도 되는 듯이 자신 없이 바라볼 뿐이었다. 그녀는 사무실에서 준비한 소풍 도시락이 담긴 대나무 가방 뒤에 서 있었다. 스카프를 쓰고 있었고 손에 지도를 들었다. 그가 기억하고 있는 것보다 훨씬 더 까무잡잡했고 몸매가 더 좋았다. 더 육감적이었다. 오, 세상에, 이 순간을 얼마나 여러 번 상상했던가. 그녀가 자기 발밑에 몸을 던지며 애원할 거라고 생각했다.

비타가 움직일 기미도 보이지 않았기 때문에 그는 일행을 피하면서 다가갔다. 사람들은 마치 디아만테가 땅 한 조각이라도 빼앗으러 온 사람인 양 적의의 눈길로 보았다. 디아만테는 쐐기풀과 웅덩이와 검은 우산들을 넘어갔다. 모두 그의 거만한 얼굴, 고급스러운 줄무늬 양복, 실크 셔츠와 에나멜 구두를 눈여겨보았다. 디아만테 자신은 몰랐지만 진짜 미국을 보지 못한 이 사람들에게는 미국인처럼 보였다. 어디에서 시작해야 할까? 비난? 모르는 체 넘어갈까? 우연히 뉴욕에 들르게 되었고 그러다 보니 또 우연히 생각이 났다고 할까?

"프린스는 어디 있지?" 자신의 드라마에 복수도 비극도 없다는 데 실망한 그가 물었다. 그러자 드디어 비타의 얼굴이 붉어졌다. 하지만 그건 놀란 고객들이 그녀를 뚫어지게 쳐다보고 있었기 때문이다. 꼭 이렇게 묻는 것 같았다. 젠장, 저 남자 누구예요? "벌써 옛날에 오빠를 기다리다가 지쳐서 절망에 빠져 죽었어." 비타가 비난이 가득 담긴 두 눈으로 그를 노려보면서 대답했다. 어떻게 그 개 생각이 제일 먼저 떠오를 수 있는 걸까? "언제 돌아왔냐고도 안 물어봐?" 디아만테가 화를 냈다. 그는 이제 모든 게 어긋나 버렸다는 것을 알았다. "내가 왜 물어봐야 해?" 비타가 대들었다. "떠난 적도 없잖아."

"떠났었잖아." 디아만테가 분통을 터뜨렸다. "난 몇 톤의 물을 날랐는지 몰라. 그러면서 건강을 다 망쳐 가는 동안 넌 로코의 돈에 매달려 달아났지!" 그의 눈앞이 뿌옇게 변했다. 그녀의 뺨을 때리거나 그녀의 발밑에 쓰러지고 싶었다. 아니 어쩌면 둘 다 하고 싶었는지도 모른다. "왜 날 데려가지 않았어?" 비타가 소리를 질렀다. "왜냐고? 너를 위해 그랬어." 디아만테가 울부짖었다. "모르겠어? 널 데리고 가서 나와 똑같은 고생을 시키지 않은 내 자신을 내가 얼마나 대견하게 생각했는지?" 오, 맙소사. 디아만테는 어디에 손을 대야 할지 알 수 없었다. 얼굴이 벌겋게 달아오르는 것 같았다. 목이 꽉 막혔다. 그녀에게 덤벼들 생각은 없었는데 그렇게 하고 있었다. 아니, 적어도 비타가 생각하기에는 그랬다. 그녀가 뒤로 한 걸음 물러서다가 대나무 트렁크에 부딪히는 바람에 트렁크가 엎어졌다. 도시락이 풀밭 위로 굴렀다. 기름병도 떨어졌다. 불행이 영원히 두 사람을 따라다닐 것이다. 그녀는 그를 밀어내고 자신을 방어할 생각으로 두 손을 뻗었다. 그녀는 디아만테가 균형을 잃지 않으려고 팔을 휘두른다는 것을 몰랐다. "나를 위해서라고?" 그녀가 외쳤다. "그게 뭐 중요해?" 디아만테는 잠시 그녀가 자신을 끌어당겨 포옹하려고 팔을 뻗는 것으로 착각했다. 그리고 자석에 딸려 가는 못처럼 그녀에게 끌려갔다. 하지만 날카로운 통증이 갑자기 밀어닥친 진한 감동과 흥분의 뒤를 이었다. 비타가 그의 코를 물어뜯었다. 코를 떼어내기라도 할 듯 있는 힘을 다해. 얼굴을 손톱으로 할퀴었다. 그리고 차가운 뭔가로, 뾰족한 금속성의 어떤 것으로 옆구리를 찔렀다. 디아만테는 비명을 질렀고, 남자 둘이 그의 겨드랑이를 잡아 비타에게서 그를 떼어 놓았다. 디아만테는 관목 사이로 굴렀다. 그리고 믿기지 않은 듯 놀라서 무릎을 꿇었다. 미국식 양복 위로 피가 뚝뚝 흘렀다. "가시오." 덩치가 제일 좋은 손님 하나가 위협적으로 그에게 말했다. "아가씨를 놔둬요. 안 그러면 경찰을 부르겠소."

오, 비타, 나에게 어떻게 이럴 수 있어? 양복 상의가 마치 가위로 자른 것처럼 길게 한 줄로 선명하게 찢어졌다. 디아만테는 주머니에서 손수건을 꺼냈다. 눈썹에서 난 피가 입으로 흘러내려 역겨운 녹 맛이 났기 때문이다. 눈에도 상처가 나서 눈꺼풀에 불이 난 것 같았다. 모욕감이 불타올랐다. 그는 언덕 위에 꼼짝 않고 서 있는 그녀도 빨갛게 물든 것을 보았다. 손에는 그 날카로운 금속성 물건을 들고 있었다. 칼이었다. 어쩌면 컴퍼스였을 수도 있다. 그것이 무엇이든 비타는 뾰족한 물건을 쳐다보지 않았다. 하지만 그녀가 그것에 그렇게 무관심했다면 그것을 들고 있지 않은 것이나 마찬가지였다. 스카프가 귀 뒤로 벗겨지고 이마 위로 앞머리가 흩어져 내렸다. "디아마." 그녀가 중얼거렸다. "디아마, 오, 하느님. 가." 그녀가 노래하듯 되풀이해서 말했다. "뭐 하러 왔어? 가." 아니, 그는 가지 않았다. 그는 다시 일어섰다. 그는 예전에 자신이 여자를 신뢰했었다고 생각했다. 완전하고 맹목적인 신뢰였다. 자기 자신보다 더 그녀를 믿었다. 그녀는 그의 확신이었다. 그녀에게는 자신의 세계를 그대로 드러낼 수 있었다. 그녀에게는 망가지지 않은 자신의 모습을 보일 수 있었다. 어쩌다 이 모든 것이 다 깨져 버린 걸까. 그는 바지의 먼지를 털었다. 그녀는 그를 찌르지 못했다. 날카로운 날이 양복을 찢고 옆구리를 겨우 스쳤을 뿐이었다. 굴뚝에서 불쾌하고 고약한 악취가 흩어져 나왔다. 붉은 피에 물든 비타는 움직이지 않았다. 저 여자는 나의 여자다. 나의. 나의. 오, 신이시여, 왜 이런 일이 일어나게 하는 겁니까? 대체 무엇 때문에 그가 있는 쪽으로 단 한 발짝도 떼어 놓지 않는 이 여자 앞에서, 외투 소매로 눈을 문지르며 약속을 제대로 지키지 않은 그를 증오하는 이 여자 앞에서, 스물한 살짜리 청년이 어린아이처럼 울게 내버려 두는 겁니까?

비타가 차가운 손으로 그의 입술의 상처를 쓰다듬었다. 뜻밖의 너무나 다정한 행동이어서 디아만테는 그녀의 어깨를 팔로 감쌌다. 그리고 우울한 얼굴을 그녀의 어깨에 기댔다. 그녀의 갈색 목, 그 위의 검은 머리카락 몇 가닥. 그들은 어디에서부터 시작해야 할지 알 수 없었다. 그래서 그 언덕에서, 흩어진 도시락의 새우 냄새가 진동하고 심술궂게 그들의 살을 때리는 빗줄기를 맞으며 조심스레 끌어안은 채 뻣뻣하게 서 있었다. 나무들 사이로 흩어지는 부슬비에서 눈을 떼지 않았다. 바로 그 순간 그 역시 비타에게서 모래 땅 한 구획을 사고 싶었다.

'희망', 갑자기 비타가 디아만테의 손을 꽉 쥐며 말했다. 그러자 디아만테는 다리를 비틀거리며 땅 위로 불쑥 튀어나온 바위에 몸을 기댔다. 둔

감하고 통속적인 세상 때문에 중단되었던 지점에서 다시 시작하는 것은 잘못된, 아주 잘못된 일이었기 때문이다. 하지만 그녀가 다시 '희망'이라고 말했을 때 그는 자동적으로 몸을 숙이고 그녀의 눈꺼풀에 입을 맞추었다. '빛', 디아만테는 이마에 입을 맞췄다. '친구', 머리카락에, '강', 그녀의 오른쪽 뺨의 사마귀에, '철도'…….

사람들이 그녀에게 와서 혹시 뭐 도와줄 게 없는지 물어보았다. 아가씨는 그들의 안내인이었다. 겨우 열여덟 살의 아가씨였지만 그녀는 그들 미래의 수호자였다. 애인과 그 비를 맞으며 말다툼을 하게 놔둘 수는 없었다. 손님들은 정말 이 땅에 관심이 있었다. 그들은 정말 땅을 구입하고 싶어했다. 그들이 꿈꿔 온 인생의 전부였다. "우린 이 사람들을 만족시키고 기쁘게 해주고 행복하게 해줘야 해, 이게 내 일이야. 오늘은 이것 때문에 여기 온 거야. 내일 다시 만나면 안 될까?" 비타가 제안했다. 다음 소풍은 일요일 날 롱아일랜드의 헌팅턴으로 잡혀 있었다. 디아만테는 그녀의 머리카락 한 타래를 입으로 꽉 물었다. 그의 가슴을 두근거리게 하는 비타는 얼마나 친숙한지. 건방져 보이는 그녀의 작은 코, 검은 속눈썹으로 더욱 강조되는 검은 눈. 그의 기억 속에 비밀스레 간직되어 있는 그녀의 모습과 얼마나 다르면서도 또 얼마나 같은지. "내가 지금 여기 왔잖아." 디아만테가 대답했다. "나하고 가자."

두 사람은 아직 제대로 길이 나지 않아서 어느 곳으로도 이어질 것 같지 않은 길을 따라 걸었다. 비타는 그를 어디로 데려가는 걸까? 그들은 웅덩이 옆을 지나갔다. 파티에 가는 것 같은 차림의 청년과 진흙이 잔뜩 묻은 부츠를 신은 여자의 모습이 물 위에 잠시 나타났다. 남자는 퓨마와 싸운 사람처럼 얼굴이 생채기투성이였다. 남자는 한 손을 주머니에 넣었고 여자는 그의 어깨에 머리를 기댔다. 날씨가 좋지는 않았다. 계속 먼지 같은 가랑비가 내렸다. 그리고 한 번씩 불어대는 바람에 휴지와 오만한 모래 알갱이들이 공중에서 빙빙 돌았다. 짙은 안개 때문에 바다는 흔적조차 보이지 않았다. 하지만 바다는 가까이에 있었다. 디아만테는 그것을 느꼈다. 바다를 호흡했다. 양복 재킷 주머니에서 종이의 한 귀퉁이가 삐죽 나왔다. 영사관에서 받은 표였다. 증기선은 화요일에 떠날 예정이었다. 오늘이 목요일. 이제 닷새가 남았다. 이 닷새 동안 무엇이 남게 될지 알게 되겠지.

비타가 걸음을 멈췄다. 한 팔을 들더니 디아만테에게는 아직 보이지 않는 무엇인가를 가리키듯 그 팔을 돌렸다. "마음에 들어?" 그녀가 물었다. "여기야." "여기가 뭔데?" 디아만테가 물었다. 모래언덕과 흐릿한 수평선밖에 보이지 않았다. 비타가 웃었다. 금방이라도 비밀을 털어놓을 것 같은 표정이었다. 어쩌면 보물을 묻어 놓은 곳일 수도 있었다. 어떤 의미에서는 정말 그랬다. 그녀는 속임수를 팔려고 벤슨허스트에 온 것은 아니라고 설명했다. 그녀는 이제 속임수에 빠져들지 않을 수 있었다. 이 땅은 100개의 구획으로 나뉘었다. 어떤 사람은 건물을 짓기 위해 이 땅을 구입했고, 어떤 사람은 주변 지역 땅값이 올랐을 때 다시 팔려고 구입했다. 지금은 1에이커에 6000달러지만 몇 년 지나면 지하철이 다닐 것으로 예상되기 때문에 1에이커에 1만 달러, 어쩌면 2만 달러가 될 수도 있었다. 비타가 허리를 숙여 두 손을 모래 속에 집어넣었다. 이것이 사기라면 그녀 역시 사기를 당한 것이다. "디아만테, 나도 모아 둔 돈으로 한 구획을 샀어. 아무에게도 말하지 않았어. 내가 여기서 같이 살고 싶은 사람은 바로 디아만테 오빠니까. 오빠가 돌아오지 않았으면 이곳에는 아무것도 세워지지 않았을 거야. 하지만 지금 오빠에게 털어놓는데, 어느 날엔가는 여기에다 마추코 집을 지을 거야. 그러니까 우리 집을."

비타가 디아만테의 손바닥에 모래를 쏟았다. 하얀 가루 같은 모래는 차가웠다. 비타는 관목 가지를 꺾어 선을 하나 그렸다. 계속 선을 그려 선들이 숲을 이뤘다. 깊은 고랑은 벽이었고 정사각형은 방, 직사각형은 창문이었다. 비타는 아이들이 모래 위에 낙서를 할 때 누구를 위해 쓰는지 항상 궁금했었다. 이제 그것을 알았다. 네 개의 깊은 홈 사이에는 정원이, 나란히 그려진 두 개의 선 사이에는 베란다가 자리 잡을 것이다. 정사각형 세 개는 자식들의 방이었다. 디아만테는 그녀의 뒤를 따라가다가 부엌 바닥을 밟았고 다락방을 망가뜨렸다. 드디어 비타의 나뭇가지를 잡았지만 비타는 멈추지 않았다. 가지를 빼내서 문을 마저 만들려고 했다. 그가 비타의 팔을 잡았고, 두 사람은 정사각형 위에 쓰러졌다. 언젠가 침실이 될 것이었다. 디아만테가 그녀에게 입을 맞추는 동안 그는 아무것도 남아 있지 않다는 것을 알아차렸다. 남아 있는 것은 이 여자, 사랑했고 증오했고 사랑했던 이 여자뿐이었다. 약속을 하지 않았다면 약속이 깨질 일이 없고, 맹세를 하지 않았다면 그 말들이 부정될 리가 없는 게 아닐까라는 생각이 떠올랐다. 말은 인생이 아니다. 그리고 믿음과 성실과 포기가 있는 곳에 배신이 있다는 생각도 들었다. 그뿐 아니라 사랑, 약속, 몰두와 헌신이 크면 클수록 배신도 컸다. 상처받지 않고, 고통이나 고뇌에 잠식당하거나 붙들리지 않는 곳에서 사는 것은 인생이 아니다. 선물을 주고, 우리 자신을 준 뒤 그 대가로 우리가 무사하길 보장받으려 한다면 혹은 보상을 바란다면 그것은 선물이 아니다. 우리는 우리가 사랑하는 사람만을 정말 배신할 수 있다.

1912년 4월 18일의 뉴욕은 아직 겨울이었다. 짙은 안개가 끼어 있었다. 두 사람은 맨해튼으로 돌아갈 연락선을 몇 시간 동안 기다렸다. 비타와 디아만테는 추위에 떨며 서로를 꼭 안고 연락선 선착장 난간에 앉아 있었다. 비타는 모래 속에 묻어 둔 자신의 비밀을 왜 이렇게 금방 그에게 보여 주었는지 스스로에게 물어보았다. 그녀는 항상 너무 성급했다. 하지만 인내심 많은 물이 산을 뚫었다. 디아만테는 모래 위에 그린 집에서 살고 나서 금방, 다음 화요일에 로이드 이탈리아노 라인의 낡은 루이지애나 호를 타고 이탈리아로 돌아가야 한다는 말을 그녀에게 어떻게 해야 할지 고민하고 있었다. 몇 번인지도 모를 이별까지 남은 시간이 얼마 없다는 것을 알고 있었기 때문에 코니아일랜드 선착장 매표소에 걸린 커다란 시계의 분침이 움직일 때마다 그의 가슴은 찢어지는 것만 같았다.

디아만테는 비타에게 '트라게토'('나룻배'를 뜻하는데, 여기서는 '연락선'을 가리킨다-옮긴이) 얘기를 했다. 달리 어디서부터 말을 시작할 수 있겠는가. 그는 트라게토라고 불리는 곳에서 왔다. 트라게토는 민투르노의 이름이었다. 민투르노를 나룻배를 가리키는 '트라게토' 혹은 '트라에토'라고 불렀다. 사실은 거룻배였다. 이 배가 가릴리아노 강 양쪽을 이어 주었다. 가릴리아노는 로마와 교황령에서 아피아 가도를 따라 내려와 나폴리와 양 시칠리아 왕국으로 가는 여행자들의 유일한 교차 지점이었다. 양쪽 강변 사이에 서 있는 그 트라게토, 두 강변 사이에서 움직이는 그 삽입구는 늪지와 폐허를 따라 수백 킬로미터를 쓸쓸히 흘러온 뒤, 마치 허공에서 나온 것처럼 나타나서 그 누구의 것도 아닌 그 땅으로 들어왔다. 그 땅은 이름조차 없어서 그 땅의 주인인 영주들은 노동의 땅이라고 불렀다. 로마 시대에 세워진 도시의 잔해가 고스란히 남아 있었다. 그 뒤 부르봉 왕가에서 철교를 세웠다. 트라게토는 사라졌고 그와 함께 마을 이름도 사라졌다. 하지만 끊임없이 변하는 영혼, 그러니까 강, 양쪽 강변, 물은 남았다. 디아만테는 10년 만에 처음으로 물이 다시 그를 집으로 데려다 줄 거라고 생각했다.

비타가 안개 속에 떼를 지어 모여 있는 은색 갈매기들을 그에게 가리키는 동안 디아만테는 그녀에게 자신은 떠나야 한다고 말했다. 비에 젖은 쇠 냄새 때문에 입안에 피 냄새가 다시 올라왔다. 그는 비타가 다시 얼굴을 할퀼 거라고 예상했다. 컴퍼스를 쥐고 이번에는 정확히 그를 찌를 것이라고. 그는 비타가 영원히 자신을 증오할까봐 두려웠다. 이렇게 돌아온 걸 냉정한 복수라고 잘못 받아들일까봐 두려웠다. 모든 것을 예상했지만 비타의 눈물만은 아니었다. 오래전부터 비타가 우는 것을 보고 싶었고 거의 요구하기까지 했지만, 지금은 비타가 운다면 참을 수 없을 것 같았다. 비타는 울지 않았다. 칼날 같은 찬바람을 집어삼켰다. 그에게 그 이유만 물었다. 디아만테가 없는 미국은 더 이상 미국이 아니었다. "여비를 지불해 줬어, 비타." 디아만테가 대답했다. "이탈리아 정부에서 나를 다시 찾으려고 표를 사줬어. 나를 위해 산 거야. 난 내게 하나밖에 남아 있지 않은 걸 팔았어. 내 몸이야."

"군 복무를 해야 해." 디아만테가 계속 말했다. 그는 그 안개 속에서 반짝이는 비타의 두 눈을 붙들어 보려고 애썼다. "군 복무? 왜 군 복무를 하려는 거야?" 비타가 그를 끌어안고 거칠거칠한 줄무늬 양복 재킷에 얼굴을 문질렀다. 그의 냄새를 콧속에 영원히 붙잡아 둘 수 있다면, 그의 목선을 눈에 영원히 붙잡아 둘 수 있다면, 따끔따끔하게 와닿는 구레나룻을 입술에 영원히 담아 둘 수 있다면. 그가 없는 미국은 얼마나 공허할까. 그가 포기한다면 이 모든 것이 얼마나 무의미할까. 그를 잃게 된다면, 그와 함께 그녀 자신도 잃게 될 것이다. 그가 떠나면 그녀는 존재하지 않을 것이고, 두 사람은 결코 다시 만나지 못할 것이다. 낡은 하숙집 옥상의 토끼장에서도 맨해튼으로 가는 트라게토의 의자에서도.

디아만테가 자신은 뭔가의 일부분이 될 필요가 있었다고, 뭔가에 소속되어야 할 필요가 있었다고 말했다. 그의 자리를 찾아야 했다. 그는 재정경찰대(GDF)에 입대해 볼 생각이었다. GDF는 바다를 감시했다. 바다는 세계에서 유일하게 그가 살 수 있는 곳이었다. 그곳에는 자리를 잘못 찾은 것 같은 기분이 들지 않았다. 그리고 월급을 받을 수 있었다. 생도는 일당 1리라 85첸테시모를 받았다. 경찰이 되면 2리라 35첸테시모를 받게 된다. 3년 동안 복무를 하니까 미래에 대한 걱정 없이 돈을 모을 수 있었다. 지금 그의 미래는 셔터가 내려진 것처럼 출구가 없었다. "오빠는 군대를 싫어했잖아!" 비타가 믿을 수 없어서 이렇게 말했다. "통지서를 무시해." "아니, 그럴 수 없어. 그러고 싶지 않아. 1915년 5월에 제대할 거야." 디아만테가 설명했다. "그때 의무를 마치면 자유로워질 거야." "오빠는 지금도 자유로워." 비타가 말했다. "오늘보다 더 자유로울 수는 없어, 디아마."

"오빠는 떠나면 안 돼. 벌써 10년이나 미국에 있었어. 대개 10년은 비현실적인 시도와 성공을 가르는 경계야." 10년 동안 미국에 거주하기를 포기한 사람들은 보통 보잘것없는 보상으로 만족한다. 500달러? 800달러? 생명 없는 육체의 값이다. 시체의 몸값이다. 많지도 적지도 않은, 적당한 값이다. 어쨌든 이 보상금은 일종의 유괴의 대가였다. 그런데 그 유괴의 대상이 바로 자기 자신이다. 아니면 실패한 채로 집으로 돌아가야 했다. 결코 스스로에게 설명할 수 없는 실패를 안고. 10년이 넘어서야 미국이 어떻게 돌아가는지 알게 된다. 무엇이 필요하고 무엇이 해가 되는지를. 비타 생각에는 정말 그랬다. 지금 떠난다는 것은 길고 긴 수습 기간을 끝내고 직업을 바꾸는 것과 같았다. 실수였다. 비타는 미국에 대해 큰 교훈을 얻는 데 10년을 바쳤다. 바로 내일은 오늘보다 나을 것이라는 믿음이었다.

그런데 중요한 것은 바로 이 점이었다. 디아만테는 자신의 수습 기간이 끝났다는 것을 알았다. 미국은 이제 더는 그에게 가르쳐 주거나 숨길 것이 아무것도 없었다. 그는 비밀도 매력도 유혹도 없다고 생각했다. 어떤 의미에서 보면 미국은 이제 아무것도 아니었다. 그냥 그런 곳일 뿐이었다. 다른 곳과 똑같은 곳. "군 복무 마치면 돌아올게. 다음에는 성공할 수 있어. 모든 게 다 순조로울 거야." "아니, 돌아오지 않을 거야." 비타가 말했다. 디아만테의 흐릿해진 파란색 눈을 발견하자 뭔가 가슴을 찌르는 것처럼 아팠다. 어린 시절 그 눈은 터키석 같았다. 세월이 흐르면서 활기 없는 파란색으로 바뀌었고 잿빛으로 변해 가고 있었다. 이제 디아만테의 눈동자에는 푸른 기운만 겨우 남아 있었다. 마치 구름이 짙게 끼어 가는 하늘 같았다. 이 변화의 과정을 뒤집을 수 있을지 누가 알겠는가. "날 기다려 달라고 부탁하는 거야." 디아만테가 중얼거렸다. "내가 돌아오면 결혼해 달라고 말하는 거야, 비타." 그가 진지하게 덧붙였다. "지금 결혼해." 비타가 대답했다.

둘은 물 위에 세워진 흔들리는 도시의 선들을 바라보며 손을 잡고 배에서 내렸다. 이제 그들도 이 도시에 자신들 영혼의 일부, 생각, 감정, 꿈의 일부를 줘버린 수백만 사람들 중 하나가 되었다. 거대한 돌덩이들의 바다가 그들을 집어삼키고, 마치 산호초처럼 수세기 동안 이상하게 모습을 바꾸며 각자의 운명을 이미 지워진 것으로 만들었다. 디아만테는 사람들로 붐비는 부두에서 비타를 놓칠까 겁이 나서 비타의 손을 꽉 잡았다. 그제야 디아만테는 자신이 비타에게 그와 같이 가자고 청하지 않았다는 것을 알았다. 기억을 확고히 하고 자신이 원하던 그녀를 되찾는 데 3년이라는 시간이 필요했다. 그의 어린 시절 꿈은 일그러진 양철통처럼 망가져 버렸다. 그는 다시 그녀를 찾을 필요가 있었다. 그녀를 더 이상 믿을 수 없기 때문에, 그리고 그녀와 눈이 마주칠 때마다 그녀의 두 눈이 뭔가 다른 것을 보고 있지 않은지 스스로에게 묻고 있기 때문이었다. 그는 그녀의 머리를 떼어 내서 그 안을 샅샅이 뒤지고 싶었다. 그렇게 해서 그 안에 아무것도, 아무도 없고, 디아만테 그만이 그녀의 모든 세상이라는 것을 확인할 수 있을 때에야 비로소 그녀를 믿을 수 있을 것만 같았다.

비타는 그의 생각이 틀렸다는 것을 알았다. 뭔가를 혹은 누군가를 믿는다는 것은 그 사람의 상처를 건드리는 것이 아니라 치료해 주고 싶어 하는 것이기 때문에 증거는 필요치 않았다. 어쨌든 그가 그녀를 믿든 못 믿든 그녀는 그를 사랑했다. 그런데 왜 기다려야 한단 말인가? 무엇을 위해서? 삶은 바로 지금에 있다. 앞으로 오지 않을 미래 속에, 흩어져 버린 과거 속에 있지 않다. 우리는 지금 여기에서 이렇게 다시 만났고, 1912년 4월 18일 오늘 이 감정을 가지고 있다. 이런 감정을 다시 느낄 수 없기 때문에, 우리가 변하거나 변화가 생길 수 있고 유리창에 부딪혀 흩어지는 빗방울처럼 서로 다른 방향으로 흩어질 수 있다. 감정은 쏜살같이 지나가고 약속은 지켜지지 않는다. 현재는 지나가게 될 것이며, 결코 그것을 다시 부를 수 없다. 무엇을 기다려야 한단 말인가? 우리는 이미 충분히 기다리지 않았나? 결혼반지, 법의 축복, 교회의 인정이 뭐 그리 중요하단 말인가? 집이 있고 월급을 타고 주머니에 똑같은 열쇠를 넣고 다니는 것이? 그녀는 이런 것 때문에 디아만테와 결혼하는 것이 아니었다. 그녀의 눈앞에 있는 그의 얼굴이 환하게 밝아질 정도로 그를 기쁘게 해줄 것이다. 수백만의 눈 속에서 그의 파란 눈을 찾고 싶었다. 오늘부터 그녀는 디아만테의 신부였다.

그들은 부두 쪽으로 서 있는 여관에 방을 잡았다. 신혼여행 중인 신혼부부라고 말했다. 여관 종업원은 그 말을 믿지 않았지만 별로 중요하지는 않았다. 그의 까칠하고 예리한 눈으로 성가신 일을 만들지나 않을지만 확인하면 되었다. 접수대에 몸을 기댄 남자의 얼굴에는 핏자국이 길게 나 있고 코에는 딱지가 앉았다. 셔츠에는 빨간 피가 점점이 붙어 있다. 몇 발짝 뒤에 서 있는 여자는 어둑어둑한 입구에서 힘없이 웃고 있었다. 종업원은 둘이 싸우기를 좋아하는 젊은이라고 추측했다. 그래서 다시 치고받고 싸우기 시작할 것이다. 항구에는 경찰이 오지 않으니 이런 손님은 받지 않는 게 좋았다. 그는 곧 몇 시간이나 머물 생각인지 물었다. "아니요, 몇 시간이 아니에요." 비타가 디아만테도 깜짝 놀랄 만큼 유창한 영어로 정확히 말했다. "화요일까지 묵을 거예요. 말씀드렸잖아요. 신혼여행 중이라고요."(그렇지만 우리는 침대에서만 여행을 할 거예요. 이 사람의 품 안이 내가 내릴 제일 아름다운 항구예요) 디아만테는 열하루 동안 배를 탈 것이므로 그때 충분히 잘 수 있었다. 36개월을 쉴 수 있었다. "이봐요, 젊은이." 종업원이 비타의 말을 무시하면서 퉁명스럽게 말했다. "여긴 시간당으로 방을 빌려 주는 여관이오. 매춘부와 선원들에게 말이오. 당신 애인이 미성년자인지는 확인하지 않겠소. 당신이 배에서 도망을 쳤는지, 회사와의 계약을 파기했는지 같은 건 관심도 없소. 우리 여관에 일주일을 묵든, 한 달을 묵든, 일 년을 묵든 그건 당신 자유요. 하지만 우리 여관은 선불이오."

비타가 나무 계단으로 올라가는 동안 디아만테는 낡은 유리컵 그림자에 에워싸인 접수대 위에 의기양양하게 5달러를 올려놓았다. 계단으로 올라가는 비타를 보았다. 날렵한 다리, 요란하지 않게 살짝 흔들리는 가슴을 보았다. 그녀는 균형 잡힌 걸음으로 자신 있고 당당하게 걸었다. 2층 층계참에서 그녀가 돌아보며 그를 불렀다. "오는 거야? 뭘 기다려?" 그녀가 말했다. 디아만테가 열쇠를 딸랑딸랑 흔들었다.

시간의 심연 속에 이미 깊이 빠져 버린 코니아일랜드 해변에서의 그날 밤, 그들의 결혼을 인정하지 않았던 하느님 앞에서 그는 그녀와 결혼했다. 부두 쪽으로 난, 시간당 묵을 수 있는 여관의 그 방에서, 삐걱이는 권양기 소리와 덜거덕거리는 쇠사슬 소리, 인부들의 고함 소리가 안개 낀 부두에 울려 퍼지는 동안, 안개에 싸인 바다로 항해하는 선박들에서 기적 소리가 요란하게 들려오는 동안 있는 그대로의 그녀를 받아들였고 그녀에게 자신을 맡겼다. 좁은 침대의 따뜻한 온기 속에서 그의 온몸은 땀에 젖었고 그녀는 방울방울 땀이 맺혔다. 그녀가 그를 꼭 껴안았다. 이 부드러운 살, 이 포근한 가슴, 복수를 하듯, 그리고 애처로워하듯 그의 상처 난 입술에 퍼붓는 키스 말고는 그에게 아무것도 허락할 수 없었다. 녹슨 침대 머리판에 대고 그가 그녀를, 그녀가 그를 부드럽게 움직일 때마다 터져 나오던 날카로운 메아리, 노래 같은 만가밖에 약속할 수 없었다.

저녁이 되고 밤이 되었다. 그리고 가스의 불길처럼 푸르스름한 새벽이 커튼 뒤로 스며 들어오기 시작했다. 그러다가 붉은 해가 안개를 흩어 놓았고 방 안에 햇살이 번졌다. 디아만테가 베개에 머리를 묻었다. 그리고 담요를 몸에 감았다. 눈부신 알몸의 비타가 환한 방을 가로지르며 머리를 목 위로 묶어 올리자 가느다란 갈색 목이 드러났다. 그러고는 주전자의 물로 살에 묻은 불투명한 정액을 닦아 냈다. 그리고 향수 한 방울로 몸을 치장했다.

옆방에서 아침 11시부터 일시적이고 짧고 값싼 사랑의 거래가 다시 시작되었다. 뱃사람들의 발소리, 권태에 찌들고 주의가 산만한 여자들의 기침 소리에 뒤이어 신음 소리, 빠는 소리, 목소리, 항의하는 소리와 화대 흥정, 도둑질을 했다는 비난과 화대를 깎는 소리가 들려왔다. 당황한 디아만테가 두 손가락으로 비타의 귀를 막고는 그녀가 그 소리를 듣고 심란해하고 다시 움츠러들지 않게 하려고 소곤거렸다. 이렇게 불안정하고 이렇게 얇은 벽 밖의 세상이 그녀에게 가하는 공격을 막아 주고 싶었다. 하지만 비타는 웃었다. 이 호텔이 사창가이고 우리 이웃이 아무런 환상을 갖지 않는다는 것이 뭐 큰일이겠는가. "우린 지금 여기 있어. 우린 캘리포니아로 가는 유니언 퍼시픽 기차를 타고 있어. 셀틱 증기선의 1등칸을, 리퍼블릭 증기선을 타고 있어. 그러니까 우린 여기가 아니라 우리가 있고 싶은 곳에 있을 수 있어."

월요일 저녁이 되자 의심과 씁쓸함과 고뇌, 부서진 꿈이 주는 쓸쓸한 느낌이 되살아났다. 다시 한 번 시험해 봐야겠다는 생각이 떠올랐다. 비타가 부동산중개소 고객들과의 소풍을 포기해 버릴 수 있었다면, 집으로 돌아가지 않으려고 거짓말을 꾸며 낼 수 있었다면, 미국에서의 첫날 밤을 그와 함께 보냈듯이 미국의 마지막 날을 그와 같이 보내기 위해 항구의 부두 여관에 올 수 있었다면, 내일 사촌 제레미아나 다른 누구 때문에 그를 잊어버릴 수도 있었고 항구의 여관으로, 다른 도시로, 어디로든 그 남자를 따라갈 수도 있었다. 그건 오로지 그녀가 외롭기 때문이었고, 행복해지고 싶기 때문이었다. 그리고 행복해지는 것이 우리 일이고 우린 바로 그 때문에 여기 있는 것이다. 비타는 너무 오래 고통스러워하고 슬퍼할 수 있는 여자가 아니었다. 지금 생각해 보면 아주 오래전에 배에서 내렸던 그날 이외에는 비타가 우는 걸 단 한 번도 보지 못했다. 그래서 그는 비타가 어떤 사람인지 전혀 알 수 없었다. 그가 기적 소리와 쇠망치 소리를 누르기 위해 큰 소리로 물었다. "그런데 내가 미국으로 돌아오지 않기로 한다면, 이탈리아에 남기로 선택한다면 비타, 대서양을 건너서 나한테 와주겠어?"

비타가 이불을 걷고 갑자기 일어섰다. 커튼을 걷고 창문을 올렸다. 창문틀에 고개를 집어넣고 마지막인 것처럼, 부두에 정렬해 있는 배들을 바라보았다. 뱃머리가 3층 건물의 창문보다 더 높았다. 상품과 화물, 거대한 권양기와 경찰선, 바삐 오가는 경찰들, 장대와 배에서 내린 사람들을 집결시키기 위한 울타리들, 간판, 미소 짓는 광고판들, 모두가 제 역할을 알고 있는 아름다운 세상. 이 세상을 초월하고 자신이 해야 할 일 이외에는 아무것도 하지 않는 복잡한 기계장치를 바라보았다. "난 미국이 좋아. 여기서 행복해. 여기서는 있는 그대로의 나를 높이 평가해 줘. 왜 열여덟 살이나 되었는데 아직 결혼을 하지 않았느냐고 묻지 않아. 이탈리아로 돌아가면 내가 겨우 빠져나왔던 것들에게로 돌아가야 할 거야." 디아만테는 침대 머리판에 몸을 기댔다. 그리고 담배에 불을 붙였다. 그녀가 그를 거만하고 자존심 강한 남자로, 터프가이로 생각해 주길 바랐기 때문이다. 하지만 그는 영원한 패배자였다. 입에 담배를 물었다. 비타는 그의 하늘색 눈동자에서 터키색을 찾아보았다. 아니, 그녀는 탈색의 과정을 뒤집을 수 있을 거라 생각하지 않았다. 어떻게 그 과정을 뒤집을 수 있단 말인가? 그녀는 어디에서 파란색을 되찾을 수 있을까? "그래 갈게, 디아만테." 그녀가 입술의 상처를 살며시 만지며 대답했다. "대서양을 건널게."

디아만테가 웃었다. 실종된 이탈리아 소녀를 다시 찾았다. 그의 것이었다. 비타가 그의 가슴에 머리를 기댔다. 디아만테는 강해졌고 날씬하고 근육질이었다. 물 양동이를 나르느라 어깨 위에 박힌 굳은 살, 불그레한 주사 자국이 남은 등을 만져 보았다. 책처럼 여러 가지 흔적과 암호, 이야기가 여기저기 흩어진 새로운 몸을. "차라리 오빠가 아팠으면 좋겠어." 그녀가 소곤거렸다. "그랬으면 입영을 거부당했을 거 아냐. 그러면 먼저 나에게 돌아왔을 텐데. 벌써 오빠가 그리워." 디아만테가 까칠한 뺨을 그녀의 뺨에 댔다. 얼마나 많은 시간이 흘렀을까? 그들에게 얼마의 시간이 남아 있을까? 벌써 수염이 다시 나기 시작했다. 그는 슬쩍 시계를 보았다. 일곱 시간이 남았다. 얼마 되지 않는 시간이었다. 아니 거의 아무것도 아닐 수도 있었다. 하지만 시간은 탄력적이기 때문에 긴 시간이 될 수도 있었고, 즐기며 그 꼬리를 잡을 수도 있었다. 하지만 시곗바늘은 너무나 빠르게 움직였다. 그 째깍거리는 소리에 놀란 디아만테가 한 손을 뻗어 시계를 돌려놓았다. 잠시 조용해졌다. 그들과 함께 시간이 흐르며 그들을 갈라놓았다. 비타는 시간이 남성적일 뿐이라고 생각했다. 시간은 무엇인가를 태우고 달리고 소모했다.

디아만테는 손으로 더듬어 시계가 움직이지 않게 하려고, 그 빌어먹을 소리, 환각을 불러일으키는 그 째깍째깍 소리가 들리지 않게 해보려 했다. 하지만 성공할 수 없었다. 시계를 확 돌려서 벽에 던져 버려야 그의 뜻대로 되었을 것이다. 그때 비타가 아주 오랜만에 다시 초능력을 보였다. 아직 그렇게 할 수 있었다. 오늘은 결코 끝나지 않을 것이다. 그녀는 원형의 시계판에서 움직이는 금속의 바늘을 보았다. 바늘이 움직일 때까지 바라보았다. 하지만 그들이 예측했던 방향으로 되지 않았다. 시간을 뒤로 돌려놓았다. 열 시간, 열한 시간, 열두 시간이 남았다. 지난밤, 새벽, 더 이른 시각으로 돌아갔다. 디아만테가 웃었다. 그녀의 눈, 의지. 이제 이것뿐이었다. 비타는 통속적이고 죄 많은 현실, 선천적인 악으로 물든 세상의 일부분이 되는 것을 받아들이지 않았다. 비타는 변하지 않았다. 그녀의 재능을 잃지 않았다. 그녀가 가진 것을 절대 빼기지 않을 것이다. 하얀 시계판 위의 바늘이 흐늘흐늘해질 때까지 쳐다보았다. 이제 바늘은 양초가 녹듯이 축축 늘어졌다. 조용한 방 안에 비타의 가쁜 숨소리와 멀리서 들려오는 기적 소리뿐이었다. 째깍거리는 소리가 멈췄다. 이제 들리지 않았다. 시간도 멈췄다.

빛이 흐려졌다. 서로의 시선은 이제 충분했다. 손, 몸, 살이 남았다. 시각, 미각, 언어보다 먼저 접촉이 있었다. 접촉은 거짓을 모르는 유일한 언어였다. 약속도 이미 충분히 나눴다. 이야기, 추억도 충분했다. 모든 이야기를 나눴다. 디아만테는 말들을 가방에 넣었다. 그가 미국에서 가져가는 유일한 짐, 유일한 재산이었다. 어쩌면 그 말들은 아무 가치도 없을 수도 있지만 그건 중요하지 않았다. 그는 자신이 발견한 모든 것, 그가 잃은 모든 것을 비타에게 남겨 놓았다. 그녀에게 예전의 그 소년을, 그는 결코 될 수 없을 미래의 남자를 남겼다. 심지어 그의 이름까지. 하지만 말들은 가지고 떠났다.

황량한 나의 고향

역사가 없는 한 집안의 이야기는 전설이다. 세대에서 세대로 전해지며 세세한 내용과 이름과 에피소드가 풍부해지는 전설이다. 주의가 산만하고 무심하던 어린 시절에 전해 들은 전설은 너무 늦게 재발견되었다. 이제 아주 단순하고 꼭 필요하며 늘 따라다니는 영원한 질문, 즉 '너는 누구이며 어디에서 왔으며 어떤 운명의 마지막 고리인가?'라는 질문에 대답해 줄 사람이 아무도 없다. 마지막 고리라는 우연이, 혹은 운명이 내 차지가 되었기 때문이다. 내 뒤로 아무도 태어나지 않았다. 나와 함께 사슬이 끊어지고 이름은 사라질 것이다. 무에서 나왔던 사람들이 나와 함께 무 속으로 사라질 것이다. 그래서 뿌리에 관한 전설은 아주 절박한 것이며, 기억에 대한 갈망은 중요하다. 우리 집안 전설의 이름은 페데리코였다. 그는 장교였는데 우리 할아버지의 할아버지로, 1860년 통일 전쟁 당시 피에몬테 군대와 함께 남쪽으로 내려왔다. 장교는 볼투르노 전투에서 부상을 당했다. 가리발디 부대와 가에타 쪽으로 퇴각하던 부르봉 왕조 군대 간의 마지막 전투였다. 가에타에서 국왕 프란체스코 2세는 항복을 하고 이탈리아의 탄생을 지켜보게 될 것이다. 페데리코는 의식을 잃고 민투르노에서 치료를 받았다. 그때까지 '나폴리 왕국의 열악하지 않은 작은 도시'였던 민투르노는 이 장교처럼 이탈리아 왕국에 충성하게 될 것이다. 장교는 그 도시를 다시 떠나지 않는다. 햇볕으로 뜨겁게 달궈진 풍요로운 지중해 들판에서 남은 생을 보내게 된다.

장교 페데리코는 포, 스투라, 도라 강 지역에서는 아마 불필요했겠지만 끊임없이 가뭄에 시달리는 남부 농업 지역에서는 아주 소중했을 재능을 지니고 있었다. 페데리코는 수맥을 찾는 사람이었다. 그는 본능적으로 샘을 찾아냈다. 몸의 떨림, 마치 자기의 충격 같은 떨림으로 그것을 느꼈다. 그는 지팡이를 들고 다녔고 항상 정확한 지점에서 걸음을 멈췄다. 어디에서 우물을 찾아야 할지 알았다. 어디에서 물을, 삶을 찾아야 할지 알았다.

나는 수맥사 페데리코가 아니라 디아만테와 비타를 찾아 민투르노의 투포에 갔다. 나는 소식, 증언, 증거들을 찾았다. 안토니오가 정말 미국에서 디아만테가 보낸 돈으로 땅을 다시 샀는지 알고 싶었다. 1880년 처참했던 흉년에 어쩔 수 없이 빼앗겼던 땅이었다. 만일 디아만테가 곧 그 땅을 팔았다면 그것은 그의 가족의 저주이자 희망인 그 땅 때문에 그렇게 오랜 시간 고통을 견딘 후 고향에 돌아왔을 때, 자신이 원한 것은 땅이 아니라 다른 어떤 사람이라는 것을 알게 되었기 때문일 것이다. 30년 뒤 비타가 정말 그 땅을 다시 그에게 사주고 싶어했다면 아마 그와 함께 살고 싶었기 때문일 것이다. 무엇보다 비타에게 무슨 일이 일어났던 것일까? 어디로 언제 사라졌을까? 그녀가 이탈리아를 방문한 뒤로는 그녀의 자취를 찾을 수 없었다. 나는 우리 집안의 신화적인 시조인 수맥사에 대해서는 한 번도 생각해 보지 않았다.

이런 조사를 하다가 나는 내가 찾지 않았던 뜻밖의 이야기를 만나게 되었다. 2000년에, 백 살이 되어 죽은 프로칠로라는 남자의 이야기 같은 것이다. 그는 40년 이상을 민투르노 시 공문서 보관국의 이름 없는 공무원으로 일했다. 현재 공문서 보관국은 산 프란체스코 옆 오래된 수도원 뜰을 보고 서 있다. 깊은 심연에서 아직도 수백 년 묵은 신비한 아치의 파편들이 얼핏 눈에 띄는 역사의 우물 같은 뜰이었다. 가구들이 공무원들과 함께 늙어 가고 바닥에는 먼지가 뽀얀, 관공서라고 하기엔 씁쓸한 곳이었다. 출생신고서, 결혼과 사망 관련 서류들이 선반 위나 작은 캐비닛 속에 쌓여 있었다. 하지만 내가 비타에 대해 조사하면서 샅샅이 뒤진 이 모든 서류들은 프로칠로라는 남자가 없었다면 존재조차 하지 않았을 것이다. 구스타프 라인에서 잠복해 있던 독일군이 반도를 거슬러 올라오려고 시도하던 연합군과 격렬하게 충돌했던 1944년 1월에 민투르노는 정복되었고, 함락되고 유실되고 파괴되었다. 집과 도로, 다리들이 폭파되었다. 프로칠로 씨는 누구에게 허락도 받지 않고 모든 서류를 수레에 실어 라티나로 옮겼다. 며칠 뒤 민투르노 시는 완전히 폐허가 되었다. 하지만 그 기억은 무사했다. 그리고 그 기록들 속에 처음으로 미국 여권을 신청했던 비타 아버지, 미국에 내릴 수 없었던 안토니오, 불행한 안젤라와 채 열두 살도 되기 전에 죽은 다섯 자식들의 이야기가 고스란히 남아 있었다. 하지만 수맥사 페데리코와 비타의 흔적은 찾을 수 없었다.

하지만 1세기 전 고향을 떠난 두 어린아이가 남긴 희미한 흔적을 추적하던 나는 바로 그 전설의 한 가닥을 다시 잡게 되었고, 그 전설에 담긴 거짓과 속임수를 발견하게 되었다. 디아만테가 상상으로 창조해 내서 자식들에게 들려주었고 그 자식들이 내게 들려주었던 수맥사의 이야기 속에서 나는 디아만테의 진실, 그의 진짜 정체성을 찾아내게 되었다. 바로 나의 정체성이었다.

마추코 집안은 피에몬테에서 내려온 것이 아니었다. 그들은 피에몬테 군대와 함께 부르봉 왕가의 압제로부터 남부를 해방시키겠다는 야심과 핑계를 가지고 남쪽으로 내려오지 않았다. 많은 장교들이 이탈리아 반도의 지도를 같은 색으로 물들이겠다는 꿈을 가지고 있었지만 수맥사처럼 대대로 이어져 내려온 가난에서 벗어나고 싶다는 소망을 가진 장교도 있었다. 마추코 집안 조상은 대대로 농사를 지은 이탈리아 남부 들판에 넘쳐나는 일꾼들과 다르지 않았다. 젠나로 신부님에게 산 레오나르도 교구의 세례 기록을 조회할 수 있게 해달라고 부탁하면서 나는 비타의 출생 기록을 찾을 수 있을 것이고, 이를 통해 사망기록도 찾을 수 있을 거라고 확신했다. 투포에 있는 산 레오나르도 교회는 1944년의 폭격에서 남은 몇 안 되는 건물 중 하나였다. 광장에 지금은 특별한 기념비가 서 있다. 비타가 성장했던 광장, 디아만테가 이미 낯선 땅을 방문하는 사람처럼, 여름이면 자식들을 데리고 기억과 향수로부터 자유로워진 관광객 같은 기분을 느끼면서 찾았던 광장이다. 최근에 만들어진 기념비는 이탈리아를 위해 죽은 사람을 기념하는 것으로, 월계관을 쓴 청동 여인상(조국)이 기념비 위에 우뚝 서 있다. 사면에 전사자의 이름이 새겨져 있다. 제1차 세계대전, 아프리카 전쟁, 스페인 전쟁, 제2차 세계대전. 하지만 네 번째 면의 목록이 가장 길었다. 사병도 장교도 아니고, 군복도 입지 않은 일반 시민들의 이름이었다. 그 마을 주민들은 박해자들이나 그들을 해방시키러 온 사람들에게 학살당했다. 어쨌든 시 공무원 프로칠로가 기지를 발휘해 서류를 구출해 낸 것만큼은 기적적이지 않지만, 교구의 기록 대부분이 화재에서 살아남았고 마을의 폐허 속에서 손상된 곳 없이 발견되었다. 마추코 집안의 역사는 거기에 담겨 있었다.

낡은 계단 위에 있는 산 레오나르도 성당은 작고 어두웠다. 장식 하나 없는 회색 벽, 흔들거리는 의자, 녹슨 쇠책상에서 거의 복음서에나 나올 법한 청빈 혹은 유기의 냄새가 묻어났다. 이미 이 마을이 이름 없는 마을이 되었듯이 이곳도 이름 없는 장소였다. 마을은 프로치다 마을과 나폴리 마을들과 비슷하게 황폐했지만, 옛 시절의 아름다움을 간직한 민투르노와는 너무나 달랐다. 하지만 투포는 파괴되어 사라져 버린 뒤 급히, 그리고 무질서하게 재건축되어 혼란과 즉흥성을 담고 있었다. 그래서 내가 신부님과의 약속 시간을 알려 줄 종소리가 들리기를 기다리면서 마을의 골목길들을 돌아다니는 동안, 어쩌면 디아만테를 알고 있을지도 모르고,

나와 같은 성을 가지고 있을 것이 거의 확실한 이빨 빠진 할머니가 나를 세우더니 웃으면서 이 동네에는 나와 같은 손님이 구경할 만한 것이 없다고 미안해했다. 귀중한 기록들 역시 여기저기 일그러진 싸구려 캐비닛에 담겨 있었다. 양피지 수백 페이지를 묶은 책들은 사전이나 오래된 백과사전처럼 두꺼웠다. 거기에 손으로 직접 쓴 라틴어가 적혀 있었다. 책의 상태가 좋지 않았다. 표지는 부풀어 오르고 곰팡이가 피었고 잉크 색은 바랬으며, 책장엔 습기가 배어 있기도 했고 조심성 없는 독자들의 손자국이 그냥 남아 있기도 했다.

첫 번째 책은 『세례 명부』였는데 수천 명의 이름이 적혀 있었다. 1848년부터 1908년까지 세례를 받은 사람들이 모두 기록되어 있었다. 그때는 아기가 많이 태어났다. 살아남은 아기는 얼마 되지 않았지만 어쨌든 모두 세례를 받았다. 여러 사제들이 그 임무를 계속 이어 가서 세례자 이름, 산파, 대부와 대모 이름을 기록했는데, 꼼꼼하게 쓰기도 하고 아무렇게나 쓰기도 하고 또 기교를 부려 쓰기도 한 글씨체가 계속 변했다. 내 눈앞에 한 마을의, 그리고 그 마을을 구성한 다섯 가족의 역사가 그려졌다. 마추코, 투치아로네, 라실레, 추포, 푸스코 집안이었다. 결혼 관계, 친척 관계를 알 수 있었고, 마을 사람들의 편지를 대신 써주던 디오니시아나 산파 페트로닐라, 아벨로, 니콜라같이 내가 알고 있고 찾고 있는 인물들이 있었다. 여기저기, 이런저런 세례자들 사이로 관습이 희미하게 모습을 드러냈고 도덕성에 대한 억압적인 강박관념이 드러났다. 2세기에 걸친 세례 명부에서 사생아는 딱 두 명밖에 없었다. 두 여인은 자기 자식들을 어쩔 수 없이 '아버지 미상'으로 세례를 받게 해야 했다. 이 불행한 두 여인의 운명이 어땠을지 상상할 수 있었다. 그 여인들은 나와 성이 똑같았다. 이 낡은 페이지에 적힌 사람들은 모두 나와 똑같은 성을 가졌다. 동명이인, 비슷한 사람들, 서로 바꿀 수도 있는 신분, 얼굴 없는 영혼들로 꽉 찬 도시, 그것은 마치 선명하지 않은 꿈같다. 하지만 **세례 명부**에는 뭔가 다른 것이 있었다. 아주 오래전에 죽은 가엾은 아이들의 이름에 대한 이야기는 훨씬 더 큰 사건들, 결정적인 변화들, 환영들을 반영하거나 증언했다. 토론토에서부터 뉴욕에 걸쳐 살고 있는 15만 명의 사람들이 자신들의 뿌리가 바로 이 마을에 있을 것이라고 믿거나 기억하고 추측했다. 시청 사무실에 계속 전화가 오고 아메리카 대륙의 남녀 미국 대학생들이 100여 년 전 이곳에서 떠난 친척의 이름을 확인해 달라고 부탁을 한다. 수많은 마리아, 루치아, 제노베파, 주디스, 아가타, 아달지자 다음에, 수많은 비르질리오, 데지데리오, 필리포, 이냐치오, 조반니 다음에, 부모가(투치아로네 성을 가진 어머니는 마을 산파였다) 아메린다라고 불렀던 아기가 나타났다. 1895년이었다. 총체적이고 짧고 강렬한 꿈의 시작이었다. 확 타오르는 불길처럼 일시적인 꿈. 1897년 아메리코가 태어났고 1898년 같은 이름의 아기가 태어났다. 아메린다가 1900년에 태어났고 1904년에 아메린다 마추코가 태어났다. 그리고 아무것도 없었다. 떠날 사람은 떠났고 돌아온 사람은 미국을 잊었다. 이미 꿈은 끝났다.

> 1891년 11월 6일, 민투르노 지방 투포의 산 레오나르도 교회 사제인 나는 산파 페트로닐라 투치아로네가 3일 받은 아기에게 베네딕투스라는 이름으로 세례를 준다.
>
> 요제프 콘테 라로샤스

디아만테의 세례명은 베네데토였다. 하지만 비타가 세례를 받은 흔적은 찾을 수가 없었다. 나는 기록부를 거꾸로 넘기기 시작했다. 강물을 거스르듯 이름들을 거슬러 올라갔다. 나는 1851년 베네데토의 아들 안토니오가 세례를 받은 기록을 찾아냈다. 그때는 투포가 아직도 **파구스 트라**

엑티라고 불리던 때였다. 그리고 1854년에 태어난 안젤라 라로카의 기록도 찾았다. 그리고 정성스럽고 교양 있는 글씨체로 채워진 더 옛날 **명부**에서 뿌리를 계속 찾아 나갔다. 안젤라의 어머니 마리아 마추코의 세례 기록을 발견했다. 1818년이었다. 1814년 4월 28일 태어난 안토니오의 아들 베네데토의 기록도 찾았다. 1792년에 태어난 안토니오와 1791년에 태어난 그의 아내 로자 추포의 기록도 있었다. 그런 식으로 가계도의 큰 몸통과 큰 가지를 타고 거슬러 올라가서 점점 더 뒤로 가게 되었고 명부의 제일 오래된 페이지의 첫째 줄에 도착했다. 1696년에서 1792년 사이에 기록된 것이었다. 뒤로, 처음으로 거슬러 올라갔다. 7세대, 9세대, 10세대를. 페르디난도 마추코가 1769년에, 피에트로와 마리아가 1762년에, 바르톨로메오가 1704년에 태어났다는 것을 알게 되었다. 1699년에 아폴로니아가 태어났고 1690년경에 조반니 마추코가 태어났으며, 그해 같은 나이의 아벨로가 태어났고, 1680년경에 스테파노 마추코가, 1660년과 1670년 사이에 아폴로니아의 아버지인 주세페 마추코가 태어났다. 명부가 끝이 났다. 나는 첫 번째 페이지에 도착했다. 그다음부터는 아무 기록도 찾을 수가 없었다.

더 오래된 기록은 없었다. 교구 사제인 돈 안토니오 카라파가 트라에토 봉토를 구입하고 나서야 '사람들의 상태'를 기록하기 시작했다. 처음에 투포는 10여 가구에 주민 50여 명이 사는 '작은 부락'이었다. 조상들, 그 자녀들, 부모들, 지도의 경선과 위선의 그물들을 그려 나가면서 그 사이에서 방향을 잡고 정신을 차리려 애쓰던 나는 갑자기 내가 시간의 늪에 빠졌다는 것을 깨닫게 되었다. 우리는 바로크 시대, 매력과 경이의 시대, 마리노(17세기의 이탈리아 시인—옮긴이)와 피에트로 델라 발레(17세기의 이탈리아 여행가로 투르크, 페르시아, 인도 등지를 여행했다—옮긴이), 베수비오 화산 폭발, 외국 군대의 이탈리아 반도 공격, 스페인인들과 페스트의 시대에 와 있다. 수맥사 페데리코의 흔적은 어디에서도 찾을 수 없었다. 마추코 집안은 그가 이곳에 오기 수 세기 전부터 이곳에 살았다. 15세기 말, 허공에서 튀어나온 것처럼 나타났다. 어쩌면 아랍 해적이었을 수도 있고 스페인이나 스웨덴 병사였거나 노르만 패잔병이나 혼혈의 혈통이었을 수도 있다. 그리고 이들은 결코 이 마을에서 떠난 적이 없었다. 수도에서 멀리 떨어져 있고, 고독과 늪지와 말라리아, 아무도 지나다닐 수 없게 버려진 아피아 가도와 가까운 이 언덕, 단단하지만 다른 형태로 쉽게 바꿀 수 있고 딱딱하지만 깨지기 쉬운 응회암 언덕, 초록의 가파른 언덕에서 살았다. 이곳을 차지하고 싶어한 사람들은 사라센 해적들밖에 없었다. 그들은 흙의 노예처럼 땅에 얽매여 살았다. 아마 처음부터 그랬을 것이다. 그들은 자신들의 땅 한 뙈기 남기지 못했다. 부르봉 왕가 토지 대장에는 수세기 동안 토지 사유에 대한 서류 한 장 없다. 그들은 선거인 명부에도 들어 있지 않았다. 그들은 풍족하게 살지 못했다. 안토니오는 땅을 소유해 본 적도 없었기 때문에 흉년으로 그 땅을 잃은 적도 없었다. 마추코 사람들은 이름 이외에는 아무것도 갖지 못했다. 그 이름조차 그들의 것이 아니었다. 처음에는 다른 누군가의 이름이었다. 그들은 그 이름을 유일한 재산으로 상속받았다. 그리고 유일한 선물로 자식에게 전해주었다. 그들은 어떤 형태의 불멸을 믿었다. 어쨌든 그들은 움직이지 않았다. 어디로든 멀리 가지 않았다. 끊임없이 새 생명이 태어났고 구세대는 사라지고 흡수되고 지워지고 흩어졌지만 이름들은 남았고 다시 돌아왔다. 맷돌이, 쇠사슬이 그들과 나를 설레면서도 고통스러운 회오리 속으로 빨아들였다. 움직임이 없던 그들의 운명 속에 잔인하면서도 설명할 수 없는 뭔가가 있었다.

이제야 나는 어린 소녀의 손을 꼭 잡고 창살과도 같은, 감옥 같기도 한 세례와 사망 기록의 그물 속에 처음으로 길을 낸 사람이 바로 디아만테라는 것을 알게 되었다. 생후 석 달과 네 살 때 죽은 두 형의 불행했던 이름을 유일한 재산으로 상속받은 열두 살짜리 소년이었던 바로 그였다. 파란 눈에 초등학교 3학년을 마친 학력이 전부이고, 속옷에 꿰매 넣은 10달러가 전 재산인 그 소년이 아버지가 이루지 못한 꿈을 이용해서 이 그물에서 달아날 수 있었던 최초의 남자였다. 그의 몸짓은 그를 격려했고 피해를 입혔다. 그에게 세례를 주었고 그를 부서뜨렸고 다른 사람으로 만들고 파괴했지만 그를 자유롭게 했고 우리를 자유롭게 해주었다. 수맥사 페데리코 마추코는 디아만테의 그 도주와 더불어 탄생했다. 이미 씌어진 페이지를 다시 정리하기 위해서, 흔적들을 뒤섞고 과거를 고상하게 만들기 위해서, 과거를 바꾸면서 동시에 그것을 되찾기 위해서, 자신이 역사와 함께 멀리서 왔고 늦었지만 역사와 함께 사라졌다고 말하기 위해서.

시간이 늦어져서 젠나로 신부님은 미사를 위해 성당 문을 닫아야 했다. 나는 그 귀중하고 고통스러운 책들을 다시 돌려주었고 감사 인사를 한 뒤 햇빛이 쏟아지는 광장으로 나왔다. 전사자 기념비 뒤쪽, 절벽 쪽으로 난간이 쳐졌는데 그 뒤로 환상적이고 매혹적인 광경이 펼쳐졌다. 저 멀리에 고스란히 남아 있는 민투르노의 중세 마을이 지중해 식물들에 에워싸여 절벽 위에 서 있었다. 선인장, 협죽도, 부겐빌레아, 들장미, 등나무, 야자나무, 올리브 나무, 오렌지 나무들이 늘어선 착색 판화 같았다. 원주나 원형 극장의 잔해, 남아 있는 신전과 제단 같은 로마 식민지 시대의 폐허들은 언덕 아래 소나무가 넓게 자라는 곳에서 사라졌다. 초록의 강물은 갈대숲과 나룻배가 떠 있는 강 하구로 흘렀다. 가릴리아노 다리는 (이제 하나가 아니라 철교, 철근 콘크리트 다리와 철도교까지) 집들이 드문드문 서 있고 검은 아스팔트가 햇빛에 빛나는 평야로 뻗어 있었다. 마을 뒤쪽으로는 그리스의 산들처럼 메마르고 황량하고 날카로운 산봉우리들이 우뚝 서 있었다. 하지만 한 손을 뻗으면 닿을 것처럼 가까웠다. 파란 바다에 가파른 산 같은 초록의 섬이 떠 있었다. 이스키아였다. 아주 가까이에 있는 것 같은 착각을 불러일으키지만 사실은 잡을 수 없는 곳에 있었다. 구부러진 수평선까지, 어디를 보아도 바다뿐이었다.

"뭐 도움이 될만한 걸 좀 찾았습니까?" 젠나로 신부님이 두꺼운 근시용 안경을 바로 쓰고 성당 문을 활짝 열면서 내게 물었다. "예." 내가 대답했다. 그리고 그건 사실이었다. 정확히 말하면 페데리코도 비타도 찾지 못했기 때문이다. 비타의 존재는 그 잔인한 기록에 남아 있지 않았다. 사망자 기록, 옛 서류, 정리된 시간과 기억의 문서에서 달아났다. 오늘처럼 맑고 푸른 어느 봄날 그녀는 디아만테에게 한 손을 맡겼다. 매일 자기 집 창문에서, 어떤 약속처럼 바라보았던 가까우면서도 손으로 잡을 수 없는 그 바다를 그와 같이 건넜다. 두 사람은 그물에 하나밖에 없는 구멍으로 곤두박질쳤다. 두 도망자는 함께 또 다른 이야기를 만들었다.

구조

세 번째 벨이 울린다. 마지막 벨이었다. 그러고 나면 승강구가 밖에서 닫힐 것이다. 빗장이 질러질 것이고 공동 침실은 어둠 속에 빠져들 것이다. 비타는 계단 꼭대기의 톱밥 속에 코까지 파묻고 숨어 있었다. 파도가 거셀 때에는 톱밥 상자가 텅 비었다. 침대와 침대 사이의 복도에, 심지어는 베개에까지 톱밥을 한 움큼씩 뿌렸다. 구토물이나 설사를 흡수하게 하려는 것이었다. 비타는 스스로 용기를 내며 숨을 쉬지 않았다. 사람들은 눈물의 바다를 건너야 할 거라고 그녀에게 말했지만 그녀에게 이번 여행은 흥미진진한 모험이었다. 불빛이 보초를 서는 심술궂은 선원의 얼굴 주변에 둥근 원을 그리면, 그가 숨 쉴 때마다 악취가 그녀에게 닿았다. 그녀는 움직이지 않았다. 선원들이 혹시 규칙을 어기고 갑판 어딘가에 숨어 있을지도 모를 승객들을 찾아내기 위해 순찰을 끝내기를 기다렸다. 선원들은 젊었지만 활기가 없었다. 그리고 비가 갑판을 때리고 있고 최악의 기상 상황이 예측되어 짜증이 나 있었다. 선원들은 이탈리아인이었다. 모자 밑으로 보이는 얼굴들은 빛이 났다. 방수 외투가 비에 흠뻑 젖었다. 한 선원이 손전등을 흔들며 규칙을 위반한 승객의 그림자를 찾아냈다. 그를 잡아 승강구 쪽으로 발길질을 했다. 그림자가 계단 밑으로 굴러떨어졌다. 선원들이 웃었다. 그러더니 어둠 속으로 빨려 들어가 사라져 버렸다. 보초를 서는 선원이 호루라기를 불었다. 모두 정리된 것 같았다. 승강구가 쾅 소리를 내며 닫히고 선창에 열쇠가 채워졌다. 이제 사람들은 한밤의 죄수가 되었다. 그녀를 제외한 모두가. 그녀는 그들에게 도전했다. 그 악취 나는 소굴 밖으로 나왔다. 이제 인적이 끊긴 갑판은 희미한 긴 띠였다. 달 같은 불빛이 안개를 흩어 놓았다. 빗방울이 떨어지는 난간이 쇠로 만든 길처럼 뻗어 있었다. 난간은 모든 것과 허공, 그녀와 대양 사이의 장벽이었다. 배는 그녀의 것이었다.

그녀는 나무 상자에서 일어섰다. 머리와 치마에서 톱밥을 털어 냈다. 한숨을 깊이 쉬었다. 공기에서 연기 냄새, 소금과 휘발유 냄새가 났다. 이건 그녀의 첫 여행이었다. 배는 한 번도 타본 적이 없었다. 공포를 느꼈어야만 했다. 시간도 너무 늦었고 세 번째 벨소리가 들리고 나서 이름을 부를 때 대답을 하지도 않았으니, 선박 회사의 명령을 따르지 않은 것이었기 때문이다. 하지만 그렇지 않았다. 그녀는 행복했다. 죄수가 된 2000명이 잠든 사이에 그녀는 자유였다. 그녀는 난간 위로 올라갔다. 잠시 꼼짝하지 않고, 100여 미터 아래쪽에서 울부짖는 어둠 위에 떠 있었다. 대양은 바다가 아니었다. 길이고 도로이고 항로였다. 계단이 어둠 속으로 올라가다가 차단되었다. 모든 통로가 철책 문과 자물쇠로 막혀 있었다. 철책들은 한쪽에서만 열 수 있었다. 그녀가 있는 쪽은 아니었다. 그녀는 주위를 둘러보았다. 승무원들의 하얀 제복, 고무장화, 소리를 죽인 발소리, 그리고 아무것도 없었다. 바람이 기둥에 묶인 쇠사슬을 감쌌다. 자물쇠가 쓸쓸하게 허공에서 흔들렸다. 자물쇠가 녹아서 열렸다. 철책 문을 밀기만 하면 금지된 갑판으로 올라갈 수 있었다.

그러니까 이곳은 다른 왕국이었다. 갑판이라는 평야 위에 서 있는 성 같았다. 난공불락인 가파른 성벽에 에워싸인 높디높은 성. 사람들 말대로라면 그 위에 있는 200명의 승객들은 갑판 의자에 누워 책을 읽으며 수평선을 바라본다고 했다. 그리고 가끔 갑판 밑에 있는 2000명의 승객들을 보기도 했다. 서로가 서로의 구경거리였다. 갑판 밑에서도 음악은 들렸지만 춤은 신비하게만 생각되었다. 하지만 이 모든 것이 다 끝났다. 사흘 전부터 비가 왔다. 선원들은 파라솔과 갑판 의자를 치웠다. 홀에 불이 꺼져 있었다. 유리창에 얼굴을 가져다 대면 텅 빈 소파의 그림자와 반짝이는 바닥, 줄을 맞춰 놓은 의자와 시커먼 형체의 피아노가 보일 것이다. 옆 쪽 갑판을 따라 현창들이 나란히 나 있었는데 그 창으로 불빛이 환히 비쳤다. 하지만 모두 커튼이 쳐져 있어서 그녀가 안을 들여다보려고 애쓰면 도돌도돌 무늬가 있는 침대 커버밖에 보지 못할 것이다. 여기 이 밖의 바람 속에 서 있는 그녀에게는 유리창 안에 갇힌 빛의 파편들만이 그녀의 차지였다.

비타는 숄로 몸을 감싼 채 빠른 걸음으로 갑판 위로 걸어갔다. 그녀는 약속이 있었다. 남자를 기다리게 하면 안 된다. 남자들은 참을성이 없었다. 비 때문에 안개가 사라졌다. 물이 대양에서는 올라오고 하늘에서는 내려왔다. 4월 9일이었다. 하지만 주위에 아무것도 없는 이런 무의 상태에서는 겨울이라고 할 수도 있었다. 비타는 며칠째 여행을 하는지도 알 수 없었다. 배에 탄 날짜를 깜빡 잊고 적어 두지 못했다. 그리고 이제 너무 늦었다. 시간은 순환적인 리듬을 갖기 시작했다. 새벽이 되풀이되었고 밤도 마찬가지였다. 일어나서 세탁장에서 얼굴을 씻고 커피 한 잔과 빵을 받기 위해 줄을 서고 뭔지 모를 것을 기다리고, 기다리는 시간을 죽이고, 우리 그룹의 책임자, 우리에게 할당되었거나 우리가 책임을 맡긴 사람을 찾는다. 책임자의 지시 사항을 따르고 점심을 먹기 위해 다시 줄을 서고 어떤 식으로든 시간을 보내고 저녁을 먹고 잠자리에 들었다가 다시 일어난다. 이 모든 것이 여기서는 아무 일도 아닌 것 같다. 유일한 목적은 먹고 자고 일어나고 다시 먹고 자는 것이다. 항해가 끝날 때까지. 바다로 배가 나아가듯 사람들도 모르는 사이에 시간이 앞으로 흐르고 있었다. 여행은 거의 끝나 갔다. 비타는 여행이 영원히 끝나지 않길 바랐다. 난간 너머로 시커멓고 흐린 물이 보였다. 사방 어디에나, 그녀가 눈을 돌리는 곳마다 똑같았다. 그녀는 어딘지도 모를 허공 한가운데에 서 있었다. 어느 곳으로도 가고 있지 않았다. 어느 곳에서도 오지 않았다. 사실 그녀는 도착해 있었다.

비타는 시계를 가져 본 적이 없었다. 그래서 약속 시간이 벌써 지났는지, 항상 그랬듯이 미리 왔는지 알 수가 없었다. 그녀는 세 번째 벨 이전에 도전할 엄두도 내지 못했다. 그리고 밤의 감옥에서 도망칠 수도 없었다. 그에게 말했다. "세 번째 벨이 울리고 난 뒤에 만나." 디아만테는 이렇게만 물었다. "어디서?" 마치 그에게 허락되지 않은 이 약속이 너무나 쉽고 가능한 일이기라도 하다는 듯이. 함께 있는 것이 너무나 간단한 일이기라도 하다는 듯. 하지만 간단한 일이 아니었다. 침실에서 제일 나쁜 곳에 있는 침대가 그녀에게 할당되었다. 맨 꼭대기여서 얼굴과 천장 사이가 80센티미터도 채 안 되어 천장에 짓눌릴 것 같았고 새로 칠한 천장 나무에서 악취가 났다. 넉넉한 공간도, 공기도, 빛도 없이 열 시간을 그렇게 보내야 했다. 침실에 고인 지린내, 구토물 냄새, 땀 냄새, 시큼한 젖 냄새와 생리 냄새 때문에 속이 울렁거렸다. 비타는 보초를 서는 선원들만이 아니라 여행 동료들의 눈까지 피해야 했다. 그렇지 않으면 질투에 불타거나 남에 일에 참견하길 좋아하거나 신심 깊은 여자가 짐승 같은 선원들이나 스파이 의사에게 고발할 수도 있었다. 그러면 빰을 맞고 발길에 여러 번 차이며 어쩔 수 없이 그녀 몫의 어둠을 받아들여야 했을 것이다. 아마 30분 정도는 지났을 것이다. 1분밖에 안 지났는지도 모른다. 어쨌든 디아만테는 오지 않았다. 이제 이 대양 한 가운데서, 문이 모두 닫히고 열쇠가 채워져 숨을 구멍 하나 없는 이 한 가운데서 혼자 밤을 보내야 할 것이다. 현창들이 빗물에 반짝였다. 그녀는 젖은 숄을 머리에 쓰고 이를 덜덜 떨며 소금기에 전 난간에 몸을 기댔다. 자신이 여기서 뭘 하는지, 왜 왔는지, 어디로 가고 있는지도 모른 채. 쇠사슬에 묶인 구명보트들이 삐걱삐걱 소리를 내며 선체의 움직임에 따라 기분 좋은 듯 흔들거렸다. 저곳에서 정말 오늘 밤 춤을 출 수 있을 것이다. 폭풍우가 몰아칠 것이라는 예보가 있었다. 갑판 위에는 검은 그림자 하나뿐이었다. 비타는 잠시 몸을 떨었다. 그러다가 그것이 자기 그림자라는 것을 알아차렸다.

첫 번째 벨소리가 들리면 부부가 헤어져야 했다. 여기에서는 부부도 함께 잘 수 없었다. 두 번째 벨소리가 들리면 연인들이 헤어진다. 이들은 항상 시간이 부족해서 아직 하고 싶은 말들을 다 하지 못한 것 같은 생각이 들었다. 그들이 웅크리고 앉아 있던 곳에서 서로의 손을 쓰다듬거나 입술을 어루만지거나 그저 바라보기만 하면서 미적거렸다. 보초 선원이 손전등으로 그들을 비추며 자극했다. 보초 선원은 이 배가 하나의 세상이라면 고독은 페스트처럼 뿌리 뽑아야 할 병이라고 생각했다. 세 번째 벨소리에 사랑하는 사람들이 헤어졌다. 사랑하는 사람들은 귀도 들리지 않고 눈도 보이지 않고 맹목적이었다. 헤어짐을 강요하는 소리도 들리지 않았고 다가오는 불빛도 보이지 않았으며 복종하기를 거부했다. 규정을 어기는 것이 이미 그들의 규정이 되어 버렸다. 속임수, 도망, 거짓말이 이미 몸에 배어 버렸다. 선원들이 갑판 구석구석과 후미진 곳을 정찰했다. 덮개를 들춰 보고 밧줄 더미나 쓰레기 속을 뒤지기도 했다. 계단 밑, 양동이, 심지어 악취가 나는 화장실과 세탁실까지 손전등을 비춰 보았다. 사랑하는 사람들은 비밀 통로를 찾아내기도 하고 널빤지를 들어내기도 하고 피라미드같이 쌓인 양철통 사이에 은신처를 마련하기도 했다. 주방에 숨어 들어가서 한 사람 혹은 두 사람이 들어가도 될 정도로 큰 냄비와 가마솥 속에 숨기도 했다. 비타는 어떤 필사적인 힘이 사랑하는 사람들을 배에서 제일 더러운 곳으로 끌어당기는지, 그들이 무엇을 찾고 있는지, 누구에게서 달아나는 것인지 알지 못했다. 다만 세 번째 벨이 울린 뒤 찾아오는 밤에 서둘러 공동 침실을 떠나 악취 나는 복도에 숨는 사람들은 미래로부터 기대하는 것이 아무것도 없다는 것만은 알았다.

사랑하는 사람들은 항상 들켰다. 숨어 있던 곳에서 쫓겨나 서로 헤어져 공동 침실로 내려갈 수밖에 없었다. 선박 회사는 성적으로 문란한 행위는 엄격하게 금지했고 때로는 벌을 내리기도 했다. 선박 회사는 배려와 가치의 연속성, 다시 말해 통제와 사회적 행복을 보장했다. 선박 회사는 성별 구분과 사회계층별 경계를 확실히 했다. 승객들을 배에 태울 때, 민투르노에서 출발한 25명은 거칠게 2줄로 줄이 세워졌다. 남자들은 왼쪽에, 여자와 아이들은 오른쪽에. 디아만테의 친구들은 왼쪽에 섰다. 모두 아벨로의 보스가 초청해서 오하이오 철도 공사장으로 가는 사람들이었다. 모두 곡괭이와 삽을 쥘 예정이었다. 모두 똑같은 옷을 입었고 성도 이름도 똑같았다. 그들은 친척이었다. 어쩌면 아닐 수도 있었다. 이제 누가 그런 걸 기억하겠는가. 하지만 모두 자신들의 자리를 받아들였고 명령에 따랐다. 하지만 비타와 디아만테는 손을 꼭 잡은 채 헤어지려 하지 않았다. "우린 같이 가야 해요. 우리 아버지가 그러라고 했어요." 비타가 소리를 지르기 시작했다. 하지만 승무원들은 디아만테는 이미 여자와 어린아이들과 함께 지낼 나이가 지났다고 결론을 내렸다. 둘을 떼어 놓았다. 디아만테는 진급이라도 한 것 같은 기분이었다. 열한 살하고 다섯 달이 지난 디아만테를 남자들 속에 넣은 것이다. 밤중에 아무도 그를 괴롭히지 못하도록 파스콸레 투치아로네와 신부 사이에서 자게 했다. 그런데 어느 날 밤, 세 번째 벨이 울리고 난 뒤 신부가 돌아오지 않았다고 디아만테가 비타에게 말해 주었다.

빗줄기가 거세졌다. 파도가 점점 더 높아지며 선체에 부딪혀 부서졌다. 짜디짠 바닷물로 갑판이 미끄러워졌다. 균형을 잡기가 힘들었다. 배가 기울어졌다. 옆면에 파도가 부딪혀 거품이 일며 삐걱거리는 소리가 났다. 콩 껍질처럼 길고 좁은 배였다. 종탑처럼 보일 정도로 높은 굴뚝이 하나 있었다. 이탈리아 배들은 상태가 좋지 않았다. 이미 20년 전부터 승객들을 운송하기에는 너무 낡은 상태였다. 화물들만을 실었다. 하지만 인간들은 황소보다 값을 더 받을 수 있었고 그 수도 훨씬 많았다. 그래서 그 배에 침대를 들이고 다시 페인트칠을 했다. 비록 페인트칠 한 나무 속은 썩었지만 말이다. 하지만 이건 최신형의 눈부신 영국 배였다. 이름도 어떤 약속처럼 아름다웠다. 리퍼블릭이었다. 리퍼블릭 호는 불과 몇 주 전 벨파스트 조선소에서 진수됐다. 영국인들은 이탈리아인들을 수송하기 위해서 이 배를 만들었다. 이탈리아인들은 미국에 가고 싶어하지만 영국인들은 그렇지 않았기 때문이다. 기도를 하며 성인들에게 목숨을 부탁하는 다른 승객들과는 달리 비타는 배가 난파되는 것이 두렵지 않았다. 비타는 이 영국 선박 회사를 믿었다. 그녀는 외국의 것은 이탈리아의 것보다 뭐든 좋다고 생각했다. 그리고 바다를 보자 안심이 되었다. 그녀의 어머니는 혼란스러울 때 바다를 보라고 늘 말했다. 수평선은 맑은 생각을 하는 데 도움을 준다. 단순하고 선명한 수평선은 하늘과 물을, 선과 악을, 미래와 과거를, 삶과 죽음을 갈라놓는다.

아마 깜빡 잠이 든 모양이었다. 개구리 울음소리에 그녀는 화들짝 잠에서 깼다. 바다 한가운데에는 개구리가 있을 리 없으니 이건 디아만테가 근처에 있다는 뜻이었다. "비타, 어디 있니?" 들키면 안 된다는 걸 잊지 않았기 때문에 조그맣게 말했다. "나 안 보여? 바보, 여기 있어." "여기가 어딘데?" 디아만테가 간절하게 물었다. 갑판의 불이 다 꺼진 뒤로는 사방이 깜깜했다. 갑판만이 유일한 물 웅덩이였고 하늘도 바다도 굴뚝 연기도 검은색이었다. 널 보고 싶어, 널 찾고 싶어. 그런데 널 찾는다는 게 쑥스러웠어. 비타가 보였다. 여기 있었다. 세 번째 벨에도 그 둘은 헤어지지 않았다. 그 벨은 그들을 갈라놓을 수 없을 것이다. 비타는 그에게 맡겨졌다. 아니, 그녀가 그를 맡았는지도 모를 일이다.

비타는 첫 번째 구명보트 안에 있었다. 보트는 허공에 매달려 흔들렸다. 뱃머리에 앉아 바다를 자세히 살펴보았다. 은색 칼을 만지작거리다가 삭구에 그 날을 갈았다. 생각에 잠겨 배가 달려가는 방향의 어둠을 뚫어지게 보았다. 미국까지 얼마나 남았는지 짐작도 할 수 없었다. 디아만테가 그녀의 옆으로 올라왔다. 창이 달린 베레모를 머리에 눌러썼다. 그녀를 보았다. 터키색 같은 짙은 파란색 눈은 손바닥에 놓여 있는 다이아몬드처럼 생기 있게 반짝였다. 오늘 밤엔 수평선이 어디 있는지 알 수가 없었다. 무엇이 옳고 무엇이 그른지도 알 수 없었다. 두 사람은 구명보트에 나란히 앉았다. 땅도 하늘도 없었고 그들은 물 위에, 비와 바다 사이에 떠 있었다. "이제 어떻게 하지?" 디아만테가 물었다. 4월의 비가 홍수가 되었고 기온은 거의 영도 가까이 내려갔기 때문이다. "이렇게 같이 있으면 하나도 안 추워." 비타가 대답했다. 디아만테가 머뭇거리며 앉아 있던 자리에서 옆으로 미끄러져 그녀에게 다가갔다. 두 사람의 다리가 닿았다. 비타의 다리는 구명보트 바닥에 닿을락말락했다. 아직 너무 어렸다. 꽃무늬 원피스에 구멍이 다 뚫린 젖은 숄을 두르고 있던 비타는 이를 덜덜 떨었다. 이런 날 밤은 겨울 외투나 담요, 하다못해 선원들의 방수 외투라도 있어야 했다. 하지만 그게 무슨 대수란 말인가. 봐야 할 것도 들어야 할 것도 없었다. 폭풍우가 몰아치는 바다는, 안개가 자욱한 대기는 저 멀리 있었다. 하늘에 변화가 있는지, 그들이 정확한 방향으로 가고 있는지를 알려 줄 별 하나, 별자리 하나 보이지 않았다.

우린 도망쳤지만 오늘 밤 무얼 해야 할지 몰라. 이런 밤이 너무 일찍 찾아왔다. 열한 살인 그를 남자들 쪽에 넣어 놓았지만 그는 아직 남자가 아니었다. 지금 비타는 벌써 그날이 되었기를 바랄 것이다. 자유는…… 디아만테의 윗옷에서 풍기는 소금 냄새 같았다. 승객들은 비타가 자신들과 같이 여행을 할 수 있을 거라 생각하지 않았다. 여행은 너무나 위험했고 고향 집에서 너무 멀리까지 갔다. 배에는 2000명이 타고 있었다. 비타는 누구에게나 이 세상에 디아만테와 자기 단둘만 남았다고 말하고 다녔다. 그들은 고아라고. 전부 거짓말이었지만 모두 그녀의 말을 믿었다. 고향 마을에서 거짓말은 범죄행위였다. 거짓말은 달러나 금화 같았다. 사람을 현혹시켰다. 그리고 위로해 주었다. 승객들은 서로 미워하고, 공간과 돈, 희망을 훔쳐 내며 온갖 방법으로 피해를 주었지만 비타의 호감을 사기 위해서는 무슨 일이든 했다. 사과, 오렌지, 정해진 양보다 많이 받은 소금에 절인 고기, 양파 수프를 서로 먼저 갖다 주려 했다. 선실에서 심부름 하는 소년들은 비타에게 갖다 주려고 주방에서 먹을 것을 훔쳤고 요리사들은 성의 승객들을 위해 준비한 음식을 비타에게 주었다. 식당 종업원 하나가 갑판 위에서 사용하는 은제 포크와 나이프를 선물로 주었다. 그러면서 잘 숨기라고 말했다. 전부 은이어서 팔면 큰돈이 될 테니. 디아만테는 비타에게 그걸 받지 말라고 부탁했다. 그러다가 들키면 도둑 누명을 쓸 수도 있었다. 하지만 비타는 그의 충고는 들은 척도 하지 않았고 긴 양말 속에 그것들을 숨겼다. 그렇게 해서 그녀도 칼을 가지고 돌아다녔다. 배에 있는 다른 사람들처럼. 우린 다 무기를 가지고 다닌다. 하지만 우리의 적이 누군지도 모르고 적을 찾아낼 수도 없어 결국 서로를 찌르고 말 것이다. 선박 회사의 스파이인 선상 의사는 승무원들에게 연인들을, 미국인 관리에게는 병자를 일러바쳤다. 그렇게 해서 미국인 관리들은 병자들을 고향으로 되돌려보낼 수 있었다. 비타가 열이 나고 기침을 하고 폐렴 초기 증상을 보이게 되었을 때, 누가 각막에 이상이 있고 누가 성기에 고름이 있는지를 주저 없이 일러바치던 그 비열한 의사는 자신의 수첩에 비타의 이름을 쓰지 않았다. 비타는 디아만테가 갖지 못한, 그는 알 수 없는 뭔가를 가졌다. 그 역시도 그 뭔가가 없으면 아무것도 할 수 없었다. 그것은 인광 같았다. 대양의 표면에서 어른거리는 눈에 보이지 않는 해초 같은 것이었다. 요동하는 바닷물이 검으면 검을수록 더욱 눈부시게 빛나는 무엇. 그것은 물에 빠지지 않고 빛났다.

비타가 구명보트를 덮은 방수천을 들어 올렸다. 걸터앉아 있던 널빤지 밑으로 기어 들어가 바닥으로 미끄러져 갔다. "이리 와, 디아마, 여긴 비가 안 들이쳐. 이 밑에 있으면 따뜻할 거야." 두 사람은 방수천을 잡아당겨 뱃머리와 선미에 고정시켰다. 나뭇가지 위에 오두막을 짓는 것처럼 재미있는 놀이였다. 하지만 이 오두막은 어디로도 항해하지 않았다. 오로지 배가 난파할 경우에만 항해하는 배였다. 배 옆에 쇠사슬 두 개로 매달려 있는 배. 이제 정말 아무도 그들을 찾아내지 못할 것이다. 비가 그칠 때까지 날이 밝을 때까지 다른 해안에, 큰 바다 저편에 상륙할 때까지, 여행이 끝날 때까지, 그들이 원할 때까지, 여기 있을 수 있었다. 그들은 함께 있을 수 있었고 아무도 그걸 막을 수 없었다.

두 아이는 널빤지 밑에 누웠다. 구명부표에 머리를 기댔다. 추위를 피하기 위해 구명조끼를 입었고 남은 조끼로 몸을 덮었다. 구명조끼에는 화이트 스타 라인이라고 적혀 있었다. 하지만 비타는 하얀 별이 어디 있는지 알지 못했다. 그것을 본 적도 없었다. 배는 정지한 것 같았다. 어느 곳으로도 가지 않았다. 어둠 속에서 흔들리기만 했다. 삐이익 소리를 내기도 하고 신음 소리를 내기도 했다. 파도에, 심연에, 허공에 빠져 버렸다. 도착해야 할 해변도, 지나가야 할 공간도 없었다. 구명보트 안은 너무 어두워 디아만테의 얼굴도 보이지 않았다. 그의 손을 잡았다. 그렇지 않으면 디아만테가 옆에 있다는 걸 느낄 수도 없었으니까. 방수천에 난 구멍 사이로 갑판의 희미한 불빛이 스며 들어왔다. 구명보트 옆면에 페인트로 적힌 글자가 집요하게 반복되었다. 그녀는 읽을 줄을 몰랐다. 그녀의 옆에는 딱딱한 베레모를 쓴 소년이 있었다. 그의 손을 잡았다. "왜 그렇게 보니, 비타?" 디아만테가 말했다. "내가 온다고 했잖아." 비타가 말했다. "왜 더 일찍 안 왔어?" 그가 대답했다. "그래도 지금 여기 있잖아."

감사의 말

이 책은 내 아버지 로베르토의 말이 없었다면 씌어지지 않았을 것이다. 예전에 아버지는 내게 이렇게 말씀하셨다. "기억해야 할 걸 기억해라." 하지만 내가 이 말 뜻을 이해하는 데는 30년이 넘게 걸렸다. 그래도 이 소설에서 누락되었거나 추측에 의존했거나 진실을 배반했거나 왜곡시킨 부분이 있다면 그것은 모두 내 탓이다. 큰아버지이신 아메데오 마추코에게 감사드린다. 눈이 보이지 않아 고통을 겪으면서도 나를 위해 아득한 기억의 단편들을 되살려내고 70여 년 전에 할아버지에게 수없이 들은 일화들을 생각해 내셨다. 이 책을 큰아버지에게 읽어 드리고 싶었다. 아마 이 소설에 대한 가장 정확한 판단을 내려 주셨을 것이다. 이 소설을 쓰는 데 너무 오랜 시간이 걸렸다. 큰아버지는 내가 초교를 수정하던 2002년에 돌아가셨다. 어디에 계시든 나를 이해하고, 용서해 주시길 바란다. 귀중한 어머니 사진을 내게 선물해 준 마르첼라 다쉔초에게 감사드린다. 그리고 내 어머니 안드레이나 차파로니에게 감사드린다. 어머니는 먼지 쌓인 산더미 같은 자료들에 포위되어 사시면서도 그것들을 하나도 버리지 않았고, 어머니가 모르는 사람들의 편지와 엽서들을 아직도 보관하고 계신다. 브리지다 마추코, 아벨로 마추코, 안토니오 마추코, 안토니아 라실레, 제노베파 마추코, 파스콸레 마추코, 엘리자베타 마추코, 베네데토 마추코 주니어에게 감사드린다. 이들이 겪은 다양한 사건과 이야기들이 모두 이 소설에 녹아 들어가 있다. 그리고 내게『투포의 역사적 흔적들Arti Grafiche Kolbe』(1987)이라는 학술서를 소개해 준 젬마 마추코 교수에게 감사드린다. 또 투포의 산 레오나르도 교구의 젠나로 신부님, 민투르노 시 등기소의 카테나치오 씨와 콜라치코 부인에게 감사드린다. 이분들은 내가 투포 주민들의 미궁 같은 인척 관계를 가닥을 잡아 추적할 수 있게 해주었다. 뉴욕 엘리스 섬 기록보관소의 관리자들에게 감사드린다. 이분들 덕에 집안의 이야기들 속에 스며들어 있는 몇 가지 '거짓말'의 진실을 밝힐 수 있었다. 간직된 기억에는 색인이 없다. 기껏해야 몇 개의 키워드뿐이다. 내게 키워드는 '비타(인생)'였다. 아마 나머지는 별로 중요하지 않을 것이다. 뛰어난 조언을 해준 카를로 발라우리 교수, 국립 중앙기록보관소의 데 시모네 박사, 로마 국립도서관 신문국 책임자인 풀리지 박사, 엔리코 카루소의 가장 오래된 레코드들 속으로 나를 안내해 준 로마 국립레코드보관소의 안토넬라 피스케티에게 감사드린다. 20세기 초의 뉴욕과 이민과 미국 철도 건설에 관한 연구서를 쓴 수많은 저자들에게 빚을 졌다. 그들의 연구 덕분에 내 등장인물들이 광범위한 지역에서 겪은 사건들의 틀을 짤 수 있었다. 특히 에이미 A. 버나디, 베티 보이드 카롤리, 루이자 체티, 미리엄 코헨, 난도 파스카, 윌리엄 푸트 화이트, 에밀리오 프란치나, 로버트 F. 하니, S. 하트만 스트롬, 돈 호프좀머, 에릭 홈버거, 케네스 잭슨, 존 F. 케이슨, 살바토레 레구미나, 체칠리아 루피, 아우구스타 몰리나리, 루이스 오덴크란츠, 니콜레타 세리오, 존 F. 스토버, 나디아 벤투리니, 엘리자베타 베초시에게 감사드린다. 나무 여인과 레프쉬 신에 대한 동화는 아스커 마이코프가『The Narts: circassian epos』, 1권(The circassian research and science institute, 1968)에서 소개한 이야기를 인용했다. 벨론치 재단, 안나마리아 리모알디, 로마 시, 카사델레 레테라투레와 관장이신 마리아 이다 가에타, 뉴욕 대학교의 프란체스코 에르스페이머 교수, 1997년과 2000년에 뉴욕에 나를 초대해 이 소설을 시작하고 계속 쓸 수 있게 해준 워싱턴 국회도서관에 감사드린다. 이분들이 없었다면 나는 미국에 가야 한다는 확신을 가질 수 없었을 것이고 내 이야기의 끊어진 선을 잇지 못했을 것이다. 2002년에 잃은 내 두 친구, 안토넬라 산그레고리오와 세바스티아나 파라를 떠올리지 않을 수 없다. 두 친구의 해박한 지식과 충고와 이해가 그립다. 말파다에게 감사드린다. 볼티모어, 파이크스빌의 교회에서 할아버지의 안식을 비는 기도를 했다. 나는 너무 늦게 도착해 감사의 인사를 하지 못했다. 언어 문제에 대해 자문해 주고 호의를 베풀어 주고 우정을 보여 준 레베카 앤 라이트, 도라 펜티말리 멜라크리노, 베네데타 첸토발리, 알렉시스 슈바르첸바흐, 실비아에게 감사한다. 그리고 자신이 아는 것을 모두 알려준 루이지 과르니에리에게도 감사한다. 영국 재향 군인회의 맬컴 퍼거슨과 마거릿 테일러에게 감사드린다. 이분들 덕에 제2차 세계대전에 참가했던 영국 군인들과 접촉할 수 있었다. 뉴밀턴의 이탈리아 장성 협회의 비서인 그레이엄 스웨인에게 감사한다. J. C. 켐프 대령에 대한 기록을 보내 준 왕립 스코틀랜드 보병연대의 비서인 쇼 소령에게 감사드린다. 이 기록에 도움을 받아 1944년 투포 탈환 일화를 재구성할 수 있었다. 로열 인니스킬링 퓨질리어 2대대와 13여단의 용사인 북아일랜드 던개넌의 잭 하사드에게 감사드린다. '기억이 잘 나지 않는다'는 것을 인정하면서도 그 시절의 기억을 모두 기록해서 보내 주었다. 그는 1944년 1월 17일에 가릴리아노를 맨 처음 건넌 배에 타고 있었다. 며칠 뒤 전사한 동료들을 찾아 죽음을 확인하기 위해 바닷가로 정찰을 나갔다. 60구의 시신을 찾았다. 이분들의 도움으로 나는 1944년 구스타프 라인에서 전사한 그분들의 친구들을 기억할 수 있었다. 이 전사자들은 지금 모두 민투르노 국군묘지에 묻혀 있다. 그분들에게 감사드린다.

2002년 10월

멜라니아 마추코

옮긴이의 말

『비타』는 1903년 열한 살짜리 디아만테와 아홉 살 비타가 미국 뉴욕 엘리스 섬에 내리면서 시작된다. 책 제목인 '비타'는 이탈리아어로 '삶, 인생'을 가리키는 단어이다. 이름이 암시하듯 이 소설은 비타의 인생, 그리고 비타를 사랑한 소년, 디아만테의 인생 이야기다.

비타와 디아만테가 도착한 미국에서 그들을 기다리는 것은 가난과 폭력과 고통스러운 삶이다. 비타의 아버지 아넬로가 운영하는 초라한 하숙집에서 주인공들은 그들의 삶을 꾸려나가는 법을 배우며 성장한다. 고향 사람들에게는 미국에서 성공한 이탈리아인으로 알려졌지만 파산을 해버린 아녤로, 체르케스 출신으로 고향에 대한 기억도, 가족 하나도 없이 떠돌다가 아녤로와 사는 젊은 레나, 비타의 오빠 니콜라, 어린 나이에 벌써 범죄 세계에 깊숙이 들어간 로코, 근면한 제레미아가 이 소설의 주축을 이룬다. 그리고 20세기 초 뉴욕 이탈리아인들을 떨게 한 '검은 손'이라든가, 본조르노 형제들 같은 마피아, 유명한 성악가 엔리코 카루소, 아직 유명해지기 전의 찰리 채플린 등이 이야기를 다양하게 수놓는다.

비타와 디아만테의 이야기는 20세기 초반 아메리칸 드림을 꿈꾸며 미국으로 이주해 간 가난한 이탈리아인들의 이민사이기도 하다. 또 빈곤한 이탈리아 남부의 생활상과 그 남부 출신들이 겪는 차별과 어려움을 고스란히 기록하고 있다.

실제로 저자인 멜라니아 마추코는 자신의 친할아버지, 디아만테를 모델로 이 소설을 썼다. 그래서 등장인물들 상당수가 실존인물이다. 마추코는 큰아버지가 들려준 이야기와 아버지의 단편적인 기억들을 바탕으로, 다양한 역사적 자료들을 조사하고 여러 이야기들을 수집해서 소설로 탄생시켰다. 그래서 『비타』는 사실과 허구가 뒤섞인 환상적인 소설이다. 마추코는 뛰어난 상상력으로 실제 이야기의 빈틈들을 메워 간다. 그래서 소설에는 비참하고 힘겨운 이민자들의 생활과 동화 같은 이야기들이 뒤섞여 있다. 또 1900년대의 뉴욕, 클리블랜드, 오하이오 같은 지역만이 아니라 이탈리아 남부의 시골 마을 민투르노의 환상적인 풍경들과 2차 세계 대전 후의 로마 모습이 생생하게 사실적으로 그려져 있어 독자들을 시간 여행 속으로 끌어들인다.

뿐만 아니라 소설에는 여러 등장인물의 사랑이 교차된다. 그 중 서로의 손을 꼭 잡고 서로만을 의지한 채 미국 땅에 도착한 어린 디아만테와 비타의 사랑이 큰 줄기를 형성한다. 한 몸과도 같은 두 사람은 평생 서로를 그리워하고 원망하고 사랑한다.

자식을 다섯이나 굶겨 죽일 정도로 가난한 석공의 아들인 디아만테는 오로지 동생들을 먹여 살리겠다는 생각과 의지 하나만으로 미국에서의 힘겹고 험난한 생활을 버텨나간다. 똑똑하고 강인하고 고지식한 디아만테가 꿈꾸는 것은 '자유로운 인간'이다. 그는 평생 이를 위해 살아간다. 비타는 감성적이고 즉흥적이고 다혈질이다. 비타에게는 디아만테밖에 없다. 그를 위해서라면 무슨 짓이든 할 수 있다. 심지어 불을 지를 수도 있다. 그러나 그녀에게 디아만테보다 더 중요한 것은 '현재'의 삶이다. 그녀는 아무리 고통스럽고 힘들어도 현재의 삶에 충실하고 미래를 꿈꾼다. 연약하고 몽상적인 듯한 비타는 사실은 이성적이고 현실적인 디아만테보다 훨씬 더 강하고 현실적인 여인이다. 남들의 눈에 어떻게 보이든 자신의 삶을 충실하게 살아가고 미국에 탄탄한 뿌리를 내린다. 디아만테는 미국에 정착하지 못하고 이탈리아에 돌아오지만 그 후의 삶도 그렇게 밝지는 않다.

어떻게 보면 사실 디아만테는 인생의 패배자나 마찬가지다. 평생 꿈도, 사랑도 이루지 못한 채 가난하고 외롭게 살아가기 때문이다. 그러나 마추코는 그의 삶이 결코 패배한 게 아니라고 말한다. 디아만테는 이탈리아 남부에서 대대로 가난하게 살아올 수밖에 없게 마추코 집안을 얽어맨 그물을 벗어버릴 수 있는 틈을 후손들에게 만들어 주었다. 그의 후손들은 이제 그가 그토록 갈망하던 자유를 얻었다.

『비타』의 등장인물들은 하나같이 미워할 수 없는 사람들이다. 아내를 버린 아넬로도, 디아만테를 유혹한 레나도, 범죄자 로코도, 디아만테를 배신했던 비타도, 모두에게는 그 상황에서 그럴 수밖에 없는 이유들이 있다. 작가는 이런 인물들의 심리를 다각도에서 묘사하고 설명함으로써, 우리가 누구에 대해, 어떤 사람의 인생에 대해 옳고 그르다는 판단을 내리는 게 얼마나 어리석고 무모한 일인지를 일깨워준다.

마추코는 이 소설로 2003년, 이탈리아의 권위 있는 문학상인 스트레가상을 수상했다. 그 뒤 『비타』가 세계적으로 큰 성공을 거둬, 마추코는 이탈리아를 대표하는 젊은 작가의 대열에 합류하게 되었다. 이탈리아 비평가들은 『비타』를 알렉산드로 만초니의 『약혼자들』에 비교하기도 하고 마추코를 '만초니의 손녀'라고 말하기도 한다. 밀라노 폭동, 30년 전쟁, 페스트가 유럽을 휩쓸었던 17세기 초의 롬바르디아를 배경으로 한 두 연인의 이야기로 이탈리아 문학사에서 근대적 장편 소설의 지평을 열었다고 평가되는 대작『약혼자들』과의 비교는『비타』와 마추코에 대한 더할 나위 없는 극찬일 것이다.

『비타』는 100여년이라는 긴 시간동안의 파란만장한 사건들이 때로는 우스꽝스럽고 때로는 씁쓸하고 때로는 가슴 저리기도 하고 따뜻하기도 하고 또 동시에 잔인하게 펼쳐지는 한 집안의 이야기이지만 인생에 대한 의문을 품은 채 살아가고 있는 현재 우리의 이야기이기도 하다.

2010년 11월

이현경

옮긴이 이현경

한국외국어대학교 이탈리아어과와 동 대학원을 졸업하고 비교문학과 박사과정을 수료했다. 2009년 이탈리아 대통령이 시상하는 국가번역상을 수상했으며, 이탈리아 대사관에서 주관하는 제1회 번역문학상을 수상했다. 현재 한국외국어대학교에서 강의를 하며 전문 번역가로 활동하고 있다. 옮긴 책으로는 『마음 가는 대로』『나무 위의 남작』『보이지 않는 도시들』『바우돌리노』『미의 역사』『거미집으로 가는 오솔길』『권태』『이것이 인간인가』『주기율표』『단테의 모자이크 살인』『하늘 위 3미터』『신의 뼈』『어느 완벽한 하루』 등이 있다.

비타

1판 1쇄 인쇄 2010년 12월 1일
1판 1쇄 발행 2010년 12월 8일

지은이 멜라니아 마추코
옮긴이 이현경

발행인 양원석
편집장 백지선
책임편집 박지예
전산편집 김미선
교정·교열 구윤회
영업 마케팅 김성룡, 백창민, 윤석진, 김승헌

펴낸 곳 랜덤하우스코리아(주)
주소 서울시 금천구 가산동 345-90 한라시그마밸리 20층
편집문의 02-6443-8855 **구입문의** 02-6443-8838
홈페이지 www.randombooks.co.kr
등록 2004년 1월 15일 등록 제2-3726호

ISBN 978-89-255-3998-0 (03880)